# 정기룡 2

# 정기룡

하용준 역사소설

## 2

은행나무

# 정기룡 2

## |차례|

# 임금이 내린 이름

## 1

명나라 만력 황제가 총애하는 정 귀비가 셋째 아들을 낳았다. 황제는 총비(寵妃)의 소생을 크게 기뻐했고, 장차 그 아들에게 황위를 물려줄 생각까지 품게 되었다.

이 소식을 전해 들은 조선 임금은 명나라 황실에 사은사를 보내 하례를 했다. 또 공자의 사당인 문묘에 나아가 알성례를 거행한 뒤 문과는 알성시(공자의 사당을 참배한 뒤 성균관 유생들에게 베푸는 과거 시험)를, 무과는 별시를 시행하라는 전교를 내렸다.

성균관에 든 지 일 년이 채 되지 않아 정경세는 임금이 9월에 베푼 알성시에서 을과 2인으로 급제를 했다. 동급생들은 뛰어난 두각을 나타낸 정경세가 갑과에 들지 못한 것을 이상하게 생각할 정도였다.

정경세가 갑과에 들지 못한 이유는 곧 밝혀졌다. 한 유생의 투서로 인해 사헌부가 알성시에 대해 비밀리에 감찰을 벌인 결과 부정 의혹이 있다고 판단해 그 사건을 의금부로 이첩해 수사하게 했다.

의금부에서는 차천로가 여계선의 시권(시험 답안지)을 대신 써주었고, 여계선은 그것으로써 갑과 장원을 했다는 사실을 밝혀냈다. 차작(남이 써준 글)을 낸 성균관 유생 여계선은 삭과(급제 자격을 박탈함)하고, 대신 글을 써준 차천로는 국법에 따라 치죄하기를 아뢰었다.

그러자 차천로와 여계선은 그런 일이 없다고 상소했다. 의금부에서는 사건을 깊이 파고들어 광흥창 봉사 한회도 가담했다는 의혹을 품고 그를 형추(고문해 캐물음)했다. 한회는 마침내 사실대로 털어놓았다.

사헌부와 의금부의 계달(임금에게 의견을 아룀)을 받은 임금은 엄히 하교했다.

"정상(사실대로의 상황)이 이미 다 밝혀져서 감출 수 없는데도 그자들이 거짓말을 교묘하게 꾸며내어 상소를 하였으니, 이는 과인을 안중에도 두지 않는 것이다. 모의에 가담한 자들을 모두 삼 년 간 정배(귀양살이를 보냄)하라."

시험이 치러진 지 한 달이 지날 즈음, 장원은 공석으로 둔 채 사건은 마무리되었다. 정경세는 그대로 을과 2인의 급제자가 되어 장사랑(문관 종9품)의 품계를 받고 승문원(외교문서를 맡아보는 관아) 권지부정자(권지는 임시 견습생이라는 뜻. 부정자는 외교문서의 교정을 담당하던 직책)에 보임되었다.

성균관에서 알성시가 베풀어지는 동안 병조에서는 무과 별시를 시행했다. 초시 무예재 시험은 유엽전, 편전, 기사의 세 규구가 훈련원에서 치러졌고, 무예재 시험에 응시할 필요가 없는 한량들은 병조에서 강경 시험을 보았다.

무수는 광화문 앞 육조거리에 있는 병조 관아 입구로 가서 보단자(신원증명서)를 제출하고 녹명을 했다.

그러고는 안으로 들어가 뜰에 처진 그늘대 아래에 앉아서 차례를 기다렸다. 금란관(과거 시험장의 혼란을 막기 위해 둔 임시 벼슬)이 사령들을 대동하고 삼엄하게 경계를 하고 있었다.

이윽고 서원이 나와 이름을 불렀다.

"상주에서 온 정무수 한량!"

무수는 시청(과거 시험이 열리는 곳) 안으로 들어갔다. 앞서 들어간 여러 한량들이 각자 자리에 앉아 강경에 응하고 있었다. 무수는 시관에게 다가가 읍한 뒤 앞에 있는 의자에 앉았다. 서탁에 놓인 가느다란 향대에서 연기가 한 줄기 피어오르고 있었다.

시관이 물었다.

"무경칠서(병무에 관한 일곱 가지 책.《손자》《오자》《사마법》《위료자》《이위공문대》《육도》《삼략》이 있다) 중에서 하나 고르게."

"《육도》로 하겠사옵니다."

"《육도》라······."

시관은 서탁에 놓인 여러 책 중에서 《육도》를 들고 펼쳤다. 주르르 책갈피를 넘기면서 잠깐 살펴보더니 덮고는 물었다.

"주나라 문왕이 병석에 누워서 강태공을 부르고 또 태자를 곁에 두고는 강태공에게 나라가 흥하는 길과 망하는 길이 무엇이냐고 물었네. 이때 강태공이 대답하였으니, 그 내용은 성현의 도가 시들어 그쳐지는 때와 성하게 일어나는 때를 말한 것이네. 그것을 강론해 보게."

무수는 잠시 생각하더니 입을 열었다.

"태공망이 문왕에게 다음과 같이 아뢰었사옵니다. '선함을 보고도 게을리하고, 때가 이르러도 의심하며, 그릇된 것을 알고서도 가만히 있는 것, 이 세 가지는 도가 그치는 것입니다. 또 공손하면서도 존경하고, 부드러우면서도 조용하며, 강하면서도 약하고, 참으면서도 굳센 것, 이 네 가지는 도가 일어나는 것입니다. 그러므로 의로움이 욕심을 이기면 창성하고, 욕심이 의로움을 이기면 곧 망합니다.'라고 하였습니다.

이로써 보건대, 나라가 흥하는 길은 임금이 욕심을 버리고 의로움을 택하는 데에 있으며, 나라가 망하는 길은 백성을 공경하지 않고 업신여기는 데에 있다고 하겠습니다."

무수의 대답을 다 듣고 난 시관은 서탁에 놓인 나무패 중에서 하나를 집어 들었다.

"통(通)!"

그러자 그 옆에 앉아 있던 서원이 무수의 시지에 '통' 자를 써넣었다. 무수는 일어나 절을 하고는 자리를 옮겼다. 또 다른 시관이 앉아 있었다. 무수는 서탁 앞에 놓인 의자에 앉았다.

"《통감(중국 고대와 중세 역사를 기록한 책)》《병요(역대 전쟁에 대한 평을 집대성한 책)》《장감박의(중국 역대 명장들의 전략 등을 기술한 책)》《소학(수신과 예의범절 등에 관한 책)》 중에서 어느 것으로 하겠나?"

"《소학》을 택하겠사옵니다."

"그러면 묻겠네. '하늘이 알고 귀신도 알며 내가 알고 너도 아는데, 너는 어찌 아무도 모른다고 하는가?' 하는 대목이 있다. 이 고사를 면강(과거 시험 때 시관 앞에서 글을 외던 것)해 보게."

"후한 사람 양진이 형주 자사로 있을 때, 재주가 많다고 알려진 왕밀을 천거하여 그가 창읍의 현령이 되었습니다. 그 후 왕밀은 사례 차 양진을 뵈러 와서 품속에 숨겨 온 황금 열 근을 남몰래 내놓았습니다. 황금을 보고 깜짝 놀란 양진이 '나는 그대를 잘 아는데 그대는 나를 모르니 이 어찌 된 일인가?'라고 하였습니다. 그러자 왕밀은 '설마 누가 알겠습니까? 아무도 아는 사람이 없습니다.'라고 하였습니다. 이 말을 들은 양진이 화를 벌컥 내며 '하늘이 알고 귀신도 알며 내가 알고 자네도 아는데 어찌하여 아무도 모른다고 하는가?'라고 말하였습니다. 이러한 양진의 호통을 들은 왕밀은 크게 부끄러워하며 돌아갔다는 고사이옵니다."

시관은 무수가 대답을 썩 잘했지만 비교적 쉬운 《소학》을 선택한 것을 감안해 '약(略)' 자가 새겨진 패를 들었다. 무수는 또 다른 자리로 옮겼다.

"사서오경 중에서 어느 것으로 하겠는가?"

무수는 평소에 정경세에게서 많이 들었던 《예기》로 결정했다.

"사의(활쏘기의 바른 법) 편에 이르기를, 활을 쏘는 것은 나아가고 물러남과 돌아서는 것이 모두 예에 맞고, 속으로는 의지가 바르고, 밖으로는 몸이 곧은 후에야 궁시를 견고하게 잡을 수 있다고 하였다. 또 궁시를 잡는 것이 견고해야만 과녁에 맞히는 것을 말할 수 있다고 하였네. 이다음 대목을 고강(외우게도 하고 뜻을 물어보기도 하는 자유로운 구술시험)해 보게."

"그것으로써 덕행을 볼 수 있다고 하였습니다. 그러므로 '활을 쏜다는 것은 성덕(크고 훌륭한 덕)을 보는 것이다.'라고 하였습니다."

"덕행을 세울 수 있는 것은 사례만 한 것이 없다고 하였는데 이는 어인 까닭인가?"

"활쏘기는 매시 매번 궁구하는 것이기 때문이옵니다. 그것은 각각 스스로의 뜻을 찾는 것이라 할 수 있사온데, '마음을 화평하게 가지고 몸을 바르게 하여서 남의 아비가 된 자는 활쏘기로써 아비의 곡(본질과 핵심)을 삼고, 남의 자식이 된 자는 활쏘기로써 자식의 곡을 삼고, 남의 임금이 된 자는 활쏘기로써 임금의 곡을 삼고, 남의 신하가 된 자는 활쏘기로써 신하의 곡을 삼는다.'라고 하였습니다. 그러므로 활을 쏜다고 하는 것은 모름지기 각자 자기의 곡을 쏘는 것이옵니다."

"'활쏘기는 인(仁)의 길이다.'라고 하였네. 이는 어인 까닭인가?"

"활을 쏘는 것이 바르게 되려면, 먼저 '몸을 바르게 한 뒤에 발시를 하여야 하며, 발시를 하여 과녁에 맞히지 못하였으면 경쟁하여 나를 이긴 자를 원망하지 않고 스스로를 돌이켜서 자기 자신에게서 그 원인을 구할 따름이다.'라고 하였사옵니다."

시관은 엷은 웃음을 띠며 '통'을 주었다. 무수는 마지막 자리로 갔다.

"경국대전의 병전에는 16세부터 60세까지 남자들(정남) 중에 군역에서 면제되는 사람들이 있다. 이는 어떠한 사람들인가?"

"불치병에 걸린 정남이나 불구가 된 정남은 군역에서 면제됩니다. 또 불치병에 걸렸거나 불구가 된 부모를 둔 아들들 중에서 한 사람은 면제됩니다."

"더 없는가?"

무수는 잠시 기억을 가다듬었다. 서탁에 놓인 향대가 속절없이 타 들어가고 있었다. 시관이 말했다.

"시간이 다 되어가네."

무수는 입을 열었다.

"70세 이상의 부모를 둔 아들들 중 한 명에게 군역을 면제합니다. 90세 이상의 부모를 둔 아들들은 전부 면제됩니다. 아들이 아무도 없으면 손자에게 군역을 면제합니다."

"잘 대답하였네. 이전(吏典)에는 품계를 제한하는 규정이 있네. 어떤 것인지 말해보게."

"2품 이상이 되는 관원의 서자손(양민 출신의 첩이 낳은 아들과 손자)은 아무리 기량이 뛰어나도 정3품까지 기용될 수 있사옵니다. 그리고 얼자손(천민 출신의 첩이 낳은 아들과 손자)은 정5품까지 오를 수 있사옵니다.

또 6품 이상이 되는 관원의 서자손은 정4품까지 오를 수 있으며, 얼자손은 정6품까지 오를 수 있사옵니다."

시관은 '통' 패를 들어 보였다.

"수고했네."

강경 네 과목에서 통이 셋, 약이 하나였다. 《소학》 한 과목에서 약을 받은 것이 아쉬웠지만 무수는 실수를 하지 않고 그만하길 다행이라고 스스로를 위로했다. 시청에서 나오니 병조 뜰에 있는 한량들은 제각각이었다.

이미 시험을 치른 한량들 중에는 고강을 잘하지 못해 아쉬워하며 투덜대는 한량이 있는가 하면, 아직 대기하고 있는 한량들은 심히 궁금해하며 어떤 질문을 받았는지 물어댔다. 무수는 웃는 낯으로 말했다.

"다들 잘 치르시길 바라겠소."

병조 관아의 솟을대문 밖에서 기다리던 이희춘이 다가왔다.

"어찌 되셨사옵니까?"

"그만그만하네. 가세."

"무난히 합격하시겠지요?"

"팔도에서 워낙 출중한 한량들이 많이 왔으니 쉽지 않은 일일세."

초시 합격자 명단이 게방(방문을 붙이는 것)되려면 많이 기다려야 했다. 무수는 종루가 있는 시전가로 갔다. 한양에 온 김에 어머니 김씨와 애복이의 방물이나 하나씩 살까 했다.

시전은 종루를 한가운데에 두고 동서남북 사방으로 웅대하게 펼쳐져 있었다. 각색 전마다 팔도에서 나는 산물이란 산물이 빠짐없이 쌓여 있었고, 오가는 사람들이 워낙 많아 서로 갓이 부딪히고 어깨가 치이며 발등이 밟힐 지경이었다.

"과연 한양이옵니다. 여기 와서 보니 상주나 진주가 다 시골구석이라는 것을 알겠사옵니다."

"그렇네. 역시 사람은 대처를 겪어보아야 견문이 넓어지겠네."

방물 가게들이 즐비한 곳에 이르러 무수는 이희춘을 시켜 참빗과 면경, 백분을 샀다. 이희춘은 그것들을 봇짐 속에 잘 넣었다.

"자네는 뭐 갖고 싶은 거 없는가?"

"소인은 아무것도 필요 없사옵니다. 선다님 덕분에 이렇게 한양을 구경하는 것만도 감지덕지이옵니다."

무수는 비단 주머니와 청옥으로 된 황소 모양의 노리개를 사 주었다.

"자네가 소띠니 이걸 차고 다니면 재수가 있을 것일세."

이희춘은 손에 들고 요모조모 살펴보며 좋아했다. 무수는 그만 돌아다니고 싶어 쉴 곳을 찾았다. 시전 거리에는 온통 장사치와 오가는 사람들 뿐이라 마땅한 곳이 없었다. 종루 앞으로 돌아오니 사람들이 난간에 기대앉아 있었다.

마침 기둥 앞에 빈자리가 있어 무수는 이희춘과 나란히 그 자리에 앉았다. 날씨는 가을볕이 내리쬐어 따뜻했다. 여러 시관 앞에서 긴장해 강경 시험을 치르고 또 인산인해인 시전 거리를 돌아다니느라 몸이 피곤했다. 얼마 지나지 않아 졸음이 쏟아지기 시작했다. 하품이 절로 나왔다.

"아아!"


무수는 화이를 타고 달리고 있었다. 화이는 점차 속도를 높였다. 스르르 옆구리에서 날개가 돋아났다. 그러더니 날아오르기 시작했다. 무수는 화이가 용마가 된 것을 알고 놀랐다. 그런데 화이는 거기에 그치지 않았다.

날면 날수록 몸이 점차 변하더니 그대로 커다란 붉은 용이 되었다. 무수는 용의 등을 타고 까마득히 높이 날고 있었다. 문득 자신의 몸도 용으로 변하는 것을 느꼈다. 화이는 어디론가 사라지고, 자신은 허리에 붉은 띠를 한 한 마리 창룡(푸른 용)이 되어 하늘을 날고 있었다. 그때 사방 아래쪽에서 용들이 날아올랐다. 용들은 점차 무수 주변으로 모여들더니 마치 대열을 이루듯 다 함께 날기 시작했다.

임금은 눈을 떴다.

"으음, 기이한 꿈이로다. 잠깐 졸았을 뿐인데 생생한 꿈 한 편을 꾸다니."

도승지가 아뢰었다.

"가매(낮잠)에 어인 꿈을 꾸셨사옵니까?"

"지금 곧 중사(내시)를 종루에 보내어 무슨 일이 있는지 알아오너라."

승전내관이 바삐 다녀와서는 주달(임금에게 아뢰어 말함)했다.

"전하, 시골에서 올라온 한 한량이 시자를 데리고 종루 기둥에 기대어 졸고 있었을 뿐, 다른 일은 없었사옵니다."

"그래? 그 한량의 차림이 어떠하더냐?"

"중갓을 쓰고 허리에는 붉은 술띠를 매고 있었사옵니다."

"그래? 바로 그자로다. 그 한량을 속히 데리고 오라."

졸고 있던 무수는 갑자기 내금위 군사들이 에워싸자 깜짝 놀라 깨어났다. 이희춘도 그들의 위용에 놀라 입도 뻥긋하지 못했다. 승전내관이 말했다.

"한량은 속히 따르시오."

"어딜 말이오?"

"가보면 아오."

무수는 그들에게 앞뒤로 둘러싸인 채 대궐로 들어갔다. 무슨 영문인지 알 수 없었다. 이희춘은 불안하기만 했다. 승전내관이 대전 앞에서 아뢰었다. 그러고는 무수에게 일러주었다.

"소리를 내지 말고 걸으시오. 들어가거든 상감마마께 네 번 절을 하고 몸을 돌려 서 있어야 하오."

상감마마라는 말에 무수는 등줄기에 땀이 후끈 솟았다. 말도 할 수 없었고, 생각도 할 수 없었다. 그저 시키는 대로 할 수밖에 없었다.

임금은 일월오악도 병풍을 뒤로하고 용보에 앉아 있었다. 환히 밝혀놓은 황촉 불빛에 임금이 입은 십이장(임금의 옷에 놓는 열두 가지 무늬) 자황포와 머리에 쓴 익선관이 장엄하게 빛나 방바닥까지 온통 눈부셨다.

절을 올리고 난 무수는 고개도 들지 못한 채 서 있었다. 임금은 무수의 용모를 찬찬히 살폈다. 기골이 장대하고 목은 굵고 어깨는 넓었으며 서 있는 두 다리는 두리기둥 같았다.

"고개를 들어보아라."

무수가 고개를 조금 들었다. 중갓 아래로 짙은 눈썹이 보였고, 두 눈은 부리부리했으며, 코는 우뚝했고, 다문 입은 굳셌다.

"네 성명 거소가 어찌 되느냐?"

"예, 전하, 신은 곤양에서 태어난 정무수라고 하옵고, 상주에 우거하고 있사옵니다."

"한양에는 어인 일이더냐?"

"무과 별시에 응시하였사옵니다."

"그래?"

임금은 무수의 시권을 가지고 오게 했다. 성적을 살펴보더니 하문했다.

"네가 종루 기둥에 기대어 졸고 있었다고 들었다. 꿈을 꾸지는 않았느냐?"

무수는 꿈을 그대로 아뢰었다. 임금은 무수의 말을 듣는 동안 연신 탄성을 내뱉으며 기이하게 여겼다. 무수가 말을 마치자 임금이 웃음 띤 용안으로 윤음(임금의 말)을 내렸다.

"내 너와 똑같은 꿈을 꾸었으니, 이 어찌 드물고도 드문 일이 아니겠느냐? 여봐라, 내 저 한량에게 새로이 이름을 내리고자 하노라."

둘러선 사람들은 일제히 한목소리를 냈다.

"전하, 성은이 망극하옵니다."

승전내관이 지필묵을 옥안(임금의 서안) 위에 갖춰놓았다. 임금은 잠시 생각하더니 붓을 들었다. 사람들은 숨을 죽였다.


起龍(기룡)

신필(임금의 친필)은 웅장하고 위엄이 있었다. 임금은 쓴 것을 무수에게 하사했다.

"너는 자후(이후)로 기룡, 정기룡이라 하라."

"성은이 망극하옵니다."

승전내관이 무수에게 눈치를 주었다. 무수는 얼른 네 번 절을 올렸다. 임금이 하명했다.

"즉차(즉시) 호조 판적사에 일러 저 한량의 이름을 기룡으로 바꾸어 주고, 과인이 그 이름을 내렸음을 증명하는 관계(관아에서 증명한 문서)를 성급(발급)해 주어라."

대전을 물러 나온 무수는 또 다른 꿈을 꾸고 있는 것만 같았다. 낯선 관원을 따라 대궐 밖으로 나와 육조거리에 있는 호조로 갔다. 판적사에서는 임금이 기룡이라고 쓴 큰 종이에다가 신필로써 하사한 이름이라는 것을 확인하는 글월을 적고 어보를 찍어서 내주었다.

"자손만대에 다시없을 특지(임금의 특별한 명령)인 줄 아시오."

무수는 두껍고 큰 종이를 접지도 말지도 못해 난감했다. 판적사 서원이 말했다.

"잘 말아서 가지고 있다가 집으로 돌아가면 족자로 만들어서 후손들에게 세세 영영 전하시오."

"그리하겠습니다."


드디어 별시 무과 초시 합격자 명단이 병조의 담벼락에 길게 탁방되었다. 그런데 아무리 찾아봐도 무수의 이름이 없었다. 무수는 설마 초시에서 떨어질 거라곤 생각도 못 하고 있었기에 민망해 얼굴이 달아올랐다.

"이만 가세."

힘없이 발길을 돌렸다. 이희춘이 투덜거리며 뒤따랐다.

"도대체 어떤 놈들이 합격한 거야? 제각각 얻은 성적도 다 출방(발표)했으면 좋겠네. 달랑 이름만 적어놓았으니 어떤 놈들이 어떤 부정을 저질렀는지 알 수가 있나?"

"왜 다른 사람들이 부정을 저질렀다고 생각하는가? 내가 부족한 탓을 해야지."

그때 담벼락 앞에 서 있던 한량들이 떠드는 소리가 들려왔다.

"저기, 상감께서 이름을 하사했다는 그 한량도 합격했군그래."

"정기룡, 저자는 당연히 합격시켜 주었겠지."

이희춘의 걸음이 그 자리에서 얼어붙은 듯 멈췄다. 무수도 잊고 있었다는 듯이 몸을 돌렸다.

"선다님?"

굳었던 무수의 안색도 풀렸다.

"그렇군. 이름이 바뀐 것을 미처 잊고 있었군."

두 사람은 다시 한량들 틈을 비집고 들어가 이름을 확인했다. 보기 좋고 큼지막하게 정기룡이라고 씌어 있었다. 이희춘은 크게 웃었다.

"으하하하, 그러면 그렇지."

웃음소리가 어찌나 큰지 주위에 있던 사람들이 놀라 한 걸음씩 물러났다. 이희춘은 무수의 팔을 끌었다.

"자, 이제부턴 정무수가 아니라 정기룡 선다님이오. 어서 갑시다요. 이제 숙소에 가서 푹 쉬고 다음 시험에 대비합시다요. 으하핫."

초시 합격자를 상대로 한 전시(임금 앞에서 치르는 최종 시험)는 훈련원에서 열렸다. 무들기(과목)는 마상 격구 단 한 가지였다. 그것도 임금이 보는 앞에서 갑과 3인, 을과 5인, 나머지 병과 수십 명을 가리는 최종 시험이었다.

도청에는 임금이 앉아 있었고, 선전관과 호위청 그리고 내금위 군사들이 겹겹이 시립했다. 임금의 아래로는 삼정승과 육조판서가 자리했는데 예조판서 유성룡도 있었다. 그 아래로는 여러 당상관과 낭관들이 있었다.

한량들은 구정(격구를 하는 크고 넓은 마당)에서 한 사람씩 군마를 타고 방울을 몰아 구문(골대)에 쳐 넣었다가 돌아오곤 했다. 그러면 참시관(시관의 하나)이 분수를 매겼다. 무수의 차례가 되었다.

"정기룡 한량!"

무수는 기룡이라는 이름이 낯설어 단번에 알아듣지 못했다.

"정기룡 한량, 나오시오!"

두 번 부른 뒤에야 얼른 나갔다. 사람들이 웅성거렸다. 전날 임금에게서 이름을 하사받은 것 때문에 모든 사람이 주목했다. 도청에서 일산(햇빛 가리개) 아래에 앉아 있던 임금도 유심히 바라보았다.

기룡은 갑옷과 투구를 갖추고 긴 장채를 손에 들었다. 그러고는 말을 타고 출발선에 섰다. 시관이 말했다.

"과주(한 가지 자세로 20보 이상 말을 달리는 것)는 실격이니 조심하시오."

"잘 알겠습니다."

"규정된 동작 이외에 더 출중한 수법들을 선보인다면 가분(추가 점수 주는 것)을 할 것이오."

기룡은 한 손은 말고삐를 잡고, 다른 한 손은 장채를 잡고 멀리 있는 구문을 바라보았다. 채비가 되었다는 눈치를 주자 시관이 소리쳤다.

"출마!"

기룡은 비이(장채를 말의 귀와 나란하게 앞으로 드는 귀견줌 동작)를 한 뒤에 할흉(장채를 내려 말의 가슴에 대는 가슴베기 동작)을 했다. 그런 다음에 말을 달려 나갔다.

규정된 동작인 방미(몸을 말 머리 쪽으로 비스듬히 눕히면서 장채를 말 꼬리와 나란하게 하는 치니마기 동작)를 한 뒤에 갑자기 등자에서 발을 빼고 말안장을 디디고 섰다. 그러고는 장채를 높이 수직으로 들었다.

"오?"

"저건 마상재의 입마 수법이 아닌가?"

보는 사람들이 다 감탄했다. 기룡은 입마 자세에 이어 안장과 길마좆을 잡고 물구나무서기를 했다.

"도립까지?"

방울이 놓인 근처에 이르러 다시 안장에 걸터앉았다. 말고삐를 당기며 땅바닥에 놓인 방울 주위를 세 바퀴 돌았다.

배지(몸을 숙여 장채로 공을 눌러 굴리는 구을방울 동작)와 지피(장채 안으로 방울을 굴려 넣는 도돌방울 동작)를 연이어 하며 방울을 채구(방울을 장채로 뜨는 동작)해 구문 가까이 쳐놓았다.

그러고는 말을 달리며 좌우등리장신(左右鐙裏藏身) 수법을 펼쳐 보였다. 기룡의 몸이 말 등의 좌우를 넘나들며 나타났다 사라졌다 하면서 장채로 방울을 말의 좌우로 굴렸다. 그러고는 구문으로 힘껏 쳐 넣었다.

방울은 구문을 통과했다. 구문 옆에 있던 시관이 깃발을 들어 올리며 소리쳤다.

"통문!"

기룡은 구문을 통과한 방울을 장채로 떠서 왔던 길로 쳐놓았다. 그러고는 말을 달리며 안장 뒤로 훌쩍 뛰어내린 뒤에 말을 쫓았다. 말이 가까워지자 기룡은 말 꼬리를 잡고 몸을 옆으로 한 바퀴 번드쳤다.

"하압!"

그러고는 하늘에서 내려오듯이 안장에 걸터앉았다. 온 구정이 술렁였다.

"대단하군."

"마상재 중에서 가장 어렵다는 표자마 수법이 아닌가?"

기룡은 장채로 방울을 굴려 원래 있던 자리에 멈춰놓고, 처음 출발했던 자리로 돌아왔다. 기룡이 말에서 내리자 우레 같은 박수와 함성이 터졌다.

"격구의 여러 수법과 마상재를 섞어서 화려한 재주를 선보이다니."

"귀신같은 재주로고!"

"저런 자가 어찌하여 여태 과거를 보지 않고 있었던고?"

"과연 군계일학이로다."

"장원은 더 가릴 것도 없겠군."

기룡은 전시를 마치고 숙소로 돌아왔다. 임금이 내린 이름이 헛되지 않기만 바랄 뿐이었다. 이희춘은 매일 병조 담벼락에 가서 금방(과거에 급제한 사람의 이름을 게시하는 방)이 나붙었는지 확인하는 일을 일과로 삼았다.

"정기룡 한량님, 계시오!"

기룡이 숙소로 삼은 남대문 근처 칠패 주막으로 기룡을 찾아온 사람은 바로 방꾼(과거 급제자의 거소로 급제 사실을 알려주는 사령)이었다.

"정기룡 급제 출신자는 명일 병조에 들르라는 분부이오!"

이희춘은 방꾼에게 푼돈을 쥐어주었다.

"선다님, 근하드리옵니다. 이제 벼슬길에 오르게 되었사옵니다."

"아직 모르네. 섣부른 판단은 하지 말게."

예조와 병조에 각각 똑같은 용호방(문무과에 합격한 사람의 명단을 게시한 나무 판)이 내걸렸다. 과방을 살펴보니 기룡은 병과 4인이었다.

"정기룡이란 자가 장원이 아닌데?"

"거 참 이상하군."

"잘못 게방이 되었나?"

담장을 둘러선 사람들이 의아스러워했다. 이희춘은 뭔가 잘못되었다고 생각했다.

"선다님, 어찌 된 영문일깝쇼?"

기룡은 아무런 대답 없이 문과 급제자들을 살폈다. 그러더니 갑자기 빙그레 웃음을 지었다. 정경세가 알성시에 을과 2인으로 올라 있는 것이었다. 이희춘이 다가와 물었다.

"왜 그러시옵니까?"

"경임께서 을과에 급제하였네."

이희춘도 기뻐했다.

"선다님과 함께 나란히 문무과에 급제를 하시다니 경사가 겹쳤사옵니다. 그런데 아쉬운 감이 없지 않사옵니다."

"이만하길 다행으로 여기세."

기룡은 병조 안으로 들어갔다. 갑과 3인은 대궐로 불러 임금 앞에서 사패(합격 증서를 줌)를 하고, 을과 이하는 병조판서가 사패를 하는 것이 관례였다.

기룡은 다른 급제자들이 다 들어오기를 기다렸다. 이윽고 병조판서 이준민이 관원들의 시위를 받으며 모습을 드러냈다. 그는 을과 급제자부터 관고(교지)를 주었다. 기룡의 차례가 되었다. 이준민은 잠시 교지를 들고 살펴보더니 주었다.

"자네가 사명(임금이 이름을 지어 주는 것)하고, 또 출중하였음은 이미 조야(조정과 재야)에 널리 알려졌네. 아무쪼록 남에게 꺾이지 말고, 또 스스로 꺾지 말고 부디 인내하고 정진하시게."

기룡은 병조판서 이준민이 하는 말이 무슨 뜻인지 짐작했다. 을과와 병과 급제자 중에 중갓을 쓴 사람은 몇 안 되었다. 무과를 본 대부분이 양반이었다. 양반이 대부분인 벼슬길에서 잘 처신하고 잘 견뎌내라는 말이었다.

"예, 대감."

교지에는 '보인(군역 의무를 지는 사람) 정기룡 무과 병과 제4인 급제 출신 자'라고 적혀 있었고, '만력 14년 10월 26일'이라고 적은 위에 과거지보(홍패나 백패에 찍는 어보)가 찍혀 있었다.

병조판서 이준민은 이어서 기룡에게 고신첩지(임명 사령장)를 내렸다.

"정기룡을 함경도 회령부 권관(무반 외관직 종9품)으로 서임(벼슬자리를 내림)하노라."

기룡은 침을 꿀꺽 삼켰다. 첩지를 받아 들고 하례를 한 뒤 돌아서 나왔다. 상주로 떠나기에는 늦은 시각이었다. 이희춘과 다음 날 일찍 떠나기로 하고 주막으로 돌아와 미리 행장을 꾸리고 있는데 낯선 사람들이 찾아왔다.

"지체 높은 분이 모셔 오라고 하시옵니다."

"누가 오라고 한다는 말이오?"

"가보시면 아옵니다."

기룡은 그들을 따라나섰다. 이희춘은 정체 모를 그들이 행여나 기룡을 해칠까 봐 긴장을 늦추지 않고 뒤따랐다. 그들은 남촌 건천동에 이르러 한 집으로 들어갔다. 사랑채에는 불이 켜져 있었고, 댓돌에 신발이 세 켤레 놓여 있었다.

"대감, 모셔 왔사옵니다."

"어서 들이게."

기룡은 사랑방으로 들어섰다. 병풍 앞 안석에 앉아 있는 사람은 예조판서 유성룡이었다. 정기룡은 절을 했다. 그의 오른편에 낯선 사람이 앉아 있었다. 송충이가 앉은 듯한 눈썹은 그 끝이 치켜 올라갔고, 눈매는 가늘고 매서웠다. 기룡은 자기를 쏘아보는 듯한 그에게 가벼운 목례를 했다.

유성룡의 왼편에도 사람이 앉아 있었는데, 바로 정경세였다. 그는 일어나 방 안으로 들어선 기룡의 손을 잡았다.

"경운, 별시 급제를 축하하네."

"여기서 뵙는군요. 급제를 공하드리옵니다."

기룡은 정경세와 나란히 앉았다. 유성룡을 사이에 두고 낯선 사람과 마주 앉은 모양새가 되었다. 유성룡이 말했다.

"이 사람은 사복시 주부(종6품)로 있는 이순신일세. 나랑 한동네 이웃에 사는 아우이기도 하네."

그가 말했다.

"여해(이순신의 관자)라고 하오. 서애 형님과는 어릴 적부터 함께 자란 사이라오."

기룡과 정경세는 이순신과 통성명을 했다. 유성룡이 두 사람을 번갈아 보며 입을 열었다.

"자네들이 나란히 이룬 성취야 두말할 것이 없네만 아쉬운 감이 없잖아 있네."

그러고는 정경세에게 먼저 말했다.

"정 부정자(승문원 종9품)는 대취(대리 시험)에 피해를 보았지만 어찌하겠는가? 운이 없다고 여기는 수밖에. 다행히 그들이 다 죄를 얻어 벌을 받았으니 마음을 풀도록 하게."

유성룡은 정경세를 위로한 뒤에 기룡에게 말했다.

"이번 별시에는 팔도에서 한량들이 구름같이 몰려들었네. 그들과 겨루어서 갑을병과 전체를 통틀어 12번째 과차(과거에 급제한 순서)로 끊게 되었으면 다행한 일일세.

사실 전시에서 누가 보아도 장원의 기량을 펼쳐 보이고도 병과에 그친 것을 생각하면 정 권관은 심히 억울할 것일세. 그러나 어찌하겠는가? 아무리 출중하더라도 보단자(신원 확인서)를 보아 양반이 아니면 갑과와 을과에 급제하는 것은 불가능한 것을."

다과상이 들어왔다. 유성룡은 차를 권한 뒤에 다시 입을 열었다.

"자네들이 앞으로 이 나라를 받치는 두 기둥이 되리라 믿네. 부디 큰 뜻을 세워서 모든 역경과 고초를 헤쳐 나가길 바라네."

두 사람은 한입이 되어 대답했다.

"예, 대감."

정경세가 아뢰었다.

"대감, 소관이 지난번에 우연히 단양 고을 즈음에서 길을 잃었다가 산속에서 유 생원이라는 노인을 만났었사옵니다. 그때 그 노인의 말이 올해에 시생이 절친한 벗과 함께 과거에 급제할 것이라고 하였는데, 과연 그대로 되었으니 기이하게 여겨지옵니다."

"늙으면 경륜이 생겨서 젊은 사람의 용모만 보아도 그 기질과 성품과 기량을 알 수 있다네. 허허, 정 부정자를 잘 보았구먼."

"그런데 또 한 가지 말한 것이 있사온데, 임진년에 병란이 일어날 것이니 조심하라고 하였사옵니다. 그 말이 영 꺼림칙하옵니다."

"임진년에? 하긴 나라가 오랫동안 큰 외침을 받지 않은 탓에 방수(防守)하는 일을 너무 소홀히 하기는 하네. 그렇다고 방외사(세속을 벗어난 사람)들이 마구 내뱉는 말을 너무 마음에 담아두지는 말게. 사람이 내일 일어날 일도 못 내다보는 터에 몇 년 후에 일어날 일을 어찌 알겠는가?"

정경세는 묵묵히 수긍했다. 이순신이 말했다.

"군비라는 것은 평시에 하는 것이니, 장수 된 자가 마땅히 군물을 잘 정돈하고 군사를 조련하면 언제 어느 때 외적이 침노한다 한들 무슨 당황할 일이 있겠소?"

이순신은 다분히 호승심 어린 얼굴로 기룡을 보며 말했다.

"정 권관, 안 그렇소?"

"주부 나리의 말씀이 지당하옵니다."

유성룡이 또 말했다.

"곧 사가(휴가를 내림)가 있을 것이니, 두 사람이 같이 향리로 돌아가서 영친의(과거 급제자가 고향으로 돌아가 부모에게 영광을 돌리는 일)를 잘 치르고 또 잘 채비하여 다시 한양으로 올라오도록 하게."


## 2

"무수 그놈이 애복이랑 혼인을 하였다고?"

"그러하옵니다. 사벌 땅에 신접살림을 차렸사옵니다."

"그년이 기어코…… 사벌이라면 비란나루가 가까운 곳이 아닌가?"

"예, 대행수 어른, 한데 무수 그놈이 장사는 안 하고, 한양에 과거 보러 갔다고 하옵니다."

"미친놈, 벼슬살이 녹봉이 얼마나 된다고 그 좋은 장사를 그만두다니."

"혹시라도 그놈이 크게 되어서 우리에게 복수라도 하는 날에는……."

"어림없는 소리. 벼슬은 사람을 부리지만 재물은 귀신도 부린다지 않는 가? 나중에 보면 알겠지. 누가 크게 되는가를. 으하하."

낙동나루에 낯선 사람들이 떼로 나타났다. 많은 사람들이 오가는 나루이긴 하지만 길손과 장사치는 행색과 짐만으로도 쉽게 구별할 수 있어서 그들의 등장은 심상치 않았다.

"어디서 오신 분들이오?"

"동래에서 왔소."

그들은 동래 상인이었다. 내상(동래 상인)은 만상(의주 상인)과 송상(개성 상인)과 함께 조선의 3대 상단이었다. 만상은 주로 중국에서 들어오는 물건을 취급했고, 내상은 왜관에 드나드는 왜상(일본 상인)과 거래했다.

그동안 박수영은 상주에서 거둬들인 곶감과 비단을 강배로 실어 날라 남강의 정암나루에 쌓아두었다가 거기서 남도 전역으로 풀곤 했는데, 그럴 때면 동래 상인들이 가장 큰손이었다.

그런데 그들이 직접 낙동나루까지 올라온 것이었다. 조선의 3대 상단의 하나인 만큼 그들의 자금력은 막강하여 박수영은 상대가 되지 않았다. 그렇다고 그들의 등장을 막을 수도 없었다.

"젠장, 앞으로는 별 재미를 못 보겠군."

그들이 직접 곶감과 비단을 거둬들이기 시작할 것이고, 박수영보다 더 좋게 값을 치를 것이 자명했다. 박수영이 그간 중간에서 이문을 붙여 먹은 것을 감안하면 내상이 나타난 것은 상주 상인들에게도 좋은 일이었다. 박수영과 경쟁하지 않더라도 도매금이 올라갈 것은 누구라도 예상할 수 있었다.

그들은 무차별적으로 객주마다 들어가 흥정을 하기 시작했다. 실상 흥정이랄 것도 없었다. 거의 다 상주 상인들이 부르는 값을 에누리 없이 사들였다. 동래 상인들이 내건 조건은 다음에도 자기네들과 직거래를 한다는 것이 다였다.

곶감과 비단 값이 오르는 것은 당연했다. 아무도 박수영에게 싼 값에 넘기려 하지 않았다. 박수영은 상도의를 내세웠지만, 장사치들에게는 언제나 물건의 가금이 도의고 신용이고 친분이었다.

그들은 현물에 대해 현찰을 지불했다. 그 때문에 여동금이 운영하는 전포도 별 재미를 못 보게 되었다. 홍수로 큰 낭패를 보았던 낙동나루는 동래 상인들이 대거 나타나는 바람에 예전과 같은 활기를 되찾았고, 대전을 하는 사람이 크게 줄어들었다.

고심하고 있던 박수영에게 여동금이 제안했다.

"대행수 어른, 이참에 한양으로 가는 게 어떻겠사옵니까?"

"한양?"

"진주와 상주를 다 겪었으니 이보다 더 큰물은 한양밖에 더 있겠사옵니까? 지금까지 소인이 봐온 대행수 어른의 수완 같으면 조선 제일의 거상이 될 수 있다고 믿사옵니다. 그러려면 응당 한양으로 가야 하옵지요."

"자네가 나를 너무 높게 보는 것 같으이."

"아니옵니다. 대행수 어른 홀로 이만큼 이뤄내신 것은 아무나 하지 못할 일이옵니다. 아직 세력이 없어서 그렇지 대행수 어른도 저 남문 안 정진사 나리처럼 휘하에 사람들을 거미줄처럼 거느리기만 한다면 여느 거상 못지않을 것이옵니다."

무수가 애복이와 혼인을 했고, 또 한양으로 과거를 보러 갔고, 그즈음에 갑자기 동래 상인들이 나타나 낙동나루를 온통 휩쓸고 다니고 있어 심사가 뒤틀릴 대로 뒤틀려 있던 박수영은 여동금이 추켜세우자 기분이 좋아졌다.

박수영은 곰곰이 생각했다. 이미 아버지 박안이 세상을 떠난 뒤였다. 예전에 박안이 저지소에서 나와 의령 호장이 되고 나서 그랬듯이 새로 뽑힌 의령 관아의 호장도 점차 정암나루와 장박나루에 눈독을 들였다.

그가 남강 상권에 마수를 뻗친다면 오래 버티지 못할 것이었다. 우물쭈물하다가 하루아침에 빼앗기고 옥살이까지 하기 전에 손을 써야 했다.

박수영은 소리 소문 없이 남강의 염매권을 비롯해 여러 객주며 여각을 하나씩 팔아 치우기 시작했다. 그 대금으로 받은 권계며 부험으로 고리짝이 가득 채워졌다. 박수영은 그것을 상주로 갖고 와서 전포를 통해 정춘모의 것으로 바꿨다.

"그자의 것이라야 안심이 되지. 암."

"대행수 어른, 그럼 이제 한양으로 가시는 것이옵니까?"

"그래, 가세. 내가 어렸을 적부터 남강 물만 먹으며 살고 싶지는 않았지. 영남에서 제일 큰 도회지인 상주에 와서 낙동강 물도 먹어봤으니, 앞으로는 경강(한강) 물도 좀 먹어볼까? 으하하."

"잘 생각하셨사옵니다. 히힛."

"그래, 한 번뿐인 우리네 인생, 기왕이면 더 큰물에서 재미나게 놀아보세. 우리가 쇠천이 없나 수완이 없나, 뭐가 부족한가? 으하하하."

"그런데 대행수 어른, 한양 어디로 가야 할깝쇼?"

"그건 천천히 생각하세. 아직 할 일이 좀 남아 있네. 이 상주 것들한테 골탕을 좀 먹이고 떠나야지."

박수영은 동래 상인들보다 높은 값을 주겠다고 해 곶감과 비단을 거둬들였다. 낙동계에 속한 객주의 행수들은 기왕 같은 값이면 박수영에게 주자는 쪽으로 기울었다. 그의 권계는 여동금의 전포에서 대전하기가 쉬웠다. 그 때문에 그의 권계는 맞돈(현찰)이나 마찬가지였다.

박수영은 거기서 멈추지 않았다. 동래 상인들이 미처 발길이 닿지 않은 비란나루로 모여드는 곶감과 비단도 거의 외목(독점)하다시피 했다. 그는 일단 권계를 발행해 특산품을 거둬들였고, 그런 다음 낙동나루로 싣고 가서 동래 상인들에게 현금을 받고 팔아넘겼다.

"내 자네한테 객주를 다시 넘겨주겠네. 전과 같이 잘 운영해 보게."

박수영이 보증을 서겠다고 하자 배홍옥은 얼른 머리를 조아리며 수락했다. 배홍옥은 낙동계에서 거액을 빌려 다시 객주를 인수했다.

박수영은 전포에서 받아놓은 물건들을 살폈다. 금은과 같은 값나가는 것들만 챙겼다. 진상 백자가 있었다. 여동금이 말했다.

"혹시 한양에 가지고 가면 쓸모가 있을지도 모를 일 아니겠사옵니까?"

"그럴까? 그러면 잘 싸서 담게."

백각사(많은 관아)에서 사용하는 그릇을 만드는 고을은 많지만, 임금의 수라상에 올리는 자기 그릇을 만드는 사기소는 팔도 전역에 네 곳밖에 없었다. 그중에서 상주에만 두 곳이 있었다.

"귀한 물건인 것만은 틀림없겠사옵니다."

정춘모는 박수영이 전에 없이 많은 권계를 남발한다는 첩보를 입수하고는 그가 무슨 일을 저지를지 모른다고 판단했다. 그리하여 자신의 휘하에 있는 모든 객주와 여각에 엄령을 내렸다.

"그자의 권계를 받지 말라. 받아둔 것이 있으면 절대로 묵혀두지 말고 전포에 가서 속히 대전하라."

그로부터 며칠 지나지 않아 정춘모가 우려하던 일이 현실로 나타났다. 박수영과 여동금이 온데간데없이 사라진 것이었다. 낙동나루와 비란나루의 상주 상인들은 난리가 났다. 모두 넝마나 다름없는 그의 권계를 들고 울부짖었다.

"아이고, 우리는 망했네. 망했어."

"함부로 난뎃놈을 믿는 게 아니었는데."

정춘모는 휘하의 객주와 여각으로부터 보고를 받았다. 박수영의 권계를 그때까지 가지고 있는 행수는 거의 없었다. 비란나루 행수 서대복은 박수영의 권계가 부도나자 담보로 잡아둔 그의 강배를 처분해 가금을 회수했다. 그는 박수영의 됨됨이를 알아본 정춘모의 혜안에 감탄했다.

"큰 자리는 아무나 앉는 게 아니지. 암."

"행수 어른, 십년감수할 뻔했사옵니다."

"무릇 세상사 징검다리 위에서 마음이 혹할 때, 어디를 디뎌야 할지 심사숙고해야 하지 않겠는가?"

다만 정춘모의 말을 안 듣고 박수영의 권계를 많이 받은 데다가 대전도 하지 않은 사람은 낙동나루 객주의 행수 이상원뿐이었다.

"진사 나리, 소인은 일이 이리될 줄은 꿈에도 몰랐사옵니다."

"내 진즉에 지시하지 않았던가?"

정춘모는 큰 손해를 끼친 행수 이상원을 전에 없는 일벌백계로 내쳤다. 쫓겨난 이상원은 오갈 데가 없는 신세가 되었다. 밥줄이 끊긴 그는 배홍옥의 객주에 찾아가 통사정을 했다.

"여보게, 배 행수, 장무는 아니더라도 산원으로라도 좀 써주게. 응?"

"나도 많이 당했네. 산원도 필요치 않게 되었단 말일세."

"아, 내가 어쩌다 이 꼴이 되었단 말인고!"

결국 이상원은 예전처럼 여기저기 떠돌아다니는 등짐장수로 전락하고 말았다. 낙동나루의 행수들 중에는 그처럼 망해 거리에 나앉게 된 사람이 여럿이었다.

정춘모는 자신의 객주와 여각에서 발행한 권계와 부험에 대해 전수조사를 했다. 그 결과 약 3천 냥어치가 누구 손에 있는지 소재가 불명이었다. 박수영이 갖고 도주했을 것으로 짐작할 뿐이었다.

"모르긴 해도 그놈이 1만 냥은 챙겼을 것이야."

"1만 냥이 뭔가? 남강 가 재산도 다 처분했다지 않는가? 아마 10만 냥은 될 걸세."

"휴우, 10만 냥이면 도대체 얼마나 큰 금액인가?"

낙동계에서는 박수영에게서 피해를 입은 행수와 장사치들을 모아 연명하게 해 그를 잡아달라고 정소(탄원서를 제출함)를 했다. 상주 목사 유영길은 그가 어디로 달아났는지 종적을 알 길이 없어 조정에 장계를 올렸다.

임금은 그 사실을 진달 받고 하명했다.

"간도(간악한 도둑)가 어디에 숨었겠는가? 달아나 봐야 팔도 안이니, 포도대장은 속히 관배자(체포 영장)를 내고 교외도장군사(포도청에서 파견하는 포도군사)로 하여금 반드시 근포(죄인을 찾아가 잡음)토록 하라."

어두운 밤, 성문이 닫히기 직전에 박수영은 남대문 안으로 들어갔다.

도성 안의 지리를 알 길이 없는 그는 정처 없이 가다가 동평관(일본 사신의 숙소) 근처에서 다리쉼을 했다. 여동금은 지고 있던 등짐을 쿵 내려놓으며 박수영의 곁에 퍼질러 앉았다.

"대행수 어른, 인상서(수배 전단)가 쫙 깔렸으니 이제 어쩌면 좋사옵니까?"

"이 조선 팔도에 나랑 닮은 놈이 어디 한둘이겠는가?"

"막판에 상주 놈들을 그렇게 싹 다 등쳐 먹는 건 아니었는데……."

박수영은 여동금이 행여나 저한테서 달아날까 봐 간곡히 타일렀다.

"너무 심려치 말게. 응? 우리 두 목숨, 오래오래 부지할 요행수가 있을걸세."

"어찌 심려가 안 되겠사옵니까?"

"어허, 이 사람, 나를 못 믿겠는가?"


# 3

기룡은 정경세와 나란히 문경새재를 넘었다. 조령원에서 한 차례 쉬었다가 다시 숲길을 걸었다.

조령천을 따라 걸어가 유곡역에 이르렀다. 두 사람은 찰방(종6품의 관직) 임익수에게 홍패를 보였다.

"오, 정기룡! 그대가 사명을 한 바로 그 권관이로군. 허허."

임익수는 상주에서 문과와 무과 급제자가 동시에 나온 것을 크게 기뻐하며 편히 쉬게 해주었다. 그러고는 상주 관아로 파발을 띄웠다.

다음 날, 상주 목사에게서 회신을 받은 임익수는 역졸들로 하여금 두 사람을 호위하게 하고 상주로 발행시켰다.

상주 북천 건너까지 사람들이 나와 두 사람을 환영했다. 기룡의 집이 있는 사벌의 흔곡(지금의 금흔리) 고을 사람들과 정경세의 본가가 있는 청리의 율리 고을 사람들 그리고 상주 관아 관원들과 이속들이 다 나와 있었다.

기룡과 정경세는 관원들이 마련한 공복을 갖춰 입었다. 그러고는 말에 올라 유가(시가행진)를 시작했다. 맨 앞에 취라치가 나팔을 불며 가고, 그 좌우로 급창이 거드름을 피우며 소리쳤다

"어허랑(임금이 허락한 급제자라는 뜻) 어허! 급제인 가신다!"

사람들은 뒤따라가며 다들 자기네 집안의 일처럼 경사스러워했다. 북천을 건너 저잣거리로 들어왔다. 많은 사람들이 길가 좌우로 벌려 서서 축하를 해주었다. 유가 행렬은 관아 남문과 읍시를 지나 읍성 남문으로 나와 향교로 향했다.

향교에 이르러 두 사람은 말에서 내렸다. 정경세가 먼저 들어가고 뒤따라 기룡이 들어가려는 순간, 훈도(종9품이 맡는 교육 직책)가 막아섰다.

"출신이 비천한 무과 급제자는 들어오는 곳이 아니오."

기룡이 멈춰 섰다. 앞서 들어가던 정경세가 뒤를 돌아보았다. 사람들이 다 두 사람을 바라보고 있었다. 정경세가 훈도에게 한마디 하려고 다가서는데, 전교 송량이 다가서며 기룡을 이끌었다.

"아닐세. 사판(벼슬자리)에 올랐으면 이미 신분이 높아진 것이나 다름없으니, 누구나 알성하는 것이 예법일세. 자, 어서 들어오게."

기룡은 정경세와 나란히 문묘에 알성하고 나왔다. 기다리던 상주 판관 조희철이 두 사람을 데리고 관아로 갔다. 기룡은 정경세와 함께 수령청으로 가서 상주 목사 유영길에게 두 번 절했다. 유영길은 두 사람을 위유했다.

"이제 우리 상주 고을은 문무겸전의 고장이 되었네. 정 부정자는 태학에 든 지 일 년도 채 되지 않아 크게 성취를 했고, 더구나 정 권관은 상감

마마로부터 사명을 했으니 이 아니 황공한 일이겠는가?"

그러고는 두 사람의 부모를 객사인 상산관으로 불러 연회를 베풀었다. 기룡은 어머니 김씨에게 두 번 절을 하고 앉았고, 정경세는 아버지 정여관과 어머니 이씨에게 절을 한 뒤에 앉았다. 어머니 김씨는 너무 어려운 자리라 어찌할 바를 몰라 했다. 기룡은 김씨의 손을 꼭 잡아주었다.

연회가 끝나자 기룡은 정경세와 헤어졌다. 사벌 집으로 가서 도문연(과거 급제자가 집에 돌아와 문 앞에서 벌이는 잔치)을 했다. 온 흔곡 고을 사람들이 다 나와서 김씨의 덕을 기리며 기룡의 급제를 축하했다. 더구나 임금으로부터 이름을 하사받은 것에 크게 놀라고 부러워했다.

다음 날은 영분의(과거 급제자가 향리로 돌아와 조상 무덤에서 풍악을 울리며 영광을 아뢰는 일)를 했다. 기룡은 어머니 김씨와 애복이를 데리고 고향이 있는 남쪽을 향해 홍패의 부본(사본)을 불사르며 절을 올렸다.

김씨가 말했다.

"에미야, 우리 같이 임금님께도 절을 올리자꾸나. 애비의 이름을 하사하셨다는데 어찌 그냥 있겠느냐?"

"어머님 말씀이 옳아요."

김씨와 애복이는 북향 사배를 올렸다.

"임금님, 고맙사옵니다."

"임금님, 만수무강하옵소서."

기룡은 어머니 김씨와 애복이의 천진하고 소박함에 가슴이 먹먹했다.

"자, 우리도 이제 집으로 들어가자. 저 사람 배고프겠다."

"예, 어머님, 얼른 밥상을 차릴게요."

집에서 수삼 일을 보낸 기룡은 정경세의 기별을 받고 계정으로 갔다. 벗들은 하나같이 기뻐하며 축하해 주었다. 전식이 궁금해하며 물었다.

"이보게, 경운, 상감마마로부터 사명을 한 과정을 소상히 좀 얘기해 주게나."

기룡은 멋쩍어하며 간단히 알려주었다.

"상감마마와 똑같은 시각에 똑같은 꿈을 꾸다니, 그것 참 기이한 일일세."

"온 고을이 자네가 사명을 한 것에 대하여 소문이 자자하네."

"어찌 우리 상주 고을 뿐이겠는가? 온 팔도가 다 알고 부러워하는 일인 것을."

"내 일찍이 우리 경운을 잘 알아보았지. 하하."

"앞으로 무정승은 따놓은 것이나 다름없네."

계정에서 웃음소리가 그치지 않는 것과 달리 상무계 모임에서는 혀를 차고 한숨을 쉬는 소리만 줄곧 새 나왔다.

"허어, 그것참, 무예 시험이야 자신이 있지만, 강경 시험은 영 어렵단 말이야."

"그 어려운 글을 어찌 다 왼단 말인가?"

"경서도 경서지만 가난하면 무예 시험도 꿈을 못 꿀 일이네."

"그렇네. 말이라도 한 필 가지고 있어야 말이지. 우리 같은 사람은 무예 시험에 대비하려면 우마계에서 말을 빌려서 마상재며 기사며 기창이며 격구를 연습해야 하는데 그 삯이 어디 보통 비싼가?"

"옳은 말일세. 하루 빌려 타는 데 쌀이 서 되나 하니."

"기껏 몇 번 빌려 타고는 응시를 하니 번번이 낙방할 수밖에."

김사종이 좌중을 향해 말했다.

"핑계를 대자면 한도 끝도 없네. 머잖아 우리 상무계 계금으로 말을 한 필 구입할 것이니 자네들은 그때까지 기마술을 제외한 나머지 규구에 힘쓰도록 하게."

예조판서 유성룡이 기룡에게 서한을 보내왔다. 기룡이 행여라도 노모를 염려해 회령 권관으로 나아가지 않을까 싶어서였다.

기룡이 갈등이 없는 것은 아니었다. 어머니 김씨와 애복이를 두고 가야 할 처지였고, 또 무록 관직이라 녹봉을 받지 못하니 일용할 것을 집에서 가져다 써야 한다는 것도 그다지 내키지 않는 일이었다. 자기가 벌어서 애복이와 김씨를 봉양하고 싶었는데 상황이 뜻대로 되지 않은 것이었다.

"대장, 집안 걱정은 하지 마. 내가 어머님을 잘 모실게."

"시어머니와 며느리만 남게 된 집안을 누가 얕보지 않을까 그게 가장 큰 걱정이지."

"어머님이 이 고을의 어른으로 공경을 받고 계시니까 괜찮아. 또 집안에 그림자 같은 윤업이와 종들이 늘 오가니까 누가 엿보는 일도 없을 거고."

김씨도 애복이의 말에 공감했다.

"임금님이 이름까지 내려주셨는데 안 가면 안 되지. 나는 에미와 같이 우리 아들이 크게 되기를 손꼽아 기다리고 있으마."

기룡은 한양으로 떠나는 일을 더 늦출 수 없었다. 김씨와 애복이에게 하직 인사를 하고는 정경세와 같이 길을 나섰다.

기룡은 화이를 탔고, 정경세는 정춘모가 내준 말을 탔다. 기룡은 말안장 뒤에 활 한 장과 칼 한 자루, 봇짐 하나만 얹었다. 이희춘도 말에 올라 두 사람의 뒤를 따랐다.

상주에서 한양까지 5백 리 길을 가는 동안 기룡과 정경세는 더욱 막역한 사이가 되었다. 어릴 적 이야기에서부터 서로 장가를 들게 된 사연까지 속속들이 털어놓았고, 갖가지 시시콜콜한 이야기도 주고받았다.

기룡과 정경세는 상주를 떠난 지 닷새 만에 남대문에 들어서서 종루에 이르렀다. 한양의 한가운데였다. 두 사람은 말에서 내렸다. 정경세는 기룡의 손을 꼭 잡았다.

36

"경운, 부디 몸조심하게."

"알겠네. 경임도 잘 지내게."

"내 가끔 서찰을 보내 안부하겠네."

"나도 그러겠네. 자, 그럼."

두 사람은 애틋하고 아쉬운 마음에 얼른 손을 놓지 못했다. 보다 못한 이희춘이 아뢰었다.

"두 분의 우의가 참으로 보기 좋사옵니다."

기룡과 헤어진 정경세는 말을 타고 육조거리로 나 있는 길을 갔다. 기룡은 그 자리에 서서 그의 뒷모습을 바라보았다. 정경세가 몇 번이고 돌아보며 기룡에게 얼른 떠나라는 손짓을 했다. 기룡도 손을 들어 화답을 하곤 했다.

정경세의 모습이 인파 속으로 사라져 갔다. 그제야 기룡은 훌쩍 화이의 등에 올라탔다.

"우리도 가세."

그러고는 흥인지문 쪽으로 말 머리를 돌렸다. 이희춘도 허둥지둥 말에 올랐다.

"권관 나리, 같이 가십시다요."

그로써 기룡은 한양에서 함경북도 회령까지 북관로 2천 리 길의 장도에 올랐다.

# 회령, 그 천리만산

## 1

말을 힘껏 달리게도 하고, 천천히 걷게도 하며 열여드렛날 동안 길품을
판 기룡은 함흥에 있는 함경 감사 이광에게 도임하러 온 것을 아뢰고, 객
사에서 망궐례(임금의 생위패에 절하는 것)를 했다.

그러고는 다시 길을 나서 경성에 있는 북병영(함경북도 병마절도영)에 이
르렀다. 북병사 이일은 기룡에게 말했다.

"회령 도호부의 부사 자리가 지금 비어 있네."

회령 부사로 있던 이발이 관곡을 장오(장물을 숨김)한 것이 어사에게 발
각되어 전라도로 정배된 지 얼마 지나지 않은 즈음이었다.

이일은 회령 부사를 대신해 기룡을 고령진으로 발령했다. 물러 나온
기룡은 또다시 말을 타고 회령부에 도착했다.

관아에 들어가니 판관 이성일이 반갑게 맞이해 주었다. 그는 기룡의 신
원을 확인한 다음 부절(둘로 쪼갠 발병부) 한쪽이 든 주머니를 내주었다.

"어렵지 않게 찾아갈 수 있을 걸세."

기룡과 이희춘이 고령진의 남쪽 성문을 들어서서 진아(진장의 집무처)에
도착하자 융기서(북방 변경의 병기를 만드는 관아) 섭사(토관직 서리) 정범례와

군사들이 기룡을 맞이했다.

고령진은 회령부 읍성에서 북쪽으로 20여 리 떨어져 있었다. 성벽의 높이는 6척(1.8미터)밖에 안 되었고, 둘레는 2천7백여 척(8킬로미터) 남짓이었다. 진민은 70여 호에 2백여 명이 살고 있었다.

특이한 것은 진민들 중에서 상류층을 구성하고 있는 사람들이었다. 귀양 온 뒤로 오랫동안 풀려나지 않아 그대로 대를 이어 눌러앉게 된 사람들이 많았는데, 급제 출신자들이 대부분이라 글을 알고 머리가 비상해 토호배(토착 세력)를 이루고 있었다.

그들은 유배를 당한 사람들답게 걸핏하면 조정에 대해 반감을 드러냈다. 그들의 우두머리 격인 사람은 국경인이었다. 그는 숙부 국세필과 조카 사위 정말수 그리고 정말수의 형 정석수를 수족같이 부리면서 진민 이언우, 함인수, 김수량 등과 한동아리가 되어 고령진 내의 모든 것을 관장하다시피 하고 있었다.

그들의 뒤에는 회령부 관아에서 감고(관아의 곡식 출납을 감독하는 서리)로 있는 한하두가 도사리고 있었다.

기룡은 그들과 공연한 마찰을 일으키지 않기 위해 가까이 하지도 멀리 하지도 않고 지나치면서 인사하는 정도로만 지냈다. 그들은 기룡이 어떤 사람인지 궁금했지만 기룡의 그런 처신으로 함부로 넘겨짚어서 판단하지 못했다.

"허우대는 커다란 것이 도대체 속을 알 수 없는 작자로군."

"이글이글하며 빛나는 눈매가 영 거슬린단 말이야."

"좀 더 두고 보세. 어떤 놈인가 알게 되는 날이 오겠지."

기룡은 진장이 된 지 두어 달이 지나자 고령진의 형편을 거의 다 헤아리게 되었고, 회령에 신관 부사 변언수가 부임해 왔다. 그로써 그동안 마비되다시피 한 회령의 공무가 활발하게 논의되었다.

전국에 가뭄이 든 5월, 북방의 변경 회령에서는 이제 막 봄기운이 감돌고 있었다. 회령도 가뭄의 혹독함을 비켜가지 못했다. 쌀농사는 엄두도 못 냈고 고작해야 조와 피 농사를 짓는 진민들이 심한 기근에 시달렸다.

회령 부사 변언수는 제진의 진장들을 불러 모아 물었다.

"부민들을 구휼할 좋은 방도가 없겠소?"

"사세가 급박하니 관곡을 내주는 도리밖에는 없사옵니다."

"그건 불가하옵니다. 군향(군량미)도 비상시를 대비해 소량으로 유지하고 있는데, 그것마저 동나면 장차 큰일을 당했을 때 손을 쓸 길이 없어지게 되옵니다."

기룡이 입을 열었다.

"부사 나리, 부민들이 번호(우호적인 여진족)들과 교역할 수 있도록 개시(시장을 열어줌)를 하는 것이 어떨까 하옵니다."

"개시를?"

"그러하옵니다. 본부(회령부)에 개시를 한다면, 부민들이 적호(적대적인 여진족)의 땅으로 깊이 들어가 위험을 무릅쓰고 일하지 않아도 될 것이고, 부민이나 번호나 다 본부에 모여들어 생도할 계책을 마련할 것이니, 이는 자연히 부민이 증액되어 오래지 않아서 성읍(활발한 고을)이 될 것이옵니다."

"개시는 부민들이 바라는 바인가?"

판관 이성일이 대답했다.

"물론이옵니다. 본부 밖에 흩어져 사는 번호들도 갈망하고 있는 바이옵니다."

"조정의 허락 없이 호인들과 시장을 열어도 괜찮겠는가?"

"경성에 발사(상급 관아에 처분을 요청하는 글)를 하는 것이 좋겠사옵니다."

군관들의 의견이 모아지자 회령 부사 변언수는 파의를 한 즉시 북병사 이일에게 신보(글로써 아룀)했다. 이일은 며칠 동안 고민한 끝에 개시를 해도 좋다는 회답을 내렸다.

그리하여 회령 도호부에서는 날을 가려 개시를 했다. 시장은 부민과 번호들로 성황을 이뤘다. 그때부터 번호가 적호로 돌변해 노략질을 하는 일이 없어지고 북계를 떠돌던 유랑민들이 하나둘씩 들어와 정착하면서 부민의 수도 불어나게 되었다.

"이러다 우리 회령이 경성보다 더 커지는 거 아냐?"

"허허, 그러면야 살기도 좋아지고 무엇이 부럽겠는가?"

그것을 안 나머지 부령, 종성, 온성, 경원, 경흥 등 다섯 도호부에서도 개시를 허락해 달라는 요청이 북병영에 빗발쳤다. 북병사 이일은 자신의 권한으로 6진의 전역에 개시를 하는 것이 꺼림칙해 조정에 장계를 올렸다.

그랬더니 조정에서는 이유 여하를 막론하고 개시를 엄격히 금지하라는 감결(상급 관아에서 하급 관아로 보내는 공문)을 내렸다.

성시를 이뤘던 회령 개시는 하루아침에 철폐되었다. 그 바람에 번호들이 전처럼 적호로 돌변해 침입해 오지 않을까 싶어 부민들은 점차 불안해졌다. 또 번호들은 산물을 사고팔면서 이익을 보는 재미가 있었는데, 이제 제각각 살길을 찾아 다시 관경 밖으로 유랑을 떠났다.

사태는 거기서 그친 것이 아니었다. 모든 산물의 값이 폭등했고, 잠매가 횡행했다.

고령진의 진민들은 개시에서는 번호들이 가장 좋아하는 들개 가죽으로 만든 윗도리와 아랫도리 옷 한 벌을 소금 일곱 말과 바꿨는데, 장시가 없어지고 나서는 잠매를 해야 하니 소금 닷 말도 못 받게 되었다. 또 곡식으로 소금 한 말을 사려면 조를 여덟 말이나 줘야 했다.

그 밖에 담비 가죽, 청서 등 있는 대로 내놓아 비싼 소금을 구입해야 하니 진민들의 살림은 말이 아니었다. 단 하나 예외인 것이 있었다. 번호들은 인삼만큼은 진민들이 값을 부르는 대로 주고 사들였다. 인삼 10근 값이 소금 1백 섬이었다.

소금을 가지고 있지 못한 번호들은 드디어 적호로 돌변하기 시작했다. 번호 파이타(伐伊大)와 무샹치에(莫尙介)가 세력을 이뤄 밤을 틈타 도호부 관경 안으로 쳐들어와 노략질을 하곤 했다.

"네 이놈들을!"

기룡은 고령진을 파수하고 있는 군사들 중에서 날랜 기병 1대(군사 25명)를 이끌고 매복해 있다가 그들이 야밤을 틈타 몰래 침노하자 삽시간에 함성을 지르며 말을 달려 나가게 했다. 놀란 적호들은 허둥지둥하며 달아나기에 바빴다.

"한 놈도 남기지 말고 끝까지 추살하라!"

몇몇은 돌아서서 대적을 해왔지만 그들은 이미 사기가 꺾여서 감히 기룡이 이끄는 군사들의 대수(적수)가 되지 못했다. 고령진의 기병들은 그들을 추격해 남김없이 섬멸했다.

번추(여진족 무리의 우두머리. 추장) 파이타와 무샹치에는 사로잡혀 꿇려졌다. 기룡은 엄히 추문했다. 그들의 하소연은 오직 한 가지뿐이었다.

"저희는 귀국의 적호가 아니옵니다. 무릇 사람으로서 먹고사는 일에 어찌 국경이 있겠사옵니까? 진장께서 저희들을 보호해 주시고, 도호부 안에 다시 장터를 열어 통시(通市)를 하게 해주옵소서."

기룡은 차마 그들을 참수하지 못했다.

"개시를 하는 일은 쉽지 않은 일이다. 다만 양쪽 사람들이 같이 살 수 있는 방안을 찾아볼 것이니 너희들은 돌아가 있거라. 만약에 한 번 더 허락 없이 관경을 넘어온다면, 그때는 네놈들의 목이 어느 장대에 내걸릴지 모를 일이다. 알겠느냐?"

번호들이 침략해 오는 이유는 간단했다. 그들이 필요로 하는 물종을 관경 너머 조선의 백성들이 가지고 있기 때문이었다. 그들은 거저 달라는 것이 아니었다. 개시만 해준다면, 정당한 대가를 치르고 구입해 가겠다는 것이었다.

북병사 이일은 6진 도호부사들의 연명서와 백성들의 탄원서를 곁들여서 비장한 각오로 조정에 장계를 올렸다.

"만약 관시(관아에서 감독하는 시장)를 개설한다면 사방으로 뿔뿔이 흩어져 유랑하는 자들이 다시 모여들 뿐만 아니라 번호들도 말리(작은 이익)를 꾀하려고 들어오게 될 것이옵니다.

이렇게 되면 6진의 각 도호부에 백성과 민호를 유입시키지 않아도 점차 그 수가 불어나게 될 것이고, 이미 묵은 산밭도 자연히 개간되어 읍거(읍에서 사는 일)가 점차 풍요로워질 것이 아니겠사옵니까?

또한 잠상(밀매꾼)도 사라지게 되어 산물이 모두 제값으로 돌아갈 것이며, 번호가 적호로 돌변하여 침노해 오는 일도 사라질 것이옵니다. 번호라는 족속들이 대개 성품이 흉악하고 교활하다 하지만, 진심으로 대해주면 속을 씻고 복종하는 것이 중국인과 다름이 없습니다.

그러니 우선 임시방편으로 한번 관시를 열어 번호들의 요망(간절히 바람)을 들어준다면, 그들의 마음을 위열(위안하여 기쁘게 함)시킬 수 있고, 그다음에는 회유하여 진정시킬 수 있을 것이옵니다.

이는 6진의 개시를 모두 철폐하여 본의 아니게 적호를 양성하여 바쁜 농사철에 군사를 출동시키는 사태에 견주어 본다면 재고의 여지가 충분히 있으리라 여겨지옵니다."

장계를 올린 지 한 달 만에 파발이 조정에서 내려준 공안(공문서)을 가지고 당도했다. 북병사 이일은 얼른 펼쳐보았다.

"개시를 허여(허락)하노라. 다만 닷새마다 하루씩 개시하며 농기구, 솥,

식염 등의 산물만 매매할 수 있게 하고, 그 나머지 금물에 대해서는 일체 엄중하게 감독하라."

6진의 관원들과 백성들은 임금의 성덕에 사은하며 환호했다. 그것은 또 조정에 앉아서 수천 리 관경의 실상을 전혀 알지 못하는 대신들을 설득해 자신들의 뜻을 관철시킨 감격의 탄성이기도 했다.

그러나 기뻐한 것도 잠시였다. 각 도호부에 관시가 개설되었지만 번호들이 소금만큼은 잠매할 때와 마찬가지로 비싼 값을 부르는 것이었다. 값을 내리라고 항의하는 감시관을 향해 그들은 조금도 꺾이는 기색이 없이 맞받아쳤다.

"조선에서 금물로 정해놓은 것이 각궁, 죽시, 화살촉을 비롯해서 백자, 구리, 은, 그 밖에도 열두 가지나 되오. 우리는 금하는 물건이 하나도 없는데 귀국은 우리에게 팔지 않을 산물로 정해놓은 것이 스무 가지에 이르니 심히 섭섭한 것은 사실이오. 교역하는 전체로 보면 오히려 우리가 손해가 아니오?"

그리하여 소금을 조달하는 것이 큰 골칫거리가 되었다. 회령 도호부는 소금물을 끓여 군수(軍需)나 민호에 조달하는 것이 불가능했다. 동해 바다와 2백여 리나 떨어져 있는 데다가 고산준령이 그 사이를 첩첩이 가로막고 있었다.

여름 장마철이나 겨울에 눈이 내려 길이고 산천이고 온통 얼어붙으면 큰 산을 넘고 물을 건너는 것이 여간 힘든 일이 아니었다. 이끄는 사람과 짐 실은 말이 번번이 굴러떨어져 죽고, 얼어 죽는 수가 많았다.

또 번호들은 비싼 값을 부르기도 했지만 평소에 면식이 있는 사람이 아니면 매매를 하려고 들지 않았다. 그들의 습속이 낯선 사람을 만나면 친해질 때까지 어떤 거래도 하지 않는 것이었다. 그리하여 궁여지책으로 관아의 곡식과 소금을 교역하자고 제의해도 덥석 호응하는 자들이 하나도 없었다.

"속 시원히 해결할 방도가 없을꼬."

북병사 이일이 고민에 빠져 여러 날을 신음했다. 그 소식을 들은 기룡은 회령 부사 변언수에게 자신에게 비책이 있다고 아뢰었다. 변언수에게서 기룡의 책략을 은밀히 전해 들은 이일은 기룡을 6진의 모든 소금을 관할하는 감염관에 차정(공무를 맡김)했다.

기룡은 6진에 당부했다.

"염부(소금 솥)를 번호에게 파는 것을 중지해 주십시오."

북병사 이일은 기룡의 벼슬이 낮아 6진의 관원들과 군관들이 말을 듣지 않을 것을 우려해 별도의 지시를 내렸다.

"6진의 도호부는 야공(대장장이)이 만드는 모든 염부를 북병영에 등록하고, 관시에서 매매는 물론이거니와 단 한 개도 관경 이외의 지역으로 반출하는 것을 엄금하라."

이일은 북평사 송상현과 회령 판관 이성일을 기룡과 함께 수시로 6진의 도호부에 동행 및 순시시켜 감독했다. 시일이 흐르자 번호들은 소금 솥을 구하지 못해 점차 소금을 굽지 못하게 되었다.

소금 솥에 바닷물을 가득 붓고 그 물이 다 증발될 때까지 장작을 때면 소금이 솥 바닥에 가라앉았다. 이 소금을 자염이라 하는데, 장작을 때다 보니 소금 솥의 수명이 별로 길지 않았다.

아무리 튼튼하게 주조해도 잠시도 쉬지 않고 불에 달궈지기 때문에 얼마 가지 않아 깨지고 금이 가 소금물이 새기 일쑤였다. 번호들의 재간으로는 한 번 상한 소금 솥을 때울 수가 없었다.

소금은 번호들의 주된 수입원이었다. 6진의 백성들에게 소금을 팔아서 필요한 산물을 얻던 그들은 소금 솥을 구하지 못해 소금을 더 이상 생산할 수 없게 되자 낭패를 보게 되었다. 개시에 가지고 나올 물건이 별로 많지 않기 때문이었다.

6진의 백성들은 전보다 소금이 더 귀해지자 기룡을 탓하기 시작했다. 국경인 일파를 비롯해 그를 벌주라는 고알이 빗발쳤다. 하지만 이일은 눈도 깜짝하지 않았다.

"모든 일에는 고비가 있기 마련이다. 그걸 넘어서야 비로소 안정을 얻을 수 있다."

동북방 관경 일대에 소금이 은값, 금값보다 귀하게 되었다는 소문이 퍼져 나가기 시작했다. 소문은 서북방인 건주위(압록강 너머 여진족들의 점거 지역)와 삼위(압록강 너머 환인 지역)까지 흘러 들어갔다.

압록강 북쪽 지역에 있는 여진족의 두목은 누르하치(奴兒哈赤)였고, 그는 일찍이 조선인 출신으로서 명나라 장수가 된 랴오둥(遼東) 총병관 이성량에게 충성을 맹세하여 부족의 명맥을 유지하고 있었다.

비록 이성량에게 굴복하는 척했지만 누르하치와 휘하 장수들의 대담 무쌍함과 용맹함은 건주위와 삼위 일대뿐 아니라 흑룡강과 송화강 그리고 압록강과 두만강 주변으로 널리 알려져 있었다.

누르하치의 휘하에는 쿵이(貢夷)와 마산페이(馬三非)가 있었다. 마산페이에게는 아들 마첸(馬臣)이 있었고, 누르하치는 마첸을 어릴 적부터 귀여워해 양아들처럼 여기면서 항상 곁에 두었다.

동북방 번호들의 하소연을 들은 누르하치는 세력도 넓힐 겸 소금 문제를 해결하기 위해 마산페이와 마첸 부자를 보냈다.

"이번에 가서 잘 해결하고 돌아오면 마첸의 지위를 높여주겠다."

마산페이는 말 탄 군사를 대거 이끌고 와서 두만강 너머에 주둔했다. 그리고 북병사를 만나기를 원한다는 사신을 보내왔다. 그들이 무력시위를 한다고 생각한 이일은 군략 회의를 열어 이 일을 의논했다.

누르하치의 군사는 하나같이 용감하고 잔인하기로 악명이 높았기 때문에 군관들은 주눅이 들어 이렇다 할 대응책을 내놓지 못했다. 심지어 그들을 만나보려고 나서는 사람도 없었다. 이일은 혀를 찼다.

"어찌 다들 이리 심약한고!"

기룡이 조심스럽게 말했다.

"저들이 무슨 목적으로 왔는지는 모르겠사오나 관경을 침노하려는 뜻은 아닌 듯하옵니다. 그런 속셈이 있다면 저렇게 버젓이 군사를 다 드러내지는 않을 것이옵니다."

"오, 그러면 정 진장이 저들을 한번 만나보겠는가?"

"맡겨주시면 소관이 가보겠사옵니다."

고령진으로 돌아온 기룡은 날랜 기병 50여 명을 뽑았다. 그러고는 좌우로 이희춘과 정범례를 거느리고 마산페이 부자를 만나러 두만강을 건너 평원으로 나아갔다.

이윽고 말에서 내려 마주 앉은 두 사람은 서로를 바라보았다. 마산페이는 가늘게 찢어진 눈으로 햇빛을 환하게 받고 있는 기룡을 더듬었고, 기룡 역시 그늘져 잘 보이지 않는 가운데서도 그의 기질을 헤아렸다.

두 사람이 침묵하고 있는 시간이 길어졌다. 어디선가 매 한 마리가 날아올라 두 사람의 머리 위에서 빙글빙글 돌더니 먼 하늘로 날아갔다. 마산페이가 입을 열었다.

"조선과 여진이 사이좋게 지내면 좋겠소."

"본관도 동감이오."

"귀국이 바라는 바를 말씀해 보시오."

"앞으로 염부는 반값으로 번호들에게 주겠소. 그 대신 소금도 반값으로 내려주시오. 다만, 이는 3년마다 서로 형편을 봐서 그 값을 협상하여 조정하면 되지 않겠소?"

"좋소."

협상은 싱겁게 끝났다. 마산페이는 일어나서 기룡에게 다가왔다. 그러고는 손을 잡았다.

"내 건주위로 돌아가는 대로 우리 성주님께 그대로 아뢰겠소. 내 오늘 천하에 보기 드문 사람을 만났구려."

"본관 역시 그러하오."

그로써 소금으로 말미암은 양쪽의 마찰이 일거에 해결되었다. 번호들은 더 이상 소금을 가지고 횡포를 부리지 않았다. 6진의 백성들에게 기룡의 성명 석 자가 새겨졌다.

"정기룡이라…… 이제 보니 대단한 사람이 우리 6진에 왔군."

"6진이 아니라 우리 회령일세. 회령."

"하하, 그렇군. 그 군관을 다른 도호부에 빼앗겨서는 안 되지."

"임금님이 이름을 내린 사람이라지?"

"도대체 그 사람은 담력이 얼마나 크단 말인가?"

"그러게 말일세. 그 무시무시한 마산페이 놈을 굴복시켜 돌려보내다니."


2

박수영은 동평관 근처 진안댁 주막에 들어 있었다. 여동금이 기방에라도 드는 것이 안전하지 않겠느냐고 했지만 일단은 허름한 장사꾼처럼 보여야 한다는 것이 그의 주장이었다.

수만 냥을 사기 쳐서 달아났으니, 이미 상주 낙동나루는 발칵 뒤집혔고 상주와 한양뿐만 아니라 팔도 전역에 수배가 내려져 있었다. 거금을 가지고 있는 기미를 보인다면 그것을 수상히 여겨 언제 누가 포도청에 밀고할지 알 수 없는 일이었다.

박수영은 주모에게 방전(숙박비)과 화전(음식 값)을 꼬박꼬박 잘 주어 경우가 있는 점잖은 장사치라는 인식을 심어주었다. 주모 진안댁도 그런 박수영을 좋게 보아 그의 방 아궁이에는 땔감 하나라도 더 집어넣었고, 그의 상에는 비린 것 한 토막이라도 더 올려주었다.

박수영은 주막을 드나드는 머릿기름 장수를 눈여겨보았다. 머릿기름 장수는 사람들이 머리를 빗다가 떨어져 나온 머리카락을 한 뭉치가 되도록 모아두면 그것을 받고 기름을 주는 장수였다. 그는 모은 머리카락으로 덧머리를 만들어 부잣집에 비싼 값에 파는 것을 주업으로 삼고 있었다.

주모 진안댁과 어느 정도 안면을 텄다고 생각한 박수영은 머릿기름 장수를 소개받았다. 그러고는 그녀에게 그림을 그린 것을 내보였다.

"이건 수염이 아닙니까요?"

"그렇다네. 만들어 주기만 한다면 엽전 닷 돈을 주겠네. 어떤가?"

"다, 닷 돈이라고요?"

"자, 이건 선금일세."

박수영은 머릿기름 장수에게 한 돈을 쥐어주었다. 며칠 지나자 머릿기름 장수는 수염을 만들어 왔다. 박수영은 그것을 턱과 코에 대보고는 크게 만족했다.

"겻칼을 잘 좀 갈아 오게."

박수영은 여동금이 갈아 온 칼로 자신의 쥐수염을 미련 없이 싹 다 밀어버렸다. 수염을 민 자리에 큰 가짜 수염을 붙이니 귀밑에서 턱까지 숱이 많고 길게 자란 구레나룻이 그럴 듯하게 보였다. 코밑에도 수염을 좌우로 길게 붙였다. 마지막으로 오른쪽 눈썹 위 이마에는 쥐젖 같은 사마귀 점도 붙였다.

고개를 돌려 여동금에게 보였다.

"어떤가?"

"대행수 어른, 전혀 딴사람 같사옵니다."

"으하하, 이만하면 인상서와 대조된다 하더라도 잡힐 일은 없겠지?"

수염과 점으로 얼굴을 바꾼 박수영은 날이면 날마다 주막 뒤채에서 일어나고 있는 일에 주목했다. 여동금을 시켜 몰래 살펴보게 한 것도 여러 번이었다. 그들은 뭔지 모를 암매(밀매)를 하고 있는 것이었다.

"근데 행수님 얼굴이? 그렇게 하고 계시니 못 알아보겠사옵니다?"

"내 관상이 안 좋아서 장사에 번번이 실패한다는 소리를 자주 들어서 인상을 좀 바꿔보려고 그런 것이니 너무 괘념치 말게."

박수영은 슬그머니 진안댁에게 돈푼을 쥐어주며 물었다.

"나도 뭘 좀 거래를 하고 싶은데……."

진안댁은 기다렸다는 듯이 웃으며 말했다.

"쇤네는 행수님이 언제 그 말씀을 하시나 하고 기다리고 있었습지요."

"오, 그랬는가?"

"그래 행수님은 뭘 갖고 있습니까요?"

"뭘 갖고 있냐고? 내가 물어봄세. 뭘 사는가? 원하는 건 뭐든지 다 구해줄 수 있는 사람이라네."

박수영은 큰소리를 쳤다. 수만 냥어치 금은붙이와 상주에서 제일가는 부자의 권계로 조선 팔도에서 나는 산물 중에 사들이지 못할 건 없었다.

"정말이십니까요?"

기왕 내친김에 박수영은 힘주어 말했다.

"그렇다네."

"금물도?"

"뭐든!"

진안댁이 밤늦게 사람을 데리고 왔다. 바지저고리를 입고 상투를 틀었지만 어딘지 어색했다. 박수영은 그가 조선 사람이 아닐 것이라고 짐작했다.

만상으로 위장한 명상(명나라 상인)이든가, 아니면 내상으로 변장한 왜상일 것이었다. 박수영은 동평관이 일본 사신이 머무는 곳이니 그가 왜상일 것이라고 판단했다.

"바다를 건너오시느라 고초가 컸소이다."

그는 깜짝 놀라며 말했다.

"아니 그걸 어떻게? 그렇소. 나는 아리모리(有森)라고 하오."

그는 말이 어눌했지만 조선말을 잘했다. 박수영은 짐짓 대범한 척하며 전혀 놀라지 않은 표정으로 물었다. 이미 진안댁에게 큰소리를 쳐놓은 터였다.

"뭘 원하오?"

"왕가에 진상하는 백자 그릇이 있는 줄 아오. 그것을 구해주시오."

박수영은 눈을 크게 뜨며 여동금과 서로 바라보았다. 상주를 떠나올 때 챙긴, 백화산 사기소에서 빚은 백자가 떠올랐기 때문이었다. 그런데 박수영은 아리모리를 보고 난처해했다.

"그건 워낙 귀한 물건이라 구하기가 쉽지 않은데……."

"뭐든지 구해주겠다고 하지 않았소?"

"그렇기야 하지만……."

"값은 원하는 대로 주겠소."

"알겠소. 하지만 시일이 좀 걸리니 기다리시오."

왜상 아리모리는 허리를 반으로 굽혀 절을 하고는 돌아갔다. 진안댁이 물었다.

"행수 어른, 정말 구할 수 있사옵니까요?"

"어험험, 하늘의 별인들 못 따다 줄까. 기다려 보게."

진안댁도 물러가자 여동금이 물었다.

"고리짝에 들어 있는 것을 내주면 되지 않사옵니까?"

"우리가 갖고 있다는 걸 알면 수상쩍게 생각할 걸세. 그리고 값도 제대로 못 받을 것이고. 아주 어렵게 구했다는 인식을 심어줘야 하네."

여동금은 무릎을 탁 쳤다.

"역시 대행수 어른이시옵니다. 히힛."

"사내는 모름지기 갓과 흰소리를 지니고 다녀야 사는 길이 열리는 법이네."

박수영은 한양에서 상주를 다녀오는 데 걸리는 날수를 속셈하고는 느긋하게 보냈다. 진안댁은 물건을 구하러 떠나려니 했는데, 여전히 방바닥에 눌어붙은 듯 들어 있는 박수영을 이해할 수 없었다.

"물건을 구하러 안 가시옵니까?"

"다 손을 써놨네."

열흘이 지나 아리모리가 찾아왔다. 조바심을 내는 그에게 박수영은 조금 더 기다리라는 말만 하고는 돌려보냈다.

'이놈, 어디 못 구하면 두고 보자.'

보름째가 되자 박수영은 진안댁을 시켜 아리모리를 불러오도록 했다. 방 안으로 들어선 아리모리는 입을 쩍 벌렸다. 빛깔도 찬란 오묘한 조선 왕실 백자가 석 점이나 상 위에 놓여 있는 것이 아닌가!

"오, 이것은 오직 신의 솜씨입니다."

그는 박수영과 여동금에게 머리가 방바닥에 닿을 듯이 절을 하며 고마워했다. 그러고는 밖에 있는 왜졸(일본 무사)에게 비단 주머니를 하나 받아서 내놓았다. 보기에 묵직했다. 여동금은 침을 꿀꺽 삼켰다.

박수영이 여동금에게 눈짓으로 주머니를 열어보라고 일렀다. 여동금은 아구리를 열고 손바닥에 조금 부었다. 잡물이 많이 섞여 있는 정은(가장 낮은 품질인 칠분은)이었다.

박수영은 고개를 저었다.

"그것 가지고는 안 되겠소."

아리모리는 고개를 숙이더니 주머니를 하나 더 들였다. 그제야 박수영은 수긍을 했다. 일본에서는 제련을 잘하지 못해 갑은(순은)을 만들지 못했다. 고작해야 병은과 정은이었다. 일본의 정은 한 냥은 조선의 엽전풀이로 한 냥 닷 돈 값밖에 되지 않았다. 그래도 그것을 두 주머니나 받았으니, 어림짐작으로 2백 냥은 족히 되었다.

"대행수 어른은 가는 곳마다 재물이 발에 밟히는 것 같사옵니다."

"으하하, 자네도 내 수완을 잘 봐두게."

그다음 날 아리모리가 또 찾아왔다. 박수영은 또 뭐가 필요한가 물었다. 아리모리는 자기를 따라 좀 가자는 것이었다. 귀인이 보자고 한다는 말에 박수영은 솔깃했다. 아리모리가 내놓은 검은 옷과 복면을 하고 여동금을 데리고 나섰다.

주막을 나온 아리모리는 순라군들의 이목을 피해 동평관 입구에 이르렀다. 문지기에게 정은 몇 조각을 쥐어주었다. 문지기가 속삭이듯 말했다.

"감관(동평관을 감시하고 감독하는 관원) 나리가 아시기 전에 속히 나와야 하오."

동평관 안으로 들어선 아리모리는 복면을 벗고 법당 묵사(墨寺)로 갔다. 안에서 염불 소리가 나고 있었다. 지키고 있던 왜졸이 아뢰자 소리가 뚝 그쳤다. 박수영은 아리모리를 뒤따라 들어갔다.

"법사님, 모시고 왔사옵니다."

"오, 어서 오오."

박수영은 얼떨결에 절을 했다. 여동금도 철퍼덕 엎드렸다. 법사로 불린 중은 붉은 가사를 걸치고 있었고 손으로 염주를 돌리고 있었다.

"겐소(玄蘇)라고 하오."

조선에 일본 사신으로 온 대마도 도주 소 요시토시(宗義智)를 따라온 왜승이었다. 그는 소 요시토시의 책사이기도 했다.

"박수영이라고 하옵니다."

겐소는 부드럽게 말했다.

"도주님께서도 그대의 물건을 보고 크게 놀라워하며 감탄하셨소. 그보다 더 좋은 것도 구할 수 있겠소?"

"물론이옵니다."

"그렇다면 앞으로 내가 그대의 뒤를 봐주겠소."

겐소는 붓을 들어 증서를 한 장 써 주었다.

"장차 큰 소용이 될 것이오."

박수영은 물러 나와 동평관을 빠져나왔다. 여동금은 왜인들과 잠매를 하게 된 것에 몹시 겁이 났다. 주막으로 돌아온 뒤에 물었다.

"대행수 어른, 이러다 큰일 나는 것 아니옵니까?"

"사람 팔자는 알 수 없는 일이 아닌가? 까짓것, 우리의 운빨을 믿고 가는 데까지 가보세."

"운도 그 끝이 있는 법인데……."

"어허! 이 사람이? 간이 그렇게 작아서야 원. 쯧."

박수영은 상주로 다시 갔다. 낙동나루나 읍성 근처에는 얼씬도 하지 않았다. 길을 둘러 백화산 아래 모동 고을에 있는 사기소에 도착했다. 그는 그릇을 빚고 굽기에 여념이 없는 사기장이의 팔을 기어코 당겨서 떠맡기듯이 거금을 주었다.

"이 한 주머니는 계약금일세. 내 가끔 사람을 보내면 좋은 걸로 몇 점씩만 쥐어주게. 그러면 되네. 자네 여편네도 비단 치마 좀 입어봐야 할 것 아닌가?"

박수영은 사기소에서 백자 그릇을 빼돌리는 것을 눈속임하기 위해 함창으로 가서 비단을 사들였다. 그 비단들은 왜상이 가지고 들어온 단목과 호초와 왜사였다. 다 고관대작이나 부자들이 남몰래 쓰는 것들이었다.

박수영은 왜승 겐소를 벗바리로 삼아 점차 거래처를 왜상 니시키노(錦野), 오자와(小澤)로 넓히며 암상으로 많은 돈을 벌었다.

그러는 동안 왜어(일본 말)도 한두 마디씩 알아가게 되었는데, 여동금이 왜어 습득에 남다른 재주를 보였다. 짧은 시일에 유창한 왜어 실력을 갖추게 된 그는 박수영보다 왜상들과 말이 더 잘 통하게 되었다. 그 때문에 왜상들은 박수영보다 여동금을 더 자주 찾았다.

그즈음 박수영은 몸이 아파 자리에 눕고 말았다. 왜상과의 모든 거래는 여동금이 전면에 나서서 했다. 여동금은 왜상들과 더욱더 가까워졌다. 박수영이 누워서 이것저것 지시를 했지만 여동금은 귓등으로 듣기 일쑤였다.

"다 소인이 알아서 합니다요."

박수영이 오랫동안 보이지 않자 왜상들이 그의 병환을 걱정했다. 여동금이 그들에게 털어놓았다.

"우리 대행수 어른께서 밤마다 큰 고통에 시달리니 보기에 참 딱하오."

"의원들은 뭐라고 하오?"

"의원들도 다 무슨 병인지 모른다고 합디다. 그것참."

왜상 오자와가 슬그머니 제안했다.

"약재는 아니지만 내게 통증에 효험을 볼 만한 게 조금 있긴 하오만."

"그게 뭐요?"

"남령초(담배)라는 것이오."

여동금은 박수영이 누운 자리에서 그대로 죽기라도 하면 모든 재물이 제 것이 되겠지만, 그래도 동고동락해온 그간의 정을 생각해서, 또 측은해 보여서 마지막으로 약을 써보기로 했다.

오자와는 남령초 한 근을 주며 정은 한 냥을 달라고 했다. 그것도 싸게 주는 것이라니 여동금은 꼭 호구가 된 기분이었다. 괜히 샀다는 생각이 들었지만 하는 수 없었다. 오자와는 남령초를 어떻게 하는 것인지 설명해 주었다.

"자, 이 곰방대는 공짜로 드리리다."

여동금은 곰방대 끝에 달려 있는 종지에 남령초 가루를 꾹꾹 눌러 담았다. 부싯돌에 부시를 쳐서 부싯깃에 불을 일으킨 다음 그 불을 갖다 대고 뻑뻑 빨았다. 불이 붙어 연기가 목구멍으로 넘어갔다.

"캑캑!"

여동금은 입에서 곰방대를 뗐다. 그러고는 박수영에게 주었다.

"이게 뭔가?"

"왜상의 말로는 빨아서 그 연기를 넘기면 기분도 좋아지고 만병이 씻은 듯이 낫는다고 하옵니다."

박수영은 물부리를 빨았다. 목이 따갑고 기침이 자꾸 나왔다. 자꾸 해 보니 연기가 넘어가는 것 같았다. 속으로 뭔가 아련한 기운이 들어가는 것이 느껴졌다. 잠시 후 몽롱한 기분이 되었다. 통증도 좀 덜했다.

"달여서 먹는 것도 아니고, 연기를 마시는 풀도 다 있다니."

시도 때도 없이 남령초를 빨아대던 박수영은 한 근을 다 태울 때쯤 자리를 털고 일어났다. 몸은 야위었지만 눈매는 그대로였다. 진안댁은 약병아리와 인삼을 넣고 계삼탕을 끓인다, 자라탕을 곤다 하며 부산을 떨었다.

박수영이 자리에서 거뜬히 일어났음에도 불구하고 왜상들은 그를 찾지 않았다. 모든 거래는 여동금의 손에서 이뤄졌다. 박수영이 전처럼 여동금을 거느리지 못하는 신세가 되었다. 여동금이 모든 거래를 왜어로 하자 편해진 건 왜상들이었다. 여동금보다 왜어가 한참 달리는 박수영은 어쩌지 못했다.

"저쪽 뒤로 나앉아 있으시오."

여동금은 왜상과 함께 방 안에 앉아 흥정을 할 적이면 박수영을 거추장스럽게 여겼다.

"자네 내게 이럴 수 있는가?"

"내가 뭘?"

"야! 이놈이 자꾸 보자 보자 하니까 눈에 뵈는 게 없어?"

여동금은 지지 않고 박수영에게 큰소리쳤다.

"놈놈 하지 마슈. 내가 그동안 댁의 뒤를 닦아온 게 어언 20년 세월이오. 나도 이제 내 앞가림은 알아서 할 테니 그리 아시오. 그리고 내 몫은 알아서 떼 가겠소."

내친김에 여동금은 자신의 심복 이소고리를 데리고 주막을 나가 버렸다. 박수영이 병석에 누워 있는 동안 자신이 혼자 거래해 모은 재물을 다 가지고 가버렸다.

"이런 고얀 놈! 은혜도 모르는 놈!"

치미는 분을 풀 데가 없어 방바닥만 치는 박수영을 진안댁이 달랬다.

"행수 어른, 차라리 잘되었지 뭡니까요."

"잘되다니?"

"이제부터는 제가 있지 않사옵니까?"

진안댁은 요염하게 교태를 부렸다. 졸지에 홀로 남게 된 박수영은 그녀를 거부할 아무런 이유가 없었다. 한 이불 속에 누워 박수영의 품에 안겨 있던 진안댁이 말했다.

"서방님, 혹시 대동계라고 들어보셨나요?"


# 3

6진의 모든 군관과 관원이 백성에게 잘하는 것은 아니었다. 경흥 도호부의 군관들이 군사와 부민을 핍박하고 능학(깔보고 사납게 대함)하는 것이 날로 심해지고 있었다.

번호들이 읍성 내의 개시에 끌고 들어온 호마(북방의 좋은 말)과 표피(표범 모피)와 잘(검은담비 모피) 같은 귀한 물건을 보면 장세(시장에서 장사하는 데 따른 세금)을 냈네 안 냈네 하면서 그들을 으르고 값을 후려쳐 헐값으로 사들이곤 했다.

개시가 끝나고 돌아간 번호들은 그때마다 군관들에게 당했다고 분통을 터뜨렸지만 어디 하소연할 데도 없었다. 개시가 철폐되면 소금도 마음대로 팔 수 없을뿐더러 더 큰 낭패를 보는 까닭이었다.

그들의 약점을 잘 아는 군관들의 횡포는 그칠 줄 몰랐고, 번호들의 원성은 높아만 갔다. 그러던 중에 결국 큰일이 터지고 말았다. 번호들이 두만강 너머 상가하(常家下) 일대에 할거하고 있는 적호와 결탁해 녹둔도로 쳐들어왔다.

기습을 당한 녹둔도의 둔전관 이순신은 그들과 맞서 싸우면서 북병영에 청병을 했다. 북병사 이일은 6진의 도호부에게 각각 1초(군사 125명)씩 거느리고 가서 경흥을 구할 것을 명령했다. 그리고 원병의 행수관으로 북평사 송상현을 차정했다.

회령 도호부사 변언수는 판관 이성일을 초관으로, 기룡을 부관으로 삼아 정병 1초를 가려 뽑으라고 했다.

기룡은 고령진에서 7명을 뽑기로 했지만 자원하는 군사가 없었다. 그리하여 무작위로 차출했다. 그런데 공정하게 뽑히고도 국경인은 다른 사람들과 달리 기룡에게 항의했다.

"양반을 뽑는 법이 어디 있소?"

기룡은 국경인을 지긋이 바라보았다.

"그대는 죄를 얻어 정배를 온 사람이 아닌가?"

국경인은 얼굴이 붉어지며 말을 하지 못했다. 그의 숙부 국세필이 나
섰다.

"나이가 많은 사람은 빼주오."

기룡은 다른 사람들도 있는 자리여서 똑똑히 말했다.

"나이가 많다고 빠지고, 아프다고 빠지고, 노부모가 있다고 빠지
고…… 부모 형제는 누가 지키며 우리 고을은 누가 지키며 나라는 누가
지킬 것이오?"

"녹둔도는 우리 고을이 아니외다."

"만약에 우리 고을에 적호가 침노하여 함락이 될 위기에 처했을 때 다
른 고을에서 외면하면 좋겠소?"

국경인이 비굴한 표정으로 웃으며 애원했다.

"나라에서도 수자리에 가는 대신 군포를 물리는 법이 있지 않소? 나도
군포로써 대신하리다."

"안 되오!"

"뭣이? 안 되다니?"

"전시에는 전시법이 있소. 속히 출병 채비를 하시오. 군령을 거역할 시
에는 국법에 정해놓은 기율로 다스리겠소."

송상현과 기룡은 회령부 16고을에서 가려 뽑은 군사를 이끌고 경흥
도호부로 내달렸다. 부령, 종성, 온성, 경원에서 온 군사들은 이미 조산보
에 도착해 쉬고 있었다. 조산보 만호와 녹둔도 둔전관을 겸한 이순신은
원병에게 일일이 사례를 했다.

"이게 누구요? 정 권관 아니시오?"

기룡도 그를 알아보았다. 지난날 한양 건천동 유성룡의 집에서 보았던
바로 그 사복시 주부였다.

"나리께서 여기에 와 계실 줄은 미처 몰랐사옵니다."

"허허, 정 권관이 6진으로 발령받았을 줄이야."

이순신은 각 도호부에서 온 군관들에게 적호의 동태를 설명해 주었다. 그들은 치고 빠지는 유격 전술에 능했다. 녹둔도는 두만강 하구에 있는 섬으로 모래와 진흙이 만든 평지였다. 땅이 비옥해 갈대숲을 걷어내고 둔전을 하고 있었다.

"그러니 야인들에게 섣불리 화공을 펼칠 수도 없소. 또 진흙탕이 많아서 군마가 발이 빠져 잘 꼬꾸라지기도 하오."

"그렇다면 야인들도 쳐들어오기 쉽지 않을 것이 아니옵니까?"

"그놈들은 마른 땅을 귀신같이 알고 그쪽으로만 다닌다오."

이순신은 자신의 휘하에 있는 군사와 원병을 합쳐서 새로 편제를 짰다. 기룡과 회령 판관 이성일은 각각 1대씩 거느리고 이순신의 좌위와 우위를 맡았다. 이희춘과 정범례가 기룡을 보필했다.

이순신은 야인들의 발호가 뜸한 틈을 타 좌위와 우위를 갈대숲에 좌우로 장사진을 치게 해 매복시켰다. 그러고는 후위에게는 야인들이 10리 밖에서도 냄새를 맡고 환장하는 개고기를 굽고 삶도록 했다.

그런 뒤 이순신은 본영과 전위를 거느리고 적호가 쳐들어오기만을 기다렸다. 아니나 다를까 그들의 첨병이 나타나는가 싶더니 적호 한 떼가 나타나 까마귀 같은 소리를 지르며 말발굽을 굴렸다.

"끼야오! 꺄오꺄오!"

그들은 개고기 냄새가 나는 곳으로 말달려 왔다. 이순신은 가만히 바라보고 있다가 고군에게 북을 치게 했다. 그러고는 붉은 깃발을 들게 했다.

"둥둥둥둥둥……."

"공살(공격하여 죽임)하라!"

북평사 송상현이 이끄는 전위 군사들이 말을 달려 나갔다. 점점 야인들과 거리가 좁혀졌다. 그때 이순신은 사수에게 효시를 쏘아 날리게 했다. 그러고는 두 깃발을 들게 했다. 흰 깃발과 푸른 깃발이었다.

"피우우웅!"

그것을 신호로 갈대숲에 매복해 있던 좌위와 우위 군사들이 말을 달려 지나가는 적호들을 향해 어슷하게 화살을 날려댔다. 이희춘과 정범례는 나란히 앉아 활을 쏘았다. 정범례의 화살이 다 떨어졌다. 이희춘은 자기 것을 나눠 주었다.

"고맙소."

녹둔도의 갈대숲을 가로질러 이순신이 있는 본영까지 쳐들어오려던 적호들이 하나둘 화살을 맞고 말에서 떨어졌다.

남은 적호들은 계속 달려왔다. 송상현이 이끄는 전위 군사들이 그들을 맞이해 합전을 벌였다. 기룡은 이성일과 함께 군사들을 말에 오르게 한 뒤에 적호들의 뒤쪽으로 다가가 그들을 에워싸고 빙그르르 돌아가며 공격했다. 그들은 포위가 된 형국이었다.

전세가 심상치 않음을 깨달은 적호의 번추 요이하다(攸哈達)가 후퇴 명령을 내렸다. 그때 이순신은 징을 치며 깃발을 들어 올렸다. 본영에서 징 소리와 함께 깃발이 올라가는 것을 본 기룡과 이성일이 명령을 내렸다.

"저놈들이 달아날 길을 터주어라!"

군사들은 두 사람 주변으로 모여들며 포위망을 걸었다. 군사들이 없는 쪽으로 적호들이 말을 몰아 빠져나가기 시작했다. 다 빠져나가는 것을 본 기룡은 추격 명령을 내렸다. 적호들은 달려가는 방향이 쳐들어온 방향이 아니라고는 꿈에도 생각하지 못했다. 그들은 함성을 지르면서 앞다투어 말을 채치며 달렸다.

"끼야호! 아이야호!"

본영의 군사들을 이끌고 아군을 뒤따라온 이순신은 징을 쳐 기룡과 이성일의 추격을 멈추게 했다. 그러고는 홰군을 전면에 내세워 갈대숲에 불을 붙이게 했다. 마른 갈대는 순식간에 불이 붙었고, 바람을 받아 적호의 뒤를 쫓아가듯이 타들어 갔다.

번추 요이하다는 갑자기 말을 멈췄다. 앞쪽은 두만강 너머의 본거지 상가하 지역이 아니라 바다였다. 속은 것을 깨달은 요이하다는 말 머리를 되돌렸지만 때는 이미 늦었다. 세찬 불길이 덮쳐오고 있었다. 선택은 불에 타 죽거나 바닷물에 빠져 죽거나였다. 하늘로 솟구치지 않으면 살아서 돌아갈 방도가 없었다.

"와아!"

6진의 군사들은 환호했다. 이순신의 군략이 빈틈없이 맞아떨어졌음을 칭송했다. 아군의 희생이 거의 없었기 때문이었다. 북평사 송상현이 그 공로를 높이 기렸다.

"이 만호, 정말 대단하오."

"아니오. 송 평사, 각 도호부에서 온 날랜 원병이 있었기에 가능한 승전이었소."

이희춘은 정범례를 바라보았다. 정범례는 웃었다. 두 사람은 손을 잡았다. 그로써 둘은 전장에서 생사를 함께한 전우가 되었다. 억지로 끌려오다시피 한 국경인은 군사들의 맨 뒤에서 굳은 표정으로 서 있었다.

"이제 회령으로 돌아가자!"

6진의 군사들은 모두 왔던 길로 되돌아갔다. 북평사 송상현도 경성으로 돌아갔다. 기룡은 이순신에게 목례를 한 뒤 말을 돌렸다.

그런데 그 후, 아무리 시일이 흘러도 논공행상이 이뤄지지 않았다. 그것을 이상하게 여긴 회령 판관 이성일이 북병영에 알아보았다. 그랬더니 경흥 도호부사 이경록이 녹둔도 전투의 공을 전부 독차지하는 장계를 올린 것이었다.

"이런! 전공은 녹둔도 둔전관 이순신이 으뜸이거늘!"

그런 사실을 안 6진의 부사들은 이경록을 심히 괘씸히 여겼다. 그러던 중에 더 큰 사태가 벌어졌다.

녹둔도에 노략질을 하러 갔다가 몰살당한 것을 앙갚음하기 위해 두만강 너머 고라이(古羅耳), 사오이동(沙吾耳洞), 아적랑이(阿赤郎耳), 하다가사(下多家舍), 무을계(無乙界) 등지에 흩어져 웅거하고 있던 적호들이 크게 군사를 일으켜 다시 쳐들어올 것이라는 첩보가 입수되었다.

잔뜩 겁을 집어먹은 경흥 도호부사 이경록은 이번에도 북병영에 군사를 지원해 줄 것을 요청했다. 북병사 이일은 6진에 명령을 하달해 전보다 두 배나 많은 군사 2초씩을 녹둔도에 보내려고 했다.

하지만 각 부에서는 이런저런 핑계를 대며 군사를 소모(불러 모음)하지 않고 차일피일 미뤘다. 기룡은 빨리 군사를 이끌고 가서 이순신을 도와주고 싶은 마음이 간절했지만 회령 도호부사 변언수는 출병 명령을 내리지 않았다.

"아, 이 일을 어찌할꼬. 이 만호께서 큰 변을 당하겠구나."

이순신은 아무 곳에서도 원병이 오지 않아 휘하에 있는 적은 수의 군사만으로는 이렇다 할 군략을 짤 수 없었다. 더구나 군액(군사의 수)이 몇 배나 되는 사나운 야인들을 전면전으로 상대하면 아군의 헛된 희생만 초래할 것 같았다.

휘하 군관들과 군략 회의를 열었다. 의견은 두 갈래였다. 김몽호를 비롯한 군관들은 죽기를 각오하고 맞서 싸우자고 주장했고, 군관 임경번 등은 일단 경흥 읍성으로 물러나 있다가 원병이 오면 전과 같이 싸우자고 했다.

두 편으로 갈라져 대립하던 그들은 결국 지휘관인 이순신의 결정에 따르기로 합의했다. 고민하던 끝에 이순신은 비장한 각오로 결전에 임하기로 했다.

"다만 내가 후퇴하라는 명령을 내리면 지체 없이 녹둔도를 포기하고 군사를 돌려 강 건너 읍성으로 들어가게."

야인들이 새까맣게 녹둔도를 덮으며 쳐들어왔다. 군관들과 군사들은 죽을힘을 다해 항전했다.

무과에 급제는 했으나 아직 벼슬을 받지 않은 신분으로 출전한 오형은 낯짝이 가로 베이면서도 적호를 찔러 죽였다. 다른 적호가 그의 목덜미를 비스듬히 내려쳤고, 그 순간 등에 화살을 맞고 쓰러졌다.

군관 임경번은 왼쪽 겨드랑이에 화살을 맞았지만, 즉시 칼로 쳐 살대를 잘라내고 싸움을 계속했다. 그러다가 정통으로 얼굴에 화살을 맞고 쓰러졌다.

군사들이 다 속수무책이었다. 수가 너무 불리했다. 한 사람이 열 사람을 감당해야 하는 전투였다. 이순신은 더 이상의 무모한 희생은 막아야 된다고 판단하고 마침내 결단을 내렸다.

"후퇴하라!"

"꽝꽝꽝꽝꽝……."

징 소리가 울려 퍼졌다. 군사들이 뒷걸음질을 치기 시작했다. 그러나 후퇴할 줄 모르고 끝까지 맞서 싸우는 군관과 군사들이 있었다. 이순신은 거듭 징을 치게 했다. 그래도 그들은 물러서지 않았다. 눈알이 뽑히고 귀가 잘리며 팔다리가 떨어져 나가면서도 목숨이 다할 때까지 싸우는 것이었다.

"아!"

이순신은 고개를 떨궜다. 군사들이 흘린 피가 모래와 자갈밭과 갈대 숲을 붉게 물들였다. 서녘 노을까지 비쳐 녹둔도는 온통 핏빛으로 물들었다.

한바탕 큰 복수전을 벌여 녹둔도를 장악한 적호들은 섬이 꺼져라 소리를 질러댔다. 강 건너로 물러난 조선의 군사들은 그 모습을 물끄러미 바라만 볼 뿐이었다.

부민들이 후퇴 명령을 내린 이순신에 대해 수군거리기 시작했다. 그러더니 급기야 휘하 장졸들이 다 죽어가는데 저 혼자 살겠다고 후퇴를 했다는 소리까지 만들어지게 되었다.

전장에서 겨우 살아남은 군관 김몽호가 북병사 이일에게 이순신을 참소(헐뜯어 고발함)했다. 이일은 북평사 송상현을 보내 경위를 조사하게 했다. 조사를 마치고 돌아온 송상현이 보고했다.

"적호가 녹둔도에 쳐들어왔을 때, 경흥 부사 이경록과 조산보 만호 겸 녹둔도 둔전관 이순신이 후퇴하였음이 명백하옵니다. 그리하여 군관 12인이 전사하고 백여 명의 군사와 도민(섬 주민)이 죽었으며, 군마 수십 필을 빼앗겼사옵니다."

북병사 이일은 명령했다.

"직임을 다하지 않고 후퇴한 그 둘을 군뢰에 수금하라."

그러고는 조정에 장계를 올렸다. 임금이 하명했다.

"전장에서 도주한 것과 패배한 것은 엄연히 다른 것이다. 이경록과 이순신에게 장형을 집행한 뒤에 백의종군하여 공을 세우게 하라."

녹둔도를 적호에게 빼앗긴 일로 6진의 백성들은 사기가 말이 아니었다. 생업을 내팽개친 채 될 대로 되라는 식으로 고주망태가 되어 돌아다니는 사람들이 많아졌다. 더구나 적호의 칼과 활에 가족을 잃은 경흥의 부민들은 원병을 보내주지 않은 나머지 5진에 대해 큰 적개심을 품고 있었다.

북병사 이일은 6진의 백성들이 서로 반목하고 화합하지 못하는 것을 크게 근심했다. 그리하여 군사를 일으켜 녹둔도를 도로 찾아오기로 작정했다.

이일은 북평사 송상현으로 하여금 6진에서 군사를 엄중히 차출하도록 했다. 그러고는 병마우후 서득운에게 북병영의 군사를 주어 보냈다. 각 진에서 가려 뽑은 군사와 본영에서 보낸 군사를 합치니 무려 2천5백 명 이었다.

그 속에는 이희춘과 정범례를 비롯해 회령 도호부의 기병을 거느린 기룡도 있었다. 행군의 맨 뒤에는 이경록과 이순신이 군복도 없이 백의 차림으로 뒤따랐다. 기룡은 이순신에게 측은한 마음이 들어 가까이 다가가고 싶었지만 대열이 엄정해 그럴 수 없었다.

지휘관 서득운은 밤이 되기를 기다려 군사를 세 갈래로 나눴다. 그러고는 각각 다른 길로 한밤중에 강을 건너게 했다. 그런 뒤에 새벽이 되자 공격 명령을 내렸다. 전군이 부채꼴로 총공격을 했다.

잠자고 있던 적호들은 미처 병장기를 손에 들어보지도 못하고 무참히 죽어갔다. 조선의 군사들은 마치 성난 불길 같았다. 내 부모 형제, 내 이웃의 복수전이었다. 이순신도 장검을 빼 들고 적호에 맞서 분투했다. 그 모습을 본 기룡은 이순신에게로 가서 그를 도와 싸웠다.

"나리!"

이희춘이 적호를 죽인 뒤에 포획한 호마를 끌고 왔다.

"어서 말에 오르소서."

"아니오. 말씀은 고맙지만 죄인의 몸으로 그럴 수는 없소."

"갑주(갑옷과 투구)도 없이 위험하옵니다!"

이희춘이 보다 못해 말에서 내려 이순신을 덥석 안아 말 위에 앉히고는 자기도 올라탔다. 그러는 동안 정범례와 군사들이 사주 경계를 했다.

"자, 가자!"

녹둔도의 새벽은 해가 밝힌 것이 아니라 갈대숲의 불길이 밝혔다. 이번에는 섬 전체가 불타올라 마치 팔열지옥을 방불케 했다. 야인들의 궁려

(막사) 2백여 동이 다 탔으며 그들의 시체 수천 구가 불에 타 냄새가 진동했다.

아군은 적호들을 참살해 수급(적의 머리) 수백 개를 노획했고, 호마 수백 필을 거둬서 돌아왔다.

싸움이 그친 녹둔도는 불타는 소리만 들릴 뿐이었다. 어디선가 수만 마리의 갈까마귀들이 날아들어 높은 하늘을 날며 큰불이 꺼지기만 기다리고 있었다.

기룡은 이순신을 바라보았다. 상투는 반쯤 풀어지고, 여기저기 찢어진 적삼 아래로 피 묻은 맨살이 드러나 있었다.

"만호 나리, 머잖아 나리의 억울함이 풀릴 것이옵니다. 부디 몸조심하소서."

이순신은 기룡의 손을 잡았다.

"고맙네. 정 권관."

# 천하는 공물이니

## 1

함경도 관찰사로 권징이 도임했다. 그는 장수의 면모를 갖춘 방백(관찰사)답게 남병영과 북병영에 훈령을 내렸고, 북병영에 내려진 훈령은 6진의 각 도호부에 하달되었다.

"큰일은 감영에 결하(결재)를 받아서 하되, 작은 일은 굳이 보지(보고)하지 말고 각 병영과 도호부에서 임의대로 처분하라.

지금은 군량을 확보하고 정병을 양성하는 것이 시급한 일이다. 예전에는 함경도에 토병(지역민으로 구성한 군사)의 원수(원래의 수)가 6천에 이르렀으나 현재는 4천뿐인 데다가 공역(병역과 부역)이 무거워 모두 유리표박(직업과 거처 없이 떠돎)에 나서고 있다.

모름지기 변방부터 충정(정한 수를 채움)한 뒤에라야 나라를 지킬 수 있다. 군향을 비축하려면 둔전을 개설하는 것이 가장 좋은 일인데, 둔전을 어찌 꼭 녹둔도에만 설치해야 하겠는가?

두만강 너머 1식(30리) 거리 안에 공한지(농사를 지을 수 있는데도 묵히고 있는 땅)가 매우 많으니, 각 도호부는 이러한 땅을 찾아서 둔전을 개설하라. 그리하면 수천수만 석의 곡식을 확보할 수 있을 것이다."

고령진 권관 기룡은 이희춘과 정범례를 거느리고 두만강 너머를 돌아본 뒤에 회령 도호부사 양대수에게 아뢰었다.

"강 건너 5리에 연주평이라는 너른 들이 있사옵니다."

"거긴 적호의 땅이 아닌가?"

"아니옵니다. 주인 없는 빈 땅이옵니다."

"녹둔도에도 적호가 쳐들어와서 노략질을 일삼았는데, 강 너머 5리나 되는 곳이라면 적호들이 더 발호할 것이다. 허락하지 않겠다."

"들판에 목책을 둘러치고 적호를 정탐하며, 그 일대에 흩어져 사는 번호들과 함께 일구면 되옵니다. 그리하여 수천 석의 곡식을 얻으면 우리 회령부 백성들이 굶주림을 면하게 될 것이옵니다."

"굶주린 것이 어디 어제오늘의 일인가? 그만 돌아가라."

부민들은 새로 온 함경 감사는 칭송하면서 회령 부사 양대수는 비난했다.

"부사또가 옹졸하고 겁이 많은 것이 천성이라며?"

"자기가 무슨 대단한 능력을 가지고 있는 듯이 과시하는 사람이라더군."

"서리들 말로는 몸가짐이 둔한 데다가 추위를 몹시 겁내어 밖에 나오는 일이 드물다고 하네."

"그렇다면 궁마(弓馬)의 재주가 없다는 말이 아닌가?"

세밑이 되었다. 북방 변경은 춥고 모든 것이 얼어붙었다. 그러한 때에 반가운 소식이 왔다. 애복이와 계정 벗들이 서한을 보내온 것이었다. 기룡은 애복이의 편지부터 얼른 뜯어보았다.

"대장, 대장이 멀리 수자리로 떠난 지도 이제 두 해를 넘기게 되었네. 몸은 건강히 잘 있는지 항상 염려가 돼. 어머님도 오직 대장의 안위를 걱정하시며 천지신명께 정화수를 떠다 놓고 밤낮으로 빌고 계셔. 그리고 가끔은 아기라도 하나 배게 하고 떠나지 하고 푸념을 하시기도 해. 어렵게 사람을 사서 편지를 보내는 거야. 옷가지와 은전을 보내니 필요한 대로 써. 또 보내줄게. 나는 대장이 언제나 믿음직하고 자랑스러워. 대장도 항상 이 애복이가 기다리고 있다는 걸 잊지 말아줬으면 좋겠어. 대장, 잘지내."

기룡의 큰 눈에서 말방울 만한 눈물이 뚝뚝 떨어졌다. 편지를 고이 접어서 품에 넣은 기룡은 계정의 벗들이 보내온 서간도 펼쳤다.

이전, 이준, 조우인, 정춘모, 전식, 강응철, 김광두, 이축, 김지복……삼망지교의 벗들이 긴 종이에 각자 자필로 몇 줄씩 써서 보낸 것이었다. 벗들의 신변 소식도 적혀 있었고, 상주 소식도 들어 있었다.

무수는 막역하게 대해주는 그들에게 크나큰 고마움을 느꼈다. 가까이 있을 때에는 그저 그런 사이로 지내는 줄로만 알았는데 그게 아닌 것이 증명되는 서간이었다. 무수는 방 안에 있지 못하고 밖으로 나왔다.

밤하늘의 별을 올려다보았다. 머리 위에서 남북으로 길게 검보랏빛과 청보랏빛, 흰주황빛이 뒤섞인 은하수가 흘러가고 있었다. 우북산 계정에서 보았던 바로 그 하늘이었다. 별들은 저마다 빛을 냈고, 그 빛이 서로 어우러져 찬란하고 아름다웠다.

낮에 흘러가는 구름은 보는 자리마다 볼 때마다 다르지만, 밤에 빛나는 별은 언제 어디서 봐도 변함없이 똑같았다.

"우정은 저 별과 같아."

깊은 겨울은 새해로 이어졌고, 추위는 계속되어 봄이 언제까지나 오지 않을 것 같았다. 북방 관경은 4~5월이나 되어야 봄맛을 느낄 수 있었다. 백성들은 거친 땅에서 살아 주고받는 말도 거칠었지만 마음만은 두 쪽을 넣어두지 않을 만큼 순후했다.

기룡이 고령진 진민들과 친분을 쌓으면 쌓을수록 토호배 국경인 일당

70

과는 점점 소원해졌다. 아무리 좋게 생각하고 대하려고 해도 기질과 성품이 서로 맞지 않는 사람이 있기 마련이었다. 기룡과 그들이 그러했다.

"유배를 온 자들이 고을을 장악하고 텃세를 부리다니. 그것참."

여름이 지나고 초가을로 들어설 무렵이었다. 회령에서 그리 멀지 않은 강계 도호부 만포진으로 야인 수십 명이 말을 달려 왔다. 파수를 하던 군사들은 적호가 쳐들어오는 줄 알고 긴급히 알려 여둔대 봉수를 올리려고 했지만, 성벽이 가까워지자 그들이 두 손을 번쩍 드는 것을 보고 귀순하러 온 것임을 알았다.

그들은 건주위에 살던 야인들이었다. 누르하치 형제가 반란을 일으켜 건주위의 추장 리이난(李以難)을 제압한 뒤, 누르하치는 스스로 왕이라 칭하고 그 아우는 선장이라 칭한다고 했다.

누르하치는 거기서 그치지 않고 궁시와 도부(도끼)와 같은 무기를 많이 만들고, 군사를 네 갈래로 편제해 끊임없이 훈련하면서 여러 지역을 통합해 나가고 있으며, 모린위(회령 북방 지역의 여진)는 이미 와서 복종했고, 온화위(두만강 하구 지역의 여진)는 맹렬히 저항하고 있는 상태라고 했다.

이러한 누르하치의 위세를 누그러뜨리려고 명나라의 랴오둥 총병관 이성량은 그에게 많은 금은 재물을 내렸지만 앞에서는 순응하는 척하고 뒤로는 세력을 넓혀 나가고 있으니, 조선도 대비를 하라고 말했다.

강계 부사는 이러한 그들의 고변을 평안 병사에게 알렸고, 병사는 조정에 장계를 올렸다. 그러자 조정에서는 알겠다고만 하고 이렇다 할 대책을 세우지 않았다. 언제나 그렇듯이 자리를 차지하려는 사람은 많았고, 책임지고 정사를 돌보는 사람은 드물었다. 그리하여 백성에 대한 많은 현안들은 백각사의 기와지붕 위 허공을 떠다니고 있을 따름이었다.

누르하치는 의주에서 자성에 이르는 압록강 이북의 너른 땅을 모두 자기의 발아래에 두었다. 그리고는 두만강 이북의 야인들 땅까지 아우르기 위해 진군했다. 누르하치의 사기군(기병을 네 개로 나눈 군대)은 거침이 없었다. 특히 그의 심복 마산페이는 모든 야인들이 두려워하는 장수였다. 마산페이가 쳐들어온다는 소리만 들어도 야인들은 무기를 버리고 말을 타고 흩어지기에 바빴다.

누르하치가 여러 여진 중에서도 사납기로 이름난 두만강 이북의 여진을 힘 안 들이고 제압한 데에는 엉뚱하게도 조선의 힘이 컸다. 그것은 바로 녹둔도 전투 때문이었다. 그 전투에서 야인 수천 명이 죽는 바람에 두만강 이북의 야인 14세력이 크게 위축되었고, 그것은 곧 누르하치가 그 지역을 손쉽게 점령할 수 있는 계기가 되었다.

마침내 오도리(斡都里), 우디거(兀狄哈) 등과 같은 두만강 이북의 여진까지 복속시킨 누르하치는 바야흐로 조선 팔도보다 더 큰 땅을 차지하기에 이르렀다.

랴오둥 총병관 이성량은 책사 귀목의 건의를 받아들여 누르하치를 달래려고 이번에는 벼슬까지 내렸다. 누르하치는 전에 재물을 받은 것과 마찬가지로 공손히 받아들였다. 하지만 그것은 이성량을 안심시키려는 의도일 뿐이었다.

누르하치는 세 차례에 걸쳐 일어난 녹둔도 전투를 주목하고 면밀히 검토했다. 조선이 두만강 이북의 여진의 힘을 약화시킨 것이 고맙기도 했고, 조선의 군사력을 간접적으로 헤아려 보려는 것이기도 했다.

부장 마첸이 말했다.

"조선은 우리에게 조상의 나라가 아닙니까?"

"그렇지. 그건 맞는 말이야."

거슬러 올라가면 여진의 시조는 신라인 완옌한푸(完顏函普)여서 누르하치는 고개를 끄덕이며 수긍했다. 그러고는 마산페이에게 물었다.

"자네가 전에 말한 그 대담한 조선 군관이 녹둔도 전투에서 죽지는 않았나?"

"한번 알아보겠습니다."

"이번에는 뉴웡진(紐翁錦)이 알아보게."

뉴웡진은 북방 여진족들 사이에 아주 유명한 활꾼이었다. 그는 오도리의 휘하에 있다가 마지막 전투에서 패해 누르하치에게 포로로 잡혔다. 뉴웡진은 몹시 치욕스럽게 여겨 화살 한 대를 빼 들고 자신의 목을 찌르며 자결하려고 했다.

그때 누르하치는 부하들을 시켜 그를 제지시켰다. 누르하치는 일찍이 그의 명성을 알고 있었기에 한 가지 제의를 했다. 옛날 초나라의 명궁 양유기가 그랬듯이 백 보 밖에 있는 버드나무의 잎을 맞히는 내기를 하자는 것이었다.

"그대가 나를 이기면 풀어주겠노라. 대신에 지면 나의 부하가 되겠는가?"

뉴웡진은 누르하치의 제안을 받아들였다. 선사는 뉴웡진이 했는데, 너무 긴장한 탓인지 5시 3중밖에 하지 못했다. 후사에 나선 누르하치는 화살 다섯 대를 다 맞혀 5시 5중을 했다. 놀란 뉴웡진은 그 자리에서 무릎을 꿇고 충성을 맹세했다. 그 뒤로 누르하치는 그를 또 하나의 심복으로 삼았다.

뉴웡진이 아뢰었다.

"그자는 회령부 고령진 권관으로 아직 건재합니다."

"그래? 그자를 직접 보고 싶은데, 어찌하면 좋겠는가?"

"제가 데려와 보겠사옵니다."

뉴웡진은 단지 기졸(말 탄 졸병) 몇 명만 이끌고 고령진이 바라다보이는 두만강 건너에 이르렀다.

"적호다!"

파수하는 군사의 보고를 받은 기룡이 성벽 위에 모습을 드러냈다. 적호들이 말을 타고 서서 꼼짝도 하지 않고 있는 것이 의아스러웠다. 이희춘이 중얼거렸다.

"뭘 하려는 거지?"

뉴웡진은 면포에 무언가를 쓴 뒤에 그것을 화살대에 묶고는 그 화살을 천천히 활에 장전했다. 그러고는 두 팔을 들어서 활을 만작하며 기룡이 서 있는 쪽을 겨눴다.

"권관 나리, 피하십시오!"

"아닐세. 다들 꼼짝도 하지 말고 그대로 있게."

뉴웡진은 활을 쏘았다. 화살은 강을 건너 성벽으로 날아와 기룡이 서 있는 바로 옆 수루(성벽 위에 만든 초소)의 기둥에 꽂혔다.

"파악!"

정범례가 화살은 박혀 있는 채로 두고 면포만 풀어서 가지고 왔다. 그런데 아무것도 적혀 있지 않았다. 이희춘이 벌컥 화를 냈다.

"저놈이 우릴 놀리는 거야, 뭐야?"

기룡은 웃으며 말했다.

"내 궁시를 가져오라."

수졸(성벽을 파수하는 군사)이 가지고 와서 바쳤다. 기룡도 뉴웡진을 향해 화살을 한 대 날렸다. 화살이 날아오는 것이 뻔히 보이는데도 뉴웡진은 자리에서 피하지 않았다. 화살은 강을 건너 뉴웡진이 타고 있는 말의 발굽 바로 앞 한 뼘 되는 자리에 꽂혔다.

그것을 본 뉴웡진도 빙그레 웃었다. 그러고는 이번에도 면포를 살대에 묶어서 활을 쏘았다. 화살은 수루의 기둥에 박힌 화살의 한 치 아래에 박혔다. 펼쳐보니 면포에는 '초래(초대)' 두 글자가 씌어 있었다.

기룡도 두 글자를 써서 화살을 날려 보냈다. '긍가(肯可)'였다. 허락해 받아들인다는 뜻이었다. 화살은 앞서 꽂힌 자리에서 모래알 하나 차이를 두고 꽂혔다.

"대단한 솜씨로군. 역시 활의 나라로다."

뉴웡진은 말을 돌리고 섰다. 기룽이 고령진을 나와 거기까지 오기를 기다렸다. 그것을 본 기룽은 돌아서서 휘파람을 휘익 불었다. 화이가 달려왔다. 기룽은 훌쩍 올랐다. 그러고는 두 사람에게 말했다.

"같이 안 갈 텐가?"

이희춘과 정범례는 꿈을 꾸다가 깨어난 듯한 얼굴로 얼른 마구간으로 달려갔다. 말에 오른 그들은 기룽의 뒤를 따랐다. 이희춘은 기룽이 아무런 무기도 지니지 않고 적지에 가는 것이 걱정스러웠다.

두만강을 건너 뉴웡진이 있는 자리에 이르렀다.

"어서 오십시오."

"반갑소."

간단히 인사를 마친 그들은 한데 어울려 북쪽으로 말을 달렸다. 누런 흙먼지를 일으키며 까마득한 평원 속으로 사라져 갔다.

목책과 돌을 쌓아 벽을 두르고 그 안에 수백 채의 집이 있는 곳에 이르렀다. 동북방에서 가장 큰 여진의 근거지인 하다(哈達) 성이었다. 누르하치는 두만강 너머의 광활한 땅에 흩어져 사는 여진을 다 정복한 뒤에 건주위로 돌아가지 않고 그곳에 머물고 있었다.

중문을 들어섰다. 웅장한 간각(건물)이 있었다. 그곳에도 큰 칼을 찬 군사들이 늘어서 있었다. 간각 안으로 먼저 들어선 뉴웡진이 누르하치에게 아뢰었다.

"데리고 왔습니다."

"들이라."

기룽은 혼자 안으로 들어갔다. 그러고는 큰 탑상(보료를 깔아 가부좌를

틀고 앉도록 만든 평상)에 앉아 있는 누르하치를 정면으로 바라보고 섰다. 그의 옆에는 마산페이가 서 있었고, 또 다른 옆에는 마쳰이 탑상 난간에 손을 올리고 비스듬히 서 있었다.

누르하치는 큰 멧돼지처럼 몸이 컸으며 몸에서 늠늠한 기운이 뻗어 나오고 있었다. 이목구비도 다 컸으며 손과 발은 여느 사람의 갑절이나 되는 듯했다. 무수는 선 채로 읍을 했다.

"마산페이, 저자인가?"

누르하치의 목소리는 마치 큰 종이 울리는 듯했다. 마산페이가 그렇다고 대답하자 누르하치는 기룡에게 물었다.

"녹둔도 전투에 참가했는가?"

"그렇소."

"조선의 군사들을 그대가 지휘했는가?"

"일부를 지휘했소."

누르하치는 기룡의 눈을 가만히 바라보더니 다시 입을 열었다.

"이제부터 무단으로 강을 건너 조선의 관경을 침범하는 일은 없을 것이다. 그러한 우리 쪽 사람들이 있다면 누구를 막론하고 척살(찔러 죽임)해도 좋다. 다만 그들이 달아날 때, 강 너머까지는 추격을 금한다."

기룡은 누르하치의 속셈을 단번에 알아차렸다. 그 말은 곧 두만강 너머의 땅은 다 자기가 관할하는 지역이라는 말이었다. 어느 나라에도 속해 있지 않은 그 광활한 공한지를 그의 한마디 말에 오냐 하고 인정해 줄 수는 없었다. 기룡은 단호하게 말했다.

"그건 내가 이 자리에서 합의할 수 있는 일이 아니오."

누르하치는 전혀 주저하지 않고 당당한 기룡의 태도에 빙그레 웃었다. 가만히 바라보던 그는 말을 돌렸다.

"그대에게는 어인 재주가 있는가?"

"본관의 재주는 보잘것없고, 붉은 심장을 바쳐 나라의 관경을 지키고 자 할 따름이오."

무수의 목소리도 누르하치에 못지않게 웅장했다. 누르하치의 입가에 미소가 번졌다. 또 물었다.

"조선인들은 다 활을 잘 쏜다던데, 그대도 그러한가?"

"썩 잘 쏘지는 못하지만 적을 맞힐 줄은 아오."

그때 마산페이가 귀띔하듯이 말했다.

"한번 보거나 들은 것은 잊지 않는 분이시오. 말을 가려서 하시오."

누르하치가 더 묻지 않고 활쏘기 채비를 하라고 하령했다. 무수는 졸지에 오랑캐 땅에서 오랑캐 활을 쏘게 되었다. 그들의 활도 강궁이긴 했지만 각궁에 미치지는 못했다. 무수가 활을 들고 살펴보자 누르하치가 말했다.

"그대의 활이 아니라서 집궁(활을 잡음)에 생소함이 있을 터이니, 한 발 접어주겠다."

아량을 베풀겠다는 말에 기룡은 사양했다.

"활은 활일 뿐 어찌 장부가 그런 배려를 바라겠소."

백 보 밖에서 화살 다섯 대를 쏘아 버드나무 잎을 맞히는 내기였다. 호졸(야인 순사)이 달려가 버드나무 잎에 붉은색을 칠했다.

기룡은 누르하치와 마산페이, 쿵이 그리고 뉴윙진과 찌를 뽑아 순서를 정했다. 맨 먼저 쏘게 된 사람은 마산페이였다. 그는 세 발을 맞혀 5시 3중을 했다. 다시 호졸이 달려가 버드나무 잎 다섯 개에 푸른색을 칠했다. 뉴윙진이 쏘았다. 5시 4중이었다. 뒤이어 쏜 쿵이는 마산페이와 마찬가지로 5시 3중이었다.

기룡의 차례가 되었다. 기룡이 맨 처음 쏜 화살은 빗나가고, 나머지 네 발을 다 맞혀 5시 4중을 했다. 마지막으로 누르하치가 쏘았는데 놀랍게도 5시 5중 몰기를 하는 것이었다.

주위에 선 사람들은 큰 박수를 보냈다. 누르하치가 기룡에게 말했다.

"남의 궁전(활과 화살)으로 4중이나 하다니, 과연 대단하도다."

동시수(활쏘기에서 동점)가 된 기룡과 뉴웡진이 비교사를 했다. 기룡이 먼저 쏘아 5시 5중을 했다.

뉴웡진이 4중까지 따라붙다가 마지막 5시를 아깝게 놓치고 말았다. 맞히긴 했지만 화살이 버드나무 잎의 가장자리를 치고 가버려 나뭇잎이 땅에 떨어지지 않았다. 둘러선 사람들이 다 안타까워했다. 뉴웡진은 기룡에게 말했다.

"그대가 이겼소."

"운이 따랐을 뿐이오."

두 사람을 본 누르하치는 기분이 크게 좋아져 잔치를 베풀었다. 그러고는 기룡의 손을 잡아 옆자리에 앉혔다.

"허허허, 과연 기량난량(사람이 품성과 재능을 헤아리기 어려움)이로다."

술이 거나하게 오르자 누르하치는 기룡에게 제안했다.

"그대는 잘 들으라. 내가 마산페이와 쿵이와 뉴웡진과는 의형제를 맺었다. 이제 그대와도 의형제를 맺고 싶은데 그대가 받아들이겠는가?"

기룡은 난감했다. 여진의 추장과 의형제라니 생각지도 못한 제의였다. 그때 마산페이가 얼른 기룡에게 술을 따르며 속삭였다.

"수긍하시오. 그래야 살아서 돌아가오."

기룡은 하는 수 없이 누르하치의 제의를 받아들였다. 누르하치는 기룡의 나이를 묻고는 말했다.

"나이로 보면, 내가 가장 많고 그다음은 마산페이, 그다음은 뉴웡진, 그다음은 쿵이, 마지막이 조선 군관 정기룡이다. 그러나 병가에서는 오직 무예재가 있을 뿐이다. 그리하여 내가 맏형이 되고, 정기룡이 둘째가 되며, 뉴웡진이 셋째, 마산페이가 넷째, 쿵이가 다섯째가 된다."

"그리하겠습니다."

"이로써 우리 다섯 사람은 오형제결(五兄弟結)을 맺노라. 형제지간에 는 오직 서로를 위한다. 이러한 단 하나의 맹세 외에는 무엇이 더 필요하라?"

큰 술잔에 피를 내어 섞은 뒤에 네 사람은 돌아가면서 한 모금씩 마셨다. 모든 사람들이 박수를 쳤다. 기룽을 쳐다보는 마산페이는 비로소 안도하는 얼굴이었다. 마산페이의 아들이자 누르하치가 아끼는 젊은 부장 마쳰이 기룽에게 요청했다.

"이부(서열로 둘째 아버지라는 뜻)님, 돌아가실 때 저도 조선에 함께 데려가 주세요, 조선을 구경하고 싶어요."

기룽은 차분히 대답했다.

"훗날에 기회를 보아 초대를 하겠네."

이윽고 하다 성에는 큰 깃발이 새로 나부꼈다. 누르하치, 뉴웡진, 마산페이, 쿵이의 깃발 사이에 푸른색으로 그려진 큰 용의 깃발이었다. 멧돼지 대가리를 범 대가리보다 무섭게 그린 누르하치의 깃발에 이어 두 번째 자리에 내걸린 것이었다.

이희춘과 정범례가 서로 마주 보며 안도하고 감격스러워했다.


# 2

"남령초 좀, 제발 조금만 내게 파시오."

박수영은 만나는 왜상마다 졸라댔다. 한 근이면 두어 달을 피웠는데 점차 한 달 피우기에도 모자라는 것이었다.

남령초를 피울 때보다 행복한 겨를은 없었다. 특히 삼시 세끼를 먹고 나서 피우는 맛은 꿀맛 그것이었다. 남령초를 피우기 위해 끼니를 때운다고 해야 옳을 지경이었다. 한 근에 은 한 냥이나 하는 비싼 값 탓에 박수영의 재물은 점차 줄어들고 있었다.

"채비가 되었으면 갑시다."

박수영은 진안댁을 따라갔다. 별러오던 대동계의 계회에 가는 길이었다. 매달 보름에 모이는데, 진안댁이 그 자리에 빠지는 것은 있을 수 없는 일이었다.

동대문을 나와 무학봉 청련사에 도착했다. 삼삼오오 모여드는 사람들 모습은 누가 보아도 불공을 드리러 가는 차림이었다. 법당에 수십 명이 모이자 중들은 보이지 않고 나이 지긋한 사람이 나타났다.

진안댁이 박수영에게 속삭였다.

"저분은 동암 선생님입니다."

동암 선생이라 불리는 사람은 법단에 올라 아래를 굽어보았다. 새 얼굴을 확인하는 것이었다. 그와 눈이 마주치자 박수영은 얼른 딴 데로 눈길을 돌렸다. 동암 선생은 물 한 모금을 머금어 넘기더니 입을 열었다.

"우리 계는 양반, 노비, 부녀, 아동, 불구자, 병든 자, 늙은 자 할 것 없이 사람 종자라면 모두 동등하게 대우하오."

그러자 앉아 있던 사람들이 일제히 한입으로 외쳤다.

"대동(大同)!"

박수영은 낯선 광경에 가만히 숨죽이고 있었다. 동암 선생은 말을 이어 갔다. 마치 처음 온 사람들에게 하는 말 같았다.

"천하는 공물이니, 모두가 함께 주인이오. 양반들 말로는 천하공물(天下公物) 공동주인(共同主人)! 부자나 가난한 자나 함께 재물을 똑같이 나눠 쓰고, 신분과 귀천에 관계없이 함께 벼슬도 똑같이 나눠 가지며, 지주나 소작인이나 구분 없이 함께 전답도 똑같이 나눠 가꾸고…… 모두가 주인이니 모든 것을 함께 가지는 것이오."

"대동, 대동이여!"

동암 선생이 연설을 끝냈다. 박수영은 꿈같은 얘기로만 들렸다. 그의 말대로라면 곧 새 세상이 올 것만 같았다. 사람들이 일어나 긴 줄을 서서 동전이며 저화며 심지어 가락지를 빼 바구니에 담기 시작했다. 그 옆에는 유사가 앉아서 일일이 적어나갔다.

"계에 기부하는 재물은 모두의 재산이 되는 것이오."

박수영이 가지고 있던 것은 남령초를 사기 위한 은전 한 냥짜리 권계뿐이었다. 아까워서 바구니에 담을 수 없었다. 하지만 아무도 빈손으로 바구니를 지나치지 않아 난감했다.

진안댁이 뒤에서 채근했다. 박수영은 하는 수 없이 덜덜 떨리는 손으로 권계를 바구니에 집어넣었다. 미련이 남아 손을 빼지 않고 가만히 있었다. 진안댁이 눈을 흘겼다. 그제야 박수영은 눈을 질끈 감고 손을 빼냈다.

유사가 권계를 들어서 펴 보더니 눈이 휘둥그레져 동암 선생에게 귓속말을 했다. 동암 선생도 놀랐다. 사람들이 다 자리로 돌아와 앉자 동암 선생은 다시 법단에 올랐다.

"오늘은 참 귀한 분이 오셨소. 그분의 성함은 박수영이오."

모두 박수를 쳤다.

"박수영 동인(同人)은 이미 그 자질과 기백으로써 우리 대동계의 큰 재목이 될 것임을 증명했소. 은전 한 냥을 기증했소!"

"와아! 대동, 대동, 대동……."

"오늘 이 자리에서 박수영 동인을 한양 남사(남쪽 고을)의 온동에 서임하는 바이오. 박수영 온동 이리 나오시오."

박수영은 양반이 존댓말을 하니 꿈만 같고 기분이 좋았다. 동암 선생은 그에게 나무패를 주었다. 앞면에는 '대동', 뒷면에는 '백(百)' 자가 새겨져 있고, 패의 둘레에는 작은 글씨로 '동(同)' 자를 이어가며 새겨놓았다.

"박수영 온동은 앞으로 이 패를 꼭 지니고 다니시오. 그리고 장차 무슨 일이 있으면 이것이 발병부가 될 것이오."

박수영은 온동이 뭔지 모르겠지만 벼슬 같아서 좋았다. 진안댁이 말했다.

"동암 선생님, 우리 집 그 사람이 온동이 뭔지 모르니 좀 사맛이(자세히) 일러주십시오."

"대동계의 계원은 계원이라 하지 않고 동인이라고 하오. 동인 10명을 묶어서 한 사람이 이끄는데 그를 열동이라 하고, 열동 10명을 거느리는 사람을 온동, 온동 10명을 아우르는 사람을 즈믄동, 즈믄동 10명을 움직일 수 있는 사람을 가믄동이라고 하오.

머지않아 남쪽에서 성인이 일어나 백성을 구제하고 천하를 대동 태평하게 할 것이니, 그때에 비로소 우리 대동계의 진면목이 드러나게 될 것이오."

박수영은 침을 꿀꺽 삼켰다. 온동이 되었다는 말은 자기에게 부하가 백명이나 생겼다는 말과 다름없는 소리였다. 주막으로 돌아오는 길에 박수영은 어깨를 으쓱하고 일거일동에 거드름을 피웠다.

"허험, 임자도 봤지? 내가 이런 사람이라고."

"아무려믄입쇼."

박수영은 대동계에 나가 동암 선생의 연설을 듣곤 하면서 곧 세상이 바뀔 것으로 믿었다. 그리하여 가지고 있던 재산을 거의 다 가져다 바치며 즈믄동에 올랐다.

대동계 동인들은 박수영을 만나면 양반, 상민 할 것 없이 고개를 숙였고 즈믄동 어른이라고 칭하면서 존댓말을 했다. 박수영은 무슨 큰 벼슬자리에라도 오른 것 같은 기분이 들었다.

그러나 그런 우쭐함도 오래가지 않았다. 진안댁에게서 전해 들은 소식은 박수영의 기분을 나락에 빠뜨렸다.

"뭐라고? 남쪽에 계신다던 성인이 잡혀가?"

전라도 전주에 있던 대동계의 영수(우두머리) 정여립이 황해도로 세력을 넓히려고 했는데, 모반을 꾀하고 한양으로 쳐들어오려 했다는 죄목을 얻어 생치(사로잡힘)되었다.

정여립은 가까스로 탈출해 진안 땅에 숨어 있었다. 그는 한양에서 내려온 포도군사들에게 적포(추적해 잡아들임)될 위기에 처하자 자신의 운명이 다했다고 여기고 스스로 자살했다.

그 뒤로 그와 조금이라도 연루되었다고 의심되는 사람들은 하나둘 잡혀가 형신(고문)을 당하며 죽어 나갔다.

또한 대동계 동인들에 대한 색출 바람도 불었다. 잡혀간 동암 선생이 모진 고문을 견디다 못해 동인들의 이름을 털어놓았다. 동인들이 차례로 잡혀 들어가는 것을 본 다른 동인들은 겁을 집어먹고 앞다투어 서로를 밀고했으며, 밀고를 당한 사람들은 형추(고문)를 이기지 못해 아무 사람이나 생각나는 대로 끌어들이기도 했다.

그리하여 왕십리 무학봉 청련사를 근거지로 한 대동계 동인들은 산산조각 난 사기그릇처럼 뿔뿔이 흩어졌다. 하지만 삼법사(형조, 한성부, 사헌부)와 의금부, 좌우 포도청, 심지어 병조의 군뢰부까지 나서서 연루자들을 닥치는 대로 잡아들였다.

사찰과 색포(색출해 체포함)는 여러 달이 지나도 그칠 줄 모르고 계속되어 남도에서 북도까지 팔도는 온통 피 몸살을 앓았다.

"이러고 있을 때가 아니네. 어서 짐을 싸게."

"짐을 싼들 갈 데가 어디 있단 말이오?"

"일단 여길 벗어나고 보세."

박수영과 진안댁은 주막을 버리고 야반도주를 했다. 하지만 진안댁의 말마따나 그 넓은 한양 도성 안에서 몸 붙일 곳은 어디에도 없었다. 낮에는 아무 데나 숨어서 두더지처럼 웅크리고 있다가 밤이 되면 이리저리 배회했다.

도성을 떠나 멀리 안전한 곳으로 가고 싶었지만, 나라에서 죄인들을 이 잡듯이 뒤지고 다니는 형국이라 안심할 만한 고을이 어디에도 없을 것 같았다. 여동금의 전사(가게) 앞을 지나던 박수영은 한 가지 꾀를 냈다.

"옳지!"

다음 날 새벽, 박수영은 여동금의 가게 앞을 어슬렁거리다가 허리춤에 차고 있던 자기의 호패를 떨어뜨려 놓았다. 그러고는 숨어서 가만히 지켜보았다. 여동금의 수하인 이소고리가 그것을 주워 들고 들어가는 것이었다.

"옳거니!"

얼른 발길을 돌린 박수영은 좌변포도청 앞에 이르러 주뼛거렸다. 문지기가 위아래를 훑어보더니 물었다.

"무슨 일로 왔소?"

"대동계의 즈믄동 한 놈을 고변하려고……."

문지기는 얼른 안으로 들어가 아뢰었다. 곧 포도군관 문성곤이 나와 박수영을 데리고 들어갔다.

"그래? 그놈이 어디 있느냐?"

"동평관이 가까운 남산 아래에 큰 전사를 펴고 있습죠. 그놈은 호패를 두 개나 차고 다니옵니다. 한데 그놈이 잡혀갔다는 소문이 나면 진안댁이라고 하는, 그놈의 처인지 첩인지 모를 년이 전사에 숨겨둔 재물을 독차지하려고 숨어들 것이옵니다."

좌포청 군관 문성곤이 포도군사를 이끌고 바람같이 달려 나갔다. 길에 있던 사람들이 놀라 좌우로 비켜섰다.

여동금은 이소고리가 주워 온 박수영의 호패를 들고 이상하게 여기고 있었다.

"이게 왜 우리 가게 앞에 떨어져 있었지?"

"소인은 나가서 외상값 좀 받아 오겠사옵니다."

"그러게."

곧이어 포졸들이 전사 안으로 달려들었다. 여동금은 찍소리도 못 하고 오랏줄에 꽁꽁 묶였다. 포도청에 끌려간 여동금은 국문을 당하는 자리에서 자신의 억울함을 하소연했지만 소용이 없었다.

"자네 전에 내 밑에 있었던 여동금이란 놈 기억나는가?"

"알고말곱쇼."

"그놈이 포청에 끌려갔다네. 그래서 그 가게가 비어 있는데, 우리가 수중에 돈푼도 다 떨어지고 해서 하는 말이네만……."

박수영의 말을 들은 진안댁은 무섭기도 해 내키지 않았지만 시키는 대로 할 수밖에 없었다. 박수영이 아니면 사내가 없었고, 그와 헤어져서 혼자 도성 바닥을 돌아다닐 엄두가 나지 않았다.

"같이 갑시다요."

"어허, 이 사람? 나는 즈믄동이 아닌가? 눈에 띄면 큰일 나네."

"그도 그럴세. 알겠수."

여동금의 전사에 도착한 진안댁은 박수영이 시킨 대로 샅샅이 뒤졌다. 그런데 갑자기 벼락 치는 듯한 소리가 들렸다.

"네 이년!"

전사에 매복하고 있던 포졸들이 나타났다. 진안댁은 너무 놀라 그 자리에 주저앉고 말았다. 포도청으로 끌려간 진안댁도 박수영이 시킨 짓이라며 항변을 했지만 아무도 그녀의 말을 곧이듣지 않았다.

"이년아, 박수영이란 놈은 이미 장폐(곤장에 맞아 죽음)되었느니라."

"예에? 그럴 리가?"

진안댁도 여동금처럼 억울하기 짝이 없었지만 모진 고문을 오래 견디지 못했다. 하루를 넘기지 못하고 형살되고 말았다.

"복수도 했겠다, 붙은 혹도 떼어냈겠다, 이제 기분이 좀 나아지는군."

박수영은 진안댁도 모르게 감추고 있던, 목숨처럼 여긴 은알 세 개를 꺼내 들었다.

"이걸로 남령초를 사서 피워? 아니지, 아니야. 가진 게 이것뿐이니 이건 내 목숨이 위태할 때 써야 해."

은알을 품속 깊이 갈무리한 박수영은 전에 남령초를 자주 구입했던 왜상들을 찾아갔다. 하지만 빈털터리인 그를 아무도 반기지 않았다. 왜상 오자와가 그래도 묵은 정이 있어 박수영을 측은히 여겼다.

"동평관 묵사를 소제(청소)할 종놈 하나가 필요하긴 하다네."

"소, 소인보다 적임이 누가 있겠사옵니까?"

박수영은 오자와를 따라 동평관 안으로 들어갔다. 그것으로 일단 신변은 안전해진 셈이었다. 동평관은 한양 속에 있는 타국 일본이나 마찬가지였다. 박수영은 행여 그들의 눈 밖에 나기라도 할세라 이른 아침부터 해 질녘까지 쓸고 닦는 시늉을 했다.

뒤늦게 전사로 돌아와 여동금이 잡혀간 사실을 알게 된 이소고리는 이웃한 전사에 있는 사람들로부터 말을 전해 들었다.

"주부 어른이 박수영이라니?"

"우리야 영문을 모르지."

이소고리는 퍼질러 앉았다. 그러고는 분기에 차 제 가슴을 평평 쳤다.

"아, 그 골초꾼 의령 좀놈이 우리 주부 어른한테 덤터기를 씌웠구나."

사람들이 한마디씩 했다.

"저놈이 뭐라는 거야?"

"실성을 했나 보군."

이소고리는 그들의 말에 아랑곳하지 않고 꺼이꺼이 울기까지 했다.

"박수영, 이놈!"


## 3

회령 개시에 들어온 번호들이 심심찮게 기룡의 이야기를 입에 담았다. 그에 앞서 기룡이 적호의 소굴에 다녀온 것을 아는 고령진 수졸들이 소문을 퍼뜨렸다. 수졸들의 말을 믿지 않던 진민들은 번호들이 떠들어대자 기룡을 의심하기 시작했다.

국경인은 기룡을 옭아맬 절호의 기회가 왔다고 생각했다. 그는 숙부 국세필과 조카사위 정말수와 함께 회령 도호부사 양대수를 찾아갔다.

"부사또께서는 항간에 나도는 소문을 알고 계시는지요?"

"어떤 소문 말인가?"

"고령진 정기룡 권관이 제 마음대로 호지(야인들의 땅)에 다녀왔는데, 그들과 내통하는 것이 틀림없사옵니다."

"내통이라니?"

"번추와 의형제를 맺었다는 것인데, 그것이 내통의 증거가 아니고 무엇이겠사옵니까?"

양대수는 안 그래도 저 잘난 체하는 기룡을 눈엣가시같이 여기고 있던 차였다.

"물증이 있는가?"

"번호들의 증언이 있지 않사옵니까?"

양대수는 고개를 가로저었다.

"증언이 아니고 소문일 뿐이지 않은가? 그것만으로는 치죄하기 어렵네."

기룡이 적지에 다녀온 소문은 북병사 이일의 귀에까지 들어갔다. 소문은 좀처럼 가라앉지 않았다. 머잖아 기룡이 적호와 호응해 6진을 다 내주려 한다는 말까지 나돌았다. 북병사 이일은 그대로 묵과할 수 없다고 판단했다. 북평사 송상현을 고령진으로 보내 기룡을 북병영으로 소환했다.

"정 권관, 자네가 적지에 다녀온 것이 사실인가?"

기룡은 미리 적어 온 것을 이일에게 내놓았다.

"소관이 건주위 추장 누르하치를 만나고 온 일을 소상히 적은 것이옵니다. 그 글에는 한 글자의 거짓도 없사옵니다."

이일은 긴 글을 읽었다. 그러고는 고개를 끄덕였다.

"그들이 두만강 이북의 땅을 차지하려는 속셈에 잘 대처했네. 하지만 의형제를 맺은 건 지탄을 받을 일이네."

"송구스런 말씀이오나, 그 때문에 그들이 침노할 명분이 없어지게 되었사옵니다."

"오랑캐의 형이 아니고 아우가 된 걸 말하는 것이네."

"누르하치는 소관보다 세 살이나 많사옵니다. 나라의 일이 아니고 사사로운 사내들의 일이옵니다. 또 기질이 사납고 무예가 뛰어난 그의 심복들을 제 아우로 두었으니 안심하셔도 되옵니다."

"녹둔도 전투 이후로 자네를 시기하고 질투하는 자들이 부쩍 많아지고 있네. 이후로는 매사 깊이 생각해 처신을 하게."

"명심하겠사옵니다. 병사또 영감."

이일이 기룡을 바라보며 넌지시 말했다.

"우리도 활쏘기를 한번 해야겠군."

기룡이 경성 북병영에 불려 가서 아무런 처벌도 받지 않고 돌아오자 국경인은 더욱 시기심이 불타올랐다. 수하 이언우, 함인수, 김수량을 불렀다.

"그놈을 골탕 먹일 방법이 없을까?"

"방법을 잘 찾아보면 왜 없겠사옵니까?"

"그래서 지금까지 무슨 방법을 찾았느냐?"

수하들은 할 말이 없어 입맛만 다셨다.

"계속 눈여겨 살펴보거라. 얼룩이 지지 않는 옷은 없는 법이다."

봄부터 가을까지 경성 북병영에 있던 북병사 이일은 겨울이 되자 종성 도호부에 있는 행성으로 집무처를 옮겼다. 해마다 삼동(겨울 석 달)은 6진 중에서 하나를 정해 그 행성에서 보내도록 국법으로 정해져 있었다.

일 년 중 겨울에 유난히 적호들의 침입이 잦아서 북병사가 몸소 관경 가까이에 있으면서 군사들을 휘령해 그들을 격퇴시키라는 취지였다.

북병사 이일은 종성의 행성에 자리를 잡자마자 군관들은 물론이고 군사와 부민들에게도 사례를 베푼다고 6진의 모든 고을에 게방했다.

한겨울에 핫옷을 입고 있어도 살가죽이 얼어붙을 판인데 맨손으로 활을 쏜다는 것은 몹시 내키지 않는 일이었다. 그것을 모르는 이일이 아니었다. 그리하여 6진의 백성들이 관심을 기울일 만한 파격적인 상품을 내걸었다.

사례에서 입상을 하는 군관이나 관원은 차후에 도목(인사고과)을 해 본인이 자원하는 곳으로 우선 발령을 내주겠다고 했고, 백성들이 상위에 드는 경우에는 곡식과 소금으로 행상하겠다고 했다.

적호들의 출현도 없어지고 농한기가 되어 아무 할 일이 없던 백성들은 전에 없이 활쏘기에 열중했다. 살을 에는 바람과 추위에 손가락이 곱는 것을 막으려고 뜨겁게 달군 주먹 돌을 싸서 품에 넣고는 자기 차례가 될 때까지 그것을 쥐고 있었다.

북병사 이일이 있는 종성 행성에서 결선 사례가 열리기 전에 각 도호부에서 5명을 가려 뽑아야 했다.

회령 도호부에서는 읍성 내 사정에서 예선 사례를 했는데, 기룡을 비롯해 회령 판관 이성일, 풍산보 만호 김대음, 기룡의 집사 이희춘 그리고 융기서 섭사 정범례가 뽑혔다. 그들은 섣달 보름에 종성 행성으로 갔다.

결선 사례 참가자는 모두 30여 명이었고, 시관과 획창, 장족수, 거기 그리고 관중들까지 한겨울임에도 적지 않은 사람들이 북적였다.

"누가 장원을 차지할까?"

"호지에 가서 뉴웡진을 눌렀다는 그 군관이 일등을 하겠지."

"북평사 나리도 예사 솜씨가 아니지. 작년에 북병영 사례에서 장원을 했지 않은가?"

"활은 쏘아봐야 아는 걸세."

"전에 경흥 조산보 만호로 계셨던 이순신 나리도 백발백중 명궁이셨지. 그분은 참 아깝게 되었어."

"없는 사람 얘기는 해봤자 소용없지."

"말이 그렇다는 걸세."

북소리와 함께 결선 사례가 개시되었다. 북병사 이일은 도청에 앉아서 관전을 했다.

6진과 북병영, 2만여 명의 군민 가운데 30명 남짓 뽑아놓았으니 궁력이 크게 차이가 나지 않을 것은 자명한 일이었다.

추첨해 각자 쏠 차례와 자리를 정한 뒤에 3순 15시 사례가 시작되었다. 모든 사람이 초순 5시를 쏘고 나서 두 번째 중순 5시를 쏘았다. 그때까지 성적은 몇 사람이 상위에서 비등했다.

마지막 종순 5시에서 판가름이 나게 되었다. 기룡은 초시 제 일발부터 무심히 발시해 나갔다. 딱히 긴장할 것도 초조할 것도 없었다. 추위를 이기기 위해 다음 화살 발시가 올 때까지 두 손을 겨드랑이에 끼고 있을 뿐이었다.

기룡이 마지막 5시를 발시할 차례가 되었다. 활시위의 절피에 화살의 오늬를 끼웠다. 활을 이마 위에 들고 내리면서 팽팽히 만작을 했다. 활을 쥔 줌손과 활시위를 당긴 깍짓손에 힘을 균등히 나눈 채 가만히 과녁을 화살촉 끝으로 겨눴다. 숨을 내뱉는 듯 마는 듯 자연스럽게 흘러나오도록 입술을 조금 열고 유전을 했다.

"피우웅!"

발시를 한 화살은 허공을 가르며 날아가 과녁에 꽂혔다.

"파악!"

"와아!"

관중이 탄성을 터뜨렸다. 기룡은 15시 15중 몰기를 했다. 사람들이 다 쏘기를 기다렸다가 기룡은 사대에서 내려왔다. 사람들이 축하를 해주었다. 못마땅한 눈길을 보내는 사람도 있었다. 국경인 패거리였다.

결선 사례를 다 마치고 성적 발표를 했다. 장원은 기룡, 방안은 북병영 북평사 송상현, 탐화는 경성 판관 황붕이 차지했다. 그 밖에 경원 부사 이혼, 북병영 토포 군관 전헌배, 부령 방수 군관 김준오, 종성 부민 도구환, 경흥 아오지보 수첩 별장 이제영이 등참했다.

북병사 이일은 그 밖의 참예자들한테도 골고루 작은 상을 내렸다.

"우리 주수(병마절도사) 영감은 참으로 덕이 있는 분이야."

"암, 오래도록 북병영에 계셔주시면 좋겠네."

이일은 장원을 한 기룡에게 물었다.

"정 권관, 내 약속대로 자네가 원하는 곳으로 발령을 내주겠네. 어디로 가고 싶은가?"

기룡은 잠시 생각하더니 입을 열었다.

"상주로 보내주소서."

"상주? 아니, 경직(한양 조정의 관직)으로 갈 좋은 기회인데 상주라니?"

"소관의 노모가 계시니 가서 모시도록 해주소서."

"아, 그런 이유가 있었군. 알겠네. 그리로 보내주도록 내 힘써보겠네."

북병사 이일이 알아보았더니 상주에는 기룡이 갈 만한 자리가 없었다. 그래서 상주에서 가장 가까운 곳을 다시 알아보았다. 비어 있는 자리는 창원부 합포에 있는 경상 우병영뿐이었다. 이일은 기룡을 불러 물었다. 기룡은 우병영에 있다가 급가(휴가) 받는 날이면 말을 타고 충분히 상주에 다녀올 만하다고 생각했다.

"거기라도 좋사옵니다."

이일이 웃음을 머금고 중얼거렸다.

"내 자네를 경직으로 보내려고 사례를 열었더니. 그것참, 허허."

기룡은 먼 길을 떠날 채비를 했다. 이희춘이 자꾸 할 말이 있는 듯하면서 속을 털어놓지 않았다. 기룡이 다그쳤다.

"자네답지 않게 마려운 뭐처럼 왜 그러나?"

"실은 권관 나리께 간청할 것이 있사옵니다."

"말해보게."

"정 섭사도 같이 데려가 주옵소서."

"자네들이 친한 건 알았지만 그렇게까지 서로 생각해 주는 사이인 줄 미처 몰랐군."

기룡은 회령 도호부사 양대수에게 집사 이희춘 외에 자신에게 배정되는 견마잡이 한 사람을 대신해 정범례를 데리고 갈 수 있도록 해달라고 요청했다. 양대수는 기룡이 회령 땅을 떠나게 된 것이 좋아서 얼른 허락을 했다.

그리하여 정범례는 융기서 섭사를 그만두고, 회령부 관아에서 전거(이사)를 허용하는 관계를 수월하게 받았다. 그는 감격해 이희춘을 얼싸안았다.

"내 죽을 때까지 자네와 함께 권관 나리를 모시겠네."

정범례는 원래 회령에서 이름난 야장(대장장이)의 아들이었고, 어릴 적부터 쇠를 다뤄 무기를 만드는 손재주가 남달랐다. 어느 날, 대장간에 불이 나 아비가 타 죽고 혼자 살아남은 것을 당시의 회령 부사가 측은히 여겨 웅기서 섭사로 삼았던 것이었다.

"벗을 얻어서 내가 기쁘이. 우리 오래도록 함께하세."

두 사람은 기룡을 좌우로 보필하며 한양에 당도했다. 기룡은 기쁘고 설레는 마음으로 가장 먼저 예문관을 찾아갔다. 하지만 정경세는 없었다.

"의금부에 하옥되어 있소."

"뭐요?"

기룡은 놀랍고도 두려워 가슴이 두근거렸다.

정경세는 전에 정여립의 조카인 이진길을 예문관 관원으로 천거한 일이 있었다. 그 일이 이제 와서 들춰져서 파직되었고, 또 그에 그치지 않고 계옥(옥에 가두어 둠)되었다. 이때 정경세의 동렬(과거 급제 동기)인 금천 현감 한준겸과 병조 좌랑 박승종도 연좌의 죄를 얻어 같은 옥에 갇혔다.

두 사람은 어떤 화가 미칠지 걱정이 되어 위태롭게 여기고 있는데 정경세가 태연히 말했다.

"여보게, 익지(한준겸의 관자)와 효백(박승종의 관자), 우리가 학궁(성균관)에 있을 때 언행을 삼가고 벗을 가려서 사귀었으니, 지금 이렇게 셋이 나란히 앉아 있다고 한들 무엇이 두렵겠는가?"

두 사람은 정경세를 따라 마음을 애써 누그러뜨리며 호흡을 가다듬었다. 잠시 후 옥졸이 옥문 앞으로 한 사람을 데리고 왔다. 기룡은 어두운 가운데서도 정경세를 알아보고 옥방의 칸살을 붙잡았다.

"이보게, 경임!"

정경세는 귀에 익은 목소리라 놀라면서도 반가웠다.

"아니, 경운? 자네가 어떻게 여길 다?"

"이 사람아, 이게 대체 어인 날벼락인가?"

정경세는 쓴웃음을 지었다.

"벼슬길이 원래 비렛길(절벽)을 오르는 것과 같다고 하지 않는가? 한순간 자칫 잘못하면 천길만길 황천길로 떨어지기 십상이니 그리 당황해할 것도 없네."

"내 서애 스승님을 찾아가 자네를 구명하겠네."

"아서게. 스승님께 면목이 없을 따름일세."

기룡은 의금부를 나와 청계천을 건너 건천동으로 갔다. 정신이 나간 듯한 그의 모습에 이희춘과 정범례는 걱정이 되었지만 묵묵히 뒤따르는 것밖에는 할 일이 없었다. 이조판서 유성룡은 기룡을 반갑게 맞이했다.

"대감, 정경임이 의금부 옥사에 갇혀 있사옵니다."

"난들 왜 모르겠는가? 사세가 여의치 않으니 좀 기다려 보게."

"소관은 경임이 혹시라도 큰 변고를 당할까 봐 오직 그것이 걱정이옵니다."

"지난 일이 지금에 와서 과실로 여겨져서 잠시 갇혀 있는 것이니, 그런 일은 없을 걸세."

"대감께서 그리 말씀해 주시니 안심이 되옵니다."

기룡은 6진에서 이순신을 만난 일을 아뢰고 내친김에 그의 구원도 요청했다.

"만호 나리가 백의종군을 하신 뒤로 어디에 계시는지 모르고 있사옵니다."

"허허, 여해는 지금 전라도 정읍 현감으로 가 있네."

"아, 서용(죄를 지어 면관되었던 사람이 재임용됨)되셨군요. 그것 참 다행한 일이옵니다."

"인걸은 서로 만나게 되어 있다는 옛말이 과연 틀리지 않나 보이. 자네와 여해가 공교롭게도 관경에서 만났다니. 허허."

유성룡은 병풍을 접고 벽장을 열더니 장검 한 자루를 꺼내 서탁 위에 올려놓았다.

"십련(쇠를 달궈 접어서 두들기기를 열 번 반복함) 보검일세. 내 자네에게 주겠네."

"어찌 이 귀한 것을……."

"두 자루가 있었는데 여해에게 한 자루를 주었고, 이제 자네에게 주는 것일세."

기룡은 두 손으로 받았다.

"매사에 각근봉공(나랏일에 정성을 다해 힘씀)하게."

기룡은 유성룡에게 절을 하고 물러 나왔다. 손에 칼 한 자루가 들려 있는 것을 본 이희춘이 궁금해했다. 기룡은 말에 올라 무심히 대답했다.

"서애 스승님께 이러한 것을 받았으니 천근 바윗덩이를 짊어진 듯하네."

기룡은 길을 재촉해 상주에 도착했다. 관아에 가서 목사 윤선각을 뵙고, 경상 우병영으로 가는 길임을 아뢴 뒤에 집으로 향했다.

"대장!"

애복이는 기룡의 목에 매달리고 싶었지만 차마 그러지 못했다. 김씨는 말에서 내려서 걸어 들어오는 기룡의 손을 잡았다.

"장하신 우리 아드님!"

"어서 들어가 소생의 절을 받으소서."

"되었네. 절보다도 자네 손을 잡고 있는 것이 좋으이."

윤업과 걸이 그리고 집안 종들의 얼굴도 정다웠다.

"업이는 부쩍 어른 티가 나는구나?"

윤업은 말없이 선 채로 허리를 조금 굽힐 뿐이었다. 걸이는 기룡을 보는 둥 마는 둥 하고 화이를 이끌고 마구간으로 가 같이 놀기에 바빴다.

기룡은 집에서 하루 쉬는 동안 통지해 벗들을 다 계정으로 불러 모았다. 그러고는 음식과 술을 많이 장만해 맨 먼저 가서 기다리다가 그들을 맞이했다. 다들 반가운 얼굴이었다.

벗들은 관경의 일을 묻기에 바빴다. 기룡은 마다하지 않고 다 말해주었다.

"우리 경운이 군관이 아니라 어엿한 장수의 풍채로구먼."

"하하, 그 무서운 야인들과 싸워 물리쳤다니."

"오랑캐와 호형호제를 하기로 했다니, 뜻밖인걸?"

"아닐세. 과연 경운다운 기상일세."

조우인이 물었다.

"한양을 거쳐서 왔을 터인데 경임은 만났는가?"

기룡은 계정 벗들에게 차마 정경세의 소식을 전할 수 없었다.

"급히 내려오느라……."

"잘 있겠지. 무소식이 희소식이라지 않은가?"

화제는 자연히 정여립이 중심이 되어 일어난 모반의 옥사로 옮겨졌다. 누가 연루되어 갇혔으며, 형장에서 죽었는가 하는 것이 관심사였고, 그런 집안과는 앞으로 통혼이나 허교를 해서는 안 된다는 말들이 쏟아져 나왔다.

좌중은 대동계나 수많은 백성들을 끌어들인 대동계의 강령과 구호에는 아무도 주의를 기울이지 않았다. 기룡이 궁금히 여겨 물었다.

"한데, 우리 상주에는 대동계가 결성이 안 되었는가?"

# 대병란의 조짐들

## 1

기룡은 합포에 있는 경상우도 병마절도영에 도착했다. 우병사는 공석이었고, 병마우후 조용백이 대리하고 있었다. 조용백은 기룡의 첩지만 살펴볼 뿐 별다른 눈길을 주지 않았다.

"아장(병마우후) 나리, 소관을 못 알아보시겠사옵니까?"

조용백은 눈을 들어 기룡을 보았다. 어딘지 낯이 익은 얼굴이었다.

"소관, 예전에 영노로 있었던 무수, 정무수이옵니다."

"무수?"

조용백은 그 자리에서 일어났다. 기룡의 얼굴을 찬찬히 들여다보았다.

"무수! 자네가 그 무수? 정무수란 말인가?"

그러고는 기룡을 힘껏 껴안았다.

"무수야!"

두 사람은 얼싸안기를 여러 차례나 했다. 어느 정도 감격이 가라앉자 차분히 앉아 10여 년 만에 재회한 회포를 풀었다.

"나는 그동안 경상 우수영, 전라 좌병영 그리고 남원 판관을 거쳐 다시 경상 우병영으로 돌아와 있단다. 그래 너는 어찌 지냈느냐?"

무수는 지난 이야기를 들려주었다. 조용백은 임금에게서 사명까지 하고 늠름한 군관이 되어 돌아온 기룡이 여간 기특하지 않았다.

"여긴 6진에 비하면 훨씬 수월하다. 하긴 군문(군대)에 수월한 일이 어디 있으랴마는 그래도 외적과 추위 걱정은 안 해도 된단다."

"관경 6진에는 호인 야인들이 있듯이 삼남에는 왜구가 있지 않사옵니까?"

"왜구에 대한 것은 일차적으로 수군절도영 소관이란다."

기룡은 예전에 병마우후로 있던 서예원의 소식이 궁금했다.

"평안도 곽산 군수로 가 계신단다."

비어 있는 우병사 자리를 대신하고는 있지만 조용백은 기룡에게 직임을 줄 권한이 없었다. 기룡은 신임 우병사가 올 때까지 아무런 보직 없이 대기했다.

"심심하겠구나. 영내를 좀 둘러볼래?"

조용백은 기룡을 데리고 다녔다. 기룡은 자신이 통인청 지통으로 있을 때 박 공에게 활쏘기를 배웠던 일, 조용백에게 검술을 배웠던 일, 조용백이 봉수 군관으로 발령 나자 기패청 봉수 지통을 자청했던 일, 병영에서 무학산 봉수대로 뛰어다녔던 일, 사정에서 활을 쏘았던 일…… 옛 생각이 마치 묵혀두었던 병풍을 꺼내 눈앞에 펼쳐놓은 듯이 다 떠올랐다.

"변한 게 하나도 없군요."

"병영이 그렇지."

군마청으로 갔다. 마사에서는 옛적과 같이 여전히 어린 아두시들이 말을 돌보고 있었다. 기룡은 마방을 지나가다가 한 아이와 마주쳤다. 꾀죄죄한 아이는 얼른 허리를 굽히고 머리를 조아렸다. 기룡은 꼭 자신의 어린 시절을 보는 것 같았다. 아이의 머리를 쓰다듬었다.

"많이 힘들지?"

"아니옵니다!"

그때 마사 입구에 커다란 그림자가 들어섰다. 그는 기룡과 조용백 앞으로 다가왔다. 그러고는 선절을 했다.

"우후 나리, 행차하셨사옵니까?"

"새로 부임해 온 군관과 둘러보고 있는 중이네."

그는 기룡에게 슬쩍 눈길을 주고는 허리를 굽혔다. 기룡은 그를 단번에 알아보았다. 조용백이 곁에 있음에도 말이 불쑥 나와 버렸다.

"꼭두님?"

꼭두 김세빈이 고개를 들었다.

"아, 아니? 군관 나리는?"

두 사람을 본 조용백은 자리를 피해주었다.

"꼭두님, 잘 있었소?"

김세빈은 중얼거렸다.

"아, 역시 크게 되셨어."

김세빈은 마장 가에 있는 쉼터로 어린 아두시들을 다 불러 모았다. 그러고는 기룡이 아두시 생활을 할 때의 일화들을 하나도 빼놓지 않고 들려주었다. 어린 아두시들은 낡고 해진 옷을 입었고 온몸에는 말똥이 덕지덕지 묻었지만 눈망울만은 어린 망아지처럼 맑게 빛났다. 기룡은 단번에 그들에게 전설이 되고 희망이 되었다.

기룡은 예전에 자신이 속신되었던 것처럼 김세빈을 그렇게 해주고 싶었다. 조용백도 김세빈이 수십 년 동안 군마를 돌보며 병영에 기여한 공로를 잘 알고 있었지만 명분을 찾기가 쉽지 않았다.

"네 마음은 잘 알겠다만, 그게 어디 쉬운 일이겠느냐? 좀 더 두고 보면서 기회를 찾아보기로 하자꾸나."

경상좌도 수군절도사로 있던 신할이 경상우도 병마절도사로 부임해

왔다. 그는 병마우후 조용백의 보장(상관에게 보고하는 공문)을 받고 기룡을 비장(비서 역할을 하는 무관)으로 삼았다.

그리고 기룡이 추천한 이희춘은 여각의 장무 경력을 인정받아 비장청 서리로, 정범례는 회령 도호부 융기서 섭사 경력으로써 군물고 고지기로 가임(임시로 직무를 맡김)했다. 이희춘과 정범례는 서로 다행한 일이라고 여기며 격려했다.

"우리가 떨어져 있는 것도 아니네."

"그렇고말고. 밖으로 내쳐지지 않고 한 병영 내에 있게 되었으니 더 바랄 게 없네."

신임 우병사를 맞이한 우병영의 모든 군관과 군사들은 열무(군대를 검열함)에 대비하기 위해 밤낮으로 군장을 갖춰 대오를 엄격히 맞추고 조련을 했다.

열무하는 날이 되어 김세빈은 우병사 신할의 견마잡이로 나섰다. 그런데 가만히 서 있어야 할 군마가 자꾸 고개를 까딱거리더니 별안간 앞발을 높이 쳐들며 울부짖었다.

"히히히힝!"

그 바람에 우병사 신할이 낙상을 했다. 하지만 김세빈이 말에서 거꾸로 떨어지는 신할의 아래에 얼른 누우면서 온몸으로 그를 받아 안았기에 신할은 다친 곳이 한 군데도 없었다. 그리하여 신할은 체면을 구기지 않게 되었다.

군마는 울부짖으면서 온 조련장을 돌아다녔고, 김세빈이 달려가 잡으려고 하자 갑자기 한자리에 우뚝 멈춰 서더니 그대로 소용이치고 말았다. 열무는 중지되었고, 김세빈은 말을 잘못 돌본 죄, 열무까지 망친 죄를 얻어 감옥에 갇혔다.

크게 노해 김세빈에게 중형을 내릴 줄 알았던 우병사 신할은 뜻밖의 명령을 내렸다.

"영노에게 말을 제대로 점검하지 못한 죄를 물을 수 있지만, 몸을 아끼지 않고 낙상하는 상전을 구한 공로가 더 크다. 더구나 군마가 미쳐 날뛰는데도 어느 누구 하나 제지시키려 들지 않았다. 오직 그 영노만이 위험을 무릅쓰고 다가가 말을 붙잡으려 했으니 그 행동도 심히 가상하다. 방면하라."

그런 명령이 내려지고 난 뒤에 조용백은 우병사 신할이 기분이 좋은 날을 가려 기룡과 영노 김세빈의 어린 시절을 잔잔히 아뢰었다. 이야기를 다 듣고 난 신할은 시립하고 있던 기룡을 바라보았다.

"허어, 그것참, 정 비장도 우리 우병영의 영노였다니. 영노에서 속신이 되고, 진심갈력해 과거에 급제했으며, 드디어 상감마마로부터 이름까지 하사받았구나. 장하네, 장해."

신할은 이어서 말했다.

"정 비장이 오늘에 이른 것은 어릴 적에 벗으로 지냈던 그 영노의 공로가 크다. 두 사람의 우정이 아름다운데 이제 또 군관과 영노로 다시 만났으니 어찌 서먹하지 않겠는가? 이는 서로에게 불편할 뿐만 아니라 보는 이도 지극히 안타까운 일이니 영노 김세빈을 속량해 주어 두 사람의 우정에 거리가 생기는 일이 없도록 하라."

김세빈은 수령청 앞뜰에 엎드려 우병사 신할의 처분에 감격했다. 그리고 계속 군마청에서 말을 돌볼 수 있게 해달라고 간청했다. 신할은 그의 뜻대로 해주었다. 그 일은 병영 내에 소문이 퍼졌고, 군관에서 영노비까지 병영 내의 모든 사람들이 신할을 우러러보았다.

"참 자애로운 분이시지 않나?"

"주수다우신 아량일세."

교련관청에서 신할이 강론했다. 통신사로 일본에 갔다가 돌아온 정사

황윤길과 부사 김성일이 조정에 올린 장계의 내용이 정반대여서 조야(조정과 민간)와 경향(한양과 시골)이 온통 시끄러웠다.

황윤길은 왜적이 쳐들어오지 않으리라는 보장이 없다고 했고, 김성일은 왜적이 결코 쳐들어오지 않을 것이라고 했기 때문이었다. 신할은 강론에서 두 입장을 두고 군관들의 견해를 물었다.

"왜적의 침략에 대비해야 하옵니다."

"아니옵니다. 공연히 백성들에게 불안감을 조성할 필요가 없사옵니다."

"대비를 했다가 침략이 없으면 그것은 아무 일도 일어나지 않은 것에 그치지만, 대비하지 않았다가 침략을 당하면 큰 낭패를 보게 됩니다."

"침략에 대비한답시고 군사를 모으고 성축을 쌓으며 무기를 늘리면 그것이 오히려 저들을 자극해 반발의 빌미를 줄 수 있사옵니다."

"무슨 자극이란 말이오? 우리가 유비무환을 하겠다는데 왜 저들의 눈치를 봐야 하는가?"

"옳소. 눈치를 본다는 것 자체가 지레 겁을 집어먹은 꼴이 되오."

"무릇 준비가 안 된 나라가 침략을 당하는 법이오. 준비된 나라가 침략당하는 것을 본 일이 있는가?"

"우리가 대비를 하는 것이 저들에게 반발할 빌미를 준다고 했는데, 그렇다면 저들이 어떻게 반발을 할 건가? 반발이란 것이 침략인가? 그렇다면 우리가 대비를 하지 않으면 저들의 침략이 더 쉬울 것이 아닌가?"

"그러하오. 대비는 오히려 저들이 도발과 침략을 못 하게 하는 것이오."

"일본을 왜라고 하며 우습게 볼 때가 아니오. 저들이 가진 많은 칼과 총이 어디로 향할지를 아직도 깨닫지 못한단 말이오?"

"그렇소. 사방을 아무리 둘러봐도 저들이 겨룰 곳은 우리 조선 외에는 없소."

그즈음 신할이 말했다.

"왜적이 쳐들어오든 안 쳐들어오든 우리가 저들의 마음속에 들어가 보지 않는 이상 알 길이 없다. 다만 우리는 조선의 무관으로서 이곳에서 우리의 본분을 다하자. 우리의 본분이 과연 무엇이겠는가? 바로 유비무환, 오직 그 한 가지다."

황윤길과 김성일의 상반되는 견해를 놓고 저울질하던 조정은 결국 대비를 하는 쪽으로 기울었다.

그에 따라 우병사 신할은 예속되어 있는 제진에 명령을 내려 군비(전쟁을 위한 준비)를 하게 했다. 그리고 우병영에서도 날마다 군사 조련을 했다. 생업에 종사하지 못하고 수자리에 강제 동원된 백성들은 원성을 높였다.

"쓸데없이 조련은 무슨."

"왜적이 쳐들어오면 누가 맞서 싸울 줄 알고?"

그러는 가운데 우병사 신할은 임기를 다 채우지 못하고 함경도 남병사에 제수되었다. 그는 우병영을 떠나기 전에 조정에 품의했다. 그리하여 기룡을 전력부위(무관 종9품)에서 수의부위(무관 종8품)로 품계를 올려주었다.

"장차 나라에 어떤 변고가 생길지 모르네. 내가 정 비장을 함경도로 데리고 가고 싶으나 그것은 사사로운 일, 자네는 장차를 대비해 한양 큰 군문에 가서 견식을 넓히도록 하게."

신할은 기룡을 훈련원 봉사로 가게 했다. 기룡은 깊이 감사하며 신할을 배웅했다. 그러고는 군마청으로 가 김세빈과 마주했다.

"훗날 또 만나게 되겠지. 그때까지 잘 있게."

"봉사 나리, 부디 잘 가소서."

손을 잡고 바라보는 두 사람은 눈이 젖었다. 기룡은 병마우후 조용백에게도 하직 인사를 했다.

"소관은 아장 나리 곁에 오래도록 있고 싶사옵니다만……."

"또 어느 때 어느 곳에서 볼지 모르는 게 사람의 일이 아니겠는가? 한양에 가거든 매사에 부디 잘 행신하게."

"명심하겠사옵니다."

기룡은 이희춘과 정범례를 데리고 우병영을 나왔다. 무언가 사세가 급박해지고 있는 것만 같았다.

길을 가던 중에 금산 고을에 못 미친 곳에서 먼 길을 나선 듯이 보따리를 이고 지고 가는 한 가족을 만났다. 부모와 함께 가는 올망졸망한 아이들이 보기에도 측은했다.

기룡은 아이들에게 행찬을 나눠 주었다. 아이들은 허겁지겁 먹어댔고, 농부 부부는 민망해 어쩔 줄을 몰라 했다.

"어디로 가는 길이오?"

"곧 난리가 난다기에 저것들을 데리고 깊은 산으로 들어가려고 하옵니다."

기룡은 듣기에 마뜩잖았다. 그래서 조금 나무라는 듯한 말투로 슬쩍 물었다.

"왜적이 쳐들어오면 다 같이 맞서 싸워야 하지 않겠소?"

어떤 대답이 나올까 하고 있는데 농부는 좀처럼 입을 열지 않았다. 기룡은 그가 할 말이 없어서 그러고 있는 줄 알았다. 그리하여 좀 더 강한 어조로 훈계를 하려고 했다. 바로 그 찰나 그의 입이 열렸다.

"왜적이 쳐들어오면 내가 왜 싸웁니까? 뭘 위해 싸웁니까? 누굴 위해 싸웁니까?"

뜻밖의 말에 기룡은 어이가 없었다.

"내 가족을 지키려면 싸워야 하지 않겠소?"

"아니지요. 가족을 데리고 새 주인을 모시면 그만이지요."

"뭐라고? 그대는 왜놈의 발밑에서 개돼지처럼 살기를 바라는가?"

"지금까지 개돼지처럼 살아왔는데 무슨 말씀이옵니까? 맞서 싸우지 않고 그냥 항복하면 새 주인이 지금 주인보다 더 살기 좋도록 해줄지 누가 압니까? 새 주인이 더 나을지도 모르는 일이지요."

기룡은 기가 막혀 할 말을 잃었다.

"임금을 가운데에 놓고 조정이 두 패로 갈라져서 서로 헐뜯고 싸우고 모함하고 죽이고 한 것이 어디 하루 이틀 일이옵니까? 쇤네는 그런 주인은 알 바 아니지요. 그리고 전쟁이 난다면 그네들은 뭘 지키고 싶은 게 있는지 모르겠지만 쇤네는 지키고 싶은 거 이 모가지 하나밖에 없사옵니다.

새 주인이 들어서든 헌 주인이 주인이 되든 어차피 주인인 건 마찬가지인데 쇤네가 하나뿐인 목숨을 내놓고 어느 한쪽 편을 들어서 싸울 이유가 없지요. 누가 주인이 되든 쇤네는 아무 상관이 없사옵니다.

그냥 이 목숨 하나 잘 보전하고 있다가 만약에 주인이 바뀌면 새 주인 모시고 전처럼 똑같이 땅을 일구고 살면 되지요. 누가 주인이 되든 백성은 언제나 그대로 백성일 뿐이옵니다. 누구의 백성도 아닌, 그저 이 땅에 발목을 묻은 채 사는 백성일 따름이라는 말씀이옵니다."

말을 마친 농부는 가족을 이끌고 산속으로 사라져 갔다. 충격을 받은 기룡은 한동안 멍한 채 앉아 있다가 정신을 가다듬었다. 백성들이 군비에 동원되어 쏟아낸 불평과 불만이 어떤 심리에서 나온 것인지 깨달았다.

백성은 우매한 것도 안일한 것도 아니었다. 그들의 마음 깊은 곳에는 임금도 조정도 나라도 없었다. 임금이 누가 되든 그들에겐 중요한 일이 아니었다. 나라가 없어지고 새 나라가 들어선다 해도 그들이 상관할 일이 아니었다. 효제충신은 그들의 덕목이 아니었다. 그들에게 최고의 덕목은 생존이었다. 그것뿐이었다.

"봉사 나리, 저기!"

정범례가 가리키는 곳에서 중들이 다가오고 있었다. 그들은 말을 매놓고 쉬고 있는 기룡 일행을 보더니 잠시 주춤했다. 그러더니 곧장 다가왔다. 세 사람이었다. 기룡은 합장을 하는 그들의 눈매에 살기가 서려 있음을 느꼈다.

"어디로 가는가?"

중들은 다시 합장을 했다. 그러고는 손가락으로 먼 산을 가리켰다. 그것을 본 기룡은 호통을 쳤다.

"이놈들! 네놈들은 입이 없느냐?"

중들이 낯빛이 상기되어 서로 바라보았다. 기룡이 추궁했다.

"네놈들은 필시 왜의 세인(간첩)이렷다!"

중들은 가사와 장삼을 벗어 던졌다. 왜의 무사들이 입는 흑의(검은 옷)가 드러났다.

"얏쓰게로(죽여라)!"

셋은 한꺼번에 기룡에게 덤벼들었다. 기룡은 몸소 십련 보검을 빼 들었다. 칼이 우는 소리가 났다. 기룡은 단칼에 그들을 베고 찔렀다. 이희춘과 정범례가 나설 것도 없었다. 중으로 위장한 왜의 간자(첩자)들이 비명도 지르지 못하고 쓰러졌다.

기룡은 칼을 아래로 내렸다. 칼날에 묻은 피가 칼끝으로 흘러내리더니 방울져 떨어졌다. 피를 뿌릴 것도 없었다.

"아, 옛말에 명검은 운다더니……."

기룡은 천천히 칼을 칼집에 넣었다. 이희춘과 정범례가 그들의 품과 바랑을 뒤졌다. 길을 그린 지도가 여러 장이 있었고, 각 군현에 있는 군사의 수를 적은 종이도 많았다. 기룡은 다 태우게 했다. 이희춘이 물었다.

"봉사 나리, 이것들을 땅에 묻어야 할깝쇼?"

"흙이 아깝네. 짐승 밥이 되도록 그냥 내버려 두게."

기룡은 사방을 둘러보며 말했다.

"이놈들을 보니 조선 팔도에 왜의 간자들이 얼마나 많이 숨어들었을지 걱정일세."

기룡은 어두운 얼굴로 집에 도착했다. 애복이가 곳간에서 나오다가 기룡을 보았다. 기룡은 반기는 애복이에게 건성으로 대답하고는 그녀의 등 뒤로 보이는 곳간으로 가까이 다가갔다. 창날과 도끼날이 가득 쌓여 있었다. 그 옆 곳간을 열어보았다. 창 자루와 도끼 자루에 쓸 나무 작대기와 죽창이 한가득 들어 있었다. 애복이가 겸연쩍어하면서 말했다.

"대장, 이상하게 생각하지 마. 친정아버지가 서한을 보내오셨는데, 남쪽 고을에서는 곧 난리가 날 것이라는 소문이 파다하대. 그래서 나도 대장이 없을 때 대비를 좀 하느라……."

기룡이 무심히 바라보자 애복이는 자기가 뭘 잘못했나 싶어 덧붙였다.

"만약에 쓸 데가 없으면 녹여서 호미나 낫을 만들면 되지 뭐."

"고을 사람들도 다 이렇게 대비를 하고 있어?"

"아니, 나 혼자."

그때 어머니 김씨가 방에서 대청마루로 나왔다. 기룡은 공손히 선절을 했다. 김씨의 목에 큰 염주가 걸려 있었다.

"아 글쎄, 얼마 전에 어떤 큰스님이 다녀갔지 뭐냐."

기룡은 스님이라는 말에 눈빛이 달라졌다.

"팔공산 동화사에 계시다가 금강산 유점사로 가신다는 스님인데, 길을 잘못 들어서 상주로 왔다더구나. 한눈에 보아도 도통한 큰스님임을 알아차렸지. 그래서 내가 한사코 붙잡아 두고 우리 집에서 하룻밤 묵어가시게 했단다."

애복이가 김씨의 말을 이었다.

"스님이 밤새 한숨도 안 주무시고 어머님과 얘기를 나누셨어. 아침을 차려드리려고 했는데 새벽에 바람같이 떠나셨더라고."

"이 사람아, 내가 무슨 복이 있어서 산부처님을 다 친견했을까? 큰스님이 이 염주를 주시지 뭐냐. 시주도 못 했는데 이런 걸 받아서 어쩌면 좋으냐?"

"그 중의 이름을 아시옵니까?"

"유, 유…… 아 그래, 유정(사명대사) 스님이라고 하시더라."

기룡은 이름을 한번도 들어보지 못한 중이었고, 그만하길 다행이라고 생각했다.

"오늘 이후로 낯선 길손은 누구라도 집 안에 들이지 마시옵소서."

"오냐. 알겠다."

기룡은 정경세의 소식이 궁금해 그의 집으로 갔다. 정경세는 감옥에서 풀려나 낙향해 있던 중에 아버지 정여관이 졸(사대부의 죽음)해 상중에 있었다. 여묘에서 기룡을 맞이한 정경세는 몸이 몹시 마르고 기운이 하나도 없어 보였다.

"어서 오게."

"무어라 위로의 말씀을 드려야 할지 모르겠네."

"우병영에 있는 줄 알았더니 어인 일인가?"

"훈련원으로 발령을 받아서 가는 길에 들렀네."

"경직으로 간다니 잘된 일이네. 여기도 곧 난리가 날 거라고 술렁이고 있는데 군문에서는 어떤가?"

"대비를 한다고는 하지만 수자리에 들어온 백성들이 불평만 하면서 영 따라주질 않는다네."

정경세는 고개를 끄덕였다.

"조정이 백성에게 귀감이 되지 못하니, 백성이 조정을 따르지 않는 것이지."

어떤 사람들이 지게에 뭘 잔뜩 지고 산 위 여막으로 올라왔다. 정경세는 짐을 풀어서 보더니 그들에게 지시했다.

"되었네. 자네들은 백화산으로 가게. 그리고 자네들은 칠봉산으로 가고."

그들이 가고 나자 정경세가 기룡에게 말했다.

"가만히 있을 수가 없어서 말이지. 훗날에 쓰일지도 몰라서 쌀, 소금, 비단, 곶감, 육포 같은 거, 이것저것 좀 비축하고 있네."

"어디에 감춰두는가?"

"두 군데일세. 백화산 금돌산성 폐우물과 칠봉산 암굴이네."


## 2

박수영은 동평관 묵사를 청소해서 받은 푼돈으로 남령초를 사려고 했지만 턱도 없이 모자랐다. 생각다 못한 그는 땅바닥에 굴러다니는 낙엽을 주워 비볐다. 모양이 남령초와 비슷해 보였다.

박수영은 회심의 미소를 지으며 낙엽 가루를 곰방대의 종지에 꾹꾹 눌러 넣었다. 그러고는 부리를 물고 불을 붙여 뻑뻑 빨았다.

"에쿠! 이게 뭐야?"

남령초 맛이 하나도 나지 않았다. 박수영은 곰방대를 돌에다가 탕탕 쳐서 타다 만 낙엽 가루를 내버리고는 한숨을 쉬었다.

"천하의 박수영이 어쩌다가 이 꼴이 되었던고?"

왜승 겐소가 다시 사신으로 온 뒤로 왜상들의 움직임이 이전과 많이 달랐다. 그들은 물종을 거래하기보다 팔도에 얼기설기 나 있는 길과 이수(거리)가 그려져 있는 지도를 가끔 들고 다녔다. 그러고는 각각의 지도를 한데 이어 붙여 큰 종이에 필사하는 모습도 심심찮게 보였다.

"이놈들이 뭘 하는 수작이지?"

박수영은 가끔 동평관 담 너머를 내다보았다. 바깥이 어떻게 돌아가는지 왜상에게 물어서는 알 수가 없었다. 대동계 사태가 가라앉고 나면 나갈 작정이었다. 온동이고 즈믄동이고 간에 갖다 바친 재물만 수천 냥이었다. 그것을 생각하면 복장이 터졌다.

"내가 미쳤지. 천한 것들에게 무슨 놈의 좋은 세상이 온다고. 그런 세상이 올 것 같았으면 왔어도 진즉 왔지."

왜상들 틈에 동래 상인들이 몰래 섞여 들어왔다. 박수영은 그들에게 슬그머니 다가가 말을 걸었다.

"요사이 세상이 어찌 돌아가오?"

내상 유철정이 박수영의 위아래를 훑어보더니 엽전 몇 개를 주었다.

"보아하니, 이곳 종놈 같은데 네놈 팔자가 상팔자인 줄이나 알고 있거라. 머잖아 조선 팔도는 일본 땅이 될 터인데, 그때가 되면 네놈도 한 자리 차지하게 해줄지 누가 알겠느냐? 허허."

박수영은 귀가 번쩍 뜨였다.

'그렇다면 머잖아 왜놈들이 쳐들어온다는 말이 아닌가? 이번에야말로 진짜 새 세상이 오려나?'

박수영은 곰곰이 생각한 끝에 묵사 뒤뜰에 묻어둔 비상금을 파냈다. 동평관에 들어올 때 지니고 온 목숨과도 같은 은알이었다.

몰래 동평관 담을 넘은 박수영은 남산골 책사로 갔다. 그러고는 책사 주부에게 큰 밤톨만 한 은알 세 개를 내보였다. 주부는 침을 꿀꺽 삼켰다.

"조선 팔도를 그린 지도 중에 가장 상세하고 정확한 것이 뭐요?"

"그야 단연 여지도(제작 연대 미상의 상세 지도책)입지요."

주부는 안쪽 깊숙한 곳으로 가더니 책 한 질을 안고 나왔다.

"하도 귀한 것이라 웬만해선 내보이지도 않는 것입지요."

박수영은 그것을 들춰 보더니 두 말 하지 않고 은알과 맞바꿨다. 책사 주부는 웬 횡재냐 싶어 연신 절을 했다.

박수영은 여지도를 들고 묵사에 묵고 있는 왜승 겐소를 찾았다. 지키고 있던 왜졸들이 들여보내 주지 않았다. 박수영은 전에 겐소에게서 받은 증서를 품에서 꺼내 보였다. 그들은 하는 수 없이 비켜섰다.

"무슨 볼일인가?"

"소인에게 여지도 한 질이 있사옵니다."

왜승 겐소는 굴리던 염주를 멈추고 눈썹을 움찔했다. 조선에 올 때마다 여지도 한 질을 구하려고 했지만, 시중에는 전혀 나돌지 않아 아무리 애를 써도 구할 수가 없었다.

"그게 사실이라면 내놓아 보게."

"그 전에 한 가지 약속해 주실 것이 있사옵니다."

"뭔가?"

"소인을 일본으로 데려가 주옵소서."

"일본으로? 그대가 일본으로 가서 뭘 하려고?"

"소인이 이래 봬도 예전에 남강과 낙동강의 가장 큰 나루에서 대행수로 있었사옵니다. 삼남의 길이란 길은 이 머릿속에 다 꿰차고 있습지요. 물 길과 뭍길, 지도에 나와 있지 않은 샛길, 나뭇길까지 모르는 길이 없사오니, 법사님께 큰 도움이 되지 않겠사옵니까?"

등을 돌리고 있던 겐소는 박수영에게 고개를 돌렸다.

"그렇게만 해준다면 그대에게 한 고을의 수령 자리를 맡길 것이다. 내약속하지."

"고맙사옵니다. 법사님. 소인, 목숨을 다해 법사님을 돕겠사옵니다."

"암, 그래야지."

겐소는 왜졸들에게 은밀히 지시했다. 그들은 일본에서 데려온 시종 하나의 목을 쳐 동평관 뒤뜰에 묻고는 박수영이 그를 대신하게 했다.

지도를 얻은 겐소는 득의에 찼다. 그는 조선 조정에 공식적으로 요청했다. 일본군이 명나라를 정벌하려고 하니 조선은 그 길을 안내해 달라는 것이었다. 임금과 조정은 몹시 기분이 상했지만 화를 억누르고 절대로 불가한 일이라고 통보했다. 그러자 그렇게 나올 줄 알았다는 듯이 겐소는 힘주어 말했다.

"유구(오키나와)인들과 조선인들이 이미 수백 명이나 우리 일본국에 귀순해 왔고, 그들 스스로 바다 배를 만들어 길 안내를 하고자 하니, 명나라를 치러 가는 길을 어찌 조선에 애걸하기만 하겠소."

대담하고도 섬뜩하기 이를 데 없는 겐소의 말에 조정 대신들은 아무도 입도 벙긋하지 못했다. 참다못한 젊은 신하들이 들고 일어났다.

"겐소를 참수해야 하옵니다!"

"그러하옵니다. 겐소의 목을 치고 나머지도 다 극형으로 다스려야 하옵니다."

"아니 되옵니다. 사신을 벌주는 법은 없사옵니다."

"저것이 사신의 입에서 나올 소리인가?"

신하들이 옥신각신하는 가운데 겐소가 한 말은 세상 밖으로 흘러나왔다. 흘러나온 물이 강이 되듯이 말이 샘물처럼 새 나온 이상 걷잡을 수 없게 되었다.

조정은 군비를 해야 한다는 말만 요란했지 행동은 갈팡질팡했다. 장수와 군관을 배치하는 데도 당동벌이(옳고 그름에 관계없이 같은 당끼리 뭉치고 다른 당은 배척함)를 할 뿐이었다. 우리 편은 되고 저편은 안 되었다. 어느 편인지 판단이 안 되는 인물은 제외시켰다.

부임한 지 얼마 되지 않아 직무도 파악하지 못하고 있는 사람을 또다시 천리 길 밖으로 돌렸고, 수군을 아는 사람을 육군에 넣는가 하면, 육군에 정통한 사람을 아무런 명분 없이 바닷가에 두었다. 대비하는 척만 할 뿐 실제로 대비하는 것은 아니었다.

백성들의 원성이 더욱 높아지자 김성일은 또다시 전쟁 준비를 해서는 안 된다는 상소를 올렸다.

"심려해야 할 것은 왜적이 아니라 백성들의 마음이옵니다. 군비를 하느니 차라리 조정이 백성의 마음을 얻어야 하옵니다."

그러자 당이 다른 사람들이 가만히 있을 리가 없었다.

"이 무슨 엉뚱한 소리인가? 왜적이 머잖아 침입한다는데 심려하지 말라니?"

"한가하게 백성의 마음을 얻어야 한다니?"

"백성들의 마음을 얻자고 수자리에 동원된 백성들을 다 돌려보내자는 말인가?"

"왜적이 쳐들어오면 가만히 앉아서 당하자는 소리가 아니고 무엇인가?"

겐소는 조정과의 협상이 여의치 않자 더 이상 미련을 두지 않고 동평관을 떠나 동래로 향했다. 상세하게 그려진 조선의 지도와 그 지도보다 더 완벽한 입 하나를 확보한 마당에 더 이상 머물 까닭이 없었다.

박수영은 겐소를 따라 배를 타고 한강을 건널 때 도성을 뒤돌아보았다.

"이놈들아, 이 박수영이 아직 운이 다하지 않았느니라. 내 기필코 다시 돌아오마!"


## 3

기룡은 훈련원에서 군기고 감관의 직책을 맡았다. 훈련원 판관 이정충이 기룡에게 말했다.

"군기고가 워낙 커서 번고(창고에 있는 물건을 장부와 대조해 검사함)하려면 시일이 많이 걸릴 걸세. 서두를 것 없으니 천천히 하게. 다만 신병기인 화승총만큼은 각별히 잘 관리하게."

"예, 판관 나리."

군기고는 긴 행랑이 다섯이나 되고 행랑마다 열두 개의 곳간이 있었다. 곳간마다 병기와 깃발 등 각종 군물들이 종류별로 가득 차 있었다.

곳간에는 수백 자루나 되는 총이 아무렇게나 쌓여 있고 개머리판은 썩어가고 총신은 녹슬고 있었다. 고직 군사(군대 창고를 관리하는 군사) 노함이 민망해 고개를 들지 못했다.

"정비를 할 일손도 부족하고, 군사들이 훈련하러 와도 쓰지 않는지라……."

"쓰지 않다니?"

"원래는 쏘는 연습을 하기로 되어 있는데 다들 그냥 넘어가옵니다."

"그 연유가 무엇인가?"

"총이 무거운 데다가 별도로 철환(총알) 주머니를 허리춤에 차야 하옵고, 화약통, 화승, 삭장 같은 소지해야 할 물종들도 많아서 귀찮아하기 때문이옵니다."

"군사가 병기를 귀찮게 여기다니, 그게 말이나 될 법한 소리인가?"

"화승총으로 활을 대신하기에는 어려운 점이 많사옵니다. 우선 발사하려면 절차가 복잡해 시간이 많이 걸리고, 작은 실수라도 할라치면 발사가 안 되는 곤란함이 있사옵니다. 또 화승에 불을 붙여야 하는 번거로움도 있사옵고, 궂은 날씨에 비가 오면 어렵사리 불을 붙인 화승이 꺼지기 일쑤이옵니다."

노함은 잠시 쉬었다가 말을 이었다.

"포수는 지녀야 할 많은 부속물 때문에 화승총 이외에 다른 병기를 지

114

니지 못하니 총이 안 되면 적군의 공격에 속수무책이 되옵니다. 그래서 다들 화승총 쏘기를 기피해 어쩔 수 없이 묵혀두는 것이옵지요.”

“모자란 점이 있다면 잘 살펴서 궁리하고 보완해서 개선해야 하지 않겠는가? 우리 조선의 활이 어디 처음부터 각궁, 철궁이었는가? 부단히 노력해 발전시켜서 그런 것이 아닌가?”

“봉사 나리 말씀이 지당하오나 다른 분들은 다들 좋은 총이 나오면 그때 조습을 해도 늦지 않다고 생각하고 있사온지라…….”

“누가 그렇게 태평한 소리만 하는가?”

노함은 더 이상 입을 열지 않았다. 기룡은 노함에게 단단히 일렀다.

“당장 오늘부터 다른 일보다도 저 화승총을 다 들어내어 일일이 확인하게. 그리고 내게 보고하도록 하게. 일손이 모자란다니 이 두 사람을 쓰게.”

기룡이 이희춘과 정범례를 붙여주자 노함의 얼굴이 환해졌다.

“예, 봉사 나리. 소인도 바라던 바이옵니다.”

내금위 군사들이 훈련을 하러 왔다. 그들은 대궐에서 숙위(밤새워 지킴)하고 있었기 때문에 기세가 가장 등등한 군사들이었다. 훈련원 판관 이정충은 대충 시간을 때우고 갈 작정으로 들어온 그들을 그대로 놔두지 않았다.

기룡이 화승총을 다 접고(점검)해 놓은 것을 알고 있어서 그들에게 화승총 연습을 빠뜨리지 않도록 했다. 그러자 내금위 군사들이 안하무인으로 나왔다.

“이거 훈련원이 갑자기 왜 이래?”

“우리가 상감마마를 모시고 있는 걸 까먹은 거야, 뭐야?”

판관 이정충은 허리에 차고 있던 칼을 빼 들고 소리쳤다.

“이놈들! 썩 대오를 정돈하지 못할까! 한 놈을 정해 목을 베어야 영을 따르겠느냐!"

내금위 군사들이 겁을 먹고 허둥지둥하며 대오를 갖췄다. 판관 이정충이 다시 엄하게 호령했다.

"규정에 정해져 있는 대로 조련을 할 것이다. 화승총을 쏘지 않는 자는 훈련 평점을 주지 않고 과락을 시키겠다. 그 결과는 내금위장 영감에게 보고가 될 것이니 다들 알겠는가?"

그들은 어느 누구도 찍소리 하지 못했다. 노함이 불려 나와 화승총을 쏘는 시범을 보였다. 능숙한 솜씨로 총을 다루는 것을 본 기룡은 감탄했다.

이어 내금위 군사들이 한 줄씩 차례로 나와서 쏘았다. 화승에 불을 제대로 붙이지도 못하는 군사, 조준하기도 전에 발사해 버려 총소리에 놀라 자빠지는 군사, 쏘고 난 뒤 화약 연기가 자욱하자 기침을 해대며 총을 내던지는 군사까지 각양각색이었다.

판관 이정충은 혀를 끌끌 찼다.

"이러고도 금군(임금을 지키는 군사)이라고 으스대고 뻐기는가!"

과녁을 명중시킨 군사는 하나도 없었다. 이정충은 제대로 쏠 때까지 조습하라고 명령한 뒤에 자리를 떴다. 그들은 이정충이 사라지자 총을 내던지고 그 자리에 주저앉아 노닥거리기 시작했다.

훈련원의 조련관들도 그들과 똑같았다. 기룡은 직책상 간섭할 수가 없어서 노함을 데리고 군기고로 돌아왔다. 노함이 조그만 수첩을 내놓았다.

"뭔가?"

"소인이 이곳에 있으면서 틈틈이 화승총과 화약에 대해 생각나는 대로 적어놓은 것이옵니다. 봉사 나리는 다른 나리들과 좀 다른 분인 듯해……."

"고맙네. 내 잘 읽어보겠네."

노함이 자리를 뜨려고 하자 기룡이 불러 세웠다. 그러고는 말했다.

"내 자네가 좋은 재주를 가지고 있는 줄 몰랐네. 처음에 너무 다그쳐서 미안하네."

"아니옵니다. 소인은 나리와 같은 분이 오시어 아까운 화승총을 소중히 여겨주신 것을 다행한 일로 여기고 있사옵니다."

노함의 아비는 화약감조청의 화약장이었다. 노함은 어릴 적부터 아비의 발밑에서 화약을 가지고 놀다시피 하면서 자랐는데, 그만 실수로 화약을 터뜨려 여러 사람을 상하게 했다. 그 뒤로 쫓겨나 훈련원 군기고로 오게 된 것이었다.

"그나저나 저잣거리에는 온통 전쟁 얘기뿐이옵니다."

민심은 좀처럼 가라앉지 않고 있었다. 시일이 흐르면 흐를수록 한양 도성은 더욱더 술렁이기만 했다. 우려가 현실이 될 거라고 믿는 사람들이 늘어났다.

사류(세상 흐름)를 가장 잘 내다보는 사람들은 장사치였다. 팔도 각처에서 와 종루가(종각 근처 시가지)를 구름처럼 오가던 상인들이 눈에 띄게 줄어들고 있었다.


"봉사 나리, 판관 나리께서 찾으시옵니다."

기룡은 판관 이정충에게 갔다.

"나랑 어디 좀 가세."

"어디를 가자는 말씀이옵니까?"

"가보면 아네."

이정충이 기룡을 데리고 간 곳은 이판 겸 대제학 이덕형의 집이었다. 이덕형은 기룡에게 말했다.

"내 집안의 본가가 상주일세. 그래서 상주에서 왔다는 자네가 반가

우이."

기룡은 이덕형이 자기를 부른 까닭을 알지 못했다.

"오해는 하지 말게. 대신의 집에 들락거리라는 것이 아니네. 다만 정 봉사가 훈련원에서 화약에 관해 궁구하고 있다고 들었기에. 그래, 나라를 지킬 만한 무기를 만들 수 있겠는가?"

"있는 것만 잘 쓰더라도 무엇을 못 지키겠사옵니까? 가장 큰 무기는 백성이고, 조정이 뒤로 물러나지 않고 앞장서기만 하면 나라는 절로 지켜질 것이옵니다."

"과연! 허허, 정기룡, 그 성명 석 자는 듣던 대로일세."

이덕형이 흐뭇해하며 재물을 하사했다. 하지만 기룡은 받지 않았다.

"소관이 사사로이 한음 영감 댁에 들른 것만 해도 장안에 말이 나돌 일이온데 하물며 무거운 것을 지니고 나가야 하겠사옵니까?"

이덕형이 물었다.

"서애 대감 댁에 가서는 무얼 들고나왔다지?"

"천근 바위 같은 칼 한 자루였사옵니다. 만약 영감께서 궁시를 내리신다면 사양하지 않고 메고 가겠사옵니다."

"허허, 내가 이 어수선한 때에 정 봉사의 기개를 충분히 알았네."


한양 도성에서는 또 하나의 소문이 빠르게 퍼져 나가고 있었다. 김성일이 통신사 부사로 일본에 갔을 때, 남몰래 그들의 길잡이가 될 것을 언약했는데, 머잖아 왜적이 침입해오면 스스럼없이 호응해 옥교를 타고 부왜(일본에 빌붙은 사람들)의 선봉이 되어 도성의 왈패들을 데리고 반란을 할 것이라는 말들이었다.

그 밖에도 다른 크고 작은 흉흉한 소문이 끊이지 않고 나돌고 있어서 한양은 초여름이 되었지만 늦가을 같은 스산함이 감돌았다. 백성들의 불안은 점점 더 커져갔고, 은값과 쌀값은 전에 없이 치솟았다. 엽전도 동이 나 종루가 시전에서는 문 닫는 전사가 하나둘 늘어갔다.

"한양 한복판에 빈 가게가 다 생기다니."

"도읍이 생긴 이래로 있을 수 없는 괴이한 일일세."

"곧 병란이 날 것이라는데 그 말이 사실일까?"

"그런 무지막지한 소문이 아무런 근거도 없이 나돌고 있겠나?"

"그렇다면 나도 보따리를 싸두어야겠군."

기룡은 누가 상전인지 모를 만큼 꾀죄죄한 차림으로 이희춘, 정범례, 그리고 군기고 고직 군사 노함과 함께 한 곳간에 쪼그리고 앉아 무얼 만지며 화약에 대해 논의하고 있었다. 그때 갑자기 훈련원 담 너머로 큰 소리가 들려왔다.

"난리가 터졌다!"

"왜적이 쳐들어왔다!"

# 내 나라는 내가

## 1

쓰시마 섬을 이루는 두 개의 큰 섬 중에서 북쪽 섬인 가고시마의 서북단에는 비밀스런 포구가 하나 있었다. 곶의 입구가 야산에 가려져 있어서 자연적으로 감춰져 있는 오우라(大浦)였다.

고니시 유키나가(小西行長)와 소 요시토시는 유이시(結石) 산성에 올랐다. 발아래 펼쳐져 있는 포구에는 7백여 척의 전선이 정박해 있었고, 해변에는 수백 채의 막사가 둘러쳐져 1만8천여 명의 군사가 쉬고 있었다.

두 사람은 멀리 수평선을 바라보았다. 부산포와 부산진성이 자리한, 가장 가까운 육지가 희미한 윤곽을 드러내고 있었다.

쓰시마 섬에 도착한 지도 한 달이 지났다. 그동안 해풍의 방향이 바뀌길 고대해 왔다. 군사와 전선을 정돈하는 한편 조선에 회담을 요구하는 최후통첩을 보냈다.

고니시 유키나가는 사위이자 대마도 도주인 소 요시토시를 시켜 글을 적게 했다. 글은 소 요시토시의 책사인 니치렌(日蓮) 종파의 승려 겐소가 작성했다. 일본이 명나라를 치려고 하니 조선에서 길을 빌려주거나 길 안내를 해달라는 취지의 글이었다.

서장(편지)은 부산진을 지키고 있던 병마첨절제사 정발에게 전해졌고, 그 대담하고 오만불손한 글을 읽은 정발은 즉시 조정에 장계를 올렸다. 하지만 조정은 아무런 조치도 하달하지 않았다.

조선에 서한을 보냈지만 답서가 오지 않자 고니시 유키나가는 마지막 협상 제의가 결렬되었다고 판단했다. 독실한 가톨릭 신자인 고니시의 고뇌는 컸다.

"이제는 어쩔 수 없이 무력으로 조선에 쳐들어가는 수밖에 없겠구나."

전쟁 없이 항복을 받아내고 싶었지만 조선이 끝까지 거부했으니 수많은 사상자가 발생할 것은 뻔한 일이었다. 무기라곤 고작 칼과 창, 활밖에 없는 조선의 군사와 백성이 무모하게도 불사 항전의 태세로 나올까 봐 걱정이었다.

"아우구스티노, 되도록이면 살상은 피하고 사랑을 베푸세요. 부탁이에요."

영지 우토(宇土) 성을 떠날 때 아내 기쿠히메(菊姬)가 신신당부한 말이었다. 고니시 유키나가는 묵주를 쥐고 있던 손에 힘을 더 주었다.

그의 곁에 나란히 서 있는 소 요시토시도 착잡한 심경이었다. 비록 대를 이어 쓰시마 섬에 살고 있지만 그에게도 엄연히 조상에게서 물려받은 조선인의 피가 흐르고 있었다.

그 때문에 바닷길이 먼 일본보다 부산포가 지척인 조선에 얼마나 귀부(스스로 복종함)해 왔고, 또 얼마나 간청했던가! 섬에서 필요로 하는 거의 모든 물종을 동래부에서 가져다 써왔고, 섬사람의 절반 이상이 조선말을 쓰고 있으니 진주, 상주처럼 쓰시마 섬을 영남에 딸린 하나의 주(목사를 두는 큰 고을)로만 조선이 인정해 주었더라면……

하지만 조선 조정은 번번이 거절했다.

"대마도는 삼한 시대에는 우리나라 영토였지만 토질이 척박하고 산이 많은 까닭에 농사짓기에 적합하지 않아 부세와 요역을 매기기가 불가한 섬이라서 일찍이 버린 땅이다.

또 왜구의 노략질이 잦은 외딴섬이라서 만약 다시 조선의 영토로 삼는다면 군사 수천이 필요할 것인데, 영남의 백성들이 이 섬에 수자리를 들어가려고 하지 않을 것이니, 일본에 소속되게 내버려 두는 것이 옳다."

그리하여 소 요시토시는 하는 수 없이 일본에 귀속했다. 그렇지만 마음은 언제나 조선에 있었다.

일본을 통일한 도요토미 히데요시(豊臣秀吉)가 조총을 사들여 날마다 군사를 훈련하고 전선을 만드는 데 열중하는 것을 알고, 그가 머잖아 조선을 침략할 것이니 철저히 대비하라고 몇 번이나 알려주었다.

그럼에도 불구하고 조선 조정은 곧이듣지 않았다. 소 요시토시는 직접 조총을 갖고 가 조정에 보여주고 시범으로 쏘아 보이기까지 했다. 하지만 조선 조정은 막대기 같은 조총을 하찮게 여겼다. 우리 조선에는 두껍고 큰 총통이 있는데 무엇을 근심하랴 하는 식이었다.

"참으로 어리석은 자들이야. 아, 드디어 돌이킬 수 없는 사태에 이르고 마는구나."

고니시 유키나가는 사위에게 말했다.

"다리오, 내 딸 마리아의 명예를 위해서라도 선봉장으로서의 책무를 다하라."

"예, 태수님."

소 요시토시는 본인이 정략적으로 고니시 유키나가의 딸 고니시 다에(小西妙)와 결혼하긴 했지만 그녀를 사랑하는 것은 아니었다. 조선 여인을 아내로 삼고 싶었지만 조선이 섬을 보호해 주지 않는 이상 일본의 실력자를 배후에 두어야 했다.

섬기고 싶은 나라로부터 여러 차례 거절당하는 바람에 결국에는 섬기고 싶지 않은 나라를 내 나라로 삼고 살아야 하는 것 때문에 소 요시토시의 얼굴은 늘 밝지 않았다.

"여전히 서풍이 부는구나."

"하루빨리 출항하기 좋은 바람으로 바뀌어야 할 텐데 말이옵니다."

고니시 유키나가가 충고했다.

"다리오, 조선 놈을 절대로 믿지 마라. 이용할 만큼만 믿어주어야 한다. 겐소가 데리고 있는 그 조선 놈을 조심하라는 말이다. 알겠나?"

소 요시토시는 반듯이 돌아서서 허리를 굽히며 깍듯이 절을 했다.

"명심하겠사옵니다!"

나한테 잘해주는 나라, 내가 살기 좋은 나라가 내 나라다. 우리나라는 세상 어디에도 없다. 우리? 우리가 아니고 너희다. 잘 먹고 잘 사는 양반들 너희 나라다. 너희만 잘 사는 너희 나라지 우리가 다 잘 사는 우리나라가 아니다.

태어났다고 해서 내 나라가 아니다. 내 나라는, 내가 섬기고 살 나라는 내가 정한다. 너희가 너희 나라에서 잘 살듯이 나도 내가 선택한 나라에서 잘 먹고 잘 살련다. 내 나라는 일본이요, 너희 나라는 조선이다.

"자, 보게나. 어떤가?"

생각에 잠겨 있던 박수영은 겐소가 펼쳐놓은 지도를 내려다보았다. 여지도를 바탕으로 해 조선을 침략할 지도를 그린 것이었다. 일본군이 진격할 길을 표시해 놓았다.

제1번대는 부산포에 상륙한 뒤 밀양, 대구, 선산, 상주를 거쳐 조령(문경새재)을 넘는 영남 중로로, 제2번대는 언양, 경주, 영천, 예천을 지나 조령을 넘는 영남 좌로로, 제3번대는 김해, 거창, 지례, 김산(김천)을 거쳐 추풍령을 넘는 영남 우로로 나아가 한양으로 진격한다는 계획이었다. 그 뒤로 제4번대, 제5번대…….

한양을 점령한 뒤에는 두 갈래 길이 표시되어 있었다. 한 갈래는 곧장 평안도 의주까지, 또 한 갈래는 함경도 6진의 경흥 도호부 녹둔도와 서수라까지 이어져 있었다.

"이렇게만 하면 우리 일본이 조선 땅을 남김없이 정복하는 거야."

지도에는 조선 팔도를 여섯 가지 색으로 구분해 놓았다. 박수영이 궁금해 물었다.

"하온데 이 색칠은 다 무엇이옵니까?"

"아, 이거. 경상도, 전라도 하면 발음하기도 힘들고 어디가 어딘지 분간을 못 하여 차질이 빚어질 수도 있으니까 확연히 구분하여 쉽게 알 수 있도록 해놓은 것이라네."

경상도는 흰색을 칠해놓고 백국(白國)이라고 적어두었다. 전라도는 붉은색의 적국(赤國), 충청도와 경기도는 푸른색의 청국(靑國), 황해도는 초록색의 녹국(綠國), 강원도와 평안도는 누런색의 황국(黃國), 함경도는 회색의 흑국(黑國)이었다.

관백 도요토미 히데요시는 점령할 지역도 미리 정해주었다. 고니시 유키나가의 제1번대는 평안도, 가토 기요마사(加藤淸正)의 제2번대는 함경도, 구로다 나가마사(黑田長政)의 제3번대는 황해도, 모리 요시나리(毛利吉成)의 제4번대는 강원도, 후쿠시마 마사노리(福島正則)의 제5번대는 충청도, 고바야카와 다카카게(小早川隆景)의 제6번대는 전라도, 모리 데루모토(毛利輝元)의 제7번대는 경상도 그리고 조선 정벌의 총지휘관 우키다 히데이에(宇喜多秀家)의 제8번대는 한양과 경기도를 수중에 넣어 영지로 관할하게 했고, 제9번대는 여분으로 남겨두었다.

또 제10번대에서 제16번대까지 편제해 후발 예비대로 규슈(九州)의 나고야(名護屋) 성에 주둔시켰다.

조선 정복을 위해 본대 16만여 명, 예비대 12만여 명을 합쳐서 28만여 명의 군사를 징집해 훈련한 것이었다. 그것도 상당수가 신식 무기인 화승총으로 무장한 군사들이었다.

박수영은 저도 모르게 탄식했다.

'아, 조선이 망하지 않을 리 없겠구나.'

왜졸이 와서 아뢰었다.

"도주님께서 향도(길잡이)님을 찾으시옵니다."

박수영은 소 요시토시의 막사로 들어섰다. 소 요시토시는 차를 권한 뒤에 부드러운 어조로 박수영에게 물었다.

"박 향도, 조선인으로서 조선을 배신한 느낌이 어떤가?"

박수영은 거리낄 것이 없었다.

"배신한 거 없사옵니다. 잘해준 사람을 등지는 것이 배신 아니옵니까? 조선은 저에게 잘해준 것이 없사옵니다. 저는 배신한 것이 아니라 선택을 한 것이옵지요."

연일 서풍이 불어왔다. 마치 조선으로의 출항을 막기라도 하는 듯한 바람이었다. 바람이 동남풍으로 바뀌어야 했다. 소 요시토시는 초조했다. 일본이 조선 땅을 넘볼 수 없도록 영원히 강한 서풍만 불어오기를 바랐다.

"동남풍이다!"

드디어 바람의 방향이 바뀌었다. 바람은 쓰시마 섬에서 부산포 쪽으로 불기 시작했다. 고니시 유키나가는 휘하 왜장들을 불러 모아 회의를 했다. 그 자리에 참석하고 나온 소 요시토시가 박수영과 겐소에게 말했다.

"태수님께서 내일 출발하기로 결정했네."

아침이 밝았다. 고니시 유키나가는 드디어 조선 정벌을 명령했다.

"출정하라!"

그의 휘하에 있는 왜장들이 외쳤다.

"출항하라!"

"조선으로 가자!"

1만8천여 명의 군사들이 배에 올랐다. 가장 먼저 척후선 고바야(小早) 세 척이 곳을 달려 나갔다. 그 뒤를 따라 수백 척의 전선이 이물과 고물을 서로 물고 이어졌다. 중형 주력선 세키부네(關船), 대형 지휘선 아타케부네(安宅船) 그리고 소형 전선 고바야가 보급품을 싣고 맨 뒤에서 오우라 포구를 빠져나갔다.

크고 작은 왜선 수백 척이 항구를 빠져나온 뒤에 앞뒤 좌우로 간격을 벌려 항행의 위용을 갖췄다. 조선 정벌의 길에 오른 제1번대의 최선봉은 소 요시토시가 이끌었다. 5천 명의 일본군이 2백여 척의 배에 나눠 타고 있었다.

그 뒤로 좌위를 맡은 마쓰라 시게노부(松浦鎭信)가 이끄는 3천여 명의 군사가 1백2십여 척의 군선에, 우위를 맡은 오무라 요시아키(大村喜前)가 이끄는 2천여 명의 군사가 80여 척의 군선에, 고니시 유키나가가 직접 지휘하는 본영은 7천여 명의 군사가 3백여 척에 나눠 타고 있었다. 맨 마지막 후위에는 고토 스미하루(五島純玄)가 군사 7백여 명과 각종 보급품을 50여 척의 배에 가득 싣고 뒤따랐다.

박수영과 겐소는 선봉으로 달리고 있는 소 요시토시의 배에 함께 타고 있었다. 7백여 척의 거대한 선단이 바다를 건너기 시작했다.

"부산포까지는 120여 리(50킬로미터), 진시(오전 8시)에 출발했으니 고물 바람이 좋아 신시(오후 4시)에는 도착할 것이옵니다."

까마득히 보이던 부산포가 점점 가까워지자 박수영은 만감이 교차했다.


2

"타타타탕, 쿠앙, 쿠앙!"

천둥과 벼락을 지상에 옮겨놓은 듯했다. 일본군이 쏘아대는 화승총 소리에 조선군은 혼비백산할 지경이었고, 언제 어디서 날아왔는지 알 수 없는 철환에 맞아 옆 사람, 앞사람, 뒷사람 할 것 없이 피를 흘리며 쓰러져 가자 더할 수 없는 공포감에 사로잡혔다.

현자총통에 점화를 하는 손마다 떨렸으며, 사수들은 활을 제대로 당기지도 못했다. 천지는 운무에 싸인 듯 화승총의 화약 연기가 자욱했고 그 속에서 일본군은 새까맣게 돌진하고 있었다. 흡사 지옥에 있는 8만 옥졸이 다 쏟아져 나온 듯했다.

'그만 항복하란 말이야! 이 어리석은 것들아!'

전쟁의 참상을 직접 눈앞에서 보고 있던 박수영은 속으로 외쳐댔다.

'아무 죄 없는 너희들이 왜 죽어! 왜 목숨 걸고 나서느냐고! 차라리 이 지경까지 오게 만든 임금과 조정을 향해서 활을 쏘라고! 조선 밑에서도 백성, 일본 밑에서도 백성, 너희들은 어느 상전 밑에서나 그저 백성일 뿐이잖아! 그러니 아무 상전이나 받들고 살면 그만이지! 왜 죽기 살기로 나서, 나서긴!'

화승총을 앞세운 일본군의 공격에 부산진과 동래성은 차례로 무너졌다. 부산진 병마첨절제사 정발과 동래 부사 송상현은 사력을 다해 맞서 싸웠지만 일본군의 무시무시한 병력과 화력 앞에 어찌할 수 없었다.

고니시 유키나가는 양산을 손쉽게 점령한 데 이어 밀양으로 북상했다. 밀양 부사 박진은 낙동강을 옆에 끼고 있는 가파른 천혜의 요새인 삼랑진 작원관에서 군사 3백 명을 이끌고 결사 항전했다.

작원관이 아무리 험준한 요해처라고 하지만 3백 명으로 2만 명에 가까운 일본군을 상대하는 것은 무모한 일이었다. 수적으로 우세한 왜군이 삼면을 포위해 공격해 오자 박진의 3백 군사는 오래 버티지 못하고 장렬히 산화했다.

작원관을 격파한 일본군은 밀양 읍성에 입성하자마자 결사 항전한 것에 대한 분풀이를 하기 시작했다. 장검을 빼 들고 길에 있는 사람이나 집에 있는 사람이나 여자나 어린아이나 할 것 없이 성민들을 닥치는 대로 무참히 도륙했다.

평온하기만 하던 밀양 읍성은 하루아침에 아비규환의 지옥을 그대로 옮겨다 놓은 듯했고, 밀양강 강물은 하루 종일 핏빛이 되어 흘렀다.

어느 누구도 고니시 유키나가의 제1번대를 막지 못하고 있었다. 설상가상으로 가토 기요마사가 이끄는 제2번대가 부산포에 상륙했다. 그리고 곧 경상좌도의 기장, 울산, 경주 쪽으로 전진하기 시작했다.

또 구로다 나가마사가 이끄는 제3번대와 모리 요시나리가 이끄는 제4번대가 연이어 김해 쪽으로 침입해 경상우도를 점령해 나갔다.

그리하여 6만8천여 일본군은 세 갈래로 경상도를 거쳐 한양을 향해 거침없이 북상하기 시작했다.

그제야 조정은 왜적의 침략 소식을 듣게 되었다.

"설마 했던 일이 기어이 일어나고 말았구나."

"속히 장수를 내려보내 막아야 하오."

조정은 옥신각신 끝에 이일을 순변사로 삼아 고니시 유키나가의 제1번대가 올라오고 있는 경상 중로를, 성응길을 좌도 방어사로 삼아 가토 기요마사의 제2번대가 진격해 오고 있는 경상 좌로를, 조경을 우도 방어사로 삼아 구로다 나가마사와 모리 요시나리가 침범하고 있는 경상 우로를 방비하기로 결정했다.

그리하여 도성 안 도처에는 순변사와 방어사를 따라 경상도로 내려갈 군사를 소모하는 방이 나붙었다. 하지만 자원하는 사람은 드물었다.

"왜군의 조총이 화살보다 빠르다며?"

"철환이 날아오는 것이 눈에 보이지도 않는다는구먼."

"활과 달리 왜군들이 지치지도 않고 수백 발씩 쏘아댄다며?"

"그런 왜적이 수십만이래."

"그러니 괜히 나갔다가는 개죽음만 당하지."

기룡은 동래 부사 송상현이 전사했다는 소식을 듣고 고개를 떨구며 탄식했다.

"아, 북평사 나리!"

훈련원 판관 이정충이 기룡에게 말했다.

"정 봉사, 교남(영남 지방)에 노모와 처가 있다고 하지 않았나?"

"그러하옵니다만?"

"왜적이 영남 삼로로 쳐들어오고 있다고 하네."

"아, 결국……."

"조정에서는 세 갈래 길에 다 방어사를 내려보낼 모양이더군. 지금 군사를 소모 중이네."

기룡은 상주에 있는 어머니 김씨와 애복이가 떠올랐다. 가족이 아니더라도 마땅히 왜적과 싸우러 가야 한다는 생각이 들었다.

"소관도 출전하겠사옵니다."

"좋을 대로 하게. 말리지는 않겠네."

기룡은 군기고 곳간으로 갔다. 이희춘과 정범례가 노함과 함께 끙끙거리며 길다랗게 생긴 나무 상자 하나를 곳간에서 바깥으로 들고나오고 있었다. 상자는 먼지로 뒤덮여 있었다.

"뭔가?"

이희춘이 대답했다.

"소인들도 안에 든 것이 뭔지 확인하려고 그럽니다요."

뚜껑에 두껍게 앉아 있는 먼지를 닦아냈다. 글씨가 나타났다.

十二護神(십이호신) 八鍊長槍(팔련장창)

火德眞君(화덕진군)

"봉사 나리, 이게 무슨 뜻이옵니까?"

"열두 가지 수호신을 새긴 팔련 장창이라는 말이네. 근데 화덕진군은 누굴 말하는지 모르겠군."

"아마도 장창을 만든 사람이겠지요."

정범례가 사개를 맞춰 끼워놓은 뚜껑을 쇠 지렛대로 벌려서 열어젖혔다. 무거운 뚜껑의 모서리가 쿵 하며 땅바닥을 찍었다. 과연 상자 안에는 장창이 여섯 자루씩 위아래로 열두 자루가 들어 있었다.

기룡이 무심코 한 자루를 집어 들었다. 창날에는 기묘한 짐승 무늬가 있었다. 이희춘이 넘겨다보더니 말했다.

"불가사리 아니옵니까?"

대장장이 아들 출신답게 정범례가 말했다.

"팔련이라고 하면 쇠를 여덟 번 접어서 두들겼다는 말이옵니다. 처음 접으면 2겹, 두 번 접으면 4겹, 세 번 접으면 8겹, 네 번째는 16겹, 다섯 번째는 32겹, 여섯 번째는 64겹, 일곱 번째는 128겹 그리고 여덟 번째 접어서 두들기면 256겹이 되지요.

부러지지 않고 휘는 듯 연하면서도 굳세고 강하옵니다. 비를 맞아도 녹슬지 않고 한 번 날을 갈면 평생 무뎌지지 않사옵니다."

"창날 무늬는 어떻게 하여 생기는가?"

"쇠를 접어서 두들기기를 거듭하는 동안 어떤 무늬가 나타날지는 풀무바치(대장장이)도 알지 못하옵니다. 다 만들고 나서야 무늬가 비로소 드러나는 까닭이옵니다. 아마도 화덕진군이라는 사람은 수백수천 개의 창날을 만드는 동안 우연히 이런 무늬들을 얻게 되었을 것이고, 따로 가려 모아둔 것 같사옵니다."

기룡은 허리에 차고 있던 십련 보검을 빼 들고 보여주었다.

"이건 어떤가?"

정범례는 칼을 받아 들고 이리저리 살펴보았다.

"용 무늬가 생겨나 있군요. 이 칼은 아마도 팔련 이상일 것이옵니다."

정범례는 칼마구리 아래를 가리켰다. 칼날 맨 아래에 불꽃같이 생긴 형상이 조그맣게 새겨져 있었다.

"여기 화덕진군의 문장도 있지 않사옵니까?"

"그렇다면 칼과 창을 같은 사람이 만들었다는 말인가?"

"그러하옵니다."

기룡은 노함에게 물었다.

"곳간에 다른 특이한 군기는 없던가?"

"다섯 행랑 60곳간 중에서 이제 한 곳간만 다 뒤져보았사옵니다."

"나머지 곳간을 다 번고하려면 시일이 오래 걸리겠군."

"어디에 어떤 것들이 들어 있을지 몹시 궁금하옵니다."

"하지만 그럴 시간이 없겠네."

그러고는 정색을 하고 말했다.

"왜적이 침입한 것은 자네들도 들어서 알 것이네. 나는 곧 방어사를 따라 영남으로 출전하려고 하네. 같이 갈 생각들이 있는가 묻고 싶어서 왔네."

그들은 잠시 서로 마주 보더니 한목소리를 냈다.

"물론이옵니다!"

"소인은 봉사 나리가 가시는 곳은 지옥 끝까지도 따라가겠사옵니다."

"이 장창 열두 자루를 다 가지고 갔으면 좋겠사옵니다."

"그건 아니 될 말이네. 이건 나라의 물건이니 다시 잘 넣어두게."

"판관 나리께 말씀드려 보는 것이 어떨지요?"

기룡은 판관 이정충을 찾아갔다. 이희춘, 정범례, 노함과 함께 방어사를 따라 출전하겠다고 아뢴 뒤에 물었다.

"판관 나리, 군기고 곳간에 있는 무기를 써도 되겠사옵니까?"

"뭐가 있던가?"

"장창이 있어 쓸모가 크겠사옵니다."

"장창 아니라 총통이든 대완구(비격진천뢰를 쏘는 대포)든 뭐든 있는 대로 갖고 가게. 나라가 위태로운 이때에 군기를 썩혀 버릴 일은 아니지."

이정충은 기룡을 꼭 죽을 자리에 보내는 것 같아 안타까웠다. 정발과 송상현이 전사하고, 박진마저 패한 뒤로 조선군은 왜군이 온다는 말만 들어도 다 뿔뿔이 흩어지고 있는 판국이었다.

"군마는 사복시에서 내줄 걸세."

장창을 가져도 된다는 말을 들은 이희춘은 신이 났다.

"하오면, 소인이 마음에 맞는 사람에게 나눠 줘도 될런지요?"

"그렇게 하게."

이희춘은 싱글벙글했다. 기룡에게는 불가사리 무늬가 있는 팔련 장창을 바친 뒤에 저는 청룡 무늬가 있는 팔련 장창을 세워 들었다.

"나는 항상 용꿈을 꾸어야지. 암."

말은 그렇게 하면서도 속으로는 용 무늬 창으로 항상 기룡을 보호하겠다고 다짐했다. 정범례가 한 자루 집어 들었다.

"나는 이 백호 무늬 팔련 장창일세. 두만강 호랑이라고 들어나 봤는가? 허헛."

이것저것 살피던 노함도 하나 손에 쥐었다.

"불개 무늬 팔련 장창, 이건 불개 창이로구먼."

"하필 개가 그려진 창인가?"

"모르는 소리. 해와 달을 물어다 나르려는 신령스러운 개일세. 내게 딱 맞는 창이야. 나는 화약과 불을 만지니까."

나머지 창은 이희춘이 묶어서 챙겼다.

"자, 다들 채비가 되었으면 이만 가세."

기룡은 경상 우방어사 조경의 휘하에 배속되었다. 사태가 워낙 급박해 조경은 출전을 앞두고 지내는 제사인 둑제도 생략했고, 임금이 백관을 거느리고 행하는 선온(임금이 신하에게 술을 하사함)도 마다했다. 다만 발병부 부절만 하사받아 허리춤에 매어 찼다.

"우리는 경상 우로에서 충청도로 넘어가고자 하는 왜적을 추풍령에서 막아야 한다. 영남으로 가는 지름길인 조령을 넘어 곧장 추풍령으로 나아갈 것이다."

한양에서 출발하는 조경의 군사는 불과 20명이었다. 각 지방에 사변이 나면 조정에서 장수만 보내 그곳 군사를 지휘해 진압하는 것이 조선의 군사 운용 방식이었다. 조경도 영남에 가서 그곳 군사를 지휘할 것이기 때문에 많은 군사를 이끌고 가지 않는 것이었다. 떠나기에 앞서 며칠간 군사를 소모했지만 자원하는 사람이 없었던 것도 그 이유였다.

종사관은 이수광과 정눌, 좌막(비장)은 송건, 군관은 정기룡과 김태허 등이 자원했다.

군사는 군사라고 할 것도 없었다. 등에 활을 메고 장창을 든 이희춘과 정범례, 틈날 때마다 닦아서 번쩍번쩍 빛나는 화승총을 활 대신 등에 멘 노함, 깃발을 든 기패군 한 명, 군량을 챙긴 행리군 한 명을 비롯해 3오(伍:군사 5명)가 다였다.

조경은 더 지체할 수 없어 서둘러 군마에 올랐다.

"발도(출발)하라."

왜적의 침입에 맞서 싸우기 위해 군사를 모집한다는 깃발을 들고 갔지만 경기도, 충청도를 지나는 동안 참여하려는 백성은 아무도 없다시피 했다.

조경은 충청도와 경상도의 경계가 되는 조령을 넘은 뒤 동화원에 들었다. 쉬는 동안 부하들에게 왜적을 막을 병법을 물었지만, 별로 신통할 것이 없었다. 조경은 맨 마지막으로 기룡을 쳐다보았다.

"허심탄회하게 군략을 논하는 자리이니 무슨 말이든 괜찮네."

기룡은 얼른 말을 하지 않고 망설였다.

"좋은 방책이 있거든 주저 말고 말해보게."

"외적과 맞서본 경험이 부족한 소관이 어찌 저 간악한 왜군을 제압하는 묘책이 있겠사옵니까마는 삼가 한 말씀 올리고자 하옵니다.

그들은 아방을 침략하려고 오랫동안 군비를 해오다가 이제 드디어 쳐들어왔사옵니다. 왜군은 훈련이 잘 되어 있고, 좋은 무기인 철포(화승총)를 앞세우고 있사옵니다.

그런데 우리는 안일하게도 오판에 빠져 태평세월을 보냈으니, 아무 훈련도 받지 못한 오합지졸을 동원할 수밖에 없고, 그들이 강성한 왜군과 맞서 싸워 이기기란 심히 어려운 일이 아닐 수 없사옵니다."

"옳은 말이로고!"

"하오나 한두 가지 상책이 없는 것은 아니옵니다. 배에 몸을 싣고 바다를 건너온 왜군은 대부분 보졸이니 아무리 뛰어다닌다 해도 무거운 화승총을 든 까닭에 이리저리 오래 달리지 못하고 둔할 것이옵니다.

말을 탄 우리 기병(奇兵:기습하는 군사)에는 미치지 못할 것이오니, 지용을 갖춘 군관을 척후 돌격장으로 뽑아 본대에 앞서 나아가게 하는 것이 좋겠사옵니다.

그리하여 만약 적군과 불시에 마주칠 경우 기병들이 재빨리 적진 속으로 달려 들어가 종횡무진 움직이면서 긴 창을 휘두른다면 왜적은 화승총에 불붙일 시간도 없을 뿐더러 반드시 놀라 허둥지둥하며 흩어질 것이옵니다.

이렇게 적의 선봉을 어지럽힌 뒤에 우리의 보군이 함성을 지르며 기병과 더불어 그들을 쫓아 무찌른다면 반드시 이길 수 있을 것이옵니다.

이리하여 우리가 한 번 이긴 뒤에는 왜적이 우리를 두려워하게 될 것이고, 우리 군사들도 이미 적군의 허실을 간파했기 때문에 사기가 충천해 해볼 만하다는 자신감을 가지게 될 것이옵니다.

이렇게 하지 않고 처음부터 무작정 보졸만 앞세워서 왜적과 교전을 한다면, 보졸의 사기가 그들에 앞서 있지 않고 또 무기가 열악하니 군사들이 도주하기 십상이며 무모한 죽음만이 있을 뿐이라고 사려가 되옵니다."

조경은 무릎을 쳤다.

"과연 훌륭한 계책이로다. 허면 누구를 돌격장으로 삼으면 좋겠는가?"

"소관에게 맡겨주신다면, 두려워하지 않고 앞장서겠사옵니다."

"좋다. 훈련원 봉사 정기룡을 경상 우방어군의 돌격 선봉장으로 삼노라."

그러자 여러 사람들이 한마디씩 내뱉었다.

"보군이든 기병이든 조총 앞에서 무모하기는 마찬가지이옵니다."

"정 봉사에게는 용마와 같은 붉은 말이 있는데, 척후니 돌격이니 운운하는 것은 위급한 때에 가장 먼저 그 말을 타고 달아나려는 속셈이옵니다."

"그러하옵니다. 정 봉사는 동인 쪽 사람이온데, 그가 말한 것은 곧 자기 혼자 살려는 비책일 뿐이옵니다."

조경이 벌컥 화를 냈다.

"다들 시끄럽네! 자네들에게는 무슨 좋은 방책이 있기에 이리도 헐뜯는 것인가? 정 봉사와 당이 다르기에 이러는 것인가?"

그들은 아무도 입을 열지 못했다. 기룡이 말했다.

"다른 유능하신 분에게 돌격장을 맡기시옵소서."

"아닐세. 자네가 맡게."

그러고는 좌중을 둘러보며 말했다.

"이후로 다른 사람의 진정 어린 말을 동인이니 서인이니 하고 당파를 덧씌워 힐난한다면 군율로써 엄격히 다스릴 터이니 그리 알고 물러들 가게."

동화원을 나온 조경은 문경, 당교, 함창을 차례로 지났다. 어느 고을이든 군사가 없는 것이 이상했다. 상주에 이르렀다. 판관 권길이 호장 박걸을 대동하고 아뢰었다.

"소관이 군사를 이끌고 고령으로 갔었사온데, 미처 왜적을 만나기도 전에 군사들이 다 겁을 집어먹고 마음이 무너져서 뿔뿔이 달아나는 바람에 하는 수 없이 상주로 다시 돌아왔사옵니다."

"상주 목사와 함창 현감은 어디에 있는가?"

"두 분도 왜적과 맞서 싸우러 대구와 칠곡으로 가셨는데 어찌 되었는지 아직 소식이 없사옵니다."

"알겠네. 우선 요깃거리를 좀 내오게."

조경은 상주목 관아에 머물면서 군사들을 배불리 먹였다. 주변 여러 고을에서 피난을 나선 백성들이 모여들고 있었다. 곧 왜적이 쳐들어올 것이라는 소문이 파다해 읍성에 가면 살길이 있나 싶어 몰려드는 것이었다.

잠시 쉬었던 조경이 다시 길을 나서자 백성들은 가지 못하게 조경이 탄 말을 가로막았다.

"나리, 저희들을 안 지켜주고 어딜 가시옵니까?"

"방어사 나리, 백성들을 살려주옵소서."

조경은 말에서 내려 말했다.

"나는 추풍령을 지키러 가야 하오. 이곳 상주는 곧 순변사 영감이 와서 튼튼히 지켜줄 것이니 아무 염려 마시오."

"순변사가 언제 오신다는 말씀이옵니까?"

"며칠 지나지 않아 당도할 것이오."

"그 전에 왜적이 쳐들어오면 어찌하옵니까요?"

"왜적이 구름을 타고 오는 것도 아니고, 그리 빨리 올 리 없으니 안심하시오."

조경이 상주 백성들을 안심시키고 있는 겨를에 이희춘은 쏜살같이 말을 달렸다. 사벌 기룡의 집에 도착한 이희춘은 말에서 내리지도 않았다. 놀라 나오는 애복이에게 재빨리 말했다.

"아씨마님, 시간이 없사옵니다. 봉사 나리께서 사세가 급박해지면 큰마님 모시고 진주 처가가 가까운 지리산으로 피신하라고, 산정 아래에 작은 암자가 있으니 거기에 가 계시라고 하셨사옵니다. 하옵고, 이거……."

애복이가 무어라 말을 꺼내기도 전에 자루가 가늘고 창날 폭이 좁으면서도 예리한 창을 하나 던졌다. 애복이는 손을 허공에 뻗어 받아 들었다. 구미호 무늬가 있는 팔련 장창이었다. 그것을 본 윤업이 입을 떼었다.

"나도 한 자루 주오."

이희춘은 손에 잡히는 대로 한 자루를 빼 던졌다. 윤업이 받아 든 것은 이무기 무늬가 있는 창이었다.

"두 분 마님 잘 지켜야 하느니라. 그럼 소인은 이만."

이희춘은 기룡이 이미 상주를 떠났다고 생각해 남천 변을 따라 청리 쪽으로 말을 달렸다. 청리와 공성의 경계쯤에 있는 활터 용운정에 못 미쳐서 조경의 군대와 만나 합류했다.

"아씨마님께 나리의 말씀을 전했사옵니다."

"수고했네. 고맙네."

조경이 김산에 도착했을 때는 수십 명이 더해져 군사가 1백 명으로 불어났다. 그런데 대부분은 나라를 구하겠다는 마음으로 가담한 것이 아니라 군량을 싣고 가는 것을 보고 뒤따른 백성들이었다. 굶주림을 면할 방편으로 군사가 되겠다고 한 것뿐이었다.

조경은 영남에 오면 군사가 적어도 수천 명은 될 것이라 예측했다. 그 예측이 크게 빗나가자 백성들을 동원할 방법을 고민했다. 하지만 자발적으로 왜적과 맞서 싸우겠다는 사람은 없었다.

"아, 무슨 수로 추풍령을 방비한단 말인가?"

조경은 더 이상 전진하지 않고 북쪽으로 추풍령을 등지고 있는 고을인 김산에 진을 쳤다. 기룡은 그 즉시 이희춘을 동쪽으로, 정범례를 남쪽으로, 노함을 서쪽으로 척후로서 보냈다.

"30리 밖까지 가서 왜군들의 동태가 어떠한가 알아오게."

구로다 나가마사가 이끄는 제3번대는 김해를 함락시킨 후 창원을 거쳐 영산에 왔다가 군사를 나눠 본대는 창녕, 현풍을 거쳐 성주로 진격했고, 별대는 초계, 합천을 거쳐 거창으로 쳐들어갔다.

손쉽게 거창을 함락시킨 별대의 왜장 오토모 요시무네(大友吉統)는 지례 쪽으로 북상하기 시작했다. 지례 다음은 김산이었다. 김산에서 구로다 나가마사의 본대와 합류해 추풍령을 넘을 계획이었다.

오토모 요시무네는 오가시라(중대장급 지휘관) 두 사람을 불러 명령했다.

"저 우지현(거창과 김천 사이에 있는 고개) 너머에 조선군이 있을지 모른다. 선봉으로 가서 탐지하라."

제3번대는 하루빨리 추풍령을 넘어야 했다. 그런 다음 황간, 영동을 차례로 점령한 뒤, 전라도를 무너뜨리고 올라올 고바야카와 다카카게의 제

6번대와 합류해 함께 한양으로 진격하기로 되어 있었다.

선봉대로 나선 두 오가시라는 각각 부하 250명을 이끌고 거창 북쪽에 있는 신창(거창군 웅양면 노현리)에 도착해 대형을 나눴다. 일찍 밥을 지어 먹게 한 뒤에 부하들을 우지현으로 올려 보낼 작정이었다.

척후로 나갔던 사람들이 돌아왔다. 정범례가 아뢰었다.

"지례를 지나 가보니 우지현 너머 신창 고을에 왜군 수백 명이 있사옵니다."

조경은 고개를 갸웃거렸다.

"거창은 경상 우로에서 벗어나 있는 고을인데 왜놈들이 있다니, 그것 참 이상하군."

종사관 이수광이 말했다.

"왜군이 전략적으로 거점이 되는 고을들을 하나하나 다 점령하면서 북상하려는 심산인 것 같사옵니다."

정눌도 입을 열었다.

"아군이 아닌가 다시 확인해야 하지 않겠사옵니까?"

정범례는 강한 어조로 다시 아뢰었다.

"다들 조총을 들고 있었사옵니다. 왜군이 틀림없사옵니다. 만약 소인이 잘못 본 것이라면 소인의 목을 치시옵소서."

기룡이 나섰다.

"방어사 영감, 소관에게 날랜 기병 1대만 주신다면 신창에 있는 왜적을 쳐부수겠사옵니다."

"왜군이 수백 명이나 있다는데 고작 기병 1대로 가능하겠는가?"

"기습에는 많은 수가 필요치 않사오니 소관이 선봉 돌격대로서 적을 흩트려 보겠사옵니다."

군관 김태허가 말했다.

"방어사 영감, 소관도 정 봉사와 함께 가겠사옵니다."

다른 사람들은 선뜻 나서지 않았다. 조경은 잠시 생각하더니 허락했다. 그러고는 말했다.

"정 봉사를 돌격대 대장으로 삼겠다. 이끌고 갈 군사는 대장이 직접 가리게."

기룡은 막사에서 나와 1백여 명의 군사를 모아놓고 날이 시퍼렇게 선 팔련 장창을 우뚝 세워 들고는 큰 목소리로 종을 치듯이 말했다.

"긴 말 하지 않겠네. 우리는 추풍령을 죽음으로써 지켜야 하네. 도망치다가 죽겠는가? 싸우다가 죽겠는가? 어느 쪽을 택하는 것이 남아다운 일이겠는가? 어차피 죽는 거, 한 놈의 왜적이라도 맨 먼저 내 손으로 죽이고야 말겠다는 사람은 썩 앞으로 나오게!"

머뭇거리던 군사들 중에서 스무 명 남짓 앞으로 나와 섰다. 기룡은 그들을 장하게 여겼다. 일일이 고향과 성명을 묻고 특기를 알아 무기를 지급하고 잘 달리는 말을 골라주었다.

"이제 그대들은 나와 함께 갈 기병이다. 나를 따르라!"

기룡은 말을 달려 우지현 고갯마루에 올라섰다. 저 아래에 일본군의 막사가 수십 채 쳐져 있었고, 밥 짓는 연기가 여기저기서 피어오르고 있었다. 그 둘레에는 왜졸들이 조총을 들고 보초를 서 있었다.

그 광경을 본 기룡의 기병들은 더럭 두려운 마음이 일었다. 수십 배나 많은 일본군에 대적할 용기가 나지 않았다. 기룡은 장창을 다잡아 쥐고 말했다.

"잘 보게."

기룡은 적진을 향해 혼자 말을 달려 내려가기 시작했다. 이희춘, 정범례, 노함이 기룡의 느닷없는 행동을 멍하게 바라보고 있다가 군관 김태허가 기룡의 뒤를 부리나케 따라 달려 나가자 그제야 정신을 차리고 얼른 말을 채질했다.

"이랴!"

"가자! 이랴, 이랴!"

기룡은 눈 깜박할 사이에 화이를 달려 적진에 뛰어들었다. 말 위에서 팔련 장창을 휘둘러 대니 한 칼에 하나씩 일본군이 쓰러졌다. 밥을 지어 먹으려다가 기습을 당한 일본군은 허둥대며 화승총을 집어 들고 쏘려고 했지만 기룡의 움직임이 너무 빠른 데다가 자기네들이 서로 철환을 맞을까 봐 불도 붙이지 못했다.

장창과 장검을 든 왜졸들이 기룡을 상대하려고 모여들었다. 그때 김태허가 크게 소리치며 말을 달려 치고 짓밟았다. 일본군은 말발굽을 피해 이리저리 몰려다녔다. 뒤따라 내려온 이희춘, 정범례, 노함이 가세해 장창을 휘둘러 댔다.

일본군은 숫자가 많았지만, 먼발치에서 기룡 일행의 전광석화 같은 활약을 눈 뜨고 바라보기만 했다. 오가시라 두 사람이 막사에서 나왔다. 고작 조선 기병 몇 기가 진중에 들어와서 온통 쑥대밭을 만들고 있는 꼴을 보니 가소로웠다.

그들은 일본군을 독려해 기룡 일행을 포위하고 단병기(칼, 창, 도끼와 같은 무기)로 공격하게 했다.

우지현 산마루에서 돌격장과 장사들이 왜군에게 포위되는 것을 본 기병들은 어느새 투지가 불타올랐다. 누구 한 사람이 소리쳤다.

"에라 모르겠다!"

덩달아 여기저기에서 큰 목소리가 나왔다.

"그래! 까짓것!"

"이판사판이다!"

수십 명의 기병이 활을 쏘며 고갯마루에서 달려 내려오는 것을 본 일본군들은 몸을 웅크리며 화살을 피하기에 바빴다. 그러는 사이에 기룡은 더 깊은 적진으로 쳐들어갔다.

오가시라 하나가 긴 일본도를 들고 기룡을 상대했지만 몇 번 휘둘러 보지도 못하고 기룡의 서슬 퍼런 창날에 목이 잘리고 말았다. 기룡은 그의 머리를 창날 끝에 꿰어 높이 들고 말을 달리며 외쳤다

"적장을 죽였다!"

일본군과 조선 기병이 다 그것을 보았다. 일본군은 전의를 잃고 달아날 길을 찾기 시작했고, 기병들은 활을 몸에 두른 뒤에 창검을 꺼내 들고 종횡무진 그들을 쳐나갔다. 한번 불붙은 기세는 더욱 맹렬해 기병들은 대담무쌍해졌고, 지칠 줄 모르고 눈에 띄는 대로 쫓아가 일본군을 참살했다.

살아서 거창 쪽으로 흩어져 간 일본군은 채 반도 되지 않았다. 기룡은 일본군이 진을 쳤던 곳을 둘러보았다. 그런데 한쪽에 달아나지 않는 사람들이 있어 이상하게 여기고 다가갔다. 그들은 조선인이었다.

"아이고, 장군님. 이제 우리는 살았사옵니다!"

"고, 고맙사옵니다!"

일본군에게 사로잡혀 있던 거창의 백성들이었다. 기룡은 모두 풀어주고 집으로 가도록 했지만 그들은 돌아가지 않으려고 했다.

"가봤자 왜놈들 세상이옵니다."

"저희들은 장군님을 따르겠사옵니다."

"그렇다면 무기를 들게."

그때 후퇴했던 일본군이 전열을 정비해 다시 돌아오고 있었다. 화승총 소리가 신창의 산야를 울렸다. 왜병들은 자욱한 화약 연기를 헤치며 다가오고 있었다.

기룡은 기병들이 겁을 먹고 후퇴할까 봐 창끝에 꿰고 있던 적장의 머

리를 내던지고는 소리쳤다.

"조총은 활과 달리 잘 맞히지 못한다!"

기룡은 화승총을 쏘며 다가오는 아시가루(생업에 종사하다가 전시에는 병졸이 되는 일본의 성인 남자)들을 향해 말을 달렸다. 조준하기 어렵도록 말등의 좌우를 넘나드는 등리장신 마상재를 펼치며 가까이 다가갔다.

"이놈들!"

기룡의 부릅뜬 눈은 화광 같았다. 두 손으로 팔련 장창을 바람개비처럼 휘둘러 댔다. 화승총을 든 아시가루들은 외마디 비명을 지르며 쓰러져 갔다. 기룡은 사방으로 휘젓고 다니면서 순식간에 일본군을 1백여 명이나 벴다.

"저놈이 사람이냐? 귀신이냐?"

기룡이 조총에 맞지도 않고 적진을 온통 무너뜨리자 그것을 바라본 기병들도 사기충천해 말을 달려 갔다. 조총을 앞세워 전세를 만회하려던 일본군은 백병전을 벌인 조선의 기병 앞에 속절없이 패배해 도주해 갔다.

기병들은 기룡을 둘러섰다.

"대장 나리!"

"다들 수고가 많았네."

"전리품을 챙겨야 하지 않겠사옵니까?"

"왜적이 멀리 물러나지 않았네. 그러는 사이에 우리가 당할 수도 있으니 그만 돌아가세."

기룡은 공격할 때는 적을 향해 선두에 섰지만, 돌아갈 때에는 등 뒤쪽에 적이 있어 맨 뒤에서 따랐다.

우지현으로 돌아오는 숲속에 달아난 왜군들이 엎드려 숨어 있었다. 그들은 기룡이 지나치자 장도를 빼 들고 살금살금 다가왔다. 기룡이 문득 살기를 느껴 얼른 몸을 뒤로 눕히며 활을 연거푸 쏘았다. 아시가루 셋이 거의 동시에 쓰러졌다. 하나는 그만 놓쳐버리고 말았다. 바로 그때 총소리가 울렸다.

"타앙!"

노함이 화승총을 조준해 쏜 것이었다. 달아나던 아시가루는 그 자리에서 즉사했다. 이희춘과 정범례는 노함에게 엄지를 척 들어 보였다. 기룡도 웃으며 고개를 끄덕였다. 그러고는 기병들에게 외쳤다.

"돌아가는 길이라고 안심하지 말고 사방 경계를 잘하라!"

기룡은 우지현을 넘어 지례를 지나서 김산으로 돌아왔다. 조경이 막사 밖으로 나와 크게 반겼다.

"어찌 되었는가?"

"적의 선봉을 꺾었사옵니다. 함부로 진격해 올 엄두를 내지 못할 것이옵니다."

"오, 노고가 많았네."

조경은 기룡과 기병들을 둘러보더니 의아해했다.

"그런데 크게 무찔렀다는 왜적의 수급은 다 어디에 있는가?"

"왜군의 시체야 전부 신창 주변에 널브러져 있사옵니다만?"

"아, 이 사람아. 싸움에서 이겼으면 적군의 목을 베어 와서 바쳐야지."

조경 주위에 서 있던 사람들이 입방아를 찧어댔다.

"왜군을 물리치고 이겼다는 건 거짓말 아냐?"

"그러게. 어떻게 왜적의 수급을 하나도 안 가져올 수 있단 말인가?"

"방어사 영감, 이는 저들끼리 입을 맞추고 없는 사실을 지어낸 것이 틀림없사옵니다."

기룡과 기병들은 어이가 없었다. 이희춘이 참다못해 소리를 질렀다.

"예끼! 목숨을 걸고 왜적을 물리친 우리에게 그게 말이나 될 법한 소리요!"

기병들도 웅성거렸다. 그때 종사관 정눌이 이희춘에게 호통쳤다.

"네 이놈! 어디라고 나서느냐!"

"바른 말도 못 한단 말이오!"

"너희들이 왜적과 싸워 이겼다는 증거가 어딨느냐? 증거가 있거든 어디 한번 내놓아 보거라."

"증거는 신창에 있소! 용기가 있거든 당장 거기로 가서 두 눈으로 확인해 보시오들!"

김태허가 말했다.

"우리가 포로를 구출해 왔으니 저들에게 물어보시지?"

포로들이 나서서 말을 하려고 했다. 기룡은 모두를 자제시켰다. 그러고는 조경에게 말했다.

"싸움이 끝난 뒤 적의 수급을 챙겨 오면 그것으로 논공행상하는 줄을 소관이 미처 몰랐사옵니다. 믿으시건 안 믿으시건 저의 기병들이 죽음을 무릅쓰고 적과 두 번이나 싸워 이긴 것만은 틀림없사옵니다."

"그래도 물증이 없으니……."

"상을 내려달라고 하지 않겠사옵니다. 다만 전장에서 막 돌아온 군사들과 왜적에게 잡혀 있다가 돌아온 저들에게 따뜻한 밥과 술을 배불리 먹도록 해주옵소서."

기룡은 돌아서서 기병들에게 말했다.

"자네들이 몹시 섭섭하고 분개하는 줄은 잘 아네. 중요한 것은 우리가 첫 전투에서 승리를 했다는 것이네. 누가 알아주든 안 알아주든 그것만은 가슴 깊이 자랑스럽게 생각들 하게."

"대장 나리, 아무리 물증을 가져오지 않았기로서니 수많은 왜적을 물리치고 사지에서 돌아온 저희들에게 세상에 이런 대접이 어디 있사옵니까?"

기병들은 또다시 웅성거렸다. 기룡이 엄한 목소리를 냈다.

"명령이다! 나라에 한 몸 바치기로 했으면 그것으로 된 것이지 뭘 바라느냐! 더 이상 이번 일로 왈가왈부하는 일이 없도록 하라!"

기병들은 일제히 입을 다물었다. 조경은 기룡의 돌격대에게 음식과 술을 내렸다. 이희춘은 목에 걸려 넘어가지도 않았다. 다들 입이 삐죽이 나와 있는데 군관 김태허가 일어나서 기룡의 무용담을 늘어놓기 시작했다.

"아 글쎄, 우리 대장님이 필마단기로 치고 나가지 않았는가 말일세. 그리하여……."

신창 전투에 참가했던 기병들 주위로 다른 군사들이 몰려들기 시작했다. 김태허는 더욱 신이 나서 떠벌렸다. 조경과 그 주위 사람들의 귀에도 똑똑히 들렸다.

기룡의 활약은 아군뿐만 아니라 일본군에게까지 두루 퍼져 나갔다. 조선군과 백성들 사이에서는 일본군이 쳐들어온 지 열흘 만에 이뤄낸 조선군 최초의 승첩(승전)으로 널리 입에서 입으로 전해졌다.

일본군에는 조선에 붉은 말을 탄 귀신같은 장수가 있다는 소문이 나기 시작했다.


**3**

순변사 이일은 경상 우방어사 조경이 떠난 뒤로 사흘 더 한양에서 머물며 군사를 모집했다. 하지만 끌어모은 군사는 고작 60여 명이었다. 이일은 마냥 지체할 수 없었다. 서둘러 출발했다.

조령을 넘어 상주에 도착하니 상주 목사 김해는 관아에 없었다. 상주 판관 권길이 아뢰었다.

"목사또께서는 순변사 영감을 영접하러 문경으로 간다고 하면서 나가시었는데, 오시는 길에 못 만나셨사옵니까?"

"뭣이? 으음, 이자가 필경 나를 핑계로 도주했구나. 목민관이라는 작자들이 하나같이 그러니 어찌 백성들 보기에 부끄럽지 않을꼬."

"자네들이 군사를 이끌고 남쪽으로 갔던 일은 어찌 되었는가?"

열흘 전, 고니시 유키나가가 이끄는 제1번대가 부산포에 상륙하자마자 봉화가 오르고 파발이 띄워져 급보가 상주에도 이르렀다. 상주 목사 김해는 군사와 군마를 징발한 뒤, 군사 수천 명을 세 갈래로 나눴다.

그리하여 향사(시골 선비) 김준신에게 제1군을 맡겨 대구로 보냈고, 저 자신은 함창 현감 이국필과 함께 제2군을 이끌고 칠곡으로 향했고, 상주 판관 권길에게 제3군을 맡겨 고령 방면으로 달려가게 했다.

그런데 제1군은 대구 금호강 근처에 도착해 쉬고 있다가 멀리 남쪽에서 오는 피난민 행렬을 보고 일본군으로 오판해 지레 겁을 먹고 다 달아났으며, 제2군은 칠곡의 석전에 도착했다가 산골짜기에 숨어 있던 피난민들이 떼 지어 나오자 그 역시 왜군으로 잘못 알고 사방으로 흩어져 버렸다.

고령 쪽으로 가던 제3군도 일본군을 만나기 전에 전의를 잃고 하나둘 꽁무니를 빼더니 급기야 대부분 달아나고 말았다.

그리하여 상주로 되돌아올 수밖에 없었던 목사 김해는 휘하에 남은 군사가 거의 없자 읍민들에게 각자 알아서 몸을 피하라고 한 후, 조령을 넘어오는 순변사를 영접한다는 핑계를 대면서 제 식솔들만 데리고 숨어버렸다.

뒤이어 돌아온 상주 판관 권길은 향사 김준신, 호장 박걸과 함께 텅 빈 상주 읍성을 지키고 있었다. 그러던 중, 한양에서 내려온 경상 우방어사 조경을 영접한 뒤 김산 방면으로 배웅을 했고, 이제 대구로 향해 가는 순변사 이일을 맞이하게 된 것이었다.

"그렇다면 대구에 군사가 집결해 있지 않다는 말이 아닌가?"

이일의 소임은 경상도 북쪽 고을의 군사들이 다 집결해 있는 대구에 가서 그 군사를 지휘하여 밀양 쪽에서 북상하는 일본군 제1번대와 맞서는 것이었다. 그런데 대구에 있던 군사들은 이일이 도착하기도 전에 뿔뿔이 흩어지고 말았고, 이일과 함께 온 군사들의 수도 미약해 대구에 가봤자 아무 소용없는 일이 될 것이었다.

순변사 이일은 대구에 부임해 방어하겠다는 생각을 접고 상주에서 왜적과 맞서 싸울 작정을 했다. 하지만 상주에도 군사가 없기는 마찬가지였다. 그리하여 종사관 윤섬, 종사관 박지, 비장 변유헌, 판관 권길, 향사 김준신, 호장 박걸, 아전 이경남 등을 시켜 사방 산속으로 피난 중인 백성들을 회유하고 설득해 읍성으로 불러 모을 것을 지시했다.

"순변사 이일 영감은 함경도 북병사로 있을 때 야인들이 가장 두려워한 장수였소."

"명장 중의 명장이니 왜적은 상주에 얼씬도 못 할 것이오."

"절대로 다른 데로 가지 않고 상주 읍성에서 왜적을 패퇴시킬 것이오."

"왜적이 밀양을 점령한 뒤로 별다른 움직임을 보이지 않고 있으니, 더이상 치고 올라오지 않을 생각인지도 모르오."

"대구에서 왜적을 만났다는 말은 그릇되었소. 왜군을 본 것이 아니라 우리끼리 서로 왜군인 줄 잘못 알고 그렇게 된 것이오."

"순변사 영감께서 관창을 열고 곡식을 나눠 준다고 하오."

긴가민가하던 백성들은 차츰 읍성으로 모여들었다. 이일은 곳간을 열어 백성들에게 관곡을 나눠 주었다. 그리하여 단 하루 만에 상주 관아 근처에는 1천여 명이나 북적거렸고, 대부분을 군사로 가용할 수 있게 되었다. 관창을 열어 백성을 먹이고 있다는 소문을 들은 함창 백성들까지 상주로 왔다.

하지만 대부분은 정예병이 아니라 말 그대로 백성일 뿐이었다. 칼과 창을 든 것이 아니라 호미, 낫, 괭이와 같은 농기구를 목숨 줄로 여기는 농부들이었다.

정예 군사가 없어 낙담하고 있던 이일에게 반가운 소식이 들려왔다.

"순변사 영감, 사근도(함양의 사근역을 중심으로 형성된 역마길. 산청, 진주 등으로 이어진다) 찰방 나리께서 당도했사옵니다."

사근역 찰방 김종무가 역졸 백여 기병을 이끌고 대구로 갔다가 순변사가 오지 않자 상주로 달려온 것이었다. 이일은 크게 반가워하며 김종무를 맞이했다. 군사다운 군사가 없어 고심하고 있던 차에 천군만마를 얻은 듯했다.

해질녘이 되어서 남쪽에서 등짐장수 한 사람이 상주 읍성으로 와서 다급하게 순변사 뵙기를 청했다. 이일은 그를 불러들였다.

"왜군이 가까이에 이르렀사옵니다."

이일은 등짐장수의 말이 믿기지 않았다.

"네 이놈, 어디서 망발을 지껄이느냐? 네놈은 필시 왜적의 간자렷다!"

"아, 아니옵니다요. 소인의 두 눈으로 왜적이 선산에서 이쪽을 향해 오고 있는 것을 똑똑히 보았사옵니다.!"

"닥쳐라! 왜군이 밀양에서 더 이상 북진했다는 보고가 없거늘, 너는 아무 근거 없는 소문을 내어 상주 읍민을 놀라게 하려는 속셈이 아니더냐? 여봐라, 저놈을 당장 하옥하라."

종사관 윤섬이 말했다.

"영감, 그래도 날랜 척후를 보내어 한번 알아보는 것이 어떨지요?"

"그럴 것 없네. 남쪽에는 우방어사가 있지 않은가? 왜적이 왔다면 우리에게 벌써 파발을 보냈을 것이네."

군사로 쓸 사람은 모았지만 무기가 부족했다. 군기고에 있던 무기는 앞서 대구 쪽으로 갔던 군사들이 다 가지고 갔기 때문이었다.

하루아침에 쇠로 된 무기를 만들 수 있는 것도 아니었다. 왜적과 맞서 싸울 무기로써 쓸 만한 농기구는 고작 낫뿐이었다. 이일은 읍성 주변에 있는 대밭에서 대를 쪄내 죽장창을 만들게 했다.

남장 차림을 한 애복이가 사벌 고을 사람들을 이끌고 읍성으로 왔다. 사람마다 등에 한 짐씩 지고 있었다. 애복이는 순변사를 청해 만난 뒤에 관아 마당에 짐을 쏟아놓게 했다. 그간 곳간에 쌓아두었던 화살과 창날과 창 자루, 죽창 같은 것들이었다.

이일은 애복이가 남장을 한 여인임을 알아보고 놀라워하며 물었다.

"그대는 누구이오?"

"군관 정기룡의 처이옵니다."

"정기룡? 상감마마께서 사명한 그 군관이 바로 그대의 지아비란 말이오? 부창부수라더니 과연. 허허."

"저희들도 왜적과 맞서 싸울 것이옵니다."

"정말 장한 결심을 했소."

이일은 그지없이 흐뭇했다. 앞서 함경도 북병사로 있을 때 가장 기억에 남는 군관이 바로 기룡이었다. 그러던 차에 기룡의 아내 애복이까지 만나게 되니 감개무량했다. 기룡을 휘하에 두고 있지 못함이 못내 아쉬울 따름이었다.

"한양에서부터 우방어사를 따라갔으니 지금쯤 추풍령을 지키고 있을 터이지."

이일은 또 생각했다. 경상 감사 김수의 사위인 종사관 박지, 좌의정이자 도체찰사 유성룡의 매제인 사근역 찰방 김종무가 지금 상주에 있고, 또 경상 우병사 김성일의 조카사위 조정도 가족을 이끌고 낙동에서 상주 읍성으로 와 있었다.

내로라하는 대신들의 가족과 친척이 적잖이 있는 상주고 보면, 대신들이 나서서 며칠 안에 군사를 보내올 것이라 믿었다.

"응당 이 상주는 지켜지리라."

다음 날 이른 새벽, 충청도 조방장(방어사 역할을 하는 장수) 변기가 상주 읍성에 도착했다. 그는 군사들이 흩어져 경상도가 큰 위험에 처해 있다는 소식을 듣고 조정의 명령을 받고 온 것이었다. 그와 서로 길이 엇갈려 청주에 머물고 있던 변기의 종사관 이경류도 상주로 달려왔다.

순변사 이일은 사방으로부터 상주로 군사가 점점 모이는 것을 기쁘게 여기고, 이대로만 간다면 왜적을 막을 수 있다고 확신했다.

새벽안개가 걷히기도 전에 멀리서 땅을 울리고 하늘을 찢는 포성이 들려오기 시작했다. 그와 동시에 선산 쪽에서 백성들이 상주로 들어오고 있었다. 그들은 선산의 군사들이 후퇴했다가 죽현에서 다시 왜적과 맞서 싸우고 있다고 입을 모았다.

"뭣이? 죽현까지 왜적이 쳐들어왔다고?"

이일은 일본군이 밀양에나 있겠거니 했다가 깜짝 놀랐다. 서둘러 휘하 장수들을 모아 군략 회의를 열었다.

"우리 군사가 아직 1천에 지나지 않는데 왜군은 2만에 가까우니 어찌하여야 좋겠는가?"

상주 판관 권길이 말했다.

"왜적이 군액이 많고 무기도 월등하니 돌벽이 사방으로 높이 쳐져 있는 읍성에서 왜적과 맞서야 하옵니다."

향사 김준신도 이에 동조했다. 하지만 이일은 달가워하지 않았다.

"병법에도 높은 곳을 지키는 자가 이긴다고 하지 않는가? 내 생각에는 북천 건너 산 중턱에 진을 치고 있으면서 대적하는 것이 옳을 것 같네만?"

사근역 찰방 김종무가 고개를 저었다.

"영감, 비록 산이 읍성보다 높은 곳이긴 하지만 엄호할 것이 아무것도 없사옵니다. 읍성은 성벽이 있어 저들이 자랑하는 화승총과 장검이 무용지물이 될 것이옵니다."

충청도 조방장 변기와 그의 종사관 이경류도 공감했다. 하지만 이일은 완강히 고집을 부렸다.

"우리 군사 1천을 읍성에 둘러 세우면 한 사람이 왜적 20명을 상대해야 하네. 왜군이 많은 수로 읍성을 포위해 총을 쏘아대고 무너뜨리고 들어온다면 꼼짝없이 독 안에 든 쥐 꼴이 되어 몰살당할 것이네."

박지가 분연히 자리를 박차고 일어섰다.

"영감! 우리가 결사 항전해야 하는 마당에 죽음을 걱정하시옵니까?"

"산에 진을 치면 싸워보지도 않고 달아나는 군사가 부지기수일 것이옵니다. 그렇게 되면 가뜩이나 부족한 아군의 전력이 크게 약해질 것이오니 읍성 안에서 싸우는 것이 백번 옳은 말이옵니다."

"아닐세. 내게도 다 생각이 있으니 내 말대로 하게."

이일은 휘하의 모든 사람들이 반대하는데도 북천 서북쪽 산등성이 아래에 진을 칠 것을 결단했다. 군중이 술렁였다. 이일은 군기를 엄정히 세우기 위해 전날 잡아둔 등짐장수를 끌어내 목을 쳐버렸다. 그러자 아무도 다른 소리를 내지 못했다.

상주 판관 권길은 손가락을 깨물어 옷깃에 혈서로 자기 이름을 썼다. 그러고는 아전 이경남에게 말했다.

"내가 싸우다가 죽거든 이 옷으로 나를 찾게."

"판관 나리!"

안개가 걷히고 아침이 되어 이일은 군사를 이끌고 읍성 밖으로 나와 북천을 건넜다. 읍성 안에 있던 남녀노소 백성들도 대부분 따라나섰다. 이

일은 산마루 아래에 진을 치고 대장기를 꽂았다. 뒤는 산이요, 앞은 너른 구렁들이었다. 그리고 옆은 북천이 흘렀다.

"무작정 싸울 수는 없는 노릇이다. 오(군사 5명)를 묶고 대(군사 25명)를 지어 군사들을 조련하라."

명령이 떨어지자 용맹하기로 이름난 군관 박정호 등은 군사라고 할 것도 없는 백성들을 모아다가 대오를 갖추게 하고 죽창을 찌르는 훈련을 해나갔다. 애복이는 윤업과 함께 군사 25명을 이끄는 대정(대의 우두머리)으로 뽑혔다.

군사들이 훈련을 시작한 지 얼마 지나지 않아 북천 가의 수풀 속에 숨어서 대오와 진법을 유심히 살펴보는 눈들이 있었다. 군관 박정호가 수상하게 여기고 다가가니 이내 사라졌다. 박정호는 읍성 밖에 사는 백성들이 구경하러 왔다가 간 것이려니 했다.

"불이다!"

"읍내에 불이 났다!"

읍성 쪽에서 시커먼 연기가 치솟았다. 이일은 군관 박정호에게 가서 살펴보게 했다. 박정호는 단신으로 말에 올랐다. 그는 읍성으로 가기 위해 북천에 놓인 다리로 향했다.

"조선군은 읍성을 비워놓고 다 강 건너에 나가 있습니다. 매복해 있는 것이 아닙니다."

"성을 버리다니, 그것 참 이상한 일이군."

척후의 보고에 고니시 유키나가는 고개를 갸우뚱했다. 그러고는 명령했다.

"북천 주변에 우리 군사를 경계 매복시켜라."

그런 뒤에 선봉대 소 요시토시를 보내 읍성에 진입하게 했다. 오시 무렵 일본군은 아무런 구애 없이 활짝 열려 있는 읍성 안으로 들어갔다.

놀란 읍민들이 사방으로 달아났다. 왜군은 그들을 뒤쫓아 가서 베어 죽였다. 포로로 잡아두면 전투 중에 배신해 뒤에서 공격할 것을 우려해서였다. 이윽고 읍성 안에는 조선 백성이라고는 눈 씻고 찾아봐도 없었다.

일본군은 백성들의 시체를 읍성 한복판에 쌓아놓고 기름을 부어 불을 질렀다. 검은 연기가 치솟고 살과 뼈가 타는 냄새가 진동했다.

군관 박정호가 읍성 북문인 현무문 쪽으로 나 있는 북천의 다리를 건너는 순간, 그 밑에 매복해 있던 일본군 뎃포(총) 아시가루가 화승총을 쏘았다.

"타앙!"

들에서 훈련하고 있던 조선군들이 모든 동작을 멈추고 일제히 총소리가 난 쪽으로 고개를 돌렸다. 군관 박정호가 총에 맞아 말에서 떨어지는 것이었다. 일본군은 다리 위로 나와 그를 앉히더니 장검을 빼 들고 목을 쳤다. 그러고는 몸뚱이를 발로 차 물속에 처박고는 수급을 들고 가버렸다.

"아!"

"세상에 저런 잔악한 놈들을 보았나?"

"인간 종자가 아닌 것들이로고!"

조선군은 기가 꺾여버렸다. 훈련이고 뭐고 할 마음이 나지 않았다. 군중이 어수선한 가운데 읍성 안에 있던 일본군이 몰려나오기 시작했다.

"탕! 타탕!"

마쓰라 시게노부와 오무라 요시아키, 두 왜장의 휘하 군사들이 선봉대로서 북천 너머로 진격해 왔다.

아리마 하루노부(有馬晴信)는 서보천 쪽에서 산기슭으로 접근했고, 고토 스미하루는 구렁들로 나왔다. 또한 후방에 있던 소 요시토시는 멀리 화산 고을 야산을 돌아 동북쪽에서 오고 있었다.

그리하여 북천 위쪽 천봉산 중턱과 산기슭에 있던 조선군 1천여 명은 1만8천여 일본군에게 둘러싸이게 되었다.

일본군 선봉대 수백 명이 화승총을 쏘면서 점점 조여오자 조선군은 공포에 짓눌려 전의를 잃었다. 김종무가 이끌고 온 기마 역졸들도 우왕좌왕했고, 충청도 조방장 변기의 군사들도 슬금슬금 뒷걸음질을 쳤다.

"대오를 갖추어라!"

"물러서지 마라!"

"사수들은 지체하지 말고 활을 쏴라!"

이일이 칼을 빼 들고 아무리 소리쳤지만 사수들은 제대로 시위조차 당기지 못했다. 힘없이 날아간 화살은 낙엽처럼 떨어져 전혀 타격을 주지 못했고, 일본군이 쏜 총탄에 조선군만 흰옷에 붉은 피를 물들이며 하염없이 쓰러졌다.

고니시 유키나가는 상주 읍성의 수루에 올라 전장을 지켜보고 있었다. 부장 오세키 사다스케(大關定祐)가 이끄는 근위대는 고니시 유키나가가 있는 수루 주변을 지키고 있었다.

고니시 유키나가 좌우에는 군승(군대를 따라다니는 승려) 겐소와 텐케이(天荊)가 나란히 서서 이따금씩 중얼거리며 염불을 했다. 겐소 옆에 있던 박수영은 조선군이 죽어가는 것을 보자 이마에 땀이 났다. 속에서 화가 치밀었다.

'다 힘센 자들이 금 그어놓고 이만큼은 내 땅이다 하는 것뿐인데, 나라? 그게 뭐라고. 자기네들이 무슨 상관이라고, 왜 저리 못 죽어서 안달이냐고!'

넘어가지 않는 침을 꿀꺽 삼킨 박수영은 또 속으로 외쳤다.

'개죽음당하지 마! 도망가! 달아나란 말이야!'

조선군은 자꾸만 뒤로 물러나기만 했다. 향사 김준신은 단기로 빗발치는 탄환을 뚫고서 일본군 속으로 돌진해 칼을 휘두르며 서너 명을 죽였다. 그러나 더 이상 나아가지 못하고 일본군의 장검에 찔려 전사했다.

함창 사람 안임은 죽창 하나를 가지고 일본군을 찔러대며 싸우다가 창끝이 무뎌지자 등에 매고 있던 또 하나를 돌려 쥐고 계속 맞서 싸웠다. 그는 총탄이 어깨를 관통해 한쪽 팔을 쓸 수 없게 되자 입으로 옷을 찢어 팔과 죽창을 묶어서 끝까지 싸웠다.

충청도 조방장 변기의 종사관 이경류는 뒤로 물러서는 군사를 연신 독려하며 싸우다가 쓰러졌다. 상주 판관 권길은 일본군의 상대가 안 된다는 것을 깨달았으나 대장기 아래에서 꼼짝도 하지 않고 깃발을 지키고 있다가 총에 맞고 말에서 떨어져 허무한 최후를 맞이했다.

후퇴하는 사람들이 호장 박걸과 아전 이경남을 붙들었지만, 그들은 뿌리치며 산을 달려 내려가 일본군과 맞섰다. 그러나 그들도 얼마 버티지 못하고 판관 권길의 뒤를 따랐다.

일본군의 공격이 개시된 지 불과 두 시간도 지나지 않아 조선군은 전열이 무너져 와해되었다. 판관 권길의 죽음을 본 순변사 이일은 전세를 돌이킬 수 없음을 알고 좌우에 있는 종사관을 바라보았다.

"여보게들, 헛되이 죽느니 후일을 도모하세. 어서 가세."

종사관 윤섬은 고개를 가로저었다.

"영감, 장차 어인 면목으로 살려고 하시옵니까?"

박지도 말했다.

"이 자리에서 죽지 않는다면 그것이 곧 역적이오!"

말이 끝나자마자 두 사람은 적진으로 뛰어들었지만 곧 말에서 굴러떨어졌다. 부하들이 다 전사하는 것을 보면서도 이일은 충청도 조방장 변기와 함께 말 머리를 돌려 달아나기 시작했다.

그것을 본 사근역 찰방 김종무는 절망했다. 부채를 꺼내 핏물로 유언을 적은 뒤 종 한용에게 주었다.

"나는 여기서 죽을 것이니 너는 이걸 가지고 가서 내 집안에 전하라."

부채를 받아 든 한용은 차마 발이 떨어지지 않았다. 바로 그때 김종무는 서너 발의 철환을 한꺼번에 맞고 즉사했다. 한용은 김종무가 말에서 떨어지기 전에 붙잡아 다시 말 등에 올렸고 그대로 말을 끌고 가려고 했다. 하지만 말고삐를 잡은 채 일본군의 칼을 받고 말았다. 죽어가는 한용은 하늘을 보며 김종무가 쓴 부채를 높이 던져 올렸다. 그러고는 쓰러져 눈을 감았다.

순변사 이일이 달아난 뒤 남은 군사들도 거의 다 격멸되었다. 살아남은 백성들과 재빨리 후퇴했던 군사들은 천봉산과 노음산을 넘어 흩어졌다.

"쫓아가 모두 시살(마구 죽임)하라!"

패주하는 조선군에 대한 일본군의 추격이 시작되었다. 노음산 산등성이의 좁은 길은 바늘 꽂을 틈도 없이 남녀노소 백성들과 군사들로 채워져 있었다. 왜군이 조총을 쏘며 거리를 좁히자 사람들은 산속으로 뛰어들어갔다.

일본군은 조선군의 수급을 몇 개씩 허리에 둘러차고 있었다. 수급을 챙기는 데 신이 난 일본군은 추격을 멈출 기미를 보이지 않았다. 뛸 때마다 허리에 차고 있던 수급들이 덜렁거렸다.

일본군은 조선군이든 백성이든 가리지 않고 총을 쏘고 등을 찌르고 가슴을 벴다. 그리하여 도망치던 사람들을 3백여 명이나 죽이고 참수해 수급을 나눠 가졌다.

'대장을 만나기 전까지는 어머님을 보호해야 해.'

애복이는 김씨를 부축해 노음산을 넘어 채릉산에 거의 다다랐다. 걸이가 앞장섰다. 백성들은 옷이 너덜너덜해져 거의 벌거숭이나 다를 바 없었다. 군사들은 총에 맞고 칼과 창에 베이고 찔린 상처를 움켜 누르며 걸었다. 손가락 사이로 핏물이 새 나와 뚝뚝 떨어졌다.

피난 행렬의 뒤쪽에 있던 사람들이 불안해하며 소리쳤다.

"왜적이 추격해 오고 있소. 빨리 좀 가시오!"

빨리 걸으려야 걸을 수 있는 사람은 없었다. 지치고 주리고 상처 입은 사람들이었다. 백성들은 이고 진 것이 무거워 다 내던져 버렸고, 군사들은 궁시와 창검을 지니고 있는 자가 반도 안 되었다.

낙동면 장천 고을의 장사 김일이 터벅터벅 걸으며 하늘을 올려다보고 중얼거렸다.

"아, 왜적이 너무 강해. 그놈들의 조총 앞에 조선은 망하고 말겠어."

사람들에 섞여 산길을 가면서 애복이는 연신 앞뒤로 두리번거렸지만 어디에도 윤업은 보이지 않았다. 죽었는지 살았는지 알 길이 없었다.

# 신상전의 백성

## 1

순변사 이일은 상주 읍성을 버리고 북천 너머 구릉들에서 고니시 유키나가의 제1번대와 맞서 싸웠지만 전략이 실패한 데다 중과부적으로 전멸하다시피 했다. 또 삼도 도순변사 신립은 천험의 요새인 조령을 비워둔 채 충주 탄금대로 물러나 배수진을 쳤다가 대패했다.

순변사 이일과 충청도 조방장 변기는 신립의 진영으로 가서 합류했다. 신립이 크게 패하자 이일은 그곳에서 또다시 임금이 있는 평양으로 달아났다.

죽령을 지키고 있던 조방장 유극량은 충주에서 신립이 대패했다는 소식을 듣고 군사를 물려 퇴각했다. 그리하여 경상도에서 한양으로 가는 가장 중요한 세 고갯길 중에서 조령과 죽령을 왜적은 피 한 방울 흘리지 않고 넘었다.

이제 조경과 기룡이 있는 추풍령 하나만 마지막 보루로 남게 되었다.

"아씨마님은 큰마님을 모시고 미리 지리산으로 피신하셨겠지요?"

기룡은 마음이 무거워 이희춘이 하는 말이 잘 들리지 않았다. 애복이의 성격이라면 왜적과 맞서 싸우겠다고 나섰을 수도 있겠다 싶었다. 하루빨리 애복이에게서 안전하게 있다는 소식이 들려오기만 바랄 뿐이었다.

조경은 휘하 종사관들과 군관들을 불러 모아 회의를 열었다.

"어찌하여 다들 하늘이 준 요새를 버리고 달아나는지……"

"장차 우리 조선은 어찌 되려나?"

"왜적이 가지고 있는 조총이 워낙 강력해 감히 대적할 마음이 일지 않는 것이 아니겠사옵니까?"

"조총이 강력하기만 한 것이 아니라 약점도 많사옵니다."

좌중은 일제히 기룡에게 눈길을 돌렸다. 기룡은 자신감 있는 어조로 말을 이어나갔다.

"조총은 한 번 쏘고 나서 그다음 철환을 쏘는 데까지 시간이 많이 걸리는 것이 활보다 가장 큰 단점이옵니다. 화약 찌꺼기가 눌어붙어서 발사가 잘 안 되는 경우도 있고, 계속 쏘다 보면 총이 달구어져서 화약을 넣으면 미리 터지는 경우도 있사옵니다.

조총은 반드시 화승이 타야 하므로 그 타는 냄새가 나기 때문에 잠공(매복하고 있다가 적을 침)을 하기에는 용이치 않사옵니다.

또 여럿이 한꺼번에 쏘면 화약 연기가 자욱하게 일어서 앞이 잘 안 보이게 되옵니다. 잘 보여도 오육십 보 밖으로는 명중하기 어려우니, 왜적이 1백 보 밖에 있을 때 우리 군사들이 두려워하지 않고 활을 쏜다면 충분히 대적을 할 만하옵니다."

"그러하더라도 조총이 활보다 우수한 것은 사실이오. 사수를 양성하려면 힘 좋은 장사들을 데려다가 몇 달은 조련을 해야 하는데, 조총은 힘이 없는 사람이라도 짧은 시간에 쏘는 법을 습득할 수 있으니 수천수만의 조총수를 재빨리 만들어 낼 수 있소.

또 대오를 갖추고서 돌아가면서 일제히 쏘게 되니 화염과 연기 그리고 발사 때 나는 천둥 같은 소리에 우리 군사들이 위축되고 마는 것이 아니겠소?"

"옳은 말씀이옵니다. 무턱대고 조총을 겁내는 조선군의 사기를 끌어올려야 하옵니다. 그러기 위해서는 위축되지 않도록 자꾸 싸워서 적의 약점을 간파하고 적응해야 하옵니다."

"성주도 왜군 제3번대에게 함락되었네. 이제 왜적은 추풍령을 넘으려고 거창에 집결하고 있다고 하니 어찌하는 것이 좋겠는가?"

"다들 겁을 먹고 안절부절못하고 있는 것이 아군의 현실이옵니다. 이러한 상황에서 왜적이 대규모의 병력으로 쳐들어온다면 다 무기를 버리고 달아나고 말 것이옵니다."

"특단의 대책을 세워야 하옵니다."

"무슨 대책이 있겠는가?"

"며칠 전에 왜적 5백여 명과 싸워서 이기고 돌아왔다는 정 봉사한테 좋은 수가 있겠지요."

대부분의 사람들은 기룡이 신창에서 거둔 첫 승리를 여전히 믿지 않았다. 한 군관의 빈정대는 말에 기룡은 기다렸다는 듯이 대답했다.

"소관이 지난번처럼 유격대를 구성해 거창으로 들어가서 적을 혼란에 빠뜨리고 돌아오겠사옵니다. 그리하여 약간이나마 우리 군사들의 사기를 북돋아 보도록 하겠사옵니다."

조경은 고개를 끄덕였다.

"그리하게. 다만 이번에는 적의 수급을 챙겨 와야 하네."

기룡이 누굴 데려가서 어떤 작전을 펼칠까 구상하고 있던 중에 반가운 사람이 찾아왔다. 우병영 군마청 아두시들의 꼭달이 김세빈이었다.

"아니, 이게 누군가?"

기룡은 놀랍고 반가워 그의 손을 잡았다.

"창원이 적의 수중에 떨어지고 나서 합포 우병영도 부서지고 말았사옵니다. 그리하여 다들 죽거나 도망쳤는데, 우연히 봉사 나리께서 왜적과 싸워서 이겼다는 소문을 듣게 되었사옵니다."

"우후 나리는 어찌 되었는가?"

"너무 황급하게 당해 아무 경황이 없었던지라 어찌 되셨는지 소인도 모르옵니다."

"그랬군. 어쨌든 잘 찾아왔네."

기룡은 이희춘과 정범례, 노함을 불러들여 김세빈이 누군지 알려주었다. 사람들은 그와 일일이 악수를 했다. 이희춘은 그에게 팔련 장창을 한 자루 주었다. 천마 무늬가 있는 창이었다.

"이제부터 자네도 우리 일원일세."

"고맙사옵니다."

군관 김태허가 찾아와 지난번처럼 유격대에 자원했다. 기룡은 그와 함께 이희춘, 정범례, 노함, 김세빈 그리고 30여 기병 중에서 죽기를 각오한 날랜 사람으로 2명을 더 가려 뽑았다. 노함이 박처럼 생긴 것을 하나씩 넣은 주머니를 말 등 좌우로 늘어뜨렸다.

"그건 뭔가?"

"소인이 시험해 볼 일이 있어서 가져가는 것이니 과히 괘념치 마시옵소서."

기룡은 해질녘까지 기다렸다가 일곱 명의 유격대를 이끌고 전처럼 우지현을 넘었다. 말발굽 소리를 죽여 거창을 향해 내리막길을 내려갔다.

읍성에서 5리쯤 못 미친 곳에서 황강의 상류를 따라 올라오고 있는 일본군 아시가루들을 발견했다. 군관 김태허가 맨 앞의 왜졸을 편곤으로 내리쳐 죽이는 것을 시작으로 다른 사람들도 장창을 휘둘러 남김없이 무찔렀다.

거창 읍성에 들어설 즈음에 날이 어두워졌다. 불빛이 없어서 사방을 분간할 수 없었다. 척후로 나갔던 이희춘이 돌아와 아뢰었다.

"적의 선발대가 10리 밖 시냇가에서 진을 치고 있사옵니다."

"그렇다면 서두를 것 없겠군. 잠깐 눈을 붙이고 나서 새벽에 왜적을 교란시키기로 하세."

기룡은 텅 빈 거창 관아의 객사로 갔다. 일곱 명은 대청마루 난간에 말을 매두고 옷을 벗지 않은 채 객사 안에 앉아서 눈을 감았다. 기룡이 객사 밖에서 맨 먼저 기초(말을 탄 채 보초를 섬)를 섰다.

어디선가 소쩍새 우는 소리만 들릴 뿐 사방은 적막했다. 밤이 깊어가는데도 기룡은 다른 사람을 깨우지 않고 홀로 긴 시간 동안 파수를 보았다.

한자리에 서 있기 무료해 말을 천천히 움직여 관아를 돌아보고 있는데, 동문 밖에서 인기척이 났다. 말에서 내려 가만히 다가갔다. 담 너머로 바라보니 왜적이었다. 읍성 안으로 몰래 들어와 관아를 염탐하려는 척후병들이었다.

기룡은 객사로 돌아가 사람들을 흔들어 깨웠다. 김태허가 말했다.

"왜적의 본대가 곧 당도할 것이니 우리가 여기 관아에 있는 것보다 왔던 길로 돌아가 있는 것이 좋겠네."

"아닐세. 비록 캄캄한 밤이지만 우리가 움직인다면 적이 눈치챌 것일세. 더구나 왜적의 군세를 예측하기 어려우니 날이 밝기를 가만히 기다린 뒤에 행동하기로 하세."

"왜적이 우리가 여기 있는 줄 알고 기습을 해오면 어찌하옵니까?"

"그들이 지난번에 우리한테 당한 일도 있고, 또 지금은 어두운 밤이라 쉽사리 접근하지 못할 걸세."

모두 잠에서 깬 그대로 밤을 샜다. 멀리서 동이 틀 무렵 일본군 선발대 야리(창) 아시가루 수백 명이 관아에서 불과 1백 보 떨어진 곳까지 왔다. 그들이 높이 세운 창날이 새벽 햇살을 받아 번쩍거렸다.

왜병들은 어느새 남쪽과 동쪽을 에워싸며 관아 가까이 다가오고 있었다. 기룡은 정면으로 맞서는 것은 불리하다고 판단했다.

"북쪽 담을 넘어가세."

"담이 높은데 말이 뛰어넘을 수 있겠사옵니까?"

"한 필이 먼저 뛰어넘는다면 뒤에 있는 말들도 당연히 따라 넘을 것이네. 내가 먼저 시범을 보이도록 하지."

기룡은 화이의 고삐를 당기고 채찍질을 했다.

"이랴!"

그러고는 한 번에 훌쩍 담을 뛰어넘어 관아 바깥에 내려섰다. 두 번째로 군관 김태허가 말을 달려 담을 넘으려고 했지만 말이 앞발을 들며 울었다. 그것을 본 김세빈이 재빨리 다가가 말의 뺨을 손으로 쓸며 무어라 말했다.

"다시 넘어보십시오."

김태허가 재차 말을 다그쳐 달리니 말은 앞서와 달리 땅을 박차고 높이 솟구쳐 훌쩍 담을 넘어갔다. 다들 김세빈을 바라보며 재주를 놀라워했다. 그는 남은 말들을 차례로 다독여 높은 담을 뛰어넘게 했다.

그런데 기병 한 사람이 담을 뛰어넘을 때 말의 두 발이 담에 걸리고 말았다. 말은 뒤로 넘어져 담 안쪽에 떨어졌다. 그때 왜졸들이 들이닥쳤다. 김세빈은 장창을 들고 그들과 맞서 싸우는 겨를에 기룡이 다시 담을 뛰어넘어 왔다.

"빨리 넘어가세!"

기룡은 일어난 말의 고삐를 잡고 화이와 나란히 달리게 하면서 담을 뛰어넘었다. 담 안에 혼자 남은 김세빈은 포위하는 일본군 야리 아시가루들을 뚫고 담을 뛰어넘었다. 마치 천마가 하늘을 나는 듯했다.

일본군이 뒤따라오고 있었다. 한참을 달린 기룡은 우지현의 중턱에 이르러 말 머리를 돌리고 일본군의 동태를 바라보며 쉬었다. 고개 아래쪽에는 일본군의 깃발과 긴 창이 빽빽했다. 그들은 길을 따라 올라오기 시작했다.

노함이 말에서 주머니를 내렸다. 산비탈 아래로 내려가더니 주머니 속에서 검은 박처럼 생긴 것을 꺼내 풀이 우거진 곳에 넓은 간격으로 놓았다. 줄을 길게 늘어뜨리고는 줄 끝에 마른 나뭇잎을 수북이 덮어놓고 올라왔다.

"저게 뭔가?"

"잠시 두고 보면 아실 것이옵니다."

일본군이 가까워지자 활을 쏘기 시작했고, 노함만이 화승총을 겨눠쏘았다. 쏠 때마다 멀리 있는 일본군이 한 명씩 쓰러졌다. 다른 사람들은 활을 쏘다 말고 노함의 사격 솜씨에 감탄했다.

일본군이 함성을 지르며 새까맣게 오르막길을 달려 오르기 시작했다. 노함은 기룡에게 말했다.

"저 나뭇잎 더미에 화전을 쏘아 맞혀주소서."

"자, 다들 노 장사의 말대로 하게."

불화살을 쏘았다. 두 나뭇잎 더미에 불이 붙어 화르르 타올랐다. 그러자 줄에 불이 붙어 타들어 갔다. 일본군은 그것을 알지 못한 채 뎃포 아시가루들을 앞세워 계속 총을 쏘며 진격했다.

"퍼펑!"

갑자기 고막을 찢는 듯한 굉음과 함께 검은 박처럼 생긴 것이 폭발했다. 그 속에서 마름쇠와 못 같은 것이 사방으로 터져 나와 얼굴과 몸에 맞은 일본군 수십 명이 동시에 쓰러졌다. 노함은 크게 웃었다.

"하핫, 성공이군."

기룡을 비롯해 사람들이 놀라워했다.

"저런 무기도 다 있었나?"

"비격진천뢰라고 하는 것이옵니다. 원래는 대완구에 넣어서 쏘는 것이온데, 소인이 변형을 해보았습지요."

"오, 효과가 크니 앞으로 많이 만들었으면 좋겠군."

기세 좋게 올라오던 일본군은 비격진천뢰가 터지고 나자 머리를 낮춰 땅을 두리번거렸다. 그러다가 고갯마루 근처에 있는 여덟 명을 발견하고는 그 숫자가 적은 것을 알고 포위하면서 다시 올라오기 시작했다. 코가시라(소대장급 지휘관) 하나가 소리쳤다.

"붉은 말을 탄 놈부터 잡아라! 저놈이 정기룡이다!"

기룡은 웃으면서 장창을 움켜잡았다. 그러자 기병 한 사람이 말했다.

"정면으로 맞서는 것은 무리옵니다."

"그렇게 하지 않을 방도가 있는가? 우리가 이 고개에서 적들을 방어하지 않으면 김산에 있는 본대도 위험에 처하게 되네. 자, 돌격이다!"

기룡이 먼저 말을 달려 내려갔다. 일본군은 산 위에서 큰 불덩이가 내려오는 듯한 기세에 움찔했다.

"이놈들아! 내가 바로 정기룡이다! 어디 한번 잡아보거라!"

적진 속에 뛰어든 기룡은 닥치는 대로 장창을 휘둘렀다. 일본군은 낙엽처럼 쓰러졌다. 뒤따라온 사람들도 창을 휘두르며 일본군 선발대를 무찔러 나갔다.

일본군 뎃포 아시가루들은 화승총을 쏠 경황이 없었다. 여덟 사람이 워낙 빠르게 휘젓고 돌아다니며 백병전을 하는 바람에 이리저리 피해 몰려다닐 뿐이었다. 기룡이 그만 잘못해 휘두르고 있던 장창을 떨어뜨렸다.

"아차!"

바로 그때, 옆에 커다란 상수리나무 한 그루가 있는 것을 보았다. 기룡은 안장을 밟고 입마 자세로 서서 굵은 가지 하나를 부러뜨려 꺾었다. 그런 뒤 다시 안장에 내려앉아 그것을 적병을 향해 휘둘러댔다.

"휘잉, 휭!"

나뭇가지에서 바람이 일었다. 큰 몽둥이나 다를 바 없었다. 일본군은 머리가 깨져 쓰러졌다. 기룡은 비록 나뭇가지를 휘둘렀지만 두 눈을 불덩어리가 뚝뚝 떨어지듯이 부릅뜨고 범이 포효하듯이 고함을 지르며 용맹하게 싸웠다.

그러는 동안 군관 김태허가 편곤을 휘둘러 적군을 물리치며 기룡의 창을 집어 들었다.

"이보게, 경운이! 받게!"

기룡은 나뭇가지를 내던지고 허공으로 날아오는 장창을 받아 쥐었다. 한바탕 적진을 휘저은 뒤에 기룡은 후퇴를 명령했다. 유격대는 우지현 고갯마루를 향해 말을 달렸다. 기룡이 뒤돌아보니 남은 적병은 겨우 1백 명 남짓이었다. 그들은 멈추지 않고 올라오고 있었다. 기룡은 명령을 내렸다.

"화살을 남기지 말고 다 쏘아라!"

기룡은 말 위에서 몸을 뒤돌려 활을 쏘았다. 활시위 소리가 나는 것과 동시에 일본군이 하나씩 꺼꾸러졌다. 다른 사람들도 활을 쏘고, 노함은 화승총으로 적병을 한 사람씩 저격했다.

드디어 고갯마루에 올라섰다. 말 머리를 돌려 비탈 아래를 바라보았다. 일본군은 수십 명밖에 남지 않았다. 그들은 두려움에 떨며 감히 더 이상 올라오지 못했다. 기룡은 크게 한 숨을 들이켠 뒤에 장창을 높이 들고 말을 달려 내려갔다. 다들 고함을 치며 뒤따랐다.

놀란 일본군들이 허둥지둥하는 사이에 여덟 명의 유격대는 걸리는 대로 찌르고 뗐다. 거창 쪽으로 달아난 자는 불과 십여 명밖에 되지 않았다. 기룡은 그제야 공격을 멈췄다. 이희춘이 감격해 말했다.

"봉사 나리, 우리가 또 이겼사옵니다!"

"어디 상한 사람은 없는가?"

"살갗이 벗겨지고 조금 베인 상처야 어디 상처 축에나 들겠사옵니까?"

기병 한 사람이 말했다.

"이번에는 반드시 왜적의 수급을 가져가야 할 줄 아옵니다."

기룡은 쓰러져 있는 일본군의 목을 쳐서 수급을 머리카락으로 말안장에 매달게 했다. 유격대는 말안장 양옆으로 수급을 주렁주렁 매달았다. 벤 지 얼마 되지 않아 수급마다 핏물이 뚝뚝 떨어졌다. 기룡도 좌우로 서너 개를 매달았다.

"봉사 나리, 나리 혼자서 거의 1백 명을 해치웠는데 수급은 달랑 그것만 가지시려 하옵니까?"

"나는 이것이면 충분하네. 자네들이 마음껏 나눠 가지게."

노함은 말안장 주위에 단 것도 모자라 앞서 비격진천뢰를 넣어 왔던 두 주머니에 일본군의 수급을 차곡차곡 넣었다. 주머니 밖으로 핏물이 줄줄 새 나왔다. 그것을 안장에 척 걸치며 말했다.

"이제 이걸 가지고 돌아가면, 뒷전에 앉아서 입만 가지고 사는 것들이 아무 소리도 못 하겠지."


2

고니시 유키나가는 북천 너머로 순행을 나갔다. 북천 가 들판과 산에는 일본군과 조선군의 시체가 수없이 흩어져 있었고, 역겨운 피비린내가 진동했다.

어린아이 하나가 죽은 제 어미 곁에 앉아 울고 있었다. 젖을 파헤쳐 물었다가 뱉었다가 하더니 배에서 흘러나오는 피를 손에 묻혀 핥았다. 그러고는 쩝쩝 입맛을 다시더니 다시 울기 시작했다.

고니시 유키나가가 다가갔다. 어린아이는 맑은 눈망울로 손을 내밀었다. 박수영을 시켰다.

"네 이름이 뭐냐?"

"솔이."

"몇 살?"

솔이는 손가락 세 개를 펴 보였다. 고니시 유키나가가 다가가 솔이를 번쩍 안았다. 솔이는 가녀린 두 팔로 고니시의 목을 감쌌다.

"오, 귀여운 것! 내 너를 양녀로 삼아야겠다."

고니시 유키나가는 안동 쪽에서 오고 있는 가토 기요마사보다 먼저 한양을 점령하기 위해 행군 채비를 서둘렀다. 그는 조령을 향해 북상하기 전에 고토 스미하루를 남겨 상주를 관할하게 하고는 특명을 내렸다.

"첫째, 이후로 아무 까닭 없이 조선인과 조선군을 죽이지 말라. 불가피한 최소의 희생만으로 조선을 항복시키는 것이 우리의 목적이다. 둘째, 무분별한 약탈을 금지하라. 셋째, 읍성 안에 교단을 만들어서 죽은 일본군과 조선군을 위해 기도하라."

"하잇!"

떠나기에 앞서 박수영은 겐소에게 엎드려 부탁했다.

"법사님, 소인을 상주에 남게 해주십시오. 소인이 이곳 상주를 잘 알고 있사오니 고토님이 다스리는 데 큰 도움이 될 것이옵니다."

"박 향도가 원한다니 그리 하게."

겐소는 박수영을 고토 스미하루 측근에서 통사(통역사)로 있게 해주었다. 박수영은 속으로 쾌재를 불렀다.

"상주는 이제 내 손아귀에 든 것이나 다름없으렷다. 으하하."

드디어 임금이 한양 도성을 버리고 밤에 몰래 달아났다는 소문이 들려왔다. 피난을 가지 못하고 어쩔 수 없이 남아 있던 상주 백성들은 크게 동요했다.

"왜장은 전장에 있던 남의 아이를 양녀로 삼았는데, 임금은 멀쩡한 자기 백성을 버리고 도망을 갔다니."

"장수며 신하며 임금이며 하나같이 저 살자고 앞다투어 도망가는 판에 우리 같은 것들이 남아서 목숨을 다해 왜적과 맞설 까닭이 없지 않은가?"

"그건 맞는 말이네만, 왜군이 워낙 잔인하고 사나우니 우리가 순순히 항복한다고 해서 목숨을 보전할 수 있으려나?"

민심을 살펴본 고토 스미하루의 숙부이자 책사 고토 하루마사(五島玄雅)는 박수영을 시켜서 읍성뿐만 아니라 각 현과 면에도 빠짐없이 방을 써 붙였다.

"그동안 백성을 착취하고 괴롭힌 양반들은 다 나와 자수하라. 조선 양반들이 숨은 곳을 알려주거나 그들을 잡아 오는 백성에게는 큰 상을 내릴 것이다. 우리에게 협조하는 사람들에게는 관곡을 풀어 나눠 줄 것이니 언제든지 관아로 오라.

천정(일본의 연호) 20년 4월 30일 백국(경상도) 상주 신목사 고토 스미하루"

방을 읽어본 백성들은 긴가민가했다. 앞서 순변사 이일이 그랬던 것처럼 곡식을 나눠 준다는 핑계로 일본군을 모집하려는 것은 아닌지 의심했다. 읍성을 점령하고 있는 일본군이 워낙 무서워 관아로 가서 곡식을 받아 오려는 백성은 아무도 없었다.

"전부 얼마나 되는가?"

"15만 곡(섬)이옵니다. 상미만도 8만 곡이옵니다."

"밥을 먹어보니, 꿀을 탄 듯하여 반찬 없이도 그냥 넘어가는 것이 일본에서는 볼 수 없는 쌀이다. 모두 실어 본국으로 보낼 생각인데 좋은 방도가 없겠는가?"

"그런 것이라면 소인에게 맡겨주옵소서."

박수영은 일본군 한 무리를 데리고 낙동나루로 갔다. 가대기꾼들의 반
수 배홍옥이 얼른 다가와 머리를 조아렸다.

"신상전 나리!"

배홍옥은 일본 옷을 입고 소하츠(머리카락을 다 모아서 뒤로 묶음) 머리를
한 박수영을 알아보지 못했다.

"관곡을 져 내어 강배에 실어야 하는데 짐꾼을 얼마나 동원할 수 있겠
나? 삯은 섭섭하지 않게 쳐 주겠네."

배홍옥은 제 귀를 의심했다. 위협해 공짜로 부려먹지 않고 삯을 주겠다
니 일본군이 잔악하기로 소문난 것이 거짓인가 했다.

"이 낙동나루 짐꾼들은 다 제 그늘에 있습죠."

"그러면 내 자네한테 그 일을 맡기겠네."

배홍옥은 돌아서는 박수영에게 굽신 절을 했다. 박수영은 또 이상원의
객주로 갔다. 그는 어디론가 달아나고 없었다. 강배 한 척이 나루에 매여
있었다. 일본군을 시켜 나루에 있는 모든 강배를 징발했다.

배홍옥은 가대기꾼을 모아 질 좋은 쌀을 져 내기 시작했다. 읍창에서
는 곡식 섬을 져 북천 가로, 북천에서는 나룻배에 실어 비란나루로, 비란
나루에서는 돛배에 실어 낙동나루로, 낙동나루에서는 강배에 실어 김해
로, 김해에서는 바다 배에 실어 일본으로 옮긴 다음 나고야 성에 있는 관
백 도요토미 히데요시에게 바치는 긴 여정이었다.

져 내는 중에 하품의 쌀은 따로 모아두었다. 상미와 잡곡을 합해 10여
만 곡을 져 내는 동안 박수영은 중간 품삯으로 배홍옥에게 하미를 주었
다. 가대기꾼 한 사람당 한 섬씩이었다.

"이게 웬일인가?"

"등짐을 져 나르고 쌀을 한 섬이나 받다니."

"곡식을 다 져다 나른다면 석 섬은 거뜬히 벌 수 있겠네그려."

"새로 온 상전이 옛 상전보다 훨씬 낫구먼."

"이거 꿈을 꾸고 있는 건 아니겠지?"

"우리 같은 하바리에게는 새 세상이 온 것 같으이."

상주 신목사 고토 스미하루는 책사 고토 하루마사와 휘하 왜장들을 모아 민심을 얻을 방안을 강구했다. 그리하여 관창을 열어 굶주린 백성들에게 곡식을 나눠 주는 대신 조건을 내걸었다.

곡식을 받아 가는 사람에게 거소와 성명을 신호적부(새로 호적을 적은 장부)에 적게 하고 죽패(대나무 조각으로 만든 패)를 나눠 주었다. 죽패 위쪽에는 영(슈) 자가 쓰여 있고, 그 아래에는 작은 글씨로 '백국 신평민'이라고 적혀 있었다.

일본군이 나눠 주는 곡식과 죽패를 받는다는 것은 항복해 일본 백성이 되기로 약속하는 것이나 다름없었다.

"신상전 나리, 이 곡식은 언제 갚아야 하옵니까?"

"갚을 필요 없다."

굶어 죽느니 가보기나 하자고 관아로 온 백성들은 이자를 쳐서 갚아야 하는 환곡미도 아니고, 아무 대가 없이 공짜로 나눠 주는 것임을 알고는 머리가 땅에 닿도록 절을 했다.

받아 간 백성들은 소문을 냈고, 받아 온 곡식으로 밥을 지어 먹는 것을 본 백성들은 짚신을 거꾸로 신고 관아로 달려갔다. 옛 상전들은 한 번도 하지 않은 일이었다. 백성들은 신상전이 마냥 고맙기만 했다.

어떤 사람들은 일본 말까지 한마디씩 주워듣고는 쌀을 받을 때 조금이라도 더 받으려고 외쳤다.

"아리가또(고맙소)!"

그러자 배급하던 코가시라는 빙긋 웃으며 한 됫박 더 담아주었다. 그 다음은 볼 것도 없었다.

"도모 아리가또(참 고맙습니다)!"

"아리가또 고자이마쓰(고맙사옵니다)!"

수백 년 동안 조선의 백성으로 살아온 사람들은 하루아침에 너 나 할 것 없이 급속도로 일본의 백성이 되어갔다.

반수 배홍옥이 박수영을 찾아왔다. 그의 뒤에는 여러 사람들이 있었다. 상주 일대에 소금을 지고 다니며 팔던 등짐장수들이었다.

"신상전 나리, 도망친 양반들을 수색하고 있지 않사옵니까?"

"그렇네만?"

"이놈들은 상주 전역 골골샅샅 소금을 지고 팔러 다녀봐서 산골 어느 구석에 어떤 자들이 살고 있고 숨어 있는지 훤히 꿰뚫고 있습지요."

"그래? 원하는 게 뭐냐?"

"이놈들의 신분을 보장해 주옵시고, 곡식도 좀…… 헤헤."

박수영은 책사 고토 하루마사에게 건의했다. 그런 뒤 그들에게는 죽패 이외에도 영(令) 자를 쓴 붉은 팔띠를 둘러주었다. 그러고는 명단을 적은 두루마리를 던졌다.

"북천 싸움에서 끝까지 저항한 자들의 가족을 모조리 잡아들이라 하셨네. 공을 세우는 자에게는 큰 상이 내려질 것이네."

그들은 서로 웃으며 나갔다. 박수영은 직접 일본군 아시가루 한 무리를 데리고 화동현 판곡 고을로 갔다. 그곳 백성들은 죽패를 신청한 사람이 한 명도 없었다.

박수영은 판곡 고을에 향사 김준신의 집이 있다는 것을 알아냈다. 그리하여 아시가루들을 시켜 온 집안사람들을 참살하고 불을 질렀다. 판곡 고을 전체가 불바다가 되었다. 부녀자들은 어린아이의 손을 잡고 달아나

다가 왜적의 창검을 피해 백화산 아래 못으로 몸을 던져 자살했다.

"천벌을 받을 부왜 놈들!"

"염상 놈들이 왜적의 앞잡이 노릇을 하다니!"

박수영은 부왜들을 직접 거느렸다. 날이 갈수록 그 수도 불어나고 서로 공을 세우려고 점점 잔혹하게 굴었다. 악랄하기가 일본군에 비할 바아니었다.

그들은 자신들을 알아보는 사람들을 자주 마주치자 아예 삭발을 해버렸다. 옷도 왜 복장을 하고 돌아다니다가 안면이 있는 사람들을 만나거나 하면 머리를 급히 돌려 피했다. 더러는 탈바가지를 만들어 쓰고 앞잡이 노릇을 하기도 했다.

그 정도면 그래도 양심이 있는 자들이었다. 대부분은 일본군 아시가루들과 섞여 이 고을 저 고을 하릴없이 쏘다니며 기분이 내키는 대로, 닥치는 대로 노략질을 했다. 장정들을 마주치면 몽둥이로 난장을 가했고, 조금이라도 거슬리면 늙은이고 어린아이고 가리지 않고 풀을 베듯이 베어 죽였다.

그러고는 온 집 안을 뒤졌다. 염상들은 집주인들이 피난 갈 때 귀중품을 묻은 곳을 귀신같이 잘도 찾아냈다. 바깥주인들이 주로 묻은 곳은 사당 뒷마당이었고, 부녀자들은 아궁이 깊은 곳이었다.

무쇠솥처럼 무거워서 가져갈 수도 없고, 가져가 봤자 돈이 안 되는 것들은 다 부수어 집주인들이 나중에 다시 돌아오더라도 전혀 사용할 수게 했고, 그것으로 성이 차지 않아 집에 불을 질러 다 태워버렸다.

소나 말이 매여 있는 것을 보면 다 거둬들였다. 약탈한 물건들을 실어 나르기도 하고 타고 다니기도 했다. 다리라도 부러지거나 어딘가 이상하다 싶은 마소는 단칼에 목을 쳐 잡아먹었다. 먹고 남은 것은 같은 부왜들에게 나눠 주었다.

"이런 세상이 다 오다니!"

"우리가 소고기를 배불리 먹을 날이 올 줄을 어찌 알았던고!"

"바다를 건너오신 신상전 나리들이야말로 우리에게는 천지신명이 강림하신 게지."

붉은 팔띠를 두른 무리들은 더욱 신이 나 백성들에게 잔악하고 가혹하게 굴었다. 낮에는 약탈을 하고 밤이면 몰래 숨어 있다가 백성들이 뭘 감추는 것을 발견이라도 하면 재빨리 부수고 들어가 낱낱이 낚아챘다.

"이건 안 된다! 이놈들아!"

심기를 상하게 하거나 비위라도 건드리면 집 안에 사람이 있건 없건 상관하지 않고 그대로 불을 놓아버렸다. 그러고는 문밖 나무에 가장을 묶어두고, 집 안에서 꼼짝없이 타 죽어가는 가솔들을 바라보게 했다. 가장들은 절규하다가 혼절해 버리곤 했다.

"아, 천하에 씹어 먹어도 시원찮을 놈들!"

"어찌 저 종자들은 악독한 왜놈들보다 더하단 말인가!"

염상 부왜들은 소금을 지고 팔러 다녔을 적에 자기네들을 함부로 대했던 양반들을 찾으러 다녔다. 아무리 먼 곳이어도 깊은 산골 마을까지 찾아가 샅샅이 뒤졌다. 그리하여 그 양반을 만나면 집 안 기둥에 묶어놓고 불을 질렀다.

구태여 일본군이 조선 백성들을 경계하고 감시할 것도 없었다. 부왜들이 워낙 설치고 다니는 바람에 아무리 깊고 외딴 산골짜기에 살고 있어도 감히 다른 마음을 먹을 엄두를 못 냈다.

"어서 가자."

애복이는 멀리서 개울가에 있는 작은 초당을 바라보았다. 빈집이지만 하룻밤 묵었던 곳이라 초당이 고마웠다.

김씨와 걸이를 데리고 정처 없이 산길을 걸었다. 일본군을 피해 지리산으로 가야 했다. 노음산을 넘어 채릉산을 지나고 한참 동안 서북쪽으로 왔다. 이제부터는 남쪽 방향으로 가야 지리산으로 갈 수 있다고 생각했다.

어느덧 너른 억새밭이 나타났다. 걷기가 한결 수월했다. 억새를 헤치며 이리저리 한참 동안 가다 보니 억새밭 끝에 민가가 한 채 나타났다.

애복이는 김씨와 걸이를 억새밭 속에 주저앉게 했다. 두 사람의 몸이 감춰진 것을 확인한 뒤에 장창을 두 손으로 다잡아 쥐고 띠집 가까이 다가갔다. 댓돌에는 산척의 신발이 한 켤레 놓여 있었다.

애복이는 잠시 서 있다가 군기침을 했다.

"덜컥!"

문이 열렸다.

"어멋!"

애복이는 소스라치게 놀라며 입을 가렸다. 웬 여인이 방 안에 앉은 채로 바깥에 서 있는 자신을 빤히 바라보며 활을 팽팽히 겨누고 있는 것이었다.


# 3

바로 그때 반가운 일이 일어났다. 거창에 있던 경상 감사 김수가 군사 4백 명을 이끌고 와 조경과 합류했다.

그리하여 추풍령을 방어하는 군사는 5백여 명이 되었다. 하지만 1만이 넘는 일본군에 비하면 여전히 열세였다. 설상가상으로 모리 데루모토의 제7번대까지 일본군에 합류해 조경의 방어군은 추풍령을 지켜내기 어려운 상황이 되었다.

기룡이 펼친 유격전에 잇달아 당한 일본군 제3번대와 제7번대는 두 갈래로 진격했다. 제3번대는 우지현을 넘어오고 있었고, 제7번대는 김산과 추풍령 두 방면으로 진격해 오는 양동작전을 펼쳤다.

조경은 군사의 수가 모자라 심각하게 고심했다. 궁여지책으로 전라 감사 이광에게 지원을 요청했다. 바로 그때, 사헌부 감찰을 지낸 뒤 황간으로 낙향해 있던 장지현이 의병 2천여 명을 거느리고 찾아왔다.

"추풍령은 김산과 황간 사이에 있는 천험의 요새인데, 이곳을 지키지 않는다면 어찌 세상에 이름값을 내겠소?"

조경은 노익장의 두 손을 잡으며 맞이했다. 장지현은 막사 안으로 들어와서 여러 사람을 둘러보더니 기룡에게 다가섰다.

"자네가 사명을 했다는 정기룡인가?"

"그러하옵니다."

"허허, 자네가 기병 30기로써 왜적 5백 명을 물리쳤다는 소문은 들어서 잘 알고 있네. 정 유격이 조선에 사람이 있다는 것을 처음 보여주었네."

장지현에 이어 전라 방어사 곽영과 조방장 이지시가 군사 5천여 명을 이끌고 도착했다.

"감사 영감께서 방어사 나리를 도우라고 하셨사옵니다."

침울해 있던 조경의 군사들은 수만의 군사가 더해진 것만 같아 사기가 높아졌다. 장지현의 의병과 전라도 군사들이 합세해 금천역과 김산에 잔류해 있던 일본군 수십 명을 척살하고 목을 벴다.

기룡은 유격 선봉대로써 김산 땅 곳곳을 둘러보았다. 백성들이 황급히 피난하면서 버리고 간 마소들이 산야를 돌아다니고 있었다. 기룡은 휘하의 기병들에게 명령했다.

"저것들을 다 잡아서 끌고 오게."

기병들은 임자 없이 흩어져 있는 소와 말을 잡아서 군사들에게 먹이려는 줄 알고 신이 나서 말을 채쳐 달려 나갔다.

그들이 많은 소와 말을 끌고 진중으로 돌아오자 조경을 비롯해 다른 군사들도 그것들을 잡아먹을 생각으로 입맛을 다셨다. 하지만 기룡은 수십 필의 마소를 매두기만 했다. 기룡은 조경의 허락을 얻어 군사들을 두 패로 나눠 명령을 내렸다.

"자네들은 지금부터 섶을 3백 단 만들게. 그리고 자네들은 비어 있는 고을로 가서 집집마다 다니며 겨울 이불을 뜯어 목화솜을 거둬 오게. 그역시 3백 근은 되어야 하네."

군사들은 어리둥절했지만 시키는 대로 했다. 기룡은 군사들이 만들어놓은 섶과 거둬 온 목화솜에 기름을 부어 적셨다. 의병장 장지현이 다가와 물었다.

"뭣에 쓰려는가?"

"두고 보면 아시게 될 것이옵니다. 부탁이 한 가지 있사옵니다. 나리의의병 중에는 산척들이 많은 줄 아옵니다. 그들이 입고 있는 표범 가죽과 범 가죽을 다 모아 주옵소서."

"그건 또 뭘 하려고?"

"병서에 적혀 있는 병법은 누구나 다 아는 것이 아니옵니까? 아무도 예상하지 못한 방법을 병법으로 써보려고 하옵니다."

"그렇지. 병서에 없는 군략을 고안해 내어야 적이 전혀 예상하지 못하지."

장지현은 휘하의 산척들이 입고 있는 표피와 호피를 다 거둬 주었다. 기룡은 또 횃불을 수백 자루 만들게 했고, 산비탈의 좌우에 있는 계곡에서 빨랫돌만 한 큰 돌을 골라 돌담을 높고 길게 쌓도록 했다.

채비를 다 마친 기룡은 척후를 철저히 하고 경계를 삼엄하게 했다. 새벽에 번이 갈려 나갔던 척후 이희춘과 정범례가 달려와 아뢰었다.

"나리, 왜적의 선봉이 재를 향하여 올라오옵니다!"

아침부터 구로다 나가마사의 제3번대의 선봉대인 뎃포 아시가루들이 총탄을 난사하며 고개 위로 올라오기 시작했다. 그에 맞서 수백 명의 조선 군병들이 일제히 활을 쏘아댔다.

화승총보다 각궁의 유효 사거리가 더 길었다. 치쏘는 총보다 내리쏘는 활이 훨씬 효과가 컸다. 일본군은 비 오듯이 쏟아지는 화살을 맞아 여기저기서 꼬꾸라졌다. 선봉이 무너지자 더 이상 오르지 못하고 꽁무니를 빼 달아났다.

"추살하라!"

명령을 기다리고 있던 정기룡의 유격대는 후퇴하는 일본군을 뒤쫓았다. 그와 동시에 조경의 진중에서는 단병기를 든 군사들의 공격을 알리는 큰북을 울렸다. 군사들과 의병들은 뒤섞여서 일본군의 수급을 확보하려고 달려 내려갔다.

"죽여라!"

"야, 이놈들아!"

추풍령 근처 지장산 아래에 있는 사부리 고개 위에 집결해 있던 조선군은 사기충천해 일본군 선봉을 뒤쫓아 섬멸했다. 구로다 나가마사와 오토모 요시무네의 본대는 김산 벌판에서 쫓겨 내려오는 아시가루들을 물끄러미 바라볼 수밖에 없었다.

일본군의 선봉을 기세 좋게 꺾은 직후에 정기룡은 노함에게 물었다.

"지난번과 같이 비격진천뢰를 땅에다가 설치할 수 있겠는가?"

"나리의 의도를 잘 알고 있사오니, 나뭇가지에 매달아 놓겠사옵니다. 나무를 잘 타는 군사들로 1대만 붙여주옵소서."

기룡은 군사를 가려 주었다. 노함은 그들을 데리고 일본군이 후퇴해 내려간 산비탈로 갔다. 높은 나뭇가지마다 비격진천뢰를 매달고 도화선을 아래로 길게 늘어뜨렸다.

"왜놈들이 꿈에도 모르겠지."

기룡은 경상 우방어사 조경과 전라 방어사 곽영과 의병장 장지현 등에게 아뢰었다.

"왜군이 금야(오늘밤)에 반드시 기습할 것이옵니다. 먼저 해질녘에 군사를 더 넓게 벌려서 수백 곳에서 젖은 나뭇가지로 밥을 지어 먹게 해 밥 짓는 연기가 10리까지 퍼지게 하소서. 그러면 우리 군사가 수만이나 되는 것처럼 보이옵니다."

조경은 기룡의 전략을 듣고는 그대로 했다. 일찌감치 밥을 먹은 군사들은 초저녁부터 잠을 자게 하고, 그다음에 밥을 먹은 군사들은 산마루가 이어지는 곳에서 장사진을 치게 했다.

군사들은 한 사람이 횃불을 다섯 자루씩 들고 지켰다. 고갯마루에서 좌우로 길게 이어지는 산등성이에는 수천 자루의 횃불이 불야성의 장관을 이루며 마치 석양의 하늘을 다 사를 듯이 타올랐다.

"저게 뭔가?"

김산 벌판에서 결진하고 있던 구로다 나가마사가 온천지를 밝히는 듯한 화광 줄기를 바라보며 물었다. 오토모 요시무네가 대답했다.

"허장성세가 아니겠사옵니까? 군사가 많다면 구태여 저렇게 기세를 과시할 필요도 없지요."

"으음, 그대의 말이 옳다. 밤이 깊어지면 닌자(일본 고유의 자객) 부대를 앞장세워 야습을 감행하라."

"하잇!"

밤이 이슥해지자 기룡은 전령들을 보내 초저녁에 잠재운 군사들을 일제히 깨웠다. 횃불은 이미 다 꺼졌고, 천하는 어둠의 고요 속에 잠겨 있었다. 버린 듯한 초승달만 구름 한 점 없는 밤하늘을 가르고 있었다.

검은 옷을 입고 검은 복면을 한 수십 명의 일본군 닌자들이 사지를 땅에 디디며 기어서 산비탈을 오르기 시작했다.

밑동이 굵은 나무는 돌아가고 바위는 기어 넘었으며 땅에 붙은 넝쿨은 부여잡고 헤치며 올랐다. 그들이 가는 곳이 길이었다. 그들 뒤로는 화승총과 다섯 길이나 되는 긴 창과 삼척장검을 든 아시가루들이 수천 명이나 따랐다.

기룡은 깨운 군사들을 소리 없이 무장시켰다. 조경과 곽영, 장지현은 지나치게 조심성이 많은 기룡의 작전이 탐탁지 않았다. 잠도 못 자고 꼬박 밤을 새우려니 졸리고 지겹기만 했다. 짧은 여름밤이 삼경으로 기울 무렵, 고개 아래쪽에서 파수를 보고 있던 군사 하나가 장막(장수의 막사) 안으로 달려 들었다.

"왜군이 기어서 올라오고 있사옵니다."

기룡은 일본군이 산비탈 중턱까지 기어오르도록 내버려 두었다. 조선군 진영이 곯아떨어졌다고 여긴 닌자들이 오르는 속도를 높였다. 얼른 기습을 감행하고 싶은 마음이 간절했다. 바로 그 순간이었다.

"콰앙!"

기룡의 명령을 받고 조선군에서 황자총통을 한 방 쏘았다. 피령전(가죽 날개를 단 화살 모양의 굵고 긴 철탄) 하나가 산 아래로 날아갔다. 그때 고갯마루에서 커다란 호랑이 한 마리가 꼬리에 불을 달고 나타나 산비탈로 내닫기 시작했다.

범의 가죽을 쓴 황소는 불이 붙은 솜뭉치가 꼬리 쪽으로 타들어 가자 점점 뜨거워 이리저리 뛰며 내달았다. 불은 꼬리에서 등에 지고 있는 섶단으로 옮겨붙었다. 황소는 등짝까지 뜨거워지자 미친 듯이 날뛰었다.

"저게 뭐야?"

"괴, 괴상한 호랑이닷!"

다리는 황소인데 머리는 뿔 달린 범이었다. 게다가 온몸이 불덩어리였다. 닌자고 아시가루고 할 것 없이 불붙은 괴물 같은 짐승을 바라보며 넋을 잃었다. 그런 짐승이 한 마리뿐이 아니었다. 산마루 너머에서 또 한 마리가 나타나 달려 내려오는 것이었다.

황소가 뜨거움을 떨쳐내느라 뛰면 뛸수록 불은 더 맹렬히 타올랐다. 캄캄한 어둠 속에서 불덩어리가 된 뿔 달린 호랑이가 온 비탈을 날뛰며 돌아다니자 일본군은 이리 피하고 저리 피하면서 큰 공포에 휩싸였다.

"세상에 저런 괴물이 다 있다니!"

"조선에만 있는 짐승인가 보다!"

기룡은 황소와 말의 꼬리에 불을 붙여 잇달아 내보냈다. 괴상한 짐승이 한두 마리도 아니고 점점 내려오는 수가 많아지자 일본군은 괴물들이 떼 지어 내려올지도 모른다는 생각에 사로잡혔다.

수십 마리의 괴물이 꼬리에서 불을 내뿜더니 어느새 온몸이 불덩어리가 되어 타오르는 것을 직접 두 눈으로 바라본 일본군들은 꿈인지 생시인지 분간을 못 할 지경이었다. 산마루에서 불덩어리 괴물들이 끊임없이 내려오는 것 같아 아연실색했다.

"펑, 펑, 퍼퍼펑!"

불붙은 황소와 말이 날뛰는 사이에 나뭇가지에 늘어뜨려 놓은 도화선에 불이 옮겨붙었다. 높은 곳에 매달아 놓은 비격진천뢰가 터지기 시작했다. 대완(비격진천뢰) 안에 있던 수많은 마름쇠가 하늘에서 쏜 탄환처럼 쏟아져 내렸다. 일본군은 피해 몸을 숨기지도 못하고 겁에 질린 채 갈팡질팡했다.

일본군은 미쳐 날뛰는 불덩어리 짐승에게서 불이 옮겨붙어 죽고, 괴물의 발에 밟혀 죽고, 머리 위에서 터져대는 비격진천뢰의 파편에 맞아 죽고…… 우왕좌왕하던 왜군은 기습은커녕 싸움다운 싸움도 해보지 못하고 발길을 돌려 달아나기 시작했다.

기룡의 명령을 받은 조선군은 두 번째 신포(신호용 포)를 쏘았다.

"콰앙!"

기룡은 화이에 올라 장창을 높이 들고 우레와 같은 음성으로 외쳤다.

"가자! 나를 따르라!"

유격대를 선봉으로 조선군은 총공격을 했다. 기룡은 멀리 떨어져 있는 적이라도 그냥 지나치지 않았다. 한쪽 등자에서 발을 빼고 몸을 기울여서 장창을 휘둘러 반드시 베고야 말았다.

조선의 군병들에게 뒤쫓긴 일본군 아시가루들은 산비탈 아래로 달아나다가 추격이 가까워지자 좌우로 뿔뿔이 달아나 양쪽 계곡으로 들어갔다.

좌우 양쪽 계곡에는 이미 일본군 후발대가 매복하고 있었다. 달아나던 일본군은 매복군과 합세해 다시 올라오기 시작했다.

조선 군사들은 더 이상 추격을 하지 않고 계곡 쪽에 쌓아둔 돌담을 무너뜨렸다. 누런 호박만 한 돌덩이들이 맹렬히 굴러떨어졌다. 일본군은 머리통이 깨어지고 팔다리가 부러졌다.

서로 부딪혀 넘어지고 밟고 달아나다가 급기야 계곡 아래로 몸을 던지는 아시가루들도 있었다. 그들은 물가 바위 위에 떨어져 최후를 맞이했다.

"와아, 우리가 이겼다!"

"막강하다는 일본군은 뜬소문이었다!"

"화승총도 별 것 아니다!"

일본군은 낮과 밤에 연속으로 전멸하다시피 패퇴해 아시가루 수천 명을 잃었다. 구로다 나가마사는 분을 참지 못해 살아 돌아온 아시가루들의 목을 전부 쳤다. 그러고는 크게 소리쳤다.

"총공격을 준비하라! 이번에는 내가 직접 지휘할 것이다!"

오토모 요시무네가 조심스럽게 아뢰었다.

"태수님, 군사를 많이 잃었사옵니다. 모리 태수님이 이끄시는 제7번대와 함께 총공격을 하여 저놈들의 씨를 말리는 것이 어떨지요?"

구로다 나가마사는 자신이 조금 전에 직접 벤 한 오가시라의 몸뚱이를 발로 차 넘어뜨렸다. 그러고는 땅에 떨어져 구르다가 멈춘 그의 수급도 걸어찼다.

"정기룡, 이놈!"

조선군 진영은 잔치 분위기였다. 조경을 비롯한 지휘부는 물론이고 모든 군병이 기룡의 기이한 전법과 노함이 이끈 화전군의 무용을 칭송했다.

하지만 걱정이 없는 것은 아니었다. 화살과 포환과 돌무더기 같은 가용할 만한 무기가 거의 바닥난 것이었다.

기룡은 진중을 돌아다니며 전투에서 다치고 깨진 군병들의 상처를 일일이 살펴보고 자신의 적삼 옷깃을 찢어 몸소 처매주었다. 군사들과 의병들은 감격해 기룡의 손을 잡고 이마를 댔다.

"나리!"

"유격 대장 나리!"

일본군을 두 번이나 대파한 승리의 기쁨은 오래가지 않고 걱정으로 바뀌었다. 전라 방어사 곽영과 조방장 이지시가 전라 감사 이광의 명령을 받아 5천 군사를 이끌고 돌아가 버렸기 때문이었다.

큰 전투를 거듭 치르는 동안 조선군의 손실도 없지 않아서 남은 군사는 관군과 의병을 합쳐 1천 명 남짓이었다.

그러한 조선군의 상황과는 달리 일본군 진영에는 모리 데루모토가 거느린 제7번대가 합류했다. 구로다 나가마사의 제3번대 병력 수천 명에 모리 데루모토의 제7번대 병력 3만 명을 합쳐 거의 4만이나 되는 아시가루들로 김산 벌판은 까맣게 변했다.

구로다 나가마사는 이미 척후를 보내어 조선군이 대거 이동하는 것을 정탐했다. 수천의 군사가 빠져버리자 추풍령 고갯마루는 텅 빈 듯했다.

"남은 조선군이 고작 1천이다. 우리가 수십 배나 많은 군사로 저들을 이기지 못한다면, 다이쇼는 물론이고 오가시라 코가시라까지 다 목을 칠 것이다. 선봉을 가리지 말고 전군이 총진격할 태세를 갖추어라."

조선군 진영에서도 일본군이 총공격을 할 것임을 감지했다. 경상 우방 어사 조경은 출전에 앞서 비장하게 말했다.

"오늘이 우리가 죽는 날이다. 오늘 조선 사람으로서 죽을 것인가? 내일 왜적의 개돼지가 되어 죽을 것인가?"

"와아!"

장지현도 의병들에게 일갈했다.

"우리가 죽음으로써 이곳을 사수한다면 우리의 이름은 후손 대대로 빛날 것이나, 우리가 물러선다면 영원히 비겁한 쥐새끼로 놀림감이 될 것이다!"

조경은 중군을 맡았고, 장지현이 우익을 거느렸다. 기룡도 좌익을 이끌고 사부리 고개 위에서 적의 동태를 살폈다.

일본군이 온 산을 뒤덮으며 비를 뿌리듯이 화승총을 쏘며 올라오기 시작했다. 워낙 그 수가 많아 눈 감고 쏘는 철환에도 조선 군사들은 우연히 맞아 다 쓰러질 것 같았다.

군사들은 겁을 집어먹어 활 쏘는 손이 덜덜 떨렸다. 기룡은 군사들의 사기를 높이는 것이 급선무라고 생각했다. 아무 망설임도 없이 화이를 채쳐 달려 나갔다.

"이랴!"

유격대가 그 뒤를 따랐다. 앞장서 나아간 기룡이 적진 가까이에 이르러 홀쩍 뛰었다. 화이는 산비탈을 내려오다가 하늘 높이 솟구쳐 적진 한가운데로 뛰어내렸다. 기룡은 팔련 장창을 번개처럼 휘둘러 눈 깜짝할 사이에 일본군 50여 명을 작살냈다.

기룡이 종횡무진하자 일본군 뎃포 아시가루들은 서로 자기편이 맞을까 봐 총을 쏘지 못하고 이리저리 휩쓸려 다녔다. 일본군이 우왕좌왕하는 사이에 조경이 휘하의 군사들을 향해 명령을 내렸다.

"중군, 돌격하라!"

군사들이 모두 달려 나간 뒤, 조경은 근위 기병 몇 명과 서 있었다. 일본군이 옆길로 올라와 측면공격을 시작했다. 앞쪽 산비탈과 양옆 계곡에서 올라오는 일본군의 공격을 받은 조선군은 당황해 무너지기 시작했다.

조경과 근위병들은 풀숲에 숨어서 기어 올라오고 있던 일본군 3명을 먼저 발견해 활을 쏘아 2명을 사살했다. 그때 또 다른 숲에서 나타난 닌자들이 단검으로 근위 기병을 다 척살하고 조경의 허리를 찔러 말에서 낙상시켰다.

"다테, 다테(일어서라)!"

그러고는 그들의 진영으로 끌고 갔다. 오가시라 하나가 장검을 뽑아 들고 조경의 목을 치려고 하자 주위에 있던 코가시라들이 말렸다.

"대두님, 안 되옵니다!"

"태수님께서 직접 벨 것이라 하셨사옵니다."

오가시라가 칼을 높이 들고 망설이고 있는 겨를에 조경은 얼른 일어나 그를 꽉 껴안아 버렸다. 오가시라는 조경을 떼놓으려고 애를 썼지만 조경의 큰 덩치와 힘에 눌려 꼼짝도 하지 못했다.

지켜보고 있던 코가시라들이 달려들었다. 그중 하나가 오가시라의 목덜미를 꽉 조이고 있던 조경의 손가락을 단검으로 끊어버렸다.

"으악!"

조경은 팔을 풀고 털썩 주저앉았다. 세 손가락이 한 마디씩 끊어져 있었다. 조경은 피가 뚝뚝 떨어지는 손을 바라보며 흐느꼈다.

바로 그때 기룡이 근처에서 싸우고 있다가 조경의 말만 남아 있는 것을 보았다. 기룡은 조경을 찾아 돌아다녔다. 멀지 않은 곳에 조경이 꿇어앉아 있었고, 일본군이 둘러서 있었다.

"이놈들!"

기룡은 벼락같이 소리치며 달려갔다. 마치 일진광풍이 이는 듯했다. 일본군 뎃포 아시가루들이 화승총을 쏘았지만 엉겁결에 발사하는 것이라 단 한 발도 맞힐 수 없었다. 기룡은 화이를 달려 깊은 구덩이를 뛰어 건넜고 높은 바위를 뛰어넘었다.

그러면서 총탄을 피해 몸을 말의 좌우로 오르내리는 등리장신의 수법을 펼치며 적진으로 달려들었다. 일본군 몇 명이 가로막으려다가 기룡이 휘두른 장창에 짚단처럼 쓰러졌다.

"방어사 영감!"

기룡은 몸을 숙여 한 팔로 조경의 허리를 감아 들어 겨드랑이에 꼈다. 그러고는 한 손에 든 창으로 모여드는 일본군을 쳐 죽였다. 그것을 본 나머지는 마치 전신(전쟁의 신)과 같은 기룡의 위풍에 눌려 덤비지도 못했다.

"아, 내 손가락!"

기룡은 포위를 뚫고 나오려다 말고 조경이 잘린 손가락을 아쉬워하자 다시 말 머리를 돌려 그가 꿇어앉아 있던 자리로 갔다. 잘린 손가락 세 마디가 땅에 떨어져 검붉게 변해 있었다. 기룡은 말에서 내려 장창을 땅에 꽂았다. 그러고는 손가락을 주워 품에 넣었다. 한쪽 팔로는 여전히 조경을 끼고 있었다.

기룡이 무방비 상태인 것을 본 일본군이 점점 거리를 좁히며 다가왔다. 바로 그때 큰 고함 소리가 났다.

"이놈들, 썩 비켜나지 못할까!"

이희춘, 정범례, 노함, 김태허가 각자 장창과 편곤을 휘두르며 일본군의 포위망을 헤치고 들어왔다. 그 틈을 타 기룡은 땅에 꽂아둔 장창을 뽑아 들고 다시 말에 올랐다.

기병들은 기룡의 주위를 맴돌며 소용돌이치듯이 일본군을 무찔러 그 반경을 넓혀 나갔다. 그러다가 가장 약한 곳을 집중적으로 쳐서 길을 열고 빠져나왔다.

조경은 오른손 손가락이 3개나 끊어졌고, 옆구리도 찔린 상태였다. 응급처치를 받은 그는 더 이상 지휘를 할 수 없었다. 의병장 장지현을 불러 지휘권을 넘겨주려고 했지만 그는 겸손하게 사양했다.

"소관은 늙어 판단력이 흐려져 있으니, 감사 영감이 적임이옵니다."

그리하여 조경은 경상 감사 김수에게 주장(지휘관)의 권한을 넘겨주었다. 김수는 그 자리에서 기룡에게 명령을 내렸다.

"골이 깊고 길이 없어 직지사에는 왜적이 침노하지 못했을 것이니, 방어사 영감을 그곳으로 호위해 모시게."

"소관은 이곳에서 왜적과 싸우겠사옵니다. 다른 사람을 보내시옵소서."

기룡이 가지 않으려고 하자 장지현이 타일렀다.

"이보게, 정 유격. 주장을 구하는 것도 전투의 승리 못지않게 중요한 일일세. 이곳의 뒷일은 우리에게 맡기고 어서 떠나게."

기룡은 김수의 명령과 장지현의 당부에 불복할 수 없었다. 군관 김태허와 휘하 장사들과 함께 추풍령을 뒤로하고 출발했다.

그것을 본 장지현이 혼잣말을 중얼거렸다.

"그대를 보내는 것은 뒤에 더 큰일을 도모하게 하기 위함일세."

장지현은 말에 올라 다시 쌍검을 빼 들었다.

"자, 지금부터 우리 모두 추풍령 귀신이 되어서 마음껏 놀아보자!"

김산 벌판에서 구로다 나가마사와 모리 데루모토가 지켜보는 가운데, 오토모 요시무네가 지휘해 앞쪽에서 밀고 올라오던 일본군 제3번대는 사부리 산마루에 있는 조선군의 진영 코앞까지 들이닥쳤다.

또 기카와 히로이에(吉川廣家)의 제7번대는 추풍령의 배후가 되는 난곡리로 잠입해 사부리 고개 앞뒤에서 조선군을 포위했다.

그들을 향해 활을 쏘던 산척 출신 의병들은 깍지를 낀 엄지손가락 마디가 새빨갛게 달아서 살갗이 벗겨지고 살점이 흐물흐물 떨어져 나갔다.

그들은 이를 악문 채 팔이 다 떨어져 나가라 화살을 시위에 먹여 쏘았다. 화살이 다 떨어지자 활을 잡은 팔과 깍지를 낀 팔을 축 늘어뜨리고는 감각을 잃어서 다시 들어 올리지 못했다.

"형님, 도저히 안 되겠사옵니다! 후퇴해야 하옵니다!"

장지현은 사촌동생 장호현의 말을 거부했다.

"죽기가 무섭거든 너나 달아나거라!"

두 손으로 쌍칼을 휘둘러 일본군 아시가루 대여섯 명을 베고 찔렀다. 장호현은 혼자 후퇴하지 못하고 또다시 애걸했다.

"형님!"

"네 이놈! 네가 우리 집안과 나를 욕보이려 하는구나! 네놈부터 목을 치랴?"

장지현의 서슬에 장호현은 더 이상 말을 못했다. 그 역시 장지현과 등을 맞대고 일본군과 맞서 싸웠다.

"호현아, 젊은 사람들이 다 죽는 자리에서 늙은 우리가 살아서 의리를 저버린단 말이냐?"

"형님, 흐흐흑!"

"이놈들아!"

장지현이 한 마리 대호처럼 눈을 부릅뜨고 말을 달려 돌격했다.

"탕, 탕, 탕!"

그는 얼마 가지 못해 일본군 뎃포 아시가루들이 쏜 화승총의 철환을 연이어 맞고 말 위에서 떨어졌다.

"형님!"

장호현이 뒤따라 달려가다가 퍼붓는 총탄에 맞았다. 그는 눈을 뜬 채 즉사해 굴러떨어졌다. 그것을 멀리서 본 황간 현감 정선복은 말을 돌려 숲속으로 달아나 버렸다. 주장과 장수들을 다 잃은 의병들은 분투를 하다가 장지현을 따라 하나둘 추풍령의 귀신이 되어갔다.

"뭐라고 전멸?"

직지사에서 구료를 하고 있던 조경은 방바닥을 치며 통곡했다.

"아, 결국 추풍령마저 무너졌구나."

군관 김태허가 아뢰었다.

"영감, 이제 이곳 직지사도 안전하지 못하옵니다."

조경은 통탄했다.

"내가 또 어디로 가야 한단 말인가!"

# 꿈꾸는 부왜들

## 1

"공짜로 쌀을 받아 처먹었으면 은혜를 갚는 게 도리가 아니냐?"

"양심이 좀 있거라. 이놈들아!"

그래도 농부는 한사코 쇠고삐를 놓지 않았다. 소와 함께 질질 끌려가며 애원했다.

"아이고, 나리. 소인이 쌀을 달라고 했사옵니까? 그저 나눠 준다기에 얼씨구나 하고 받았지요."

"그러니 쌀값을 하란 말이다!"

"그건 아니지요. 됫박 쌀을 주고는 저의 목숨보다 귀한 암소를 끌고 가다니, 결국엔 쌀 몇 되에 소를 내놓는 셈이 아니옵니까?"

"뭐라? 이놈이?"

부왜들은 농부를 소에서 떼내어 내동댕이쳤다. 농부는 땅을 치며 울었다.

"아이고, 내가 속았네. 속았어! 받아먹기가 당장에만 달콤했구나."

그의 아내와 아이들도 곁으로 와 같이 울기 시작했다.

"흐흐흑, 농사는 어찌 지으라고! 받아놓은 몇 줌 쌀이 바닥나면 이 어린것까지 꼼짝없이 다 굶어 죽게 생겼구나! 아이고, 이를 어째!"

박수영은 관아 향청에 제 거처를 마련해 놓고 부왜들을 거느리고 있었다. 배홍옥이 와서 아뢰었다.

"나리, 몇 마리를 잡고 있사오니, 곧 소고기 맛을 보실 수 있을 것이옵니다."

"으하하, 알겠네. 신상전 나리들 비위를 거스르지 않도록 각별히 조심하게."

"하온데, 계집들을 좀 건드려도 될런지요?"

"계집? 가만있자, 옳지, 좀 반반한 것들은 우선 나한테 데려와야 하네. 신상전 나리들부터 맛을 보셔야지."

읍성 동문 안에 살고 있는 한 양반가의 집 안으로 부왜와 일본군이 떼지어 들이닥쳤다. 그들의 횡포를 익히 듣고 있던 부녀들은 일찌감치 얼굴에 먹물과 잿물을 바르고 땟국이 줄줄 흐르는 차림으로 위장하고 있었다.

하지만 부왜들이 그런 얄팍한 수작을 모를 리 없었다. 젖은 면건을 가지고 다니면서 낯짝을 문질러 닦아서 멀쩡한 용모가 드러나면 다 손을 뒤로 돌려 묶었다.

"살려주오!"

"제발 좀 우릴 놔주오!"

절개를 목숨보다 중히 여긴다는 반가의 부녀들이었지만 막상 험한 꼴을 당하자 혀를 깨물고 자결하는 사람은 없었다. 그저 공포에 질려 흐느낄 뿐이었다.

아이들도 부왜와 일본군 앞에서 절름발이 흉내를 내거나 모자라고 미친 것처럼 침을 질질 흘리고 이상한 행동을 하곤 했다. 부왜들은 부모들이 다 일러준 대로 하는 것임을 단번에 간파했다. 버럭 호통을 치자 아이들은 주눅이 들어 더 이상 미친병이 들었거나 바보 행세를 하지 못했다.

박수영은 향청 뜰에 앉아 있는 부녀들을 살펴보고는 그중에서 반반한 사람들을 골라 상주의 신부사 고토 스미하루에게 바쳤다. 그러고는 나머지 사람들은 신부사 휘하의 왜장들에게 한 사람씩 나눠 주었다.

그들은 거부하는 부녀들을 폭행한 뒤에 실신시켜 강간했다. 그런 뒤에는 가둬놓고 데리고 살았다.

조선 여자들을 왜장에게 바쳐 상을 받은 부왜들은 신이 나서 고을고을마다 자색(미모)이 있다고 소문이 난 여자들부터 찾아다녔다. 그들은 발정이 난 들개처럼 돌아다녔다. 그 때문에 훤히 밝은 대낮에도 길에는 사람이 나다니지 않았고, 날이 어두워지고 밤이 깊어지면 여기저기에서 들려오는 비명 소리로 잠을 이루지 못했다.

왜장들은 부왜들이 잡아 온 여자를 며칠 데리고 강간하다가 영 마음에 들지 않으면 재물을 손에 쥐어주고는 선선히 풀어주었다. 박수영은 향청에 앉아 있다가 관아에서 나오는 그녀들을 데려다가 실컷 희롱을 하고는 돈주머니까지 빼앗고 나서야 내보냈다.

딸이나 아내가 왜적에게 잡혀 있는 양반 집안에서는 은밀히 호소를 하는 경우도 있었다. 그럴 때면 박수영은 흥정을 해 큰 대가를 받고 풀어주기도 했다. 엽전과 저화 이외에도 금은패물, 진상 백자, 명필가의 글씨와 그림 그리고 땅문서와 집문서 등 가리지 않았다.

"장사는 역시 사람 장사지. 암, 으하하!"

흑치(이를 검게 물들인 것)를 잔뜩 드러낸 일본군들은 귀신오라비에 다름없었다. 그들을 지로(길 안내)하고 다니는 부왜들도 돌아서서는 낯을 찡그리며 수군거렸다.

"아무리 좋은 세상이라도 저런 놈들과 섞여 살 생각을 하면 영 내키지 않으이."

"꼴이야 귀신이면 어떻고 도깨비면 어떤가? 신상전이 구상전보다 더 나
으면 그뿐이지."

"하긴 우리가 언제 이런 세상을 꿈이나 꾸었던가?"

부왜들은 빈 양반 집에 들어가 뒤졌다. 광에서 곶감이 나왔다. 일본군
에게도 나눠 주었다. 맛을 본 그들은 눈이 휘둥그레졌다.

"오, 천상의 맛이다!"

"신선의 음식이다!"

부왜들은 곶감을 가지고 와 박수영에게 아뢰었다.

"향장 어른, 왜놈들이 곶감을 처음 먹어본 모양이옵니다."

"아주 환장을 하옵니다."

박수영은 곶감을 가지고 가 고토 스미하루에게 바쳤다. 곶감 맛을 난
생처음 본 그와 그의 숙부 고토 하루마사는 삼시세끼 그것만 찾았다. 질
좋은 조선 쌀밥에 곶감을 반찬으로 해 마치 중독이 된 것처럼 먹는 것이
었다.

"백미 밥에 백시(곶감의 별칭) 반찬을 먹을 수만 있다면 저승이라도 마
다하지 않겠노라."

북천 전투에서 조선군이 대패한 뒤 노음산을 넘어 화령으로 피난 가
있던 사람들은 먹을 것이 없어 굶주리고 있었다.

피난민들 틈에 섞여 있던 낙동의 부호 조정은 읍내에 사는 동생 조익의
집으로 집안 종들을 보내 양식을 구해 오게 했고, 같은 고을 사람인 장사
김일이 그들을 데리고 갔다. 그런데 읍시에 숨어든 것이 그만 부왜들에게
발각되어 김일과 사내종들은 다 뿔뿔이 달아났다.

걸음이 느려 붙잡힌 여종 춘매와 운월은 고토 스미하루와 고토 하루
마사에게 바쳐졌다. 다음 날 춘매는 풀려났지만 운월은 얼굴이 반반하다
고 해 늙은 고토 하루마사가 곁에 두고 첩으로 삼았다.

읍내에서 다시 산으로 도망쳐 온 종 범개로부터 그 소식을 들은 조정은 땅을 치며 탄식했다.

"아, 인간 세상이 아니라 바로 지옥이구나."

굶주리고 있던 피난민들이 눈여겨본 곳은 화령창이었다. 그곳에는 관곡 수백 섬이 저장되어 있었다. 그리고 순변사를 영접한다는 핑계로 달아났던 상주 목사 김해가 그곳에 숨어 있었다.

"사또, 관곡을 풀어 기민(굶주린 백성)을 먹이소서."

"그럴 수 없다."

사민(양반과 평민)들의 분노가 점점 커졌다. 읍성을 버리고 도망쳐 온 목민관이 꼴 보기 싫은 데다가 백성은 안중에도 없으니 그를 힐난하는 목소리가 점점 커졌다.

그러던 중에 화령창이 열리기만 기다리면서 문 앞에서 진을 치고 있던 사람들 사이에 소문이 빠르게 번졌다.

"화령현 아전들과 관창의 서리들이 몰래 뒷구멍으로 관곡을 빼냈다는구먼?"

"뭐라고? 이것들이 너무하는군그래."

화가 난 사람들은 양반 상민 할 것 없이 아전과 창리의 집으로 난입해 숨겨둔 곡식을 다 찾아내 가져갔다. 그 뒤로는 굶주린 사람들이 모두 강도나 다름없었다. 남이 먹고 있는 것을 빼앗는 것도 예사였다. 다들 아귀처럼 먹을 것에 혈안이 되었다.

백성들을 참혹하게 하는 것은 굶주림 외에도 더위였다. 불 땐 아궁이처럼 달아오르는 한여름 날씨에 하나둘 더위 병이 들어 쓰러졌다. 씻지 못해 냄새 나는 사람들이 모여 있으니 전염병까지 창궐해 지옥 속에 있는 것과 다르지 않았다.

읍내에 사는 백성들의 상황도 별반 다를 바 없었다. 관곡 십여 만 곡을 일본으로 보낸 뒤 남은 것으로 군량과 진휼을 충당하던 일본군은 관창이 바닥을 드러내자 배급을 중단했다.

왜군들이 마소를 잡아먹기 시작한 뒤로 백성들도 가만히 있지 않았다. 가만히 앉아서 빼앗기느니 차라리 우리가 잡아먹고 말자며 다 잡아먹었다. 그리고 일본군이 공짜로 나눠 주는 곡식에 길들여져서 뙤약볕 아래에서 힘겹게 농사를 지으려 하지 않았다. 농사일로 바빠야 할 산과 들에는 일하는 사람들을 찾아볼 수 없었다.

"조금 있으면 신상전이 또 나눠 주겠지."

"아무렴. 그래야 신상전이지."

배급이 늦어지자 민심은 점점 악화되었다. 여기저기에서 폭동이라도 일어날 분위기였다. 낫이며 괭이를 들고 관아로 들이닥친다면 일본군이 감당하기 힘들 것이었다. 읍성에 주둔하고 있는 아시가루들이라고 해봐야 불과 수백 명이었다.

책사 고토 하루마사가 건의했다.

"쌀을 못 주는 대신에 곡표라도 나눠 주어야 하옵니다."

"곡표?"

"그러하옵니다. 일종의 어음 같은 것이옵니다. 추수를 할 무렵이 되는 두 달 뒤에는 곡식으로 바꿀 수 있다고 하면 진정될 것이옵니다. 원래 조선인들은 참을성이 많아서 기다릴 것이옵니다."

"그럼 두 달 뒤에는 무슨 묘안이라도 있는가?"

"그때는 우리가 갈려서 가고, 읍성에 다른 번대가 들어올 것이니 무슨 상관이겠사옵니까?"

"하핫, 역시!"

대나무 쪽으로 만든 곡표를 나눠 주기 시작했다. 백성들은 그러면 그렇지 하고 식구 수대로 받아 갔다. 이어 신목사 고토 스마하루는 포고령을 내렸다.

"가을에 조세를 반만 받겠노라. 그러니 다들 농사에 힘쓰라."

나라에 바치는 세액을 반으로 뚝 감조(감세)해 준다는 방이 나붙었다. 백성들이 신상전을 칭송하기 시작하자 고토 스미하루는 내친김에 더 질렀다.

"소작을 해온 사람들에게는 양반들의 전답을 몰수해 나눠 주겠노라."

때를 맞춰 부왜들은 노략질을 멈추고 고을마다 돌아다니며 일본군이 내놓은 정책들을 적극적으로 홍보했다. 백성들은 귀가 솔깃했다.

"신상전이 오시니 정말 새 세상이 열리려나 보네?"

"양반들 땅을 나눠 받았다가 뒷감당은 어찌하누?"

"무슨 뒷감당? 이제 옛 상전은 끝났네. 그들은 이제 우리 상전이 아닐세."

"암, 세상이 바뀌었지."

흥흥하던 민심은 부왜들의 선동으로 다시 반전되었다. 어느 날, 읍성 남문 안 상주 최고의 부호 정춘모의 빈 저택 대문에 큰 종이가 나붙었다.

"임금과 신하와 양반 옛 상전들은 살기 위해서 도망갔고, 우리 흙투성이들은 살기 위해서 신상전에 빌붙었다. 너희들이 살기 위해 도망간 것처럼 우리도 살기 위해 빌붙었다.

우리는 죽어라 농사짓고 요역하고 부세해 너희를 먹여 살렸지만 너희는 우리를 보호해 주지 않았다. 오히려 우리를 버리고 달아났다. 너희 것만 목숨이고 우리 것은 목숨이 아니란 말이냐?

우리를 지켜줄 알았던 상전이 꽁무니를 빼며 달아난 자리에 신상전이 왔다. 그들은 우리를 보호해 주겠다고 했다. 우리는 그들을 따랐다. 무엇이 잘못이냐?

나라는 임금의 것이고 신하들의 것이고 양반들의 것이지 우리의 것이 아니다. 우리는 이 나라의 주인이 아니다. 고귀한 주인의 천한 종일 뿐이다. 나라가 어떻게 되든 그건 우리가 알 바 아니다. 나라 이름이 조선이든 일본이든 명이든 우리는 언제나 종이다. 종은 아무 상전이나 떠받들고 살면 그만이다.

주인인 너희들은 목숨이 아까워 도망갔는데 종인 우리가 왜 죽음을 무릅쓰고 싸워야 하나? 종이니까 싸워야 한다면 너희들의 종노릇을 더 이상은 하지 않겠다. 이제 경고하느니, 여전히 상전 노릇을 하고 싶다면 다른 종을 찾아서 상전 노릇을 하되, 다시는 이곳으로 돌아오지 말라."

방을 읽어본 백성들은 수군거리며 고개를 끄덕였다.

"양반이 보이면 신상전한테로 끌고 가자!"

"맞다! 그래야 한다!"

"양반들의 씨를 말리자!"

"이제부터는 신상전을 받들어 우리의 세상을 만들자!"

"신상전 밑에서 그 좋은 벼슬도 해보자!"

화령에서 양식을 구하러 읍내로 갔다가 고향인 낙동 장천 고을로 도망쳐 온 장사 김일은 근처의 양반들을 모아놓고 말했다.

"내가 살펴보았더니, 읍성을 지키고 있는 왜적은 불과 수십 명이오. 그런데 많은 이들이 피난을 가거나 숨어버려서 그놈들을 쳐 죽일 계책은 있으나 사람이 없소."

"몇 명이나 있어야 되겠소?"

"5백 명만 모은다면 읍성을 탈환할 수 있을 것이오."

"그러면 우리가 각자 할당해 사람을 모으기로 하십시다."

"지체하다간 새 나가기 쉬우니, 당장 거사를 하는 것이 좋겠소."

"좋소. 내일 새벽 일찍 고을 어귀에서 모입시다."

철석같이 약속을 했지만 이튿날 새벽에 나온 양반들은 거의 없었다.

장사 김일은 탄식했다. 휘하의 장정과 모인 사람들은 다 합쳐봐야 수십 명이었다. 그들만으로는 일본군의 화승총을 감당할 수 없었다.

"아, 어떻게 해볼 도리가 정녕 없단 말인가?"

"나리, 들리는 소문에 왜군의 후발대를 실은 배가 죽암나루와 병성나루에 들어왔다고 하옵니다."

그나마 모였던 장정들이 서로 눈치를 보다가 하나둘 뒷걸음치며 달아났다. 김일은 의병을 모을 방법을 고심했다.

"지금 왜적이 득세한다고 해도 그리 오래가지 않을 것이다. 곧 명나라에서 백만 대군을 보내어 물리치게 할 것인데, 그때가 되어서도 왜적의 편이 될 것인가, 아니면 조명 연합군의 편이 될 것인가?

바야흐로 전쟁이 끝나고 나면 필시 논공행상이 있을 것이다. 왜적을 물리친 훈공이 있는 천서인(천민과 서얼)과 양민은 다 벼슬을 받게 될 것인데 그리되면 그대들도 귀하게 되고, 또 그대들의 자손들도 다 양반이 될 길이 열리게 된다.

의병에 참여해 나라를 구하고 공신이 될 것인가? 아니면 부왜해 천추의 역적으로 이름을 남길 것인가?"

김일의 격문은 효과가 있었다. 얼마 지나지 않아 장천으로 수백 명의 장정이 모여들었다. 김일은 그들을 한 사람 한 사람 격려하며 흐뭇하게 여겼다.

"모두 옷깃에 이름을 신표하게. 그래야 뒷날 누구인지 알 수 있을 것이네."

장사 김일은 더운 김이 가라앉기 전에 그들을 이끌고 읍성으로 쳐들어갔다. 아무런 책략도 없이 장천에서부터 읍성으로 행군을 하니 소문이 나지 않을 리 없었다. 정한 데 없이 쏘다니던 부왜들의 눈에 띄었고 곧바로 일본군에게 알려졌다.

의병들이 읍성 밖에 다다라 막 남천을 건너려는데 이미 천변의 무성한 풀숲에 매복해 있던 일본군이 별안간 화승총을 난사했다. 그리하여 김일이 이끄는 어설픈 의병은 전원 몰살을 당하고 말았다.

가은현에서는 전 훈련원 봉사 송건이 의병 1백여 명을 이끌고 활로써 일본군을 대적했다. 왜적은 화살을 맞아 죽고, 의병은 철환에 맞아 죽었다. 양쪽 다 물러서지 않고 부지기수로 죽어나가는 겨를에 의병장 송건도 장렬히 전사했다.

"의병들이 다 당했다는군."

"계란으로 바위치기일 뿐이지."

의병이 낙동 고을과 가은현 두 곳에서 나타나자 일본군은 다른 곳에서도 잇달아 일어날까 봐 그 싹을 없애버리려고 대대적인 수색을 펼쳤다. 왜병들은 김일의 세거지인 장천을 시작으로 화령현 일대와 화북을 거쳐 가은현까지 의병이 웅크리고 있을 만한 곳은 모조리 찾아가 습격해 불태웠다.

"왜적이 불과 20리 밖에 있사옵니다."

우복동 촌장 김중섭은 고심했다. 마을을 비우고 다른 곳으로 피난을 가야 할지, 아니면 마을을 사수해야 할지 선택을 해야 했다.

"마을을 불태우고 떠나야 하옵니다."

"아닙니다. 우리 마을로 찾아들기란 쉽지 않사옵니다."

"밥 짓는 연기가 들키지 않으리란 보장이 어디 있는가?"

"많은 사람들을 데리고 어디로 간다는 말이오? 갈 데가 있기나 하오?"

"차라리 싸워 지킵시다!"

촌장 김중섭은 결단을 내렸다.

"간난(힘들고 고됨)한 세상살이를 하는 바깥사람들은 대대로 우리 우복동을 떠올리며 위안을 얻었네. 우리가 만약 여길 떠난다면 백성들은 아무 기댈 데가 없어지네."

김중섭은 잠시 말을 끊었다가 이었다.

"우리 마을에는 병란이 안 든다고 했으니, 정말 안 드는지 우리 모두 떠나지 말고 지켜보기로 하세."


## 2

우북산 기슭 계정에 삼망의 벗들이 모여들었다. 정경세는 고 정여관의 상중임에도 불구하고 참석했다. 오랜만에 초당 안팎을 둘러본 정경세는 고개를 갸웃했다.

"사람이 있다가 간 흔적이 있는데 누가 다녀갔을까?"

"피난민이겠지."

좌중은 대수롭지 않게 여겼다. 북천 전투에서 일본군에 대패한 이래 피난민들이 온 사방으로 흩어졌기 때문에 깊은 산속까지 그들의 발길이 미치지 않는 곳이 없었다.

"추풍령도 무너졌다니 이제 원군을 기대하기는 글렀네."

"옳은 말일세. 이제 우리 손으로 왜적을 물리치지 않으면 안 되네."

"상주에 있는 왜적이라고 해봤자 읍성과 당교에 있는 놈들이 다인데 그 숫자가 얼마 되지 않는다고 들었네."

"만약 우리가 그들을 다 토벌하고 나면 다른 곳에서 또 충원될 것이 아니겠는가? 그러면 상주로 들어와 백성들에게 크게 보복을 할 텐데."

"가만히 앉아 있으면 저들이 횡포를 그치고 물러가겠는가? 징녕 저들의 만행과 속셈을 모르고 하는 소리인가?"

"우리가 창의(의병을 일으킴)를 한다면 다른 고을에서도 들고 일어날 것이네."

"의병을 모으자면 군량이 가장 중요하지 않겠는가?"

정경세와 정춘모가 마주 보았다.

"내가 유촌과 함께 대비해 놓은 것이 조금 있네."

좌중은 두 사람의 혜안에 감동했다. 정경세는 전에 과거 보러 가는 길에 만났던 유생원이라는 노인의 말이 하나도 틀리지 않은 것에 새삼 놀랐다. 임진년에 병란이 있을 것이니 조심하라던 말이 바로 어제 들은 듯했다.

"그러면 격문이라도 한 장 써 붙여야 하지 않겠는가?"

전식의 말에 정경세는 그 자리에서 서중문(여러 사람에게 맹세하는 글)이라는 제하에 일필휘지했다.

"……무릇 사태가 중대할 때에 맹세를 하는 것은 오랜 도리다. 우리는 무엇을 위해 맹세하는가? 바로 왜적을 토벌하기 위해 맹세하는 것이다. 사람이 하늘로부터 타고난 떳떳한 성품이 없다면 할 수 없지만, 그것이 있을진대 금일의 맹세를 어찌 한시라도 늦출 수 있겠는가…….

입으로 피를 뿜어내고 머리 밑에 창을 베개 삼는 의분(불의를 보고 일으키는 분노)은 서로 말하지 않아도 다 알 수 있는 것이다. 이러한 일은 누가 억지로 시켜서도 아니고 공을 이루어 자랑하기 위해서도 아니다…….

왜적의 창검이 이르는 곳마다 우리의 부모 형제와 처자, 친척이 죽어 넘어져 썩게 되었는데, 이 철천의 치욕과 불구대천의 원수는 조선 사람이면 너 나 할 것 없이 모두 반드시 갚아야만 하고 꼭 씻어내어야만 한다.

바야흐로 인정과 천리가 다급하고 황망한 지경에 이르렀으니 다시 돌이켜 무엇을 더 생각하겠는가? 왜적을 토멸하는 것을 그 무엇보다 시급한 일로 삼고서 바로 지금이 우리들이 목숨을 바칠 날이다……."

벗들은 다들 고개를 끄덕였다.

"자, 경임의 글을 등사해 온 고을에 내다 붙이기로 하세."

좌중은 붓을 들어 종이를 있는 대로 꺼내 베껴 썼다. 종이가 다하자 각자 수십 장씩 둘둘 말아 쥐고 일어섰다.

계정을 나서려는데 건너편 물가에 웬 사람이 피투성이가 된 채 쓰러져 있었다. 정춘모와 이축이 얼른 달려갔다. 이축이 엎드려 있는 사람을 뒤집어 안아 일으켰다. 그러고는 코에 손을 대보았다.

"아직 숨은 붙어 있습니다. 젊은 사람이 북천에서 싸웠던 것 같군요."

이무기 무늬가 있는 장창 한 자루를 편초로 손에 묶어 쥐고 있었다. 혼절해 있는 중에도 장창을 놓지 않고 있는 것이 신기했다. 이축은 정춘모의 도움을 받아 얼른 들쳐 업고 계정의 방 안으로 가서 눕혔다. 정춘모가 일행에게 말했다.

"먼저들 떠나게. 우리는 이자가 깨어나도록 돌본 연후에 돌아가겠네."

외남 고을, 청리 고을, 공성 고을 등 세 고을에서 의병에 참여하겠다는 사람이 많았다. 정경세는 같이 청리에 살고 있는 전 내금위 군관 김사종과 의논했다. 그는 창의를 흔쾌히 받아들이고 상무계에 동원령을 내렸다.

김광두는 재종형 김사종이 의병장을 맡게 되자 종형 김광복, 권서 등과 함께 적극적으로 도왔다.

맹렬한 더위와 전염병이 돌고 있는 가운데 정경세가 쓴 서중문을 읽고 모여든 사람이 무려 1천5백 명이나 되었다. 정경세는 백화산 옛 산성 폐우물 속에 감춰둔 양식을 일부 내놓았다. 굶주리고 있던 의병들의 사기가 불타올랐다.

김사종은 김광두, 김광복, 이축을 시켜 청리 고을과 공성 고을 사이 남천 가에 있는 활터 용운정에서 의병들에게 궁술과 창검술 훈련을 시켰다.

용운정은 김천에서 상주로 가는 길목일뿐더러 선산 방향에서도 상주로 가려면 반드시 거쳐야 하는 요처에 있었다. 그리하여 그곳에 결진하고 있으면 유사시에 즉시 여러 곳으로 출전이 가능했다.

또한 권서는 청리천과 남천이 합수하는 주막에 매복하고 있으면서 읍성에서 청리로 들어올지도 모르는 일본군의 동태를 염탐하는 척후의 임무를 맡았다.

김사종은 의병들을 1초(군사 125명)씩 편제해 선봉 돌격장으로 이축을 선임했다. 이축은 그들을 이끌고 다니며 부왜들과 함께 몰래 세 고을로 숨어드는 일본군을 여러 차례 기습 공격해 무찔렀다.

그리하여 상주 읍내에 있는 부왜와 일본군은 외남, 청리, 공성 등 세 고을 쪽으로는 더 이상 얼씬도 하지 않았다.

"윤업이 무예가 상당하구나."

"아무렴. 목숨을 구해준 값은 해야지."

윤업은 말이 없었다. 애복이와 걸이의 소식을 모르는 마당에 섣불리 움직일 수 없었다. 그들의 소식을 듣기 전까지는 기룡의 절친인 정경세 곁에 있기로 작정한 터였다. 계정에서 여러 날 구완을 해준 정춘모와 이축의 은혜도 아직 갚지 못하고 있었다.

"큰일났사옵니다! 왜적이 쳐들어오고 있사옵니다!"

"숫자가 얼마나 되느냐?"

"수백 명은 되옵고, 전부 조총을 들고 있사옵니다!"

일본군은 작정을 하고 안령(상주 외남면에서 공성면 사이에 있는 낮은 고개)으로 접근하고 있었다. 그간 세 고을 여기저기에서 죽어간 아시가루들의 복수를 하려는 것이었다.

"막아야 한다! 안령이 무너지면 청리와 공성까지 왜놈들에게 짓밟히게 된다!"

김사종은 의병들을 모두 집결시켰다. 그러고는 비장한 각오가 서린 목소리로 말했다.

"결사 항전이란 말은 오늘을 두고 할 수 있는 말이다. 우리 모두 죽음으로써 우리의 부모 형제와 처자가 사는 고을을 지켜내자!"

"와아!"

"자, 가자!"

일본군의 움직임을 제대로 살펴보지 않고 단번에 전면전으로 나선 것이 실수였다. 왜군은 병력을 세 갈래로 나눠 측면 공격을 더 세차게 해왔다. 삼면에서 화승총의 철환이 모래를 뿌린 듯이 날아들자 의병들은 속절없이 무너져 갔다.

남천 가 용운정으로 후퇴를 했다가 다시 합전을 벌였지만 이미 안령을 넘어온 일본군의 기세가 드높았다.

"이놈들이 어딜 감히!"

의병장 김사종은 말을 타고 달리며 활을 쏘아 일본군 야리 아시가루 예닐곱 명을 꼬꾸라뜨렸다. 동개에 손을 뻗어 화살을 집으려다 다 떨어진 것을 알고는 칼을 빼 들었다. 왜병 하나를 내리치려는 순간 뎃포 아시가루가 쏜 총탄에 발꿈치를 맞고 말았다.

김사종은 뜨거운 불 꼬챙이가 발을 쑥 찌르는 듯한 고통에 얼굴이 일그러졌다. 하지만 한 손으로는 말고삐를 잡고 또 한 손으로는 칼을 휘둘러 일본군의 목을 쳐나갔다. 그러는 동안 그의 뒤에서 안간힘을 쓰며 싸우고 있던 김광복이 머리에 총을 맞고 즉사했다.

"야, 이 죽일 놈들아!"

함창 사람으로서 환갑을 앞둔 홍약창은 김광복이 쓰러지는 것을 보았다. 그는 고함을 치면서 장창을 휘둘러 싸웠으나 점점 힘에 부쳐 몰려드는 일본군의 장검에 장렬히 전사했다. 홍약창의 아들 홍민헌이 말을 달려 아버지를 구하려다가 미처 이르지도 못한 채 같은 길을 가고 말았다.

청리로 몰려든 일본군은 닥치는 대로 사람들을 죽였다. 이전, 이준 형제의 부모인 이수인과 신씨가 왜검에 찔려 유명을 달리했고, 진사 정국성과 황유원도 사력을 다해 싸우다가 죽었다.

김신과 그의 세 아들 김유성, 김유진, 김유휘가 함께 맞서 싸우다가 차례로 쓰러졌다. 군량을 운반해 오던 김유문이 아버지와 세 형들이 죽는 것을 보고는 눈이 뒤집혀 싸움터에 뛰어들었다가 일본군이 쏜 죽궁(나무에 대나무를 대어 만든 일본군의 활)에 맞아 눈을 뜬 채 숨을 거뒀다.

혼신을 다해 대적하던 정경세는 전황이 여의치 않음을 깨닫고 아우 정흥세와 함께 어머니 이씨를 번갈아 업으면서 후퇴를 했다. 뒤따라온 일본군 유미(활) 아시가루가 쏜 화살에 맞고 말에서 낙상을 했는데, 그만 십여 길 절벽 아래로 굴러떨어져 버렸다.

형을 잃은 정흥세는 울면서 홀로 어머니를 업고 달아나다가 끝내 힘이 다해 어머니 이씨와 더불어 일본군의 창검에 목숨을 잃고 말았다.

정경세는 절벽 밑에 떨어져 한동안 기절해 있다가 기사회생했지만, 이미 어머니와 아우가 운명을 달리한 뒤였다. 정경세는 두 사람이 죽었다는 말을 듣고는 땅을 두드리며 방성대곡을 했다.

"아이고, 아이고, 아이고오! 아버님의 상중에 어찌 이런 절통한 일이!"

두 차례의 접전 끝에 1천5백여 의병은 참패하고 말았다. 반은 죽어서 안령 고개 여기저기에 널브러져 싸늘히 식어가고 있었고, 반은 종적 없이 흩어져 모습을 감췄다. 정경세는 백화산 깊은 산속으로 피신했다.

"김 내금위께서 방금 전에 운명하셨사옵니다."

김사종은 총에 맞은 발꿈치가 부어오를 대로 부어올랐지만 치료할 길이 없어 허망하게 숨을 거뒀다. 정경세는 화살을 뽑아낸 어깨에서 피가 흘러나오는 것도 잊고 방바닥을 내리치며 다짐하고 또 다짐했다.

"내 기필코 저놈들의 염통을 도려내리라!"

어깨의 상처를 어느 정도 회복한 정경세는 피눈물을 흘리며 어머니 이씨와 아우 정흥세의 장례를 치렀다. 그리고는 상중임에도 불구하고 상장

(상주의 지팡이)과 수질(상주가 머리에 두르는 띠)을 내던지고 창을 잡았다.

은척 황령사에서 창의가 있다는 소문이 들려왔다. 정경세는 조금도 주저하지 않았다. 찰방을 역임했던 권경호 등과 함께 찾아갔다. 전 청주 목사 이봉과 함께 온 산척이 십수 명이 되었고, 함창을 비롯한 인근 고을에서 양반 출신이 40여 명, 평민 이하가 수십 명이었다.

"정 한림(예문관 검열 벼슬을 예스럽게 일컫는 말)이 오시니 만군을 얻은 듯하외다."

"아무 도움도 아니 될 줄은 알지만 가만히 있을 수 없어 찾아뵈었사옵니다."

"아니오. 어찌 그런 말씀을 하시오?"

이봉은 정경세를 크게 반기고는 군율 3장과 왜적에 맞서 싸우다가 죽을 것을 함께 맹세하는 동맹록을 적도록 했다. 그런 다음 창의군의 직책을 나눴다.

대장은 이봉 자신이 맡고, 중위장으로 이천두, 상주 소모관으로 정경세, 용궁 소모관으로 강주, 함창 소모관으로 권경호, 문경 소모관으로 신담을 뽑았다.

또 창의군 중군으로 곽수인, 별장으로 김각, 도청으로 송량과 채유희, 군기 유사로 강응철, 조광벽, 이홍도, 조극신, 군량 유사로 전식, 조정, 홍수약, 정발, 곽수지, 문서 유사로 조우인, 김광두, 정윤해, 김혜를 앉혔다.

기고 유사로 최정호, 정월, 기고관(깃발과 북을 담당하는 군관)으로 채유종, 병방 봉사로 김사종(앞서 죽은 내금위 김사종과 동명이인), 선봉장으로 윤식, 돌격장으로 이축, 척후장으로 신응윤을 선임했다.

그 밖에 장서로 채천서, 홍경업, 신문숙, 김경추, 신추백, 권여림, 이사회, 이사황을 두었고, 신복다물리 등 양반이 아닌 자들을 의병 군사로 삼았다.

"자, 이제 다들 북 향사배를 올리세."

상주에서 창의한 사실은 거창에 있던 경상 우감사 김성일에게 알려졌다. 그는 조정에 장계를 올렸다. 임금은 상중임에도 불구하고 왜적을 토벌하는 데 앞장선 정경세를 예조 좌랑에 제수했다.

하지만 정경세는 조금도 망설이지 않고 사직소를 올렸다.

"……하옵고 아뢰옵기 황공하오나, 그때에 왜적의 무리를 쳐서 참획한 훈공은 모두 김광복 등 여러 사람이 세운 것이옵고, 미신(미미한 신)은 티끌만 한 공을 세우지 못했사옵니다.

의진이 안령 고개와 활터 용운정에서 참패를 했을 적에 미신의 어미와 아우가 그곳에서 죽었사옵니다. 그런데도 불초한 저는 어미의 곁에서 죽지 못하고 어깨에 화살을 맞고는 까마득한 절벽 아래로 굴러떨어졌다가 겨우 살아나 목숨을 부지했사옵니다.

그리하여 천지간에 외롭게 살아 있게 되었는데, 다른 사람을 대할 면목이 조금도 없어 부끄럽고 애통하기만 할 뿐이옵니다.

지금 성상으로부터 대은이 내려왔사온데, 신이 만약 관직을 사양하지 않는다면, 이는 부모 형제의 시신을 팔아서 일신을 이롭게 하는 것이옵니다. 그러니 신이 어찌 차마 이것을 받을 수가 있겠사옵니까……."

그래도 임금은 사직을 허락하지 않았다. 정경세는 어머니와 아우의 원수를 갚아야 한다며 꿋꿋하게 버티며 끝까지 벼슬을 받지 않았다.

8월에 들어서면서부터 창의군 대장 이봉은 직접 의병을 이끌고 치고 빠지는 수법의 유격전을 펼쳤다. 가은현 들판에서 올벼를 베고 있던 일본군 아시가루 십여 명을 처치하고 그들이 부리고 있던 마소와 장검과 화승총을 전리했다.

그 사실이 퍼져 나가자 오후가 되어 황령사 의병소에 함창의 관군 40여명이 자발적으로 찾아왔다.

"함창 현감의 허락이 있어야 되네."

그들은 문서를 내놓았다. 그들이 의병에 소속되는 것을 허락한다는 글월과 현감의 직인이 찍혀 있었다.

의진은 사기가 올랐다. 그리하여 연이어 일본군을 사살하는 전과를 올렸다. 돌격장 이축은 윤업과 함께 송원현(상주 사벌면 목가리에 있는 고개) 어귀에 매복하고 있다가 지나가던 일본군 6명을 쳐 죽이고, 장검 6자루, 철환과 화약이 장전된 화승총 6개를 탈취했다.

그로부터 이틀 뒤에는 좌막 송언명과 장서 박응광이 함창 관군과 의병을 편제한 90명을 거느리고 가은으로 진격해 노략질을 하러 왔던 일본군을 몰살시켰다.

창의군이 일본군과 싸울 때마다 전공을 거두자 함창 현감 이국필은 자기의 예상과 다른 것에 시기심이 일어 의진의 활동을 훼방하기 시작했다.

"의병에 참여하고 있는 사람들이 가지고 있는 궁시를 다 거둬들이도록 하라."

이봉이 크게 화가 나 물었다.

"군사들의 무기를 거둔다니, 어인 까닭이오?"

"곧 한양에서 관군이 올 터이니 그들이 사용해야 옳지 않겠소?"

"한양은 왜적의 소굴이 되어 있는데 무슨 관군이 온단 말이오?"

"그렇다면 그런 줄 아시오!"

이봉은 하는 수 없이 무기를 다 반납했다. 그런 뒤에 부러지고 깨진 것을 수리해 쓰려고 했지만 이국필은 궁장과 철장(대장장이)에게 의병들의 무기는 고쳐주지 못하게 했다.

"도대체 함창 사또가 왜 그런 심술을 부리는 것이옵니까?"

"의진에서 올린 전공을 자기한테 넘겨주지 않기 때문에 그러는 거지."

"가만히 앉아서 남의 공을 가로채려 들다니 참으로 한심한 작자로

군요."

"그게 이 나라 벼슬아치들의 진면목일세."

무기 이외에도 군량 문제가 심각해지고 있었다. 화령에 있다가 다시 화북 깊숙이 용화 고을(상주시 화북면 운흥리)로 몸을 피한 상주 목사 김해는 관창 열쇠를 꼭 쥐고 내놓지 않았다. 함창 현감 이국필도 의병에게 군량을 지원할 뜻이 조금도 없었다.

정경세는 칠봉산 중턱 암굴에 감춰놓은 것이 있었지만 아직은 그것을 꺼내 쓸 때가 아니라고 판단해 함구했다.

창의군 대장 이봉은 몇 사람을 장막으로 불러들였다. 상주 소모관 정경세, 함창 소모관 권경호, 문경 소모관 신담과 좌막 겸 장서 조정이었다. 조정은 경상 우감사 김성일의 조카사위여서 여러 소모관들과 함께 보내려는 것이었다.

"감사또께 군량을 좀 청해보도록 하게."

네 사람은 말을 달려 거창으로 김성일을 찾아갔다. 김성일은 그들에게서 상주 창의군 의진의 곤욕스러운 상황과 함창 현감 이국필의 횡포를 들은 뒤에 이맛살을 찌푸렸다.

"그런 고약한 자가 다 있나?"

김성일은 그 자리에서 함창 현감 이국필을 파직하고, 함창의 기개 높은 의병장 고상안을 가현감으로 삼았다.

"앞으로는 관군이어도 구애받지 말고 향병을 소모해도 좋네."

김성일은 거창 군수 정삼섭에게 조카사위 조정 가족이 먹을 양식을 여유 있게 주라고 지시한 다음, 숨어 있는 상주 목사 김해에게는 왜적과 맞서 싸우라는 엄중한 명령을 하달했다. 또 상주, 함창, 문경의 각 소모관에게 군향 50석, 각궁 10장, 죽시(신우대로 만든 화살) 20짐을 내주었다.

그들은 기쁜 마음으로 받아 가지고 상주로 돌아왔다. 바로 그때, 읍내에 잠입해 있던 척후로부터 믿기지 않는 첩보가 날아들었다.

"상주에 있는 왜군들의 동태가 심상찮사옵니다. 다들 읍성에서 떠날 채비를 하고 있는 것 같사옵니다."

"그럴 리가 있나?"

평양성 전투에서 번번이 승리를 거두고도 일본군은 임금이 몽진해 있는 의주를 향해 더 이상 진격하지 않았다. 각 번대의 대장들은 한양에서 회의를 열고, 식량 부족과 명군의 참전에 대한 대책을 마련했다.

그리하여 침략 당초의 계획을 바꿔 군사를 재배치했다. 개성에 주둔하고 있던 제5번대의 왜장 도다 가츠타카(戶田勝隆)의 군대를 후방으로 빼상주에 주둔시켰다. 군사 수만 해도 4천 명이나 되었다. 또 초소카베 모토치카(長宗我部元親)가 이끄는 3천 명을 당교(문경과 함창 일대)에 배치시켰고 미야베 나가히로(宮部長熙)의 1천4백여 군사는 선산으로 보냈다.

일본군이 군사를 후방 배치한 것은 그들 나름대로 속셈이 있었다. 명군이 대거 참전하면 식량이 부족한 일본군이 견디기 힘들다고 판단해 우선 조선에서 곡식이 가장 많이 나는 충청, 전라, 경상의 삼남만 일본의 영토로 복속하겠다는 전략이었다.

"왜적들이 유곡역 일대에서 수십 리나 행군하고 있사옵니다!"

창의군 이봉이 직접 의병을 이끌고 가보니, 과연 장엄한 행렬이었다. 섣불리 공격을 했다가는 반격을 당하기 쉽다고 판단했다. 그런데 몰래 숨어서 정탐하고 있는 것이 일본군에게 발각되었다. 이봉은 서둘러 후퇴했지만 장서 김이경 등이 안타깝게도 일본군의 총탄에 맞아 전사하고 말았다.


"다들 어서 따라오게."

"예, 향장 어른."

박수영은 부왜들을 이끌고 북천 건너까지 나가서 수백 명의 일본군을 이끌고 가는 고토 스미하루를 환송하고, 수천 명을 거느리고 입성하는 도다 가츠타카를 영접했다. 고토 하루마사는 새로 부임하는 도다 가츠타카에게 자신의 애첩 운월을 선물로 주었다.

부왜들이 수군거렸다.

"더 많은 신상전의 군사가 와서 든든하구먼그래."

"평안도까지 갔던 일본의 맹병들이 수천 명이나 되니 의병이고 관군이고 이제 다 죽은 목숨이지. 으하하."

부왜들은 더욱 난폭하게 굴며 돌아다녔다. 그동안 끈질기게 전 낙동나루 행수 이상원을 찾아 헤매던 배홍옥은 결국 그를 무임포(사벌 하상도 앞에 있는 나루)에서 찾아냈다.

"이놈! 내가 누군지 알겠느냐?"

"아니, 자네는?"

"자네? 이놈이 아직도 세상 바뀐 줄을 모르는구나."

배홍옥은 낙동나루에서 자기를 괄시했던 이상원의 한쪽 귀를 잘라버렸다.

"으아악!"

이상원은 땅바닥에 나뒹굴었다. 배홍옥은 졸개들에게 말했다.

"이놈을 데려가서 마음대로 부리게."

매일 얻어맞고 걷어차이면서 굴욕적인 종노릇을 하던 이상원은 드디어 부왜들로부터 탈출해 청리 쪽으로 달아났다.

"박수영, 배홍옥 이놈들! 이 원한은 지옥 끝까지라도 가서 반드시 갚아주마!"


상주 서북쪽 고을들은 창의군 의병이 있어 방비가 되고 있었고, 청리,

공성, 외남의 서남쪽은 안령 전투 이후로 무방비 상태가 된 지 여러 달이
지났다.

"의병이 다 창의군에 몸담아 버리면 우리 청리 고을은 누가 지키느냔
말일세."

"그러면 우리도 따로 창의를 하자는 말씀이오?"

"석천 스승님께서 우리 세 고을도 지키고 왜적에 복수도 할 겸 다시 모
병을 하자고 하시네."

그리하여 세 고을의 사인(벼슬을 하지 않는 양반)들은 백화산 자락에 있
는 고모담(작은 못) 근처에서 1천여 명의 의병을 결성하고 명칭을 상의군
이라고 정해 깃발에 써서 높이 내걸었다.

몇 달 전에 있었던 안령 전투의 패배에서 뼈저린 교훈을 얻은 김각은
정경세, 정춘모, 이준 등과 의논해서 각자에게 명확한 직책을 부여하고
조직을 갖췄다.

상의군 대장으로는 김각, 소모관 겸 병기와 군량 유사로는 정경세, 정
춘모, 이전, 이준, 송량, 장서로는 이준, 좌막으로는 김경덕, 김명현, 류복
춘, 육공서, 남진휘, 김련, 조광벽, 김지연, 황몽상, 황위, 송이회, 서상남,
이응길, 정명세, 김혜, 정이홍, 육공달, 박이순, 권익, 김지길, 김응덕, 육공
저, 김희득, 김탁, 이응을 가려 뽑았다.

의병 군사로는 읍내에서 탈출해 온 이상원을 비롯해 창의군에 있다가
고향 고을의 창의 소식을 듣고 옮겨 온 사람들이 다수 있었다.

의진이 갖춰지자 김각은 창의군 대장 이봉에게 제안했다.

"외곽에서 유격전만 일삼기보다는 우리 두 의진이 힘을 합쳐서 왜적의
본거지인 상주 읍성을 탈환하는 게 어떻겠소?"

"우리 힘만으로는 역부족이오. 왜적의 기세가 너무 강하지 않소?"

"싸움을 어디 머릿수로만 하겠소. 군략을 잘 짜면 불가한 일만은 아니

외다."

"서두르기보다는 천천히 기회를 살피도록 하십시다."

윤업은 창의군 돌격장인 이축을 따라 여러 번 출전해 왜적을 무찔렀다. 계정에서 목숨을 구해준 은혜는 갚았다고 생각하고 지리산으로 떠나겠다는 뜻을 내비쳤다. 싸움터를 돌아다니면서 정이 든 이축과 김사종이 붙잡았다.

"노심초사하는 자네의 마음은 잘 알겠네만, 두 분의 생사를 모르는 터에 무턱대고 간다고 될 일이 아닐세."

"지금 왜적이 삼남 곳곳에 대거 결진하고 골골샅샅 다 뒤지고 다니는 판국이네. 혼자 나다니다가는 헛되이 죽기밖에 더하겠는가?"

"그렇지. 아직은 때를 기다려야 하네. 두 분 마님을 만나기도 전에 자네가 먼저 저승길을 가서야 아니 되지."

"머잖아 두 분의 소식을 듣게 될 날이 있을 걸세."

### 3

구례 현감 조사겸이 조경을 객사에 모시고 극진히 보살폈다. 삼남의 미인으로 알려진 조사겸의 아내는 관속들과 함께 직접 나서서 조경의 조섭에 이바지했다.

기룡은 조경의 곁에서 구완하는 동안 명궁 오청명의 소식을 수소문했지만 족적을 알 길이 없었다. 가솔을 이끌고 어디론가 피난해 있을지, 아니면 홀로 어느 의진에 몸담고 있을지 모를 일이었다. 구례 현감 조사겸이 말했다.

"본관도 오 명궁의 행적을 백방으로 알아보고 있으니 머잖아 소식이 올 것이오."

"고맙사옵니다. 사또."

조경의 상처가 거의 다 회복될 즈음에 기룡이 아뢰었다.

"소관의 가모(남에게 자기 어머니를 일컫는 말)가 가까운 곳에 있사오니 찾아가 뵙기를 허락해 주옵소서."

조경은 흔쾌히 허락해 군관 김태허만 곁에 남기고 기룡을 떠나보냈다. 이희춘, 김세빈, 정범례, 노함이 뒤따르는 가운데 기룡은 지리산으로 말을 달렸다.

애복이는 어머니 김씨를 모시고 백두대간 줄기를 타다가 천신만고 끝에 지리산 산정 밑 암자에 들었다. 김씨는 아들의 생사가 걱정되어 빗지도, 씻지도 않은 채 매일 천지신명께 빌기만 했다.

"비나이다. 비나이다. 비옵나이다……."

기룡은 하늘 아래 첫 암자인 법계사 산문 밖에 말을 매두고 걸어 들어왔다가 어머니의 비는 모습을 보았다. 눈물이 왈칵 솟았다.

"어머님!"

김씨는 깜짝 놀라 돌아보고는 눈물을 글썽이며 달려 나와 아들을 안았다. 애복이도 상봉의 감격에 눈시울을 붉혔다.

암자에는 장인 강세정과 장모 최씨도 있었다. 애복이가 암자에 든 뒤 진주로 가서 모셔 온 것이었다.

"우리 사위님이 참 자랑스러우이."

"우리 집 재물은 다 별당 뜰에 있는 향나무 아래에 파묻었다네. 훗날 가져다 쓰게."

애복이는 기룡에게 북천 전투 이후에 노음산과 채릉산을 넘어 깊은 산 속으로 들어간 이야기를 들려주었다.

"그 물가 초당에서 산을 넘어갔더니 억새밭이 끝나는 곳에 집이 한 채 있더라구. 거기 사는 사람이 무랑이라고 하는 아가씨였어. 대장을 잘 알던데?"

"무랑? 서무랑 말이구나."

"양반들과 어울리며 그 여자를 만나고 다닌 거야?"

"아냐. 무슨 말을 그렇게 해?"

"사실이잖아."

"그냥 전에 활을 한 번 겨뤄봤을 뿐이야."

"그 여자가 얼굴이 붉어지면서 대장 칭찬을 침이 마르게 하던데, 둘이 무슨 사이야? 그 집에도 들락거렸어? 그랬어?"

"너 왜 그래. 자꾸!"

"묻는데 왜 화내고 소리는 질러? 묻지도 못해?"

"에이, 참."

무수는 대수롭지 않게 여기고 말을 돌렸다.

"윤업이는 어떻게 되었어?"

"나도 몰라. 걱정이 돼 죽겠어."

"장담할 수 없는 일은 생각하지 않기로 하자."

"양반들은 칠거지악이니 하지만 난 대장한테 딴 여자 생기면 질투할 거야. 그러니 질투할 일 만들지 말아줘."

김씨는 기룡이 오래 머물지 않을 것을 알고 있었다. 그리하여 목에 두르고 있던 염주를 벗어 주었다.

"전에 유정 스님한테서 받은 것이라네. 이걸 목에 차고 있으면 부처님이 잘 보살피실 것이니 잠잘 때도 벗지 말고 꼭 차고 있게."

기룡은 어머니 김씨의 정성을 무시할 수 없어 받아서 목에 둘렀다.

"나라를 지키는 일보다 더 중한 일이 어디 있겠는가? 내 자제가 살아 있는 것을 보았으니 여한이 없네. 이제 여기 일은 아무 걱정 말고 어서 진중으로 돌아가시게."

기룡은 큰절을 올렸다.

"에미야, 사람이 가는데 너는 안 나와 보느냐?"

김씨의 성화에 못 이겨 애복이가 나와 다소곳이 절을 하며 말했다.

"부디 몸조심하소서."

암자를 내려오는 길에 이희춘이 물었다.

"어디로 가야 하옵니까?"

"방어사 영감도 쾌복해 구례를 떠났을 것이니 우리는 경상 우감사 영감을 찾아가서 영을 받들기로 하세."

기룡은 가는 길에 곤양에 들렀다. 떠난 지 거의 20년 만에 고향으로 돌아온 그는 감회가 남달랐다. 다들 피난을 가버려 온 고을이 텅 비어 있다시피 했다. 마음이 무거웠다. 화이를 천천히 걷게 해 곤양 읍성으로 들어갔다.

기룡은 관아로 들어가 곤양 군수 이광악을 찾아뵈었다. 때마침 그는 경상 우감사 김성일의 명령을 받아 바삐 산음(지금의 산청)으로 가야 할 상황이었다. 이광악은 일찍이 기룡의 이름을 들어서 잘 알고 있었기에 반색을 하며 맞아들였다.

"어서 오오. 내 지금 즉시 감사또 영감을 만나 재가를 받아줄 것인즉, 당분간 정 봉사가 우리 곤양성을 맡아서 좀 지켜주오."

기룡은 뜻하지 않게 곤양 읍성을 통째로 물려받게 되었다.

"소관은 수성장(성을 지키는 장수)의 소임을 감당할 만한 사람이 못 되옵니다."

"겸양의 말씀! 더는 지체할 시간이 없으니 자, 나는 이만 가오."

이광악은 비장과 군사 한 무리를 이끌고 먼지를 일으키며 말을 달려 산음을 향해 떠나가 버렸다.

"거참, 이 일을 어쩐담."

"뭘 어찌합니까요? 남은 군사를 정돈해 굳게 성을 지키고 있으면 되는 일이 아니겠사오니까?"

기룡이 임시 수성장으로 와 있다는 소문이 퍼져 나갔다. 고향 고을인 당산골 사람들도 다 알게 되었다. 그들은 그간 무시하고 지내던 정몽수의 집안을 전에 없이 드나들면서 굽실굽실 잘 대해주기 시작했다.

큰형 정몽수의 아들 정수린이 관아를 찾아왔다. 기룡은 크게 반가워했다.

"숙부님, 읍내에 계시면서 왜 한 번도 당산골을 아니 찾으시오니까?"

"언제 왜적이 쳐들어올지 몰라서 잠시도 관아를 비워둘 수 없어서 그런 거란다."

"저도 숙부님 휘하에 들어서 왜적과 싸우고 싶사옵니다."

기룡은 그 뜻을 갸륵하게 여기면서도 받아들일 마음이 조금도 없었다. 지옥을 그대로 옮겨놓은 듯한 전쟁터에 집안의 장손을 내보낼 수는 없었다. 정수린이 그런 기룡의 기미를 눈치채고 말했다.

"저도 병법서를 읽고 무예를 익혔사옵니다."

"너는 집안을 지켜야지."

정수린은 손에 쥐고 있던 팔매 줄을 매만졌다. 기룡은 그것을 보자 저 자신도 어렸을 적에 팔매를 즐기며 놀았던 때가 떠올랐다.

"나라가 풍전등화의 위기에 놓여 있는데, 어찌 한가하게 집안을 지킬 수 있겠사오니까? 나라가 없으면 집안도 없어지는 것이니 부디 허락해주옵소서."

"그래도 안 된다!"

"숙부님은 되고 저는 왜 안 되오니까? 말리신다면 다른 군문이나 의진에 들어갈 것이니 그리 아십시오."

기룡은 하는 수 없이 정수린을 붙잡아 둘 요량으로 단단히 다짐을 두었다.

"너는 이제부터 나의 조카가 아니라 비장이다. 그러니 내 곁을 한시도 떠나서는 안 된다. 알겠느냐?"

정수린은 얼굴이 밝아지며 큰 소리로 대답했다.

"예, 대장님!"

이희춘은 빙긋 웃으며 정수린에게 장창을 한 자루 내주었다. 창날에 기린 무늬가 있는 것이었다.

기룡은 경상 우감사 김성일로부터 부름을 받고 산음으로 달려갔다. 김성일은 관아 뜰에 쭉 늘어놓은 왜적의 수급을 하나하나 살펴보고 있었다. 종사관 이로가 말했다.

"감사또, 더러우니 가까이 가지 마시옵소서."

"아닐세. 우리 조선 사람끼리 서로 오인해 죽이는 일도 없지 않을 것이니 어찌 일일이 검사를 하지 않겠는가?"

잠시 후 김성일은 손을 닦았다. 고개를 돌려 기룡이 서 있는 모습을 보더니 감탄했다.

"허허, 과연 장재로다. 저 상산의 조자룡도 그대 앞에서는 궁색하리로다."

김성일은 기룡을 정당에 들이고는 대뜸 물었다.

"정 봉사는 여진의 마산페이라는 자를 아는가?"

기룡은 까맣게 잊고 있던 이름을 갑자기 들어서 얼른 대답하지 못했다. 김성일은 얼마 전에 있었던 일을 들려주었다.

명나라 병부에서는 랴오둥 도사를 시켜 조선 조정에 자문(묻는 글월)을 보냈다. 건주에 사는 여진 쿵이와 마산페이가 요청한 내용이 담겨 있었다.

지금 이형(二兄: 둘째 형. 기룡을 지칭)의 나라 조선이 왜노에게 침탈되었는데, 여진의 마병과 보병 8만은 모두 용맹스런 정예병이니 한겨울 강에 얼음이 얼기를 기다렸다가 곧바로 건너가 왜노를 정벌해 공을 이루게 해달라는 것이었다.

"오랑캐를 끌어들이면 필시 조선은 그들의 말발굽 아래에 놓이게 되옵니다."

"사세가 급박하오니 구원병을 가릴 처지가 아니옵니다."

"그래도 아니 되옵니다."

"나라가 망해야 하겠소?"

"구원병이 어디 여진뿐이오? 명나라가 있지 않소!"

"명나라 군사들이 왜적과 싸우려 들기나 하오? 도요토미에게 삼남을 내주고 강화를 하려 드는데, 그들이 어찌 우리 편이란 말이오!"

조정의 의견이 분분한 것을 본 임금은 겁을 먹고 결국 여진의 제의를 받아들이지 않았다. 그러고는 명 황제에게 조선의 간절한 처지를 적은 국서를 올렸다.

"황조(명나라 조정)에서 조선을 불쌍히 여겨 구원해 줄 것으로 믿고 있사옵니다. 여진 누르하치는 왜적을 토벌한다는 명분을 빌어서 겉으로는 돕는 체하면서 속으로는 물어뜯으려는 계책을 품고 있을 것이옵니다.

만일 그들의 제의를 들어준다면 조선에는 예측할 수 없는 화가 발생할 것이 자명하옵니다. 지금 왜적의 기세가 팔도를 핍박하고 있으나 어떻게 해볼 도리가 없는지라 목숨만 구차하게 이어갈 뿐이옵니다. 바라옵건대, 상국(명나라)이 우리 조선을 끝까지 불쌍하게 여겨 구원해 주기만을 믿고 있사오니 부디 천자의 위엄을 베풀어 주옵소서."

김성일은 다시 기룡에게 물었다.

"마산페이가 정 봉사를 두고 둘째 형이라고 했다는데?"

"예전에 6진의 권관으로 있을 때 저들과 의형제를 맺은 적이 있사옵니다."

"그랬군. 하지만 조정에서는 저들의 저의를 불순하게 여겨서 거절했으니 그리 알게."

기룡은 만감이 교차했다. 마산페이의 제의가 진심에서 우러나온 것인지 아니면 누르하치가 왜군을 내쫓고 조선을 장악하려는 것인지 속셈을 헤아릴 수 없었다.

"그 일은 잊어버리게."

김성일은 화제를 바꿨다.

"머잖아 왜적의 대병력이 진주성으로 쳐들어올 움직임이 있다고 하네. 정 봉사를 한후장(후방을 맡은 장수)으로 삼을 것이니, 유격군을 거느리고 성 밖에서 적군을 막도록 하게."

"예, 감사또 영감."

"정 봉사가 충의와 무용을 겸비한 사람이라는 것은 내가 일찍부터 잘 알고 있었네. 앞으로 나라에 어떤 일이 닥칠지 감히 헤아릴 수 없지만, 조야(조정과 민간)에 큰 힘이 될 사람은 오직 그대뿐이네."

애초의 전략은 고바야카와 다카카게가 거느린 제6번대 1만5천7백 명이 전라도를 장악해 전 일본군에게 군량을 보급하는 것이었다.

하지만 바다에서는 이순신이 있어 제해권을 가지지 못했고, 육지에서는 경상우도의 의병에 막혀 전라도 쪽으로 진출하지 못하고 있었다. 그리하여 일본군은 김해에 모여서 작전 회의를 열었다.

"백국의 주된 병마가 진주성에 있습니다. 이들을 전멸시킨다면 다른 곳에서 날뛰는 무리들은 겁을 먹고 저절로 흩어질 것입니다."

"그렇습니다. 병력을 총동원해 진주성을 함락시켜야 하옵니다."

조선을 침략한 일본군의 총대장 우키다 히데이에의 휘하 제8번대에는 여러 맹장들이 있었다. 나가오카 다다오키(長岡忠興)와 그의 동생 나가오카 겐바노조(長岡玄蕃之允), 기무라 시게코레(木村重玆), 하세가와 히데카즈(長谷川秀一) 등이었다. 그들은 3만여 명의 아시가루를 거느리고 진주성을 향해 행군했다.

일본군은 북상하면서 함안을 비롯한 여러 고을에서 닥치는 대로 조선군을 박살냈다. 경상우도의 남쪽에서 8천여 명이 사상되어 조선군과 백성들은 거의 전의를 잃고, 나라가 망하게 되었음을 더 이상 의심하지 않았다.

그러자 더욱 기승을 부리며 날뛰는 것은 부왜들이었다. 그들은 일본군이 지나간 곳을 골라서 들어가 온갖 노략질을 하고 부녀자들을 희롱하며 강간하기를 서슴지 않았다.

"천벌을 받을 놈들!"

"저것들이 어찌 그동안 조선 사람으로 살아왔던고!"

일본군 수만 명이 진주성을 목표로 진격 중이라는 비보를 받은 경상우감사 김성일은 조종도와 박성을 전라도의 의병과 관군에게 보내 원병을 청했다.

그리고 의령 의병장 곽재우, 삼가 의병장 윤탁, 초계 의병장 정언충 등은 진주성의 동쪽 밖에서, 합천 의병장 김준민, 진주 주부 강덕룡은 성의 북쪽 밖에서, 화순 의병장 최경회, 김산 의병장 여대로는 성의 서쪽 밖에서, 고성 의병장 조응도, 최강, 이달은 성의 남쪽 밖에서 각자 군사를 거느리고 성안과 호응이 되도록 했다.

"한후장 정기룡 봉사, 복병장 정유경, 초계 의병장 변혼은 날랜 군사를 거느리고 종횡무진 적의 진영을 교란하도록 하게."

기룡은 그 즉시 산음을 출발해 진주로 갔다. 진주성과 남강이 훤히 내려다보이는 망진산 봉수대에 올라 결진을 하고는 때를 기다렸다.

다음 날, 일본군 3만여 명이 진주로 밀어닥쳤다. 진주 목사 김시민은 휘하 장졸 3천8백여 명과 죽기를 각오하고 임전했다.

일본군은 마치 검은 천을 덮듯이 성을 포위했다. 망진산에 올라 있던 기룡과 군사들은 그 군세에 놀라 입을 쩍 벌렸다. 기룡이 비장 정수린에게 하령했다.

"엄포(아군에 대한 지원으로 포를 쏘는 것)를 놓아라!"

정수린에게 통지를 받은 노함은 화전군을 시켜 현자총통을 쏘기 시작했다.

"펑, 펑!"

왜군들은 뒤쪽에서 포 소리가 나자 놀라 진주성에 대한 공격을 잠시 멈췄다. 자기네들 배후에 얼마나 많은 조선 군사가 있는지 알지 못했다. 합천 의병장 김준민은 성의 북쪽 산에서 횃불을 수없이 밝혀놓고 철적(태평소)을 크게 불었다.

앞뒤에서 일어난 광경을 번갈아 바라보며 일본군이 동요하는 사이에 목사 김시민은 기창을 든 군사를 성 위에 가득 벌려 세웠다. 한눈에 봐도 그 위용이 대단했다.

일본군 선봉장 나가오카 다다오키는 섣불리 공격을 못 하면서도 기세에서 밀리지 않으려고 했다. 수백 명의 아시가루들에게 명령해 귀신 차림으로 장검을 들고 성 주위를 돌게 했다. 그래도 조선군들이 꿈쩍도 하지 않았다. 마침내 화가 난 나가오카 다다오키는 공격 명령을 내렸다.

뎃포 아시가루들이 총을 쏘며 돌진해 남강을 건너기 시작했다. 유미 아시가루와 야리 아시가루가 뒤따랐다. 성 위에 있던 조선군은 왜군이 남강을 중간쯤 건너 사정거리 안으로 들어오자 일제히 활을 쏘았다.

"쫙! 쫘쫙, 쫙……."

뎃포 아시가루들이 강을 건너지 못하고 물귀신이 되었다. 나가오카 다다오키는 전세가 불리함을 깨닫고 왜병을 다 후퇴시켰다.

해가 저물고 밤이 되었다. 한낮의 전투에서 패배한 나가오카 다다오키는 심리전을 전개했다. 부왜 무리의 어린 자식들을 데려다가 성 밑에서 외치게 한 것이었다.

"한양은 무너졌다! 조선 팔도는 이미 다 무너졌다!"

"신상전을 모시고 새 세상을 만들자!"

"다 같이 잘 살아보자!"

성 위에 있던 군사들이 아이들에게 호통을 쳤다.

"네 이놈들! 썩 물러가지 못할까!"

"아이나 어른이나 하나같이 부왜가 되어 설치다니!"

일부는 성문을 열고 나가 잡아 오려고 했다. 목사 김시민은 엄령을 내렸다.

"저들의 심리 전술에 아무 대응도 하지 말라! 조금도 준동하지 말라!"

밤이 깊어지자 망진산 봉수대에 있던 기룡은 봉홧불에 쓸 나무 더미를 한 줌씩 묶어서 횃불을 만들어 환하게 밝혔다. 그리고 이따금씩 포를 쏘아 왜적들이 신경이 쓰여 잠을 이루지 못하게 했다.

그런 뒤에 기병 1대를 거느리고 몰래 산을 내려와 일본군의 배후 막사들에 불을 지른 뒤 얼른 달아나 산 위로 올라가 버렸다.

"에잇, 성가신 놈들!"

날이 밝자 일본군 수장 우키다 히데이에는 각 다이묘들에게 총공격을 명령했다.

남강 물이 넘치도록 몰려드는 아시가루들을 상대로 조선군은 성 위에서 활을 쏘고 돌을 던지며 막아내려고 안간힘을 썼다. 하지만 워낙 수적으로 열세여서 화살과 주먹 돌을 다 써버리자 더 어찌할 방법이 없었다.

"아, 이대로 무너지고 마는가?"

그때 성안에 있던 백성들이 저마다 짐을 져 날랐다. 지붕에서 기왓장을 벗겨 깨뜨린 것이었다. 날카로운 모가 있는 기와 조각을 군사들은 쉼 없이 일본군을 향해 던졌다. 백성들은 또 성안에 있는 나무를 베어 왔다. 군사들은 나뭇가지며 밑동이며 할 것 없이 기름을 끼얹은 다음 불을 붙여 내던졌다.

초가집 지붕을 벗겨 둘둘 말아 온 이엉에도 기름과 화약을 부어 내던 졌다. 남강 아래는 불바다가 되었다. 진주성은 함락 직전의 위기에서 전세가 역전되기 시작했다. 멀리서 지켜보고 있던 우키다 히데이에는 마침내 왜병들을 철수시켰다.

"지독한 놈들!"

"저것들은 저승에 가서도 죽지 않을 것들입니다."

"시끄럽다!"

다시 밤이 되었다. 성 밖 사방에 있던 의병들은 일제히 횃불을 밝혀 응원군이 대거 도착한 것처럼 꾸몄다. 우키다 히데이에는 회의를 열었다. 나가오카 다다오키가 말했다.

"성 밖에 있는 조선군은 규모가 크지 않습니다. 그들부터 쳐 없애는 게 좋겠습니다."

하세가와 히데카즈도 그의 말에 동조했다. 기무라 시게코레가 말했다.

"군량미도 확보해야 합니다. 후군을 작게 나눠 동서남북 사방으로 보내십시오."

우키다 히데이에는 여러 다이묘들의 의견을 따라 결정을 내렸다.

"후군을 8대로 편제해 주위에 있는 조선군을 반드시 격멸하라. 그리고 군량미도 전리하라."

밤이 되어 기룡도 왜군 진영으로 척후를 보냈다. 그런데 어둠 속에서 아시가루들의 움직임이 포착되었다. 기룡은 그들이 성 밖에서 유격전을 펼치고 있는 의병들을 대적하려고 몰래 진영을 빠져나오는 것이라고 판단했다.

기룡은 망진산에 나뭇가지를 묶어 만든 허수아비 군사들을 빽빽이 세운 뒤에 횃불도 밝혔다. 멀리서 보면 꼭 군사들이 파수를 하고 있는 것처럼 꾸민 것이었다.

"가세. 저놈들이 가장 먼저 노릴 곳은 살천(산청군 시천면)에 있는 군량미일 걸세."

기룡은 덕천강을 거슬러 올랐다. 그 일대의 지리는 훤히 알고 있었다. 과연 일본군 2천여 명이 지리산 쪽 살천으로 향하고 있었다. 왜군 한 무리가 망진산에 올라 허탕을 치고 있을 무렵, 정기룡은 휘하의 기병을 모두 이끌고 지름길로 달려가 살천에 잠복해 있었다.

기룡은 군량미가 저장되어 있는 살천의 관창에 일본군이 미처 이르기도 전에 기습을 감행했다. 때마침 일본군을 뒤따라와 공격할 기회를 엿보고 있던 군관 조경형도 합세해 앞뒤로 일본군을 쳐서 참륙했다.

"한 놈도 살려두지 마라!"

"이 쥐새끼들!"

기룡은 정수린의 무예가 믿음직했다. 말을 타고 장창을 휘두르는 모습이 꼭 저 자신을 보는 듯했다.

일본군 아시가루들은 불의의 공격을 당해 싸움다운 싸움을 해보지도 못하고 겁에 질려 우왕좌왕했다. 전세를 돌이킬 수 없게 되자 아시가루들은 화승총과 죽궁, 장검과 장창을 내던지고 겨우 목숨만 건진 채 그들의 본진을 향해 달아나 버렸다. 기룡은 조경형을 격려했다.

"조 군관, 고생이 많았소."

"애쓰셨사옵니다. 봉사 나리."

노함은 휘하의 화전군을 시켜 왜군이 버리고 간 화약과 화승을 다 챙겼다. 기룡이 다시 호령했다.

"자, 다시 망진산으로 가자!"

또다시 진주성을 총공격하고 있던 우키다 히데이에는 조그만 성이 좀처럼 함락되지 않자 작전을 바꿨다.

여러 날에 걸쳐 남강 가에 토성을 쌓은 뒤 뎃포 아시가루를 그 위에 올려 보내 성안을 향해 총을 난사시켰다. 그러는 동안 진주성 아래에서는 방패를 들고 조선군의 화살을 막으면서 수천 개의 죽제(대나무로 만든 사다리)를 성벽에 대고 기어오르려고 했다.

"한 놈도 올라오게 해서는 안 된다!"

목사 김시민은 화살을 아끼게 하고 펄펄 끓는 물과 큰 돌을 떨어뜨려 죽제를 부수고 왜군을 살상시켰다. 백성들은 똥물까지 퍼 날랐고, 아래로 퍼부어 대면서 필사적으로 싸웠다.

"아, 정말 지독한 것들이구나."

공격에 실패해 또 한 번 쓴맛을 본 우키다 히데이에는 일본군을 뒤로 다 물렀다. 이번에는 성안의 군사들을 밖으로 유인할 작전을 세웠다.

그리하여 어두워지기를 기다렸다가 결진을 하고 있던 들판 여기저기에 불을 피워 일본군이 퇴각하는 것을 조선군이 알도록 했다. 그러나 실상은 후퇴하는 척만 했지 이미 군사들을 모두 매복시킨 뒤였다.

목사 김시민은 그것이 성 밖으로 군사를 유인하려는 간교한 계책임을 간파하고는 피리를 불어 외곽의 의병들에게 밀령을 내렸다.

망진산에 있던 기룡은 철적 소리를 듣자마자 말을 달려 내려와 오히려 매복하고 있던 일본군을 짓밟아 쳐부쉈다. 어둠 속에 웅크리고 있다가 난데없이 공격을 받은 왜군들은 먼지처럼 흩어져 달아났다.

우키다 히데이에를 비롯한 왜장들은 자존심이 상할 대로 상했다.

"공격하라! 이번이 마지막이다! 몰살을 당하느냐, 몰살시키느냐, 둘 중 하나다!"

우키다 히데이에는 장검을 빼 들고 직접 호령했다. 일본군 아시가루들은 물밀듯이 동문으로 돌진했다. 그리하여 동문을 감싸고 있던 옹벽이 뚫렸다. 내벽까지 내주게 된다면 성이 함락되는 것은 시간문제였다. 조선군은 내벽과 동문을 지키기 위해 죽을힘을 다했다.

날씨가 점점 흐려지더니 차가운 겨울비가 내리기 시작했다. 바람도 거세게 일어 조선군이나 일본군이나 모두 눈을 뜨지 못할 지경이었다. 일본군의 화승총은 내리는 비 앞에서 무용지물이 되었다. 화승에 불을 붙일 수 없게 되었기 때문이었다.

열세 속에서도 조선군은 사기가 올랐다. 바로 그때, 동문 성루에서 지휘하고 있던 목사 김시민이 뎃포 아시가루가 쏜 한 발의 저격 총탄에 맞아 쓰러졌다. 장군기도 비바람에 넘어갔다.

"사또!"

그 옆에 서 있던 곤양 군수 이광악은 김시민을 안았다. 김시민은 넘어진 장군기를 끌어 잡아 넘겨주면서 말했다.

"나 대신 끝까지……."

이광악은 수(帥) 자가 크게 그려진 장군기를 들고 허공에 펄럭펄럭 휘저으며 소리쳤다.

"대장이 여기 있다! 조선군은 죽지 않는다!"

동문 위 누각을 올려다본 조선군과 백성들은 누군가 장군기를 힘차게 흔드는 것을 보았다. 그들은 김시민이 다시 일어난 줄 알고 환호를 지르며 거침없이 왜적과 맞서 싸웠다. 비바람 속에서의 백병전이었다.

비는 어느덧 진눈깨비로 바뀌었다. 추위에 약한 왜군은 몸이 점점 위축되었고, 조선군은 더욱 거세게 타오르는 불길 같았다.

"아, 우리가 조선인을 너무 얕보았구나. 이들은 정벌할 수 있는 대상이 아니다."

우키다 히데이에는 고개를 떨구고 명령을 내렸다. 드디어 일본군이 총퇴각하기 시작했다. 곤양 군수 이광악은 아직 의식이 남아 있는 진주 목사 김시민에게 다급하게 아뢰었다.

"왜적을 추격해 모조리 참살해야겠사옵니다."

"아닐세. 성안의 군사는 그대로 두고, 성 밖에 있는 한후장에게 추살하라고 이르게."

이광악은 촉석루 위에 올라가 직접 대고를 두드렸다.

"둥, 둥, 둥, 둥, 둥⋯⋯."

"때가 왔다! 가자!"

기룡은 기병들을 이끌고 후퇴하는 일본군을 맹추격했다. 왜놈들은 서로 먼저 달아나려고 하다가 넘어져 밟히고 포개졌다. 진주 경계 밖까지 다 내쫓은 뒤에 기룡은 장사들을 이끌고 성으로 돌아왔다.

들판에는 일본군 시체가 1만 구 넘게 흩어져 있었다. 아시가루, 코가시라, 오가시라, 여러 다이쇼는 물론이고 다이묘 나가오카 겐바노조까지 죽었다. 남강의 물은 그들의 피로 물들었고, 산야에는 그들이 타는 냄새가 진동했다. 왜장 우키다 히데이에가 후퇴하기 전에 모두 불태우라고 명령한 까닭이었다.

"대병력이 참패한 것을 감추려는 수작이군."

산음에 있던 경상 우감사 김성일이 입성했다. 그는 장졸들과 백성들을 크게 치하했다. 그리고 그 자리에서 곧장 조정에 장계를 올렸다.

"⋯⋯훈련원 봉사 정기룡은 날래고 용맹함이 뛰어나 그 공훈이 가장 월등한데, 수차례나 전공을 세우고도 매번 밖으로 드러내어 자랑하지 않으며⋯⋯."

김성일은 전시 중이라 승차(임금의 지시를 받음)를 받기 전에 우선 본인의 권한으로 차임(벼슬을 내림)을 했다.

"훈련원 봉사 정기룡을 상주 가판관으로 삼노라."

상주 목사 김해는 화북 용화동으로 피신해 있었고, 상주 판관 권길은 이미 북천 전투에서 장렬히 전사했기 때문에 기룡이 아니면 영남 제일도 상주를 수복할 적임자가 없다고 여겼기 때문이었다.

그런 다음 김성일은 진주 주부 강덕룡을 함창 현감으로, 초계 의병장 변혼을 문경 현감으로, 김산 의병장 여대로를 지례 현감으로 차임했다.

"심신을 추스르고 군장을 점검한 뒤에 각자 임지로 발행하게."

# 죽림 속 10장사

## 1

"외조부님으로부터 정 판관에 관해 익히 얘기를 듣고 있었소."

기룡은 여대로와 말을 나누다가 그가 구임 경상 우병사 신일의 외손자라는 것을 알았다.

"진주에서 보니 과연 용맹하더구려. 허허."

그는 또 강덕룡을 칭찬했다.

"여중(강덕룡의 관자)께서는 명궁이라고 그냥 알려진 게 아닙니다. 활 쏘는 솜씨가 역시 명불허전이었소."

"과찬이옵니다. 활이라면 정 판관 나리가 으뜸이시지요."

"그런가요? 훗날 다 같이 한번 겨루어 보십시다."

임지로 향해 나란히 가던 사람들이 지례에 도착했다. 이미 김산의 의병장 권응성이 그곳을 지키고 있었다. 그는 기룡을 비롯한 장수들을 크게 환대했다. 그러고는 현감으로 부임하는 여대로에게 지례를 맡기고 저는 의병을 이끌고 김산을 향해 떠났다.

여대로는 기룡에게 말했다.

"상주는 영남 제일도로서 가장 큰 요해처이니 반드시 수복해야 하지 않겠소? 그리하자면 군사가 한 사람이라도 아쉬울 터이니, 이 사람을 데리고 가오. 용력이 절륜해 큰 보탬이 될 것이오."

여대로가 말한 사람은 상투를 새끼로 묶고 있었는데 새끼가 꼿꼿해 마치 그의 굳은 기상을 드러내고 있는 것 같았다.

"자네는 이제부터 정 판관 나리를 주장으로 모시도록 하게."

그는 기룡에게 절을 했다.

"소관 최윤이라 하옵니다. 신명을 바쳐 판관 나리의 영을 받겠사옵니다."

기룡은 흐뭇해하며 여대로의 손을 잡았다.

"고맙사옵니다. 이 한 사람으로 큰 군사를 얻은 듯하옵니다."

그리고 최윤의 손도 맞잡았다.

"전장에서 다른 말이 무에 필요하겠는가? 우리 생사를 같이하도록 하세."

"예, 판관 나리!"

기룡은 여대로와 작별을 하고 지례를 떠났다. 이희춘은 최윤에게 장창 하나를 내주었다. 주작 무늬가 있었다.

"목숨을 바쳐 판관 나리를 모셔야 할 것이네."

"그리합지요."

김산을 지나 공성 고을로 향할 무렵에 휘하들을 향해 말했다.

"누가 청리로 척후를 나가지 않겠는가?"

다들 나서자 기룡은 이희춘과 김세빈에게 하령했다.

"자네들은 정경임이 어디에 있는지 알아보게. 찾거든 용운정으로 모시고 오게."

"예, 판관 나리."

두 사람은 말을 몰아 달려갔다. 이윽고 용운정에 도착한 기룡은 함창 현감 강덕룡과 문경 현감 변혼의 손을 차례로 굳게 잡았다.

"또 볼 날이 있을 것이오."

"부디 큰 공을 세우시기 바라겠소."

두 사람은 각자 임지를 향해 샛길로 나아갔다.

기룡은 용운정을 둘러보았다. 폐허가 되다시피 했다. 잡초 사이를 거닐며 예전 향사례 때 오청명, 서무랑과 겨루던 때를 떠올렸다.

태평한 시절에 팔도 곳곳에서 열리던 향사례. 이렇듯 큰 사변을 당하고 보니 수많은 한량들이 서로 기량을 겨루던 그 잔치가 평시에 국난을 대비한 것만 같았다. 기룡은 중국과 일본에는 없는, 오랜 국무(나라의 대표적인 무예)인 활쏘기가 있어 큰 다행이라고 여겼다.

"저기 옵니다요!"

이희춘과 김세빈이 여러 사람들과 무리를 지어 돌아왔다. 반가운 얼굴들이 맨 먼저 보였다. 기룡은 말에서 내려 정경세와 정춘모를 맞이했다. 세 사람은 서로 팔뚝을 걸어 재회를 감격스러워했다.

"경임! 유촌!"

"경운!"

기룡은 수척해진 정경세를 보고 난리 중에 적지 않은 일이 있었음을 짐작했다. 정자에 오른 세 사람은 지난 일들을 서로 주고받았다. 기룡은 어머니와 형제를 잃은 정경세에게 거듭 위로의 말을 했다.

"집안에 변을 당한 사람이 어디 나뿐이겠는가? 부끄럽게도 살아남은 이 한 몸, 숨이 끊어지는 순간까지도 왜놈들을 갈가리 찢어서 씹어 먹고 싶은 심정뿐이라네."

기룡은 그의 손을 다시 잡았다.

"우리 힘을 합쳐 저 쥐새끼 같은 것들을 박멸하도록 하세."

정자 아래에는 윤업, 황치원, 김천남이 서 있었다. 기룡은 윤업을 보고 반갑기도 하고 놀랍기도 했다.

"윤업이도 살아 있었구나? 한데 너는 어찌하여 여기에 있느냐?"

윤업은 북천 전투에서 김씨와 애복이를 잃은 사연을 짧게 아뢰며 흐느꼈다. 기룡은 그도 위로해 주었다.

"그 두 분도 구사일생하여 천신만고 끝에 지리산에 잘 도착해 있으니 이제는 심려를 놓거라."

윤업의 얼굴이 밝아졌다.

"소인 지리산으로 가겠사옵니다."

"그럴 것 없다. 내 휘하에 들어 왜적을 소탕하는 데 앞장서도록 하거라."

윤업이 물러나자 정경세가 말했다.

"경운, 자네 같은 용맹한 장수가 판관으로 도임하는 길이라니 백성들이 다 나와서 크게 반길 일이네만, 이미 상주 전역에 왜적이 진을 치고 있어 발붙일 곳이 없을 지경이니 어찌하면 좋겠는가?"

"의병이 있는 백화산은 어떻겠는가?"

기룡의 물음에 정춘모가 대답했다.

"백화산 고모담은 읍내에서 너무 먼 곳이니 장차 상주 읍성을 수복하기에 마땅치 않은 것 같네. 거기보다는 연악산이 어떻겠는가? 산정 못 미쳐 영수암이라는 암자가 있는데 천험의 요처라고 할 만하네."

"알겠네. 자네가 추천을 하는 곳이니 그 영수암을 가아(임시 관아)로 정하겠네."

정경세와 정춘모는 기룡이 상주 가판관으로 도임한 사실을 알리러 상의군 의진으로 돌아갔다.

기룡도 용운정을 떠나 연악산으로 갔다. 계곡을 따라 올라가니 영귀정이 나타났다. 예전에 낙사계 모임을 했던 자리였다. 기룡은 정자에 들어 흐르는 계곡물을 바라보았다.

정경세가 여러 선비들에게 예학의 참뜻을 일갈했고, 또 정춘모는 삼망지교를 설파하며 자신의 체면을 살려주었던 고마웠던 그날이 새삼 떠올랐다. 그 민망한 자리에 있었던 자신이 이제 일본에게 침략을 당해 상주성 수복이라는 중대한 직책을 맡게 된 것이었다.

산길을 따라 올랐다. 용흥사 큰절이 있었다. 중들은 남아 있지 않고 전각마다 들어앉은 불상이 절을 지키고 있었다.

"여기가 터도 넓고 좋은뎁쇼?"

"좀 더 올라가 보세."

대숲을 지났다. 집채가 보였다. 작은 서당이었다. 수양서당이라는 현판이 걸려 있었다. 그곳에서 산정 쪽을 살펴보던 기룡은 바로 위쪽에 있는 암자를 발견했다.

간각이 몇 채 되지 않는 조그만 암자였다. 뒤로는 바위가 감싸고 있었고, 멀지 않은 곳에 샘터가 있었다. 바위에 구룡연(九龍淵)이라고 새겨져 있었고, 기우제를 지내던 단이 있었다.

산정까지 갔다가 암자로 돌아온 기룡은 영수암 본전(주된 건물)을 영재(장수가 거처하는 곳)로 삼았다. 비장 정수린이 본전을 깨끗이 치우고 닦는 동안 나머지 사람들은 암자 곳곳을 손봐 도청(본부)의 면모를 갖춰놓았다.

기룡이 들어 있는 영재 앞에는 인기(대장의 깃발)를 높이 걸었고, 영수암의 사방 울타리에는 청홍흑백 네 가지 색깔의 대기치(방위를 표시하는 깃발)를 꽂아 방향을 가늠하기 쉽게 했다.

정경세와 정춘모가 왜군의 눈을 피해 상의군 의병장 김각과 여러 장서와 좌막들을 데리고 왔다. 반가운 얼굴 이준도 있었다. 김각은 비록 나이가 많은 의병장이긴 하지만 어디까지나 관군보다는 지위가 낮았다. 그리하여 그는 기룡에게 참배를 하고 하례를 했다.

"상의군 의군장 김각이 상주 판관 나리께 문안하옵니다."

기룡은 얼른 내려가 그의 손을 잡았다.

"이 어인…… 석천 도인께서 소관에게 허리를 굽히시다니요?"

그러고는 그의 뒤에 서 있는 사람들에게 말했다.

"다들 허리를 펴시오."

기룡은 이준에게 다가갔다.

"숙평 형님!"

"우리 경운이 이렇게 우뚝하게 되었으니 상주성 탈환은 시간문제이겠는걸! 허허."

기룡은 그들을 영재 안으로 들였다. 다들 좌우로 나눠 앉자 주석에 앉은 기룡이 입을 열었다.

"감사또께서 소관에게 상주 읍성을 탈환하라는 막중한 소임을 맡기셨소."

"용맹무쌍하신 정 판관께서 도임해 오신 것은 우리 상주로서는 참으로 다행한 일이오만, 읍성을 되찾는 것은 서두를 일이 아니외다."

"우선 군사가 턱없이 부족하오. 무기는 말할 것도 없고."

"군사를 소모하기도 쉽지 않소. 민심이 조정을 이반해 말이 아닌 데다가 부왜까지 들끓는 판이니……."

"더구나 상주 목사도 달아나 숨은 지 오래라오."

기룡은 놀라며 물었다.

"허면 목사또는 지금 어디에 있소이까?"

"화북 용화 고을에 깊이 숨어 있소. 목민관이라는 작자가 순변사를 마중가야 하느니 하면서 백성을 버리고 맨 먼저 달아나 숨었으니 그자가 어디 사람이겠소?"

"그 바람에 상주 고을 사람들도 너 나 할 것 없이 모두 따라가서 피난하고 있다고 하오."

기룡은 상의군 사람들이 하는 말을 곧이듣지 않았다.

"목사또께서 피신해 있는 데에는 그만한 사정이 있겠지요. 어찌 되었거나 모셔 와야 하지 않겠소? 소관도 목사또의 지휘를 받아야 하는 몸이니."

사람들은 하나같이 마뜩지 않은 표정을 지었다.

"왜들 그런 얼굴들이시오?"

"정 판관께서는 그간의 일을 몰라서 그러시나 본데, 목사또는 민심을 다 잃었소."

"그렇다 하더라도 본관과 같은 아랫관원들이 체계를 잡고 있으면 목사또가 제자리를 찾을 것이고 민심도 돌아올지 모르는 일이 아니겠소?"

"아니오. 백성을 버리고 달아난 목민관은 이미 자격을 잃었소. 만약 그자를 다시 데려다가 상석에 앉힌다면 이내 후회할 것이오."

의병들이 완강히 거부하는데도 기룡은 뜻을 굽히지 않았다.

"그건 사사로운 감정이오. 조정이 목사또의 벼슬을 거둔 일이 없다면 그는 아직 우리 상주의 수령관이시오. 유능하다면 우리가 모시고 따르면 될 일이고, 무능하다면 잘 받들어 보필하면 될 일이 아니겠소?"

사람들은 기룡의 견해를 꺾지 못했다. 기룡은 상주 읍성을 수복하기에 앞서 화북 용화 고을로 가서 피신해 있는 상주 목사 김해를 데려오기로 결심했다. 수령의 자리를 떠났던 목사가 돌아온다면 등 돌린 민심도 달라질 것이라 믿었다.

기룡이 상주 가판관으로서 연악산 영수암을 빌어 도임했다는 소문이 상의군 의병들 입에서 암암리에 퍼져 나갔다.

노략질하러 나돌아 다니던 배홍옥은 외남 고을에서 우연히 장정 한 사람을 족치다가 거품을 물고 죽어가면서 절규하던 소리를 듣고는 곧바로 돌아와 박수영에게 보고했다. 박수영은 상주목 관아 청유당에 들어 첩정(첩보)을 왜장 도다 가츠타카에게 아뢰었다.

"정기룡이라고 했는가? 정기룡?"

"그러하옵니다. 태수님."

거창 신창과 김산 추풍령에 이어 진주성에서 크게 활약한 기룡의 이름 석 자는 이미 일본군에 잘 알려져 있었다.

"그놈이 이곳 상주로 숨어들었다?"

"제까짓 놈이 감히 태수님의 상대가 되겠사옵니까?"

"아니, 그렇게 쉽게 볼 놈은 아니야."

도다 가츠타카는 곰곰이 생각했다. 기룡이 읍성 남쪽 연악산 산속 깊은 곳에 결진하고 있는 데에는 그만한 까닭이 있을 것이었다. 이끌고 온 군액이 얼마 되지 않을 듯했다. 바로 그 때문에 곧바로 읍성으로 쳐들어오지 못한 것이라고 여겼다.

하지만 그의 군세가 빈약하다 하더라도 섣불리 치러 갈 마음은 나지 않았다. 산세가 험준하고 길이 좁은 산속에서 기습을 당할지도 모르는 일이었다. 신출귀몰한 유병전(유격전)에 능하기로 이름난 그였다.

그렇다면 기룡이 산에서 나오게 할 방법을 찾아야 했다. 도다 가츠타카는 문득 좋은 생각이 떠올랐다.

"상주 목사가 어디로 도망가 있다고 했지?"

"용화동이라고, 속리산과 백화산 사이에 있는 깊은 골짜기이옵니다."

"으음, 그 판관 놈이 틀림없이 제 상전인 목사에게 부임 소식을 아뢰러 찾아갈 것이다. 그날을 대비해 우리가 길목에 군사를 매복하고 함정을 파 놓는다면 반드시 걸려들고 말겠지. 흐흐흐."

"산 아래에서 숨어 있다가 그놈이 산을 나올 때 바로 치면 되지 않사옵니까?"

"그건 하책이지. 꼭꼭 숨어 있는 백화산 의병 놈들은 물론 황령사에 모여 있는 의병 놈들까지 일망타진하려면 그들을 다 용화 고을로 끌어들여야 한다."

"과연 신묘한 지략이시옵니다."

도다 가츠타카는 하령했다.

"용화 고을로 가는 요처에 군사를 나눠 매복시키고 때를 기다리게 하라! 그리고 우리 일본군이 용화 고을에 숨어 있는 백성들을 몰살시키러 갈 것이라는 소문을 내도록 하라!"

상의군에서 황치원과 김천남이 영수암으로 와 일본군이 용화동으로 쳐들어가고 있다는 첩보를 전했다. 기룡은 목사 김해와 백성들을 구출하려는 일념으로 산에서 내려왔다.

상의군 의병들도 백화산 고모담에서 나와 외남 고을에서 기룡과 합세한 뒤에 그의 휘하에 들었다. 정경세가 기룡과 나란히 말을 타고 가며 말했다.

"은척 황령사에 기별을 했더니, 그곳에 있는 창의군도 우리와 호응하기로 답신이 왔었네."

"상주 의병들이 이렇듯 다 나서는데 우리가 무엇을 주저하겠는가!"

기룡은 몇 안 되는 군사들 앞일망정 불가사리 무늬 팔련 장창을 높이 들었다.

"자, 가자!"

이희춘과 김세빈이 기룡의 좌우에서 호위했고, 그 뒤를 따르는 최윤은 주작 무늬 팔련 장창을 매만졌으며, 윤업은 말없이 정수린과 말 머리를 나란히 했다. 그 뒤로 황치원은 정춘모를, 김천남은 정경세를 맡아 호위했다.

정범례는 노함과 함께 몇 리 앞서 척후를 했다.

"화약이 없는데 어떻게 싸우나?"

노함의 혼잣말을 들은 정범례가 웃으며 위로했다.

"왜놈들 것을 빼앗으면 될 것 아닌가?"

이안천을 거슬러 가는 도중에 달래들 인근에서 한 떼의 군마가 모습을 드러냈다. 노함과 정범례는 잔뜩 긴장했지만 곧 그들이 은척 고을 황령사에서 내려온 창의군이라는 것을 알았다.

잠시 기다리자니 뒤이어 기룡이 다가왔다. 창의군 의병 대장 이봉은 말 위에서 공읍(두 손을 가슴 앞에 모아 하는 인사)을 했다. 기룡도 공손히 맞절로 받았다.

이봉의 뒤로 낯익은 얼굴들이 많았다. 중군 곽수인, 군량 유사 전식, 문서 유사 김광두와 조우인, 군기 유사 강응철 등이었다. 또 병방 봉사 김사종, 돌격장 이축도 반가운 사람들이었다.

그들과 일일이 인사를 나누고 나자 죽창을 든 창의군 의병 보졸 하나가 앞으로 나와 말 위에 앉아 있는 기룡을 우러렀다.

"나리, 소인을 모르시겠사옵니까? 소인은 나리가 크게 되실 줄 알았습지요."

"그대는? 매악산 먹장이가 아니시오?"

"그러하옵니다. 소인 신복다물리이옵니다."

"그 연세에 어찌?"

"아무리 지옥 같은 땅이지만 왜놈한테 내줄 수는 없습지요. 더도 말고 소인 몫으로 딱 한 놈만 죽이겠사옵니다."

"참 장하신 뜻이구려. 그대를 보니 반드시 나라가 보전되겠소이다."

기룡은 고개를 돌려 이봉에게 물었다.

"혹시 왜적을 보지 못했사옵니까?"

"우리가 이곳에 당도하기 전에 이미 지나간 것 같소."

창의군까지 합류하니 기세가 자못 높았다. 기룡은 길을 서둘렀다. 일본군이 용화동 안에 들어 있는 백성들을 무참히 몰살시키기 전에 도착하려는 마음뿐이었다. 산은 점점 높아갔고, 길이 좁아 행군은 더디기만 했다.

"우리가 더딘 만큼 왜놈들도 빨리 가지는 못할 게요."

"그렇긴 하겠소만."

도다 가츠타카는 이미 용화동 어귀에 도착해 병목 같은 그곳에 진을 치고 있었다. 그리고 선봉대를 산골짜기 안으로 들여보낼 채비를 했다.

"왜적이 쳐들어왔다!"

"고을 밖을 새까맣게 포위하고 있다!"

골짜기 안 용화 고을에 있던 백성들은 모두 공포에 질려 상주 목사 김해만 쳐다보았다. 김해는 벌벌 떨며 더 깊이 들어가려고 했지만 사방이 온통 바위 벽뿐이라 더 이상 숨어들 곳이 없었다.

"아, 내가 결국 죽게 되는구나!"

목사 김해에게 더 바랄 것이 없게 된 피난민들은 어른 아이 할 것 없이 그 자리에서 서로 부둥켜안고 울며 두려움에 몸을 떨고 손가락을 오그렸다. 하늘을 올려다보고 땅을 굽어보아도 어찌할 도리가 없었다. 일본군의 총구는 시시각각 가까워지고 있었다.

"왜 선봉대를 들여보내지 않으시옵니까?"

박수영이 묻자 도다 가츠타카는 빙그레 웃었다.

"우리의 목적은 저들에게 있는 것이 아니다. 정기룡의 군사에 있는 것이란 말이다."

"아, 그래서 용화 고을은 슬쩍 위협만 하고, 정기룡이 오기를 기다리는 것이로군요."

기룡이 이끄는 의병 행군이 화북을 지날 무렵에 척후장 이희춘이 달려와서 아뢰었다.

"판관 나리, 왜적이 이미 용화동을 에워싸고 있사옵니다!"

"그 수는 얼마나 되던가?"

"1천이 넘사옵니다."

기룡은 무작정 공격에 나서면 일본군이 용화동 안으로 밀려 들어가 화풀이로써 백성들에게 참혹한 짓을 벌일 것 같았다. 그리하여 그들을 너른 들판으로 끌어내기로 작정했다.

"상의군과 창의군은 여기서 대기하십시오. 소관이 약간의 유격대를 이끌고 왜적을 유인해 내겠습니다. 그때 총공격을 해주십시오."

김각과 이봉이 동시에 대답했다.

"잘 알겠소."

기룡은 이희춘, 김세빈, 노함, 정범례, 최윤, 정수린, 윤업, 황치원, 김천남 등 아홉 명을 가렸다. 창의군 병방 봉사 김사종과 돌격장 이축이 따라나서려고 하자 기룡은 웃으며 말렸다.

"여기 본대에도 용맹한 장수가 있어야 하지 않겠소?"

두 사람은 하는 수 없이 기룡의 말을 따랐다. 기룡은 아홉 명과 함께 말을 달렸다. 다들 장창을 높이 들고 소리를 지르며 일본군의 주의를 끌었다.

"이야호! 야아!"

도다 가츠타카가 바라보니 기병 한 떼가 멀리서 먼지를 일으키며 달려오고 있었다. 그는 명령을 내렸다.

"조선군을 대적하라!"

용화 고을 어귀를 포위하고 있던 왜군들은 모두 돌아서서 기룡의 유격대를 맞이했다. 기룡과 아홉 명은 종횡무진 일본군 사이를 짓밟고 다니며 각자 팔련 장창을 휘둘러 댔다.

기룡은 마치 불가사리가 불을 내뿜듯이 했다. 이희춘은 용틀임을 하며 비와 번개를 일으키듯이, 정범례는 백호가 날뛰듯이, 노함은 불개가 해를 머금었다가 토하듯이, 윤업은 이무기가 자취 없이 넘나들듯이, 정수린은 기린이 땅을 박차고 달리듯이, 김세빈은 천마가 거침없이 발굽질을 하듯이, 최윤은 주작이 불을 일으키듯이 아시가루들을 닥치는 대로 해치웠다.

"후퇴하라!"

기룡은 힘에 부치는 듯이 짐짓 뒷걸음질 쳤다. 일본군을 유인하기 위해서였다. 아홉 명이 다 일본군 진영을 빠져나오자 도다 가츠타카는 속으로 쾌재를 부르며 큰 소리로 외쳤다.

"따라 나가라! 저놈들을 추격하라!"

기룡은 용화동에서 흘러나오는 병천을 따라 물 흐르듯이 고을 밖 너른 들판으로 일본군을 이끌어 냈다.

싸움터가 넓어지자 기룡과 아홉 명의 활약은 더욱 눈부셨다. 기룡은 때를 만난 듯이 적진을 누비고 다니며 도립, 횡와, 좌우등리장신, 표자마 등과 같은 기기묘묘한 마상재를 펼침으로써 일본군 뎃포 아시가루들이 조총으로 조준을 못 하게 했다. 일본군은 말과 하나가 되어 펼치는 기룡의 전술을 넋 놓고 구경하기만 할 뿐이었다.

박수영은 붉은 말을 타고 장창을 휘두르며 용맹하게 싸우는 기룡을 가만히 지켜보다가 깜짝 놀랐다.

"아니? 저, 저놈은 무수 아냐?"

눈을 비비고 쳐다봐도 낯익은 얼굴, 바로 그였다.

"정기룡이 무수 그놈이었다니! 무수!"

박수영은 도다 가츠타카에게 다급히 아뢰었다.

"태수님, 저놈, 저 조선 장수 놈만은 반드시 죽여야 하옵니다!"

"아니다. 저런 걸출한 놈은 사로잡아야 한다."

그러고는 명령을 내렸다.

"정기룡을 사로잡는 자에게 큰 상을 내리겠다!"

아시가루, 코가시라, 오가시라 할 것 없이 일본군은 모두 기룡을 생포하려고 달려들었다. 기룡은 그들의 접근을 요리조리 피하면서 한 손에는 장창을, 또 한 손에는 장검을 들고 찌르고 베고 했다.

기룡과 아홉 명이 너른 들에서 일본군과 맞서 싸우는 것을 본 상의군과 창의군이 우르르 몰려갔다. 그리하여 일본군 1천 명과 조선 의병 수백 명이 한데 모여 맞붙는 큰 전투가 벌어졌다.

의병들의 무기라고 해봤자 죽창과 장대에 묶은 낫, 박달 몽둥이가 거의 다였지만 기세만은 일본군에 앞섰다. 창과 장검, 조총을 든 아시가루들 앞에서 결코 물러서지 않았다. 무기의 우위에도 불구하고 오히려 당황한 것은 일본군이었다. 찔리고 베이고 총에 맞아 죽어가면서도 찰거머리처럼 붙잡고 물어뜯기까지 하는 조선 의병들의 지독함에 질려서 근접전을 피하기 일쑤였다.

조선의 의병들이 모두 전투에 참가했다고 판단한 도다 가즈타카는 드디어 마지막 명령을 내렸다.

"젠부데데 다다카에(다 나와서 싸워라)!"

들판에 넓게 매복해 있던 일본군 수천 명이 모습을 드러냈다. 그들은 전장의 사방 배후에서 의병들을 포위하며 좁혀 들어갔다. 그와 동시에 싸우고 있던 일본군들은 뒤로 물러나기 시작했다.

의병들은 순식간에 일본군 수천 명에게 겹겹이 포위당하고 말았다. 그물에 걸린 물고기들처럼 몰살당할 위기에 처한 의병들은 사색이 되었다. 기룡은 가슴이 철렁했다.

'아, 왜장의 계략에 걸려들었구나!'

그대로 당하고 있을 수만은 없었다. 기룡은 말고삐를 당겨 화이가 앞발을 들며 크게 울게 해 의병들의 주의를 이끈 뒤에 팔련 장창을 높이 들었다.

"오늘 우리 모두 여기서 죽자! 저승에서 만나 편안히 술잔을 들자!"

"와아!"

뎃포 아시가루들이 조총을 난사하기 시작했다. 의병들은 수숫대처럼 꺾여 쓰러졌다. 기룡도 어찌해 볼 도리가 없었다. 그것을 본 도다 가츠타카가 회심의 미소를 지었다.

"조선 장수를 잡아 오라!"

바로 그때 어디선가 빗발치듯 화살이 날아들었다. 일본군은 당황해 사방을 두리번거렸다. 용화동 골짜기에서 기마군 한 무리가 몰려나오는 것이었다. 마치 천상에서 내려온 군사들인 것 같았다.

촌장 김중섭이 소리쳤다.

"의병들의 활로를 뚫어줘야 한다!"

우복동인들이었다. 기룡은 사지에서 한 줄기 희망을 얻었다. 왈칵 솟구친 눈물을 훔치고는 명령을 내렸다.

"하늘에서 군사가 내려왔다! 모두 다 호응하여 왜적을 박멸하자!"

촌장 김중섭을 선두로 해 서 진사, 서무랑, 김창심, 김형춘, 박언호, 김증수가 말을 달리며 활을 쏘아댔다. 그 뒤로 이양이, 김범구와 함께 무기(무예 실력)가 뛰어난 수많은 우복동인들이 따르고 있었다.

그 기세에 호응해 기룡과 의병들도 포위망을 뚫었다. 전세는 급박하게 역전되어 일본군이 허둥지둥했다. 조선 의병들은 기세도 드높게 기룡의 휘하 아홉 명을 뒤따라 용맹하게 반격했다.

도다 가츠타카는 난데없이 나타난 군사들을 보며 어리둥절했다.

"저것들은 대체 뭐냐?"

"소, 소인도 모르겠사옵니다."

포위를 뚫고 나온 기룡은 두 의진과 우복동인들과 함께 일본군을 병천 쪽으로 몰았다. 일본군은 드디어 수세에 몰리기 시작했다. 병천으로 몰려든 수많은 일본군은 차가운 시냇물에 발이 얼어붙는 것 같았다.

"모조리 살멸하라!"

"한 놈도 살려두지 말고 쳐 죽여라!"

불과 수백의 군사로써 태풍 같은 위세로 몰아치는 조선군을 본 도다 가츠타카는 탄식을 했다.

"아, 정기룡의 지략이 나보다 한 수 위였단 말인가?"

"태수님, 이럴 때가 아니옵니다. 속히 후퇴해야 하옵니다!"

도다 가츠타카는 마침내 퇴각 명령을 내렸다. 일본군은 앞다투어 달아나다가 서로 부딪혀 넘어지고 밟히고 했다. 그렇게 죽고 상한 숫자만 해도 수백이나 되었다. 도다 가츠타카는 분개심에 입술을 깨물며 읍성 쪽으로 사라져 갔다.

기룡은 아군의 피해도 적지 않아 더 이상의 추격은 무리라고 여겨 군사를 다 거뒀다. 미처 달아나지 못한 일본군들은 부로(포로)로 잡아 굴비 엮듯이 묶어두게 했다. 노함이 다가왔다.

"판관 나리, 왜적의 군물을 전리해도 되겠사옵니까?"

"그리하게."

노함은 일단의 군사를 데리고 가 죽은 뎃포 아시가루들이 차고 있는 화약 주머니부터 모두 거둬 챙겼다. 수십 근이나 되었다. 다른 사람들도 일본군의 장검, 장창과 같은 군기를 챙겼다.

의병들은 앞다투어 일본군의 수급을 베어 허리에 찼다. 그것이 곧 전공이었다. 상의군과 창의군 양 의진이 거둔 일본군 수급은 3백여 급이나 되었다.

우복동인들은 그러한 모습을 물끄러미 바라만 볼 뿐이었다. 기룡이 촌장 김중섭에게 다가갔다.

"고맙습니다. 촌장님, 이 은혜를 어찌 갚아야 할지……."

"사례는 당치 않소. 우리도 이 땅에 사는 사람들이기는 매한가지라오."

기룡은 그의 곁에 있는 서무랑에게 물었다.

"전에 저의 식솔들이 찾아가 신세를 많이 졌다고 들었습니다."

"우리 마을에 오신 것은 아니고, 갈대밭에 있는 저의 집에서 열흘쯤 계시다가 가셨습니다."

"저의 처와 무슨 얘기를 나눴습니까?"

서무랑은 웃으며 대답했다.

"좋은 얘기만 했지요. 훌륭한 아내를 두셨더군요."

촌장 김중섭이 기룡에게 말했다.

"자, 우리는 이쯤에서 돌아가겠습니다. 내내 평안하십시오."

우복동인들은 다시 용화동 골짜기로 들어갔다. 어디로 다니는지 알 수 없는 사람들이었다. 우북산에서 속리산까지 세상 사람들은 알 수 없는 길이 나 있는지도 몰랐다.

비로소 용화 고을에서 밖으로 나온 피난민들은 자신들을 구하러 온 기룡을 따르기를 청했다. 기룡은 상주 목사 김해에게 명령권을 바쳤지만 그는 멋쩍어 하며 기룡에게 모든 것을 일임했다.

"그러면 다 같이 돌아갑시다."

연악산 영수암으로 돌아오는 길에 백성들은 저마다 기룡을 칭송했다.

"우리가 한 사람도 상하지 않은 것은 다 판관 나리 덕분일세."

"만약 판관 나리께서 조금만 늦게 오셨더라면 용화동에 든 사람들은 목숨을 부지하기 어려웠을 게야."

"천지신명이 우리 상주에 내려보내 주신 장수시지. 암."

기룡은 용화동의 싸움을 깊이 되짚어 보았다. 왜장 도다 가츠타카의 간교한 계책을 꿰뚫어 보지 못한 경솔함을 뼈저리게 후회했다. 그러고는 병법에 씌어 있는 대로 간자의 중요성을 크게 깨달았다.

"지피지기면 백전불패라 했거늘."

기룡은 곳간에 가둔 부로들을 살펴보았다. 일본군도 있었고, 부왜들도 있었다. 기룡이 물었다.

"조선군에 귀부할 뜻이 있는 자는 썩 나오라."

일본군은 무슨 말인지 몰라 서로 얼굴만 쳐다보았다. 그때 구석 깊이 앉아 있던 사내 하나가 앞으로 나왔다.

"나리, 목숨만 살려주신다면 시키는 대로 하겠사옵니다요."

"너는 조선인이렷다."

"예, 나리. 소인 배홍옥이라 하옵니다."

기룡은 그 자리에서 그의 이력을 직접 들었다. 박수영의 주구 노릇을 했다는 말에 자신의 귀를 의심했다.

'설마 의령의 그 박수영은 아니겠지?'

기룡은 배홍옥을 타일렀다.

"너는 부왜 짓을 해왔으니 지금 읍성으로 돌아가더라도 산길을 헤매다 왔다고 하면 왜군이 죽이지 않을 것이다. 또 이후로 읍성 내 왜군의 동향을 나에게 수시로 보고한다면 나도 너를 죽이지 않겠다. 그렇게만 한다면, 우리 조선군이 이기든 왜군이 이기든 어느 쪽이 이겨도 너는 끝까지 살아남지 않겠느냐?"

배홍옥은 머리만 조아리고 있었다.

"지금 죽겠느냐? 아니면 제 명대로 살겠느냐?"

"나리의 뜻을 따르겠사옵니다요."

"만약 일본군이 물러가고 나면 네 공을 높이 여겨 낙동나루 객주를 하나 주겠다. 이만하면 네게 남는 셈이 아니냐? 목숨도 부지하고, 객주도 하나 얻고."

배홍옥은 언제까지나 박수영의 졸개 노릇만 하고 살 수 없다는 생각도 들었다. 이대로 일본군이 물러가면 상주 땅에는 발 붙일 곳이 없을 것이었다. 고을고을 돌아다니면서 나쁜 짓을 많이 했기 때문에 읍민들한테 맞아 죽을지도 모른다는 생각이 들었다.

"나리께서 소인을 거둬만 주신다면 앞으로는 신명을 다하겠사옵니다."

"내 너를 믿으마."

배홍옥은 기룡에게 굳게 약속을 하고 산을 내려갔다. 이희춘이 걱정을 했다.

"판관 나리, 만약 저놈이 돌아가서 왜적한테 다시 붙어먹어 우리한테 거짓 정보를 주면 어찌하옵니까?"

"믿을 만한 간자를 몇 사람 더 놓아야겠는데…… 좋은 수가 없겠는가?"

거의 아사 직전인 꼴을 하고서 혼자서 읍성으로 돌아온 배홍옥을 보고 박수영은 얼른 향청으로 들였다.

"대체 어찌 된 겐가?"

"그 싸움통에 머리를 얻어맞아 정신을 잃었다가 눈을 떠보니 소인 혼자이지 뭡니까요. 혹시나 의병 놈들이 도사리고 있을까 조심조심 돌아오는 길이옵니다."

"다행이네. 난 또 자네가 황천길로 간 줄 알았지. 푹 좀 쉬도록 하게."

도다 가츠타카는 분개심을 억누를 수 없었다. 거의 다 잡은 정기룡을 놓친 것은 고사하고 자칫하면 반격을 받아 목숨이 위태로울 뻔했다.

"우복동이 어디에 있는 고을이냐?"

"아무도 알지 못하옵니다. 그저 말로만 전해 오는 곳이라⋯⋯."

"이놈의 조선은 땅도 좁은데 숨겨진 고을은 어찌 그리 또 많단 말인가?"

도다 가츠타카는 자신의 패배 소식이 일본 나고야 성까지 알려질까 봐 전전긍긍했다. 그는 도요토미 히데요시가 총애하는 몇 안 되는 다이묘였다.

그러던 차에 도요토미의 친서를 가진 사자가 당도했다. 도다 가츠타카는 할복 자결이라도 하라는 명령이 아닌가 싶어 불안해했다. 단정히 앉아 떨리는 손으로 친서를 펼쳤다.

"아!"

도다 가츠타카는 안도의 탄성을 내뱉었다.

"관백님이 도자기를 수거하고 도공을 잡아들여 본국으로 보내라고 하시는군."

그간 민가에서 약탈해 모아놓은 것만으로는 턱없이 부족했다. 박수영이 아뢰었다.

"백화산 사기소에 가서 진상 백자도 챙기고, 복수도 할 겸 그 근처에 있는 상의군 본거지를 치는 것이 어떻겠사옵니까?"

도다 가츠타카는 고개를 끄덕였다.

"일리 있는 말이야. 조선 놈들은 모아놓으면 더 큰 힘을 내니, 하나씩 치는 게 좋겠어. 박 향도의 말대로 맨 먼저 상의군을 치도록 하지. 관백님이 원하시는 진상 백자도 챙기고 말이야."

박수영을 따라 관아 청유당으로 갔다가 밖에서 시립하고 있던 배홍옥은 안에서 나누는 말을 다 엿들었다.

'이 사실을 어떻게 영수암에 전한담.'

황치원이 영수암을 찾아와 기룡에게 한 가지 정보를 전했다. 왜적이 곧 백화산 사기소와 고모담에 있는 상의군 본거지를 치러 오려고 한다는 것이었다.

"어디서 나온 정보인가?"

"낙동에 세거하시다가 창의군에 몸담으신 조검간(조정의 아호) 어른께서 전해 왔사옵니다. 전에 그 댁 운월이라는 여종이 피난 중에 양식을 구하러 읍내에 갔다가 그만 왜적에게 붙잡혔는데, 미색이 있어 처음 상주에 주둔했던 왜장 고토 하루마사가 첩으로 삼았다가 그가 갈려 가면서 새로 부임한 도다 가츠타카에게 선물로 주었는데, 어저께 그 운월이 비밀리에 사람을 창의군으로 보냈다고 하옵니다."

기룡은 반신반의했다. 아무리 조선 여인이라고는 하지만 왜장의 애첩이 되어 있다니 무슨 꿍꿍이라도 있는 것 같았다. 한 번 겪어보니 도다 가츠타카도 속 깊은 전략가인지라 만만히 볼 수 없었다.

기룡이 고심하고 있는데, 읍성에서 배홍옥이 어린아이 하나를 보냈다. 관아 지통 아이였다. 아이의 첩정도 운월이 전했던 소식과 다르지 않았다. 기룡은 그 아이를 남달리 여겨 곶감을 몇 개 먹여서 보냈다.

기룡은 휘하 장사들을 모아 회의를 열었다. 의견은 하나로 귀결되었다. 적은 수의 군사를 매복시켰다가 그들이 지나가면 뒤를 치자는 것이었다. 그리하면 두 사람이 거짓 정보를 보낸 것인지 아닌지 판별할 수 있을 것이라는 말들이었다.

"왜적이 백화산으로 우리의 이목을 끌어놓고 실상은 우리 영수암을 치러 오려는 것인지도 모르네. 산 아래쪽에서부터 파수를 삼엄히 하게."

"산 중턱 용흥사에서 기거하고 있는 백성들이 석책(방어용 돌담)을 쌓고 갖가지 무기를 잔뜩 늘어놓고 벼르고 있사옵니다. 왜적이 섣불리 쳐들어왔다간 좁은 계곡에서 몰살만 당할 뿐이옵니다."

"용화동에 있을 때와 달리 백성들의 사기가 진작되었다니 다행한 일이군."

노함이 말했다.

"판관 나리, 이번 복로군(매복 군사)은 소인에게 맡겨주소서."

"좋은 계책이라도 있는가?"

노함은 대답 없이 기룡의 허락만 기다렸다.

"오늘밤에 영재로 와서 비책을 독계(단독 보고)하게."

도다 가츠타카는 군사를 두 편으로 나눴다. 한 편은 백화산 고모담으로 직행시키고 다른 한 편은 사기소로 가서 진상 백자를 수거하고 도공들을 생포하게 했다. 또 아무도 모르게 닌자 부대에 밀령을 내렸다.

"가장 술법이 뛰어난 자들을 골라 사기소 고을 안에 숨어 있도록 하라."

그런 한편, 읍내에 있는 일본군이 연악산 영수암을 치려고 군사를 대거 출병시킬 것이라는 소문을 퍼뜨렸다.

기룡은 도다 가츠타카가 자신의 발을 묶어놓은 다음 백화산으로 군사를 낼 것이라고 판단했다. 그리하여 일찌감치 노함에게 장정 1대를 가려 주어 백화산 고모담으로 보내고, 자신은 다른 장사들을 거느리고 사기소로 향했다.

노함은 상의군 의병장 김각의 허락을 얻어 손재주가 뛰어난 장제용과 함께 돌을 쏠 수 있는 포차 다섯 대를 만들고, 그것을 장정들에게 밀고 끌게 해 중모현과 화령현 사이 길목에 숨겨두었다.

그즈음 읍내 일본군은 척후를 면밀히 하면서 사기소로 가는 군대는 내서 고을로 가서 백화산으로 향했고, 상의군 본거지가 있는 고모담으로 가는 군대는 외남 고을로 행군했다.

"왜적이 두 갈래로 쳐들어오고 있사옵니다."

척후의 보고를 받은 김각은 좌중에게 대책을 물었다. 정경세가 말했다.

"노 장사가 지키고 있는 내서 쪽 길은 아무 걱정이 없으니 제가 군사를 이끌고 외남 쪽에서 오는 왜적을 막겠사옵니다."

정춘모도 나섰다.

"시생도 함께 가겠사옵니다."

그리하여 두 사람은 의병 1초를 이끌고 고모담에서 내려왔다. 이윽고 일본군 한 떼가 나타났다.

"내려가서 저놈들을 공격하세."

"아닐세. 지나가도록 두세."

"그렇다면 고모담으로 쳐들어오도록 두자는 말인가?"

"그게 아니라 고모담으로 산길을 오르자면 저놈들이 지칠 터이니 그때 뒤에서 치자는 말일세."

"거 묘안이군."


기룡은 장사들과 함께 사기소에 도착했다. 민가에는 사람이 드물었고, 늙은 도공 몇 사람이 고을을 지키고 있을 뿐이었다. 그들의 눈빛이 어딘지 모르게 불안했다. 기룡은 곧바로 눈치채고 조용히 빈 집 앞에 말을 매두었다.

그러고는 십련 보검을 빼 들고 장사들과 함께 뛰어들어 가 노략질을 하고 있던 일본군 두 명을 베어 죽였다. 그 순간, 집 밖 사방에서 왜군들이 쏟아져 나와 에워쌌다.

"함정이옵니다!"

"판관 나리, 포위당했사옵니다!"

"다들 침착하게. 별 거 아니니 뚫고 나가세."

기룡이 앞장서서 포위망을 뚫었다. 장사들이 그의 뒤를 따라 달아났다.

일본군들은 조총을 쏘며 뒤쫓았다. 기룡은 산으로 올라갔다. 걸음이 워낙 빨라 왜적들과 거리가 점차 벌어졌다.

"왜군을 매복시켜 놓았을 줄은 몰랐어. 왜장이 지모가 있는 자이긴 틀림없군."

"말은 어떡하면 좋사옵니까?"

기룡은 씩 웃었다.

"기다려 보게."

왜적들이 기룡의 말 화이를 비롯해 매놓은 장사들의 말고삐를 풀어 서너 걸음 끌고 갈 즈음이었다. 기룡은 산 위에서 크게 휘파람을 불었다.

"휘이익!"

화이는 그 소리를 듣자마자 고개를 돌리더니 앞발을 쳐들며 날뛰었다. 그 바람에 왜군들이 고삐를 놓치고 나자빠졌다. 화이는 그 자리를 빙빙 돌며 왜병들을 위협해 다른 말들도 풀려나게 한 뒤에 산 위쪽으로 내달렸다. 다른 말들이 뒤따랐다.

"우두두두……."

기룡은 크게 웃으며 화이를 맞이했다. 쓰다듬어 주자 화이는 기룡의 손을 핥았다. 다른 장사들도 각기 자신의 말을 되찾았다.

"그놈 참."

"용한 놈일세."

"자, 다시 내려가세."

기룡은 말 위에 올라 창을 빼 들었다. 언제나 앞장서서 일본군을 추살하려고 하는 그의 용자(용맹한 자태)는 다른 장사들의 마음을 든든하게 했다. 일행은 다시 사기소로 돌아와 남은 왜군을 다 무찔렀다.

그런데 텅 빈 마을 곳곳에 숨어서 기룡의 목숨을 노리는 자객들이 있었다. 그들은 은신에 능해 좀처럼 찾아낼 수 없었다. 장사들은 그들이 숨었다가 나타났다 하면서 표창을 던져대자 속수무책으로 당했다.

"안 되겠네. 다들 얼른 고을 밖으로 나가게!"

기룡은 부상당한 장사들을 사기소 고을 입구 큰 터에 모아놓고는 사방 경계를 시켰다. 그러고는 홀로 고을 안으로 들어가려고 했다.

"나리, 들어가지 마소서."

"괜찮네. 자네들은 상처를 치료하게."

기룡은 한 손에 활을 든 채 말발굽 소리를 죽여 고을로 들어갔다. 개 한 마리 짖지 않는 적막감이 감돌았다. 좌우의 낮은 담 너머로 보이는 집들을 살피면서 천천히 좁은 고샅길을 갔다. 화이가 걷는 말발굽 소리만 도각도각 들릴 뿐이었다.

빈 집 한 채를 끼고 에움길을 돌려고 하는데 화이가 더 이상 가지 않고 그 자리에 우뚝 멈춰 서서 고개를 돌리며 투레질을 했다.

기룡은 동개에서 재빨리 화살을 빼 들고 시위에 먹여 몸을 뒤로 돌리며 처마 밑을 쏘았다.

"털썩!"

화살을 맞은 자객이 땅에 떨어졌다. 화이는 다시 앞으로 나아갔다. 몇 걸음 가지 않아 또 고갯짓을 까딱까딱했다. 기룡은 주위를 둘러보았다. 아무도 없었다. 문득 담장 위가 이상했다. 얼른 장창을 들고 내리쳤다. 장신술(몸을 감추는 술법)로써 몸을 숨기고 있던 닌자가 짧은 비명을 지르며 굴러떨어졌다.

바로 그때였다.

"획, 획!"

표창이 날아들었다. 기룡은 몸을 솟구치며 화살을 한 대 날린 뒤에 다시 떨어지면서 한 대 날렸다. 오르막길 좌우에 큰 바위처럼 위장하고 있던 닌자 두 명이 화살을 맞고 꼬꾸라져 정체를 드러냈다.

또 다른 고샅길로 접어들었다. 멀리 큰 오동나무가 서 있었다. 기룡은 햇빛을 받고 있어서 나무 그늘 속에 뭐가 있는지 똑똑히 바라볼 수 없었다. 갑자기 검은 그림자가 날아들었다. 기룡은 재빨리 십련 보검을 빼어 허공을 휙 그었다. 닌자는 짧게 비명을 지르며 떨어졌다.

기룡은 화이에 탄 채 천천히 사기소 고을의 모든 길을 다 돌았다. 더 이상 아무런 공격도 받지 않았다. 기룡은 남은 자객이 없다고 판단하고 고을 어귀에 있는 장사들에게로 돌아왔다.

"다들 괜찮은가? 이제 내려가세."

산을 내려오고 있는데, 의병들이 한 떼의 일본군을 추격하고 있었다.

"저건 경임과 유촌이 아닌가? 어서 가보세!"

정경세와 정춘모에게 쫓기던 일본군은 산 위에서 기룡이 내려오는 것을 보고는 내서 쪽으로 달아났다. 기룡은 정경세, 정춘모와 합세해 뒤쫓았다.

노함은 내서 쪽에서 일본군이 쳐들어올 줄 알고 기다렸는데 거꾸로 중모현 쪽에서 일본군이 달려오자 의아했다. 그러나 곧 의문이 풀렸다. 왜군들을 쫓는 기룡의 군사와 의병들의 고함 소리가 들렸기 때문이었다.

"석차(돌을 쏘는 포차)를 쏠깝쇼?"

"아닐세. 지금 쏘면 왜적을 쫓는 아군도 다치게 되네. 지나가게 내버려두게."

쫓기던 일본군은 지나가고 쫓던 기룡의 군사는 노함이 매복하고 있는 곳에서 멈췄다. 기룡이 말했다.

"왜적이 곧 그 수를 더하여 쳐들어올 것이다. 노함은 채비를 하라!"

이윽고 달아난 수보다 서너 배나 많은 일본군이 쳐들어오고 있었다. 달아났던 왜군들은 내서 고을 쪽에서 오는 무리와 합류해 마치 분풀이하러 돌아오는 듯했다. 노함이 소리쳤다.

"발포하라!"

다섯 대의 석차가 차례로 가죽 포대에 놓인 돌덩이들을 하늘 높이 날렸다. 몰려오던 일본군은 까마득한 허공에서 떨어지는 돌에 맞아 머리가 터지고 얼굴이 깨졌으며 가슴뼈가 부서져 나뒹굴었다. 마치 하늘에서 돌우박이 쏟아지는 듯해 대오가 흐트러지면서 길옆 석천으로 뛰어들었다.

기룡은 그때를 기다려 명령을 내렸다.

"한 놈도 남기지 말고 추살하라!"

용맹한 장사들과 의병들이 달려 나갔다. 그 기세에 눌려 일본군은 감히 대적할 엄두를 내지 못하고 달아나기 시작했다. 뒤쫓는 조선군의 사기는 푸른 초겨울의 하늘보다 드높았다.

"이놈!"

"에잇, 죽어라!"

"이얍! 두 번 죽여도 시원찮을 놈들!"

일본군은 한번 기세가 꺾이자 전의를 잃고 말았다. 들고 있던 무기조차 내던지고 유일하게 길이 열려 있는 화령 고을 쪽으로 도망치기에 바빴다. 하지만 그쪽에는 창의군이 기다리고 있었다. 잔적이 가까이 오자 창의군은 사기도 높아져 그들을 남김없이 무찔렀다.

수백 명이나 되는 일본군 아시가루 중에서 살아서 돌아간 사람은 아무도 없었다. 몰살이었다. 기룡은 왜군의 수급을 모두 베어 셌다. 3백여 개나 되었다.

"싸움에 참여한 사람들에게 전공을 공평히 나누어 적어준 다음 왜적의 수급은 모두 수레에 실어 감영으로 이송하라."

용화동에 이어 중모현 싸움도 기룡이 이끄는 조선군이 승전했다는 풍문이 빠르게 퍼져 나갔다. 의병에 참여한 사람들이 전공을 세워 신분이 높아지게 될 것이라는 말도 나돌았다.

민심은 다시 술렁였다. 부왜하던 무리까지 주춤했다. 상주 백성들은 드디어 기룡에게 한 가닥 희망을 걸기 시작했다.

"전멸을 했다니!"

왜군 진영은 발칵 뒤집혔다. 조선군이 석차까지 마련하고 길목에서 매복하고 있었다면 사전에 작전 기밀이 새 나간 것이 틀림없었다. 도다 가츠타카는 장검을 빼 들고 방문을 발로 무너뜨리며 밖으로 나왔다.

다들 덜덜 떨며 고개를 들지 못했다. 도다 가츠타카는 당장이라도 부왜들의 목을 칠 태세였다.

"네 이놈들!"

박수영과 배홍옥은 그 자리에 털썩 주저앉았다. 그러고는 머리를 땅에 찧었다. 도다 가츠타카는 그들의 머리 위로 칼을 휘둘렀다가 칼집에 도로 꽂아 넣은 뒤에 소리쳤다.

"관내 어딘가에 조선의 간자가 있지 않고는 그렇게 당할 수는 없다. 한 놈이건 여러 놈이건 반드시 모조리 찾아내라!"

"하이!"


## 2

상의군과 창의군이 각각 지키고 있는 상주 남서쪽 고을과 서북쪽 고을은 민심이 안정되고 백성들이 나다니기가 편해졌다. 부왜들의 노략질도 찾아볼 수 없었다. 연이어 패전한 일본군은 사기가 꺾여 주로 읍성 안에 머물러 있기만 했다.

"올겨울 나기가 어렵겠소."

"큰일이군. 허면 어찌하면 좋겠는가?"

상의군에게 가장 큰 문제는 양식이었다. 정경세가 백화산 옛 산성 폐우물 속에 감춰두었던 양식도 거의 다 떨어졌다. 은척 칠봉산 암굴에 숨겨 놓은 양식은 이미 창의군이 다 꺼내 소진한 터였다.

군량이 부족해지자 의병들 사이에 분위기가 험악해졌다. 무엇이든 입에 넣을 것만 보이면 서로 신경전을 벌이거나 싸움질을 하기 일쑤였다.

그 때문에 규율은 흐트러지고 대오를 이탈해 살길을 찾아 달아나는 사람들까지 생기게 되었다. 하루 이틀의 일이 아니어서 보다 못한 정춘모가 일갈했다.

"사내놈들이 어찌 그리 구차한가! 네놈들은 입에 풀칠하려고 의군이 되었느냐! 저 읍성 안에 찰지고 맛난 우리 상주 쌀이 곳간마다 그득히 쌓여 있다! 왜놈들을 몰아내고 그 쌀로 밥을 지어 먹을 생각은 하지 않고, 목전에 한 줌도 안 되는 것을 두고 피로 맺어진 동료끼리 서로 다투다니, 다들 어찌 이리 못났는가!"

의병들은 아무 소리도 하지 못하고 목을 움츠렸다. 그들을 잠시 진정시키기는 했지만 양식을 조달할 방법을 찾지 못한다면 의진이 와해될 것은 불을 보듯 뻔했다. 정경세가 나서서 김각에게 말했다.

"제가 호서(충청도)로 가서 군량을 요청해 보겠습니다."

정경세는 장정 여남은 사람을 데리고 추운 겨울바람을 뚫고 속리산을 넘어 충청도로 갔다. 공산(지금의 공주)에 도착할 무렵에 두질(두통)에 걸려 사경을 헤매다가 겨우 살아났다. 하지만 곧 돌아오지는 못했다.

"경임이 호서로 떠나기 전에 폐우물 속에 남은 양식을 경운에게 가져다주라고 했으니 그의 뜻을 따르도록 합시다."

정춘모는 쌀 두 섬과 곶감 일곱 접을 지고 영수암으로 왔다. 기룡도 군량이 다 떨어져 겨울 칡을 캐고 굴속에 든 뱀을 잡아 연명하고 있었기에 크게 반겼다.

정춘모가 돌아가고 난 뒤에 기룡은 장사들을 모아놓고 곶감을 나눠 주었다. 장사들은 허리에 차고 있던 주머니에 곶감을 넣고 아구리를 봉했다.

"이 비상식량이 다 떨어지기 전에 읍성을 탈환해야 되는데 말이야."

"판관 나리께서 아직 결단을 내리지 못하신 것 같네."

"그보다도 의병들이 이반하고 있어서 그럴 걸세. 그들과 합세하지 않고는 도모하지 못할 일이지 않은가?"

도다 가츠타카는 한 가지 큰 의문이 들었다. 그는 혼잣말처럼 박수영에게 물었다.

"정기룡의 군사들이 밥 지어 먹는 꼴을 못 보았다. 양식을 실어 나르는 행리 군사들도 없었던 것 같다. 대체 그놈들은 뭘 먹고 싸우나?"

"예로부터 상주에는 곶감이라고 하는 것이 있습지요."

"곶감?"

박수영은 곶감을 구해 바쳤다. 도다 가츠타카는 조금씩 베어 우물거리면서 연신 감탄을 했다.

"하찮은 떫은 감을 말려서 이렇게 맛나게 만들다니."

"먹을 만하옵니까?"

"과연! 조선인들은 소문대로 신선의 음식을 먹는다고 할 만하구나."

도다 가츠타카는 선산에 있는 신성으로 갔다. 선산은 왜장 미야베 나가히로가 관할하고 있었지만 도다 가츠타카가 실질적으로 상주 읍성과 선산 신성 두 지역을 지휘하고 있었다. 선산과 상주 지역의 곡식을 거둬 개령에 머물고 있는 제7번대 모리 데루모토의 군대에 군량을 이송하는 임무도 수행해야 했기 때문이었다.

그런데 상주에서 개령으로 가는 길은 청리와 공성을 지나야 했다. 연악산에 웅거하고 있는 정기룡과 백화산에 본거지를 두고 있는 상의군 때문에 수레에 곡식을 싣고 그쪽으로는 갈 엄두를 내지 못했다. 자칫 잘못해 싸움이 벌어져 군량을 빼앗기기라도 한다면 굶주리고 있는 정기룡과 의병 앞에 밥상을 차려주는 꼴이 되기 때문이었다.

도다 가츠타카는 선산에서 개령으로 가는 길을 택했고, 모리 데루모토는 군량 이송을 지원하기 위해 모리 모토야스(毛利元康)를 비롯해 아마노(天野), 코다마(児玉), 다케다(竹田), 야나가와(柳川) 등의 장수와 3천여 기병을 보내주었다.

상주로 돌아온 도다 가츠타카는 관아 뒷산인 왕산의 산마루를 헐어서 누각을 세운 뒤 읍성 전체를 파수하게 했고, 읍성 둘레에는 10척이 넘는 해자를 파고 북천의 물을 끌어들여 흐르게 했다. 또 해자를 파서 나온 흙으로는 성 밖 서남쪽 청리에서 들어오는 길목에 토성을 높게 쌓고 그 꼭대기에도 수루(초소)를 지어 기룡의 공격에 대비했다.

"왜적의 수가 수천이나 더해졌고, 방비를 더하였사옵니다."

"왜장이 상주를 비우고 선산으로 가 있는 틈을 타 읍성을 치는 것이 어떻겠사옵니까?"

"그렇다면 선산에 있는 백성들이 핍박을 받을 것이 아닌가?"

선산 부사 정경달은 미야베 나가히로에게 선산을 빼앗긴 뒤에 흩어진 군사를 다시 끌어모아 낙동강변에 목채(울짱을 친 작은 성) 네 곳을 설치했다. 그러고는 송진성, 박사사미, 허설, 최흥검을 채장으로 삼아 계속 일본군과 맞서 싸우고 있었다.

그런 사실을 안 기룡은 선산에 부담을 주기보다는 왜적의 주력이 상주에 있을 때 저 자신이 감당하는 것이 낫다고 보았다.

"왜장과 그 부장들이 상주 읍성에 모여 있을 때 한꺼번에 쳐 무찌르는 것이 옳다."

"수적으로 대적하기가 난감하옵니다. 적은 수천이고 우리는 낫가락이라도 들 만한 아이들까지 다 끌어모아도 수백이나 될까 하니……."

"싸움을 어디 군사의 머릿수로만 한다던가?"

영재에서 물러 나온 이희춘은 장사들을 영수암 아래쪽에 있는 넓은 대나무 숲에 모이게 했다. 김세빈, 정범례, 노함, 정수린, 윤업, 최윤과 새로 장사에 합류시킨 황치원, 김천남, 김사종이었다. 이희춘은 황치원에게는 도깨비 무늬가 있는 팔련 장창을, 김천남에게는 현무 무늬 팔련 장창을, 김사종에게는 독두꺼비 무늬 팔련 장창을 주었다.

"그런 장창은 모두 열두 자루가 있었는데, 두 자루는 판관 나리와 아씨 마님이 갖고 계시네. 여기 모인 열 명의 장사는 죽기를 각오하고 판관 나리를 보필해야 할 것일세."

원을 지어 둘러앉은 사람들은 각자 창을 매만지며 결의를 다졌다.

"머잖아 상주 읍성을 칠 것일세. 그에 앞서 우리의 결기를 다짐하는 뜻에서 이 자리에서 맹약을 하도록 하세. 다들 어떤가?"

장사들은 한입으로 외쳤다.

"좋소!"

"우리는 판관 나리보다 먼저 죽는다는 단 한 가지 결의만 하면 되네."

"그럼 우리 10장사를 뭐라고 불러야 하겠는가?"

"감사위가 어떤가? 죽기를 감수하는 호위대라는 뜻이네."

"썩 좋은 이름일세. 감사위!"

"우리의 구호는 '감사'로 하겠네."

"감사!"

"죽음을 감수하자!"

기룡이 대밭으로 왔다. 감사위 장사들이 다 일어나려는 것을 그대로 앉아 있게 했다. 기룡은 그들의 면면을 둘러보고 입을 열었다.

"일당백의 장사들이 다 모여 있군그래. 자네들과 나 사이에 어인 장막

지분(장수와 휘하 사이에 신분상의 차이)이 있겠는가? 앞으로 죽는 날까지 우리 한동기간처럼 지내기로 하세."

기룡은 각 의병장들과 참모들을 다 영수암으로 불러들였다. 상주 읍성에 대한 공격을 더 이상 늦출 수 없다고 판단해 적절한 기회를 노리며 병략(군사 작전)을 세우기 위해서였다.

영수암에 모여든 사람들은 저마다 한마디씩 했다.

"아무리 끌어모아도 노소를 합쳐서 불과 4백 명 정도이니, 이로써 어찌 성안에서 조총으로 무장하고 있는 왜군 수천을 대적하겠소?"

"관군이 오기를 기다려야 할 것이오."

"관군, 관군! 관군이 어디 왜란이 터진 뒤로 지금껏 그 잘난 코빼기라도 보였소?"

"우리 고장은 우리가 탈환하는 수밖에 없긴 하지만 군사가 턱없이 부족하지 않은가?"

사람들은 두 쪽으로 나눠졌다. 훗날을 도모하자는 의견과 당장 읍성을 공격하자는 주장이었다. 뒷줄에 앉아 있던 덩치가 큰 사람이 일어섰다. 그는 커다란 물박달나무 몽둥이를 짚고 괄괄한 음성으로 말했다.

"소인 여대세라고 하오. 싸우고자 하는 사람은 이 자리에 남고, 싸우기 싫은 사람은 돌아가면 그뿐이오. 목숨을 바쳐 나라를 구하고 우리 상주를 구하자는 마당에 무슨 왈가왈부할 것이 이리도 많단 말이오!"

다들 숙연해졌다. 기룡이 말했다.

"긴 겨울을 앞두고 백성이고 의병이고 다 양식이 떨어져 굶어 죽게 생겼소. 읍성 공격은 더 이상 늦추어서는 안 된다고 보오. 정병이 할 몫이 있는 것처럼 노인과 어린아이들도 그들대로 사소하고 작은 일이나마 할 몫이 있을 것이오. 이번 싸움에 우리 상주의 운명이 걸려 있으니 더 이상 편이 갈라지는 일은 없었으면 좋겠소."

그런 뒤에 기룡은 역할을 분담시켰다.

"거사 일은 이달 스무사흗날로 하겠소. 그 전날까지 상의군은 관솔 햇불을 수백 자루 만드시오. 창의군은 장목 수백 자루를 깎아 오시오. 그리고 여기 있는 장사들은 힘닿는 데까지 삼릉정(세모난 방망이)을 만들도록 하라."

의병장을 비롯해 많은 사람들이 산을 오르내리고 용흥사에 들어 있는 백성들이 전에 없이 분주하게 움직이자 연악산 기슭에 숨어 있던 부왜들은 정기룡이 곧 읍성을 공격하려는 줄로 짐작해 박수영에게 알렸다.

박수영은 청유당에 들어 도다 가츠타카에게 그 사실을 아뢰었다.

"그러면 우리가 먼저 군사를 내어 연악산 영수암을 쳐야겠군."

"싸움은 선공이 제일입지요."

박수영이 내삼문 밖으로 나오자 그를 따라 향청으로 간 배홍옥은 슬그머니 자리를 떴다. 향청 안에 있던 박수영은 빼꼼히 내다보고는 수하들에게 턱짓을 해 그의 뒤를 밟게 했다.

배홍옥은 통인청으로 가더니 지통 아이 하나에게 귓속말로 무어라 전했다. 아이는 쏜살같이 달렸다. 하지만 관아 남문 태평루를 빠져나가지 못하고 박수영의 수하들에게 붙잡히고 말았다. 끌려온 아이는 박수영에게 실토했다.

박수영은 배홍옥을 잡아다 놓고는 도다 가츠타카에게 아뢰었다.

"태수님, 드디어 간자를 잡았사옵니다!"

도다 가츠타카 옆에 앉아 있던 운월은 간이 철렁했다. 비밀리에 자신의 심부름을 하던 계집종이 잡혔나 했다. 올 것이 왔다는 생각에 눈을 감았다.

도다 가츠타카는 자리를 박차고 왜 장검을 들고 밖으로 나갔다. 그 뒤를 운월이 따라 나왔다. 청유당 뜰에 꿇어앉혀진 사람은 배홍옥과 지통 아이였다. 운월은 침을 꿀꺽 삼키며 식은땀을 훔쳤다.

도다 가츠타카는 신도 신지 않은 채 뜰에 내려서서 칼을 빼 들었다.

"일찍이 출정에 앞서 관백님께서 조선 놈은 단 한 놈도 믿지 말라고 하셨느니라!"

"사, 살려주소서!"

"하아!"

두 사람의 목이 베어졌다. 두 사람의 목에서 피가 분수처럼 솟구쳤다. 배홍옥의 머리는 피를 내뿜으며 땅을 통통 구르다가 곳간 문 앞에 가 처박혔고, 지통 아이의 머리는 떼굴떼굴 구르는 듯하다가 멈췄다.

운월은 차마 보지 못하고 고개를 돌렸다. 도다 가츠타카는 칼을 한 차례 뿌리고는 칼집 속에 넣었다.

"이것들을 성 밖으로 내다가 태워버려라!"

운월이 몰래 영수암으로 소식을 전했다. 기룡은 인편에 운월에게 앞으로 더욱 몸조심하라고 당부했다.

거사 전날 밤이 되자 사방에서 연악산으로 사람들이 모여들었다. 김각, 정경세, 정춘모, 이준 등 상의군이 1백여 명, 조우인, 김광두, 강응철, 이축 등 창의군이 1백여 명이었다.

그 밖에 비란나루 행수 서대복, 한쪽 귀가 잘리고 없는 낙동나루 행수 이상원, 낙동 선비 김연규와 박지현 그리고 신복다물리도 창의군 속에 들어 있었다. 또 용홍사에 있던 백성들도 영수암으로 올라왔다. 영수암 일대는 수백 명의 사람들로 가득 찼다.

10장사가 각자 팔련 장창을 세우고 디딤돌 좌우로 늘어서 있는 가운데 기룡은 영재 마루에 서서 큰 소리로 말했다.

"들으오! 혹자는 전쟁은 없어야 한다고 하오! 아니오! 그것은 그른 말이오! 전쟁이 없어야 하는 것이 아니라, 전쟁을 일으키지 말아야 하는 것이오! 그 어느 나라도 남의 나라에 침략 전쟁을 일으켜서는 안 된다는 말이오!

오늘 우리는 전쟁은 없어야 한다고 목소리를 높이면서 비겁하게도 전쟁에 굴복하려고 하는 것이 아니오! 오히려 전쟁을 일으킨 쥐새끼 같은 무리를 쓸어버리려고 여기에 모였소! 또한 그런 쥐새끼를 따라다니는 따라기들, 저 쥐따라기, 개따라기 같은 부왜 놈들도 함께 처단해야 할 것이오!"

수백 명이 동시에 함성을 터뜨렸다.

"와아아!"

기룡은 더욱 큰 목소리로 외쳤다.

"언제까지 미친병에 걸린 쥐 떼, 개 떼처럼 돌아다니는 저것들을 두고 볼 것인가!"

"처단하자!"

"쳐 죽여 없애자!"

"왜놈들의 씨를 말리자!"

3백여 군사들은 용기백배하고 사기충천했다. 기룡은 마지막 남은 곡식을 다 풀어 그들을 배불리 먹이라고 한 뒤에 영재에 들어 의병장들과 군략 회의를 했다. 그러면서 바깥사람들이 다 들으라는 듯이 큰 소리로 떠들었다.

"창의군은 지금 곧 선봉대로써 북천 위쪽 산으로 가시오. 나도 곧 뒤따라가겠소. 읍성 공격은 거기서부터 시작할 것이오."

도다 가츠타카는 기룡의 진중에 숨어 있는 부왜들이 보내온 소식을 들었다.

"북천 쪽에서 공격을 해올 것이라고?"

"그러하옵니다. 태수님."

그는 골똘히 생각한 끝에 방사오리를 내려쳤다.

"아니다! 이는 성동격서의 수법이다. 정기룡 그놈이 우리의 이목을 북천으로 돌리고는 실제로는 남쪽으로 쳐들어올 것이다. 여봐라, 성의 남문 쪽으로 뎃포 아시가루들을 집결시켜라!"

기룡은 따로 삼망지우들을 영재로 청해 자리를 가졌다. 정경세, 정춘모, 이준, 조우인, 전식, 강응철, 김광두, 김지복, 이축 등이었다. 서로 마주 보기만 해도 즐거운 얼굴들이었다.

"다들 몸조심하게."

"경운도 부디!"

그다음에는 감사위 10장사를 불렀다. 기룡은 노함에게 물었다.

"이번에도 화약은 쓰지 않는가?"

"웬걸입쇼. 그동안 읍성 탈환에 쓰려고 아껴두었습지요."

"행여나 총통이나 비격진천뢰를 오발하여 우리 군사들이 다치는 일은 없도록 하게."

그때 밖에서 우복동인들이 도착했다고 아뢰었다. 기룡은 얼른 나갔다. 촌장 김중섭 뒤로 서 진사와 서무랑을 비롯해 50여 명이나 서 있었다.

"어찌 아시고 오셨습니까?"

"우리도 듣는 귀가 있지요. 허허."

기룡은 서무랑에게 각별히 당부했다.

"왜장의 첩이 있는데 운월이라고 하오. 꼭 무사히 구출해 주시오."

기룡은 밤에 몰래 창의군 군사를 이끌고 읍성 북쪽 빙고지 담벼락으로 가 관솔 횃불 서너 개를 하나로 묶은 것과 굵고 긴 나무를 서쪽 사직단 담장 아래까지 번갈아 늘어세웠다.

정경세와 정춘모는 상의군을 이끌고 읍성 남쪽에 있는 항교산 구월봉 꼭대기에 마른나무를 많이 쌓아두게 했다.

싸움에 직접 나서지 않는 부녀들을 모아 징과 꽹과리와 북을 가지고서 서정(읍성 서쪽에 있는 정자) 부근에 매복시켰다. 상의군 의병 1백여 명은 삼릉정을 가지고서 읍성의 동쪽에 있는 화개봉 아래에 몸을 감추고 있게 했다. 마지막으로 늙은이와 어린아이에게 패를 쥐어주어 북천 위쪽 빙촌(얼음을 보관하는 빙고가 있는 고을)에 진을 치게 했다.

그러고는 감사위 10장사에게 하령했다.

"서문 돌격장은 김세빈 장사와 정범례 장사, 남문은 노함 장사와 정개룡 장사, 북문은 최윤 장사와 여대세 장사가 맡도록 하게. 나머지 장사들은 나를 따르도록 하고."

"예, 판관 나리!"

이희춘이 물었다

"동문은 누가 맡사옵니까?"

"왜적의 퇴로를 그쪽으로 터줄 것이네."

"달아날 길을 열어주신단 말씀이옵니까?"

"사방에서 가두어 두면 발악을 할 것이니, 그리되면 아군의 사상도 적지 않을 것이네."

이희춘은 돌아서서 불만스럽게 입을 삐죽거렸다.

"죽기를 각오한 마당인데……."

북천 뒷산에 나날이 조선군의 출몰이 잦아졌다. 도다 가츠타카는 부왜들로부터 입수한 정보가 맞지 않아 의아하게 여겼다. 기룡이 쳐들어오기로 한 날이 되어도 읍성 남문 쪽에서는 아무런 조짐도 나타나지 않았다.

다만 그다음 날에도 북천 위쪽 산등성이와 빙촌 일대에 조선군이 일사불란하게 움직임을 보이는 것이었다.

"저놈들이 정녕 북쪽에서 공격해 오려는가?"

모리 모토야스가 대답했다.

"전날 저 북천 가에서 대패한 복수를 하려는 것이 아니겠사옵니까?"

"그렇기도 하겠군."

도다 가츠타카는 드디어 명령을 고쳐 내렸다.

"읍성의 북문 일대를 방어하도록 하라!"

그러고는 조선군이 캄캄한 밤에 쳐들어올 것으로 예상했다. 바람은 때 아니게 남풍이 불고 있었다. 그렇다면 북쪽에 있는 조선군에게 화공을 퍼붓기 좋은 기회였다. 도다 가츠타카는 읍성 북쪽에 도가니불, 모닥불, 등불과 같은 불이란 불을 모두 환하게 밝혀두었다.

"판관 나리! 성의 남문을 지키고 있던 왜군들이 철수하고 있사옵니다!"

"북문 쪽으로 이동해 가고 있사옵니다!"

바람의 방향도 어느새 북풍으로 바뀌었다.

"바로 이때다!"

기룡의 신호를 받아 서정에 모여 있던 부녀들이 일제히 북을 치고 나팔을 불었다.

"둥둥둥! 삘릴리리!"

성의 서쪽과 북쪽 담벼락에 쌓아놓은 관솔 횃불에 불이 붙어 일제히 타올랐다. 기룡은 화이를 타고 손에는 큰 횃불을 든 채 말을 달려 불길이 더 거세지도록 남은 관솔 횃불에 불을 붙였다.

드디어 불이 크게 타올라 불 너울이 하늘까지 뻗치고, 서정에서 치는 북, 징, 꽹과리 소리가 천지에 가득 울렸다.

"두둥둥둥, 광광광광! 꽹꽤쨍꽤쨍!"

노함은 읍성 남문 홍치루를 향해 설치해 놓은 화포로 촉천화(하늘에 닿을 듯이 멀리 쏘는 포탄)를 쏘았다.

"펑!"

포탄은 정통으로 문루에 맞아 남문은 산산이 부서져 내렸다. 그것을 지켜본 정개룡이 돌격 명령을 내렸다.

"가자!"

그와 때를 같이해 고함 소리가 일제히 터져 나왔다. 남문으로 쳐들어간 의병들은 달려오는 아시가루들과 대적했다.

서문에서는 김세빈과 정범례가 불다 무너진 담 너머로 진격해 들어갔다. 왜장 아마노가 일본군을 이끌고 맞섰지만 불 속에서 나온 화마와도 같은 조선군에 질려 슬슬 눈치를 보며 뒷걸음질을 쳤다.

"둥둥, 둥둥, 둥둥……."

공격의 북소리 신호를 들은 최윤은 단숨에 북문을 깨뜨리고 돌격했다. 상투에 동여맨 새끼가 꼿꼿이 섰다. 철궁에 철전을 먹여 쏠 때마다 왜군이 꼬꾸라졌다. 여대세가 그에 뒤질세라 물박달나무 몽둥이를 휘둘러 댔다. 붕붕 소리를 낼 때마다 일본군은 쓰러져 갔다. 북문 쪽을 지키고 있던 왜장 코다마는 장검을 들고 잠시 여대세에 대적하다가 달아나 버렸다.

"자, 이제 우리 차례다. 가자!"

서정에 있던 부녀들은 두려움을 무릅쓰고 모두 줄지어 서서 읍성을 향해 전진했다. 하늘을 무너뜨릴 것만 같은 북소리, 징소리, 귀를 찢어놓을 것 같은 꽹과리와 태평소 소리가 점점 가까워졌다. 칠흑같이 어두운 사방에서 세찬 불길이 타오르고 있어 조선군이 도대체 얼마나 되는지 숫자를 가늠할 수 없을 지경이었다.

일본군은 난생처음 당하는 지옥 같은 광경에 두려워 허둥지둥하면서 제 살길을 찾기에 바빴다.

"수린아!"

윤업은 비도를 던져 정수린의 뒤에서 장창을 휘두르려는 야리 아시가루를 쓰러뜨렸다. 정수린은 손을 들어 고마움을 표시했다. 그러고는 팔매 줄을 휘둘러 대며 왜적의 머리통을 하나씩 보기 좋게 깨뜨렸다.

비란나루 객주의 행수 서대복도 죽창을 들고 용감하게 일본군과 맞서 한 치의 물러섬도 없었고, 신복다물리도 노익장을 과시하고 있었다. 황치원은 왜장 다케다와 합전(접전)을 벌였으며, 김천남은 왜장 야나가와의 공격에 응수했다.

노함은 화군에게 도다 가츠타카가 들어 있는 관아 내삼문 너머로 비격진천뢰에 불을 붙여 던져 넣게 했다. 잠시 후 쾅쾅 터지는 소리와 함께 왜적들의 비명이 들려왔다. 그들이 허둥지둥하는 틈을 타 굳게 잠긴 문짝을 향해 화전(불화살)을 날리게 했다. 문짝에 불이 붙어 활활 타올랐다. 하지만 좀처럼 부서져 내리지 않았다.

그러는 동안 내삼문 앞에서는 치열한 공방전이 벌어지고 있었다. 내삼문이 뚫리면 전세는 회복 불능이었기에 일본군은 처절히 조선군을 막고 있었고, 의병들은 왜장 도다 가츠타카를 잡기 위해 점차 더 많은 수가 몰려들고 있었다.

머리동이로 한쪽 귀를 감싼 이상원은 앞장서서 일본군에게서 탈취한 장검을 휘둘렀다. 관아 안으로 들어가 오직 박수영을 잡아 죽일 일념뿐이었다.

"포 놓는다!"

노함은 크게 외치는 동시에 내삼문을 향해 천산오룡전(지화통을 단 화살 다섯 발을 동시에 쏘는 장치)을 발사했다. 큰 불화살 다섯 발은 큰 철탄자처럼 날아가 문짝을 수십 조각으로 부숴버렸다.

"와아!"

일본군은 뒤로 밀려나고 문안으로 의병들이 쏟아져 들어갔다. 상의군, 창의군, 우복동인들 그리고 백성들까지 노도처럼 밀어닥쳤다. 김연규와 박지현이 두리번거리다가 모리 모토야스를 발견하고 달려들었다. 왜장은 사력을 다해 두 사람과 맞섰다.

그러는 동안 촌장 김중섭과 우복동인들은 도다 가츠타카를 찾았다. 또 정경세, 정춘모, 조우인, 전식 등도 돌격장 이축을 앞세워 도다 가츠타카의 족적을 쫓았다.

"저기 있다!"

도다 가츠타카는 맨발로 청유당 지붕 위에 있었다. 그는 지붕과 지붕 사이를 훌쩍 뛰며 동쪽으로 달아나기 시작했다.

"쫓아라!"

"저놈 잡아라!"

서무랑은 운월을 구하고자 재빨리 내실로 뛰어들었다. 그런데 안타깝게도 운월은 도다 가츠타카가 달아난 뒤에 제 할 일을 다했다는 듯이 단정한 차림으로 들보에 목을 매 자결한 뒤였다.

"아!"

서무랑은 운월을 내려 눕히고 두 눈을 감겨주었다. 그러고는 방바닥 구석에 떨어져 있는 그녀의 장옷으로 혀가 길게 빠져나온 얼굴을 덮어주었다. 잠깐 그녀의 명복을 빌어주고는 재빨리 밖으로 나왔다. 조선군들이 한곳으로 몰려가고 있었다. 동쪽이었다.

다른 곳과는 달리 오직 관아 동문에만 불길이 없었다. 일본군은 퇴로를 동문으로 여기고 달아나고 있었고, 조선군이 뒤쫓았다. 왜장을 보호하며 동문 공략문을 나서는 순간, 화개봉 아래에 숨어 있던 상의군 1백여 명이 동문 밖 밤나무 숲으로 와 있다가 동시에 들고일어났다.

달아나던 왜군은 소스라치게 놀라며 발길을 돌리려고 했지만 더 이상 달아날 길이 없었다. 체구가 작은 일본군 아시가루들은 의병들이 닥치는 대로 마구 휘두르는 삼릉정에 맞아 터지고 깨지며 무참히 죽어갔다. 그리하여 넘어진 왜군의 시체가 서로 포개져 쌓인 것이 이루 셀 수 없이 많았고, 온 땅바닥은 핏물이 흘러나와 마치 비가 내린 것처럼 질벅했다.

"와아! 이겼다!"

"우리 손으로 왜적을 물리쳤다!"

"이제야 북천 싸움의 복수를 했다!"

"와아아! 와아아!"

환호 소리는 그칠 줄을 몰랐다. 단 한 사람만이 승리의 기쁨에서 벗어나 있었다. 이상원은 온통 피가 묻은 몸으로 불타고 있는 곳곳을 헤치고 다니며 왜군의 시체를 뒤졌다. 박수영을 찾았으나 어디에도 없었다.

"아, 쥐새끼 같은 놈! 명도 길구나."

# 왕자 구출 작전

1

겨우 목숨을 건져 선산 신성으로 달아난 도다 가츠타카와 모리 모토야스는 왠지 그곳도 안심이 안 되었다. 미야베 나가히로도 기룡이 그다음에는 선산으로 쳐들어와 정경달과 호응을 할 것 같아 몹시 겁이 났다.

그는 도다 가츠타카를 안전히 인행해야 한다는 핑계를 내세워 모리 데루모토가 점거하고 있는 개령성으로 갔다. 모리 데루모토는 일본이 조선 팔도를 완전히 장악하고 나면 백국 경상도를 다스릴 영주로 차정되어 있었다.

"갈기갈기 찢어발겨도 시원찮을 놈이옵니다!"

도다 가츠타카는 분통을 터뜨리며 청원했다.

"소장이 목숨을 걸고 상주를 치겠사옵니다. 정병을 좀 내주십시오."

모리 데루모토는 눈을 가늘게 뜬 채 도다 가츠타카를 노려보듯 했다. 멀리서 앉아 있던 박수영은 목덜미가 서늘했다. 모리 데루모토가 사기그릇 깨지는 듯한 소리를 냈다.

"정기룡 그놈이 사방 가릴 것이 없는 성 밖에 있을 때도 감당 못 한 주제에 이제는 높은 담벼락 안에 있는데 무슨 수로 이기려고?"

"소, 소장도 화공으로써……."

"화공? 그러면 그놈이 산속에 들어 있을 때 온 산에 불이라도 확 질러 버리지 그랬는가?"

"미처 그런 생각을 못 하였사옵니다."

모리 데루모토는 서탁을 탕 내리쳤다.

"그런 배포도 없는 사람들이 무슨 전쟁을 한단 말인가!"

도다 가츠타카는 내놓을 말이 없어 고개를 푹 떨궜다.

"오합지졸에 불과한 조선군 수백에 3천이 넘는 군사를 잃은 죄는 할복을 시키고 목을 쳐야 마땅하네만, 관백님께서 그대를 남달리 총애하시니 내 임의로 처리할 수 없네. 다만, 그대가 관백님께 이번 일에 관해 소상히 장계를 써 올리게."


상주 읍성 안팎으로 왜군의 시체가 여기저기 돌멩이처럼 널려 있었다. 의병에 맞아 죽은 사람, 베이고 찔린 사람, 도망쳐 숨어 있다가 얼어 죽은 사람, 시체 위에 시체가 켜켜이 포개져 있었다.

그 속에는 아군의 시체도 적지 않게 섞여 있었다. 일본군과 조선군의 차이는 의복에서 드러났지만 무엇보다도 머리 모양에서 확연히 구별되었다. 기룡은 아군의 시신을 조심해서 거두게 해 한곳에 모아두었다.

그런 다음 기룡은 죽어서도 머리가 깨지지 않은 일본군의 수급만 베게 하고, 시체들을 북천 너머 구렁들에 모아다가 기름을 붓고 불을 질렀다. 산에 큰 구덩이를 파고 묻는 것이 쉬웠지만, 단 한 놈도 조선 땅에 흙보탬(무덤을 만들어 장사 지내는 일)을 시키고 싶지 않았다.

시체를 다 치운 뒤에는 관아의 불탄 곳을 손보았다. 거의 다 타 무너질 위험이 있는 간각들은 안전하게 무너뜨렸고, 덜 타고 기둥과 들보가 성한 집채들은 긁어내고 씻고 닦았다.

읍성을 되찾은 백성들은 각자 집으로 돌아가 집 안 곳곳을 손보며 비로소 안도했다.

"양식을 나눠 주신다고 한다!"

"관아로 가자!"

상주 목사 김해가 청유당 대청마루에 나와 앉아 있었고, 기룡은 그 옆에 시립했다. 백성들은 그 모습을 보고 힐난했다.

"저자는 뭘 한 게 있다고 저기 앉아 있나그래?"

"비겁하게 저 혼자 살겠다고 백성을 버린 자가 무슨 사또라고."

"에잇, 돌아가세. 저런 자가 주는 걸 굽신대며 받아먹느니 나는 차라리 우리 손으로 지킨 이 상주 땅의 흙을 파먹겠네."

"그러세. 그 말이 옳네."

읍시를 지나 관아로 몰려든 백성들이 김해를 보고는 다들 곡식을 받아먹을 생각을 하지 않고 발길을 돌려버리자 그는 크게 무안해져 군기침만 내뱉었다.

"어허험, 날이 차니 고뿔이 오려고 하네. 고을 백성들에게 관곡을 지급하는 것은 정 판관이 알아서 하시게."

김해는 이후로 모든 관무를 기룡에게 맡기고 자신은 가족들과 내아(사택 개념의 안채)에 들어 밖으로 나오지 않았다. 그래도 기룡은 관아의 사무를 처리할 때 일일이 가지고 들어가 결하(결재)를 받았다. 그러면 김해는 매번 의례(전례에 따름)로 행하라고 할 뿐이었다.

"이번에 죽고 다친 아군도 많사옵니다. 전사한 자들의 혼령을 달래는 것이 어떠하올지요?"

"정 판관이 알아서 하시게."

기룡은 관아 북문인 현무문 밖에 제단을 차리고 제수를 정성껏 갖춰 차렸다. 장렬히 전사한 의병과 백성 그리고 다수의 우복동인들의 염습을 마치고 관에 넣은 다음 그 관을 단 앞에 늘어놓았다.

진혼제의 제문은 정경세가 썼고, 유사는 이준이, 초헌은 백성들이 웅성거리는 가운데 상주 목사 김해가 올렸고, 아헌은 상의군 의병장 김각, 종헌은 창의군 의병장 이봉이 올렸다. 백성들은 기룡이 헌관이 되지 못한 것을 못마땅하게 여겼다. 기룡은 그들의 성화에 못 이겨 첨잔을 했다.

진혼제를 마치고 나자 조정은 집안 종 운월의 체백(시체)을 거두며 슬피 울었다. 기룡은 목사 김해에게 품의해 운월에게 의녀 칭호를 내려 그녀의 갸륵한 뜻과 남모르는 활약을 기렸다.

촌장 김중섭과 서무랑은 사망한 우복동인들의 시신을 거뒀다. 사람들을 시켜 메고 나서며 기룡에게 말했다.

"판관께서 앞으로 상주를 굳건히 지키신다면 우리 우복동도 절로 안녕할 것입니다."

"세상사의 변고로 말미암아 동인들이 다시는 우복동에서 나오시는 일이 없도록 애쓰겠습니다."

서무랑도 하직 인사를 했다.

"부디 평안하옵소서."

"서 명궁께서도 잘 돌아가시오."

기룡은 보장과 함께 왜군의 수급을 모두 경상 우감영에 보내 상주성을 수복한 전첩(전승)을 아뢰었다. 경상 우감사 김성일은 그지없이 흐뭇해하며 그 사실을 남김없이 옮겨 적어 조정에 장계를 올렸다.

상주 읍성을 수복한 뒤로 기룡은 민심을 위무하고 안정시키는 데 주력했지만 백성들은 김해에 대한 원성을 거두지 않았다. 기룡은 김해의 명예를 되찾아 주기 위해 관아에서 내리는 모든 처분은 목사또로부터 비롯되었다고 자주 입소문을 냈다. 그래도 백성들은 김해를 곱게 보지 않았다.

"상주 백성들의 기질이 대단하옵니다."

"그렇군. 변란에 대처해서는 일치단결해 마치 용맹한 정병처럼 죽음을 불사하며 왜적과 맞서 싸우고, 책무를 다하지 않고 변절하거나 불의를 저지른 관원은 눈곱만큼도 용납을 하지 않는구나."

"상주가 영남 제일도라는 이름을 괜히 얻은 것이 아닌가 보옵니다."

"뛰어난 사람들이 많은 고장일수록 서로 반목과 질시가 심하기 마련인데, 상주는 큰 인재들이 뭇별처럼 널려 있어도 태평한 때에는 마치 봄꽃이 어울려 피듯이 서로 화합하고, 전란을 당해서는 일거에 크고 굳센 쇠사슬처럼 단결하니, 그러한 상주의 향풍(그 지방 사람들의 기풍과 경향)은 참으로 귀한 것이라 아니 할 수 없네."

"이제 잘 수성(성을 지킴)하기만 하면 되겠사옵니다."

"한 가지 큰 할 일이 아직 남았네."

기룡은 공역(백성들의 부역)을 일으켰다. 지난봄에 북천에서 싸우다가 통렬히 죽어간 군사들과 백성들의 유해를 거둬 장사를 지내고 그 원혼을 달래는 일이었다.

관아 동서남북 사대문 옆 담장에 크게 게방을 했다. 공역은 백성들의 자발적인 의사에 맡겼고, 이에 참여하는 사람들에게는 곡식이나 면포를 지급하겠다는 내용이었다.

백성들 사이에는 강 건너 불구경하듯 할 일이 아니라는 여론이 일었다. 그 또한 누가 강제하지도 않았는데 스스로 내 고향을 지키기 위해 초개와 같이 목숨을 버린 사람들이 아닌가 말이다.

몰려든 사람들이 1천여 명이나 되었다. 기룡은 그들을 데리고 북천 앞너른 벌판인 구렁들과 뒷산인 천봉산과 노음산에 이르기까지 안타까운 주검을 모두 거둬 엄숙하게 묻값았다(매장하다).

그리고 그들의 원혼을 천도하기 위해 관내 모든 무당과 벅수를 불러 큰굿을 열었다. 가마솥에 쪄낸 떡만 해도 쉰 섬이 넘었으며, 집집이 추렴해

278

온 과일, 어물 같은 제수가 차고 넘쳤다.

제문은 길었다. 판관 권길, 교리 박지, 교리 윤섬, 종사관 이경류, 사근 찰방 김종무와 그의 종 한용, 군관 박정호, 향사 김준신, 안임, 상주 호장 박걸에 이르기까지 어느 한 사람도 빼놓지 않고 성명 삼 자를 올렸다.

또 북천 싸움이 끝나자 일본군은 자신들과 맞서 싸운 사람들의 동리와 집안을 찾아가 남은 식솔들까지 몰살시켰는데, 기룡은 향사 김준신의 가솔을 비롯해 비명에 죽은 사람들도 빠뜨리지 않고 모두 그 한 맺힌 혼백을 달래주었다.

"용맹한 장수인 줄로만 알았더니."

"그러게. 어질디어진 목민관이 아니신가 말일세."

"촘촘한 그물처럼 백성들의 마음 곳곳을 아니 보살피는 데가 없으시니, 참으로 보기 드문 분이셔."

"나랏님은 뭘 하시나 몰라. 판관 나리를 사또로 삼아주신다면 더 바랄 것이 없겠네만."

"누가 아니라나."

시급한 일들을 마무리 지은 기룡은 또 명령을 내렸다.

"왜적에 잡혀 있었던 부로와 빌붙어 먹었던 부왜를 잘 가려서 부왜들을 한 놈도 남김없이 모두 잡아들이라!"

백성들은 앞다투어 부왜들을 잡아 왔다. 관아 형옥의 옥사가 모자랄 지경이었다. 기룡은 그들의 죄상을 낱낱이 물어 엄히 다스렸다.

달아난 부왜들은 그 행색을 수상히 여긴 전민(농민)한테 맞아 죽기도 했다. 당교에 있는 왜군의 진영으로 갔다가 쓸데없이 걸리적거린다는 이유로 무참히 살해당한 부왜들도 적지 않았다.

"또한 왜군의 잔적이 민가에 숨어 있을지 모른다. 샅샅이 뒤져서 백성들이 근심하는 일이 없도록 하라!"

각자 군사를 이끌고 상주 전역으로 척후 수색을 다니던 감사위 10장사가 아뢰었다.

　"다른 곳은 크게 걱정할 것이 없사오나 당교에 있는 적들이 근심거리이옵니다."

　"선산으로 달아나지 못한 잔적들이 거의 다 당교로 가서 그곳에 진을 치고 있는 왜군에 합류했다고 히옵니다."

　"개령에 있는 왜적의 대군은 동향이 어떠하던가?"

　"어찌 된 일인지 그놈들은 군사를 움직일 기미가 보이지 않았사옵니다."

　"당교라, 당교……."

　상주 북쪽 함창현과 돈달산 사이의 너른 들을 당교라고 부르는데, 그 유래가 자못 의미심장했다.

　옛적에 신라와 당군이 연합해 백제와 고구려를 멸망시키고 난 뒤에 당나라 총관 소정방은 신라를 쳐 복속시키려는 속셈을 품고 진을 쳤다. 그러한 계책을 간파한 신라의 명장 김유신은 당군에게 승전의 잔치를 크게 베풀어 대취하게 한 다음에 화랑들을 시켜 순식간에 소정방을 비롯한 장졸들을 기습해 몰살한 후 암매장했다고 전해지는 곳이었다.

　당교에 주둔한 왜군은 상주성이 함락된 이후로 분풀이 삼아 민가를 찾아다니며 노략질과 분탕질을 일삼았고, 부녀자는 보이는 대로 잡아 겁탈했으며 양식이란 양식은 남김없이 빼앗았다.

　그리하여 상주와 문경 사이의 당교에 살던 백성들은 오랜 터전을 버리고 피골만 상접한 채 삼삼오오 무리를 지어 마치 유령처럼 떠돌고 있는 것이 현실이었다.

　"백성들의 폐해도 폐해지만, 당교를 거점으로 삼고 있는 왜적을 치지 않는다면 두고두고 후환이 될 것이네."

당교는 경상 좌로와 경상 중로가 만나는 곳이었다. 부산, 울산, 영천, 의성, 안동, 예천을 거치는 경상 좌로와 창원, 거창, 성주, 개령, 상주로 이어지는 경상 중로가 당교에서 만나 문경새재로 향하는, 경상도 최고의 요충지였다.

그리하여 일본군 수뇌부는 일찍이 초소카베 모토치카가 거느린 3천여 군사로 하여금 당교를 거점으로 삼도록 한 것이었다.

당교는 낮은 언덕과 너른 들이 펼쳐져 있어 일본군이 목책을 쌓아 진을 치고 있었다. 목책은 밑동이 굵은 나무를 다듬어 땅에 박아 기둥으로 삼은 뒤 나뭇가지들을 가로로 켜켜이 얹어 올리고 칡넝쿨 같은 것으로 얽고는 그 속에 흙과 짚을 이겨 넣어 굳힌 가설 담장이었다.

목책 위에는 망루를 세우고 홍기와 백기를 수없이 꽂아 위엄을 더했으며, 흙벽에는 군데군데 조총을 쏘는 구멍을 냈다.

상주성이 함락된 후로 당교에 있던 왜군은 민가를 돌아다니며 군수를 약탈해 비축하면서 더욱 경계를 강화했고, 진영을 둘러친 목책을 견고하게 보수하는 한편, 척후와 간자를 끊임없이 내보내 정기룡의 동태를 살피고 있었다.


## 2

해가 바뀌어 정월이 되자 반가운 소식이 전해졌다.

"명나라 원병이 평양성을 수복했다고 하옵니다."

"오, 이제 한양 수복도 머지않았군."

평양성에 들어 있던 고니시 유키나가는 후퇴했고, 함경도에 있던 가토 기요마사는 북평사 정문부의 군사가 두려워 남하하기 시작했다.

2월에는 한양에서 가까운 행주산성에서 또 한 번의 승전을 이뤄냈다.

함경도에서 철수해 한양에 집결해 있던 가토 기요마사 군은 전세가 여의치 않다고 판단해 또다시 경상도를 향해 행군할 채비를 했다.

"뭣이? 두 왕자마마께서 지나갈 것이라고?"

"그러하옵니다. 가토 기요마사가 본진에 앞서 두 분을 이송한다고 하옵니다."

선산 부사 정경달은 믿기지 않았다. 하지만 믿지 않을 수 없었다. 북쪽으로 피난을 갔다가 돌아온 이윤조가 공연한 말을 지어내는 것 같지는 않았다.

"부사또, 큰 공을 세울 수 있는 기회이옵니다."

"알겠네. 이만 돌아가 있게. 어느 누구한테도 발설을 해서는 아니 되네."

"훗날에 소인의 공도 좀……"

"이를 말인가? 아무 걱정 말게. 두 분 왕자마마를 구출해 내면 내 자네의 공을 제일 먼저 챙겨줄 터이니."

임해군과 순화군은 함경도로 가 있다가 반란을 일으킨 회령부의 일부 부민들에게 사로잡혀 가토 기요마사에게 넘겨졌다. 가토 기요마사는 두 왕자를 볼모로 삼아 임금을 협박해 삼남을 할양받을 계획을 갖고 있었다.

그리하여 자신의 본진보다 먼저 비밀리에 정병들을 시켜 호위해 보다 안전한 경상도 해안가로 두 왕자를 내려보낼 것이라는 첩보였다.

"이것을 지체 없이 상주성 정 판관에게 전하라!"

정경달은 즉시 파발을 날렸다. 그의 서한을 읽어본 기룡은 감사위 10장사를 이끌고 말을 달려 선산으로 향했다.

"만사 휴의하고 달려오라고 하시니, 대체 어인 일이옵니까?"

정경달은 주위를 물리치고 이윤조에게서 얻은 정보를 털어놓았다. 기룡은 잘못 들었나 싶어 자신의 귀를 의심했다.

"날짜를 꼽아보니 초열흘경에는 이곳을 지나갈 것 같소. 정 판관, 어찌하면 좋겠소?"

"경솔히 군략을 짤 일은 아닌 것 같사옵니다."

두 왕자가 남하한다는 첩보보다도 더 기이한 일이 벌어졌다. 어떻게 알았는지 사방에서 군사들이 선산으로 대거 몰려들고 있는 것이었다. 가까운 충청도 고을은 그렇다 쳐도 먼 전라도 해안가 고을에서까지 군사들이 마치 들이닥치듯이 했다.

"참 이상한 일일세."

정수린이 이희춘에게 물었다.

"이 장사님, 이 어인 까닭일까요?"

"그야 뻔하지. 두 분 왕자마마를 구출하기만 하면 누구나 최고 공신의 반열에 오르게 돼. 천민, 양민, 서출이면 그길로 바로 양반의 지위를 얻을 수 있기도 하고, 양반이 공을 세우면 큰 벼슬에 오르거나 더 나아가 왕실과 혼인을 맺기도 하겠지."

"그러니까 다른 데서 공을 세우는 것보다 월등히 낫다, 이 말씀이군요?"

"그렇지. 자네도 잘 생각해 보라고. 만에 하나 두 분 왕자마마 중에 어느 한 분이 상감마마가 되기라도 한다면, 구출하는 데 공을 세운 사람들이 어떤 대접을 받겠는지를."

황치원이 투덜거렸다.

"쳇, 우리가 위급할 때에는 가까이 있는 군사들도 원병을 안 오더니 속셈들이 참 같잖네그려."

몰려든 장수들은 서로 선봉을 맡겨달라고 떼를 썼다. 정경달은 마침내 폭발해 그들을 크게 꾸짖었다.

"인심이 어찌 이리 간사한가!"

좌중은 얼음물을 뒤집어쓴 듯했다. 정경달은 둘러보며 말을 이었다.

"두 분 왕자마마께서 이곳을 지나가실지 아니 가실지도 모르는 터에 어인 경거망동들인가! 아직 병략도 마련하지 못한 터에 서로 머리를 맞대어 왜적을 물리칠 생각은 않고, 다들 어린아이처럼 떼를 쓰니 과연 이것이 사람이 할 짓인가!"

공을 세울 욕심으로 가득 찬 장수들이 진정할 기미를 보이자 정경달은 군략 회의를 열었다. 그리하여 복병전을 할 계책을 세웠다.

"죽현이 좋겠사옵니다."

정기룡의 제의에 정경달은 반색을 했다.

"오, 죽현이라면 천혜의 지형을 갖추고 있으니 그보다 나은 곳은 없을 듯싶소."

죽현은 연악산 동남쪽 상주와 선산의 경계에 있는 가파르고 험준한 고개였다.

"그 산령(산봉우리) 곳곳에 복로군으로써 결진하고 있다가 왜군이 지나가면 일거에 일어나 치고, 그 틈을 타 유격대는 두 분 왕자마마를 구출하는 것이 어떠하올지요?"

"좋소. 한데, 복로군은 몇 군데나 설치할 작정이오?"

"죽현의 지형지세로 보아 전후 각 2진씩 그리고 중진과 유격대로써 모두 6진이면 적당할 듯하오."

정경달은 각 장수에게 소임을 맡겼다. 남보다 앞서 공을 세우기에는 다소 부적당한 임무를 맡게 되어 불만을 내뱉는 장수도 있었다. 광주 목사 장의현이 부탁했다.

"소장은 전라도 광주에서 한달음에 달려왔소이다. 선봉을 맡겨주시면 반드시 보답하리다."

함평 현감 이원은 애원성을 냈다.

"우린 더 멀리 함평에서 왔사옵니다. 좀 좋은 자리로 주옵소서."

정경달이 웃으면서 그들에게 말했다.

"왜 진즉 함경도로 가서 구출하지 않으셨소?"

두 사람의 입이 쑥 들어가 버렸다. 금산 군수 이천문이 요구했다.

"우리 각자의 소임을 적어둘 필요가 있을 것 같사옵니다. 다른 사람의 임무를 침범하는 일이 없도록 말이옵니다."

좌중은 이구동성으로 맞장구를 쳤다. 정경달은 서원을 불러들여 '상주 죽현설복육진의장록'이라는 제하로 두 왕자를 구출하려고 모여든 그들의 임무를 하나하나 적었다.

선산 부사 겸 관의군 대장 정경달, 상주 판관 겸 부장 정기룡, 광주 목사 겸 조방장 장의현, 영동 현감 겸 조방장 영의 대장 한명윤, 상주 목사 김해, 금산 군수 이천문, 상주 의병 대장 김각, 함창 현감 겸 삼도 치량사 강덕룡, 함평 현감 이원, 문경 현감 변혼, 창의장 이경, 수문장적개군부장 이잠, 봉사 유섭, 청산 남충원, 조전장 선의문, 회덕 남경성, 보은 구유근, 진잠 변호겸, 충보 김홍민, 황의 박이룡, 승의 노경임, 회의 강절, 충의 이명백, 개의 이여림, 산양 고상안…….

그런 뒤에 구체적인 작전 계획을 선포했다.

"왜적이 진군하는 전로(앞쪽)는 경상 좌병사가 좌진을 치고, 경상 우병사가 우진을 친다. 후로(뒤쪽)는 충청 좌도가 좌진을 치고 전라 좌도가 우진을 친다. 중로(한가운데)는 경상 의병이 좌진을 치고 양호(충청도와 전라도) 의병이 우진을 친다.

각 장수들은 본인의 거점을 잘 지키고 있다가 두 분 왕자마마께서 진으로 완전히 들어왔을 때, 전진이 앞서가는 행렬을 끊어서 뒤를 구원하지 않을 수 없게 만들고, 후진은 뒤에 오는 행렬을 끊어서 앞을 구원하지 않을 수 없게 만든다. 이때 중진은 좌우의 진과 힘을 합치고, 유격대는 두 분을 탈환해 모셔 온다."

모든 채비를 마친 군사들과 의병들은 죽현 일대에 정해진 곳으로 가서 진을 치고 잠복에 들어갔다.

상주 의병만 해도 1천여 명을 헤아렸고, 정기룡의 정예군이 5백여 명, 정경달이 이끄는 선산의 군사가 1천2백 명이었다. 다른 지역에서 온 군사들까지 다 합치면 1만이 넘었다. 판관군(판관 정기룡의 군사)은 유격대로써 우구(복우산 기슭)에 매복했다.

정범례가 말했다.

"참으로 대단한 군세가 아닌가? 왜란이 시작된 이래로 언제 이만한 군사가 집결된 적이 있었던가?"

이희춘이 삐죽거렸다.

"그렇군. 죽현에 모인 공신만 해도 1만 명이로군."

"공신은 부역과 조세를 면한다지요?"

"전지(논밭)도 하사받지."

"그러면 한목숨 아낌없이 걸 만하군요."

"다들 이때다 싶은 거지 뭐."

두 왕자를 호송하는 일본군이 지나갈 만한 시일이 한참 지났지만 어떤 기미조차 보이지 않았다. 타지에서 온 장수들이 투덜거리기 시작했다.

"이거 뭔가 잘못된 거 아냐?"

"혹시 다른 길로 간 겐가?"

"기왕 온 김에 좀 더 기다려 보자구."

"하긴, 이만큼 큰 공을 세울 기회가 다시 온다는 보장은 없으니까."

시일이 더 흐르자 드디어 군사들이 동요하기 시작했다. 장수들은 하는 수 없이 결진을 풀고 돌아가기를 청했다. 정경달이 말했다.

"다들 여기로 올 때는 언제 허락받고 왔소이까?"

상주 의병들도 돌아가고 기룡의 군사들만 남았다. 기룡은 짚히는 바가 있어 이희춘에게 일렀다.

"북쪽으로 가서 가토의 동향을 탐문해 오게."

정범례와 함께 말을 달려 나간 이희춘은 그다음 날 돌아와서 아뢰었다.

"가토 기요마사가 임해군과 순화군 두 분 왕자님을 모시고 함경도에서 내려와 아직 한양에 머물러 있다고 하옵니다."

그 말을 들은 정경달은 어이없는 얼굴로 기룡을 바라보았다.

"이런, 근본 없는 놈의 말을 듣고 헛김만 빼다니……."

"그래도 삼도 관군과 의병이 모두 먼 길을 마다않고 달려와 대비를 한 걸로 만족하십시다."

"그거야 다 얕은 속셈이 있었던 게지."

"소관은 이만 상주로 돌아가겠사옵니다."


## 3

기룡은 죽현에서 허탕을 친 뒤, 군사를 이끌고 상주성으로 돌아온 지 얼마 지나지 않아 관아로 몇 사람을 초래했다. 정경세가 전식, 조정, 이축과 함께 찾아왔다. 기룡은 환한 얼굴로 반기며 네 사람을 자리로 이끌었다.

"미관(관리가 자신을 일컫는 겸칭)이 벗님들을 뵙자고 한 것은 다름 아니라, 당교에 있는 왜적이 날로 흉포해지고 있으니 언제까지나 그냥 두고 볼 수 없어서 말일세."

그들은 지난날 창의군으로서 당교의 왜군과 대적한 적이 있는 사람들이었다. 기룡은 유의할 만한 조언을 구했다.

"노략질하러 돌아다니는 그놈들을 외서 고을의 산속에서 몇 번 쳐부순 적이 있네."

"돌아다니는 왜적의 목을 벤 적이 비록 많기는 했지만, 당교에 있는 주진을 우리 창의군만으로 칠 엄두는 못 냈지."

"당교 벌판에 새까맣게 막영을 이루고 있는데, 사방팔방으로 목책을 겹겹이 쳐놓고 그 너머에서 궁수와 조총수들이 촘촘히 열을 지어 활과 총구를 겨누고 있네. 그러니 접근하기가 심히 어려운 일일세."

"멀리서 조선 사람의 그림자만 보여도 검은 가면을 쓴 마병들이 장검을 빼 들고 날쌔게 달려 나온다네. 그 기세가 등등하고 사납기가 여간 아닐세."

그들이 돌아가고 난 뒤 기룡은 감사위 10장사와 앉았다.

"알아본 게 좀 있는가?"

"왜군은 추위에 약하다고 하옵니다."

"눈이 내리고 나면 당교 그 너른 벌은 금방 얼어붙는데 미끄러워 사람도 말도 빨리 움직이지 못한다고 하옵니다."

"눈 오는 날에는 온통 젖으니 조총의 화약에 불을 붙이기 어렵사옵니다. 또 살을 에는 듯한 추위에 손도 곱아 활도 쏘기 힘들어지옵니다."

"그야 아군도 마찬가지일 터이지. 결국 창검을 들고 단병전을 치를 수밖에 없다는 말이군."

"왜적의 조총만 무용지물이 된다면 우리에게 승산이 있지 않겠사옵니까?"

기룡은 고개를 끄덕였다.

"왜적도 추운 겨울을 나자면 군량이 문제일 것인데, 수천 명이나 먹일 곡수(곡식 수량)가 있겠는가?"

"백성들에게 약탈해 비축한 것이 많을 것이옵니다."

"워낙 먹는 것이 적은 놈들이라……."

기룡이 무심코 내뱉었다.

"땔감은?"

10장사는 기룡이 아무 문제 될 것이 없는 것을 거론하자 잠시 어리둥
절했다.

"땔감이야 뭐……."

"온 산에 널린 것이 아니옵니까?"

그때 노함이 무릎을 탁 쳤다.

"아, 땔감도 귀중한 군수(군사상 필요한 물건)가 되겠사옵니다. 당교 일대
에는 큰 산이 없어서 땔감 구하기가 쉽지 않을 것이옵니다."

"오, 듣고 보니 그렇군요?"

"왜적이 제대로 지은 집도 아니고, 벌판에 풍막(천막)을 둘러치고 막
영을 하고 있어서 한겨울에 온기를 유지하자면 땔감이 많이 들 것이옵
니다."

"그래서 그놈들이 외서 고을 일대의 산까지 땔감을 구하러 다녔군. 그
러다가 매복해 있던 창의군에 척살당하기도 한 게지."

기룡은 땔감에 주목했다. 일본군 진영에서는 겨울이 깊어갈수록 땔감
을 구하려고 거리에 구애되지 않고 더 많은 왜병을 삼림으로 보낼 것이
분명했다.

그들이 땔감을 구하러 다니는 곳은 당교 서북쪽에 있는 작약산 일대였
다. 산속 깊이 들어가면 창의군 본거지가 있는 은척 고을이 가까워져 어
느 이상은 들어가지 않았다. 작약산만 해도 아름드리나무가 울창해 수천
명이 한겨울을 날 땔감은 충분히 조달할 만했다.

"바로 작약산을 점거해야 할 것이네."

사방이 트인 평지라면 몰라도 나무와 바위가 천혜의 방패가 되어주는

산악전이라면 뎃포 아시가루들이 조총을 마구 난사한다 해도 자신감 넘치는 창의군 의병과 기룡의 군사라면 해볼 만했다.

기룡은 감사위 10장사와 창의군에게 임무를 분담시켰다. 노함이 아뢰었다.

"나리, 소인은 따로 할 일이 있사오니 이번 군략에서 좀 빼주소서."

기룡은 그가 또 무슨 기이한 화약 기물을 만들려고 하는 줄 알고 선선히 허락했다.

"그리하게. 뭐 더 필요한 것은 없는가?"

"소인에게 딸린 화약군 2대만으로 충분하옵니다."

창의군은 작약산의 서쪽에서, 기룡의 군사는 남쪽에서 접근해 올라갔다. 일본군은 10여 명씩 무리를 지어 동쪽 산비탈에서 나무를 하고 있었다. 창의군의 돌격장 이축과 감사위 장사들은 땔감을 하느라 무방비 상태인 왜의 초군(땔나무를 장만하는 군사)과 경수군(경계해 파수를 보는 군사)을 일거에 들이쳤다.

조선군이 대담하게 작약산을 넘어 자신들의 본거지 근처까지 접근할 줄은 생각지도 못하고 있던 왜군은 화들짝 놀라 달아나다가 모두 추살되고 말았다. 이후로 창의군은 기룡의 지시에 따라 전 의병을 투입해 작약산 일대를 장악했다.

당교 근처의 야트막한 언덕과 야산의 나무는 이미 모두 베어진 지 오래였다. 일본군 진영에서는 점차 땔감에 대한 불안감이 엄습했다. 비축하고 있는 땔감은 날이 갈수록 축나기만 했다.

마침내 왜장 초소카베 모토치카는 작약산을 점거하고 있는 창의군에 대한 공격 명령을 내렸다. 그러나 창의군의 맹장인 돌격장 이축이 이끄는 용감한 의병들에게 패퇴했다.

"어찌하여 조총으로 무장한 우리 일본의 정예병이 고작해야 죽창이나 든 저 핫바지 오합지졸을 못 당한단 말인가!"

초소카베 모토치카는 크게 노해 1천 군사를 내어 작약산 창의군을 치려고 했다. 그러자 휘하 다이쇼들이 모두 반대하고 나섰다.

"태수님, 뒤에는 정기룡의 군사가 호시탐탐 노리고 있사옵니다."

"함창 현감 강덕룡도 별러오고 있사오니, 우리의 전력을 흩어지지 않게 해야 하옵니다."

"그러면 이대로 얼어 죽어야 한다는 말인가!"

"이 추운 날씨에 조선 의병도 산속에 오래 있지는 못할 것이옵니다."

일본군은 땔감의 보급을 점차 줄였다. 조짐(사방 여섯 자 되도록 쌓아놓은 쪼갠 장작더미)을 지키는 군사를 더했고, 각 막영마다 한 가리(장작 80개)씩 쌓아놓고 모닥불과 화로를 피우던 것을, 매일 한 뭇(장작 4개)씩만 때도록 했다.

땔감이 턱없이 부족해지자 왜군은 불 땔 거리를 찾는 데 혈안이 되었다. 가까운 야산으로 돌아다니며 졸가리(가는 나뭇가지)며 뿌리까지 캐다 날라 놓았다. 그러고는 채 마르기도 전에 불을 지핀다고 난리법석이었다. 불꽃은 좀처럼 일지 않고 매운 연기만 온 막사에 가득했다.

"이러다 얼어 죽고 말겠어."

"가만, 내게 좋은 수가 있어. 귀를 좀……."

왜군들은 어둠을 틈타 겹겹이 쳐놓은 목책을 풀어 나무기둥을 빼냈다. 한 막영에서 그 짓을 하자 다른 막영에서도 질세라 똑같은 짓을 했다. 땔감을 충분히 보급하지도 않았는데 밤마다 모닥불 불빛이 꺼지지 않는 것을 수상히 여긴 왜장이 휘하들을 잠복시켜 그러한 실태를 알아냈다.

몰래 목책을 해체해 밤에 불을 땐 왜병들은 모두 목이 달아났다. 왜군은 얼어 죽을지도 모른다는 두려움에 휩싸였다.

"조선군이 불을 피웠습니다!"

흐린 날씨가 갑자기 환해지는 것을 느낀 왜군들은 모두 막사 밖으로 나왔다. 함창 쪽 언덕에서 불기둥이 치솟고 있었다.

기룡의 군사들이 기름을 부어 불붙인 나무 더미를 서너 길이나 높게 쌓아놓고 활활 태우고 있는 것이었다. 그것뿐만이 아니었다. 불가에 크게 둘러앉아 밥을 해 먹고 있었다. 그릇마다 더운 김이 무럭무럭 솟았다.

왜군들은 보고만 있어도 따뜻한 기운을 느꼈다. 마치 불기둥의 온기가 전해져 오는 것만 같았다.

"판관 나리, 왜적들이 다 나와서 우리 쪽을 쳐다보고 있사옵니다!"

"그래? 그러면 군사들에게 소리를 지르게 하게."

기룡의 군사들은 입을 맞춰 큰 소리로 심리 전술을 펼쳤다.

"항복해 오면 살려준다!"

"먹여주고 따뜻하게 재워준다!"

왜군 진영이 술렁거렸다.

"저놈들이 뭐라는 거야?"

오가시라 중의 한 사람인 데라사와 이치로(寺澤一朗)가 해석해 주었다.

"오가시라님이 조선말을 다?"

"조선을 정벌하려면 조선을 알고 덤벼야지."

"과연 대단하시옵니다."

"데라사와 오가시라님은 머잖아 다이쇼의 지위에도 오르실 것이옵니다."

출전하지 않고 성내에 남아 있던 노함은 날씨가 자주 궂어 화약을 쓰는 공격은 별 효과가 없다고 판단했다. 그는 고심 끝에 상주 읍성 동문 밖 냉천 가에 늘어선 대장간 행랑으로 갔다. 모든 대장장이들을 한곳에 불러 모은 뒤에 당부했다.

"앞으로 열흘 이내에 각 쇳간마다 대못을 1천 개씩 만들게."

그러고는 휘하 군사들에게도 하령했다.

"성내 모든 목수들을 데려다가 성문의 문짝만 한 널빤지를 만들게. 많으면 많을수록 좋네."

며칠이 지나도 왜군의 진영에서는 아무 반응이 없었다. 드디어 닷새째 되는 날 야반도주해 항복해 오는 왜졸이 있었다.

기룡은 그들을 따뜻이 입히고 배불리 먹인 다음 맨 앞에 내세웠다. 그러고는 삶은 돼지 뒷다리를 들고 뜯어 먹으며 일본어로 소리를 지르게 했다.

목책 안에서 추위에 떨고 있던 왜군들이 크게 술렁였다. 이윽고 효과가 나타났다. 아시가루들이 밤마다 무리를 지어 투항해 오는 것이었다.

"판관 나리, 드디어 성공이옵니다!"

"이런 식으로 간다면 둑이 터진 듯이 왜적이 곧 와해될 것이옵니다!"

"섣부른 단정은 하지 말고, 항왜자들을 잘 살피게. 첩자나 자객들이 거짓 항복해 온 것일 수도 있네."

"예, 판관 나리."

이희춘이 왜군 한 사람을 데리고 왔다. 하찮은 군졸 같지는 않아 보였다.

"판관 나리, 이자가 반드시 나리를 뵈어야겠다고 하길래…… 말하는 것이 범상치 않아 보이옵니다."

그는 놀랍게도 큰절을 올리더니 조선말을 하는 것이었다.

"소인은 데라사와 이치로라고 하옵니다."

"그대는 일본군 장수인가?"

"다이쇼는 아니옵고, 오가시라라고 하옵니다. 조선군으로 보면, 초관과 파총(군사 625명의 지휘관)의 중간쯤 되는 지위이옵니다."

"어인 까닭으로 투항을 한 것인가?"

"소인은 백제의 후손이옵니다. 결과적으로 조선인의 피가 흐른다 이 말입지요."

기룡은 데라사와 이치로가 하는 말이 기이하게 들렸다.

"왜인들에게 수천 년 동안 전해지는 족보라도 있다는 말인가?"

"저희 가문의 구전이옵니다. 일본 사람들은 아주 중요한 건 기록으로 남기지 않고 입으로 전하기만 하옵니다."

"그렇다면 이 기회에 다시 조선인으로 살겠다?"

"바로 그러하옵니다."

"이유는 그것뿐인가?"

"아니옵니다. 소인은 조선에 오기 전까지 조선인들은 미개하다고만 알고 있었사옵니다. 하지만 실제로 와서 보니 오히려 일본이 형편없이 미개한 것을 깨달았사옵니다. 조선 백성들은 아무도 칼이나 창을 가지고 길거리에 나다니지 않았사옵니다. 그것만 보더라도 얼마나 평화로운 나라인가 하는 것을 속 깊이 느꼈사옵니다."

"평소에는 순박 후덕한 백성들이 사변을 당해 나라를 지키자고 들고 일어나면 노도와 같이 거침이 없다네."

"잘 알고 있사옵니다. 소인도 평화로운 조선인으로 살고 싶사옵니다. 거룩하신 판관 나리께서 소인에게 새 성명 삼 자를 지어주신다면 더할 나위 없는 영광이겠사옵니다."

"항복한 주제에 이름을 지어달라니, 그대도 참 맹랑하군."

"판관 나리께서 소인을 곁에 두신다면 여러 모로 쓸모가 많을 것이옵니다. 우선 소인은 일본군의 전략 전술을 다 알고 있사옵니다."

그 말에 기룡의 귀가 번쩍 열렸다.

"그래?"

"또 한 가지는 소인이 판관 나리의 곁에 있다는 것을 알면 다른 일본군도 조선에 귀부하려는 마음을 많이 낼 것이옵니다. 그렇게 되면 왜군의 침략 전쟁을 일찍 종식시킬 수 있지 않겠사옵니까?"

기룡은 데라사와 이치로의 말을 심사숙고했다. 이희춘이 말했다.

"이놈의 정체가 왜장의 간자일지 모르옵니다."

그 말에도 데라사와 이치로는 낯빛 하나 변하지 않고 담담히 앉아 있었다. 기룡이 한참 생각한 끝에 영을 내렸다.

"이자를 거둬 내 곁에 두겠네."

"나리?"

데라사와 이치로는 일어나 다시 절을 올렸다. 기룡은 그에게 성과 이름을 내렸다.

"사일랑. 이제부터 자네 이름은 사일랑일세. 성은 일본 성 사택(寺澤)에서 사 자를 택하고 이름은 일랑(一朗) 그대로 쓰게."

"소인 사일랑, 이제 죽을힘을 다해 판관 나리를 돕겠사옵니다."

사일랑은 크게 만족해 여러 번 절을 했다. 기룡은 그에게 조선옷을 내주었다. 옷을 갈아입은 모습을 본 이희춘이 빈정거렸다.

"꼴이…… 왜놈은 천생 왜놈일세."

그 소리를 들은 사일랑은 회검(품에 지니고 다니는 작은 칼)를 꺼내 제 손으로 제 머리를 박박 깎아버렸다. 군데군데 베인 상처에서 피가 비쳤다. 사일랑은 손바닥으로 꾹꾹 눌러 지혈시켰다.

"중도 못 깎는다는 제 머리를 깎다니, 그래 내친김에 이젠 조선 중이 되시게?"

사일랑은 이마에 머리동이를 질끈 동여매고는 말했다.

"새로 나는 머리카락으로 조선 상투를 틀 것이오."

이희춘이 백안시하거나 말거나 사일랑은 제 할 일만 했다. 기룡이 감사 위 10장사를 뒤쪽에 앉게 하고 그를 불러 왜군의 전략 전술을 물었다.

"일본군 장수들 중에는 무경칠서와 같은 병법서를 정독하고 온전히 이해한 사람이 드뭅니다. 장수 대부분은 무작정 칼을 들고 나가 전장에서 세운 공로만으로 승승장구한 자들이옵니다. 또한 일본에는 종이가 극귀해 책이 흔치 않은 것도 이유이옵니다.

일본군은 기마군, 조총군, 죽궁군 그리고 장창과 장검을 든 단병기군으로 이루어져 있사옵니다. 그들의 공격 방법은 천편일률이온데, 전투가 시작되면 맨 먼저 기병대가 선봉으로 적진으로 쳐들어가고, 그다음에는 조총수들이 총을 쏘면서 돌격을 하옵니다. 그 뒤를 큰 대나무 활을 가진 죽궁군이 따르면서 활을 쏘고, 그리하여 승기를 잡았다 싶으면 맨 마지막으로 단병기군이 달아나는 적을 쫓아가 섬멸하옵니다."

"당교의 왜장 초소카베 모토치카는 병법이 뛰어난 인물인가?"

"지금껏 왜졸들의 이탈을 제대로 막지 못하고 있는 것을 보면 그의 지휘력을 잘 알 수 있지 않겠사옵니까?"

기룡은 장조카 정수린만 남기고 감사위 장사들을 다 물러가게 했다. 그러고는 사일랑에게 부탁했다.

"정 비장에게 왜어(일본어)를 가르치게."

정수린이 눈을 크게 뜨며 반발했다.

"숙부님, 아니 판관 나리. 중국 말이면 또 모르되, 하필이면 저 쥐새끼 무리의 말을 배우라고 하시옵니까?"

"아방 조선이 지금 왜 저들의 발밑에서 신음하고 있느냐? 우리가 명나라에만 의지하여 저들을 업신여기고 깔보며 자만하고 있는 사이에 저들은 만국의 문물을 받아들이고 서로 교류하여 사해의 선진을 적극 습득했다.

저들은 쥐새끼와 같은 무리가 아니라 이미 용호와 같은 세력이 되었으니, 비록 늦었지만 지금이라도 저들로부터 배우고 익혀야 한다. 그러지 않으면 우리 조선은 언젠가는 저들에게 먹히고 말 것이다.

미울수록, 원수일수록 이를 악물고 그들을 배워야 한다. 그러지 않으면 이길 길이 없다."

정수린은 수긍했다. 기룡은 또 사일랑에게 물었다.

"사 책사도 화승총을 쏠 줄 아는가?"

"예, 판관 나리."

"그러면 전리한 총이 많으니, 다루는 법을 온새미로(온전히) 전수하게."

이희춘은 확신이 들 만한 검증도 하지 않고 사일랑이 말하는 대로 그대로 믿는 기룡의 태도가 이해되지 않았다.

"판관 나리, 어찌 그자를 덮어놓고 믿으려 하시옵니까?"

"그러는 자네는 어찌 덮어놓고 의심하려 드는가?"

"군사들의 운명이 달린 일이옵니다."

"나도 잘 아네."

이희춘은 노함에게 푸념을 했다. 노함은 웃으며 타일렀다.

"판관 나리를 믿어보세."

노함은 휘하 화약군과 함께 대장간에서 섬통마다 가득 담아 온 대못을 널빤지에 촘촘히 박아 큰 대못판을 만드느라 여념이 없었다.

"이 많은 것을 어다다 쓰려고?"

"두고 보면 아네."


사일랑은 기룡에게 아뢰었다.

"목책 안에 있는 왜군을 공격해서 무너뜨리기는 어려운 일이오니, 소인이 한번 밖으로 나오도록 해보겠사옵니다."

"어떻게 말인가?"

"이제야 말씀드리옵니다만, 소인이 사실은 일본군 수뇌부로부터 조선

군영에 거짓 투항을 하라는 명령을 받고 왔사옵니다. 그전부터 조선에 복사(항복)하려고 마음을 먹고 있던 소인은 그 명령을 받자마자 속으로 쾌재를 불렀사옵니다. 감사위 장사들이 소인을 의심하는 것은 잘 아옵니다만, 판관 나리께서 조금도 의심치 않고 믿어주시니 소인이 한 가지 계책을 마련했사옵니다."

"말해보게."

"왜장 초소카베 모토치카에게 밀서를 보내겠사옵니다."

사일랑은 품속에서 서찰 한 통을 꺼내 바쳤다. 기룡은 펼쳐 읽었다.

"……와서 보니 판관군이 느슨해져 있사옵니다. 함창 고을의 장정들은 일찍이 대부분 창의군에 참가해 작약산에 들어가 있어 함창의 군세는 보잘것없사옵니다. 그러니 판관군을 우회하여 함창현 관아와 번읍(번화한 시가지)을 점령한다면 우리 일본군은 땔감 걱정을 덜 수 있고 하찮은 목책 안에서보다 판관군 방어도 쉽게 할 수 있사옵니다.

소인은 미미한 한 목숨을 바쳐 관백님과 태수님께 충성을 다하고자 하옵니다. 만약 소인이 조선군 진영에서 정체가 탄로나 죽게 된다면, 부디 우리 사타쿠 가문의 영예를 높여주옵소서. 소인이 바라는 것은 오직 그것뿐이옵니다."

"이 서한을 읽으니 그대가 스스로 반간(적의 첩자를 포섭해 아군의 첩자로 재활용하는 것)이 되겠다는 말이 아닌가?"

"소인은 이미 조선의 백성이옵니다."

기룡의 허락을 얻은 사일랑은 밀서를 당교의 왜군 진영에 보냈다. 서한을 읽은 초소카베 모토치카는 휘하의 다이쇼들을 불러 모아 회의를 열었다.

"혹시 데라사와 이치로가 조선에 투항하여 우리한테 수작을 부리는 것은 아닌지 의심스럽습니다."

"제 가문까지 내세워 목숨을 바치고자 하는 것을 보면 진정성이 있다고 보아야 할 것입니다."

초소카베 모토치카는 결론을 내렸다.

"그렇다. 의심은 그에 대한 모욕이다. 데라사와 이치로의 계책에 따라 정기룡을 치기로 한다. 그리고 따로 군사를 보내어 비어 있는 상주 읍성을 기습하도록 하겠다."

"과연 태수님이시옵니다!"

얼마 지나지 않아 기룡에게 첨형(형편을 염탐함)이 올라왔다. 왜병이 목책 밖으로 나올 움직임을 보인다는 것이었다.

날이 어두워지자 노함은 휘하 군사들을 이끌고 당교에서 함창으로 가는 길목에 대못판을 깔러 갔다. 어두운 하늘에서 간간이 눈발이 듣고 있었다. 대못판을 다 깔고 온 노함에게 사일랑은 산양현 쪽으로도 깔아두기를 당부했다.

노함은 의아했지만 기룡이 사일랑이 시키는 대로 하라고 명령했다. 노함을 비롯한 10장사의 불만이 점차 커져갔다. 노함은 명령을 거역할 수 없어 다시 남은 대못판을 메고 눈오는 밤길을 헤쳐 나갔다.

기룡은 잠자고 있던 군사들을 이른 새벽에 모두 깨워 더운밥을 지어 먹였다. 판관군의 배후에는 부녀들이 자원해 급수군(물 긷는 군사)과 방화군(밥 짓는 군사) 역할을 하고 있었다.

그녀들은 밥을 짓고 난 아궁이 잔불에 돌을 뜨겁게 달궈서 하나씩 싸서 군사들에게 나눠 주었다. 또 다른 쪽에서는 시장할 때 먹으라고 잣과 호두를 박은 곶감을 나눠 주었다. 잣박이나 호두박이 곶감은 추운 겨울에도 얼지 않아 쉽게 베어 먹을 수 있는 요긴한 음식이었다. 군사들의 사기는 어느 때보다 웅효(씩씩하고 굳셈)했다.

날이 밝자 밤새 내린 눈에 덮여 대못판은 하나도 보이지 않았다. 척후가 왜군이 목책 밖으로 나오고 있다는 첩보를 전했다. 기룡은 맨 앞에 서서 진군했다. 언덕 위에 올라서서 보니 검은 가면을 쓴 일본군 기마군이 첨병으로서 위용 당당하게 전진하기 시작했다.

기룡은 이안 고을 쪽에서 접근해 갔다. 그래야만 왜적이 함창으로 가는 길을 막지 않게 되었다. 작약산에서 매복하고 있던 창의군도 내려와 합류했다. 왜군이 당교에서 반쯤 나왔을 때 기룡은 명령을 내렸다.

"지금이다. 왜적의 허리를 끊어뜨려라!"

군사들이 함성을 지르며 기룡을 뒤따라 달려 나갔다. 두 나라의 군사는 서로 어우러져 한바탕 전투를 벌였다. 땅에 내린 눈이 튀고 말들이 울었다. 병장기가 부딪히는 소리와 비명 소리가 온 당교 벌판에 울렸다. 마치 지옥의 마귀들이 서로 싸우는 것 같았다. 일본군, 조선군 할 것 없이 군사들은 점차 살육의 화신이 되어갔다.

왜군은 이미 허리가 잘려 있었다. 기마병을 따라 앞서가던 반은 그대로 함창으로 향했고, 뒤따라 목책 밖으로 나온 왜군만이 조선군을 맞이해 싸우고 있었다. 일본군도 그들 나름대로의 전략이 있는 것이 틀림없었다.

"후퇴하라!"

"꽝꽝꽝……."

기룡은 징을 쳐 군사들을 물렸다. 목책 안에 남아 있던 일본군은 그 틈을 타 함창으로 향하는 행렬을 뒤따라 달려갔다. 잠시 뜸을 들인 뒤 기룡은 창의군과 함께 일본군의 꽁무니를 뒤쫓았다.

함창 어귀에 이를 무렵에 갑자기 왜의 기마병들이 대못판을 밟고 쓰러지기 시작했다. 초소카베 모토치카는 당황했다. 그렇다고 후퇴할 수도 없었다.

"계속 진군하라!"

하지만 보군도 눈 속에 묻혀 보이지 않는 대못판을 밟고 여기저기에서 쓰러졌다. 마침내 왜군은 길을 벗어나며 대오를 이탈하기 시작했다. 기룡은 불가사리 무늬 팔런 장창을 높이 들고 명령을 내렸다.

"길을 벗어나는 놈들을 추살하라!"

감사위 10장사는 왜적을 쫓았다. 창의군도 그에 뒤질세라 달음질을 쳤다. 장광한, 전금산, 신복다물리 세 사람이 짝을 지어 흩어지는 왜적을 공격했다. 신이 난 신복다물리는 혼자 적진에 뛰어들어 적병 4명을 찌르고 베어 죽인 뒤 왜마를 두 필이나 빼앗았다.

"하하하, 나랏님이 왜적을 참살하면 과거 급제로 인정해 준다고 했으니, 이제 나도 벼슬을 받겠군."

"소원 푸시겠사옵니다. 손자도 과거를 볼 수 있게 되지 않겠사옵니까?"

"암, 이게 다 우리 판관 나리 덕분이지."

창의군의 기세는 그 어느 때보다도 높았다. 의병 조사갑, 곽응화도 그에 뒤질세라 왜군을 수없이 찌르고 벴다. 기룡의 군사들은 일본군의 수급을 수백 개나 벴고, 창의군에서도 50여 개나 베어 거뒀다.

이윽고 함창현에 이른 왜군으로 화살이 날아들었다. 화살은 빗맞히는 것이 거의 없을 정도였다. 마치 저격하는 듯했다. 초소카베 모토치카는 주춤하며 방패를 든 군사들에게 둘러싸였다.

활을 쏘는 대로 왜적을 맞혀 쓰러뜨리던 함창 현감 강덕룡이 소리쳤다.

"왜놈들을 모조리 꿰어라!"

앞에서 날아드는 강덕룡 군사의 화살과 뒤쫓아 오는 기룡의 군사들로 인해 일본군은 오도 가도 못하는 신세가 되었다. 전멸을 당할 위기였다. 조선의 군사들은 추위에 손이 곱아들면 돌을 매만져 녹였다가 다시 활을 쏘곤 했다.

"저놈들의 손은 얼어붙지도 않는 무쇠로 만들었단 말인가!"

판관군은 품속에 넣어두었던 돌이 다 식자 빼내어 왜군에게로 힘껏 던졌다. 돌멩이에 맞아 머리가 깨지는 적병도 적지 않았다.

활로를 찾아야 했다. 조령 쪽으로 달아나자니 그곳에는 문경 현감 변혼이 버티고 있었다. 다시 발길을 돌렸다. 오직 영강 너머 산양 고을 쪽으로만 조선의 군사들이 보이지 않았다. 왜장 초소카베 모토치카는 산양현으로 달아났다.

최윤이 수많은 왜군에게 둘러싸여 고군분투하고 있었다. 정범례가 그 옆을 지나가다가 잠시 망설였다. 눈앞에서 초소카베 모토치카 일행이 달아나고 있었기 때문이었다. 정범례는 최윤을 돕지 않고 그대로 말을 달려 왜장을 추격했다.

"미안하네! 이랴!"

다른 군사들도 다 일본군을 뒤쫓았다. 왜병들은 또다시 대못판을 밟고 부지기수로 쓰러져 갔다. 뒤따르던 왜군들은 악착같은 조선군의 추격에 겁을 먹고 쓰러져 있는 동료들을 밟고 지나갔다. 대못판을 밟아 피를 철철 흘리고 있는 아시가루들, 그 사람들을 밟는 아시가루들, 밟다가 중심을 잃고 넘어지는 아시가루들, 혼이 빠져 달아나는 아시가루들까지 아우성과 비명으로 아비규환이었다.

"추격을 멈추지 말라!"

기룡이 앞장선 상주군, 이봉이 이끄는 창의군, 강덕룡이 지휘하는 함창군, 변혼이 몰고 온 문경군이 모두 왜졸들을 높은 산 아래까지 추격했다.

북쪽 공덕산은 골이 깊고 험준해 산양 고을 백성들과 용궁 고을 양반과 평민이 왜적을 피해 대거 피난을 가 있었다. 피난민들은 기룡이 왜군을 추격해 오자 산속에서 나와 호응했다.

마침내 왜장 초소카베 모토치카는 투구도 잃어버린 채 수십 명의 아병(대장에 딸린 군사)에게 둘러싸여 예천을 거쳐 안동으로 달아났다.

"와아!"

"이겼다!"

"왜적을 물리쳤다!"

또다시 대승이었다. 군사들과 의병들은 서로 얼싸안고 춤을 추며 환호했다. 공덕산에 숨어 있던 백성들도 함께 어우러졌다. 이희춘이 사일랑에게 다가갔다.

"어험험, 거 뭐랄까…… 그것참, 내 말은……."

사일랑은 빙그레 웃기만 했다. 그에 대해 반감을 키웠던 감사위 장사들도 머쓱해졌다. 기룡이 말했다.

"이제부터 사 책사라고 부르게. 나이도 자네들보다 많으니 다들 책사를 존대하게."

10장사는 선뜻 받아들여지지 않았다. 뭔가 내키지 않아 서로 쳐다보며 고개를 갸우뚱거렸다. 이희춘이 혀를 내밀며 어깨를 으쓱거렸다. 기룡이 가볍게 나무랐다.

"이 사람이?"

# 오디를 따 줘요

## 1

읍민들은 상주 목사 김해에 대해 곱지 않은 시선을 보내고 있었다. 특히 함창에서 상주로 피신해 온 유생들과 백성들은 경상 우감사 김성일에게 상소를 올려 그 죄상을 아뢰고 삭직하기를 청했다.

인근 고을의 수령관과 행수관이 다 당교에 출정했는데 오직 상주 목사 김해만 관아 깊숙한 내아에 처박혀 관곡을 축내고 녹봉만 꼬박꼬박 챙기고 있다며 큰 고을의 목민관으로서는 자격이 없다는 것이 지론이었다.

김해는 뉘우치거나 부끄러워하는 기색은커녕 오히려 큰소리를 쳤다.

"싸움은 장수가 하는 법. 나 같은 수령은 명령만 잘 내리면 되는 게지. 암."

기룡이 군사를 끌어모아 당교로 출정을 한 터라 상주는 텅텅 비다시피 했다. 적막마저 감도는 읍성으로 난데없이 일본군이 들이닥쳤다. 초소카베 모토치카가 상주성을 점령하라고 보낸 기마병이었다.

성 밖 농토에서 땅을 갈고 있던 백성들은 농기구를 내던지고 혼비백산해 달아났다. 읍민들 속에 섞여서 숨어 지내던 부왜들이 다시 호응해 읍성의 진상문(상주 읍성의 서문)을 열어주었고, 왜군은 손쉽게 입성해 곧장

304

관아로 쳐들어갔다.

김해와 그 식솔들은 내아 대청마루 아래에 숨어서 오들오들 떨고 있다 가 왜적에게 들켜 다 목이 베이고 말았다.

"쯧쯧, 그렇게 죽고 말 것을."

"천추에 그 부끄러운 이름을 남기고 말았구나. 어리석은 사람 같으니."

읍성과 관아를 점거한 왜군들은 초소카베 모토치카가 개선(싸움에서 이기고 돌아옴)할 줄 알았는데, 관아의 뒷산인 왕산 위에 올라가 있던 초병 이 조선군이 큰 소리로 노래를 부르며 오고 있다고 소리치자 가슴이 철렁 내려앉았다.

"안 되겠다. 가자!"

기룡이 군사를 이끌고 돌아와 보니 이미 사태는 벌어진 뒤였다. 내아 뜰에 온통 피가 흥건했고, 상투머리가 다 풀린 김해의 머리통이 흙 범벅 이 된 채 뜰 한쪽 구석에 처박혀 있었다. 김해가 비록 겁쟁이에 불과했지 만 기룡은 그와 그의 가족들의 주검을 수습하고 상주 목사의 지위에 맞 게 장사를 치러주었다.

"내가 전에는 모두 용서해 주었으나, 또다시 왜노(일본군)에 빌붙어 망 동 발호했으니 이제는 터럭만큼도 사정을 보아줄 것이 없다. 고을의 지경 (경계)을 가리지 말고 흩어져 숨은 부왜들을 샅샅이 색찰(수색)해 잡아들 이라!"

달아난 기마병들은 초소카베 모토치카가 정기룡에게 패배했다고 짐 작해 경상도의 일본군 주력부대가 있는 개령으로 가기 위해 남쪽으로 향 했다.

백화산 고모담에 있던 상의군은 남하하던 왜군의 습격을 받았다. 비록 잔적이라고는 하지만 엄연히 정예 기병이었다. 마치 분풀이라도 하듯이 들이치는 왜군의 서슬에 상의군은 제대로 싸워보지도 않고 뿔뿔이 흩어졌다.

　이준은 토사곽란으로 인해 도망치지 못하는 상황이었다. 이전은 아우를 두고 혼자만 달아날 수 없어 들쳐 업었다. 그러고는 백화산 한성봉 정상으로 향해 달렸다. 그 뒤를 왜의 기마병이 뒤쫓았다. 이전은 거리가 가까워지면 이준을 내려놓고 혼자 내려가 그들과 싸워 물리쳤다. 그러고는 다시 와 이준을 업고 달렸다. 그러기를 여러 차례 했다.

　이준은 그러다가 둘 다 죽게 될 것 같아 차라리 저만 죽고 형이 달아나기를 바랐다. 토사곽란으로 인해 업은 사람이나 업힌 사람이나 온통 옷이 오물로 얼룩졌다.

　"혀, 형님만이라도 어서……."

　이준은 얼굴에 핏기가 없이 하얗게 되었고 정신이 가물가물했다. 이전은 아우의 뺨을 어루만지고 몸을 흔들었다. 물을 먹여야 했다. 물, 물이 있을 리 없었다. 이전은 부랴부랴 허리춤을 끌러 이준의 얼굴 위로 오줌을 눴다.

　얼굴로 더운물이 쏟아지자 이준은 말라붙은 입술을 벌려 오줌인 것도 모르고 정신없이 받아먹었다.

　가까스로 정신이 돌아왔다. 이준은 주위를 둘러보았다. 산꼭대기였다. 멀리 아래를 내려다보니 고을에는 죽은 상의군 시체가 널려 있었고 그 사이를 왜군들이 말을 탄 채 오락가락하고 있었다.

　"아, 형님. 못 먹고 자라 몸도 약하신데, 더구나 먹은 것이 없어 허기지셨을 터인데 무거운 저를 업고 이 높은 산에 올라오시다니."

　이전은 흐느끼는 이준을 안아주었다.

　"이제 살았네. 아무 걱정 말게."

　"흐흑, 형님!"

　"천지신명이 내게 자네를 구할 힘을 내려주신 것일세. 우리 형제가 아직 살아서 할 일이 많나 보이."

그 패퇴로 상의군은 거의 와해되고 말았다. 왜군은 백화산을 내려와 다시 공성 고을에 들어가 한바탕 노략질을 벌인 뒤에 고개를 넘어 김산 쪽으로 사라져 갔다.

이전, 이준 형제와 김각, 김지복 부자, 정경세, 정춘모 등이 가솔을 이끌고 몰골이 말이 아닌 채로 읍성으로 들어왔다.

"아니 이게 어찌 된 일이오?"

당교 전투를 승리로 이끈 뒤 상주로 돌아와 있던 기룡은 크게 놀라며 맨발로 나가 그들을 맞이했다.

"왜군의 습격을 받았네."

"아, 저런!"

기룡은 즉시 군사를 보내려 했다.

"그럴 것 없네. 왜적은 이미 멀리 갔다네."

기룡은 의원을 불러 다친 데를 극진히 보살피고 쉴 곳을 마련해 안락하게 지내게 해주었다.

"고맙네. 경운."

"꿈에서도 그런 말 말게."

남문 안 군뢰청은 감사위 장사들이 임시 거소로 쓰고 있었다. 그 뜰에서 두 사람이 전에 없이 옥신각신했다. 최윤이 다른 장사들에게 정범례의 행신(처신)을 일러바쳤다.

"내가 적병 수십 명에게 둘러싸여 위기에 처해 있는데도 저놈은 본체만체하고 왜장을 잡으러 간다고 간 놈이오. 내가 죽기를 바란 게 아니고 무엇이겠소?"

정범례는 아무런 대꾸도 하지 않고 하늘만 쳐다보았다.

"그렇게 공을 세워서 공신이 되면 뭘 하겠소? 전장에서 형제가 죽을 지경에 처했는데 혼자 잘 먹고 잘 살겠다는 심보가 아니고 뭐란 말이오? 천하에 의리도 없는 작자 같으니."

참다못한 정범례도 목소리를 높였다.

"그래, 공신록에도 오르고 양반 벼슬도 받고 천한 신분도 벗어나고 싶어서 그랬다. 왜?"

"양반? 그러면 너도 무과에 급제하지 그랬냐?"

"두만강에서 한양까지 무과 시험을 치르러 갈 노자가 없어서 못 갔다. 너는 가난과 천한 처지를 아느냐? 대물림되는 그 지옥을 아느냔 말이다."

"핑계 좋네. 그래도 아무런 죄책감도 없이 낯짝 두꺼운 것 좀 보게? 그러니 오랑캐 놈이지."

"쥐꼬리 같은 놈!"

"그래도 이 쥐꼬리가 상주성 탈환 때도 그랬고 당교를 칠 때도 그랬고, 싸움 때마다 전봉(선봉)으로 나서지 않은 적이 없었다. 너는 뭘 했냐?"

"이놈이 말끝마다 반말일세? 야, 이놈아. 내가 너보다 한참 윗길인 걸 모르느냐!"

"윗길 좋아하시네. 윗길이 겨우 그 따위냐?"

"이놈이 끝까지?"

"조정에서는 벼슬이고 향당에서는 나이라고 했다. 그러면 무원(무인들의 사회)에서는 무예가 아니냐? 덤벼라!"

최윤은 주작 무늬 팔련 장창을 붕붕 돌리더니 날 끝을 정범례에게 겨눴다.

"오냐, 이놈아. 내 오늘 네놈의 방자한 버릇을 좀 가르쳐 주마."

정범례도 등에 지고 있던 백호 무늬 팔련 장창을 앞으로 돌려 들었다. 다른 장사들은 팔짱을 끼거나 군뢰청 기둥에 몸을 기대 물끄러미 지켜보고만 있었다. 이희춘이 웃는 표정을 지으며 나섰다.

"이보게들, 왜 이러나? 말로 하세. 응? 자, 그만 창을 내리게. 그 창은 이러라고 있는 게 아닐세."

이희춘은 두 사람 사이에 서서 좌우로 팔을 벌려 제지시키려고 했다. 하지만 그들은 그만둘 기색을 보이지 않았다. 서로 노려보고 있는 가운데 군뢰청 문을 들어서는 사람들이 있었다. 기룡과 책사 사일랑이었다.

"좋은 구경거리가 생겼군. 싸워보게."

기룡은 군뢰청 마루에 올라앉았다.

"자, 기왕 시작했으니 누구 하나가 죽을 때까지 대전(대결)을 해야 할 것이네. 죽음도 불사한다는 감사위가 아닌가?"

둘은 머뭇거리기만 할 뿐 감히 대결을 벌이지 못했다. 이희춘이 수습하려고 나서는 순간 기룡의 입에서 온 관아를 우레처럼 울리는 호통이 터져 나왔다.

"이놈들!"

그 서슬에 정범례와 최윤은 창을 내렸다.

"너희들이 그러고도 생사를 같이하려고 맹약을 한 형제냐?"

그러고는 둘러선 장사들을 엄히 꾸짖었다.

"멀거니 지켜보고 있는 놈들도 매한가지다. 모조리 내 손으로 처결해야 정신을 차릴 테냐?"

이희춘이 얼른 그 자리에 꿇었다. 그것을 본 다른 장사들도 하나둘 그의 곁으로 다가와 무릎을 꿇었다. 정범례와 최윤도 땅바닥에 무릎을 쿵 찧었다. 기룡은 그들을 타일렀다.

"자네들이 이럴진대 다른 군사들이 보고 듣고 배우는 게 무엇이 있겠는가? 사사로운 감정으로 대의를 그르치고자 한다면 어찌 많은 군사를 통솔할 수 있으랴?"

"죄만(죄송)하옵니다. 판관 나리!"

"자네들이 일으킨 소란이 이미 관아에 다 퍼졌으니 그 책임을 묻지 않을 수 없게 되었네."

기룡은 사일랑에게 의견을 구했다.

"책사는 이들을 어찌 처분하면 좋겠는지 크게 말해보라."

"처음 일으킨 과실이오니, 이쯤에서 용서하심이……."

"책사도 이들과 한편을 지었는가!"

사일랑은 입을 닫았다. 기룡은 여전히 노기 띤 목소리를 냈다.

"감사위 장사들은 지금 곧 태평루 밖으로 나가 원을 그리고 서서 큰절을 1천 번 하라. 절을 한 번 할 때마다 '내 탓이오.' '자네 좋네.'를 번갈아 크게 외치도록 하라."

기룡이 군뢰청을 떠나자 장사들은 주섬주섬 일어나 밖으로 나갔다. 정수린과 윤업도 모진 놈 옆에 있다가 날벼락을 맞은 격이라 걸음을 옮겼다. 관아 남문과 읍시로 들어가는 길목 사이에 있는 큰 공터에 빙 둘러서서 제각각 가지고 있던 팔련 장창을 앞에다 놓았다.

이희춘이 말했다.

"자, 시작하세. 하나!"

"내 탓이오!"

장사들은 크게 소리치고는 땅바닥에 엎드려 절을 했다. 장사들이 일어나자 이희춘이 또 외쳤다.

"둘!"

"자네 좋네!"

어느새 군뢰청 서원이 와서 절하는 수를 세나갔다. 최윤과 정범례는 다른 장사들에게 면목이 없었다. 장사들은 모두 묵묵히 벌을 받을 뿐이었다.

"마흔이오!"

지나가던 백성들이 차츰 모여들었다. 용맹하기로 유명한 감사위 10장사가 기이한 행동을 하고 있는 것이었다. 그들은 귓속말로, 또는 작은 목소리로 그 곡절을 서로 전했다. 읍민들은 기룡의 처분을 흐뭇해했다.

그들은 돌아서 제 갈 길을 가면서 어른 아이 할 것 없이 10장사가 외치는 소리를 마치 노래처럼 부르며 흉내 내기 시작했다.

"내 탓이오! 자네 좋네! 내 탓이오! 자네 좋네……."


## 2

상주 근변에 있는 왜적도 거의 다 궤멸되거나 남쪽으로 떠났다. 잔적들이 더러 산속에 숨어 있기도 했지만 큰 위협이 되지 못했다.

기룡은 지리산에 있는 어머니 김씨와 애복이를 데리고 올 때가 되었다고 생각했다. 마침 윤업도 같은 마음이 들었는지 두 분을 모시고 오겠다고 아뢰었다. 기룡은 지리산에서 상주까지 길이 멀고, 곳곳에 왜적이 진을 치고 있어 안심이 되지 않았다.

이희춘이 말했다.

"김사종 장사를 같이 보내 앞뒤로 호위하게 하소서."

윤업과 친구를 맺은 정수린이 같이 가기를 원했지만 기룡은 이희춘의 말을 그대로 따랐다. 윤업과 김사종은 각각 휘하에 거느리고 있는 군사를 이끌고 지리산으로 발도했다.

완연한 봄 날씨였다. 기룡은 두 장사가 적은 군사로써 어머니 김씨와 애복이를 무사히 데리고 올 수 있을까 초조해졌다. 군뢰청으로 지통을 보냈다. 다른 장사들은 다 관아 밖으로 나가 있고, 김세빈 홀로 입번(당직을 함)하고 있다는 전갈이 왔다. 기룡은 그를 불러오게 했다.

그러고는 함께 관아의 뒷산인 왕산에 올랐다. 왕산이란 산명은 고려 공민왕이 홍건적의 난을 피해 와 머물렀다는 데서 유래했다. 울붉은(울긋불긋한) 봄꽃이 여기저기 피어 있었다. 김세빈은 말없이 기룡보다 한 걸음 뒤쳐져서 걸었다.

그리 높지 않은 산꼭대기에는 왜적이 세워두었던 망루를 허문 자리가 있었다. 기룡이 새로 망루를 세우지 않은 까닭은 고을 여러 가문에서 한목소리로 상주의 땅기운을 누르게 되니 왕산의 산정에는 아무것도 세우지 말라는 청촉이 있었기 때문이었다. 기룡은 속으로 그런 미신을 믿지 않았지만, 구태여 크게 요긴한 것도 아닌 망루를 높이 세워서 백성들의 마음을 불안하게 할 필요는 없는 일이었다.

읍내 전경이 한눈에 들어왔다. 관아 앞으로는 읍시가 열려 있고, 그 너머로는 전답과 민가가 옹기종기 앉아 있었다. 집집마다 뽕나무와 감나무가 서 있었고, 아이들이 깔깔거리며 고샅길로 뛰어다녔다.

곳곳에 불타 내려앉은 가옥들이 전쟁의 폐해를 겪고 있음을 안타깝게 드러내고 있었다. 읍성 내 여기저기 보수와 재건을 못 한 곳이 많았다. 감사위 장사들이 군사를 이끌고 가 터전을 잃은 백성들을 도와주고 있었다. 최윤과 정범례가 소란을 피운 일로 벌을 받은 그들은 그 뒤부터 결속력이 더 강해진 듯했다.

읍성 동문 밖 멀리 남천이 흘러드는 좌우로 광막한 들이 펼쳐져 있었다. 만곡(1만 석의 곡식)이 난다는 성동들이었다. 들판은 남천을 거슬러 멀리 앞들까지 이어져 있었다. 남문 너머에는 아담한 구월봉이 있었고, 서문 밖에는 맑은 개운천이 흘렀다. 어딜 바라보나 평화로운 풍경이었다.

김세빈은 10장사 중에서는 윤업 다음으로 말을 잘 안 하는 편이었다. 기룡은 그를 바라보며 빙긋 웃었다. 그러고는 다정하게 말했다.

"우린 오랜 벗이 아닌가, 꼭달님?"

"꼭달님이라니, 언제적 이름을 아직도 기억하고 계시옵니까? 당치 않사옵니다."

"자넨 여전히 내 마음속 꼭달님이시네. 이젠 벗이 되었지만 말일세."

"온 조선 팔도와 수십만 왜적에게 무명(용맹이 뛰어나 얻은 명성)을 떨치고 계신 판관 나리께서 보잘것없는 소인에게 이러시면 안 되옵니다."

"무명이라니 당치 않네. 우리 둘만 있는 곳에선 나를 편히 대하게."

"말씀만으로도 감발(감동해 분발함)이옵니다."

"말만이 아니고 진정일세."

기룡은 김세빈의 손을 끌어다가 가슴 앞까지 올리고는 꼭 거머쥐었다.

"전란에 부디 몸조심하게."

김세빈은 가슴 가장 깊은 곳에서부터 감동이 일어 아무 말을 꺼내지 못했다. 기룡은 그의 손을 놓고 어깨를 두 손으로 가볍게 잡고 눈빛을 서로 맞췄다. 김세빈은 이글거리며 타는 듯한 기룡의 두 눈을 바라본 뒤에 입속말로만 말했다.

'무수야, 고마워. 내가 끝까지 지켜줄게.'

군뢰청 북쪽 담과 질청 서쪽 긴 담벼락 사이에 넓은 터가 있었다. 큰 뽕나무가 서 있는 그 구석 뜰에서 정수린이 연무를 하고 있었다.

기룡은 왕산을 내려갔다. 정수린은 사일랑의 교독(교육 감독)을 받으며 조총을 다루고 있었다. 표적은 군뢰청 북쪽 담 앞에 세워둔 섬통이었다. 흙을 잔뜩 채워 넣고, 숯으로 크고 작은 동심원을 그려놓았다.

"할 만하느냐?"

"예, 판관 나리."

정수린은 표적을 향해 조총을 발사했다. 연환(납으로 만든 조총 탄환)은 가장 큰 동심원을 맞혔다.

민간의 일을 도우러 나갔던 감사위 8장사가 다 돌아왔다. 그들도 정수린이 조총을 쏘는 광경을 호기심 어린 눈으로 바라보았다. 황치원이 시큰

둥하게 말했다.

"한 발 쏘는 데 시간이 그리 오래 걸려서야…….'"

최윤이 정수린과 같이 젊은 축에 드는지라 조총을 두둔했다.

"그래도 위력은 활보다 월등하지 않소?"

"잘 맞지도 않는구먼그래."

"활도 쏘는 대로 다 맞는다는 법이 없지요."

장사들은 조총을 두둔하는 쪽과 활을 우위로 여기는 쪽으로 패가 갈렸다. 조총의 효용을 인정하는 패는 정수린, 노함, 최윤이었고, 활이 단연 으뜸이라고 주장하는 황치원의 편을 들어준 사람은 김천남, 정범례였다. 나머지 이희춘, 김세빈은 중립을 지켰다. 기룡이 사일랑에게 물었다.

"활을 잘 쏘는 사람이 총도 잘 쏘지 않겠는가?"

"적응하기 나름이옵니다. 조총은 발사 때 굉음이 나고 연기가 퍼지니 그것에만 익숙해진다면 활에 뒤질 것이 없지요."

황치원이 그게 무슨 소리냐는 듯이 받았다.

"비나 눈이라도 내리면 그저 쓸모없이 무거운 쇠막대기에 불과한데 활보다 낫다니, 어이가 없네그려."

"활도 덥고 비오는 날에는 아교풀이 녹아서 잘 망가지는데."

"왜군과 대적해 보니, 조총은 60보만 떨어져 있어도 거의 맞히지 못하더구먼."

"강궁은 뭐 빨리 쏠 수 있단 말이오? 연속해서 고작 10발만 쏘고 나면 팔이 떨려 당기지도 못하는데."

"맞아."

의견이 대립되자 이희춘이 나섰다.

"여러 말 할 것 없이 이 자리에서 서로 겨루어 보게. 판관 나리, 그렇게 하는 것이 어떻겠사옵니까?"

"그거 재미있겠군. 어디 한번 붙어보게. 구경 좀 하세."

조총과 활의 겨루기가 벌어졌다. 관아에 있던 사람들이 하나둘 모여들었다. 특히 지통 아이들이 좋은 구경이 난 것 같아 즐거워했다. 태평루 밖에 있던 백성들도 기웃했다. 기룡은 그들도 다 들어오게 해서 구경할 수 있도록 배려해 주었다.

정수린이 조총을, 황치원이 활을 쏘기로 했다. 분수는 두 가지를 매기기로 합의했다. 향 자루가 다 탈 때까지 어느 쪽이 많이 쏘는지, 어느 쪽이 많이 맞히는지.

문제는 표적과 과녁을 어느 만큼의 거리에 두느냐 하는 것이었다. 조총은 60보 이내에 표적을 두는 것이 유리했고, 활은 150보 거리에 두는 것이 무과 시험 규구였다.

"무들기(무과 과목)에 맞춰서 놓을 필요는 없지 않소?"

"그렇소. 왜적이 어디 꼭 150보 거리에만 있답디까?"

"그러면 60보라는 것도 같은 이치가 아닌가?"

이희춘이 나서서 거리를 조정해 주었다.

"공정하게 60보와 150보의 중간으로 하지? 100보쯤이 어떤가?"

"그건 조총이 너무 불리한데? 활도 거리가 가까울수록 잘 맞힐 수 있을 게 아니오?"

"그럼 90보? 80보?"

"70보가 어떻소?"

정수린의 말에 이희춘은 황치원을 바라보았다. 그가 대답했다.

"거리는 내가 좀 양보하지."

마침내 합의가 이뤄졌다. 이희춘은 거리를 재 땅바닥에 금을 그었고, 사람들은 다 물러섰다. 김세빈이 군뢰청으로 들어가 향로와 자루향을 가지고 나왔다. 그러고는 기룡의 앞에 서탁을 가져다 놓고 그 위에 올려두었다. 군뢰청 서원이 의자를 가져다 놓고 앉아 서권을 펼쳤다. 기록을 하기 위해서였다.

그러는 동안 정수린은 작은 모닥불을 더 크게 피워놓고는 화약 주머니, 화승 묶음, 납탄 주머니, 꽂을대를 허리에 찼고, 황치원은 올린 활을 들고 화살이 가득 찬 동개를 등어깨에 맸다. 그러고는 엄지손가락에 숫깍지를 꼈다. 이희춘은 두 사람을 번갈아 바라보았다.

"발사할 채비를 다 마쳤는가?"

두 사람은 나란히 서서 표적을 바라보며 고개를 끄덕였다. 이희춘이 소리쳤다.

"개시!"

정수린은 조총을 다리 사이에 세운 뒤 화약을 꺼내 총구에 흘러 넣고는 꽂을대로 꾹꾹 눌렀다. 그런 다음 탄환을 넣어 빈틈이 없도록 다시 꾹꾹 누르고, 종이를 넣어 또 눌렀다. 그다음에는 조총을 똑바로 든 뒤에 화구에 화약을 조금 넣고 총신 안으로 흘러 들어가도록 총을 조금 기울여 흔들었다. 미리 채워놓았던 화약에 닿게 하는 것이었다. 모닥불로 불을 붙인 화승을 총의 용두에 놓고 조준을 했다. 손가락으로 방아쇠를 당기자 불이 붙은 화승이 약통 안으로 쑥 딸려 들어왔다.

"꽝!"

고막을 찢는 굉음과 함께 화약이 터지면서 총구에서는 불이 뿜어져 나왔고 연기가 났다. 연환은 눈 깜짝할 사이에 표적에 박혔다.

"와아!"

황치원은 정수린이 하는 행동을 힐긋힐긋 보더니, 천천히 동개에서 화살을 꺼내 활시위의 절피에 화살의 오늬를 먹인 뒤 깍지를 절피 바로 아래의 시위에 걸었다. 활과 화살을 그대로 머리 위로 높이 들었다가 내리면서 시위를 당기고 활대를 밀면서 팽팽히 만작을 했다. 그러고는 조준점을 찾은 뒤에 발시를 했다.

"피웅!"

화살도 눈에 보이지 않았다. 섬통에 그려놓은 가장 작은 동심원에 가서 꽂혔고, 관중들의 탄성을 자아냈다. 정수린이 여러 과정을 거쳐 조총을 한 발 쏘는 동안 황치원은 화살을 세 발이나 쏘았다. 그것도 힘을 배분하느라 천천히 쏜 것이었다.

조총에서 난 연기가 바람을 타고 흐르자 황치원은 화약 연기가 매워 옆으로 더 떨어져 섰다.

두 사람이 각자의 무기를 열심히 쏘아대는 동안 향로에 꽂아놓은 자루 향이 반쯤 타들어 갔다. 흙을 담은 섬통의 표적에 꽂힌 화살은 맨눈으로도 잘 보였지만 연환은 명중했는지 알 수 없었다.

황치원은 20시쯤에 이르자 힘이 빠져 팔을 덜덜 떨었다. 만작하는 데 안간힘을 쓰며 얼굴이 붉어졌다. 겨우 발시를 하고 난 그는 내린 팔을 주물렀다. 활 쏘는 속도가 크게 느려졌다.

정수린은 처음과 마찬가지로 힘들이지 않고 계속 쏘고 있었다. 총 쏘기를 거듭할수록 장전하고 쏘는 데 익숙해져 발사 속도가 점차 빨라졌다.

이윽고 향이 다 탔다. 이희춘이 징을 쳐 종료를 선언했다. 두 사람은 무기를 거뒀다. 힘에 부친 황치원은 한숨을 휴우 내쉬었다. 정수린은 담담했다. 이희춘은 서원을 데리고 표적으로 갔다.

연환은 섬통에 박혀 있었다. 그것을 셌다. 화살은 꽂혀 있는 대수를 세기만 하면 되었다. 돌아온 이희춘은 서원에게서 서권을 건네받아 기룡에게 올렸다. 기룡은 훑어본 뒤에 돌려주었다.

"다들 들을 수 있도록 큰 소리로 발표하게."

이희춘은 목소리를 가다듬고 말했다.

"조총은 발사한 것이 37발에 명중한 것이 23발, 활은 발시한 것이 44시에 명중한 것이 38시요!"

관중이 웅성거렸다.

"그러면 어떻게 된 거야?"

"쉰 발은 쏜 줄 알았더니, 뒷심이 빠져서 활도 많이 못 쏘았네?"

"누가 이겼다는 말이지?"

"활이 이겼지."

기룡이 결과를 평가했다.

"이제 다들 조총과 활의 특징, 위력 그리고 쓰임의 장단을 잘 알았을 것이오. 오늘 두 사람의 보기 드문 대결은 비긴 걸로 하겠소."

관중은 좋은 구경을 한 것에 만족하며 흔쾌히 박수를 쳤다. 황치원은 활을 놓고 정수린을 끌어안았다.

"자네가 이긴 거나 다름없네."

"아니오. 정말 대단하셨소."

사일랑이 말했다.

"오늘 이후로 우리 상주 백성들만큼은 조총을 막연히 두려워하지 않을 것이오. 두 분이 참 좋은 본보기를 보여주셨소."


먼 길을 떠났던 윤업과 김사종이 드디어 김씨와 애복이를 데리고 돌아왔다. 장사들은 무사히 돌아온 것에 안도했다. 정수린은 조총 쏘는 모습을 보여주려고 윤업을 데리고 갔다.

기룡은 어머니 김씨의 손을 잡고 눈물을 흘렸다.

"불초자(어버이에 대한 자식의 겸칭)를 관면(너그럽게 용서함)하소서."

김씨의 눈에도 눈물이 맺혔다.

"내 저 두 사람에게 자네의 장한 활약을 다 들었다네. 참으로 자랑스러우이."

기룡은 또 애복이를 바라보았다.

"고생 많았어."

"나는 괜찮아. 어머님이 밤낮없이 대장을 위해 기도하시느라 몸이 많이 상하셨어."

기룡은 미리 마련해 둔 관아 근처의 집으로 두 사람을 모셨다. 정경세, 정춘모 등 삼망지우의 집안 부녀들도 김씨와 애복이가 돌아온 것을 크게 반겼다.

기룡은 오랜만에 애복이와 단 둘이 침석에 앉았다. 오래 떨어져 지낸 터라 서먹한 기운이 감돌았다. 기룡은 가만히 애복이의 어깨를 끌어당겨 안았다.

"난 평생 대장뿐이었어. 딴 여자 싫어."

"알았어. 나도 우리 애복이뿐이야."

"난 혼자 있는 대장이 안쓰러웠어. 혼자 뭘 먹나, 혼자 잘 있나, 매일매일 온통 그 생각밖에 안 들었어."

"이렇게 착한 우리 애복이, 내가 평소에 말을 잘 안 해서 그렇지 내게 애복이가 어떤 사람인데……."

"정말이지?"

"그럼, 아무 염려 마."

"아, 이제 안심이야. 고마워. 대장."

김씨는 오는 길에 이미 들었지만 막상 돌아와서 기룡이 상주에서 제일 높은 자리에 있는 것을 보니 그지없이 흐뭇했다. 길을 나서기만 하면 지나가는 백성들이 하나같이 허리를 굽히는 것이었다.

"안녕하십니까…… 고맙소…… 반가워요…… 고맙네……."

김씨는 시일이 지나면서 마음을 겸손하게 가지려고 해도 몸과 입이 잘 따라주지 않았다.

'저 사람이 앞으로 더 높아질 것인데……'

김씨는 점차 마음속에 깊이 묻어두었던 한 가지 불만을 드러내기 시작했다.

"내가 이 나이에 손주도 하나 못 보고 있다니."

넌지시 내뱉는 한탄에 애복이는 크나큰 죄인이 된 심정이었다. 시어머니 김씨를 볼 낯이 없어 웬만한 일은 걸이를 시켜 김씨의 수발을 들었다.

"더 늦기 전에 후실이라도 들여야 할 텐데. 벼슬이 높은 사람이 대를 이을 자식 하나 두지 못했으니 취첩(첩을 골라 들임)을 하는 것이 무슨 허물도 아니고……"

김씨의 은근한 종용에 기룡은 어머니 앞에서고 애복이 앞에서고 어찌할 바를 몰랐다. 애복이의 눈치를 보면서 기껏 내뱉는 소리가 들릴락 말락 했다.

"어머님, 제가 이만큼 오르게 된 것은 다 저 사람 덕이옵니다."

김씨는 그 말을 알아듣고는 정색을 했다.

"이 사람아, 그게 무슨 소리인가? 누가 시집을 왔어도 지금 자네 벼슬은 자네의 노력으로 오를 수 있었을 걸세."

"어머님!"

"저 아이가 시집올 때 재물을 많이 가지고 온 것은 나도 고맙게 여기네만, 재물이 어디 벼슬만 하다던가? 벼슬을 해야 재물이 따라오는 법이지 재물만 많이 가지고 있다고 벼슬이 저절로 생기지는 않는다네."

안채에서 나온 기룡은 애복이를 위로했다.

"어머님이 갑자기 왜 저러시는지 모르겠네."

"난 이해해. 대장의 아기를 못 가지는 내가 집안의 죄인이지."

"그런 소리 좀 하지 마. 난 아기 필요 없어."

"거짓말!"

애복이는 눈물을 훔치며 종종걸음을 쳐 가버렸다. 기룡은 어머니 김씨와 애복이 사이에서 처신을 어찌하여야 할지 난감하기만 했다.

진주에서 사람이 왔다. 강세정이 위독하다는 소식을 아뢰었다.

"뭐라고? 장인어른께서?"

"그러하옵니다. 슬하에 자식이 이 댁 아씨마님뿐인지라……."

김씨는 아무런 심술도 부리지 않고 애복이의 친정 나들이를 허락했다. 소식을 전해 들은 사일랑은 기룡에게 아뢰었다.

"판관 나리, 아씨마님을 보내지 마소서."

"어인 까닭으로 보내지 말라는 겐가?"

"남도에 조짐이 안 좋사옵니다. 남해 바다에서 연전 대패한 일본군이 조만간 육상에서 대규모의 살육전을 펼치려고 할 것이옵니다. 그렇게 되면 진주성도 안전을 보장할 수 없게 되옵니다."

"가는 길이 위험하다는 것이 아니라 진주성이 위험하다는 말이군."

"용감한 장사들이 호종을 하여 지리산에서 예까지 오시기도 했으니 가시는 길도 별일이 있겠사옵니까마는……."

"오래 걸리지 않을 것이니 괜찮을 것일세."

여느 날과 달리 유난히 아침 안개가 자욱했다. 기룡은 애복이가 친정에 갖고 갈 것을 챙겨주고 싶었지만 그럴 만한 여유가 없었다. 관창에 있는 곡식도 거의 바닥을 드러냈고, 곶감과 면포, 명주 같은 특산물도 자취를 감춘 지 오래되었다.

"빈손으로 갈 수는 없는데……."

"전쟁통에 어떻게 예의범절을 다 차리겠어. 마음만 전할게."

"가서 좀 있다가 와도 돼. 어머님 걱정은 하지 마."

애복이는 망설이다 말고 입을 열었다.

"대장은 나 없는 동안 어머님의 소원이나 풀어드릴 궁리를 해."

"그게 무슨 소리야?"

"우복동 그 처자라면 난 괜찮아."

"애복아! 그런 게 아냐!"

그때 기룡의 허리춤에서 무언가가 딸랑 하고 떨어졌다. 애복이와 혼인하던 날부터 줄곧 차고 있던, 한 쌍의 은방울이었다.

"이게 왜 떨어졌지?"

기룡은 허리를 굽혀 집고는 흙을 툭툭 털었다. 그것을 본 사일랑이 크게 놀라며 속으로 탄식했다.

'아, 조짐이…… 가시면 안 되는데!'

그러나 말릴 수 없는 일이었다. 애복이는 진주로 떠나면서 뒤돌아보았다. 눈빛에는 막연한 슬픔이 가득 담겨 있었다.

'애복아, 아무 걱정 말고 잘 다녀와.'

기룡과 눈빛을 잠깐 마주친 애복이는 안개 속으로 사라지듯이 떠나갔다.


## 3

얼어 죽는 사람이 많았던 겨울이 지나면 좀 낫겠지 했지만 그게 아니었다. 춘궁기가 들어 굶어 죽는 사람이 늘어만 갔다. 한빙 지옥을 지나니 아귀 지옥에 든 격이었다.

죽은 사람의 시체가 민가와 길섶을 가리지 않고 즐비했다. 그것을 치울 여력이 없었다. 산 사람들도 바짝 말라서 뼈만 앙상하게 드러났다. 어른 아이 할 것 없이 귀신같은 몰골에다가 눈만 퀭했다.

"아, 생불여사(살아도 죽은 것보다 못함)라더니……."

백성들은 조금이라도 면분이 있고 연고가 있으면 찾아다니기에 바빴다. 하지만 양식을 남몰래 재놓고 있는 사람이 얼마나 되랴? 차라리 부왜들처럼 왜군을 따라 떠났다면 굶지는 않을 거라는 푸념이 쏟아져 나오기에 이르렀다.

"지킨 놈은 굶어 죽고, 빌붙은 놈은 호의호식하고. 세상 참 더러워서 못 살겠네."

"왜적에 죽는 것보다 아사하는 사람들이 더 많으니 이건 나라가 아니야."

"어휴, 이 긴 춘궁기를 어찌 넘긴담."

"뿌릴 종자는 있고?"

"하긴 농사를 지으려도 종자가 있나? 소가 있나?"

"그냥 통째로 넘겨주고 왜놈들에게 빌붙어서 사는 게 나을 뻔했어."

"예끼, 이 사람아, 판관 나리 들으시면 물고를 면치 못할 걸세."

"내가 뭐 틀린 말 했나?"

"우리야 어차피 손해 볼 것이 없으니 아무 상전이나 떠받들고 살면 그만이지."

"그래도 어찌 왜놈 천하에서 살 생각을 다 하는가?"

"우리 천동이 놈만 먹여 살릴 수 있다면, 되놈 천하가 되든 왜놈 천하가 되든 나는 아무 상관 안 하겠네."

기룡은 왜적만 다 쫓아내면 백성들이 편히 살아갈 줄 알았는데, 또 다른 고민거리가 생겨 잠을 이루지 못했다. 백성은 먹을 것을 하늘로 삼는다고 했다. 왜군의 조총과 장검 앞에서도 살아남은 사람들이 허기를 못 이겨 죽어가고 있는 현실이었다.

기근은 날이 갈수록 깊어졌고, 길에서는 발에 채는 것이 굶어 죽은 송장이었다. 파리가 끓고 구더기가 사체 위를 뒤덮었다. 차마 못 볼 광경이었지만 누구 하나 치울 손을 내지 않았다. 그나마 거적이라도 덮어쓰고 있으면 호상이었다. 누가 언제 갑자기 쓰러져 그 송장들의 뒤를 이을지는 오직 하늘만 알았다.

기룡은 관아 호장을 불렀다.

"관곡이 얼마나 남아 있는가?"

"아뢰옵기 송민(송구스럽고 민망함)하오나 남았다고 할 것이 없사옵니다."

"아, 진정 굶주린 백성을 먹일 방도가 없단 말인가?"

"골골샅샅 양곡이 여유가 있는 집이 어찌 없겠사옵니까마는 일가친척이 찾아와도 내놓지를 않으니……."

기룡은 몸소 관창을 둘러보았다. 과연 호장의 말 그대로였다.

"사정이 이런데 나의 끼니는 어떻게 챙겨왔는가?"

"장사님들이 밖으로 나가서 어떻게든 조금씩 마련해 왔습지요."

기룡은 곤혹스러웠다. 싸울 줄만 알았지 관아의 살림을 헤아려 살펴볼 줄 몰랐던 자신이 부끄러웠다. 다른 곳간을 열었다. 살 썩는 냄새가 코를 찔렀다. 왜적들의 수급을 모아놓은 창고였다.

"아직 경상 우감영에 보내지 못하고 있사옵니다. 군량을 주지 못해 거기까지 나를 군사가 없사옵니다."

기룡은 한탄스러워했다.

"이것들을 삶아 먹을 수만 있다면 얼마나 좋을꼬."

뒤따르던 사일랑은 문득 묘안 한 가지를 떠올렸다. 관아 곳곳을 둘러본 기룡이 다시 판관청에 들자 조심스럽게 아뢰었다.

"당교 싸움에서 거둬들인 왜적의 수급 말씀이옵니다. 그것을 부민(富民:부자)에게 팔면 어떻겠사옵니까?"

"왜적의 수급을 팔다니? 누가 그것을 산단 말인가?"

"사고말고요. 아직 공훈을 세우지 못한 사람들은 속으로 걱정을 하고 있을 것입니다. 전쟁이 끝나고 나면, 많은 사람들이 벼슬을 받거나 신분이 오를 것인데 자기네들은 그것을 두 눈 빤히 뜨고 쳐다만 봐야 하니 말입니다.

그러니 나리께서는 그들에게 곡식이나 재물을 받고 왜군의 수급을 팔고, 그들이 그것을 다시 바치면 그들의 전공으로 기록해 주면 되지요."

기룡은 뭐라도 해야 할 처지인지라 사일랑의 제안대로 방을 내다 붙였다. 호응이 낮을 거라는 예상과는 달리 많은 사람들이 수급을 사겠다고 했다.

"곡식만 되나? 목화나 엽전은 안 되는가?"

"왜 안 되겠나."

기룡은 수급을 다 내다 팔아 수백 섬을 거둬들였다. 이희춘이 기가 찬 듯이 곡식 섬과 목화와 엽전 더미를 바라보았다.

"귀신도 부린다는 재물을, 도대체 귀신을 얼마나 부리려고 다들 재물을 이다지도 꼭꼭 숨겨놓았는지."

정범례가 말했다.

"욕심이 과하면 귀신을 부리려다가 같은 귀신이 되는 수가 있지. 암."

내친김에 왜적으로부터 전리한 여러 가지 희귀한 물건과 잡물도 모두 팔았다. 그리하여 상미에서 하미까지 가리지 않고, 수수, 기장, 좁쌀, 콩과 같은 곡식까지 수백 섬에 목화 수백 근, 또 엽전과 은전을 합쳐 수백 냥을 확보했다.

기룡은 인근 고을에도 군사들을 보내 양곡을 사 오게 했다.

"이렇게 많은 곡식이 나올 줄이야."

"정말 상상하지 못한 일일세."

기룡은 다시 방을 내다 붙여 각 고을별로 날짜를 정했다. 그런 뒤에 급한 대로 진휼(굶주린 백성을 먹여 살림)에 애를 썼다. 그리하여 비록 넉넉하지는 않았지만 백성들은 아사 위기에서 한숨을 돌리게 되었다.

험악해진 민심은 다시 안정을 되찾았고, 백성들은 길거리에 있는 송장을 보이는 대로 치우고 묻어주었다.

한 떼의 사람들이 관아 남문 앞으로 모여들어 소란스러웠다. 기룡이 그 연유를 물으니 대답하는 것이 가슴을 뭉클하게 했다.

"판관 나리의 종이 되기를 원하옵니다!"

"종이 되어도 좋으니 어질고 너그러우신 우리 판관 나리만 모시게 해주소서."

기룡이 나와서 물었다.

"종이 되고자 하는 소원은 들어줄 수가 없다. 다만 군졸이 되겠다는 사람이 있다면 그 청원은 다 들어주겠다."

"판관 나리, 고맙사옵니다!"

"왜적과 싸워 물리침으로써 보은하겠사옵니다!"

기룡은 군사가 늘어남에 따라 감사위 장사들을 불러 북천 가 백사장으로 나아가 날마다 조련을 시키도록 했다. 그리하여 그들은 전에 북천 전투에서 불귀의 객이 된 사람들의 원혼을 달래며 일당백의 정병이 되어갔다.

이희춘이 와서 아뢰었다.

"군사다운 군사의 면모를 갖춰가고 있사옵니다. 해서 이름을 붙일까 하옵니다. 감사군(죽음을 무릅쓰는 군대)도 좋고, 결사군(죽음을 결의한 군대)도 괜찮고…… 어떤 것이 낫겠사옵니까?"

"자네들을 감사위라 하지 않는가? 내 생각에는 그에 따라 감사군이 좋겠네. 사 책사 의향은 어떤가?"

"그야 응당 감사군으로 불러야 합지요."

"하오면, 소인은 그렇게 알고 물러가겠사옵니다."

기룡은 비록 전쟁 중이었지만 아이들이 학업을 손 놓고 있어서는 안 된다고 생각했다. 그리하여 양반 자제들을 다 관아로 불러들여 자유로이 드나들게 하고, 입히고 먹이며 글을 읽게 했다. 훈장은 삼망지우 벗들이 번갈아 맡아주었다.

글공부를 마친 아이들은 술래잡기를 하며 온 관아를 뛰어다니며 놀았다.

"심아, 우리 오디를 따 먹으러 가자!"

정경세의 아들 학이 아우에게 말했다. 심은 다가와 형의 손을 잡았다. 정춘모의 아들 상엽과 수환도 맞장구를 쳤다.

"그래, 가자!"

아이들은 군뢰청 북쪽 담 근처에 있는 큰 뽕나무 밑에 섰다. 가지마다 오디가 탐스럽게 달려 있었지만 너무 높았다. 학이 굵은 밑동을 타고 오르려고 했지만 번번이 미끄러졌다.

"내가 좀 따줄까?"

아이들은 뒤돌아보았다. 기룡이 웃는 얼굴로 서 있었다. 아이들은 우렁차게 대답했다.

"예, 판관 나리. 오디를 따주세요!"

사일랑이 걱정스러워했다.

"나리, 아랫사람을 시키시는 것이……."

"괜찮네."

기룡은 웃옷을 벗어놓고 나무를 타고 올랐다. 그러고는 가지가 벌어진 사이에 서서 뻗어나간 가는 나뭇가지를 흔들었다. 가지가 흔들흔들하는 사이에 오디가 후두두둑 땅으로 떨어졌다. 아이들은 와아 하고 소리쳤다.

"바가지를 하나씩 내주게. 집에 담아 가도록 말일세."

"우리 판관 나리, 최고다!"

기룡은 모처럼 삼망지우 벗들과 앉아 오디 맛을 보았다. 백성들의 허기는 겨우 잠재웠지만 농사철이 되었는데도 종자가 없어서 난감했다. 이웃 고을도 종자가 귀해 아무도 선뜻 내주려 하지 않았다. 설사 내준다 하더라도 한두 섬으로 될 일이 아니었다.

좌중은 모두 걱정했다. 정춘모가 말했다.

"산 너머 절벽이요, 강 건너니 바다로세그려."

가만히 앉아 있던 김지복이 말했다.

"저와 형제처럼 지내는 지인 한 분이 영천(지금의 영주) 고을에 거류하시는데, 짙은천량(대대로 내려오는 재산)이 많아 가산이 만석에 이릅니다. 우리 상주의 실정을 아뢰고 종자를 빌려달라고 한번 청해볼까요?"

"오, 영천은 왜군의 침탈이 적었으니 좋은 제안인 것 같으이."

기룡은 고맙게 여겼다. 정경세가 말했다.

"무회(김지복의 관자)가 혼자 가는 것보다 간절하게 호소한다는 차원에서 경운도 함께 가는 것이 어떻겠는가?"

"안 그래도 그리하려고 마음을 먹고 있었네."

기룡과 김지복은 영천으로 갔다. 권홍계는 과연 부호였다. 그는 임금을 지근(아주 가까운 거리)에서 시위하는 선전관을 역임한 뒤 낙향해 집안을 돌보고 있었다. 기룡은 여느 양반가와는 깊이가 다른 무언가 범접하기 힘든 근엄한 가풍을 느꼈다.

"상주 정 판관께서 내 집을 다 찾아주시다니."

권홍계는 기룡을 극진히 대접했다.

"나와 6촌이 되는 초간 형님께서 일찍이 상주 율지촌에 거류하시면서 《대동운부군옥》을 저술하셨소. 여기 우리 김무회도 있지만 그런 면에서 상주는 내게도 특별히 정감이 가는 성읍이라오."

"초간 권 선생님이라면 소관도 전에 한 번 찾아뵌 일이 있사옵니다. 집안에 온통 서책뿐이었던 걸로 기억합니다요. 공검지 정자에서 약주도 나누었고요."

"아, 그래요? 역시 뛰어난 인재는 서로 만나게 되어 있나 보구려. 허허."

김지복이 상주의 어려움을 호소했다.

"낙금당(권홍계의 아호) 형님을 찾아뵌 것은 다른 것이 아니오라, 지금 상주에서는 씨 뿌릴 때가 되었지만 관아고 민가고 곡식의 종자가 없사옵니다."

권홍계는 호방하게 말했다.

"그래? 그렇다면 내가 모른 체 할 수 없지. 상주는 들이 너르니 종자가 1천 석은 있어야 되겠군. 마련해 놓을 터이니 날을 가려 군사를 이끌고 와서 가져가도록 하시오."

기룡은 감격스러워 기쁨을 감추지 못했다.

"이 은덕은 잊지 않겠습니다."

권홍계의 집을 나서려는데 먼 담 너머로 기룡을 몰래 엿보는 눈이 있었다. 기룡은 자신을 향한 숨은 눈길을 느껴 슬쩍 뒤돌아보았다. 그때 누군가 얼른 고개를 내려 모습을 감췄다.

# 다시 회령으로

## 1

호장은 속안(토지대장)을 살펴 종자를 나눠 주었다. 정춘모는 전지가 가장 많아 종자를 제일 많이 받았다. 그는 도작인(소작인)들에게 종자를 나눠 주면서 농사를 신나게 지을 의욕을 불러일으켜 주었다.

"장차 거둘 곡수의 7푼을 자네들 몫으로 예정하겠네."

도작인들은 나중에 추수 때 말이 바뀌지나 않을까 긴가민가했다. 지금까지 도작료로 3푼을 낸 적이 없어서였다. 나라에서 관례로 정한 도작료는 5푼이었다. 그런데 정춘모는 3푼만 받겠다고 하니 인심도 그런 인심이 없었다.

정춘모는 도작표에 써 넣어서 수결을 쳐 주었다. 그제야 도작인들은 웃음을 머금었다.

"우리가 7푼을 먹는다면 내 전답이나 마찬가지지."

"암, 정 진사 나리께서 3푼만 받겠다고 하시니 참 도량도 크셔."

"그분의 배포며 아량이야 예전부터 알아줬지."

백성들은 전쟁의 쓰라림 속에서도 생기를 되찾았다. 그러나 더러는 푸념하며 농사를 짓지 않으려고 했다.

"지어봤자 왜군이 쳐들어오면 말짱 헛일이 아닌가?"

"그러면 자네는 뭘 먹고 살려고?"

"어떻게든 되겠지."

기룡은 농사는 때가 있다고 판단해 때를 놓칠세라 그들을 간곡히 다독였다.

"왜적에게 다시 상주를 내주는 일은 절대로 없도록 하겠소. 전엔 의병과 백성들 수백으로 수천 왜적을 물리쳐 이기지 않았소? 지금은 정병만 해도 1천을 헤아리오. 그러니 아무 걱정 말고 본업에 힘쓰시오."

대다수 백성들은 기룡의 호소에 수긍했다.

"남몰래 부왜해서 재미를 본 놈들이 그 맛을 못 잊고 농사를 안 지으려는 게지."

그 말이 맞는지도 몰랐다. 일하기 싫어진 탓도 있었다. 굶주릴 때마다 관곡을 풀어 먹여주니 관곡을 타다 먹는 버릇이 들어 굳이 힘들게 농사를 짓고 싶지 않았다. 왜적에게 다쳤다는 핑계로, 또는 농사지을 땅이 없다는 핑계로…… 집 안에 들어앉아 관아 쪽만 쳐다보며 허송세월을 하는 백성들이 적지 않았다.

"왜군은 공짜로 많이 줬는데."

"맞아. 판관 나리는 적게 주네. 제 것도 아니면서."

"이놈들 이거 부왜 나부랭이들 아냐?"

"농사지어서 먹을 생각은 안 하고. 에라, 이놈들아! 나눠 준 곡식은 뭐 하늘에서 뚝 떨어진 건 줄 아느냐? 그거 다 우리가 농사지어서 낸 세곡 아니냐? 우리가 조세를 바치지 않으면 기근 때 백성에게 나눠 줄 곡식이 어디서 생기느냐?"

"나도 농사짓고 싶지. 그런데 농토가 없는 걸 어떡하나?"

"그걸 핑계라고 대느냐? 이놈아, 나는 뭐 내 농토가 있어서 농사짓느

냐? 남의 전답을 도작하고, 그마저도 모자라서 틈만 나면 버려진 자갈논
을 가는 거, 네놈 눈에는 안 보이느냐? 일은 하나도 안 하고 거저 얻어 처
먹으려는 순 날도적놈 같으니라고!"

기룡은 손수 묽은 피죽을 쑤어 나귀에 싣고 농사를 짓고 있는 백성들
사이를 몸소 다니면서 그들의 허기진 배를 달래주었다. 굶주리고 있던 농
민들은 한 바가지씩 달게 받아먹고 없는 힘도 냈다.

이희춘이 물었다.

"나리, 우복동엔 기근이 들지 않았을까요?"

"거긴 병화(전쟁의 참화)가 미치지 않는 곳이라니 괜찮을 걸세."

그 말이 우복동인들을 불러들인 것인지도 몰랐다. 촌장 김중섭과 서무
랑이 종자를 싣고 왔다. 기룡은 그들을 크게 반기며 고마워했다. 서무랑
이 물었다.

"아씨마님은 어디 가셨사옵니까? 온 김에 뵙고 싶사옵니다만."

"진주 친정에 잠시 가 있습니다."

"잘해드리세요. 아주 착하시고 좋은 분이시어요."


기룡은 북천 너머의 광막한 땅에 눈길이 머물렀다. 구렁들이었다. 읍성
을 탈환한 뒤에 일본군의 시체를 곳곳에 쌓아놓고 불태운 곳이었다. 타다
만 해골과 앙상한 뼈가 뒹굴고 냄새가 오래도록 가시지 않았다. 그리하여
사람들이 접근을 꺼려해 버려진 땅이었다.

낮에도 승냥이며 이리가 심심찮게 찾아들어 먹을 것을 찾아 뒤지고,
밤에는 사나운 짐승들 외에도 온갖 잡귀가 들끓는다고 소문이 나 있
었다.

"둔전을 개척할 것이네."

감사위 8장사는 깜짝 놀랐다. 이희춘이 호들갑을 떨었다.

"아이고, 소인은 못 하옵니다. 비 오는 날이나 흐려서 어둑한 날에는 대낮에도 왜귀가 떼로 몰려나온다는데."

"거 무슨 어린애 같은 소리인가!"

구렁들을 척토(개간)하려면 온통 무너져 있는 북천 방죽을 먼저 쌓아야 했다. 기룡은 장사들과 잘 훈련된 정병들을 호령해 제방을 수축(고쳐 쌓음)했다. 그런 뒤에는 수없이 나뒹굴고 있는 인골을 수습해 큰 구덩이를 파고 한꺼번에 깊이 묻었다.

허물어져 있는 봇둑도 일일이 보축(보수해 쌓음)했다. 기룡은 성안으로 돌아오지 않고 구렁들에 장막을 치고 야영을 했다.

"한데서 지내지 마시고 나리는 이만 관아로 들어가시옵소서."

"군사들이 다 노숙을 하는데 내가 어찌 기와집에 편안히 들어 있을 수 있겠는가?"

황폐했던 구렁들은 얼마 지나지 않아 옥답으로 변모했다. 척지(토지를 개간함)를 한 군사들도, 그것을 보아온 백성들도 끝없이 펼쳐진 너른 들을 바라보고는 감탄하고 흐뭇해했다.

민심이 안정되고 민생이 다시 돌아가기 시작했다. 읍내에 장이 제대로 서는 것이 썩 보기 좋았다. 상주 인근의 백리(수많은 마을)에서 백성들이 각색 물화를 가지고 나와 거래했다.

기룡은 장터를 둘러보다가 삼씨(대마 씨)를 팔러 나온 사람을 보았다. 그것을 사들여 관아 안팎의 묵은 터에 심었다. 그다음 장날부터는 삼씨가 수백 근이나 쏟아져 나왔다. 기룡은 그것을 모두 사들여서 구렁들 빈 터에 심게 했다.

"삼대가 잘 자라면 백성들에게 나눠 줘야지. 그러면 삶아서 껍질을 벗기고 실을 뽑아 베를 짜서 옷을 해 입을 수 있지 않겠나? 여름옷으로는 그만이지."

"판관 나리의 자상하신 바가 두루 미치지 않는 데가 없사옵니다."

"찬사를 듣자고 하는 일이 아닐세. 백성들이 먹고 입고 자는 것이 해결되면 그게 바로 태평성대가 아닌가?"

"지당하신 말씀이옵니다."

"그런데 요즘 노 장사가 안 보이는군."

"온 관아의 흙을 파 뒤집곤 하고 있사옵니다."

노함은 관아의 안팎을 두루 돌아다니다가 사람들의 발길이 잘 미치지 않는 객사 상산관으로 들어갔다.

그는 그곳에서 놀랍게도 일본군이 주둔했을 때 화약을 만든 것으로 짐작되는 터를 발견했다. 쪼그리고 앉아서 주변에 있는 흙을 비벼도 보고 맛도 보고 하다가 빙그레 웃으며 기룡에게 달려갔다.

"자네가 염초(화약의 원료가 되는 질산칼륨)에 온 정신이 팔려 있었던 게로군."

"염초를 굽는 방도만 알아낸다면 화약을 대량으로 만들 수 있사옵니다."

염초 제조법은 극비 사항이었다. 나라가 지정한 도회소(염초를 얻기 위해 설치한 관청)의 약장(화약장의 준말)이 아니면 알 수 없었고, 약장의 기술은 명나라나 일본의 염초 자취(끓여서 얻음) 기술에 못 미쳤다.

"상주에 그 제조법을 아는 사람이 있겠는가?"

"염초를 만들자면 염초토(염초를 얻을 수 있는 흙)를 먼저 얻어야 하오니 흙에 밝은 도공들에게 수소문하면 어떨는지요?"

"그에 관한 일은 자네에게 일임하네. 다만 다른 사람들에게 알려져서는 안 되네. 행여나 중국이나 왜국에 비밀이 새나지 않도록 말일세."

"예, 판관 나리."

노함은 읍성 동쪽 책골이라 불리는 서곡 고을 사기실에 갔다가 한 계집아이를 데리고 왔다. 은이는 일본군들이 화약을 만들려고 염초를 구울 때 아궁이에 불 때는 일을 도운 아이였다. 엄격히 비밀로 하고 있는 화약 제조법이 새날까 봐 왜군들은 아무것도 모르는 어린아이들을 잡아다가 부려먹은 것이었다.

양반가의 서녀로 태어난 은이는 기룡이 읍성을 함락시킬 때 용케도 살아남았고 의병에 참여했던 서곡 고을의 사기장이 측은히 여겨 데리고 간 것이었다.

"은이야, 이 아저씨랑 염초 굽는 방법을 알아내고 많이많이 구워서 나라에 크게 보탬이 되자꾸나."

은이는 노함이 준 주먹밥을 한입 가득 넣고 우물거리면서 대답했다.

"네, 좋아요."


순찰사 김성일이 보낸 전령이 당도했다. 머잖아 명나라 군사들이 영남으로 내려올 것이니 군향과 마초(말먹이)와 시목(땔감)을 공급하는 업무와 그들이 유숙할 가가(임시로 지은 집)를 마련하는 데 차질이 없도록 채비하라는 명령이었다.

"또한 상주 의진 창의군은 함창현에, 상의군은 본읍(상주목을 말함)에 귀속하라."

김성일의 명령으로 상주의 의병은 그 소임을 다하고 관군에 합쳐졌다. 그러나 대부분은 가향(고향)으로 돌아갔고 관병이 된 사람은 얼마 되지 않았다.

"쳇, 사나운 왜적을 물리친 우리에게 계집종마냥 중국군 뒷바라지나 하라니."

기룡이 엄한 눈길로 이희춘을 눌렀다.

"천병(천자의 군대)에 대한 공궤(음식을 잘 마련해 바치는 것)도 왜적을 물리치는 것 못지않게 중요한 일이네."

상주에 명나라 군사가 올 것이라는 소문이 나자 백성들은 술렁였다. 또 부녀들이 납치당하고 가축과 양식을 빼앗기지 않을까 하는 염려에서였다.

"어휴, 지긋지긋하구먼."

"언제나 되놈, 왜놈 없는 세상에서 살아볼까나?"

"땅덩어리가 생겨 먹은 것이 사타구니에 끼인 불알쪽 같은데, 그런 날이 오기나 하려고."

임금은 공석으로 있던 상주 목사에 한명윤을 제수했다. 그는 영동 현감으로 있을 때 왜적과 맞서 용감하게 싸웠고, 두 왕자를 구하려고 죽현에 온 적도 있었으며, 충청도 조방장으로 활약한 공이 있었다. 그리하여 상주 목사 겸 경상 우방어사를 겸임하게 했다.

기룡은 문경새재로 나아가 교귀정에서 기다리고 있다가 신임 목사를 맞이했다.

"목사또 나리, 어서 오소서."

"고생이 많소."

관아에 든 한명윤은 시급히 관무를 파악하고, 가판관 정기룡에게 관량관(명나라 군대의 군량을 관리하고 공급하는 관리)을 겸임시켰다.

명나라 이여송의 군대는 지난 1월 평양성을 수복한 이래 석 달 만에 한양을 되찾았다. 명군에 쫓긴 일본군은 후퇴를 거듭해 영남으로 모여들었다.

"왜병들이 용궁현에 출몰했다고 하옵니다."

보고를 받은 기룡은 감사위 8장사와 날랜 군사들을 선발해 나는 듯이 내달았다. 함창에서 현감 강덕룡과 합세해 용궁현으로 쫓아갔지만 일본군은 이미 남쪽 비안현으로 달아난 뒤였다. 기룡은 내친김에 말을 몰아 계속 추격했다. 그러나 어디로 갔는지 종적을 알 길이 없었다.

"끝내 놓치고 말았구나."

"판관 나리께서 상주를 지키고 계시는 것을 알고 왜적들이 다른 길로 다 돌아가는 것 같사옵니다."

한양에서부터 남하한 명나라 군대의 장엄한 행군이 드디어 문경새재를 넘었다. 부총병 류팅(劉綎)이 거느린 마병과 보병 5천 명, 부총병 차따쇼(査大受)가 이끄는 마병과 보병 3천 명, 유격 왕삐디(王必迪)를 따르는 보병 1천5백 명 등 모두 1만에 이르는 대군이었다. 첨병 수십 명이 이미 유곡역에 이르렀다.

상주 목사 한명윤은 가판관 기룡과 함께 군사들을 이끌고 나아가 유곡역 밖에서 기다리고 있다가 명나라 장수들을 공손히 맞이했다. 류팅은 다짜고짜 물었다.

"천병이 주둔할 읍성은 비워 놓았소?"

한명윤은 우물쭈물했다. 기룡이 대신 말했다.

"읍성 북쪽 구렁들에 막영하시도록 채비해 두었습니다."

"뭣이? 감히 우리 명군을 풍찬노숙시키겠다?"

"그런 것이 아닙니다. 구렁들은 읍성보다 여러 가지 이점이 있습니다. 첫째로 북천이 가로막고 있어서 남쪽으로 도망친 왜군이 다시 쳐들어오더라도 물을 꺼리는 그들인지라 방어하기가 수월하고, 둘째로는 그곳은 사방이 열려 있어 천병이 전차 운용을 자유자재로 할 수 있으며, 셋째로는 부총병 대인께서 그곳에 군사를 결진한다면 앞서 북천 싸움에서 패한 상주 백성들에게 든든한 위로가 될 것입니다.

그러지 않고 만약 작은 읍성 안에 1만 천병이 주둔한다면 백성들의 생업이 다 끊기게 됩니다. 이는 대국이 소국을 도우러 온 도리도 아닐 것이며, 백성을 어여삐 여기시는 황제 폐하의 뜻도 아닐 것입니다."

류팅은 기골이 장대하고 눈에서 불을 뿜어내는 듯한 기룡을 잠시 쳐다보았다. 어느 누구도 입을 열지 않았다. 긴장된 순간이었다. 잠시 후 류팅이 흔쾌히 받아들였다.

"하오(好:좋다)!"

얼굴이 밝아진 한명윤은 명나라 장수를 인행했다. 이희춘이 말했다.

"아, 허망하다, 허망해. 구렁들에 둔전하려고 종자를 심어놓은 건 헛일이 되고 마는구나. 군사들이 주린 배를 움켜쥐고 밤낮없이 일구느라 얼마나 힘들었는데."

정수린이 달랬다.

"그건 감수해야지요. 명군이 읍민들에게 크게 민폐를 끼치는 것보다 백번 나은 일이 아니옵니까?"

"그야 그렇지만, 뭐, 그런데 명군이 왔으니 구렁들 왜귀들도 다 도망가려나?"

너른 구렁들에 결진을 하고 막영을 꾸린 류팅이 다시 한명윤에게 물었다.

"관량관이 누구요?"

기룡이 대답했다.

"소관입니다."

류팅은 나지막이 힘주어 말했다.

"천병을 호궤(군사에게 음식을 베풀어 위로함)하는 데에 아무 차질이 없도록 하시오."

관창에 있는 관곡으로는 턱도 없었다. 기룡은 한명윤과 머리를 맞대고 고심했다.

"무슨 수로 1만 군사를 먹인단 말인가?"

"자기네들이 실어 온 군량은 어쩌고 우리에게 내놓으라고 하는 건지,

참."

내다 팔 일본군의 수급도 없었다. 그렇다고 백성들이 가지고 있는 양곡을 무단히 빼앗을 수도 없는 일이었다. 한명윤은 생각다 못해 호장에게 하령해 각종 증명서를 만들었다. 진사, 생원의 합격증인 백패에 합격자 이름만 공란으로 비워둔 공명첩, 각종 부역을 면제하는 면역첩, 천민과 서얼을 천안에서 지워주는 면천첩……

그것들을 팔았다. 그리하여 거둬들인 곡식이 2천여 석이었다. 하지만 그것은 1만 명군의 10일치 군량밖에 되지 않았다.

유곡역에는 명군이 싣고 온 곡식이 2만5천여 석이나 쌓여 있었다. 한명윤과 기룡이 더 이상은 구해줄 수 없다고 하자 그들은 혀를 끌끌 차더니 그제야 자기네들이 가지고 온 군량을 푸는 것이었다.

"소금과 채소는 조달해 줄 수 있겠지요?"

피폐한 터에 넉넉한 것이 있을 리 없었다. 기룡은 낙동나루 객주를 재건한 행수 이상원에게 부탁했다. 그는 난감한 기색을 지었다.

"김해 염소에 선금을 줘도 소금을 구하기 힘드옵니다."

"보통의 면포보다 두 배나 값이 비싼 청람포(쪽으로 염색한 면포)를 내주겠네. 자네가 수완이 좋지 않은가? 애 좀 써주게."

한명윤은 모든 고을에 영을 내려 고을마다 공납할 푸성귀를 할당해 주었다. 백성들은 산나물, 들나물을 뜯으러 다녔다.

소금과 채소를 겨우 구해 중국군을 먹였어도 그들은 고마워할 줄도 몰랐다. 염치없이 요구하는 것이 더 많아지는 것이었다.

"들자니 이곳 고을에서 나는 명주가 썩 품질이 좋다던데."

"아, 조공으로 바쳐온 그 뛰어난 조선 명주가 바로 이 상주에서 난다는 말씀이옵니까?"

기룡은 기가 막혔다. 왜적을 몰아내려고 원군으로 와서는 전쟁에는 관심이 없고 한몫 단단히 잡을 생각만 하는 것 같았다.

"왜군들이야 우리 명군만 봐도 알아서 물러갈 것이고……."

"강화 회담이 진행 중이니 전쟁은 곧 그칠 것이 아니겠나? 기왕지사 예까지 왔는데 빈손으로 돌아갈 수야 없지."

그들의 요구를 무시할 수 없었다. 기룡의 고충을 들은 정경세는 백화산 폐우물과 칠봉산 중턱 암굴에 숨겨뒀던 명주를 몽땅 꺼내 와서 내놓았다.

"아, 경임이 전날 거상 중에도 참으로 선견지명이 있었네. 고마우이."

"내 경운 자네의 성격을 잘 알기에 하는 말이네만, 저들의 비위를 절대로 거스르지 말게. 어쨌든 저들이 있어 삼경(평양, 개성, 한양)을 수복하고 왜적을 내몰고 있지 않은가?"

상주의 특산인 명주를 본 류팅, 차따쇼, 왕삐디는 크게 흡족했다. 책사 귀목이 말했다.

"저 조선의 관량관이 애쓰는 것이 기특하지 않사옵니까? 마땅히 상훈을 내리시옵소서."

"그래, 그냥 받고만 있을 수는 없지."

류팅은 기룡에게 은 50냥을 내렸다. 기룡이 받지 않으려고 머뭇거리자 책사 귀목이 눈짓을 했다. 기룡은 하는 수 없이 받아 나와 한명윤에게 바쳤다.

"그놈들이 그래도 양심에 찔리는 데는 있나 보네. 이걸로 관속(관아에 딸린 아전과 하인)들이 먹을 양식을 구해야겠군."

명장들은 유곡역에 저장해 놓은 군량을 명군에게만 먹이고 조선군에게는 전혀 지급하지 않았다. 그런 날이 지속되자 고충을 같이한다는 의미로 명군과 더불어 구렁들에 막영을 하고 있던 감사군은 굶주리고 지쳐갔다.

조선군의 대오가 거의 무너질 지경에 이르렀는데도 명장들은 거들떠보지도 않았다. 끼니때마다 중국군이 먹고 남아돌아 버리는 음식이 많았다. 조선의 군사들은 수채 구덩이에서 기다리고 있다가 명군이 갖다 버리는 잔반을 서로 다투며 허겁지겁 주워 먹는 형편이었다.

사태는 더 이상 두고 볼 수 없는 심각한 상황이 되었다. 감사군은 들고 일어나 명군을 칠 기세였다.

"이대로 굶어 죽느니 차라리 되놈들을 다 죽여버리자!"

"그래, 그러자! 저놈들은 우리 편이 아니다!"

기룡과 감사위 장사들이 군사들을 달래는 동안 목사 한명윤은 명 부총병 류팅에게 조심스럽게 건의했다.

"천병이 수만 리 길로 군량을 수송하느라 곤욕을 치른 것은 잘 압니다만, 지금 조선군이 아사 직전에 있사오니 유곡역에 적치해 놓은 군량을 조금만 덜어주신다면 조선의 군사들은 모두 대인을 우러러볼 것입니다."

류팅이 망설이자 차따쇼가 말했다.

"공짜로는 줄 수 없소. 그러면 우리 명군도 불만이 쌓일 것이니."

왕삐디도 동조했다.

"조선은 나라를 어떻게 경영했기에 원군의 양식을 다 얻어먹으려 한단 말이오? 염치를 좀 차리시오!"

한명윤은 치욕스러워 혀를 깨물고 싶었다. 하지만 자신의 그늘 아래에 상주의 군사와 백성들이 있었다. 책사 귀목이 명장들의 눈치를 보며 입을 열었다.

"대인, 전투도 없고 심심하기도 하니 명군과 조선군이 무예 시합을 하는 것이 어떻겠사옵니까? 그리하여 만약 조선군이 이기면 군량을 좀 덜어주시는 것이?"

류팅의 얼굴에 미소가 번졌다.

"그거 재미있겠군."

"좋소. 조선군이 이기면 군향을 나눠 주겠소."

한명윤에게서 명군의 제의를 전해 들은 기룡은 그동안 몹시 무례하게 굴어온 그들의 코를 납작하게 해줄 기회가 왔다고 생각했다. 감사위 8장사를 불렀다.

"다들 자신 있는가?"

"안 죽을 만큼만 들고 패주겠사옵니다."

"못된 놈들, 어디 맛 좀 봐라."

정한 날이 되어 무예 시합이 열렸다. 명군과 조선군 각 진영에서 5명씩 나와서 차례대로 겨루기로 합의가 되었다. 명 진영에서는 백호(조선군 초관에 해당하는 계급) 5명을 가려서 내보냈고, 기룡은 정범례, 최윤, 황치원, 김세빈 그리고 맨 마지막으로 이희춘의 순서로 대적시키기로 결정했다.

정범례가 상대한 명군의 백호는 방패와 요도(허리에 차는 날이 휜 칼)를 들고나왔다. 정범례는 방패로 막으며 가까이 붙어서 요도를 현란하게 휘두르는, 전혀 경험해 보지 못한 그의 수법에 당황하며 패하고 말았다.

두 번째로 나선 백호는 편곤을 들고나왔다. 최윤이 맞서서 힘껏 싸웠지만 힘에서 밀려 그만 무릎을 꿇었다.

"이거 너무 싱거운데?"

"조선군이 아예 상대가 안 되는군."

명군의 사기는 드높았고, 감사군은 풀이 잔뜩 죽어버렸다.

"아직 안 끝났어! 내가 황치원이야!"

그는 도깨비 무늬가 있는 팔련 장창을 다잡아 쥐고 나갔다. 명군에서는 낭선을 든 덩치가 커다란 백호가 나왔다. 낭선은 가지들이 달린 긴 대나무 창이다. 끝에 쇠로 만든 창날을 달았고, 창날에 독약을 발랐다. 방패와 요도에 이어 낭선을 처음 본 조선군들은 또 패할 것을 알고 다들 낯

342

빛이 어두웠다.

"시합이니 낭선의 날에 독약을 바르지 않았소."

황치원은 장창을 휘두르며 낭선에 맞서 싸웠다. 백호가 낭선을 흔들며 공격해 들어오자 대나무 가지가 눈앞에서 어른거려 거리가 가늠이 되지 않았고, 뒤로 물러나기만 했다. 옆으로 비켜나려고 했지만 백호는 낭선을 좌우로 흔들어 빠져나가지 못하게 했다. 이희춘이 소리쳤다.

"땅바닥으로 굴러서 빠져나와!"

낭선이 눈앞에서 어지럽게 어른거리는 순간, 황치원은 몸을 옆으로 던지며 장창을 한 손으로 쥐고 백호의 발목을 쳤다. 그의 큰 몸뚱이가 허공으로 떴다가 철퍼덕 떨어져 내렸다. 황치원은 얼른 몸을 일으켜 쓰러져 있는 그의 목에 창을 겨눴다.

"와아!"

조선군에서 모처럼 탄성이 터졌다.

"이겼다! 드디어 2대 1이다!"

"암, 이제 시작이고말고."

군사들은 돌아오는 황치원에게 크게 박수를 쳤다.

"다들 잘 봤지?"

"수고했네."

김세빈이 의기양양하게 들어오는 황치원의 손을 치면서 나가려는 찰나 명군에서 제의를 했다.

"지금부터는 마상에서 겨루는 것이 어떻겠소?"

한명윤이 기룡을 바라보았다. 기룡은 그 제의를 받아들였다. 김세빈이 말에 훌쩍 올랐다. 상대도 말을 타고 나와 섰다. 그는 쌍검을 빼 들었다. 김세빈은 장창을 돌려 겨눴다.

"짯(이랴의 뜻)!"

명 백호가 기세 좋게 달려들었다.

"이랴!"

김세빈도 말을 몰았다. 두 사람은 말 머리를 맞대고 어우러졌다. 백호는 쌍검을 연신 휘둘렀고 김세빈은 빈틈을 노려 찌르고 베려 했다. 막상막하였다. 좀처럼 승부가 나지 않았다. 두 사람은 승부를 가리지 못해 대결이 길어졌다. 심판을 보던 귀목이 류텅과 한명윤의 허락을 얻어 징을 쳐 중지시켰다. 그들은 비긴 것으로 판정했다.

"그러면 1승 1무 2패로 우리가 진 건가?"

"아냐, 아직 한 사람 남았어. 희춘 장사."

"아, 그래? 다행이군. 희춘 장사야 믿을 만하지."

이희춘도 말에 올라 한 손으로는 고삐를 쥐고 다른 손으로는 창을 늘어뜨리고 섰다. 상대도 명군의 백호 중에서 최고수임이 분명했다. 느껴지는 무기(무예 실력에서 나오는 기운)가 앞서 나온 백호와는 사뭇 달랐다. 그도 희춘이 예사롭지 않은 무부임을 느끼고 있는 듯했다.

"이번에 이겨야 비기는 셈이 되는군그래."

"조용, 조용히!"

두 진영이 숨죽여 지켜보고 있는 가운데, 두 사람은 거리를 두고 서 있을 뿐 좀처럼 말을 달려 나가지 않았다.

"왜 저러는 거지?"

"그거야 서로 속가량을 해보는 것 아니겠는가?"

"온 구렁들이 저 두 사람의 위용에 제압된 듯하네."

"볼 만한 시합이 되겠는걸?"

갑자기 두 사람이 동시에 말을 달렸다. 거리가 점점 가까워졌다. 누가 먼저랄 것도 없이 두 사람은 거의 동시에 등자에서 발을 빼고 말안장을 발판 삼아 공중 높이 솟구쳐 올랐다. 허공에서 창이 부딪혔다. 그런 뒤에 두 사람은 땅으로 떨어져 내렸다.

"어떻게 된 거야?"

두 진영의 군사들이 모두 일어섰다.

"뭐지?"

이희춘은 몸을 돌리면서 청룡 무늬 팔련 장창을 휘두르며 내렸다. 백호도 되돌아섰다. 그러고는 이희춘에게 공손히 읍을 했다. 조선군 진영에서 함성이 터졌다. 명군들은 어리둥절했다. 유격 왕삐디가 말했다.

"창을 서로 한 차례 걸어 막은 뒤 내리면서 저자는 백호의 덜미를, 백호는 저자의 종아리를 쳤지. 만약 실전처럼 창날로 그랬다면 백호는 목이 달아났을 터이고 저자는 다리를 잃었겠지."

"그러면 조선 장사가 이겼다는 말이군."

명군들도 수긍했다. 이희춘은 환호를 받으며 조선군 진영으로 돌아왔다. 차따쇼가 아쉬운 듯이 말했다.

"다섯 명이 겨룬 전적이 2승 1무 1패가 되는군요."

"명군이 조선군과 비기다니……."

1만 명 대 1천 명의 대결이나 마찬가지였기에 명 장수들과 군사들은 몹시 아쉬웠다. 그런데 어느 사이인가 조그만 목소리가 하나둘 나오는가 싶더니 점차 큰 합창으로 울려 퍼지기 시작했다.

"류팅, 류팅, 류팅……."

부총병 류팅이 조선 장수와 마지막 결판을 내라는 뜻이었다. 1만 명의 명군은 구령들이 떠나갈 듯이 소리쳤다. 그에 질세라 조선군도 한입으로 목소리를 높였다.

"정기룡, 정기룡, 정기룡……."

류팅은 웃으며 일어섰다. 그러고는 뒤에 서 있는 비장에게서 큰 협도(칼날과 자루가 긴 칼)를 받아 들었다.

맹장 류팅을 상징하는 것으로 무게가 120근이나 나가는 빈철대도였다. 명군들 사이에는 류따따오(劉大刀)라고 불리는 유명한 칼이었다.

류팅은 그것을 땅에 짚고 훌쩍 날아오르듯이 자신의 명마인 은갈마(흰빛에 검은빛이 섞인 말)에 올라탔다.

기룡도 조선군의 응원을 받으며 팔련 장창을 들고 화이에 올라앉았다.

"조선 장수의 솜씨를 잠깐 구경해 볼까?"

"대인께 한 수 가르침을 청합니다."

붉은 명마와 흰 명마가 먼지를 일으키며 마주 보고 달렸다. 두 장수는 태극이 돌아가듯이 어우러져 돌며 창과 대도를 부딪고 걸었다. 좋은 쇠로 만든 날이 서로 부딪히는 소리가 구렁들에 울려 퍼지고, 불꽃이 튀는 것이 마치 폭죽을 터뜨리는 듯했다.

"하아!"

"흐읍!"

공방을 주고받기를 여러 차례 했다.

"호각지세란 말은 이럴 때 쓰는 것이로군."

"과연! 명승부로다."

"이게 어떻게 된 거야? 우리 류따따오에 맞선 조선 장수가 조금도 밀리지 않는데?"

"판관 나리의 무예 기량이야 천하제일이지."

기룡은 류팅의 힘과 무예에 감탄했고, 류팅은 자신에게 맞서서 조금도 밀리지 않는 기룡을 다시 보게 되었다.

'조선에 이런 장수가 있었다니.'

류팅이 붕 하고 크게 대도를 휘두르는 찰나, 화이가 은갈마의 주둥이를 물었다. 은갈마가 뿌리치려고 대가리를 흔들며 네 발굽으로 땅을 쳤다. 류팅은 마상에서 중심이 흐트러졌다. 기룡은 그때를 놓치지 않고 창을 깊숙이 찔러 넣다가 얼른 멈추고는 화이의 목덜미를 쳐 문 것을 놓게 하고 뒤로 물렸다. 기룽과 떨어져 선 류팅이 말했다.

"장수도 장수이거니와 그 말도 참으로 보기 드문 명마로다. 교량(대결)은 이만 그치기로 합시다."

귀목은 싸우다 말고 돌아서는 두 사람을 보고 비긴 것으로 판정했다. 류팅은 기룽을 보는 눈을 달리했다.

"내가 그간 사람을 몰라보았소. 소국에는 작은 사람만 있는 줄 알았더니 그게 아니구려."

"과찬이십니다."

류팅은 큰 잔치를 베풀어 명군과 조선군이 서로 먹고 마시게 했다. 한명윤은 흐뭇했다. 류팅이 전에 없이 부드러운 음성으로 말했다.

"목사는 우리 명군에게 바라는 것이 있으면 모두 말해보시오."

한명윤은 이때다 싶어 아뢰었다.

"아뢰옵기 황송하오나 천병이 구렁들을 벗어나 민가에 들어가는 일이 없도록 해주소서."

류팅은 말뜻을 곧바로 알아들었다.

"앞으로 조선 민호를 돌아다니며 노략질을 하거나 분탕질을 하는 군사가 있으면 즉결할 것이오."

그러고는 차따쇼와 왕삐디에게 하령했다.

"군사들에게 필요한 것이 있으면 반드시 돈을 주고 구입하도록 하게."

명나라 군사의 월봉(월급)은 일인당 은전 1냥 5전(6백만 원)이었다. 그건 순수한 월봉이었고, 출병에 따른 모든 비용은 명군의 수를 가리지 않고 조선 조정이 몽땅 부담하도록 되어 있었다.

그리하여 명나라 군사의 행량(군영에 공급하는 양식), 염채(소금과 채소), 의복과 신발 그리고 호상(군사들에게 상 또는 보너스 개념으로 주는 것)까지 합해 한 사람당 매월 은전 2냥 1전(천백만 원)이 소요되었다. 상주에 머문 명나라 군사만도 거의 1만 명에 가까우니 매월 은전 2만2천 냥의 조선의 국부가 사라지는 셈이었다.

나라 곳간에 은전이 쌓여 있을 리 없었다. 조선은 명군에게 보급품을 제때 지급하지 못했고, 그 결과 명군의 민간 약탈을 묵인하는 수밖에 없었다. 조선 백성들은 일본군에게 노략질을 당한 것과 마찬가지로 명군의 횡포에 시달렸다.

상주에 머물고 있는 명군들은 무예 시합 이후로 하루아침에 공손해졌다. 구령들에서는 매일 명군과 조선군이 서로 무예를 겨루고 가르쳐 주며 어울렸다.

명군들은 또 진영에서 필요한 물건은 읍시에 들어와 돈을 주고 사 갔으며, 길에서 사람들을 만나면 웃으며 손을 흔들기까지 했다. 백성들은 처음엔 거리를 두고 피하다가 차츰 경계를 풀었다.

명군과 조선 백성들 사이에 거래가 활발하게 이뤄지기 시작했다. 백성들은 명군이 가지고 있는 여러 신기한 물건에 관심을 보였고, 명군은 명나라에서는 구경할 수 없는 조선의 특산물에 주목했다.

"암, 세상은 오래 살고 볼 일이야."

"이게 다 누구 덕이겠나? 판관 나리는 하늘이 내리신 분일세."

"그럼, 하늘에서 내려오신 게지."


책사 귀목이 찾아왔다. 기룡은 예기치 않은 그의 방문에 긴장한 채 마주 앉았다.

"비록 중국의 옷차림을 하고 있지만 소인은 조선인이옵니다."

기룡은 한 번 더 놀랐다.

"조선 출신이신 랴오둥 총병관 이성량 대인을 모셨사옵니다. 지금 명군

을 총령하는 제독으로 조선에 와 계신 이여송 대인이 바로 그의 아드님이
옵지요."

"그렇다면 이여송 제독도 조선인이라는 말이오?"

"조선인의 피가 흐르고 있다고 해야 옳지요."

기룡은 귀목이 찾아온 연유가 궁금했다.

"소인은 부총병 류팅 대인을 따라 곧 상주를 떠나게 되옵니다. 해서 그
전에 나리께 도와드릴 일이 없나 해서 찾아뵌 것이옵니다."

기룡은 문득 떠오르는 것이 있었다. 노함을 불러들였다.

"염초 제조법을 알고 싶소."

귀목은 눈을 크게 뜨며 놀랐다가 곧 난감해했다.

"그건 명군에서도 극비로 여기는 물종인지라……."

"그대가 우리 조선을 돕겠다면 그 일이 가장 시급하오."

"잘 알겠사옵니다. 돌아가 힘닿는 데까지 알아보겠사옵니다."

얼마 지나지 않아 귀목은 비밀리에 사람을 보내 서찰 한 통을 전했다.
거기에는 염초 만드는 법이 적혀 있었다. 노함은 기뻐서 어쩔 줄 몰랐다.

"판관 나리, 이제 되었사옵니다!"

"화약도 중요하지만 몸 상하는 일이 없도록 하게."

부총병 류팅과 차따쇼가 떠나는 날이 되었다. 기룡은 그들과 마주 앉
아 이별의 술잔을 들었다. 류팅은 목사 한명윤에게 조선군을 먹일 군량
3천 석을 남겨주었다.

"고맙습니다. 대인."

"신세는 우리가 많이 졌소."

그는 기룡을 바라보았다.

"정 판관은 진실로 옛 상산인(조자룡을 뜻함)에 견주어도 전혀 손색이
없는 인물이오."

"오늘은 이렇게 우리가 전별(이별 잔치)을 하지만 또 만날 날이 있지 않겠습니까? 두 분 대인께서는 부디 살펴 가십시오."

류팅은 대구로, 차따쇼도 군사를 이끌고 더 남하해 갔다. 그리하여 상주에는 왕삐디가 거느린 보병 1천5백 명만 남게 되었다. 기룡은 크게 한숨을 돌렸다.

"구렁들이 텅 빈 것 같군."

책사 사일랑이 말했다.

"어찌 되었건 다행이옵니다."

"이제 다른 고을에 가도 민폐를 끼치지는 않겠지."

"무지막지하게 굴던 저들이 예의염치를 돌아보게 된 것은 다 판관 나리 덕택이옵니다."

노함은 염초를 만든 뒤에 그것으로 화약을 만드는 데 몰두했다. 염초와 숯과 유황을 배합해 터트리기를 거듭했다. 하지만 만족할 만한 성과를 얻을 수 없었다. 폭발해야 할 화약이 부스스 타들어 가거나 폭발력 없이 화르르 타버리고 말았다.

"염초도 염초지만 더 큰 비밀은 각 재료의 배합 비율이구나."

노함은 은이를 데리고 실험을 계속했다. 은이가 상산관 구석에서 숟가락을 하나 찾아서 내놓았다.

"왜군들이 이걸로 떠서 섞었어요."

그러면서 염초와 황과 숯을 떠놓는 것이었다. 노함은 그 비율을 적은 뒤에 다 섞은 재료를 비격진천뢰 속에 넣고 심지에 불을 붙여 저만치 던졌다. 잠시 후 피시싯 하더니 불이 꺼졌고, 터지지 않았다.

은이가 잊었다는 듯이 말했다.

"아, 유황을 조금 더 넣어야 해요."

노함은 다시 실험했다.

"펑!"

비격진천뢰가 터졌다. 관아에 있던 사람들과 객사 담 너머로 지나가던 백성들이 무슨 일인가 했다. 노함은 은이를 안고 좋아했다.

"됐어! 드디어 화약을 만들었다아!"

노함은 그 배합 비율에서 각각의 재료를 정밀하게 가감하면서 최대의 폭발력을 얻을 수 있는 최적의 배합 비율을 알아내는 데 성공했다. 보고를 받은 기룡은 감사군에서 가장 나이가 많은 신복다물리를 불렀다.

"왜적을 무찌르는 것보다 더 큰일이 있다네."

신복다물리는 크게 궁금했다.

"그게 무엇이옵니까?"

"자네 살던 매호로 돌아가서 비밀히 만들어야 할 것이 있네. 이 사람의 지휘를 따르게."

노함은 그에게 휘하의 화약군을 몇 명 딸려 보냈다.

"이 사람들은 이제부터 자네 솔하일세."

"내게 부하가 다 생기다니."

"자네는 오늘부터 화약감조대(화약을 감독해 제조하는 군대) 대장일세. 신 대장 알겠는가?"

"옛, 이 신 대장이 노 장사님의 영을 받들겠사옵니다."

신복다물리는 신이 나 화약 제조에 힘을 기울였다. 노함은 화약을 어디에다 비장해 놓을지 고민했다. 그러던 중 알맞은 곳을 발견했다. 읍성에서 사벌 고을로 향하는 길에 있는 아리랑고개 밑 주막 터였다.

전쟁 탓에 버려져 폐허가 된 그곳은 민가에서 멀어 안전했다. 노함은 신복다물리가 화약을 만들어 날라 올 때마다 사람들의 눈을 피해 몰래 그곳에 묻어두곤 했다.

목사 한명윤이 기룡을 불렀다. 그는 싱글벙글한 얼굴로 기룡을 바라보았다.

"무슨 좋은 일이라도 있사옵니까?"

"있지. 있기는 한데 내가 아니라 정 판관한테 있다네."

"무슨 일이온지?"

"상감마마께서 자네가 상주를 수복한 공을 뒤늦게 아시고 종3품 중훈대부 군자감 부정에 제수(신하들의 천거에 의하지 않고 임금이 직접 벼슬을 내림)하시고, 실직으로 상주 판관 겸 병마절제도위를 내리셨네. 이제 가판관이 아니라 진판관일세. 허허."

기룡은 꿈도 꾸지 못한 일이라 잠시 멍했다.

"그간 행조(한양 외의 지역에서 임금을 모신 임시 조정)가 멀리 의주에 있어서 교지가 오지 못했던 것이네. 정 판관의 전공이 워낙 많은 까닭에 특지로 3품의 관직을 제수하신 것일세."

기룡은 황송한 마음으로 객사로 나아가 망궐례를 올렸다. 임금의 생위패에 절을 하며 사은을 하는 절차였다.

"벼슬이 높아지면 변방에서 근무하고 와야 하는 것 아닌가?"

"온 팔도가 전쟁터인데 변방이 어디 있다고."

정식 판관이 된 기쁨의 여운이 채 가시기도 전에 또 한 장의 교지가 내려왔다. 기룡을 회령 부사로 발령하는 내용이었다. 목사 한명윤이 말했다.

"성상께서 자네를 장차 크게 쓰려고 하시는 것 같네. 회령 도호부사는 북관(함경도) 변경에서 가장 중요한 자리일 뿐더러 앞으로 병마절도사가 되는 계제일세."

이어 한명윤은 바깥의 인기척을 살피더니 낮은 목소리로 말했다.

"이거. 자네 혼자만 열어보고 불태워야 하는 것이네."

그가 내놓은 건 임금의 밀지가 든 봉통이었다. 기룡은 놀랍기도 하고 황송하기도 했다. 혼자만 보아야 된다는 말에 돌아앉아 펼쳐 들었다. 다 읽고 나서는 그대로 접어서 봉통에 넣고 방 안에 켜놓은 밀촉불에 태웠다. 흰 재도 한 지분(指分:두 손가락으로 집을 만한 분량) 남기지 않고 깨끗이 처리했다. 한명윤은 궁금했지만 밀서의 내용을 묻지 않았다. 물어서는 안 되었다.

기룡은 입술을 깨물며 속으로 다짐했다.

'상감마마! 소신 정기룡, 목숨을 걸고 밀명을 받잡겠나이다.'

기룡은 진주에 있는 애복이가 떠올랐다. 장인 강세정의 병구완을 한 뒤에 무사히 돌아오기만을 기다리고 있는데 더 멀리 떨어지게 되어 착잡하기만 했다. 또 어머니 김씨를 상주에 홀로 두고 떠나야 한다는 생각에 심란했다.

기룡이 먼 북관의 땅 회령으로 떠날 채비를 하고 있는 즈음, 진주 목사 서예원이 판관 성수경과 부장 조용백을 대동하고 상주로 찾아왔다. 기룡은 놀랍고 반가웠다.

"목사또 나리! 부장 나리!"

두 사람은 차례로 기룡을 안았다.

"큰 장수가 다 되었군그래."

"네 소식을 다 듣고 있었다. 정말 장하구나."

기룡은 한명윤과 함께 두 사람을 유격 왕삐디의 진영으로 이끌었다. 서예원이 말했다.

"지금 왜적이 우리 진주성을 공격하려고 대군을 집결시키고 있소. 한 사람의 군사도 아쉬운 터이니 상주 군사들이 좀 도와주셨으면 하여 청하러 왔소."

한명윤이 말했다.

"왜적은 얼마나 되며, 진주의 군액은 몇이나 되오?"

"소관이 짐작컨대, 왜병은 수만에 이르지만 우리 군사는 다 끌어모아야 3천이나 될까 하오."

왕삐디도 말했다.

"부총병 류팅 대인이 5천 군사를 거느리고 대구로 떠나셨는데, 우리보다 그 대군이 진주에 더 가까이 있는데 왜 우리를 찾아왔소?"

조용백이 조용히 말했다.

"여기 계신 정 판관이 뛰어난 장수이기에 원군을 요청하는 것이오."

가만히 듣고 있던 기룡이 입을 열었다.

"소관은 얼마 전에 회령 부사에 제수되었사옵니다. 그리하여 부임하러 갈 채비를 하고 있던 중이옵니다."

조용백이 타일렀다.

"회령보다는 진주가 위급하지 않느냐? 우리 진주를 좀 도와주렴."

"부장 나리, 저더러 어명을 거역하라는 말씀이옵니까?"

"장계를 올려서 진주의 사정을 잘 아뢰고 어명을 거둬달라고 하면 되지 않느냐?"

기룡은 난감했다. 회령 부사에 제수된 것은 둘째치고라도 그보다 더 중요한 밀명을 받은 처지였다.

"진주가 처한 상황은 안타깝지만, 소관은 회령으로 가야 하옵니다."

기룡이 진주 구원을 거절하자 조용백이 싸늘하게 내뱉었다.

"너도 이제 벼슬에 눈이 어두워졌구나. 예전의 네가 아니구나."

기룡은 묵묵부답이었다. 한명윤이 어색한 분위기를 되돌리려고 나섰다.

"정 판관이 회령으로 가려는 것은 벼슬 욕심이 아니라, 말 못할 사정이 있는 게 아니겠소? 이해해 주시오."

"말 못할 사정이란 게 무엇이옵니까? 왜군이 회령에서는 이미 다 철군한 상황인데, 회령이 우리 진주보다 더 위급하다는 말씀이옵니까?"

"내 말은 그런 뜻이 아니라……."

한명윤은 말꼬리를 흐리면서 기룡을 바라보았다. 밀지를 받은 사실을 털어놓는 게 어떻겠느냐는 물음이 담겨 있는 표정이었다. 기룡의 대답은 똑같았다.

"두 분께는 송구하오나 소관은 오직 어명을 받들 뿐이옵니다."

조용백이 자리를 박차고 일어섰다.

"그래, 이제부터는 인연을 끊으면 될 일!"

서예원과 조용백이 화를 내며 돌아간 뒤에 기룡은 한명윤의 간곡한 권유를 받고 왕삐디와 함께 진주로 갔다. 진주의 형편을 알아보고 두 사람을 달래고 오라는 취지였다.

서예원과 조용백은 기룡과 왕삐디가 진주 상황을 둘러보고는 돌아가서 군사를 이끌고 올 줄 알고 반갑게 맞이했다. 그러고는 성안 곳곳을 데리고 다니며 남강 너머에 진을 치기 시작한 일본군의 동태를 침이 마르도록 설명했다.

"어서 돌아가서 군사를 좀 이끌고 와다오."

기룡은 여전히 확답을 피했다.

"소관의 식솔도 진주에 와 있사옵니다."

"그래? 설마 네 가솔들을 데려가려고 온 것은 아니겠지?"

"만나보러 왔사옵니다."

강세정은 몸져누워 있었고 애복이는 밤낮으로 구완을 하고 있었다. 강세정은 겨우 기룡을 알아보고 손을 잡았다.

"내, 내 사위님……."

"장인어른, 얼른 쾌차하셔야지요."

장모 최씨는 기룡을 만난 반가움으로 옷고름에 눈물을 적셨다. 기룡은 애복이를 데리고 나와 말했다.

"내가 회령 부사로 가게 되었어."

"회령? 전에 수자리 갔던 곳?"

"응."

"부사라면 높은 벼슬 아냐? 축하해. 대장."

애복이는 초췌한 얼굴로 웃었다.

"마음 같아서는 진주에 와 있고 싶지만…… 그럴 수가 없어."

"아냐, 대장은 큰일을 해야지. 여긴 아무 신경 쓰지 마."

"여기 말고 다른 데 갈 만한 곳 없어? 상주에 와 있든지."

"여기가 내 친정이고 고향이잖아. 상주로 모시고 가면 어머님이랑 서로 불편하실 거야. 가는 길에 아버지 병환이 더 깊어질지도 모르고."

"그래, 그럼 너 편한 대로 해. 다 나으시고 나면 상주로 모셔 오자."

"알았어. 대장."

기룡은 애복이를 그림자처럼 따르고 있는 윤업과 김사종에게 말했다.

"왜적이 진주성을 공격하려고 한다고 들었네."

"제깟 놈들이 공격을 한들 이 튼튼한 성이 무너지겠사옵니까? 아무 염려 마시옵소서. 소인들이 아씨마님 곁을 한시도 떠나지 않고 지키겠사옵니다."

"고맙네. 이 진주성은 작년에도 잘 막아냈지. 지금 목사또께서는 병법에 뛰어나신 분이니까 잘 지켜내실 걸세. 참, 나는 회령으로 가네."

두 장사는 어리둥절했다.

"회령요? 그럼 상주에 있는 감사위 장사들은 어떻게 되옵니까?"

"모르겠네. 다들 따라갈지 상주에 남게 될지."

"소인들은 나리를 따라가야 하는 것 아니옵니까?"

"아닐세. 자네 두 사람은 여기 있도록 하게. 나중에 내가 돌아와서 다시 만나면 되지 않겠는가?"

"예, 판관 나리의 영을 따르겠사옵니다."

기룡은 애복이와 두 장사의 배웅을 받으며 동문나루에서 배를 탔다. 염창나루에 내려 방어산에 올랐다. 박 공을 찾아가는 걸음은 언제나 가벼웠다.

"이게 누구신가? 상주 정 판관 나리 아니신가?"

"스승님, 소인 문안드리옵니다."

"허허허, 내가 죽을 날이 가까워졌나 보구나. 네놈 얼굴을 다 보다니."

"농담은 여전하시옵니다."

박 공은 사일랑을 가리키며 물었다.

"저 왜놈은 누구냐?"

"아니, 그걸 어찌 단번에 꿰뚫어 보시옵니까?"

"늙은이 눈은 송곳이 되느니라."

박 공은 기룡을 데리고 방으로 들어갔다. 방 안에는 각궁이 백여 장이나 쌓여 있었다.

"내다 팔 것이옵니까?"

"이놈아, 내가 활을 파는 것 봤느냐? 다 쓸 데가 있다."

기룡은 회령 부사로 가게 된 것을 아뢰었다. 박 공은 크게 기뻐하며 시자 마천이에게 술상을 올리라고 했다.

"자, 받아."

"소인이 먼저 한 잔 올리겠사옵니다."

"먼 길 가는 놈이 먼저 받아야지."

박 공은 기룡에게 손수 술을 부어주었다. 기룡도 공손하게 술을 따라 올렸다.

"왜적들이 몰려들고 있다고 하옵니다."

"진주는 아무 걱정 말고 네 갈 길을 가거라."

기룡은 그제야 깨달았다. 박 공이 활 1백여 장을 가지고 직접 진주성에 갈 작정이라는 것을. 백수풍신의 스승에게서 신선 이상의 위엄과 깊이가 배어 나오는 것 같아 기룡은 머리가 절로 숙여졌다.

'스승님!'

상주로 돌아온 기룡은 읍성 남문 안 정춘모의 집으로 가서 삼망지우 벗들과도 이별의 아쉬움을 나눴다. 진주에 가 있는 애복이가 돌아올 때까지만 어머니 김씨를 각별히 잘 부탁했다. 정경세가 손을 잡고 말했다.

"아무 염려 말게."

정춘모는 조그만 함을 내밀었다.

"이거 별거 아니네."

기룡은 고맙게 신물(전별할 때 주는 선물)을 받아 들었다. 정춘모의 집을 나서자 백성들이 가득 몰려와 있었다. 그들은 울고불고하며 기룡을 막아섰다.

"판관 나리, 못 가시옵니다!"

"아이고, 우리는 이제 다 죽었네."

기룡이 엎드려 있는 백성을 일으킨 뒤 둘러보며 타일렀다.

"나는 이곳 상주를 또 다른 고향으로 생각하는 사람이오. 내 반드시 돌아올 것을 약속하겠소."

막아선 백성들은 기룡의 약속을 믿고 길을 열어주었다. 책사 사일랑이 앞장서서 인행했다. 기룡이 관아로 돌아오는 동안 그들은 집으로 돌아가지 않고 흐느끼고 울먹이며 뒤따랐다. 관아 남문 앞에 이르러 기룡은 다시 돌아보며 일렀다.

"다들 그만 돌아가오. 내 꼭 돌아오겠소."

백성들은 그 자리에 엎드려 기룡에게 절을 올렸다.

"부디 몸 성히 잘 다녀오소서."

"저희들은 판관 나리께서 돌아오실 날만 기다리며 견디겠사옵니다."

군뢰청에 있던 감사위 8장사는 다 함께 기룡을 따라가겠다고 했다. 그 말을 들은 백성들이 크게 걱정했다.

"장사님들마저 다 따라가시면 우리 상주는 누가 지키나?"

"지옥의 나찰과도 같은 감사군이 있지 않은가?"

"그래도 지휘할 사람은 있어야 하는데."

기룡은 자신이 결정할 일이 아니라고 생각해 한명윤에게 미뤘다.

"목사또 나리의 허락을 받아 오게."

감사위 장사들은 청유당으로 몰려갔다. 한명윤은 선선히 허락했다.

"자네들은 정 판관의 심복지인(수족같이 부리는 사람)들이 아닌가? 관아에 매인 신분도 아니니 자네들 뜻대로 하게."

"고맙사옵니다. 사또!"

# 핏물로 쓴 유서

## 1

함경 감사 윤탁연이 기룡에게 당부했다.

"회령에는 아직 반민(반란을 일으키거나 가담한 백성)들이 많네. 다만 서로 짐작만 할 뿐 대놓고 고알은 하지 못하고 있다네."

"역도들이 정체를 감추고 있다는 말씀이옵니까?"

"조정에 반감을 가졌다고 다 역적이라고 할 수는 없지 않은가? 그들을 지켜주지 못했으니, 오히려 할 말이 없는 게지."

"그렇다고 부왜나 반란을 용서해서는 안 되옵니다."

"회령부에 가시거든 잘 살펴서 다스리도록 하시게. 정 부사의 위용은 이미 여기까지 잘 알려져 있으니, 부민들 중에 아직 조정에 불만이 많은 자들이 있다고 하더라도 함부로 준동하지는 못할 걸세."

기룡은 장사들을 데리고 회령으로 향했다. 정범례는 고향으로 돌아왔다는 사실에 감개무량해 가슴이 뛰었다. 이희춘이 말했다.

"다시 돌아오게 될 줄 몰랐지?"

"그렇다네. 꿈만 같으이."

"우리 부사또 나리를 잘 모시고 있으면 언제나 좋은 일만 생긴다네.

하핫."

판관 이눌이 관속들을 이끌고 남문 밖에 나와 있다가 기룡을 맞아들였다. 급창이 크게 외쳤다.

"회령 도호부 신관 사또 도임이오!"

대고(큰 북)를 치는 소리가 온 회령을 울리는 듯했다.

"둥, 둥, 둥……."

기룡은 정당에 올라 호장을 비롯한 육방관속들의 하례를 받았다. 이어 제진의 진장들이 상관에 대한 예의를 갖췄다. 풍산보 만호 강선모, 보을하진 별장 오형일, 고령진 첨사 유경천과 권관 배진오 등이었다. 또 각사 토관들과 영안역, 풍산역, 역산역의 각 찰방들도 상견(서로 만남)했다.

기룡이 회령부 관아의 업무를 파악하는 동안 정범례는 감사위 장사들을 데리고 회령부 전역을 돌아다니며 구경시켜 주었다.

"곳곳마다 산이 깊은 것이 범과 곰이 심심찮게 출몰하겠구면."

"그러면 몇 마리 잡아다가 가죽을 팔아서 용돈푼이나 만들어 볼까?"

"거 좋지."

기룡이 부사로 부임했다는 소문은 이내 쫙 퍼져 나갔으며, 부령, 종성, 온성, 경원, 경흥 등 5진과 두만강 너머 호인(여진족)들도 다 알게 되었다.

판관 이눌이 아뢰었다.

"부사또, 지난해 반란을 일으켜 왜적에게 빌붙은 무리들이 크게 득세한 적이 있었사옵니다. 그때 부민들 중 일부가 피난을 하여 온성 도호부까지 갔다가 그 너머 유원진이라고 하는 여진의 부락으로 들어갔는데, 그 번추가 잘 대해주고 있사옵니다. 이제 사또께서 부임하셨으니 그 백성들을 데리고 오는 것이 어떻겠사옵니까?"

"당연히 데려와야 하고말고. 그들이 어찌 고향을 그리워하지 않겠는가?"

기룡은 예물을 갖춰 여진의 말을 아는 정범례를 앞세워 감사위 장사들을 보냈다. 그들은 며칠 후 백여 명의 백성을 데리고 돌아왔다. 고향에 다시 돌아온 부민들은 신임 부사의 은덕을 크게 고마워했다. 기룡은 그들 중 우두머리가 되는 사람을 따로 불렀다. 그는 전례서(각종 의식을 맡아보는 관아) 감부(전례를 총괄하는 토관직 벼슬)로 머리가 하얗게 센 이순의 노인 은기추였다.

　"고생이 많으셨소."

　"부사또 나리의 용맹관후(왜적에겐 용감하고 백성에겐 관대함)하심은 소인들도 다 들어서 알고 있었습지요. 이렇게 저희 회령의 목민관으로 오시었으니 부민들에게는 홍복이옵니다."

　"공연한 말씀을. 그런데 어찌하여 여진의 땅에까지 가시게 되었소?"

　은기추는 잠시 생각하더니 한숨을 크게 내쉬었다. 그러고는 말을 꺼냈다.

　"신관 부사또께서 이렇게 자리를 마련해 주셨으니, 지난날 소인이 보고 겪고 들어서 알고 있는 것을 말씀드리옵지요."

　작년 여름, 왜장 가토 기요마사가 철령을 넘어 임해군, 순화군 두 왕자를 끝까지 추격했다. 왕자들은 함경 감영으로 도망했고, 병마절도사 한극함이 마천령에서 일본군과 맞서 싸웠지만 패주했다.

　왕자들은 급한 마음에 길을 바꿔 회령으로 들어갔다. 왜적이 가까이 추격해 왔다는 말을 듣고 종성으로 가려고 했지만, 전라도에서 유배 와 귀양살이를 하던 국경인의 무리가 자신들이 읍성을 지키겠다고 하면서 성문을 걸어 잠그고 나가지 못하게 했다.

　그다음 날, 국경인은 이언우, 함인수, 정말수 등과 기마병 5천을 끌어모아 반란을 일으켰다.

　"임금 일족은 우리에게는 누대의 적이므로 이때를 틈타 생포하여 일본인에게 넘겨서 묵은 원한을 풀고 영화를 누리자!"

국경인은 무리들의 갈채 속에 스스로 대장이라고 일컬었다. 그는 순변사 이영, 회령 부사 문몽원 등을 잡아다가 목을 베고, 고령진 첨사 유경천을 뒤쫓았지만 잡지 못했다.

회령 읍성을 장악한 국경인은 객사에 머물고 있던 두 왕자와 종신(따라간 신하)들을 결박해 마구간에 몰아넣고, 묶은 노끈이 끊어질까 봐 물을 부어가며 감시했다. 국경인은 조카사위 정말수 형제와 모의해 왜장 가토 기요마사에게 급히 전령을 보내 알렸고, 가토 기요마사는 피 한 방울 흘리지 않고 회령에 입성했다.

그 후 가토 기요마사는 아무 거칠 것 없이 두만강을 건너 여진 부락까지 공격했다. 그러자 여진이 사방에서 들고일어나 반격을 해 일본군을 퇴각시켰다.

여진을 얕잡아 보았다가 후퇴한 기토 기요마사는 일본군 대군을 이끌고 다시 강을 건너 종성으로 왔고, 온성, 경원, 경흥을 차례로 순행했다. 일본군의 위용을 보고 나라가 바뀔 것이라 여겨 북관 곳곳에서 반민이 일어났으며, 이들은 관원을 붙잡아 바치면서 항복했다. 그리하여 가토 기요마사는 함경도 전역을 손쉽게 점령했다.

가토 기요마사는 휘하 장수 가토 요자에몬(加藤 與左衛門)에게 군사 수천 명을 주어 길주를 지키게 했고, 명천 이북의 8진은 모두 반민을 수령관으로 삼았다. 그런 뒤 가토 기요마사는 흑국 함경도의 영주답게 한가하게 휘하를 거느리고 호랑이 사냥을 다니면서 호피를 모으는 데 열중했다.

초겨울에 들어서자 그간 군사를 남몰래 모으며 절치부심하던 북평사 정문부가 길주로 쳐들어가 왜군을 크게 무찔렀다.

그러고는 반란을 일으키고 부적(왜군에 빌붙음)한 국경인의 삼촌 국세필과 그의 졸개 13명의 목을 쳐 조리돌림을 했다. 다만 백성들 중에서 그들의 선동에 넘어간 단순 가담자는 모두 용서했다.

길주를 수복한 정문부는 왜적을 치고 반란군을 진압한 사실을 적어 6진에 격문을 보냈다. 이에 회령 유생 신세준이 군사를 일으킨 뒤, 은밀히 자객을 보내 방심하고 있던 국경인을 단칼에 참살했다.

사기가 오른 정문부의 군사는 6진으로 쳐들어가 모두 수복했다. 반민들은 척살되기도 하고 달아나기도 했다. 또 정병을 보내 명천에 웅거하고 있던 국경인의 조카사위 정말수를 처단했다.

그 후로 정문부는 고령진 첨사 유경천 같은 용감한 무관들과 함께 여러 곳에서 잔적을 섬멸해 대첩(큰 승리)을 거뒀다. 이에 위기를 느낀 가토 기요마사는 두 왕자를 포로로 삼아 함경도에서 철군하게 되었다.

"소인들은 역적 국경인의 반란에 가담할 수 없어 회령을 떠나 종성으로 가다가 두만강을 넘은 것이옵지요."

"부적하지 않고 고초를 겪으셨으니 그 또한 귀감이 될 만하외다."

"그 당시에 두 왕자마마께 욕을 보인 역모의 무리들이 아직 곳곳에 웅크리고 있사옵니다. 부사또께서는 그놈들을 샅샅이 소탕해 주시어 왕실의 치욕을 씻으시고, 또 저희들이 발을 뻗고 편히 잘 수 있도록 해주소서."

"그리하려면 은 감부의 도움이 필요하오. 나를 좀 도와주시오."

"소인이 할 일이 있겠사옵니까?"

"내가 아직 이곳의 인심과 지리에 서투니 은 감부가 그놈들이 어디에 몸을 감추고 있는지 채문을 좀 해주시오."

"부사또 나리, 잘 알겠사옵니다. 소인이 힘써보겠사옵니다."

기룡은 정범례에게도 믿을 만한 사람들에게 수소문해 그들이 잠거(숨어서 삶)하고 있는 곳을 찾아보도록 했다.

회령부 어디에도 보이지 않던 그들이 놀랍게도 두만강 너머의 번추 라오투(老土)에 빌붙어 있다는 첩정이 올라왔다. 기룡은 부민들 중에서 호지의 지리에 밝은 사람을 몰래 보내 확인을 했다. 과연 김수량을 비롯한 잔적들이 호인들과 어울려 있었다.

"이놈들, 왜놈에 붙었다가 되놈에 붙었다가…… 아주 배알도 없는 놈들!"

정범례가 아뢰었다.

"부사또 나리, 여진의 장사 쌍진(項金)이 곧 군사를 일으켜 노략질을 하러 올 것이라고 하옵니다."

"그놈들이 어디로 쳐들어오겠는가?"

"그건 예상하기 어렵사옵니다."

기룡은 지도를 펼쳐놓고 감부 은기추를 불렀다.

"그간 호인들이 노략질을 한 고을을 지도에 표시해 보시오."

은기추는 지도에 검은 바둑알을 여기저기 놓았다.

"호인들은 한 가지 버릇이 있사옵니다. 한 번 노략질을 한 곳은 몇 년 동안은 두 번 다시 안 쳐들어옵지요."

"그렇다면…… 변경과 가까운 고을 중에서 그간 노략질을 하지 않은 고을은 세 곳이로군."

기룡은 회령의 지리를 잘 아는 정범례, 은기추와 상의했다. 호인들이 출몰했던 경로로 보아 이번에는 팔을하사(회령의 대표적인 16개 고을 중의 하나)로 쳐들어올 것이 유력하다고 판단했다.

"필시 이쪽 팔을하천(팔을하사를 경유해 흐르는 두만강의 샛강)을 거슬러 올 것이옵니다."

정범례도 동의했다.

"가뭄에 강바닥이 거의 다 말라 있어 호인들이 말을 타고 침노하기에 알맞사옵니다."

기룡은 책사 사일랑과 군략을 세웠다. 그런 뒤 감사위 8장사에게 일렀다.

"정범례 장사, 노함 장사, 김세빈 장사, 정수린 장사는 심히 가뭄이 든 때이니 우물을 파준다고 하면서 군사를 거느리고 가서 팔을하사 고을의 사민(주민)들과 같은 옷차림으로 위장해 있게. 전마(전쟁에 쓰는 말)는 잘 숨겨두어야 하네.

이희춘 장사, 김천남 장사, 황치원 장사, 최윤 장사는 각기 일지군(한 무리의 군사)을 거느리고 가서 오산(팔을하천이 끼고 돌아 흐르는 산) 기슭에 숨어 있게. 그놈들이 들어올 때에는 절대로 치면 안 되네. 오던 길로 그대로 달아나 버리면 섬멸하지 못하게 되니까 명심하게."

기룡이 군사를 배치해 둔 지 나흘째가 되는 날, 쌍진을 따르는 무리와 김수량이 거느린 반민들이 팔을하천 강줄기를 따라 말을 달리며 쳐들어왔다. 오산 기슭에 몸을 감추고 있던 장사들은 그들을 그냥 보냈고, 팔을 하사에서 우물을 파고 있던 네 장사는 드디어 군사들에게 하령해 무기를 들고 말에 오르게 했다.

"호적은 번추, 번호를 가리지 말고 남김없이 치고, 반민들의 수괴는 생금(생포)하라!"

노략질을 하러 쳐들어온 쌍진과 김수량은 장사들에게 불의의 일격을 받고는 조선군이 예상외로 맹병들인 것을 깨달았다. 김수량은 잠시 맞서 싸우다 말고 말 머리를 돌려 왔던 길로 달아났다. 장사들은 그들을 뒤쫓지 않고 군사를 휘몰아 다른 길로 갔다.

맨 앞서 달아나던 김수량은 조선군이 추격해 오지 않자 오산이 가까워질 즈음에 한숨을 돌렸다. 그때 산모퉁이에서 느닷없이 한 떼의 군마가 쏟아져 내려오는 것이었다.

"한 놈도 남기지 말고 공살(공격해 죽임)하라!"

쌍진과 김수량은 맞서 싸울 생각도 못 한 채 채질을 하며 달아나기 시작했다. 팔을하천이 두만강으로 흘러드는 삼기(강 하구에 물줄기가 세 갈래로 갈라지는 곳)에 이르렀다. 강만 건너면 안심이라는 생각에 호인들과 반민들이 뒤섞여 정신없이 달렸다.

갑자기 갈대숲에서 꽹과리 소리와 북소리가 요란하게 났다. 팔을하사 고을에서 맞붙었던 장사들이 언제 왔는지 앞에서 떡 버티고 있는 것이었다. 뒤에는 오산에서부터 추격해 온 군사들이 있었다.

쌍진은 당황했다. 말들이 갈 곳을 몰라 앞발을 들며 울부짖었다.

"모두 맞서 싸우자!"

그제야 김수량이 소리쳤지만 전세는 이미 기운 상황이었다. 반민들은 전에 보지 못한 조선군의 위용에 감히 무기를 휘두를 엄두조차 나지 않았다. 그들은 스스로 무기를 버리고 그 자리에 꿇어앉았다.

호인들만 악을 쓰며 덤벼들었다. 장사들은 장창을 휘두르며 갈대 줄기 베듯 베었고, 사기가 드높은 군사들도 고함을 치며 용감하게 무찔렀다. 쌍진은 부하들이 전멸하다시피 죽어가자 조선군에게 더 이상 살상을 하지 말라는 뜻에서 칼을 내던졌다.

그것을 본 호인들은 무기를 내던지고 말에서 내려 반민들이 한 것처럼 그 자리에 꿇었다. 조선군은 그들의 말과 무기를 다 거뒀다. 그런 뒤에 일일이 반민과 호인들의 시체를 뒤적거리며 목이 달려 있으면 칼로 쳐 수급을 챙겼다.

부민들은 승리를 거두고 돌아오는 군사들을 크게 환호하며 맞이했다. 나란히 말을 타고 회령 읍성으로 들어오는 감사위 장사들의 늠름한 모습은 그 자체로 하나의 믿음이었다. 기룡도 그들의 노고를 극진히 치하했다. 또 은기추의 공도 잊지 않았다.

"다 감부의 덕이오."

"아니옵니다. 소인은 부민들과 함께 부사또 나리께 감읍할 따름이옵니다."

기룡은 산 채로 끌고 온 쌍진은 감옥에 가두고, 김수량과 그 일당 16명을 부민들이 보는 데서 목을 쳐 효시(목을 베어 높은 장대에 매달아 놓음)한 뒤에 그 수급과 사지를 독에 담고 소금을 쳐서 성문 입구에 두었다. 오가는 백성들이 이맛살을 찌푸리며 모두 역적의 말로를 지탄했다.

기룡은 임금에게 대역(반역)의 잔적을 다 소탕했다는 밀계(임금에게 비밀히 아룀)를 올린 뒤 함경 감사 윤탁연에게는 그 수급과 사지가 든 독을 수레에 실어 올려 보냈다.

'아, 이제 드디어 상감마마의 밀명을 완수했구나.'

갑자기 바깥이 시끄러웠다.

"오랑캐다!"

"오랑캐가 몰려온다!"

두만강 너머에서 호적(태평소) 소리가 요란하게 울려 퍼졌다. 온 들과 언덕을 가득 메운 호인들의 수가 수천을 헤아렸다. 회령 부민들은 기룡이 번호 쌍진을 친 것을 보원(앙갚음)하러 온 것이라 생각했다.

"이제 어쩌나? 우린 다 죽었네."

"신관 사또가 괜히 벌집을 건드려 놓은 거야."

기룡은 당황하지 않고 이희춘과 정범례를 척후로 내보냈다. 그들은 돌아와 기룡에게 아뢰었다.

"저들이 부사또 나리를 뵙자고 하옵니다."

"알겠네."

다른 장사들도 긴장한 기색이 역력했다. 하지만 이희춘과 정범례의 입가에는 미소가 일었다. 기룡도 태연했다. 감사위 장사들은 영문을 몰라 어리둥절했다.

"좋은 구경을 시켜주겠네. 다들 따라나서게."

기룡은 화이에 올라 장사들을 이끌고 강 너머로 갔다. 불과 몇 기만 거느리고 수천 명이 결진해 있는 오랑캐의 강역에 간다는 것은 목숨을 내놓은 것과 같았다. 장사들은 기룡의 무모함에 어이없어 하면서도 순순히 따랐다.

거리가 점점 가까워졌다. 호인들은 모두 짐승의 가죽을 두르고 있어 마치 수천 마리의 이리가 떼 지어 있는 것과 흡사했다. 호진(호인들의 진영)에서 몇 사람이 나와서 천천히 다가오기 시작했다. 거리가 좁혀지자 그중 한 사람이 손을 들며 외쳤다.

"아게(형)!"

가까이 이르렀다. 그들의 얼굴이 보였다. 맨 앞에 선 사람은 마산페이였다. 그의 아들 마첸과 의형제 쿵이, 뉴윙진이 뒤따랐다. 기룡은 웃으며 손을 들었다. 마산페이가 다가와 기룡의 손을 잡았다. 그러고는 말을 탄 채 높이 든 손을 중심으로 빙글빙글 돌았다. 장사들의 눈이 휘둥그레졌다. 이희춘이 말했다.

"부사또 나리의 아우님들이라네."

"뭐?"

"예에?"

다들 놀라자 정범례도 한마디 거들었다.

"이제 우리 부사또 나리가 어떤 분인가를 똑똑히 알겠는가? 허허."

기룡은 그들과 일일이 인사를 나눈 뒤에 안내를 받고 호진으로 갔다. 장사들은 긴장한 기색을 감추지 못한 채 따라 들어갔다. 기룡은 융숭한 대접을 받았다.

"우리가 조선 조정에 원병을 하겠다고 했더니 거절하더군요."

"명나라와 여진이 사이가 좋지 못하니 입장이 난처해서 그랬을 것이네."

"그래서 하는 수 없이 전마만 좀 보내주었습니다. 이형께 전해드리라고 했는데."

"마음을 써주어 고맙네."

"이 아우가 보낸 전마조차 못 받으셨군요?"

"온 팔도가 전란에 휩싸인지라 뭘 전하고 받기가 쉽지 않네. 조선에 보냈으니 내가 받은 것이나 다름없지 않은가? 속상하더라도 너그러이 풀게."

"사실 알고 보면, 조선은 우리 여진과 피를 나눈 형제의 나라가 아닙니까? 누르하치 성주님의 조상이신 먼터무(孟特穆)께서 회령에서 태어나셨으니 말입니다."

"그랬던가? 몰랐군. 어쨌든 이렇게 아우님들을 다시 만나게 되어 반갑네."

마첸이 말했다.

"이부님, 제가 조선의 전쟁에 참여하려고 했는데 아버지가 말리셨어요. 이제 저도 다 컸으니 데려가 주시어요."

"전쟁이 곧 그칠 것 같으니 아버지 곁에 있는 것이 좋겠구나."

마산페이가 부탁했다.

"이형께서 잡아놓으신 쌍진은 성질이 사나워서 그렇지 무예가 뛰어나고 의리가 남다른 사람입니다."

"돌아가는 대로 국법에 따라 처분하겠네."

"쌍진이 저지른 무례한 일은 그만 용서해 주소서. 저희 졸개들이 다시는 조선의 관경을 침범하는 일이 없도록 이미 조치했습니다. 다만 다른 부족들이 강을 넘나드는 것은 저도 어쩌지 못할 바입니다."

"아우님의 뜻은 잘 알겠네. 자네가 내 경고도 호지에 널리 알려주게.

향후 어느 누구든 거래를 하러 오지 않고 함부로 노략질을 하러 온다면 그 즉시 모조리 살멸시키겠다는 것을."

마산페이는 앉은 채로 허리를 깊이 굽혔다.

"예, 이형."


2

남해 바다에서 연전연패해 주력 전선 세키부네와 아타케부네가 상당히 훼손되고 침몰되는 바람에 일본군 총지휘관 우키다 히데이에의 체면이 말이 아니었다.

관백 도요토미 히데요시는 해전에서 당한 복수전과 동시에 강화 회담에서 유리한 입장을 차지하기 위해 대대적인 육전을 벌일 속셈을 가지고 있었다.

"조선 땅을 점령하려는 것이지 조선 바다에 일본 깃발을 꽂을 것은 아니지 않은가?"

도요토미 히데요시는 희생양을 물색했다. 바로 진주성이었다. 작년에 진주성을 공격했다가 대패한 적이 있었고, 점차 해이해지는 왜장들에게 전투 의욕을 불러일으켜야 할 이유도 있었다.

도요토미 히데요시는 우키다 히데이에에게 명령을 내렸다.

"진주를 총공격해서 지난날의 원한을 풀도록 하라!"

진주 목사 서예원은 왜군이 대규모의 병력을 집결시키고 있다는 척후를 받고 판관 성수경, 부장 조용백 등과 대책을 강구했다.

"촉석루가 있는 성 남쪽은 험준한 절벽이 강물과 잇닿아 있으니 적이 침범해 오기 어려울 것이네. 서쪽과 북쪽은 해자 도랑을 파서 물을 끌어다 채우기로 하세. 왜적은 물을 꺼려하니 효험이 클 걸세."

"그러면 동쪽이 관건이군요."

"그렇긴 하네만, 왜군이 그 한 곳으로만 쳐들어온다면 공제(방어)하기가 쉽지 않겠는가?"

그때 박 공이 찾아왔다. 서예원과 조용백은 반갑게 맞이했다. 서예원은 박 공이 지게에 지고 온 각궁 백여 장을 보고는 흐뭇해했다.

"활을 보니 군사 수천 명을 얻은 것 같습니다."

"이 노구도 작은 보탬이나 될까 하니, 성가퀴에 한 자리 주옵소서."

조용백은 박 공의 성품과 강개한 기질을 익히 아는지라 김해 부사 이종인의 군사들과 거제 현령 김준민의 군사들 틈에 데리고 가 성첩(성 위에 담을 쌓고 구멍을 낸 곳. 성가퀴라고도 함)의 한 자리를 맡게 했다. 박 공은 입술을 꾹 다문 채 활을 다잡아 쥐고 성 아래를 내려다보았다.

가까운 곳에는 일본군 선봉대로서 소 요시토시의 군사 1천여 명이 포진해 있었고, 멀리 망진산 위에는 고바야카와 다카카게가 이끄는 기마병 수백 기가 늘어서 있었다. 진주성을 원근에서 포위하는 일본군이 점차 많아지고 있는 상황이었다.

박 공은 활과 화살을 매만졌다.

"내 여기서 죽는 것이 마지막 할 일이거늘…… 이놈들아, 어서 사정거리 안으로 들어오너라."

하룻밤 새 왜군은 인근 고을까지 군사를 주둔시켜 지난번처럼 외곽에서 유격전을 펼칠 조선군의 공격에 대비했다. 그런 뒤에 진주성을 여러 겹으로 포위해 진을 쳤다. 수만 명에 이르는 왜군의 깃발은 하늘을 가리는 듯했고, 이따금 한꺼번에 내지르는 함성에 땅이 무너지는 것 같았다.

성가퀴에서 사방을 내려다보고 있는 군사들도, 성안 백성들도 다 겁에 질려 있었지만 어느 누구도 내색을 하지 않았다.

마천이는 박 공이 시키는 대로 애복이한테 갔다. 걸이가 손을 잡아 맞이해 주었다. 애복이와 최씨는 오랜 강세정의 병구완에 얼굴이 말이 아니었다. 걸이는 마천이와 함께 잔심부름을 거들었다. 최씨가 마천이에게 물었다.

"박 공 어르신이 싸우러 가셨다면 왜적이 곧 쳐들어오겠구나?"

"온통 성을 에워싸고 있다고 하는데 아직 아무 조짐이 없나 보옵니다."

"이제 성 밖으로 피난 갈 수도 없게 되었네."

윤업과 김사종이 결의에 찬 목소리로 말했다.

"마님, 아무 심려 마소서. 소인들이 목숨 걸고 지켜드리겠사옵니다."

망진산에서 위세를 보이던 일본군 기마병들은 목사 서예원이 군사를 밖으로 출동시키지 않자 두 갈래로 나눠 산을 내려온 뒤 성 주위에 집결했다.

"공격하라!"

드디어 일본군의 공세가 시작되었다.

"쏴라!"

부장 조용백은 명령을 내렸다. 사수(궁수)들은 일제히 활을 쏘아댔다. 성 밑으로 몰려들던 일본군 아시가루들은 쏟아지는 화살에 맞아 쓰러져 갔다. 일거에 수십 명을 잃은 일본군은 주춤하다가 슬금슬금 후퇴했다. 사수들은 함성을 지르며 기개를 드높였다. 사수 한 사람이 박 공의 활 솜씨에 감탄했다.

"어르신은 어떻게 쏘시는 족족 다 맞히시옵니까?"

"운이 좋았을 뿐이네."

고바야카와 다카카게 군과 소 요시토시 군은 초저녁에 재차 침공했다. 성안 조선의 군사들이 사력을 다해 막아내자 그들은 밤이 깊어져서야 물러갔다. 그런 뒤 또다시 쳐들어왔고, 그렇게 하기를 밤새도록 했다.

"이놈들이 우리를 지치게 할 심산이로구나."

일본군은 동쪽에서 대대적으로 공격과 후퇴를 반복하는 한편, 성의 서북쪽에 있는 해자에 물꼬를 터 물을 다 빼고는 마른 흙을 날라다가 도랑을 메우고 밟아가며 성벽 아래에 큰 길을 만들었다.

그런 뒤에 성벽 바로 밑을 파서 성벽을 지탱하고 있는 큰 돌들을 빼냈다. 성안 군사들은 성벽이 무너질 위기에 처하자 활을 쏘고 돌멩이를 수없이 던졌다. 왜군은 죽어가면서도 물러나지 않고 쉼 없이 땅을 파냈다.

"오물을 부어라!"

조선 군사들은 성 위에서 똥오줌이 섞인 걸쭉한 오물을 퍼부어 댔다. 그제야 왜군은 더 견디지 못하고 뒷걸음질을 쳤다.

일본군이 작전에 따라 일진일퇴를 거듭할수록 힘겨워하는 것은 성안 군사들이었다. 일본군은 여러 군대가 번갈아 쳐들어왔다가 물러나곤 했기에 기세가 누그러지지 않았다. 특단의 대책이 없다면 진주성은 얼마 버티지 못하고 함락될 수밖에 없는 위기에 처했다.

목사 서예원의 급보를 받은 도원수 권율이 인근의 모든 관군과 의병에게 전령을 해 진주성을 구원하라고 명령했다. 전라 병사 선거이, 충청 병사 황진, 경상 우병사 최경회, 영천 군수 홍계남, 창의사 김천일 그리고 고종후, 곽재우를 비롯한 여러 의병장이 진주성을 구원하기 위해 달려왔다.

거제 현령 김준민과 김해 부사 이종인과 함께 수성의 방책을 고심하고 있던 목사 서예원은 몹시 기뻐하며 그들과 함께 군략 회의를 열었다. 그러자 의견은 두 가지로 나뉘었다.

전라 병사 선거이, 영천 군수 홍계남, 의병장 곽재우는 성안에 있다가 몰살당하는 것은 상책이 아니라고 하며 제각각 거느리고 있는 군사를 이끌고 성 밖으로 나가버렸다.

의병장 김천일이 나서서 성안의 군량과 무기를 점검했다. 목사 서예원은 몹시 불쾌했지만 구원하러 왔기 때문에 꾹 참았다. 김천일은 서예원에게 의견도 구하지 않고 제멋대로 수장이 된 듯이 굴었다.

"나와 최선우(최경회의 관자)가 도절제(총사령관을 뜻함)를 맡겠소. 나는 의병을 통솔하고 경상 우병사 최선우는 관군을 통솔한다는 말이오. 황명보(황진의 관자)는 순성장(일선 지휘관)을 맡아주시오."

그러고는 각지에서 온 관군과 의병에게 위치를 할당해 지키게 했다. 사람들이 목사 서예원의 눈치를 보자 김천일은 태연하게 말했다.

"목사는 북변(북쪽 국경)에서도 그렇거니와 김해에서도 싸움만 하면 달아나기 바빴으니 목사의 직책을 수행하기에는 부적절하오."

거제 현령 김준민이 반론을 제기했다.

"거 무슨 말씀이오? 엄연히 진주의 수령관은 목사또이거늘, 의병을 이끌고 왔으면 응당 목사또의 지휘를 받는 것이 도리일진대, 아무리 서인의 세상이고 연세가 높다한들 어찌 그리 함부로 하는 것이오?"

김천일은 크게 노했다.

"이놈, 지금 뭐라고 했느냐? 감히 새파란 현령 따위가……."

목사 서예원이 말렸다.

"지금 우리끼리 내분이 일어나서야 되겠소? 김사중(김천일의 관자)께서는 왜적과 싸우신 관록이 많으시니 소관이 지휘권을 넘겨드리겠소. 다들 도절제사를 따르도록 하시오."

그로부터 이틀 동안 공격과 후퇴를 거듭하던 일본군은 시마즈 요시히로(島津義弘)가 거느린 후발대 5천여 명이 더 증원되자 진주성을 세 겹으로 포위한 뒤 진영에서 무언가를 만들기 시작했다.

성벽 높이에 버금가는 대나무 사다리와 임시 누각이었다. 그 위에는 수십 명이 딛고 서는 발판이 있었다. 또 동문 밖에는 토산을 높이 쌓아갔다. 그 위에서 성을 내려다보며 조총을 쏠 계책이었다.

김천일은 황진에게 백성들을 독려해 성안에도 토산과 마주 보게 높은 흙 언덕을 쌓게 했다. 황진이 몸소 흙을 져 날라 모범을 보이자 부녀들이 열성으로 치마에 흙을 담아 토단을 구축하는 일을 도왔다. 그리하여 하룻밤 만에 큰 언덕 하나를 만들었다.

날이 밝자 모리 히데모토(毛利秀元) 휘하의 뎃포 아시가루들이 토산 위에 올라 성안을 내려다보고 조총을 수없이 쏘아 퍼부었다. 황진은 흙 언덕 위에 올라가 군사들에게 현자총통을 쏘게 했다. 그렇게 총탄과 포탄이 오간 것이 여러 시간이었다. 쉴 새 없이 포탄을 맞던 일본군 토산이 마침내 와르르 무너져 내렸다. 토산 위에 있던 왜병들과 기어오르던 왜병들이 다 떨어져 흙더미에 파묻혔다.

아군의 사상자도 적지 않았지만 성을 지켜냈다는 생각에 백성들은 또다시 안도의 한숨을 내쉬었다. 군사도 백성들도 다 지친 가운데 다시 밤이 찾아왔다. 성안은 적막마저 감돌았다.

"애, 애복아! 이 애비를 용, 용서……."

여러 날 병마와 싸우던 강세정이 끝내 숨을 거뒀다.

"아버지!"

애복이와 최씨는 오열했다. 걸이도 입 속 울음을 터뜨렸고, 마천이도 눈시울을 훔쳤다. 한창 왜적과 싸우고 있는 중이라 장사 지낼 겨를이 없었다. 애복이는 강세정의 시신을 집 안 뒤꼍에 고이 묻었다.

그러고는 치맛자락을 돌려 묶으며 구미호 무늬 장창을 집어 들었다.

"걸이와 마천이는 어머니를 잘 모시고 있거라."

"아씨마님?"

"업이와 김 장사는 나와 갑시다."

윤업은 말이 없었고 김사종이 말렸다.

"저희들은 아씨마님을 지켜드리는 것이 소임이옵니다. 마님까지 나서실 일이 아니옵니다."

"내가 나설 일이 아니라니? 나는 백성이 아니란 말이오? 성이 함락되면 살아남을 사람은 아무도 없소. 잔말 말고 따르시오!"

두 장사는 하는 수 없이 애복이의 뒤를 따랐다. 최씨는 딸 애복이가 걱정이 되어 따라나섰다. 애복이는 군사들 틈에서 박 공을 찾았지만 어디에 있는지 알 수 없었다. 멀리 조용백이 보였다. 애복이는 뛰어갔다.

"부장 나리!"

조용백은 애복이가 장창을 들고 있는 모습을 바라보고는 잠시 의아했다. 그러다가 뒤따라온 장사들을 보고는 곧 표정을 바꿨다.

"좋소. 같이 싸웁시다."

이시다 미츠나리(石田三成)가 이끄는 왜군들이 저녁부터 공격을 시작해 밤새 퍼붓다가 새벽이 되어서야 그치고 물러가기를 거듭했다.

일본군은 큰 통나무 두 개를 동문 밖에 세우고 그 위에 발판을 만들고 올라서서 성안으로 불화살을 날리기 시작했다. 그리하여 성안에 있는 초가집 지붕으로 일시에 불이 번졌다. 조선군은 머리 위에 나무판자를 이고서서 불화살을 막으며 포수들에게 총을 쏘게 했다.

"비다!"

갑자기 큰 비가 내렸다. 일본군의 무기인 조총이 무용지물이 될 것을 알고 조선군은 기뻐했다. 하지만 조선군도 비를 반기기만 할 일은 아니었다. 각궁이 비에 맞아 아교풀이 모두 풀려 쓸모가 없게 되었다. 부녀자들은 젖어서 못 쓰게 된 활을 가져다가 활대가 틀어지지 않도록 조심스럽게 아궁이에 말렸다.

성안의 군사들은 여러 날 먹지도 못하고 자지도 못해 피로가 엄습했다. 왜군은 그침 없이 교대로 성 밑으로 몰려와 소리를 지르고 조선군을 놀리곤 했다. 그러면서 죽궁으로 쪽지 글을 쏘아 보냈다.

"명군이 다 투항했다. 속히 항복하여 목숨이라도 보전하라."

조선군도 심리전에 지지 않으려고 글을 써 화살에 묶어 날렸다.

"명나라 군사 30만이 지금 진격해 오고 있다. 너희들은 하루아침에 모두 뒤통수를 얻어맞고 섬멸되고 말 것이다."

조선군은 일본군의 말대로 명군이 다 무너졌을까 봐 걱정이었고, 일본군은 조선군의 말대로 명나라 대군이 배후에서 공격해 올까 봐 겁이 났다.

왜군은 하루바삐 진주성을 함락시키고 싶었다. 수많은 아시가루들을 동원해 성의 동문과 서문 밖에 토산을 다섯 개씩 한꺼번에 쌓고 대나무 울짱을 친 뒤에 그 안에서 성안으로 조총을 난사했다.

군사고 백성이고 할 것 없이 죽는 사람이 셀 수조차 없었다. 무엇이든 몸을 가릴 만한 것을 찾아 이리저리 흩어졌다.

일본군은 철갑을 두른 수레를 성 밑으로 끌고 와 방패를 머리 위로 들어 가린 뒤에 큰 철추로 성벽 밑을 팠다.

"이놈들!"

박 공은 김해 부사 이종인, 거제 현령 김준민과 함께 서쪽 성문 위에서 활을 쏘았다. 세 사람이 날린 화살마다 왜적의 철갑을 뚫었다. 그 틈으로 다른 군사들이 기름에 적신 목화에 불을 붙여 아래로 던졌다. 대나무로 만든 수레에 불이 붙어 타올랐다. 땅을 파던 왜군들은 몸에 불이 붙자 미친 듯이 날뛰면서 수레를 버리고 달아났다.

전열을 가다듬은 일본군이 다시 몰려왔다. 이번에는 다테 마사무네(伊達政宗)의 군사들이었다. 거북의 등껍질 꼴로 만든 방패를 등에 지고 무수히 기어서 오는 것이었다. 흡사 거북과 자라가 새까맣게 몰려오는 것 같았다. 그들은 성 밑으로 다가와서 땅굴을 팠다.

"큰 돌을 떨어뜨려라!"

서예원의 명령에 군사들은 큰 돌을 굴려 떨어뜨렸다. 왜군들이 덮어쓴 것은 나무 위에 가죽을 씌운 것이라 돌을 이기지 못했다. 땅을 파던 왜병들은 돌에 깔려 죽어갔다. 더 이상 견디지 못한 왜군들은 등에 진 방패를 벗어 내던지며 물러갔다.

충청 병사 황진이 순행차 그곳에 이르자 성 아래를 굽어보았다. 죽은 왜적의 시체를 바라보며 수를 어림짐작으로 세고 있는데, 성 아래에 잠복해 있던 저격수 하나가 조총을 겨눠 쏘았다. 황진은 이마에 철환을 맞고 그 자리에서 즉사했다.

"병사또 나리!"

황진이 죽자 성안 민심이 흉흉해지며 조총에 대한 두려움이 커졌다.

"수만 명이 조총을 들고 있으니 애당초 싸움이 안 되는 것이었어."

싸움이 시작된 지 여러 날이 지났어도 아무도 구원해 주러 오지 않았다. 한양에서 진주의 급변을 들은 명 제독 이여송은 대구에 주둔하고 있던 류팅, 선산에 결진해 있던 우웨이쫑(吳惟忠), 남원에 머물고 있던 뤄샹지(駱尙志) 등에게 전령해 군사를 전진시켜 구원하게 했으나, 모든 명나라 장수들이 일본군의 형세를 두려워해 어느 누구도 군사를 발행시키지 않았다.

조선군도 마찬가지였다. 도원수 권율은 진주를 구원하기는커녕 함양으로 군사를 물려서 진을 쳤다가 그곳도 위험하다고 판단해 명장 뤄샹지가 있는 남원으로 갔다. 의병장 곽재우도 의령 정암나루를 버리고 합천 삼가 고을로 멀찍이 군사를 물렸다.

그리하여 진주성은 망망대해에 떠 있는 가랑잎 한 잎 같은 신세였다. 아무리 사방을 둘러봐도 북 치며 달려오는 군사가 한 명도 보이지 않았다.

호소카와 다다오키(細川忠興) 군이 쳐들어왔다. 박 공은 김해 부사 이종인과 그 휘하 군사들과 함께 죽을힘을 다해 활을 쏘아 많은 적을 죽였다. 멀리 달아나는 왜군의 오가시라 하나를 겨눠 쏘았다.

"씨웅!"

까마득히 날아간 화살은 그의 뒷덜미를 꿰었다.

"이놈들아, 병사또 영감의 복수이니라."

후퇴하던 아시가루들은 놀라 다 땅에 엎드렸다. 그러고는 엎드린 채로 오가시라의 시체를 질질 끌었다. 일본군 진영에서는 조선의 활을 더욱 무서워했다.

멀리서 지켜보던 고니시 유키나가가 아뢰었다.

"언제까지 조선군이 힘이 다하기를 기다리겠사옵니까?"

우키다 히데이에가 고개를 끄덕였다.

"총공격 명령을 내리자는 말이군."

가토 기요마사도 동의했다.

"이제 조선의 장수들과 장사들이 다 진주성에서 죽게 되었으니 이후로 우리에게 대적할 자는 없을 것이옵니다."

"이순신과 정기룡이 남았소. 어디 그뿐이겠소? 흑국에는 정문부가 있지 않소?"

가토 기요마사는 속이 찔렸다. 함경도에서 정문부의 공격을 받고 군사를 돌려 남하한 것을 고니시 유키나가가 비웃고 있었다. 가토 기요마사는 심히 불쾌했다.

"총공격하라!"

우키다 히데이에의 명령이 떨어지자 가토 기요마사는 휘하 장수 나베시마 나오시게(鍋島直茂)에게 소리를 버럭 질렀다.

"당장 총공격을 감행하랏!"

"하이!"

큰비가 내린 탓에 동문 북쪽 옹성이 무너져 내렸다. 포위하고 있던 구로다 나가마사 군사들이 일시에 돌격해 들어갔다. 그 뒤로 나베시마 나오시게 군이 뒤따랐다. 왜장 수십 명이 이끄는 수만 대군은 마치 개미 떼처럼 끝도 없었다. 조선군은 쏟아져 들어오는 왜군을 결사 방어했다.

박 공과 이종인은 왜병이 가까이 오자 활과 화살을 놔두고 군졸들과 함께 창과 칼을 들었다. 피가 솟구치고 살점이 튀는 육탄전이었다. 베고 찔러 죽인 왜적의 시체가 산더미처럼 쌓였다. 왜적은 도저히 뚫지 못할 것을 알고 물러갔다.

박 공은 무너져 내린 성벽에 기댔다. 이종인의 얼굴도 온통 왜군의 피로 얼룩져 있었다. 둘은 가쁜 숨을 몰아쉬었다. 군사들도 마찬가지였다. 서로 바라보며 웃음만 지을 뿐이었다.

"이쪽이다!"

왜군은 드디어 진주성에서 가장 취약한 곳을 찾아냈다. 김천일이 지키고 있는 신북문 쪽이었다. 대군이 들이닥쳤다. 김천일을 따르는 의병 3백 명은 대부분 한양 시가(번화한 거리)에서 급히 모은 사람들이라 전투에 익숙하지 않았다.

철갑을 입은 일본군이 대거 몰려들자 의병들은 전의를 잃고 우왕좌왕했다. 그 틈을 타 왜군은 성벽에 대나무 사다리를 놓고 타고 올랐다. 성벽은 사다리를 더 놓을 자리가 없을 지경이었다.

마침내 장창과 장검을 든 아시가루들이 성안으로 진입했다. 그들은 닥치는 대로 창날과 칼날을 휘둘렀다. 의병들은 전열이 흐트러져 뿔뿔이 달아나 버렸다. 그 일부는 촉석루로 모여들었다.

거기에는 진주 목사 서예원이 북쪽을 향해 네 번 절을 하고 있었다. 절을 마친 그는 단정히 앉아 칼을 빼 두 무릎 위에 가로로 올려놓았다. 주장으로서 도망치지 않고 조선군에게 마지막 싸움을 독려하기 위해서였다.

조용백이 서예원을 향해 달려드는 왜적들을 단칼에 둘이나 참살했다. 적은 사방에서 밀려들었다. 조용백은 조선검 한 자루로 고군분투했지만 마침내 왜군의 장창과 장검에 찔려 장렬히 쓰러지고 말았다.

서예원의 맏아들 서계성과 집안 종 금이와 춘년 그리고 관노 여러 명이 모두 죽음을 무릅쓰고 왜병에게 달려들었다. 그들은 약속이나 한 듯이 각자 한 명씩 베거나 찌른 뒤에 죽어갔다.

"계성아!"

서예원은 자식이 죽는 것을 눈앞에서 목도했다. 그는 왜적을 꾸짖으면서 칼을 들고 일어났다. 왜병들은 한꺼번에 달려들어 앞에서 뒤에서 찔러댔다.

"목사또 나리!"

그것을 본 이종인은 자신을 찌른 두 명의 왜적을 양팔로 끼고는 크게 소리쳤다.

"김해 부사 이종인도 여기에서 죽는다!"

그러고는 강으로 몸을 던졌다. 거제 현령 김준민은 읍성 시가에서 말을 타고 종횡무진 다니면서 왜군들을 무찌르고 있었다. 뎃포 아시가루들이 말을 쏘았다. 그는 소용이치는 말과 함께 넘어졌다가 다시 일어나 싸웠다. 김준민은 왜군에게 둘러싸인 채 온몸이 피투성이가 되어 산화해 갔다.

화살이 다 떨어진 박 공은 활을 들고 왜적을 후려치며 싸우다가 뎃포 아시가루들의 집중 사격을 받았다. 그의 온몸에 조총 탄환이 박혔다. 박 공은 숨이 멎는 순간에 왜군들에게 활을 홱 던졌다.

'무, 무수야……'

성안의 여인들은 촉석루로 몰려들었다. 더 이상 도망칠 곳이 없었다. 흐느끼기도 하고 소리 내어 울기도 하던 그녀들은 마치 밀려서 떨어지듯 수십 길 아래 강으로 몸을 던졌다. 서예원의 처 이씨와 맏며느리 노씨, 그리고 딸들과 여종들이 줄지어 뛰어내렸다.

하나둘 떨어지는 것이 아니었다. 마치 능소화가 한꺼번에 지는 듯했다. 여인들의 시체는 강을 메우며 쌓여갔다.

마천이는 왜병에게 쫓기다가 등에 칼을 맞고 쓰러졌다. 김사종은 죽을 힘을 다해 독두꺼비 무늬 팔련 장창을 땅에 짚고 선 채 들어 올리지도 못하고 가쁜 숨을 몰아쉬고 있었다. 왜적이 몰래 뒤에서 다가와 그의 목을 쳤다.

윤업은 핏물이 흘러 창자루가 미끄러지며 손에서 빠져나가자 허리에 두르고 있던 편초를 휘둘렀다. 그마저도 왜적들이 빼앗자 옆구리에 차고 있던 비도를 꺼내 들었다. 하지만 팔에 힘이 빠져 날리지는 못했다. 왜군 세 명이 정면에서 조총을 동시에 쐈다. 윤업은 두 눈을 부릅뜨고 쓰러지면서 애복이가 있는 쪽으로 고개를 돌렸다.

"아씨!"

애복이는 성벽을 등지고 싸우고 있었다. 덤벼든 왜적을 다 무찌른 뒤 가쁜 숨을 몰아쉬었다. 떨리는 손으로 치맛단을 찢었다. 돌멩이를 주워 손가락을 내리쳤다. 그런 뒤 손가락 끝이 부서져 철철 흐르는 피로 글을 썼다. 그것을 둘둘 말아 성벽 틈새에 감추고 걸이한테 일렀다.

"훗날 성가퀴를 수축할 때에 혹시 누가 이 혈서를 보는 사람이 있다면 나의 임종이 어떠했는지 알 수 있을 게다."

"흐흑, 아씨마님!"

성벽을 따라 올라온 왜군들이 또 달려들었다. 애복이는 구미호 무늬 팔련 장창을 휘둘렀다. 하지만 자꾸만 뒤로 밀려났다. 최씨와 걸이도 뒷걸음질을 쳤다. 촉석루에 이르렀다. 그곳에 남은 사람들이 합세하자 왜군은 주춤했다.

애복이는 또 치마를 찢어서 유서를 썼다. 그것을 걸이에게 주어 보냈다. 걸이는 성벽 위를 위태롭게 내달렸다. 왜군이 조총을 난사했지만 맞히지 못했다. 걸이는 죽어라 내리막길을 내달려 사라졌다.

애복이는 최후의 결전을 벌이기 시작했다. 여인들은 울면서 계속 절벽 아래로 뛰어내리고 있었고, 마지막 남은 군사와 의병과 장정들은 열 명도 되지 않았다. 그들은 왜군의 창검에 하나둘 무참히 쓰러져 갔다.

"아, 더 이상……."

애복이는 창을 떨어뜨리고 말았다.

"아, 대장 더는 안 되겠어."

촉석루 아래를 내려다보았다. 그러고는 최씨를 바라보았다.

"어머니!"

"애복아!"

애복이는 옷고름을 찢어 최씨와 자신의 팔을 묶었다.

"어머니, 무서워 마시고 저랑 같이 가요."

"오냐오냐, 내 딸 애복아!"

왜군들이 손을 뻗어 낚아채려는 순간 두 사람은 똑같이 허공으로 몸을 날렸다.

"대장!"

애복이는 천 길 강물로 떨어지는 것이 아니라 남강 속 아득한 하늘로 오르고 있었다. 아련히 살아온 모든 것이 떠올랐다.

서당 밖에서 기다리던 때…… 남강 가에 함께 앉아 강물에 소원 등불을 띄우던 때…… 비 오는 날 토란 잎을 쓰고 나란히 걷던 때…… 우여곡절을 다 겪은 뒤에 마침내 촉석루에서 혼인하던 때…….

'난 대장을 한순간도 잊은 적 없어.'

애복이는 눈을 감았다. 그랬더니 기룡이 나타났다.

'대장, 나 살고 싶어. 제발 내 손을 놓지 마.'

기룡이 웃으며 손을 꼭 잡고 있었다.

'걱정 마. 애복아.'

'아냐, 이젠 아냐. 이젠 나를 놓아줘. 우리 운명은 여기까지인가 봐.'

'애복아!'

'대장, 나 이제 그만 갈게. 내 짧은 인생에 대장 한 사람을 만나서 고마
웠어.'

애복이의 머리는 강물 속 하늘, 그 하늘 속 흰 구름에 부딪혀 들어갔
다. 더 이상 어찌할 수 있는 것이 아무것도 없는 찰나였다.

'대자……'


2

"우지근, 쩌억, 꽝!"

아름드리 대들보가 부서져 내려 이불을 덮고 누워 있는 몸 위로 덮쳤
다. 기룡은 화들짝 놀라 소리를 질렀다.

"으아악!"

눈을 떴다. 사방이 캄캄한 한밤중이었다. 벌떡 일어나 앉았다. 불을 켜
고 천장을 바라보았다. 대들보는 그대로였다. 꿈이었다.

"휴우, 이런 기이한 꿈을 다 꾸다니."

기룡은 문득 진주에 무슨 일이라도 생긴 건가 했다. 상주에 계신 어머
니 김씨 소식도 궁금했다. 양주(상주와 진주)에 기별을 주고받을 길이 없어
애가 탔다. 기룡은 자리끼 한 사발을 벌컥벌컥 마셨다.

해를 거듭하는 기근에다가 가뭄까지 겹쳐 부민들은 목이 탔다. 회령
읍성 내 우물은 모두 8곳이 있었는데 다 말라붙어 그 아래를 파도 물이
솟아나지 않았다. 회령 고을을 흐르는 팔을하천과 풍산천도 바닥을 드러

냈다. 두만강의 물을 끌어오기에는 너무 멀었고 여진 탓에 위험했다. 부민들은 샘의 근원을 찾기에 혈안이 되었다.

백성들이 먹을 물도 없는데 옥사의 죄인들에게 줄 물이 있을 리 만무했다. 죄인들은 물을 달라 소리쳤다. 그중 한 죄인이 옥졸에게 나지막이 말했다.

"내가 샘을 찾아주겠다. 그러면 나를 풀어주겠는가?"

"이런 미친 오랑캐 놈을 보았나."

"내가 물찰(물의 근원)을 찾아줄 수 있으니 윗전에 아뢰어 주게."

사옥국(감옥을 관리하는 자치 부서) 섭사 안옹언이 그 말을 듣고는 옥간으로 다가갔다.

"네 어인 재주로 물찰을 찾을 수 있다는 말이냐?"

쌍진이 대답했다.

"언설로는 하지 못할 바이오."

가만히 생각하던 안옹언은 지푸라기라도 잡아야 될 판이라 기룡에게 아뢰었다. 기룡은 옥사로 갔다. 쌍진이 옥간으로 다가왔다.

"정말이오. 물찰을 찾아드릴 터이니 나를 풀어주시오."

"너를 방면하는 것은 나의 소관이 아니다. 다만 네가 샘을 찾아준다면 내 조정에 아뢰어 힘써보마."

"그런 정도의 약조로는 안 되오."

"그렇다면 나도 어찌할 도리가 없다."

기룡이 돌아서려고 하자 쌍진이 다시 말했다.

"좋소. 내 부사또 대인을 믿어보겠소."

기룡은 쌍진이 차고 있던 칼과 차꼬를 풀어주고 옥사에서 나오게 했다. 사나운 호인이 무슨 짓을 할지 몰라 옥졸들이 다 물러섰다. 이희춘이 쌍진에게 말했다.

"허튼짓을 했다가는 그 즉시 목이 달아날 터이니 그리 알거라."

쌍진은 빙긋 웃었다. 그러고는 기룡에게 말했다.

"소인을 대장간으로 좀 데려가 주시오."

대장간으로 간 쌍진은 무언가를 찾는 듯이 눈길을 여기저기 댔다. 그러다가 토막 난 사철(철사) 두 가닥을 주워 들었다.

"동전 두 개만 주시오."

쌍진은 사철을 ㄱ 자로 구부리고 그 끝에 동전을 끼웠다. 그러고는 양손에 들고 밖으로 나왔다.

"샘을 파야 할 곳이 어디오?"

"어디랄 것이 없네. 물이 나오는 곳이면 어디라도 다 파야 할 형편일세."

"알겠소. 그러면 관아부터 봐드리리다."

쌍진은 회령부 관아로 들어가 곳곳을 돌아다녔다. 그러더니 도할사(자치 의회 역할을 하는 지방 기관) 앞에 이르러 걸음을 멈췄다. 도할(종6품 토관직) 김경혼과 전사(도할 사무를 맡은 서리) 권수가 나왔다.

쌍진이 도할사 뜰에 서 있는 큰 가래나무 아래에 서자 양손에 들고 있던 ㄱ 자 사철이 서로 안쪽으로 꺾이며 겹쳐졌다. 끼워놓았던 엽전이 서로 부딪히며 쇳소리를 냈다. 쌍진은 사철을 내려놓고 엎드려서 땅에 귀를 댔다. 한참 만에 일어선 쌍진은 기룡에게 말했다.

"여길 파보시오. 틀림없이 물이 나올 것이오."

"얼마나 파야 되겠는가?"

"두 길은 파보시오."

기룡은 믿지 못했지만 군사들에게 땅을 파게 했다. 두 길을 파 내려갔어도 마른 흙만 나왔다.

"별 해괴한 놈의 말을 다 믿다니."

"물이 나올 기미가 전혀 안 보이는걸."

기룡이 쌍진을 바라보았다. 그는 기룡이 무얼 묻는지 안다는 듯이 태연히 말했다.

"염려 말고 계속 파시오."

땅을 파 내려가던 군사들이 갑자기 소리를 질렀다.

"물이 있다!"

젖은 흙이었다. 군사들은 힘을 내어 땅을 팠다. 물이 흥건해지며 발목이 잠기는 것이었다.

"물이 나온다!"

"찾았다! 샘이다!"

사람들은 너 나 할 것 없이 얼싸안고 깡충깡충 뛰며 좋아했다. 기룡이 쌍진에게 물었다.

"대체 어떤 비법인가?"

"나를 풀어주면 알려주겠소."

"알겠네. 부내 다른 곳도 다 다니면서 샘을 찾아주게."

기룡은 함경 감사에게 쌍진이 한 일을 들어 그를 풀어줄 것을 발사했다. 하지만 방면해 줄 수 없다는 감결이 내려왔다.

기룡은 쌍진에게 미안해졌다. 주안상을 마련해 그가 갇혀 있는 옥사에 들렀다. 기룡은 장사들이 말리는 데도 불구하고 옥간으로 들어가 쌍진과 마주 앉았다.

"어디 불편한 데는 없는가?"

"다 불편하오."

쌍진은 주안상을 보고 물었다.

"이건 뭐요?"

"나랑 같이 드세."

"날 내보내 줄 수 없구려?"

기룡은 말없이 고개만 끄덕였다.

"내 부사또 대인이 애써주신 것을 잘 아오. 윗전이 안 된다고 하면 할 수 없는 거지."

기룡은 쌍진에게 술을 따라주었다. 몇 잔 주고받는 겨를에 쌍진은 마음을 열었다. 기룡은 마산페이가 부탁한 일을 알려주었다. 쌍진은 눈시울을 붉히며 고마워했다. 그러면서 고분고분해졌다.

"부사또 대인께서 마산페이 대인의 형님이 되신다니 미처 몰랐사옵니다. 저는 라오투 님 휘하의 2인자이온데, 라오투 님의 아들 청지쉬(稱只舍)가 족장 자리를 탐내어 부하 제뤄지(介落之)와 꾸민 계략에 빠져 그만 조선을 침범했다가 부사또 대인께 붙잡힌 몸이 되었지요."

"어찌 자식이 어버이를 해한단 말인가?"

"제가 여기서 나가고자 하는 것은 오직 라오투 님께 목숨을 바치기 위해서이옵니다. 저들이 라오투 님께 무슨 짓을 할지 모르니까요. 바라옵건대, 부사또 대인께서 우리 라오투 님의 소식을 좀 알아봐 주옵소서."

"내 반드시 그리하여 주겠네."

장사들은 감옥에서도 제 주장에게 충성과 의리를 다하려는 쌍진에게 감동해 백방으로 라오투의 소식을 채문했다. 그러나 그는 이미 아들 청지쉬에게 살해당했고, 부족은 새로운 족장을 받들고 있었다.

"인륜의 도리도 의리도 없는 오랑캐 놈들 같으니라구."

"우리가 확 쓸어버릴까?"

"관둬. 괜히 분란만 더 커질 테니."

부족의 소식을 들은 쌍진은 하염없이 울었다. 사납기로 유명한 그가 흐느끼는 모습을 본 기룡과 장사들은 측은히 여겼지만 옥사에서 풀려나게 할 방법이 없었다. 기룡이 마주 앉아 술을 건네며 물었다.

"내 자네를 위해서 뭘 해주면 되겠는가?"

라오투가 죽고 부족민이 다 청지쉬를 따르는 마당에 쌍진은 굳이 나가야 할 이유가 없었고, 나가 봐야 갈 곳도 없었다. 나가서 복수를 한다고 설쳐대 봤자 부족에 또 다른 혼란과 피를 부를 따름이었다.

"이대로 혼자 지내고 싶사옵니다."

"무엇이든 필요한 것이 있으면 언제든지 말하게."

"고맙사옵니다. 대인."

이미 일본군은 물러갔고, 여진의 침노도 뜸해지자 그간 발길을 끊었던 장사치들이 심심찮게 찾아들었다. 부민들은 그들이 가지고 온 생필품과 방물을 갖가지 짐승 가죽과 백출(삽주의 덩이진 뿌리) 같은 약초와 바꿨다.

한양에서부터 찾아든 봇짐장수들은 팔도의 여러 가지 소식을 전했다.

"명나라 군사들이 왜군을 몰아낼 마음이 없나 봐."

"평양과 한양을 수복했으니 할 일을 다 했다고 생각하는 거지. 왜군이 더 이상 명나라를 위협하지는 않으니까."

"그러면 어떻게 되는 건가?"

"우리 조선의 삼남을 왜놈들한테 떼어 주고 그만 돌아가고 싶은 거지."

"그래? 그러면 하삼도(삼남의 다른 말)는 앞으로 왜놈 땅이 되는 건가?"

"아마 그렇게 될 걸세. 왜놈들이 삼남이라도 집어삼킬 작정으로 군사를 다 끌어모아 진주성을 친 게지 달리 이유가 있겠는가?"

"진주성을 지키던 군사들이 몰살되었다면서?"

"군사들뿐인가? 백성들도 다 도륙되었다고 하네. 지옥도 그런 지옥이 없다는구먼."

진주성이 함락된 소식은 기룡의 귀에까지 들어갔다. 기룡은 애복이와 처가의 소식을 몰라 답답했다. 또 윤업과 김사종 두 장사의 생사도 걱정이 되었다. 초조한 나날을 보내고 있는 가운데 다급한 외침이 들려왔다.

"부사또 나리!"

기룡은 문을 열고 밖으로 나왔다. 황치원과 김천남이 한 아이를 부축해 서 있었다. 아이는 기룡을 향해 고개를 들었다.

"이게 누구냐? 너는 걸이 아니냐?"

걸이는 품속에 손을 넣어 보자기에 싼 것을 들어 보였다. 그러고는 이내 고개를 떨어뜨리며 숨을 거뒀다.

기룡은 신도 신지 않고 달려 내려섰다. 걸이를 살펴보고는 그가 손에 꼭 쥐고 있는 것을 빼내 펼쳐보았다. 찢어진 천 조각에 핏물로 쓴 글귀가 눈에 들어왔다.

"대장, 대장은 나에게 유일한 사람이었어. 난 우리가 혼인했던 촉석루에 서 있어. 아, 대장. 대장한테 좋은 아내가 되어주지 못해서 미안해. 나 이제 그만 가야 해."

기룡은 나락으로 빠져드는 듯했다. 참담한 심경이었다. 믿기지 않았다. 걸이를 바라보았다. 거적 위에 반듯하게 눕혀져 있었다. 기룡은 넋이 나간 얼굴로 두리번거리며 저도 모르게 중얼거렸다.

"애, 애복아!"

기룡의 표정을 본 이희춘이 장사들에게 소리쳤다.

"뭣들 해? 어서 방으로 모셔!"

기룡은 하루 종일 방바닥을 두드리며 큰 소리로 울었다. 용마루가 흔들렸고 지붕 위 기왓장이 들썩거렸다. 관속들이 누구 하나 얼씬거릴 엄두를 못 냈다. 밖에는 장사들만 둘러서 있을 뿐이었다. 그들의 눈에도 하염없이 눈물이 흘렀다.

"불쌍한 우리 아씨마님!"

"윤업아!"

"사종이, 이 사람아!"

밤이 되어 기룡의 울음소리는 울부짖는 소리로 변했다. 마치 천둥 번개가 그치지 않고 치는 듯했다. 포효와 같은 통곡은 두만강 너머 호인들한테도 들렸다.

"무슨 일이야? 웬 조선 호랑이가 밤새 저리도 울부짖어 대는 거지?"

새벽녘이 되어서야 기룡은 울음을 그쳤다. 머리를 빗고 낯을 씻고는 단정히 앉아 글을 적었다. 그런 뒤 날랜 군사를 뽑아 한양으로 파발을 급히 띄워 치계(임금에게 급히 아뢰는 글)했다.

이윽고 기룡은 평소와 다름없는 얼굴로 모습을 드러냈다. 장사들이 무슨 말을 해야 할지 몰랐다.

"걸이의 장사를 지내주어야겠네."

장사들은 좋은 땅을 가려 걸이의 시신을 고이 묻어주고 제수를 갖춰 짧게 살다 간 그의 명복을 빌었다.

기룡의 밀계와 장계를 잇달아 읽어본 임금은 아무런 명분도 내세우지 않고 신하들에게 전교했다.

"북관 6진에 나아가 있는 회령 부사 정기룡을 상주 판관에 다시 제수하노라."

그러고는 하문했다.

"진주는 지금 어떠한가?"

좌의정 윤두수가 아뢰었다.

"왜적이 진주성을 점거할 뜻이 없어 보이옵니다. 성을 함락시킨 뒤에 전라도로 대거 진출하지도 않았사옵니다."

우의정 유홍이 잇달아 아뢰었다.

"전라도와 경상도 남쪽 사방으로 노략질을 다니는 것이 고작이옵니다."

임금은 다시 전교했다.

"만약 진주에서 왜적이 이미 물러갔다면 전사한 군사와 백성들의 시체를 묻어주고 그들의 원혼을 달래는 제사를 지내는 것이 마땅하다. 서둘러 거행하라."

기룡은 조정에서 내려온 교지를 받아 들고는 그 즉시 장사들을 불렀다.

"다들 채비하게. 이제 돌아갈 것이네."

"어디로 말씀이옵니까?"

"우리가 어디로 가야 하겠는가?"

장사들은 한입으로 우렁차게 대답했다.

"진주이옵니다!"

기룡 일행이 회령을 떠나 무산령에 이르렀을 무렵이었다. 말달리는 소리가 나서 뒤를 돌아보니 누군가 먼지를 일으키며 바삐 말을 채질해 오고 있었다. 잠시 후 그는 고갯마루에 올라왔다.

"자넨?"

쌍진이었다. 그는 거친 숨소리 사이로 말했다.

"새 주인을 모시러 왔사옵니다."

"회령 옥에서 탈주했다는 말인가?"

"그렇사옵니다."

기룡은 어이가 없었다. 장사들도 마찬가지였다. 쌍진이 말을 이었다.

"1천 리 두만강 강변에서 소인의 이름으로 행세하는 놈들이 한두 놈이 아니옵니다. 그래서 소인이 대인을 따라왔다고 생각하는 사람은 아무도 없을 것이옵니다."

기룡은 어떻게 해야 할지 난감했다. 이희춘은 이미 탈옥해 따라온 사람을 되돌려 보낼 수도 없고 하여 장사들에게 물었다.

"자네들 의향은 어떤가?"

"우리야 뭐, 저자가 목숨을 바쳐서 우리 나리를 지키겠다고 하면 형제로 받아들이지. 다들 그렇지?"

장사들이 다 엷은 웃음을 머금으며 수긍했다. 책사 사일랑이 쌍진에게 말했다.

"그 차림으로는 우리랑 함께 못 가네. 역참이 나타나거든 옷을 구해 갈아입어야 하네."

이희춘도 한마디 했다.

"이름도 조선식으로 바꾸어야 하네. 이제부턴 자넨 쌍진이 아니라 항금일세. 항금."

"알겠소. 앞으로 잘 좀 가르쳐 주시오."

기룡은 말 머리를 돌리며 말했다.

"자, 가자!"

# 둑을 터뜨려라

## 1

수만의 시체가 성 안팎에 흩어져 있었고, 혹은 포개지고 쌓여 있기도 한 채로 썩어가고 있었다. 냄새는 진동했고 온갖 벌레들과 이리, 승냥이 까지 내려와 어슬렁거렸다. 집채는 불타거나 무너져 내렸고, 나무와 풀 한 포기까지 성한 것이 없었다. 남도의 이름난 성읍은 세상이 무너진 것 같은 폐허의 잔재로만 남았다.

겨우 살아남은 사람들과 이웃 고을의 친척들이 그나마 온전히 남은 촉 석루에 모여 있었다. 그들은 제각각 북쪽을 향해 서서 망자의 옷을 흔들 며 울음 섞인 소리를 외쳤다.

"진주 교동 사는 강 생원, 복(復), 복, 복!"

"우리 아들 동술이, 복, 복, 복!"

"인범이 엄마, 제발 돌아와요. 복, 복⋯⋯."

초혼하는 목소리들은 그대로 피어리고 한 맺힌 절규였다.

촉석루 아래 남강 북쪽으로 산기슭이 보이는 곳까지 몸을 던져 죽은 여인들의 주검이 서로 겹쳐져 있었다. 강물도 그들을 피해 돌아 흐르는 듯했다.

"어디서부터 손을 대야 할지 모르겠소."

갓 부임한 진주 목사 이기빈이 기룡에게 말했다.

"이대로 주저앉을 수는 없지 않사옵니까? 목사또 나리께서 오셨으니 진주가 다시 크게 일어날 것이옵니다."

기룡은 관아를 대신하고 있는 장막을 나왔다. 책사 사일랑이 뒤따랐다. 8장사와 항금은 사방에서 기룡을 호위했다.

촉석루 아래에 있는 수백 구의 시체를 하나하나 뒤졌지만 애복이의 시신은 찾을 수 없었다. 구미호 무늬 팔련 장창과 비슷한 것도 눈에 띄지 않았다.

"창은 누군가 갖고 가버렸을 수도 있겠군."

장사들은 물에 퉁퉁 불어 있는 사체를 두 손으로 만지기를 주저하지 않았다. 오직 애복이의 시신을 찾기에 몰두했다.

"물에 떠내려갔을 수도 있나?"

"치마를 찢어서 유서를 쓰셨다니, 입고 계시는 치마만 봐도 알 수 있을 터인데. 거참."

강물이 흘러가는 동북쪽 멀리까지 훑었지만 애복이와 비슷한 여인의 사체는 없었다.

기룡이 말했다.

"이제 그만 되었네."

장사들은 손길을 멈추고 그 자리에 우뚝 섰다. 기룡은 다시 촉석루로 향했다. 이희춘이 책사 사일랑에게 눈짓을 했다. 사일랑이 기룡을 뒤따랐고, 장사들은 계속 강을 더듬었다.

촉석루에 오른 기룡은 왼편 성벽을 바라보았다. 전투가 벌어졌을 당시를 상상했다. 물끄러미 성가퀴를 바라보고 있던 기룡은 천천히 성벽을 쓰다듬으며 내려갔다. 성첩 한 곳에 깊은 홈이 나 있었다.

기룡은 돌벽 사이에 손을 넣었다. 무언가 잡혔다. 천 조각이었다. 기룡은 떨리는 손으로 펼쳤다.

"아!"

탄식이 절로 나왔다. 애복이가 급히 휘갈겨 남긴 혈서였다.

"대장, 난 이제 여기까지 왔어. 어떤 심정인지 대장은 잘 알 거야. 대장은 전장에서 여러 번 죽음을 보았을 테니까. 대장, 죽는다는 건 어떤 걸까? 무섭고 싫지만 왜적한테 몸을 더럽힐 수는 없잖아.

나 없이 대장이 어떻게 살아갈지 걱정이 돼. 혼자 궁살 떨면서 살지 말고 새장가 가. 꼭 양반 가문의 딸에게 장가들어. 그래서 자식 많이 낳고 잘 살아. 50년 살아. 50년 더 못 살고 오면 안 만나줄 거야.

대장, 난 태어나서 지금까지 나를 다 보여준 사람은 오직 대장뿐이었어. 대장, 왜적이 다시 몰려오고 있어. 아, 어떡해. 대장!"

기룡은 부르르 떨었다. 그리고 솟아나는 눈물을 주체할 수 없었다. 눈을 질끈 감았다. 두 줄기 뜨거운 눈물이 뺨을 타고 흘러내렸다.

"어찌하여 아무도 구원하러 오지 않았단 말인가!"

기룡은 흐느끼며 그 자리에 꿇어앉았다. 성벽을 손으로 긁었다. 열 손가락에서 피가 나고 성벽에 열 줄이 났다. 사일랑이 가만히 다가가 말했다.

"평계와 구실은 많으나, 실상은 명군도 조선군도 다 왜적의 기세가 두려워 감히 진격하지 못한 것 같사옵니다."

"싸움의 승산을 따질 일이 아니라 백성들이 죽어가는 일이 아닌가! 왜적이 무서워 멀찍이 물러나 살기를 도모하고자 한다면 다들 창의는 왜 했으며, 병문에는 왜 몸담았는가!"

결국 애복이의 체백을 찾지 못한 장사들은 윤업과 김사종의 시신을 찾아 헤맸다. 촉석루와 그 근처는 이미 많은 시체가 치워져 있었다. 박 공과 조용백의 시신도 보이지 않았다.

기룡은 곤양으로 갔다. 아버지 정호의 무덤 아래에 땅을 파고 애복이가 남긴 두 조각의 혈서 중에 한 조각을 묻고는 봉분을 만들었다. 8장사는 애복이를 허장(시신 없는 묘)한 자리 밑에 윤업과 김사종의 이름을 쓴 종이를 묻었다.

"이 사람들아, 가서도 우리 아씨마님 잘 부탁하네."

"조금만 기다리게. 우리도 곧 따라갈 걸세."

"윤업아, 편히 쉬거라."

"사종이 이 사람, 잘 있게."

기룡은 애복이가 남긴 혈서 한 조각을 허리에 차고 있던 십련 보검의 칼집에 단단히 묶었다. 그러고는 일어서서 맹세했다.

"내 반드시 저 원수 놈들의 간을 꺼내어 씹으리라."

정수린은 본가가 지척인데도 들르지 않았다. 아버지 정몽수를 비롯한 가족들이 어떻게 지내는지 궁금했지만, 애복이를 왜적에게 잃은 기룡의 심정에 비하면 그런 감정은 호사스러운 것이라고 여겼다.

다시 상주 판관으로 부임하러 가는 기룡은 의연했다. 장사들도 전에 없이 무표정한 얼굴이었다.

상주 읍성 남문인 홍치루로 들어서자 백성 수백 명이 길가에 서서 기룡 일행을 열렬히 환영했다. 기룡이 재도임한 것을 미처 알지 못한 길 가던 백성들도 걸음을 멈추고 손뼉을 치며 기룡이 돌아온 것을 다행스러워했다.

관아 정문 태평루 앞에 이르러 말에서 내렸다. 목사 한명윤과 관아의 모든 구실아치와 비복들이 기룡을 반겼다.

"어서 객사에 가서 아뢰고 판관청에 들어 여독을 풀게."

한명윤은 장사들에게 예전과 같이 군뢰청을 내주었다. 기룡은 장사들을 데리고 객사로 가서 임금의 생위패 앞에서 망궐례를 올렸다.

장사들을 쉬게 하고 집으로 향했다. 어머니 김씨가 눈물을 글썽이며 달려 나와 기룡의 손을 잡았다.

"아범, 우리 착한 며느리가……."

기룡은 아무 말도 하지 않았다. 김씨도 더 이상 애복이 이야기를 꺼내지 않았다. 기룡은 김씨가 손수 차려 온 밥상 앞에 앉아 마지못해 수저를 들었지만 음식이 하나도 넘어가지 않았다.

"산 사람은 살아야 하지 않는가? 어서 좀 들게."

"오다가 많이 먹어서 그런지 시장하지 않사옵니다. 나중에 들겠사옵니다."

기룡은 집을 나와 남문 쪽으로 말 머리를 향했다. 정춘모의 사랑채에는 삼망지우 벗들이 다 모여 있었다.

"도임 소식을 들었네. 어서 오게."

기룡은 정경세, 정춘모, 이준, 조우인, 전식, 김광두, 강응철, 김지복과 차례로 인사를 했다. 자리에 앉자 정경세가 위로했다.

"선부인(남의 죽은 아내를 높여 부르는 말)께서 사절(절개를 지켜 죽음)하신 소식을 듣고 슬프고 분하던 차에 이렇게 자네가 재차 부임을 해오니 기뻐해야 할지 슬픈 얼굴로 있어야 할지 모르겠네."

정춘모도 말했다.

"평소에 현부인(남의 부인을 높여 부르는 말)의 행의(올바른 행위)가 고을 모든 부녀들의 귀감이 되어왔는데 그와 같은 애절 통렬한 소식을 듣고 눈물이 나지 않는 날이 없었다네."

다른 사람들도 한마디씩 위로의 말을 전했다. 기룡은 목이 메여 말이 나오지 않았지만 일일이 허리를 굽혀 사례를 한 뒤에 지난날 안령 전투에서 가족을 잃은 정경세와 이준을 번갈아 보며 가까스로 입을 열었다.

"이 큰 난리 통에 부모처자를 잃은 사람이 어디 나뿐이겠는가? 마음 써줘서 다들 고맙네."

전식이 말했다.

"명군 진영에도 가봐야 하지 않겠나? 우물쭈물하다가 인사가 늦었다고 공연히 책망이라도 듣게 되면 기분 나쁜 일이 될 테니까 말일세."

기룡은 장사들을 데리고 북천 너머 구렁들로 갔다. 유격 왕삐디가 기룡을 맞이했다.

"정 판관, 어서 오시오."

"왕 대인께서는 그간 무고하셨사옵니까?"

왕삐디도 기룡이 상처한 일을 익히 들어서 알고 있는지라 마음 깊이 위로의 말을 했다. 기룡은 왕삐디 역시 진주를 구원하러 가지 않았기에 감정이 썩 좋지 않았다. 눈치를 챈 왕삐디가 말을 돌렸다.

"어험험, 기근이 심한 데다가 가뭄까지 겹쳤으니 큰일이오."

"명군이야 군량이 충분하지 않사옵니까?"

"어디 군량만으로 버틸 수 있는 일이겠소? 문제는 먹을 물이오. 씻을 물은 고사하고 먹을 물조차 변변치 않으니. 조선에는 먹을 물만큼은 흔하다더니 다 헛말인 것 같소."

읍성 내 사정도 명군과 다르지 않았다. 명나라 군사와 백성들이 다 참담한 지경에 이르러 민심이 사나워지고 있었고, 명군들은 걸핏하면 백성들에게 위해를 가하기 일쑤였다. 기룡은 항금에게 물었다.

"여기서도 샘을 찾을 수 있겠는가?"

"물론이옵니다. 판관 나리."

항금은 흔쾌히 나서서 읍성 안에 여섯 군데를 파 맑은 물이 솟아나게 했고, 구렁들로 가서도 큰 샘을 세 곳이나 파주었다.

"역시 판관 나리가 돌아오시니 우리가 살 것 같단 말이야."

"그 부하가 신통하기만 할세."

"내게 그런 재주가 있다면 평생 먹고살 걱정이 없을 텐데."

물은 그럭저럭 해결되었지만 기근이 걱정이었다. 추수를 하려면 아직 달포나 남았다. 백성들의 굶주림도 고비에 이르고 있었다. 추수 때까지 견딜 일이 걱정이었다.

노함은 매호 고을로 가서 신복다물리를 만났다. 그의 숯굴에는 염초를 굽는 냄새가 가득했다. 신복다물리는 그간 만들어 낸 근량을 아뢰었다.

"아리랑고개 아래 주막 터에 비축한 것이 3백 근에 이르옵니다."

"애 많이 썼네."

목사 한명윤도 그 사실을 알고 기룡에게 말했다.

"지금 우리 상주에 남아도는 것이 딱 한 가지가 있네. 바로 화약일세. 그 화약을 다른 고장에 팔아서 양곡을 사 오는 게 어떻겠나?"

"다른 군영이나 의진에 그저 주면 주었지 어떻게 화약을 팔 생각을 다 하시옵니까?"

"허허, 정 판관은 아직 모르고 있었구먼. 지금 나라와 각 군영에 화약이 부족해 상감마마께옵서 전매를 풀어서 사조납관(민간이 사사로이 제조해 관청에 납품함)하도록 윤허하시고, 남는 것은 민수(민간의 수요)에 충당하라고 전교를 내리셨다네."

화약을 만드는 일에 제한이 풀렸다고는 하지만 같은 조선군에게 판다는 건 내키지 않는 일이었다. 기룡이 선뜻 대답을 하지 않자 한명윤은 슬그머니 기분이 상했다.

"에허험! 누가 수령관인지 모르겠군. 그만 물러가게."

노함은 명군들이 쓰는 화약을 입수해 배합 비율을 알아내고 싶었다. 그리하여 자신이 구현한 배합 비율과 비교해 최적의 비율을 도출하고 화약의 효용을 극대화하려고 했다. 하지만 명의 화약군은 만나기조차 쉽지 않았다. 조선인과의 접촉이 전면 금지되어 있는 것이었다.

"아, 귀목 같은 사람이 한 사람만 더 있으면 좋으련만."

은이가 무언가를 내밀었다.

"구렁들에서 주웠어요."

노함은 얼굴이 환해졌다. 명나라 군사들이 귀신을 쫓아내느라 가끔 한밤중에 터뜨리는 폭죽의 불발탄이었다. 노함은 그것을 조심스럽게 풀어 맛을 보고 나서는 바늘로 유황과 숯과 염초를 살살 분리해 냈다.

그러고는 각각 무게를 달았다. 비율은 노함이 배합한 것과 큰 차이가 나지 않았다. 노함은 명군의 화약의 비율대로 만들어서 터뜨려 보았다. 오히려 폭발력은 저 자신이 만든 화약보다 못한 것 같았다.

"됐어!"

은이는 웃었다. 큰 도움이 된 듯해 뿌듯했다. 노함은 은이가 갖고 놀 폭죽을 만들어 주었다. 종이로 화약을 말고 공기층이 생기게 한 것이었다.

"자, 이 폭음탄을 터뜨려 보거라."

은이는 불을 붙여 던졌다. 허공으로 올라간 폭음탄은 큰 소리를 내며 터졌다. 은이는 폴짝폴짝 뛰며 좋아했다.

한 떼의 대군이 상주로 향하고 있었다. 선산에 머물고 있던 유격장군 겸 도지휘사 우웨이쭝이 거느린 군사였다. 명나라에서 가장 강군이라는 절강성의 보군 3천여 명은 위풍당당하게 행군했다.

기룡은 목사 한명윤과 유격 왕삐디와 함께 그를 맞아들였다. 선산 부사가 하미와 쓿지 않은 쌀로써 명군을 먹였다는 이유로 그를 치죄한 뒤에 상주로 진지를 옮긴 것이었다. 그렇기에 그의 심기와 비위를 건드릴까 봐 한명윤은 안절부절못했다.

"상주 목사 한명윤이 도지휘사 대인을 뵈옵니다."

우웨이쫑이 무어라 말하자 통사 이경남이 통역했다.

"정기룡이라는 장수는 어디 있는가?"

"소관이옵니다."

우웨이쫑은 기룡을 잠시 굽어보았다. 그러고는 왕삐디에게 물었다.

"왕 장군은 어찌하여 허허벌판에 진영을 두고 있소?"

"소국의 읍성이 작고 초라해 군사를 주둔시킬 곳이 못 되옵니다. 이곳 너른 들이 여러 가지 병법을 쓰기에 알맞사옵니다."

우웨이쫑은 왕삐디의 의견을 따랐다. 기룡과 한명윤은 가슴을 쓸어내렸다. 읍성을 비우라고 할 것 같았기 때문이었다. 한명윤이 얼른 앞장서서 우웨이쫑의 군사를 인행했다.

명나라 군사는 이미 구렁들에 진을 치고 있던 왕삐디의 1천5백여 군사와 합쳐 거의 5천에 이르렀다. 너른 구렁들이 거의 다 들어찬 듯했다. 줄을 맞추고 늘을 지어 일정하게 들어선 수백 채의 막사와 형형색색의 깃발이 전처럼 일대 장관을 이뤘다.

명군의 수가 두 배 이상으로 커지자 공궤하는 일이 큰 걱정이었다. 군량은 명나라 행리 군사들이 유곡역 군창에서 날라 와서 먹는다 치더라도 찬수(반찬거리)가 문제였다.

명군은 끼니때마다 수륙진찬(물과 땅에서 나는 진귀한 음식)을 푸짐하게 차려놓고 즐기는 습성이 있어서 푸성귀만으로는 성에 차지 않을 것이 뻔했다. 그렇다고 명나라 군사를 먹인답시고 소를 잡을 수도 없는 노릇이었다.

귀한 소가 없어지면 농사에 큰 차질을 빚을 것이었다. 또한 임금으로부터 소를 잡지 말라는 지엄한 하교가 있는 터였다. 기룡과 한명윤의 고민은 깊어졌다.

"지공(음식 대접)도 지공이지만, 명군의 군마를 먹일 마초도 걱정일세."

"말먹이야 사방 산야에 널린 게 풀이니 베어다 먹이면 된다 치지만, 없는 고기는 당장 만들어 낼 수도 없고……."

책사 사일랑도 뾰족한 수를 찾지 못했다. 기룡은 고민하며 돌아다니다가 공검지에 이르렀다. 극심한 가뭄 때문에 못물이 많이 줄어들어 있었다. 아이들이 다리를 걷고 못가로 들어가 물고기를 손으로 잡으며 웃고 떠들었다. 기룡의 입가에도 미소가 번졌다.

"그러면 되겠군."

관아로 돌아온 기룡은 8장사와 항금을 판관청으로 불렀다.

"다들 공검지 알지?"

장사들은 서로 바라보며 기룡이 무슨 이야기를 꺼내려나 했다.

"그 공검지 둑을 터뜨릴 걸세."

"예에?"

"둑을 터뜨려서 물고기를 죄다 잡아낼 거란 말일세."

이희춘이 손사래를 쳤다.

"아이구, 나리. 그건 안 됩니다요. 가뜩이나 물이 모자란데 그 물을 다 빼버리면 농사는 어찌 짓사옵니까? 말도 안 되는 발상이옵니다."

"추수가 가까워진 마당에 물을 쓸 일이 크게 없을 것이고, 또 못물은 다시 고이게 마련이니 걱정할 것 없네."

마침내 기룡의 기이한 발상은 실행으로 옮겨졌다. 군사들이 둑에 가득 모였다. 있는 대로 미리 거둬놓은 그물을 동천 쪽 둑 앞에 쳐놓았다. 일지군은 둑이 연쇄적으로 무너지는 것을 막기 위해 흙을 담은 섬통을 가져다가 터뜨리기로 예정되어 있는 곳의 좌우에 차곡차곡 쌓아놓았다.

노함은 은이와 신복다물리의 시중을 받아 화약으로 둑을 터뜨릴 채비를 했다. 함창현 백성들도 많이 나와 바라보고 있었다.

책사 사일랑이 모든 준비가 끝났음을 아뢰었다. 기룡이 노함을 바라보며 고갯짓을 했다. 화약 설치를 끝낸 노함은 도화선에 불을 붙인 뒤에 크게 소리쳤다.

"다들 비켜나시오!"

사람들이 움찔해 뒤로 한걸음씩 물러났다.

"쾅!"

무지막지한 굉음과 함께 사방으로 흙이 튀고 하늘로 돌이 솟구쳐 날아갔다. 사람들은 몸을 웅크렸다.

둑은 두 발가량 무너졌다. 갇혀 있던 못물이 그곳으로 세차게 빠져나가 동천으로 흘러 들어가기 시작했다. 둑의 좌우 뒤쪽에 미리 쌓아둔 흙섬통이 있어 다행히 둑은 물살이 세도 더 터지지 않았다.

못물이 줄어들자 물고기도 물을 따라 빠져나가려고 몰려들었다. 그물 앞은 메기, 잉어, 가물치, 꺽지, 쏘가리, 붕어…… 갖가지 물고기들이 몰려들어 물속이 시커멓게 변했다.

"다 건져내어라!"

감사군 군사들은 뜰채를 들고 물고기를 퍼내다시피 했다. 동이마다 가득 채워 수레에 싣고 명군 진영으로 날랐다.

명나라 군사들이 의아해했다. 어제까지만 해도 미꾸라지 한 마리 구경하기 힘들었는데 갑자기 많은 물고기가 눈앞에 산더미처럼 쌓이는 것이었다. 우웨이쭝과 왕삐디가 나왔다. 통사 이경남이 아뢰었다.

"아마도 큰 못 둑을 터뜨리고 그 안에 있는 물고기를 다 잡은 모양이옵니다."

"못 둑을 터뜨려? 이는 필시 정기룡이 벌인 일일 것이다. 그자가 아니면 그토록 큰 배포를 가진 인물은 없다. 정 판관을 불러오라."

우웨이쭝 앞에 앉은 기룡은 담담하게 말했다.

"다음엔 땅을 파서 토룡이라도 다 잡아다가 바치겠사옵니다."

"허허허, 과연, 과연!"

물고기 요리로 명군의 식탁은 풍성해졌다. 기룡은 거기서 그치지 않았다. 장사들과 감사군을 데리고 산야로 다니며 손수 꼴을 베어 명나라 군마도 굶지 않게 했다. 우웨이쫑과 왕삐디는 흐뭇하기도 하고 미안하기도 했다.

"천병을 위해 애쓰는 정 판관의 진정이 참으로 가상하오."

"마땅히 상을 내려야 하지 않겠사옵니까?"

기룡은 상을 사양했다. 대신에 조선군과 명군이 힘을 합쳐 둑을 다시 쌓게 해달라고 했다. 우웨이쫑은 전보다 더 튼튼하게 둑을 쌓게 하고, 둑 위에는 나무를 심게 했다.

"한 번 했으면 되었으니 앞으로 두 번 다시 이 둑을 터뜨리는 일이 없도록 하라."

기룡은 한숨 돌리나 싶었는데 또 다른 고충이 생겨났다. 우웨이쫑이 상주의 특산 비단인 명주에 관심을 두고 있는 것이었다.

"쫑치우제(추석)가 다가오니 본국에 좀 보내야 되겠소만……."

목사 한명윤은 함창 고을을 비롯해 모든 고을에 호소해 명주를 거둬들이고 면역첩을 써주었다. 그렇게 애써 모았는데도 명주는 불과 1백 필뿐이었다. 기룡은 우웨이쫑에게 명주를 가져다 바치면서 말했다.

"백성들이 입은 옷을 벗기지 않는 다음에야 더 이상 구할 수가 없사옵니다."

"됐소. 고맙소."

"대인, 곧 추수를 해야 하옵는데, 조선 백성들의 민심도 달랠 겸 무료하게 지내고 있는 천병들에게 색다른 재미도 줄 겸 벼 베기를 좀 도와주옵소서."

우웨이쫑은 쪽 염색을 진하게 한 명주 청람견 한 필을 무릎 위에 펼쳐

놓고 쓰다듬으며 말했다.

"그거야 뭐 어려운 일이겠소?"

명군이 대거 투입되는 바람에 가을걷이는 단 며칠 만에 끝났다. 이로써 둑을 터뜨린 일로 기룡과 명군에게 반감이 컸던 농심은 잔잔히 수그러들었다.


## 2

팔도의 많은 고을이 모내기를 제때에 하지 못해 가을이 되어도 거둘 것이 별로 없었다.

하지만 상주는 지난해 읍성을 수복한 이후부터 전란의 화가 미치지 않아 백성들이 본업에 힘써 큰 풍년이 들었다. 상주에서 드문 일이었다. 그리하여 왜군이 쳐들어온 지난해부터 올해까지 2년 동안 팔도를 굶주리게 했던 대기근도 상주에서는 막을 내리게 되었다.

수확한 곡식 섬을 곳간에 들여놓아 살림이 넉넉해진 백성은 얼굴이 밝았고, 영남에서 가장 큰 읍시도 연일 활기를 되찾았다.

백성들은 추석을 지낼 채비에 분주했다. 구렁들에 있는 5천 명의 명군도 마찬가지였다. 조선이 팔월 보름날을 추석이라고 해 큰 명절로 여기듯이 명나라도 쫑치우제라 부르며 명절로 삼았다.

구렁들의 명군 진영에서도 시장이 섰다. 읍성 북쪽에 서는 시장이라고 해 백성들은 북시라고 불렀다. 속된 이름은 되시였다. 북시가 열리는 날이면 백성들은 자유롭게 명군 진영에 들어갈 수 있었다.

"되시에 놀러 가자."

"그래, 구경하러 가자."

어른도 아이들도 북시에 나오는 신기한 물건들을 구경하고 또 구입하는 재미가 좋았다. 백성들에게 인기가 있는 술로는 도수가 높은 빠이주(수수로 만든 독한 술), 음식으로는 웨삥(밀가루로 만든 둥근 과자)과 오리구이였다. 그중에서도 오리구이는 단연 으뜸이었다. 큰 화로 위에서 지글지글 오리가 구워지는 냄새가 사람들의 입맛을 다시게 했다.

여러 수십 종류의 차, 남방 특산인 후추를 비롯한 갖가지 향신료도 조선 백성들의 발길을 붙잡았다.

선비들은 문방구에 관심을 가졌다. 가장 눈길을 끈 벼루는 단연 단계연이었고, 붓은 이리 털로 만든 낭호필, 쥐 털로 만든 서호필, 서호필 중에서도 쥐 수염으로 만든 센 붓인 서수필이 가장 비싸고 인기도 많았다.

책은 사서삼경 같은 경서가 아니라 남녀가 발가벗고 희롱을 하는 춘화첩이 최고 인기 상품이었다. 부르는 게 값이었다.

삼망지우 벗들도 북시 구경에 나섰다. 뒷짐을 지거나 도포의 소맷배래기에 두 팔을 엇걸어 질러 넣고 이곳저곳 둘러보았다. 무얼 사려고 해도 주머니가 넉넉하지 않아서 언감생심이었다. 앉아서 요기나 하려고 해도 먼저 들어가자고 말하는 사람이 없었다.

"이보게들!"

뒤늦게 정춘모가 쫓아왔다.

"아니, 자네들만 이렇게 와버리면 어떻게 하나?"

"추수하느라 바쁘다더니, 그래 곡식을 거두는 일은 다 끝냈는가?"

"덜 끝냈어도 오늘 같은 날은 벗들과 같이 지내야지. 자자, 어디 좀 들어가세. 이렇게 크고 시끌벅적한 장에서는 여기저기 돌아다니기보다 먼저 먹는 것이 순서일세."

정춘모는 일행을 한 천막 아래로 이끌었다. 장사치로 변한 명군은 술과 안주를 내왔다. 정경세는 술을 코에 대고 냄새를 맡아보더니 얼굴을 돌렸다.

"어이쿠, 이렇게 독한 냄새가……."

"하하, 우리 조선 술과는 또 다른 별미지. 자, 한잔 드세."

쌀쌀한 날씨에 독한 술이 넘어가니 몸이 후끈해졌다. 취기가 오르는가 싶다가도 찬 날씨에 술기운이 어느새 달아나 버리고 멀쩡해지는 것이었다. 삼망지우 벗들은 그런 빠이주의 매력에 점차 빠져들었다. 불콰하게 취기가 오른 뒤 덤으로 나온 차를 한 잔씩 마시고 자리에서 일어났다.

장 곳곳을 돌아다니면서 정춘모는 일행 중 누구라도 눈길이 오래 닿는 것은 아무리 사양해도 아낌없이 사주었다. 벼루, 붓, 춘화첩에 이르기까지 사람마다 한아름씩 안겨주다시피 했다.

"참, 마나님들 몫을 빠뜨렸군."

정춘모는 오리구이를 종이에 싸달라고 해 그것도 한 마리씩 나눠 주었다. 김지복이 웃으며 말했다.

"유촌 형이 애써 거둬들인 재물은 우리가 다 거덜내는군요."

"벗들에게 쓰는 재물은 재물이 아니라 우정일세. 이 전쟁 통에 언제 죽을지 모르는 목숨, 아까울 것이 무에 있겠나? 쓰는 재미로 사는 거지."

감시관으로 북시를 감독하고 있던 기룡이 이희춘, 황치원을 좌우로 거느리고 다가왔다.

"아, 우리 판관 나리. 허헛!"

"다들 기분 좋게 마시셨구려."

조우인이 흥얼거렸다.

"우리네 백성이야 판관 나리 같은 분이 있으시니 뭐가 걱정이겠는가?"

정춘모가 잊었다는 듯이 말했다.

"참, 깜빡하고 경운의 자당 몫을 빠뜨렸네."

정춘모는 시종에게 일러 오리구이를 한 마리 더 포장해 오게 했다. 그러고는 기룡의 집에 갖다 주도록 시켰다.

"수고하게. 우리는 이만 가네."

"다들 길 조심하시게."

읍시도 성황이었다. 명나라 군사들이 월급으로 받은 은을 대전방(환전소)에서 엽전으로 환전해 돌아다니고 있었다. 그들의 손에는 곶감, 명주, 면포, 쥘부채에 싱싱한 어물, 해산물까지 들고 다니지 않는 것이 없었다.

"표고버섯 한 근 주시오."

전방 주부는 버섯을 싸 주며 애기송이 하나를 들어 맛보라고 권유했다. 명군은 입에 넣어 씹어보더니 눈이 휘둥그레졌다.

"세상에 이런 맛이? 이건 있는 대로 다 주시오."

명나라에서는 거의 나지 않는 송이버섯 맛을 본 명군들은 읍시에 송이가 나오는 대로 싹쓸이했다.

"저 시커먼 것은 무엇이오?"

"송이버섯보다 귀하다는 능이버섯입지요."

주부는 능이버섯을 넣고 우려낸 닭백숙 국물을 떠서 맛을 보여주었다. 명나라 군사들은 감탄을 연발했다.

"아, 불로불사의 맛이로다!"

"이건 송이버섯보다 더 비싸겠지?"

"두 근에 엽전 넉 돈(40만 원)만 주시오."

명군들은 군말 없이 돈을 주고 사 갔다. 전방 주부는 전 밖에 나가서 굽신 절을 했다. 그러고는 들어오면서 으쓱했다.

"늘 이런 대목장만 같으면야 한세상 참으로 살맛이 나지. 암."

읍시에서 명군에게 가장 인기가 있는 것은 폭죽이었다. 노함과 은이가 차려놓은 그늘대 밑으로 수많은 명군이 줄을 지어 섰다. 명군 진영에서는 화약을 아끼느라 폭죽 만드는 것을 금지시켰기 때문이었다.

노함은 폭음탄을 비싼 값에 팔았다. 그런데도 뭉떵뭉떵 사라지는 듯이 팔려 나갔다. 은이는 쏟아지듯 들어오는 엽전을 주체하지 못할 지경이었다. 커다란 독을 가져다 놓았다. 폭음탄이 다 팔려 나갈 즈음에 세 독 가득 엽전이 찼다. 노함은 은이의 손을 들고 만세를 외쳤다.

드디어 조선과 명나라가 함께 쇠는 큰 명절 추석이 되었다. 명나라 군사들은 그간 중추절에 쓰려고 모아두고 아껴두었던 은전을 다 꺼내 들고 환전을 했다. 명군마다 차고 있는 전대로 허리와 배가 불룩했다.

그들은 먹고 마시는 데에 아낌없이 돈을 썼다. 관아 동문 밖에 즐비한 기가(기생집)마다 홍등이 내걸렸다. 그야말로 홍등가였다. 그 골목에만 서면 마치 명나라 장안(수도라는 뜻)에 온 것 같은 착각이 들었다.

아이들이 고샅에 도사리고 있다가 명군이 지나갈 때마다 벌떡 일어나 손을 벌리며 소리쳤다.

"청게이워 이펜치엔(제게 한 푼 주세요)!"

"이펜치엔, 이펜치엔(한 푼)!"

기분이 좋은 명 군졸이 지나가면서 엽전을 뿌렸다. 아이들은 땅바닥에 떨어진 동전을 줍느라 신이 났다.

월급을 다 쓴 명군은 여러 가지 군수 보급품을 몰래 가지고 나와 읍시 뒷골목에서 팔았다. 홍전갑(앞가슴과 배를 보호하도록 만든 철갑판), 비패(손등과 팔뚝을 보호하는 방패), 방수화(기름종이를 겹겹이 바른 목이 긴 가죽 신발), 심지어 요도까지 암매를 했다.

"이 홍전갑은 조총의 철환도 뚫지 못한다오."

명군은 양쪽 가슴과 배를 가리도록 만든 쇠판을 주먹으로 쾅쾅 두드렸다. 또 다른 명군은 제 허리에 차고 있던 요도를 빼 들어 비패를 찬 제 한쪽 팔뚝을 쨍쨍 내리치면서 말했다.

"봤소? 칼을 맞아도 팔뚝이 잘려 나갈 일이 전혀 없소."

명군 하나는 신발에 물을 주르르 부었다. 물은 신발 위를 타고 흘렀다.

"비 오는 날이나 진 데를 디뎌도 발이 젖어 퉁퉁 불어터질 염려가 없소. 조선의 나막신에 비할 바 아니지. 암, 명군만 신는 것인데 내 특별히 싸게 주겠소."

조선의 군사들은 침을 꿀꺽 삼키면서도 바라보기만 했지 만져보지도 않았다. 명군한테는 흔한 것인지는 모르지만 조선군에게는 꿈도 못 꿀 군물들이었다.

노함이 은이를 데리고 다른 장사들과 장 구경을 나왔다가 암매장에 이르렀다. 명군의 군수 보급품은 장사들에게도 큰 호기심을 불러일으켰다. 노함이 제일 먼저 방수화를 신어보았다. 뒤꿈치가 들어가지 않았다. 다른 장사들도 다 마찬가지였다.

"명군들이 발이 이렇게 작나그래."

장사들은 흉전갑을 가슴에 차보기도 하고, 비패를 팔뚝에 둘러매어 보았다. 다들 마음에 들어하는 눈치였다.

"우리 조선 쇳간에서도 만들 수 있지 않겠나?"

"어딘지 모르게 쇠가 가볍고 단단한 것 같으이."

노함은 거액을 들여 암매장에 나와 있는 흉전갑과 비패를 몽땅 사버렸다.

"판관 나리와 함께 하나씩 나눠 차기로 하세."

장사들은 서로 마주 보며 기뻐했다.

"허헛, 돈이 좋기는 좋구나."

"노 장사 덕에 앞으로는 조총에 맞아도 끄떡없겠는걸?"

온 구렁들과 읍성이 추석 분위기로 들떴다. 밤이 되자 구렁들에서 폭죽이 터지기 시작했다. 읍성 백성들도 폭음탄을 터뜨렸다. 모든 귀신과 액운과 재앙이 화약 터지는 소리를 듣고 놀라 도망가기를 빌었다.

동녘으로 크고 둥근 달이 떠올랐다. 조선 백성에게도 명나라 군사들에게도 똑같은 보름달이고 만월이었다. 두 나라의 군사와 백성은 한마음으로 경건하게 두 손을 모으고 하늘에 높이 뜬 달을 향해 소원을 빌었다.

기룡은 하늘을 올려다보았다. 아무것도 빌고 싶지 않았다. 빌 것이 하나도 없었다. 아직도 애복이가 죽었다는 사실이 믿기지 않았다. 어딘가에 살아 있을 것만 같았다. 시신을 찾을 수 없었다는 것이 그런 기적 같은 기대를 하게 만들었다.

'애복아……'


## 3

정범례는 항금이 말하는 대로 그림 하나를 그리고 있었다. 땅바닥에 여러 번 연습한 뒤에야 종이에 옮겨 그렸다.

"이쪽은 좀 두껍게…… 여긴 좀 더 날렵하고 길게…… 옳지, 바로 그거야!"

그림이 완성되자 노함에게 말했다.

"노 장사, 돈 좀 줘. 이거 만들러 가게."

노함은 명군에게 폭음탄을 팔아서 수백 냥을 벌어들인, 장사들 중에서 가장 큰 부자였다. 화약을 만든답시고 늘 흙덩이나 주물럭거리고 있던 그는 단번에 지위가 높아졌다.

"허험, 얼마 필요한가?"

노함은 군자금 한 냥을 내주었다.

"남는 건 반드시 이 전주님께 갖고 오도록 하게."

"에라이!"

정범례가 주먹을 들어 보이자 노함은 몸을 비키며 웃었다. 다른 장사들도 웃음을 터뜨렸다.

항금을 데리고 냉천 고을 대장간 행랑으로 간 정범례는 여러 곳을 둘러보다가 한 곳을 정해 들어갔다. 대장간 주인이 종이에 그려진 그림을 보더니 놀랍다는 표정을 지었다.

"이건 월도가 아니옵니까? 이렇게 무거운 것을 어찌……."

"그려진 대로 만들어 주기만 하면 되네."

"시일이 좀 걸리겠는뎁쇼?"

"기한은 상관 말고 잘만 만들어 주게."

정범례는 선금을 주고 나왔다. 항금은 가슴이 벅찼다. 남의 칼이 아닌 오로지 제 것이 생긴다는 기분에서였다.

"기왕 나온 걸음이니 밥이라도 먹고 들어가세."

"나야 뭐, 무조건 정 장사 뜻에 따르겠네."


기룡이 사방으로 보내놓은 척후 군사들 중에서 서쪽에서 첩보가 다다랐다. 충청도와 전라도에서 토적(지방의 도적 떼)이 발호해 백성들의 재물을 함부로 빼앗고 부녀들을 마구 겁탈하면서 반항하면 죽이기를 예사로 한다는 것이었다.

어느새 그들의 세력은 수천 명으로 불어났고, 각 군현에서는 마치 메뚜기 떼처럼 휩쓸고 돌아다니는 토적 무리를 어찌할 방도가 없었다. 왜군의 마수로부터 피난하던 백성들은 이제 토적까지 무서워해야 할 처지에 놓였다.

토적은 두 무리였다. 충청도에서 일어난 도적 떼의 수괴는 김광과 함만생이었다. 그들은 사람을 살린다는 의미로 활인당이라고 무리의 이름을 짓고 세력을 키워갔다.

또 전라도에서 시작된 토구(지방의 도적 떼)의 우두머리는 목동고였고, 그는 무리의 이름을 정여립이 실패한 대동계에서 따와 대동결사라고 했다. 목동고 곁에는 책사 연국달과 장사 진전수가 있었다. 장사 진전수는 힘이 세고 무예가 뛰어난 무부여서 알 만한 사람은 다 그의 이름을 들은 바 있을 정도였다.

"토적들이 청주와 보은에 본거지를 두고 상주로 들어오려고 하옵니다. 수괴들이 상주에 가면 노략질할 것이 많다고 졸개들을 부추기고 있다고 하옵니다."

"두 수괴가 함께 있다던가?"

"앞서거니 뒤서거니 하면서 그들끼리는 서로 잘 지내고 있다고 들었사옵니다."

"토비(지방의 도적 떼)들 수가 수천에 이른다면 쉽게 볼 일이 아니군."

기룡은 책사 사일랑에게 물었다.

"무슨 좋은 수가 없겠는가?"

"병법에 친이리지(親而離之)가 있지 않사옵니까? 두 수괴가 친하다면 이간질을 시켜서 갈라놓은 뒤에 서로 싸우게 하는 것이 좋겠사옵니다. 그런 뒤에 양쪽이 다 전력을 크게 손실하면 그때 치도록 하소서."

"묘안이긴 하네만, 어떻게 이간질을 시킨단 말인가?"

사일랑은 엷은 미소를 띠며 말했다.

"인간사에 이간질만큼 쉬운 것도 없사옵니다."

사일랑은 쌀 과자를 잔뜩 만들어서 화서 고을과 화북 고을로 가지고 갔다. 골목골목 다니면서 두 고을 어린아이들에게 과자를 나눠 주고 노래를 가르쳤다.

"미치광이 서생아, 목동을 믿지 마라. 피리 소리 울리면 네 목이 떨어진다."

"이 노래를 잘 부르고 다니면 다음에 또 와서 맛있는 것을 나눠 주마."

"약속하는 거예요?"

"암, 약속!"

아이들은 온 골목을 쏘다니며 목청 높여 노래를 불러댔다. 토적의 간자들이 상주의 민심을 탐문하러 스며들었다가 어린아이들이 부르고 다니는 참요(미래를 암시하는 노래)를 듣고는 노랫말이 뭔가 꺼림칙해 아뢰었다.

대동결사의 수괴 목동고는 노랫말을 대수롭지 않게 여기고 고개를 갸웃했다.

"뭐가 이상하다는 거지?"

책사 연국달이 빙그레 웃었다.

"대장군 나리, 아무 심려 마소서. 이는 필시 상주 목사 정기룡이 우리를 이간질하려는 계책일 것이옵니다."

"이간질?"

"그러하옵니다. 미치광이 서생이라 함은 활인당의 당수이신 김광 나리와 그의 수하 함만생을 뜻하옵고, 목동이니 피리 소리 하는 건 대장군 나리를 말하는 것이옵니다."

"옳아, 그러니 내가 김광을 칠 것이다?"

"바로 그런 뜻이옵니다."

"그러면 김광이 이런 소리를 듣고 가만히 있겠는가?"

"활인당에서 오해를 하실지 모르니 사람을 보내어 정기룡이 획책하는 이간질이라고 알려드리는 게 좋겠사옵니다."

활인당의 두목 김광은 목동고가 보낸 사자의 이야기를 듣고 안심하려 했는데, 그의 심복 함만생이 우려했다.

"나리, 대동결사에서 굳이 사람까지 보내 친절하게 알려주는 것이 이상하지 않사옵니까? 자기네들이 우리를 칠 속셈이 없다면 웃고 말 일이온데."

"그래? 자네 말을 듣고 보니 그렇군. 우리는 그냥 웃고 넘기지 않았는가 말일세."

"가만히 생각하니, 여기까지 오는 길에 저들이 우리를 업신여긴 일이 적지 않사옵니다. 항상 우리더러 앞서 진군하라 하면서 위험을 우리가 다 감수하게 하고 자기네들은 늘 뒷전에서 따라오고."

"말이야 바른 말이지 늘 우리가 먼저 관군과 싸워서 물리치고 나면 그제야 뒤에서 나타나 챙기기만 하지 않았나?"

"한배에서 태어난 범들도 어릴 적에는 같이 뛰어놀지만, 때가 되면 갈라서는 것이 이치이옵니다. 한 산에 두 범이 같이 살 수는 없는 법이옵지요."

"으음, 그러면 어찌하면 좋겠는가?"

"이번에 상주에는 대동결사가 앞서가라고 해보소서. 만약 선뜻 받아들이지 않으면 목 대장에게 두 마음이 있는 것이 틀림없사옵니다."

목동고는 김광에게서 이후로는 선봉에 서라는 전갈을 받고 크게 노했다.

"그렇다면 이놈이 기회를 보아 우릴 뒤에서 치겠다는 계략이 아닌가?"

책사 연국달이 아뢰었다.

"그런 뜻이 아니라 자기네를 칠 마음이 없다는 것을 우리에게 보이라는 뜻이옵니다."

"그걸 꼭 보여줘야 아는가!"

책사 연국달이 타이르는데도 목동고는 듣지 않았다. 그리하여 선봉에 서는 일로 마찰을 일으키던 두 도적 떼는 마침내 서로 적대하기에 이르렀다.

"목동고 이놈이 감히! 종놈 출신이 졸개 몇 놈 거느렸다고 제 분수도 모르고!"

"김광 그놈은 애초부터 깜냥이 아니야."

"상주로 가기 전에 목동고 놈부터 어떻게 해야 되겠어. 계속 개따라기처럼 저놈들을 졸졸 따라다닐 수는 없어."

"김광 그놈, 여태껏 오냐오냐하고 사람대접을 해주었더니 이젠 머리 꼭대기까지 오르려고 하네그려. 이참에 활인당 놈들을 다 거둬들여야겠군."

그리하여 결국 두 토적의 무리는 보은현에 있는 고개인 송현에 이르러 크게 맞붙었다. 양쪽의 피해는 적지 않았다. 우열을 가리지 못하고 서로 물러났다가 맞붙기를 세 차례나 했다. 마침내 승세는 대동결사 쪽으로 기울었다. 장사 진전수의 칼에 김광의 목이 떨어지자 활인당은 거의 와해되고 졸개들은 목동고에게 항복하거나 뿔뿔이 흩어져 달아났다.

목동고는 상처 입고 지친 무리를 이끌고 상주 경계를 넘어 선현(화서면 동관리에서 화령장으로 넘어가는 고개) 일대의 산속으로 숨어들었다. 거기서 휴식을 취하며 추스른 뒤 상주 읍성으로 쳐들어갈 계획이었다.

"목사또 나리, 지금이옵니다."

목사 한명윤은 기룡과 감사군을 이끌고 갔다. 그리고 지칠 대로 지쳐서 경계를 푼 채 쉬고 있던 목동고의 대동결사 무리를 기습했다. 거의 무방비 상태로 있던 토적은 전열을 갖출 겨를도 없이 들이치는 감사군의 공격에 우왕좌왕하며 도망가기에 급급했다.

목동고는 책사 연국달, 장사 진전수와 함께 산을 넘어 달아났다. 한명윤이 놓칠세라 뒤를 쫓았고, 기룡과 항금도 급히 말을 달렸다.

목동고는 달아나다 말고 뒤쫓아 오는 한명윤을 향해 손에 들고 있던 창을 겨눠 던졌다. 창은 허공으로 날아가 한명윤의 가슴에 꽂히고 말았다.

"으윽!"

한명윤이 말에서 굴러떨어지는 것을 멀리서 본 기룡이 큰 소리를 질렀다.

"목사또 나리!"

기룡이 발로 말의 허리를 찼다. 화이는 나는 듯이 달렸다. 항금도 큰 칼을 들고 채찍질을 하며 달려가 거리를 좁혔다. 장사 진전수가 이들을 따돌리려고 다른 길로 달아났다.

"나리, 저놈은 소인이 맡겠사옵니다. 나리께서는 수괴를 잡으소서."

목동고와 연국달은 화북 고을의 장각폭포 위에 이르러 멈췄다. 말이 더 달릴 기운이 없었다. 기룡이 폭포 아래에서 추격해 오는 것을 본 그는 말 머리를 돌렸다. 기룡은 고개를 들어 목동고를 발견하고는 고삐를 다잡아 쥐고 두 다리로 말의 옆구리를 조이며 솟구쳤다.

화이는 땅을 박차고 올라 세 길이 넘는 폭포 위로 훌쩍 올라섰다. 목동고는 그만 기가 질려버렸다.

'아, 예로부터 전해지길, 용마 탄 장수가 있다더니 내가 지금 보는구나.'

목동고는 몹시 지쳐서 기룡과의 싸움을 포기했다. 홀로 살금살금 달아나려는 연국달을 단칼에 베어 죽인 뒤 스스로 목을 찔러 자결했다. 기룡은 두 사람의 수급을 베어 안장에 매달았다. 그런 뒤 폭포 아래로 훌쩍 뛰어내리고는 왔던 길을 되돌아 말을 달렸다.

"빨리 가자꾸나. 이랴!"

항금은 장사 진전수와 마주 섰다. 진전수는 항금이 예사롭지 않은 상대임을 직감했다. 항금이 들고 있는 큰 칼을 보며 말했다.

"그 칼 한번 볼 만하구나."

"항금월도라고 하느니라. 썩 말에서 내려 꿇거라!"

"내 칼도 그리 무디지는 않느니라!"

장사 진전수는 항금에게 달려들었다. 두 사람은 불꽃을 튀기며 합전을 이어갔다. 장사들은 좋은 구경거리가 생겼다는 표정들이었고, 둘러선 군사들은 조마조마한 마음으로 지켜보았다. 항금과 진전수는 한쪽이 몰아가는 듯하다가도 다른 쪽에 밀리기도 하면서 막상막하의 기량을 펼쳐 보였다.

기룡은 도착해 두 사람이 싸우는 모습을 보고는 빙그레 웃었다.

"항금은 그놈을 사로잡으라!"

항금이 기룡을 쳐다보는 순간, 진전수가 칼을 휘둘렀다. 항금은 하마터면 목이 베일 뻔했다. 얼른 고개를 숙이고 허리를 굽히며 말에서 떨어지는 듯하더니 진전수의 옆구리를 노려 칼등으로 쳤다. 그 바람에 오히려 진전수가 말에서 떨어졌다. 항금은 그의 목에 대도를 겨눴다. 진전수는 순순히 칼을 던졌다.

"내가 졌다."

"와아!"

감사군이 환호했다. 기룡과 장사들이 다가갔다. 항금의 첫 승리를 축하하고 격려했다. 항금이 말에서 내려 진전수에게 다가갔다.

"사내가 죽는 것이 어찌 어렵겠는가? 다만 지금은 죽을 자리가 아닐세."

항금은 진전수에게 손을 내밀었다. 그는 항금을 쳐다본 뒤 기룡과 장사들을 둘러보았다. 책사 사일랑이 말했다.

"그릇된 길에서 올바른 길로 나아가는 것은 변절도 아니고 치욕도 아닐세."

이희춘도 거들었다.

"어떤가? 앞으로 새 주인을 모시고 떳떳하게 한바탕 놀아보는 것이?"

진전수는 항금의 손을 잡았다. 항금은 그를 일으켰다. 감사군이 다 박수를 쳤다. 기룡은 무기를 내려놓은 토적 떼에게 말했다.

"자, 이제 여기에 도적은 한 사람도 없다. 너희들에게 성명도 고향도 묻지 않을 터이니 가고 싶은 곳, 살고 싶은 곳으로 가서 살거라."

무리는 모두 고맙고 감격해 두 번 세 번 절을 하며 떠나갔다. 그들 중 일부가 남아 기룡에게 물었다.

"소인들이 상주에 살아도 되겠사옵니까?"

"너희들 마음대로 하거라. 다만 이대로 상주 읍성으로 들어가면 너희들이 도적 떼 출신이라고 소문이 날 테니, 지금은 사방으로 흩어져 산촌에서 살다가 때가 되면 어느 읍면이든 마음대로 거소를 정해 사니도록(살도록) 하거라."

그들은 기룡의 배려에 한 번 더 감동했다. 기룡은 한명윤의 시신을 거둬 읍성으로 돌아왔다. 비명에 죽은 그의 장사를 백성들과 함께 정성껏 지냈다. 인근 고을의 수령관들이 다 조문을 했으며, 유격 왕삐디도 부의를 전했다.

이윽고 백성들 사이에 소문이 하나 퍼져 나갔다.

"신관 사또가 또 오신다지?"

"그렇다는구먼."

# 유랑민의 정체

## 1

기룡이 군뢰청을 방문했다.

"새로 목사또 나리도 부임하셨으니 언행을 각별히 계신(경계해 조심함)하게. 항금과 진전수는 다른 장사들과 잘 어울려 지내도록 하고."

"예, 판관 나리."

두 사람은 그동안 사람도 환경도 모든 것이 낯설어 심리적으로 배돌이(따돌림을 당하는 사람)가 된 기분으로 지내다가 기룡의 그 한마디가 고맙게 생각되었다.

"그러면 우리가 다시 10장사가 된 건가?"

"죽고 채우고 죽고 채우고…… 영원히 10장사로 가세."

좌중은 잠시 분위기가 가라앉았다. 죽은 윤업과 김사종이 생각나지 않을 수 없었다. 이희춘이 말했다.

"이러고 있지 말고 우리 나가서 흉전갑에 조총을 한번 쏴보는 것이 어떻겠는가? 그 명군의 말이 진짜인지, 연환이 뚫는지 못 뚫는지 나가서 시험해 보세."

"그것 재미있겠군."

"자, 그럼 다들 나가세."

장사들이 다 밖으로 나왔다. 담벼락 밑에 흙 섬통을 가져다 놓고 그 위에 흉전갑을 매어 묶는 동안 정수린과 노함이 총 쏠 채비를 했다. 말을 전해 들은 기룡과 가목사 오운도 참관하러 왔다.

"자, 쏩니다!"

두 사람은 거의 동시에 총을 쏘았다.

"콰쾅!"

장사들이 흙 섬통에 묶어놓은 흉전갑 앞으로 우르르 달려갔다. 이희춘이 총에 맞은 자리를 매만졌다.

"이야, 대단한걸! 콩알 크기만큼 살짝 눌린 자국만 생겼네그려."

정수린과 노함은 한 번 더 쏘아보았다. 그래도 탄환은 철갑판을 뚫지 못했다. 실험을 마치고 돌아온 장사들은 각자 가지고 있는 흉전갑과 비패를 마치 보물처럼 쓰다듬었다.

"누가 알고 달라고 할까 봐 겁나네."

"꼭꼭 숨겨놓게. 허헛."

신임 가목사 오운의 관무 처리는 육방관속과 백성들에게 환영받지 못했다. 그는 융통성이라고는 조금도 없는 사람이었다. 기룡은 저 자신보다 더 원칙과 법과 사례를 따지는 오운에게서 지난날의 제 모습을 보는 것 같았다. 그렇다고 잘못된 것이라고 할 수는 없었다.

"조정의 허락 없이는 단 한 톨도 관곡을 풀 수 없네."

사방에서 상주로 들어오는 기민이 많아져 진구(곤궁한 백성을 먹임)를 해야 할 상황에 이르렀지만 오운은 창고를 봉한 채 열 생각을 하지 않았다. 그 때문에 백성들이 원성을 높였다.

"겪어보니 우리가 바라는 목사 감이 아닐세."

"영남 제일도의 수령관으로서는 자질이 부족한 것 같으이."

양반가도 오운을 답답히 여기기는 마찬가지였다. 좌수는 향청에서 의논을 한 뒤 목사또를 찾아갔다. 상주의 실상을 알리고 백성에게 곡식을 풀 것을 건의했다. 하지만 오운은 마치 귀가 없는 듯이 요지부동이었다.

사민들은 조정에 연명 상소를 올렸다. 목사를 갈아달라는 내용이었다. 상소를 읽어본 임금은 하문했다.

"상주에 감찰어사를 보내 실상을 알아보도록 해야 하겠는가?"

"어사까지 보낼 일은 아니옵니다."

"그러하옵니다. 상주 목사 오운이 잘못을 저지른 것은 없사옵니다. 다만 그가 우직하고 고지식할 뿐이옵니다."

"고을 수령이 저마다 다 기량과 성품이 다르니 어찌 나무랄 일이겠나이까?"

신하들의 의견을 들은 임금은 전교했다.

"상주는 영남 제일도이니 다른 고을에 미치는 영향이 크다. 전쟁이 다소 누그러지고 강화 회담이 열리고 있기는 하나 민심의 안정을 소홀히 할 수 없다. 승지를 상주에 주둔하고 있는 천병의 문안사로 보낼 것이니 가서 세론(여론)까지 잘 살펴보고 오라."

승지 윤승훈은 상주에 머물고 있는 명장 우웨이쫑과 왕삐디의 문안사로서 상주에 이르렀다. 그는 명군이 읍성에 들어가 있지 않고 야영을 하고 있는 것에 처음 놀랐고, 그런 것에 아무런 불만이 없는 명장에게 두 번째로 놀랐다.

"정 판관이야 나무랄 데가 하나도 없는 사람이오."

"그자는 소국의 대인이오."

우웨이쫑과 왕삐디가 승지 윤승훈 앞에서 스스럼없이 기룡에 대한 찬사를 늘어놓기 시작했다.

"큰 못의 둑을 터뜨려서 5천 천병을 먹이지를 않나, 군사와 백성들이 북시와 읍시를 오가며 물화를 교역하고 매매토록 하지를 않나."

"지난번에는 우리가 군사를 내주겠다고 하는데도 만류하면서 조선군만으로 수천 토적을 토벌하기까지 했소."

"승지께서 읍성으로 들어가 민심을 살펴보면 알겠지만 상주 백성 가운데 정 판관을 좋게 않게 보는 자는 단 한 사람도 없소."

윤승훈은 놀랍기도 하고 기쁘기도 했다. 팔도 어느 고을 관원치고 백성에게 욕먹지 않는 관원이 없을 때였다. 성안으로 들어와 탐문할 것도 없었다. 백성들의 표정만 봐도 알 수 있는 일이었다.

'아, 이런 기이한 일이…… 상주는 전쟁을 모르고 사는 고장 같구나.'

그는 서둘러 돌아가 임금에게 명장들의 말과 상주의 실정을 아뢰었다. 임금은 크게 기뻐하며 하교했다.

"판관 정기룡을 상주 가목사로 제수하노라."

승지 윤승훈이 한양으로 돌아간 지 불과 보름 만에 들려온 소식이었다. 오운이 갈려 가고 기룡이 가목사에 오르자 백성들은 다 읍시가리(邑市街里:읍 시가지)로 나와 덩실덩실 춤을 추며 기뻐했다.

어머니 김씨는 큰 임금의 은혜에 북쪽을 바라보며 여러 차례 절을 올렸고, 장사들도 가슴이 벅차올랐다.

"그러면 이제 우리는 목사또를 모시게 되는구면."

"하핫, 이러다간 곧 무정승이 되시겠는데?"

"조심, 말조심. 이럴 때일수록 우리가 더 차분하게 나리 주변을 살펴야 하네."

삼망지우들도 남문 안 정춘모의 사랑채에 둘러앉아 무릎을 치며 입을 모았다.

"허허허, 경운이 이제 구름을 타고 날아오른 건가?"

"아직 여의주는 못 가졌네."

"조만간 당하(정3품 중에서 아랫품계)를 거쳐 당상(정3품 중에서 윗품계)이 된다면 영감으로 불러야 하나?"

"영감 아니라 대감이라도 아깝지 않은 사람이 아닌가?"

"우리 경임이 일찍이 경운을 잘 알아보았지."

"자랑스러운 벗을 수령관으로 두었으니, 이제 우리가 그를 도울 일을 찾아보세. 행여나 권행(임금의 신임을 독차지하고 있는 권세 있는 신하)에 기대어 축세(권세 있는 신하에게 아첨해 좇음)를 하려고 해서는 절대로 안 될 것이네."

좌중의 대화를 듣고 있던 전식이 말끝을 흐렸다.

"진목사로 바로 제수하시면 될 것을……."

조우인은 고개를 저었다.

"신하들이 가만히 있겠는가? 지금은 서인(당파의 하나들) 세상이니 그들이 빗발치듯이 불가하다고 성토하겠지."

"진목사가 된다면 교천(승진)이 너무 빠른 면도 있네."

"가목사라도 그게 어딘가? 경운이 적출(본처가 낳은 자식)이 아니고 서생(서자)인 것도 성려(임금의 걱정)하셨을 것이네."

"그 어렵다는 부천(서자나 평민 출신의 무관은 넘기 어려운 종6품 부장 벼슬)을 일찍이 넘었으니 그런 점에서 안심을 하세."

"옳은 말일세. 누가 보아도 당당히 행신(임금에게 총애를 받는 복된 신하)에 들어섰으니 이제 진목사도 멀지 않았네."

그런데 상주의 백성들은 또다시 조정에 상소를 올렸다. 정춘모가 무슨 상소인가 긴장하고 걱정스러워 몰래 채문을 해보고는 크게 웃었다.

백성들은 가목사 기룡의 아래에 별도로 판관을 제수하지 말라는 상소를 한 것이었다. 관무는 물론이고 군정과 군권까지 기룡이 겸직할 것을 요청했다. 조정은 기가 찰 노릇이었고 임금은 홀로 흡족했다.

"정기룡이 관원의 도리를 도대체 어찌 행했길래 백성들이 청원하는 바가 이렇단 말인가?"

"성은이 망극하옵니다."

"지금 이 나라에 정기룡에 견줄 만한 관원이 있는가?"

"황공하옵니다. 전하."

임금이 전교했다.

"상주 백성들이 원하는 대로 해주라."

기룡이 상주 가목사가 되어 선정을 베풀고 있다는 소문, 상주에는 왜적과 토적이 날뛰지 않는다는 소문, 크게 풍년이 들어 상주 백성들은 양곡 수십만 섬을 쌓아놓고 산다는 소문, 수천 명이나 되는 명군이 주둔하고 있지만 아무런 마찰 없이 서로 장터를 열어 잘 지낸다는 소문…… 다른 고을 사람들에게 상주는 이상향이 되어가고 있었다.

"상주에는 삼재가 들지 않는 우복동이 있다던가? 이런저런 소문을 듣고 보니 상주 고을 전체가 십승지(재난과 기근이 들지 않는다는 10고을)로군 그래."

이웃한 충청도와 전라도에서 몰려드는 피난민의 행렬은 끝이 없었다. 수만 명이 사는 고을에 수만 명이 더해지는 형국이었다. 토적에 가담했다가 산촌에 흩어져 살던 자들이 먼저 읍성으로 들어와 정주하려고 했지만 집이 없었다.

기룡은 추수가 끝난 동문 밖 성동 들과 고을 남쪽에 있는 앞들에 임시로 막사를 설치해 피난민들이 거처하게 했다. 잠자리는 해결되었지만 먹을 것이 문제였다. 그들은 겨우내 먹을 양식을 마련하러 다녔다. 하지만 겨울을 앞둔 때라 일거리는 눈을 비비고 찾아도 보이지 않았다.

사람이 두 배나 많아지니 모든 물가가 폭등했다. 그렇지 않아도 온 나라가 초토(검게 불타 쓸모없는 땅)가 되다시피 한 전쟁 통이라 모든 산물이 부르는 것이 값인데, 피난민, 유랑민이 사방에서 찾아드는 상주는 특히 더 심했다.

수천 명군도 물가 상등에 큰 몫을 했다. 많은 월급을 받는 그들의 씀씀이는 백성들을 다 합친 소비에 버금갈 정도였다.

소금값은 천정부지로 치솟았다. 비란나루 객주나 낙동나루 객주나 할 것 없이 창고마다 텅텅 비어 있었다. 염소가 있는 김해에 일본군이 결진해 있어 소금이 전혀 올라오지 않았기 때문이었다.

낙동강 하구를 일본군이 점령하고 있어서 세곡도 강배에 실어 보내지 못하고 관창에 쌓아두고만 있었다. 기룡은 창곡을 풀어 굶주리는 피난민과 유랑민을 진휼부터 했다. 상주에 가면 굶지 않는다는 소문을 듣고 더 많은 사람들이 몰려들었다. 그렇다고 담을 쳐 그들을 막을 수는 없는 일이었다.

끊임없이 상주로 들어오는 유랑민 행렬을 바라보는 기룡의 심사는 착잡했다. 기질과 성정과 말이 서로 다른 수만 명의 하삼도 사람들이 한 고을에서 뒤섞여 살게 되니, 사사건건 서로 오해하고 시기하고 헐뜯고 이간질을 하면서 크고 작은 갈등을 일으키지나 않을까 적잖이 우려되었다.

태평루 문루 위에 서 있던 기룡은 읍시로 들어오는 유랑민 중에서 한 사람을 호기심 어린 눈으로 바라보았다. 옷은 너덜너덜해져 넝마를 입은 것과 다름없었지만 기이하게도 활 한 장을 등에 진 차림이었다. 문득 언젠가 본 듯한 얼굴 같기도 했다.

기룡은 문루에서 내려와 그에게로 갔다. 책사 사일랑과 장사 이희춘이 뒤따랐다. 힘없이 걸음을 옮기던 그는 멈춰 서서 기룡을 바라보았다. 기룡도 그의 얼굴을 찬찬히 살펴보았다. 그러고는 깜짝 놀랐다.

"아니? 이게 누구요? 오청명! 오 명궁님이 아니시오?"

# 어명을 어찌하랴

## 1

김지복은 상주목 관아에 딸려 있는 지통 아이에게서 기룡이 보낸 전갈을 받았다. 올봄에 영천의 부호 권홍계로부터 빌려다 쓴 종자 1천 석을 갚으러 가자는 말이었다. 지통 아이에게 돈푼을 쥐어 보내고 김지복은 얼른 서찰을 한 장 써서 살치(심부름꾼)를 사 영천으로 보냈다.

권홍계는 김지복의 편지를 받아 읽고는 빙그레 웃음을 지었다. 그는 곧장 아내 이씨를 불러 상의했다.

"상주 가목사가 곧 올 것인데 어찌하면 좋겠소?"

"두 사람이 상면(서로 만남)할 자리를 만들려면 우리는 피해 있는 것이 좋겠지요."

"그렇다면 다른 아이들도 다 데리고 가야겠군."

기룡은 김지복과 함께 권홍계의 집에 당도했다. 미리 알려서 서로 약속을 했음에도 불구하고 권홍계는 보이지 않았다. 다만 그의 맏딸 홍비가 혼자 집을 보고 있다가 나와서 곡립(몸을 돌려서 섬)한 채 말했다.

"부모님은 일가 댁의 대상(사람이 죽은 후 두 번째로 지내는 큰 제사)에 가셨사옵니다."

김지복이 물었다.

"금일 우리가 와서 뵙기를 정약(약속)했는데, 가시기 전에 별다른 말씀은 없었소?"

"그러잖아도 상주에서 두 분 나리께서 오실 터이니, 오래지 않아 돌아오겠다고 하시며 기다려 달라는 말씀을 전해 올리라 하시었사옵니다."

김지복은 기룡을 바라보았다.

"다른 일도 아니고 집안의 대상에 가셨다니 기다려 드리는 게 도리일 것 같습니다만 경운 형 생각은 어떠오?"

"예까지 와서 아니 뵙고 돌아갈 수는 없는 일 아니겠는가?"

기룡은 군사들에게 곡식을 내려 창고에 넣게 했다. 그런 뒤에 장사들과 감사군은 빈 수레와 함께 다 돌려보내고 사일랑과 이희춘만 남겼다.

기룡은 김지복과 사랑채에 들었다. 주인 없는 집에 나란히 앉아 있자니 무료했다. 홍비가 반빛아치(부엌에서 일하는 계집종)를 앞세워 주안상을 들였다.

"불편하신 것이나 시키실 일이 있으면 하령해 주소서."

"고맙소. 낙금당(권홍계의 아호) 형님께 이런 요조(여자의 행실이 얌전하고 정숙함)한 여식이 있었다니. 경운 형님, 그렇지 않으오?"

"으응, 그렇군."

홍비가 나가고 한 식경쯤 지났을까? 권홍계가 돌아왔다.

"이거 시생이 큰 결례를 범했소이다."

김지복은 그가 민망해하지 않도록 웃는 낯으로 말했다.

"덕분에 잘 쉬고 있었습니다."

권홍계의 간곡한 권유도 있고, 날이 저물기도 해 두 사람은 하룻밤 묵어가기로 했다. 세 사람은 밤이 깊어가는 줄도 모르고 세사(온갖 세상일)와 시류(그 시대 권세의 풍조나 경향)에 관해 환담을 나눴다.

다음 날 기룡과 김지복이 돌아가고 나자 권홍계는 맏딸 홍비를 불러 물었다.

"네가 가까이에서 한번 보고 싶다고 해서 그렇게 해주었다마는 그래 어떻더냐?"

홍비는 말을 하지 않고 뜸을 들였다. 이씨가 물었다.

"나도 궁금하구나. 어서 말을 좀 해보려무나."

홍비가 가만히 입을 열었다.

"그분이라면 가약(부부로서의 약속)을 맺겠사옵니다."

"뭐라고? 지금껏 혼기를 넘기도록 재리아미(중매쟁이)를 다 물리치더니 이제 와서 시집가겠다는 곳이 고작 그 나이 많은 사람의 후처 자리란 말이냐?"

홍비가 담담히 말했다.

"어머님도 아버님의 후처로 이 집안에 들어오시지 않았사옵니까?"

이씨는 할 말이 없었다. 권홍계는 군기침을 내고 나서 홍비에게 물었다.

"그 사람의 어디가 네 마음에 들더냐?"

"저는 그분의 집안이나 벼슬을 본 것이 아니옵니다. 더구나 초처(첫 아내)니 후처니 하는 것도 염두에 두지 않았사옵니다. 오직 그분의 됨됨이만 보았을 뿐이옵니다. 이제 저의 일생을 맡기고 섬길 만한 분을 찾아서 마음을 정했사오니 소녀의 뜻을 허락해 주소서."

이씨가 물었다.

"그분의 됨됨이가 어떠하길래?"

"어진 분이시옵니다."

"어진 사람이 어디 그분뿐이란 말이냐?"

홍비는 입을 닫았다. 권홍계가 물었다.

"네가 아무리 그 사람에게 시집가려고 해도 그쪽에서 안 받아주면 그만 아니냐?"

"두 분께서 심려하시는 바는 잘 알겠사옵니다마는 그분과 제가 천정(하늘이 정해줌)의 인연이라면 머잖아 때가 있을 것이옵니다."

이씨는 홍비의 고집을 꺾을 수 없음을 잘 아는지라 더는 어찌할 도리가 없었다.

"네 속은 알 수가 없구나."

권홍계는 슬하에 6남 7녀를 두었다. 그중에서 다른 아들딸은 나이가 차면 부모가 정해준 혼처로 시집 장가를 갔는데, 맏딸 홍비만은 혼기를 훌쩍 넘기고도 태연자약하게 집에 남아 있었다.

권홍계는 그런 장녀를 몹시 못마땅하게 여기고 있었다. 그러던 차에 우연히 지난봄에 종자를 빌리러 온 기룡을 별당의 담 너머로 훔쳐보고는 단번에 마음이 인 홍비는 가까이에서 한 번 직접 볼 기회를 달라고 간청했다. 권홍계는 두말없이 그녀의 뜻대로 해주었다.

기룡 한 사람만 두고 본다면 모자랄 데 없는 헌헌장부였다. 임금과 백성의 신망이 두터웠고 벼슬도 높아가고 있어 장차 무정승도 어렵지 않을 것이었다. 하지만 아무 내세울 것 없는 집안에다가 출신도 미천하거니와 또 나이도 이미 서른이 넘었다. 그런저런 것을 다 수긍한다 치더라도 후처 자리라는 것이 못내 내키지 않았다.

권홍계는 시간을 벌어볼 요량이었다.

"그 사람이 아직 초처의 복중(상복을 입는 기간)에 있으니, 당장 혼사를 논의할 수는 없다. 또 복을 벗는다 하더라도 그 사람이 재취할 뜻이 없다면 도리 없는 일이 아니겠느냐?"

"그때는 그때대로 대처할 수 있을 것이옵니다."

홍비가 뜻을 굳힌 것을 안 권홍계는 아내 이씨를 돌아보았다.

"알고 보면 우리가 잠깐 겪을 사위를 얻고자 하는 일이 아니라 이 아이가 평생 함께 살 지아비를 택하는 일이 아니겠소? 사려가 경홀(경솔)한 아이가 아니니 제 뜻대로 해줍시다."

상주로 돌아오는 길에 김지복이 물었다.

"경운 형님, 그 댁 여식이 참 참하지 않으오?"

"가풍이 여느 댁과는 다른 것 같더군."

"그럴 만한 까닭이 있지요."

"그게 뭔가?"

"차차 아시게 될 겁니다. 허헛."

한양에서 후퇴한 일본군은 장기전에 대비해 대부분의 주력 번대를 경상도와 전라도 해안가에 포진시키고 있었다.

그에 따라 명군의 일부 군사들도 남하 명령을 받았다. 구령들에 진을 치고 있던 우웨이쫑과 왕삐디는 경주로 옮겨 가기 위해 군사들의 막사를 걷고 행군 채비를 갖췄다. 대구의 북쪽 팔거(지금의 칠곡)에 주둔하고 있는 류팅과 함께 방어선을 형성하려는 것이었다.

"류 대인을 만나면 정 목사의 안부를 전해주겠소."

기룡은 조그만 상자를 내놓았다.

"그간 우리 상주 백성들이 두 분 대인께 큰 은혜를 입었사옵니다. 이제 먼 길 가시는 마당에 순진한 백성들의 면피(인사치레의 선물)일 뿐이오니 소납(웃으면서 받아달라는 뜻)해 주소서."

"오재(장수가 갖춰야 할 지(智), 신(信), 인(仁), 용(勇), 엄(嚴)의 다섯 가지 조건)를 두루 갖춘 장수는 보기 힘든 터인데, 정 목사에 의해 여실히 증명이 되었소. 허허."

말에 오른 우웨이쫑과 왕삐디는 기룡에게 웃음을 지어 보이고는 군사들을 호령했다.

"추파 카이시(出發 開始)!"

명군은 긴 행군을 시작했다. 당보군(척후 군사)이 앞장서고 그 뒤를 취타
대가, 취타대 뒤에는 기패군이 따랐다. 기패군 뒤로는 기병이, 기병 뒤로
는 보병이 장엄한 행렬을 이어나갔다.

감사군과 백성들이 나와서 떠나는 명군에게 손을 흔들어 주었다. 명군
들도 손을 들어 화답했다.

"그동안 되놈들하고 미운 정 고운 정 다 들었었는데."

"든 자리는 몰라도 난 자리는 안다고, 시원섭섭한 감이 없지 않네."

5천여 명군이 떠나간 구렁들은 황량하기만 했다. 온 들판에 명군이 버
리고 간 것들이 널려 있었다. 찢어진 천이며 종잇장 같은 것들이 한겨울
바람을 타고 날아다녔다.

"저것들을 언제 다 치웁니까요?"

"군사들이 나설 것까진 없네."

상주 백성들은 피난민과 유랑민을 곱지 않게 보고 있었다. 성동 들과
앞들의 농토를 온통 점령하다시피 하고는 땅을 마구 파헤치고 여기저기
대소변을 보면서 논을 망쳐놓아 원성이 높아가고 있었다.

기룡은 두 들판에 수용했던 피난민을 명군이 떠나고 나자 텅 비어 있
는 구렁들로 옮겼다. 재빠르게 옮겨 간 사람들은 명군이 흘리고 간 낟알
이며 수채 구덩이에 얼어붙어 있는 음식 찌꺼기를 긁어내 녹여서 먹었다.

날씨가 추운 한겨울이라 얼어붙은 땅을 팔 수가 없어 토막(움막)을 새
로 짓는 일은 엄두를 못 냈다. 기룡은 그들이 얼어 죽을까 염려되어 땅에
깔거나 사방 벽을 칠 수 있도록 빈 섬통 거적을 더 내주었다. 또 콩을 삶
아서 주먹밥을 만들어 기민을 먹였다.

그동안 상주로 줄곧 모여들던 황당인(일정한 거주지가 없이 떠도는 사람)들
이 이동하기 어려운 날씨 탓에 더는 떼거리로 밀려들지 않았다.

명군과 일본군 사이에 화의(강화 회담)가 진행되고 있어서 전쟁은 잠시 그치고 서로 대치 상태가 이어지고 있었다. 남해안에 왜성을 쌓고 있는 일본군은 이따금 근경으로만 노략질을 다녔다.

일본군이 자취를 감춘 고을이 많았음에도 상주로 피난 와 있던 유랑민은 고향 땅으로 돌아갈 생각을 하지 않았다. 양남(영남과 호남)의 해안가 여러 곳에 성을 쌓고 주둔해 있는 왜군이 언제 다시 전쟁을 일으킬지 모른다는 우려가 가시지 않았기 때문이었다.

그들은 기룡이 지키는 상주에 있으면 안전할 것이라고 생각했다. 또 상주에는 너른 들이 있어서 굶어 죽지는 않을 거라고 기대했다. 상주 가목사 기룡이 언제까지고 자신들을 극진히 보살피고 먹여주리라는 것을 믿어 의심치 않았다.

"사또 나리!"

기룡이 청유당 대청에서 좌기(관원이 업무를 봄)하고 있는데 백성 하나가 온몸이 피투성이가 된 채 동헌 앞뜰에 엎드려 고알을 했다.

"어떤 사람들이 셋씩 넷씩 몰려다니는데, 그들은 우리 같은 피난민, 유랑민을 보면 한적한 곳까지 뒤따라와 서슴없이 찌르고 베어 죽이옵니다. 그러고는 왜적의 머리처럼 보이기 위해 죽은 사람의 머리털을 깎은 뒤 수급을 잘라서 마치 왜적을 잡아 처단한 것인 양 관아에 갖다 바쳐 공을 얻기도 하고 다른 사람에게 팔기도 하옵니다. 소인도 아침녘에 그들에게 당할 뻔했으나 가까스로 도망쳤습니다. 사또 나리께 그들이 저지르고 다니는 차마 눈 뜨고 못 볼 잔혹한 짓을 아뢰는 바이옵니다."

기룡은 기가 막혀 듣는 귀를 크게 열었다. 좌우로 시립해 듣고 있던 장사들도 얼굴이 굳었다.

"저자를 우선 월령의(한 달씩 돌아가며 관아에 들어와 당번을 서는 의원)에게 보여서 치료하게 하라."

기룡은 공안을 살폈다. 아침에 왜적의 수급을 바치고 백패(문무과 초시 합격 증서)를 받아 가거나 백패 대신 곡식을 받아 간 자들이 기록되어 있었다. 장사들에게 벽서(소환장)와 소포장(체포 영장)을 쥐어 보내 그들을 잡아 오게 하는 한편, 관아 곳간을 열어 아침에 그들이 바쳤다는 수급을 꺼내 오게 했다.

두상의 좌우로 머리털을 대충 깎은 흔적이 있었다. 이빨까지 들춰 본 기룡은 다른 수급도 갖고 오게 해 대조를 했다. 왜두(왜군의 수급)는 머리통이 작고 머리털을 깎은 자리가 매끈했다. 또 이빨은 검은색으로 물들여 왜적 고유의 흑치 풍습을 여실히 드러내고 있었다.

이윽고 장사들이 한 무리의 사람들을 데려와 꿇어앉혔다. 기룡은 앞서 고알한 백성을 그들과 대면시켰다. 범인들은 그 사람과 뜰에 갖다 놓은 수급들을 번갈아 보더니 이내 사색이 되었다. 기룡이 근엄한 음성으로 물었다.

"왜적을 잡아 죽이고 수급을 벤 것이 맞느냐?"

하나같이 입을 덜덜 떨며 아무 말도 하지 못했다. 그중 하나가 겨우 말문을 텄다.

"왜적인 듯했사옵니다. 그래서 소인들이 앞뒤 없이 달려들어 참살했사옵니다."

"왜적인 듯했다?"

"그, 그러하옵니다. 사또 나리."

우레 같은 소리가 기룡의 입에서 터져 나왔다.

"네 이놈들! 거기 놓인 것 중에서 오른쪽에 있는 것은 진짜 왜두고, 왼쪽에 있는 것은 가짜 왜두다. 네놈들이 잘라다가 바친 것이 정녕 왜두로 보이느냐?"

양쪽 수급은 모양에서도 차이가 났지만 수급의 이를 다 볼 수 있게 벌려놓아 흑치를 한 것과 안 한 것을 한눈에 알아볼 수 있었다. 그들은 더 이상 항변을 하지 못하고 머리를 땅에 찧었다.

"아이고, 사또 나리! 소인 놈들이 죽을죄를 지었사옵니다."

"이놈들, 네놈들이 서로 통짜고 고의로써 사람들을 죽인 죄상은 정상을 봐줄 것이 하등 없다. 내 당장 처단하고 싶다만 국법이 엄연히 지엄하기로 결죄(죄를 처결함)하기에는 아직 때가 아니니라.

저 상한 자를 치료할 때까지 고한(辜限:보고한기(保辜限期)의 준말. 남을 상해한 죄인에 대해 피해자의 상처가 치유 또는 악화되는 결과를 보기 위해 판결을 보류하는 기한)을 30일 두겠다. 네놈들은 그때까지 저자의 치료비와 방화료를 담책하라. 30일 뒤에는 반드시 결죄를 할 것이다."

기룡은 곳간에 넣어둔 왜적의 수급을 모두 꺼내 진짜 왜두와 가짜 왜두로 분류했다. 오래되어 잘 알아볼 수 없는 것을 제외하고는 열에 두셋은 왜두로 판단할 수 없었다. 관안과 대조를 해보았지만 누가 어떤 것을 바쳤는지 가려낼 수 없었다.

"어찌 이러한 패역질이 다 일어난단 말인가? 바다를 건너와 전쟁을 일으킨 잔악한 왜적보다 같은 땅을 딛고 함께 살아온 이웃 백성을 더 무서워해야 되다니 이게 도대체 말이나 될 법한 일인가?"

기룡은 장사들에게 하령했다.

"그동안 백성들을 가까이 살핀다고는 했지만 먹고 입고 자는 것만 보았네. 그들 속으로 좀 더 다가가서 공공연하게 자행되고 있는 일들이 어떤 게 있는지 잘 좀 채문해 보게."

"예, 목사또 나리!"

미복 차림으로 사방으로 흩어진 장사들은 은밀하게 탐문한 사실들을 하나둘 보고했다.

"백성들 사이에는 왜두에 정해진 값이 있었사옵니다. 올봄까지만 해도 수급 하나에 상미 석 섬 하던 것이 여름이 지나면서부터 한 섬으로 내렸고, 요즈음은 겨우 서 말이면 살 수 있다고 하옵니다."

"애당초 왜적을 상대로 싸운 일이 없는 사람들이 머잖아 이 전쟁이 끝나면 아무 공이 없음을 걱정하여 진짜인지 가짜인지 분별하지도 않고 은밀히 수급을 사들인다고 하옵니다. 그리하여 마치 의병에 가담하여 승첩(승리)을 한 것처럼 모공(없는 공을 있는 것으로 만드는 것)을 도모한다고 하옵니다."

"왜놈의 수급을 갖고 오면 무과 초시에 급제한 것으로 여겨 백패를 성급(발급)하고 있는데 그런 까닭으로 남몰래 어두운 곳에서 양민을 살해하는 큰 폐단이 일어나고 있는 것이 아니겠사옵니까?"

기룡은 장사들에게 말했다.

"조정에서 정한 것을 어찌하겠는가? 다만 우리 상주 고을에서는 다시는 그와 같은 참혹한 일이 일어나서는 아니 될 것이네. 감사군을 번대(교대)로 하여 백성들이 잘 나다니는 길은 물론 오지 산속에 이르기까지 촘촘한 그물을 친 듯 순라를 강화하도록 하게."

"예, 목사또 나리!"

김세빈은 일지군을 이끌고 중모현과 황간현의 경계에 이르렀다. 골짜기가 깊고 첩첩으로 이어진 산들이 높아 오가는 인적이 드문 곳이었다.

산기슭을 돌아드는데 한 무리 사람들이 둘러앉아서 무얼 먹고 있었다. 그들은 김세빈 일행이 다가오는 것도 모르고 먹는 것에 열중했다. 가까이 다가간 김세빈이 군기침 소리를 냈다. 그제야 사람들은 하던 짓을 멈추고 고개를 돌렸다.

그 순간 김세빈은 깜짝 놀랐다. 어른 아이 할 것 없이 입가와 두 손이 피칠갑이었다. 무슨 짐승이라도 잡았나 해 그들이 먹고 있던 것을 살펴보았다.

"아니, 저건!"

김세빈과 군사들은 소스라치게 놀랐다. 비위가 약한 군사는 고개를 돌렸고 토하기까지 했다. 그들이 먹고 있었던 것은 사람의 사체였다. 아이들에게는 살점을 뜯어서 주고 어른들은 내장을 꺼내 질겅질겅 씹어 먹고 있었던 것이었다. 불을 피워 익혀 먹는 것도 아니었다. 생으로 뜯고 씹고 있었다.

김세빈은 입이 다물어지지 않았다. 기가 막힌 노릇이었다. 김세빈과 그들은 한동안 어이없는 표정으로 서로 바라보았다. 김세빈은 군사들에게 절망 어린 목소리로 말했다.

"저들을 다 포박하라."

기민들이 먹다 남은 사체까지 증거로 수습해 곧장 관아로 돌아온 김세빈은 기룡에게 아뢰었다.

"기근이 극심한 지경에 이르러 산 사람을 도살(잡아 죽임)하여 피가 흥건히 배어나는 살점을 뜯고 내장과 골수까지 꺼내 먹고 있었사옵니다. 기민들이 그렇게 사람의 고기를 먹으면서도 전혀 괴이하게 여기지 않았사옵니다."

"저, 저런!"

"이는 아마도 처음 저지른 일이 아니기 때문일 것이옵니다. 사람이 서로 잡아먹는다는 말을 한낱 얘깃거리로 들었으되, 소인이 직접 목도(목격)한 바 우리 상주 고을에서 실제로 일어나고 있는 일이었사옵니다.

그러한 너무도 참혹하고 경악스러운 변이 자행되고 있는데도 무지렁이 기민이라 하여 관서(너그럽게 용서함)하고 방면한다면 이러한 차마 눈 뜨고 보지 못할 일이 어찌 비일비재하지 않겠사옵니까? 일체 통렬히 금단하게 하소서."

기룡은 기민들을 보고 호통을 쳤다.

"너희들은 사람이 아니더냐? 아무리 어리석은 무뢰(예의와 염치를 모르는 막된 사람)라 하더라도 어찌 그런 말종이라 할 수도 없는 짓을 저지르고 있었더란 말이냐!"

그들은 머리만 조아리고 있을 뿐이었다.

"저들을 다 하옥하라!"

그 일로 온 관아가 침울해 있는데 한 가지 바람말이 들려왔다. 남쪽 바닷가 많은 곳에서 성을 쌓고 버티고 있던 왜적이 마침내 철군한다는 소문이었다. 백성들은 술렁이며 낯빛이 밝아지는데 기룡은 홀로 고개를 가로저었다.

"왜적이 거짓 소문을 퍼뜨려서 명군이 본국으로 돌아가게 하려는 수작에 불과하다."

이어 장사들에게 명령을 내렸다.

"군사들의 옷소매를 좁게 줄여서 싸움에 임하여 걸리적거리지 않게 하라. 그런 다음에는 더욱 연병(군사 훈련)에 힘을 써라. 천하 모든 병법의 으뜸은 오직 한 가지, 유비무환이다."


2

임금은 사명(명나라에 대한 외교)의 중대성을 그 어느 때보다 절실하게 여겼다. 명나라와 일본 사이에 화의가 진행 중임에도 조선 조정은 무슨 말들이 오가는지 전혀 알지 못했다.

그리하여 명나라 장수들과 책응(우군끼리 군사 작전을 공유하는 일)과 수작(대화)을 문서로써 원활히 하기 위해 글 잘 짓는 사람들을 가려 초계(인재를 뽑아 임금에게 아룀)와 술작(저술)을 전담케 하라는 명을 내렸다.

이에 승문원에서는 정경세, 이준, 이로, 유몽인 등을 제술 문관으로 뽑왔다. 그 소식을 들은 정경세는 상소를 올려 거상 중에 있는 사정을 진달하고는 부임하지 않았다. 임금은 크게 아쉬워했다.

경상도 전역을 순찰하고 돌아온 영의정 유성룡이 아뢰었다.

"전쟁으로 말미암아 참혹한 경험을 했음에도 불구하고 모든 고을의 수령들이 군병을 복구하고 훈련하여 장차의 사변에 대비하려고 하기보다 오직 명군에만 의지하려는 실정이옵니다."

동지중추부사 박진이 아뢰었다.

"상주 판관 정기룡은 왜적과 교전을 할 때 말에서 재빨리 내려서 순식간에 적을 베고는 다시 훌쩍 말에 올라탔는데 이는 아무 장수나 하기 매우 어려운 일이옵니다. 전날 조경이 왜적에게 참살될 뻔하였다가 정기룡이 구출하여 가까스로 죽음을 면하기도 하였사옵니다."

임금은 수긍했다.

"옛적에는 항오(군졸의 신분) 가운데에서 발탁하여 등용하기도 하지 않았는가?"

"그러하옵니다. 전하!"

"상주에는 지금 목사가 있는가?"

"정기룡이 판관으로써 가목사를 겸임하고 있사옵니다."

"정기룡과 같이 무략과 무간이 뛰어난 인재를 판관에 두는 것은 합당하지 않다고 여기는데 경들은 어찌 생각하는가?"

영의정 유성룡이 아뢰었다.

"정기룡은 젊지만 경솔함이 없고, 재략(재주와 전략)이 있는가 하면 또 목민(백성을 다스리는 일)에도 능숙하옵니다. 여러 명나라 장수들을 접대할 적에도 정성을 다하여 손수 마초를 베어다 바쳐 큰 감동을 얻어내었사옵니다.

그뿐만 아니라 상주 백성들이 한입으로 하는 말이 '가목사가 곧 판관이니 따로 판관은 낼 필요가 없다.'고 하였사옵니다. 이러한 수령관은 요사이 눈을 씻고 찾아보아도 드무옵니다."

임금은 고개를 끄덕였다.

"그런데 정기룡은 그 처가 진주에서 죽은 일로 지금 상중에 있지 않은가?"

"자최(아내의 상을 당해 1년 동안 상복을 입는 일)를 입어야 하나 큰 고을을 다스리는 소임이 막중하여 다만 그 처가 치맛자락을 뜯어내어 쓴 유서를 장검에 묶고 있는 것으로써 대신하고 있다고 하옵니다."

"정기룡이 사사로움을 돌아보기보다 관원으로서의 책무를 우선으로 여기는 모습은 기특한 일이 아닐 수 없다."

영의정 유성룡이 다시 아뢰었다.

"도원수 권율의 장계를 보건대, 현직 무변(무관)으로서 상중에 있는 사람은 연해변(남해안)의 수령을 제외하고 모두 체차(교체)하였는데, 흉적이 아직도 창궐하고 있사오니 상중에 있는 무변들을 다 기복(상중임에도 벼슬자리에 나아감)시키는 것이 마땅하겠다고 하였사옵니다.

지금 왜적이 완전히 철수하지 않아서 방비에 어려움이 있사오니, 일신의 상변(초상이 난 일) 때문에 직사(관직을 수행하는 일)를 그만두는 일이 없도록 정기룡의 경우와 같이 대소 무장은 모두 기복하여 잉임(관리를 그 직에 있도록 함)토록 하소서."

"경의 말이 옳다. 그대로 시행하라."

임금은 이어 하문했다.

"정기룡이 상처를 한 것은 심히 슬프고 안타까운 일이다. 그러나 나라를 지키는 장수가 홀로 있도록 내버려 두는 것은 바람직한 일이 아니다. 더구나 정기룡은 노모를 보살펴야 하지 않는가? 그러니 두 모자에게는 내실(아내)의 손길이 절실하다. 정기룡의 혼처를 알아보라."

"전하, 성은이 망극하옵니다."

"과인이 기한을 두지 않으면 경들은 차일피일 미룰 것이다. 미리 혼처를 정해두었다가 탈상하는 대로 곧바로 거행하라."

임금은 혼수에 쓰라고 포백(베와 비단 등의 옷감)과 은전을 내렸다. 그뿐만이 아니었다.

"정기룡을 상주 진목사로 삼고 감사군 대장을 겸임토록 하라."

"성은이 망극하옵니다. 전하!"

그리하여 기룡은 임시 목사의 지위에서 정식 목사가 되었으며, 휘하에 판관을 두지 않고 군권까지 아울러 가지게 되었다.

기룡이 교지를 받자 장사들과 군사들, 백성들이 다 기뻐했다. 그들은 기룡이 다른 고을이나 한양 조정으로 가지 않고 언제까지나 상주 목사로 있어 주기를 바라 마지않았다.

"허헛, 목사또 나리라고 불러야 될지 대장 나리라고 불러야 될지 자네들은 어느 쪽이 좋겠는가?"

"아무려면 어떤가? 목사또 나리도 좋고 대장 나리도 좋지."

"군사를 발동시키면 대장 나리라고 부르고, 평소에는 목사또 나리라고 불러드려야 옳지 않겠는가?"

"그렇군. 거 명답일세."

기룡은 마냥 기쁘지만은 않았다. 임금으로부터 재취를 하라는 명이 내려진 데다가 혼수까지 하사받고 보니 난감하기 이를 데 없었다. 평생 애복이를 기리며 혼자 살 결심을 한 터였다. 어명을 거둬달라는 상소를 올릴까 생각도 해보았지만 내세울 명분이 없었다. 집안이 안정되어야 나라의 큰일을 잘 수행할 수 있다는 것이 기룡의 지론이었다.

"어명이시니 어찌하겠느냐?"

김씨는 임금이 내려준 옷감을 손으로 쓸어보면서 감격했다.

"대궐에서 쓰는 비단을 혼수로 내리시다니. 이 빛깔 좀 봐. 어쩌면 이리도 고울까?"

기룡은 일어나 밖으로 나왔다. 내아 뜰에 내려서서 하늘을 올려다보았다. 멀리 푸른빛을 띤 큰 별 하나가 반짝거렸다.

'애복아, 어디 있으면 말 좀 하렴. 나는 어쩌면 좋니?'

며칠 지나지 않아 반가운 손님이 찾아왔다. 우복동 촌장 김중섭과 서무랑이었다. 김중섭이 기룡의 손을 잡고 말했다.

"선부인께서 참화를 당해 무어라 위로의 말씀을 드려야 할지 모르겠습니다."

"선뜻 나서지 못할 길을 몸소 걸음 해주셔서 고맙습니다."

서무랑이 허리를 조금 굽혀 절을 한 뒤 입을 열었다.

"유명을 달리하신 부인의 명복을 빕니다."

기룡은 두 사람을 정청으로 이끌었다. 청유당에 든 김중섭이 다시 말했다.

"오다가 정식으로 상주 목사가 되었다는 소식을 들었습니다. 근하드립니다."

"이렇게 졸렬한 사람이 중책을 맡게 되어 몸 둘 바를 모르고 있습니다."

"상주 백성들이 목사또를 한마음으로 믿고 따르며 우러르고 있는데, 이는 팔도 어디에서도 흔치 않은 일입니다."

서무랑이 싸 온 것을 내놓았다. 각궁 한 장, 화살 스무 개, 깍지 그리고 동개였다. 활에는 드물게도 화피를 입혀놓았는데 범 가죽이었다. 동개에는 행초(행서와 초서의 중간쯤 되는 필법)로 항룡유회(亢龍有悔)라고 새겨져 있었다. 기룡은 언뜻 보곤 읽을 줄은 알았지만 그 뜻을 헤아리지 못했다.

"아버님이 돌아가시면서 사또께 남긴 것입니다."

"서 진사 어른께서 기세(세상을 버림. 곧 죽었다는 말)하셨다는 말씀입니까?"

"예, 그래서 아버님의 유지를 받들고자 찾아뵌 것입니다."

"아, 이런 황망한 일이……."

기룡은 두 사람을 위로한 후에 입을 열었다.

"비록 슬픈 중이지만 반가운 소식을 한 가지 전할 게 있습니다."

두 사람은 기룡을 따라나섰다. 수청방 행랑이었다. 기룡이 기침을 하자 안에서 사람이 나왔다. 서무랑은 깜짝 놀랐다.

"아니, 언니!"

오청명도 서무랑을 보고는 크게 반가워했다.

"내가 자네를 이제야 만나네."

기룡은 두 의자매가 오붓이 회포를 풀도록 자리를 떠나 다시 청유당으로 돌아왔다. 주안상을 놓고 마주 앉은 김중섭이 무언가 할 말이 있는데 망설이는 것 같았다. 기룡이 말했다.

"뭐든 어려워 마시고 말씀해 주십시오. 저의 은인이신데 무슨 말씀인들 못 들어드리겠습니까?"

촌장 김중섭은 우복동인들을 이끌고 전날 상주성 탈환에 큰 공을 세웠고, 그보다 앞서 용화동 전투에서는 몰살당할 뻔한 아군을 구해준 큰 공적이 있었다. 기룡으로서는 크고 작은 은덕을 한두 번 입은 것이 아니었다.

김중섭은 용기를 냈다.

"그렇다면 내 염치없이 말씀드리리다."

잠시 뜸을 들인 그는 입을 열었다.

"사또께서 저 아이를 좀 거둬주십시오."

"예에?"

"언감생심 정실(본처)을 바라는 게 아닙니다. 외부(첩)로라도 거둬만 주신다면 감지덕지입니다."

전혀 예기치 않은 김중섭의 부탁에 기룡은 당황했다.

"제가 사또께 바라는 것은 오직 그 한 가지입니다."

기룡은 그지없이 난감했다. 무슨 말인들 못 들어주겠냐고도 이미 뱉어놓은 마당이었다.

"언제부턴가 마음속에 오직 한 사람만 넣어두고 그 사람만 바라본 아이입니다."

기룡은 비로소 말문을 열었다.

"저는 비명에 죽은 제 처의 초상도 다 치르지 않았고, 저승길로 떠난 그 사람이 가련하여 재취는 생각조차 할 수 없습니다."

"그 심정은 잘 압니다. 당장 거두어 달라는 말이 아닙니다. 곁에 두고 보시면서 천천히…… 저 아이를 내치지만 말아주십시오."

"서 명궁은 우복동으로 돌아가지 않는다는 말씀입니까?"

"마음을 온통 여기에 두고 있으니 다시 데려가 봤자 고을 여러 남정들의 애간장만 태울 뿐이지요."

서무랑과 오청명이 밝은 얼굴로 청유당으로 왔다. 서무랑이 김중섭에게 말했다.

"촌장님, 언니한테 우복동으로 가자고 했더니 안 가겠다고 하셔요. 그래서 제가 여기에 남아서 언니 곁에 있기로 했어요. 허락해 주시어요."

김중섭이 웃으며 말했다.

"그건 내가 허락할 일이 아니고, 사또께 달린 일이 아니겠느냐?"

"원하신다면 그렇게 하십시오. 두 명궁님이 의자매로서 보기에도 참 의초롭습니다."

김중섭은 기룡에게 말했다.

446

"자, 그럼 사또께서 잘 거둬주실 것이니 저는 그리 믿고 이만 돌아가 보겠습니다."

"아니, 그게 아니라……."

기룡이 말을 다 하기도 전에 김중섭은 서둘러 일어섰다. 그 바람에 기룡은 할 말을 못 하고 말을 바꿨다.

"예까지 멀리 어려운 걸음을 하셨으니 며칠 쉬시면서 노독이라도 달래십시오."

"아닙니다. 공무에 바쁘신 사또를 번거롭게 해드릴 수는 없지요."

기룡은 길을 나서는 김중섭을 더 붙잡지 못했다. 서무랑은 읍성 서문 밖까지 나가서 그를 배웅했다.

"모르긴 해도 저 사람은 지엄하신 나랏님의 명이 아니고서는 절대로 재취나 취첩(첩을 들임)을 하지 않을 게다."

"촌장 어른, 제가 고을 밖으로 나온 것을 절대로 후회하지 않겠사옵니다."

"다시는 돌아올 수 없다는 것을 명심하고, 앞으로 세상 안에서 부디 네 운명을 잘 헤쳐 나가거라."

서무랑은 촌장 김중섭에게 큰절을 올렸다.

"저의 뜻을 깊이 헤아려 주시어 고맙사옵니다. 내내 평안하시옵소서."


# 3

울산 서생포와 기장 두모포에는 가토 기요마사가 이끄는 제2번대 3만 5천 명, 동래 용당포에는 고바야카와 다카카게가 거느린 제6번대 4천 명, 김해 죽도에는 나베시마 나오시게의 휘하 제2번대 2만 명, 가덕도에는 츠쿠시 히로카도(筑紫廣門)의 제7번대 2천 명이 포진하고 있었다.

또 진해 안골포에는 와카자카 야츠하루(脇坂安治)의 4천 명, 창원 제포에는 고니시 유키나가의 제1번대 1만3천 명, 거제도에는 시마즈 요시히로의 제4번대 1만 명과 이코마 치카마사(生駒親正)의 제6번대 6천 명, 순천에는 일본군 총대장으로서 우키다 히데이에의 제9번대 3만 명이 주둔했다.

개령에 주둔하고 있던 모리 데루모토는 휘하의 제7번대 2만 명을 이끌고 부산포 증산왜성으로 행군하기 위해 채비를 했다. 그는 상주성에서 기룡에게 대패하고 피신해 있던 도다 가츠타카에게 말했다.

"태합 전하의 명령이네. 자네는 일본으로 귀국하게."

박수영은 어쩔 수 없이 도다 가츠타카를 뒤따랐다. 패퇴해 본국으로 소환되는 왜장을 따라 일본으로 갔다가는 저도 목이 달아날 것 같았다. 박수영은 몰래 달아날 생각도 했으나 엄두가 나지 않았다. 이미 몰골과 행색을 일본식으로 했기 때문에 조선인 민가에 숨어들 수도 없는 일이었다.

"아, 어쩐다……."

도다 가츠타카 일행이 창원 제포에 도착했다. 그곳에는 우에스키 카게카츠(上杉景勝)가 1년여 동안 공사를 해 천험의 요새로 완성한 웅천왜성이 있었고, 제1번대 대장 고니시 유키나가가 주둔하고 있었다. 웅천왜성을 따라 아래로 나 있는 자마산의 능선에는 자마왜성이 있었다. 그곳은 소 요시토시가 관할했다.

도다 가츠타카를 비롯한 수뇌부는 웅천왜성에, 휘하 왜졸들은 자마왜성에 숙소가 정해졌다. 소 요시토시가 자마왜성의 성주라는 말을 들은 박수영은 저승에서 살아 돌아온 듯했다. 자마왜성에 있는 법당을 찾은 그는 종군승 겐소를 보자마자 어찌나 반가운지 눈물이 왈칵 쏟아졌다.

"법사님!"

"아니, 자네는 박 향도 아닌가?"

"그러하옵니다. 소인이옵니다. 법사님임!"

"아직 안 죽었나? 자네는 명이 길기도 하군그래."

"소인은 다시 법사님 곁에서 시중을 들고 싶사옵니다. 부디 허락해 주옵소서."

"자넨 도다 태수님을 모셔야지."

"소인은 일본에 가면 할 일이 없사옵니다. 제발 여기에 남아 조선 정벌에 큰 공을 세우게 해주옵소서."

박수영은 법당 바닥을 머리가 깨지도록 찧으며 절을 하고 또 했다. 겐소 옆에 앉아 있던 텐케이가 거들었다.

"처음부터 법사님을 따르던 자이오니 거둬두시지요."

그러잖아도 겐소는 충복이 필요하던 참이었다. 평양에서 철수한 뒤부터 고니시 유키나가는 겐소를 멀리하고 다른 한 사람을 가까이하고 있었다. 그 사람은 요시라였다.

요시라는 고니시 유키나가의 가신 고니시 히다노카미(小西飛彈守)의 휘하에서 찻물이나 떠 나르던 시종이었는데 머리가 비상한 자였다. 그는 고니시 히다노카미가 차를 마실 때면 늘 곁에서 시중을 들었고, 그가 고민하고 있을 때 한두 마디씩 지략을 아뢰다가 어느새 그의 책사가 된 인물이었다.

고니시 히다노카미는 잔꾀가 밝은 요시라를 고니시 유키나가에게 인사시켰다. 처음 앉은 자리에서 요시라는 명나라와의 협상 비책을 아뢰었고, 고니시 유키나가는 무릎을 탁 치며 그를 곁에 두기로 한 것이었다.

소 요시토시가 비록 고니시 유키나가의 사위이자 가장 신임 받는 부하 장수이긴 하지만 그도 무시하지 못할 만큼 요시라는 제1번대 내에서 대단한 위세를 부렸다. 요시라가 고니시 유키나가의 책사가 된 뒤로 사람들이 다 그쪽으로 몰려든 것이었다.

그 바람에 소 요시토시는 물론 겐소도 떨거지나 다름없는 신세가 되었고, 겐소 곁에는 겨우 텐케이 하나만 남아 있었다. 그런 만큼 겐소에게는 사람이 절실했다.

"딴마음을 먹지 않는다면 내 다시 자네를 곁에 두도록 하지."

"딴마음이라니요? 소인은 한양 동평관에서 법사님을 처음 뵌 순간부터 줄곧 충복이었사옵니다."

"알겠네. 그 마음 변치 말게."

웅천왜성에서는 고니시 유키나가가 도다 가츠타카와 전별의 차를 마시고 있었다. 고니시 히다노카미도 함께 앉은 가운데 요시라가 찻물을 다루었다. 한 모금 음미한 고니시 유키나가가 말했다.

"요한(고니시 히다노카미의 세례명), 마실 때마다 느끼는 것이지만 우리 책사가 차를 우려내는 솜씨는 가히 천하일품이란 말이야."

고니시 히다노카미가 차를 즐기고 또 좋은 차를 수집하는 다도인이란 것은 도요토미 히데요시에게까지 잘 알려져 있었다.

"예, 태수님. 소장도 그렇게 느끼고 있사옵니다."

요시라가 조용한 음성을 냈다.

"소인이 아무려면 대보(일본 영주의 아랫벼슬)님의 발끝에 미치겠사옵니까?"

"주인이 뛰어나면 그 재능이 하찮은 종에게도 크게 미치는 법이지."

고니시 유키나가는 고개를 돌려 도다 가츠타카에게 말했다.

"돌아가거든 신부님한테 조선으로 좀 건너오라고 한다고 전해주게."

패장 도다 가츠타카 일행은 제포에서 배를 타고 초라하고도 쓸쓸히 떠나갔다. 나루터까지 배웅하러 나온 사람은 고작 박수영 한 사람뿐이었다. 그는 멀어지는 배를 향해 손을 흔들어 주었다.

법당으로 돌아온 박수영에게 겐소가 말했다.

"박 향도, 도주님을 뵈러 나랑 함께 가지."

큰 회의라도 열린 듯이 여러 사람이 함께 자리하고 있었다. 박수영은 문간에 앉아 있다가 슬그머니 고개를 들어 면면을 살펴보았다. 소 요시토시 곁에 유난히 눈매가 날카로운 사람이 앉아 있었는데 박수영은 그가 바로 요시라임을 직감했다. 한눈에 봐도 여간한 모사꾼 같지 않았다.

소 요시토시의 가신 야나가와 시게노부(柳川調信)가 입을 열었다.

"한수(한강) 이남을 할양해 달라고 한 요구에는 아직 아무런 답서가 없사옵니다."

"그렇겠지. 조선의 임금과 조정으로서는 팔도의 남쪽 반을 떼어서 우리 일본에 준다는 결정을 쉽게 내리지 못하겠지."

고니시 유키나가의 말에 얼굴 한쪽에 칼에 베인 흉터가 있어 험상궂게 보이는 왜장 데라사와 마사시게(寺澤正成)가 입을 열었다.

"조선이 남쪽 땅을 포기하도록 태수님께서 좀 더 위엄을 보여야 하지 않겠사옵니까?"

야나가와 시게노부의 아들 야나가와 카게나오(柳川景直)가 그의 말에 동감했다.

"그러하옵니다. 우리가 너무 해안가에 몰려 있는 것 같사옵니다. 군사력을 삼남 내륙에 열진시킬 필요가 있사옵니다."

그때까지 가만히 듣고 있던 요시라가 딱 잘라 말했다.

"아니오."

소 요시토시를 비롯해 모든 사람의 시선이 그에게 향했다. 짧은 한마디 말투에서 요시라가 소 요시토시에 버금가는 지위에 있는 것처럼 보였다. 박수영은 말석에 앉아서 아무 말도 하지 않고 눈을 지그시 감은 채 염주만 돌리는 겐소가 측은하게 느껴졌다. 그리고 요시라에게 마치 자기 자리를 빼앗긴 것 같은 적개심마저 들었다.

'내 법사님을 위해 저놈을 반드시 내치고 말리라.'

소 요시토시가 요시라에게 물었다.

"책사에게는 묘안이라도 있소?"

"조선과 명을 이간질시켜야지요. 그래서 조선이 충청, 경상, 전라, 제주, 그 4도를 우리 일본에게 내주지 않으면 안 되도록 명이 조선에 압력을 넣도록 만들어야지요."

"오호, 기가 막힌 발상이긴 하나 그렇게 만들 비책이 있어야 할 터인데?"

요시라는 좌중을 둘러보았다.

"이 자리에서 논의할 일은 아닌 것 같습니다. 조만간 태수님께 아뢰도록 하지요."

소 요시토시는 입맛을 다셨다. 요시라를 종용할 수 없었다. 그는 무슨 책략이든 고니시 유키나가에게 직접 보고를 하는 신분이었다.

박수영은 회의가 파한 뒤에 밖으로 나왔다. 그와 함께 문간에 앉아 있던 조선인이 다가왔다.

"나는 이언서라고 하오. 보아하니, 조선인으로서 일본인 행색을 하고 있구려."

박수영은 떨떠름하게 말했다.

"박수영이외다."

"겐소 법사님을 모시고 있소? 나는 야나가와 시게노부 님의 통사요."

박수영은 비로소 그에게 웃음을 지어 보였다.

"아, 그러시오? 우리 앞으로 조선 사람끼리 친하게 지냅시다."

스페인 신부 세르페데스가 일본에서 조선으로 건너와 웅천왜성에 도착했다. 고니시 유키나가는 그를 크게 반겼다.

세르페데스 신부의 용모와 차림새는 웅천왜성과 자마왜성 안에 있는 조선인 포로들의 관심을 끌기에 충분했다. 수만 리 밖에 있는 나라에서 왔다니 마치 서방 극락정토에서 온 아미타불인 것 같았다.

세르페데스 신부가 극락에서나 쓰는 듯한 말로써 천주 교리를 설파하자 피로인(조선인 포로)들은 잘 알아들을 수 없었지만 부처님, 천지신명, 옥황상제를 떠올리며 그의 말과 몸짓에 귀를 기울였다.

무엇보다 피로인들의 마음을 사로잡은 것은 긴 설교가 끝난 뒤 먹을 것을 나눠 준다는 것이었다. 그리하여 굶주리고 지친 피로인들 사이에서 천주교는 급속도로 전파되었다. 세르페데스 신부의 보호를 받고 있으면 안전할 것이라는 믿음도 생겨났다.

그의 출현으로 겐소의 입지는 더 좁아졌다. 고니시 유키나가는 물론이고 소 요시토시도 법당에 들르는 일이 없었다. 모든 사람들이 웅천왜성 안에 세워놓은 교회당에만 들락거릴 뿐이었다.

점점 설 자리가 없어지는 것 같아 텐케이가 말했다.

"법사님, 이것 참 큰일이 아니옵니까?"

겐소는 아무 말도 하지 않고 염주만 돌리고 있었다. 멀찍이 법당 문간에 앉아 있던 박수영이 나지막하지만 힘주어 말했다.

"소인이 방법을 찾아보겠사옵니다."

"그럴 것 없네. 요시라는 제 자만심 탓에 때가 되면 스스로 무너질 것일세. 또 서반아(스페인) 신부의 설교에는 억지가 많으니 너무 심려들 말게."


갓난아기를 등에 업은 앳된 여인이 박수영을 찾아왔다. 그녀는 그 아기가 박수영의 아들이라고 했다. 기가 막힌 박수영은 피식 웃음이 났다. 하지만 여인은 진지하게 말을 이어나갔다.

"작년에 향장 어른께서 상주에 계실 적에 제가 향청에 끌려가서……

이것 보옵소서. 그때 향장 나리께서 며칠간의 볼일을 마치시고 제게 이걸 주시지 않았사옵니까?"

여인이 내놓은 것은 칠보 노리개였다. 박수영은 기억이 가물가물했다. 여러 여자를 건드린 탓에 누가 누군지 기억이 나지 않았다. 그러던 중에 얼핏 떠오르는 것이 있었다.

"그럼 네년이 밤마다 요분질을 심하게 치던 바로 그 계집이란 말이냐?"

여인은 얼굴을 붉히면서도 웃는 낯으로 고개를 끄덕였다. 그러고는 곧 정색을 하고 애원했다.

"향장 어른께서 떠나시고 난 뒤로 아이를 가진 사실을 알았사온데, 아무리 지우려 해도 안 되고…… 모진 목숨 차마 끊을 수 없어서 향장 어른께서 계신 곳을 수소문해 보았습지요. 상주성 싸움 이후로 개령에 계신다는 소문이 있고 해서 거기 갔다가 또 여기까지 오게 되었사옵니다."

박수영은 믿을 수도 없고 믿지 않을 수도 없는 묘한 기분이 들었다. 얼굴에는 당황하는 빛이 역력했다.

"사내아이이옵니다. 아기가 향장 어른을 쏙 빼다 박았사옵니다."

여인이 아기를 돌려 보여주었다. 박수영의 눈길이 절로 아기에게로 갔다. 저를 닮은 것 같기도 하고 낯설기도 했다. 아기가 방긋 웃었다. 박수영은 이끌리듯이 한 걸음 다가갔다.

"이 아기가 내 자식이라고?"

주위에서 사람들이 궁금히 여겨 몰려들었다.

"박 향도를 많이 닮았는데?"

"찍어낸 듯하구먼 뭐."

여러 사람들이 한마디씩 하자 박수영은 난감한 처지가 되었다.

"박 향도, 모자를 계속 세워둘 참인가?"

"먼 길을 오느라 얼마나 피곤하겠나? 어서 데리고 가서 좀 쉬도록 해

주게."

박수영은 여인을 데리고 제 방으로 갔다. 아기가 울자 여인은 돌려 안고 젖을 먹였다.

"우리 아기, 어서 많이 먹으렴."

박수영은 아기에게 묘한 감정이 일었다. 볼 때마다 자신을 닮은 것 같기도 했다. 젖을 먹고 난 뒤에 잠든 아기를 여인에게서 건네받아 안아보았다. 따뜻한 체온이 느껴졌다.

"허헛, 그것참, 귀여운 놈."

비록 파리하긴 했지만 여인은 인물이 썩 고왔다.

'하긴 박색이면 내가 건드리지도 않았겠지.'

박수영은 여인에게 물었다.

"자넨 출신이 어찌 되는가?"

"상주에서도 알아주는 양반집 딸이었사옵니다. 큰 바위가 있는 고을이었습지요. 양친 부모 다 전쟁 통에 비명횡사하였으니 더는 하문하지 말아주옵소서."

문자투로 말을 해 박수영은 안심했다.

'양반 출신이라……'

양반집 규수로 있다가 부왜들에게 끌려온 어린 계집을 여러 날 탐한 기억이 점차 선명하게 떠올랐다.

박수영은 갑자기 아기를 내려놓더니 훅 불을 끄고 그녀를 덮치듯이 안았다. 그녀는 싫지 않은 듯 순종했다. 모처럼 흠뻑 젖은 밤을 보내고 나자 박수영은 그녀가 새삼 살갑게 여겨졌다. 이불 속에서 그녀는 박수영의 품을 파고들었다.

"향장 어른, 우리 아기의 이름을 지어주소서."

"그러지. 이름이 있어야겠지. 날이 밝는 대로 법사님께 부탁해 보겠네."

박수영은 그녀를 다시 안았다.

"이제 바우댁, 아니 임자는 내 사람일세."

"아, 향장 어른!"

며칠 뒤에 겐소는 아기에게 충성이라는 이름을 지어주었다.

"우리 충성이, 허헛, 어찌 이리 귀여울꼬."

"향장 어른의 아들이니 어엿하게 자라날 것이옵니다."

"암, 그래야지. 한세상 좋이 물려줘야지."


전쟁을 종식시키기 위해 명나라는 적극적으로 강화를 추진했다. 하지만 온 나라가 유린된 조선의 입장에서는 강화를 한다는 것 자체가 치욕이었다. 왜적과 끝까지 싸워 바다 밖으로 물리쳐야 한다는 것이 조선의 염원이었지만 명나라 장수들은 임금과 조정이 강화를 반대한다면 조선에서 다 철수하겠다고 협박했다.

임금이 선뜻 받아들이지 않자 명군은 실제로 많은 군사를 랴오둥으로 철수시켰다. 이에 겁이 난 임금은 마지못해 화의를 받아들이겠다는 뜻을 내비쳤다. 그렇다고 해서 조선이 일본과의 강화 회의에 나서는 것도 아니었다.

협상의 교의(의자)에 앉는 것은 명나라와 일본이었다. 조선은 굴욕의 연속이었다. 내 나라의 운명을 내 손으로 결정하지 못하는 신세가 되었다. 명나라는 조선과 일본이 사이좋게 지내도록 타이르는 선에서 선물을 주며 양보할 것이 틀림없었고, 일본은 전쟁을 그치는 대가로 뭔가 큰 것을 얻어내려고 할 것이 자명했다.

명 황제는 병부상서(명나라 정2품 벼슬. 조선의 병조판서에 해당) 시씽(石星)과 유격 센웨이찡(沈惟敬)을 회담의 전면에 내보냈고, 일본에서는 도요토미 히데요시의 명령을 받은 고니시 유키나가가 요시라를 선두에 세웠다.

그들은 조선을 마치 도마 위에 올려놓은 고깃덩이처럼 여겼으며 서로 여러 차례 서찰을 주고받으며 협상을 진행했지만 번번이 상대편을 기만하는 탐색과 술수만 주고받았을 뿐 합의를 이끌어 낼 만한 정황을 마련하지 못했다.

화의가 진척을 보이지 않고 일본군이 물러갈 기미도 없자 임금이 전교했다.

"왜적이 장차 침범하려는 뜻을 가지고 있으면서 속셈을 숨긴 채 겉으로 화친을 요구하면서 시간을 벌고 있다는 것을 경들은 깨달아야 한다. 기미책(견제와 회유를 동시에 쓰는 계책)도 한계가 있는 법이니, 명장에게만 맡겨놓지 말고 이제 우리가 직접 나서야 하지 않겠는가?"

조선 조정은 명장들과 진해 웅천왜성에 있는 고니시 유키나가 사이에 추진되고 있는 회담과는 별도로 승장 유정(사명대사)을 울산 서생포왜성에 있는 가토 기요마사에게 보내 직접 회담을 추진했다.

여러 차례 왜군의 진영에 다녀온 유정은 마침내 일본의 속셈을 꿰뚫어 보게 되었다. 강화를 하건 하지 않건 일본군은 조선 땅에서 전혀 물러갈 생각이 없다는 것이었다. 유정은 가토 기요마사로부터 도요토미 히데요시가 요구하는 사항들을 제대로 알게 되었다.

일본이 내건 요구 조건은 대담했다. 명나라에 대한 요구는 도요토미 히데요시를 조선왕처럼 제후국의 왕으로 책봉해 줄 것, 조선을 거치지 않고 명나라와 직접 무역을 하도록 해줄 것, 명나라 공주를 도요토미 히데요시의 후궁으로 보낼 것 등이었고, 조선에 대해서는 한수 이남의 땅을 일본에 할양할 것, 조선이 항복하고 일본을 배반하지 않겠다는 맹세를 할 것, 왕자와 대신들을 볼모로 보내라는 것 따위였다.

명나라에서는 도요토미 히데요시를 제후로 책봉한다든지, 직접 무역을 하게 해달라는 요구 같은 것은 형식적으로 들어줄 수 있는 사안들이

었다. 다만 명 공주를 왕후도 아니고 후궁으로 보내라는 요구만은 들어

줄 수 없었다.

그에 비해 조선은 일본의 요구 조건 어느 한 가지도 수용할 수 없었다.

팔도의 남쪽 절반을 일본에 떼준다는 건 생각조차 할 수 없는 일이었고,

나머지 조건들도 무엄하기 짝이 없는 가당찮은 것들이었다.

그러한 조건들을 내건 데에는 도요토미 히데요시의 고도의 전략이 숨

어 있었다. 조선을 구원하러 온 명나라의 체면을 어느 정도 살려주는 대

신에 조선이 일본의 요구 조건을 모두 수용하도록 명나라가 조선 국왕과

조정에 압력을 넣도록 만들 속셈이었다.

하지만 도요토미 히데요시의 계책은 보기 좋게 빗나갔다. 일본의 요구

조건을 검토한 명나라는 조선의 입장을 물었고, 임금이 불가하다고 일축

하자 명나라는 일본의 요구 조건을 들어주기를 회유하지 않고 전적으로

조선의 입장을 지지하고 나선 것이었다.

도요토미 히데요시는 강화를 전제로 한 요구 조건이 명나라와 조선 양

쪽에 하나도 먹혀들지 않자 노발대발했다. 그러더니 터무니없는 억지를

쓰기 시작했다.

"조선이 괘씸하게도 우리 일본과 명나라 사이를 이간질한 것이 틀림

없다."

# 세종대왕의 예주

## 1

기룡은 삼망의 벗들을 초대했다. 남문 밖에까지 나가 있다가 멀리서 오는 벗들을 모두 맞이한 뒤에 객사 상산관으로 이끌었다. 함께 둘러앉은 자리에서 기룡은 가슴 깊은 곳에 넣어뒀던 고충을 털어놓았다.

"상감마마께옵서 탈상하는 대로 혼례를 치르라고 하시니 난감할 따름이네. 더구나 혼수까지 하사하셨으니 이 일을 어찌하면 좋단 말인가?"

그 말을 듣자마자 벗들은 희색이 만연한 얼굴이었다. 기룡이 혼자되고부터 너무 안쓰럽게 여겨오던 터였다.

"어명이니 응당 따라야지."

"그렇네. 돌아가신 분은 돌아가신 대로 잊고, 산 사람은 산 사람대로 남은 삶을 이어나가야 하네. 그게 삼라만상의 섭리가 아니겠는가?"

정경세와 정춘모가 차례로 입을 열자 다른 사람들도 말을 보탰다.

"자당께서 여태 손주의 재롱을 보지 못하고 계시네."

"아무렴, 경운, 자네가 대를 잇는 건 보셔야지."

"노마님의 의복과 진지를 챙길 사람으로는 며느리만 한 자리도 없네. 또한 자네의 수청을 드는 것도 관기는 건성으로 할 뿐이네."

기룡은 묵묵히 듣고 있다가 힘없는 소리로 말했다.

"아무리 생각해도 재취를 하는 것은 그 사람에 대한 도리가 아닐 성싶네. 벼슬을 그만두면 상감마마의 명을 따르지 않아도 될 터이지."

정경세가 깜짝 놀랐다.

"이보게, 경운. 어찌 그리 심약한 말씀을 하는가? 자네가 벼슬을 그만두는 것은 백성에 대한 도리가 아니네."

"경임, 자네도 상중에 기복을 하라는 어명을 거스르지 않았는가? 자네는 어명을 사양하였는데 나라고 못 할 일이 뭐 있는가?"

"내가 기복을 하지 않은 건 효가 충보다 우선이라서 그러했던 것일세. 효제충신 중에서 효가 으뜸이 아닌가? 지금 자네의 경우에는 효와 충을 아울러 행할 수 있는 길이 바로 새 부인을 맞아들이는 일일세."

"경임의 말씀이 백번 지당하네. 작은 의리로써 큰 도리를 저버릴 작정인가? 선부인도 유서에 당부하지 않았는가 말일세."

기룡은 한숨밖에 나오지 않았다. 김지복은 속으로 쾌재를 불렀다.

"하오면 이쯤에서 경운 형님의 재취는 결정이 난 것 같사오니 시생이 잘 알아보겠습니다."

정춘모가 물었다.

"어디 좋은 혼처라도 있는가?"

"글쎄요."

김지복은 빙긋 웃었다. 기룡은 아무런 표정이 없었다. 뒤에 놓아뒀던 동개를 앞으로 가져다 놓았다. 서 진사가 남긴 유품이었다.

"이것 좀 봐주게. 여기 겉 바탕에 새겨놓은 글자는 읽겠는데 그 뜻을 통 모르겠네."

가장 가까이 앉아 있던 정경세가 동개를 들고 보았다. 그러더니 빙긋 웃었다.

"항룡유회, 이건 주역 건괘의 육효를 풀이한 효사이군."

"그런가? 어인 뜻인가?"

"용이 하늘 끝까지 날아오르면 반드시 후회할 일이 생긴다는 말이네. 사람의 경우에도 귀한 자리를 차지하게 되면 위가 없게 되고, 그 지위가 높으면 백성이 안중에 없게 되며, 또 현사(어진 선비)가 있는데도 도움을 얻지 않으면 반드시 뉘우칠 일이 생긴다는 뜻일세."

기룡은 고개를 끄덕였다.

"잘 알겠네. 경임, 가르침을 줘서 고마우이."

"가르침이라니 당치도 않네. 그저 옛글에 있는 것을 읊었을 뿐일세."

조선 제일의 명궁이 되고 싶었던 서 진사가 어느 순간 그 허욕을 깨닫고 나서 마련한 동개인 것 같았다. 그건 아마도 호기로웠던 젊은 시절, 향사례에서 사고가 난 뒤 미련 없이 폐궁을 한 박 공을 보고서 한 마리 항룡의 모습을 떠올린 것인지도 몰랐다.

그리하여 호승심의 무상함을 느끼고 저 자신도 궁시를 놓고 만 것이 아닐까 했다.

정곡은 사정 멀리 세워놓은 과녁에 있는 것이 아니라 바로 자신의 가슴속에 있다는 것을 그는 도통하듯 깨우쳤음에 틀림없었다. 기룡은 서 진사가 항룡유회라는 글귀를 새긴 동개를 자신에게 물려준 깊은 뜻을 헤아려 보고는 숙연해졌다.

"경운, 뭘 그리 골똘히 생각하고 있는가?"

"아, 아닐세."

기룡은 시종에게 일러 수청방에 있는 서무랑과 오청명을 데려오게 했다. 두 사람이 객사로 오자 좌중은 다 일어서서 공읍을 하며 놀라워하고 반가워했다.

"아니, 오 명궁! 또 서 명궁까지! 여기엔 언제 오시었소?"

"피난민 속에 있는 저를 사또께서 거둬주셨습니다."

"허허, 이렇게 다시 모이니 전란 중에 잃었던 형제자매를 만난 것 같기만 하오."

"다들 무고하신 모습을 뵈오니 저희도 반갑사옵니다."

삼망의 벗들은 다시 둘러앉아 말꽃을 피웠다. 오청명과 서무랑도 스스럼없이 그들을 대했다. 이윽고 정춘모가 제안했다.

"이로써 옛 용운정의 명궁들이 다 모였으니 어떤가? 이참에 불타고 무너져 폐허가 되어 있는 활터를 재건하는 것이?"

"거 좋은 발의일세. 전쟁이 잠시 지식(정지)되고 있으니 우리도 상주를 지키는 군비에 보탬이 될 겸 용운정을 다시 일으켜 보세."

오청명이 서무랑의 손을 잡고 대답했다.

"저희들도 힘을 보태겠사옵니다."

기룡은 흐뭇했다. 이름 높은 명궁들인 오청명과 서무랑이 활터에 다니게 되면 상주의 한량들이 차츰 용운정으로 몰려들 것이고, 두 사람이 그들에게 사법의 요의를 전습(전해 익히게 함)하면 사풍(활쏘기를 하는 한량들의 풍습)이 크게 증진될 것이었다.


"사또, 삼가 현감께서 찾아오시었사옵니다."

청유당에 있던 기룡은 얼른 밖으로 나왔다. 뜰에 있던 고상안이 먼저 국궁배례를 했다. 기룡은 뜰로 내려서서 화답을 했다.

"태촌(고상안의 아호) 형께서 어인 행차입니까?"

"허허, 본관이 못 올 데 온 것은 아니겠지요?"

"어인 말씀이십니까? 자, 어서 안으로⋯⋯."

고상안은 산양현 출신으로 함창에서 의병을 일으킨 공으로 벼슬살이를 하고 있었다. 기룡과는 죽현에서 두 왕자의 구출 작전을 함께 수행하는 등 나이 차이는 조금 있었지만 친분이 깊었다.

그는 이순신과 동렬이었다. 같은 해에 고상안이 문과에, 이순신이 무과에 급제한 이래 두 사람은 멀리 있거나 가까이 있거나 서로 안부를 물으며 친하게 지내온 사이였다.

그것을 잘 아는 기룡은 통제영의 소식이 궁금했다. 고상안이 기룡의 궁금증을 풀어주기라도 하듯이 말했다.

"그러잖아도 소관이 이 통제사 영감의 진중에 가서 무과 별시의 참시관을 맡아보고 오는 길이오."

"오, 저는 오래전 6진에서 뵌 이래로 안서(먼 곳에서 보내는 편지) 한 장 못 보내고 있습니다. 하지만 어찌 듣는 소식이 없겠습니까?"

고상안은 이해한다는 듯이 고개를 끄덕였다.

"한산도 통제영에도 수군에게 전염병이 창궐하여 말이 아니더이다."

"저런!"

"하지만 다들 일심일념으로 견디고 있었소. 이 통제사가 정 목사에게 안부를 전하라 합디다. 무용을 잘 알고 있다고 하시면서 매사에 각신(조심)하라고 당부하시었소."

"아. 아랫사람이 되어서 뱀뱀이를 먼저 차리지 못하니 일신이 송민하기 그지없습니다."

고상안은 시축을 내놓았다.

"이 통제사와 나눈 시문인데 틈이 나거든 읽어보시오."

고상안은 객사에서 하룻밤 묵은 뒤에 삼가현으로 돌아갔다. 기룡은 그가 남기고 간 시축을 펼쳤다. 맨 처음에 적혀 있는 것은 이순신이 지은 시였다.

水國秋光暮    나라 바닷가에 가을빛이 저무니

| | |
|---|---|
| 警寒雁陳高 | 추위에 놀란 기러기 떼 높이 나는구나. |
| 憂心轉輾夜 | 우국충심으로 뒤척이는 밤, |
| 殘月照弓刀 | 희미한 새벽달이 활과 칼에 비치네. |

그다음 시는 고상안이 이순신의 한산도 시에서 고(高) 자와 도(刀) 자를 차운(한시에서 남이 지은 시의 운(韻)을 따서 시를 짓는 것)해 지은 것이었다.

| | |
|---|---|
| 忠烈秋霜凜 | 충렬은 가을 서리처럼 늠름하고 |
| 聲名北斗高 | 명성은 북두칠성처럼 높도다. |
| 腥塵掃未盡 | 비린내 나는 먼지를 다 못 씻어 |
| 夜夜撫龍刀 | 밤이면 밤마다 청룡도를 어루만지네. |

두루마리를 더 펼쳤다. 무심코 바라보던 기룡은 깜짝 놀랐다. 그다음에는 시가 쓰여 있는 것이 아니라 그림이 그려져 있었다. 기룡은 권자를 얼른 도로 말며 주위를 돌아보았다. 자리에서 벌떡 일어나 밖으로 나왔다.

"자후(이후) 어느 누구도 동헌에 얼씬하지 못하게 하라."

들어와 문을 걸어 잠그고는 시축을 다시 펼쳤다. 펴나가는 대로 그림이 연이어 나타났다. 이윽고 기룡은 두루마리를 다 펼쳤다. 맨 마지막에는 글귀가 있었다. 이순신의 당부였다. 기룡은 온 신경을 집중해 읽었다.

"아!"

이순신은 통제사 관인을 찍고 자신의 필적임을 증명하는 수결까지 쳐 놓았다. 기룡은 재빨리 두루마리를 둘둘 감았다. 그러고는 큰 보물이라도 되는 듯이 옆구리에 고이 껴안고 고심했다.

"어느 누구에게도 알려져서는 안 된다고 하셨으니……."

아무리 생각을 해보아도 두루마리를 감춰둘 곳이 마땅치 않았다. 기룡은 고심에 빠져 밤잠을 이루지 못했다.

"어찌하면 좋을꼬……."


## 2

뜬눈으로 날밤을 꼬박 새다시피 한 기룡은 식가(관원의 정식 휴가)를 받았다. 내아에 있는 어머니 김씨를 찾아뵙고 말했다.

"남녘에 좀 다녀오겠사옵니다."

"그러고 보니 죽은 새아가의 제삿날이 가까워 오는구나. 먼 길에 조심하거라."

김씨는 기룡의 속을 들여다본 듯이 말했다. 기룡은 짧게 대답하고 밖으로 나왔다. 사일랑과 정범례가 호종할 채비를 마치고 기다리고 있었다. 다른 장사들과 육방관속들의 배웅을 받으며 관아 정문을 나섰다.

읍시를 오가던 사람들이 기룡의 행차를 보고는 다 허리를 굽혔다. 그러고는 멀어져 가는 모습을 바라보며 한마디씩 했다.

"원님이 단출하게 어딜 가시는 게지?"

"우리 사또께서 머잖아 새장가 드신다는 소문이 나돌고 있는데 진짜인가?"

"혼자 사실 수는 없지. 아직 젊으신데."

"누가 시집오건 복 터진 일이 아닌가? 조선 제일의 장부이시니 말일세."

"그나저나 먼저 가신 그 마님만 안됐어."

"사람의 명운이 얄궂은 게지 누굴 탓하겠나?"

기룡이 앞서가고 사일랑과 정범례가 뒤따랐다. 화이가 신나게 달리고 싶어 투레질을 하며 불만을 드러냈다. 기룡은 고삐를 단단히 잡고 허벅지로 말의 배를 조였다. 잠시 후 뒤돌아보며 말했다.

"정 장사는 내 곁으로 좀 오게."

정범례는 얼른 기룡의 옆으로 다가왔다.

"시키실 일이라도?"

"아닐세. 그저 얘기나 좀 하고 싶어서 불렀네."

기룡은 한동안 아무런 말도 하지 않았다. 정범례는 대화를 하고 싶어 곁으로 불렀다면서 입도 떼지 않는 기룡이 의아스러웠다. 점차 긴장이 되었다. 곧이어 기룡이 부드러운 음성으로 말했다.

"그간 용감하게 많은 공을 세웠음을 잘 알고 있네. 늘 고맙게 생각하고 있다네."

"내세울 만한 것이 못 되옵니다."

"겸손해할 것 없네. 자네가 용맹하다는 것을 모르는 사람이 누가 있겠는가?"

"과찬이옵니다. 사또 나리."

"고향에 돌아가고 싶다면 언제든지 말하게."

정범례는 기룡이 저를 내치려는 줄로 알고 깜짝 놀랐다.

"소인은 죽을 때까지 이 장사와 함께 나리 곁을 지킬 것이옵니다!"

"고향이 그립지 않은가?"

"남아의 고향이란 알아주는 분의 품이 아니겠사옵니까? 소인의 고향은 바로 사또 나리이시옵니다."

기룡은 정범례를 바라보며 빙긋 웃었다. 그러고는 손을 내밀었다. 정범례는 황송해하면서도 기룡의 손을 잡았다. 두 사람은 눈을 잠시 마주쳤다. 기룡이 정범례의 손을 놓고 고개를 돌리며 하늘을 올려다보았다.

"허허, 눈이 시리도록 푸르구먼."

정범례는 속으로 기룡에게 목숨을 바칠 것을 새삼 다짐했다. 그는 기룡의 최측근인 이희춘을 비롯해 여러 장사들과는 달리 고향이 먼 북변의 회령이다 보니 말투도 사뭇 달라 적지 않은 이질감을 느껴왔다.

겉으로는 다 친한 척하며 지냈지만 왠지 배돌이가 된 기분을 떨칠 수가 없었다. 이희춘도 예전처럼 살갑지 않았다. 그러던 차에 항금이 감사위에 합류해서 위로가 좀 되었지만 그는 어디까지나 여진인일 뿐이었다.

정범례는 뜻하지 않게 기룡의 남행에 발탁되어 호종하게 된 것도 기뻤는데, 행차 중에 기룡이 저를 마음속 깊이 넣어두고 있음에 그지없이 감격했다.

'소인은 반드시 끝까지 나리를 지켜드릴 것이옵니다.'

기룡은 고향 가산(한 집안의 묘를 쓰는 산)에 당도했다. 애복이의 허묘에 풀이 자라 파랗게 뒤덮였다. 손으로 긴 풀을 뜯었다. 그러고는 술과 음식을 차려놓고 절을 했다.

"애복아, 내가 상감마마의 명을 받고 기복을 하게 되어 상복을 못 입었어. 미안해."

절을 마친 기룡은 술을 무덤에 뿌리고는 묘 가까이 앉았다.

"재취를 하라고 명을 내리셨으니 어쩌면 좋니?"

기룡은 애복이의 유서가 쓰인 치맛자락만 묻어놓은 무덤을 보며 마치 사람에게 하듯 말했다. 기룡의 목소리는 멀찍이 떨어져 몸을 돌리고 있는 사일랑과 정범례의 귀에까지 들렸다.

흰 나비 한 마리가 어디선가 나올나올 날아와 무덤 위로 날아다녔다. 나비는 기룡의 눈앞에도 어른거리며 날았다. 한참 동안 주위를 날아다니더니 어디론가 사라졌다. 기룡은 나비가 사라진 자취만 넋 놓고 바라보았다.

사일랑의 군기침 소리에 정신이 돌아온 기룡은 일어섰다. 사일랑과 정범례가 다가왔다. 기룡은 두 사람과 함께 애복이의 허묘와 그 아래에 있는 윤업, 김사종의 허묘에도 읍을 하고는 말에 올랐다.

그다음에 도착한 곳은 진주성 촉석루였다. 애복이가 죽어간 자취를 따라 성벽을 쓰다듬으며 걸었다. 기분은 허망하고 가슴은 쓰라렸다. 촉석루에 서서 남강을 내려다보았다. 마치 아무 일도 없었다는 듯이 무심한 물결이 푸르게 흘러가고 있었다.

'애복아, 어디 있는 거니……'

시신을 거두지 못했으니 어딘가에 살아 있을 것 같은 착각마저 들었다. 부질없는 생각이 자꾸만 피어올랐다. 하지만 그건 가져서는 안 될 희원(희망)에 불과했다. 그런 실낱같은 바람은 아픈 가슴을 더디 낫게 할 뿐이었다.

기룡은 누각에서 내려와 처가로 향했다. 웅대한 저택은 허물어져 방치되어 있었다. 담장도 거의 다 무너졌고, 집채들도 앙상하게 기둥만 버티고 있는 모양새였다. 본채 뒤뜰에는 장인 강세정이 봉분도 없이 평장(평평하게 쓴 무덤)되어 있었다. 잠시 그 앞에 서서 묵례를 올렸다.

별당으로 갔다. 큰 향나무 한 그루만이 오롯하게 서 있었다. 가까이 다가간 기룡은 땅을 굽어보고는 이상한 느낌을 받았다. 누군가가 파낸 흔적이 있었다. 기룡은 정범례에게 하령했다.

"여기 향나무 아래를 좀 파보게."

정범례는 창끝으로 땅을 팠다. 땅은 팠다가 덮어놓은 지 얼마 되지 않은 것처럼 수월하게 파졌다. 정범례는 얼마 지나지 않아 향나무 둘레를 다 팠다. 유심히 살펴보던 기룡은 한 곳을 가리키며 더 깊이 파게 했다.

정범례가 얼마간 더 파 내려가자 큰 궤짝이 하나 나왔다. 사일랑이 손을 뻗어 궤짝을 들어냈다. 기룡이 손수 뚜껑을 열었다.

"아니!"

궤짝 안에는 아무것도 들어 있지 않았다. 전일(지난날)에 지리산 산정 아래 암자에 피신해 있던 가솔을 찾았을 때 병든 몸으로 함께 피난한 장인 강세정이 해주었던 말이 또렷이 떠올랐다.

"집안의 모든 재물은 향나무 아래에 묻어두었네."

누군가 땅을 파고 궤짝 안에 든 것을 가져가 버린 것이었다. 재물이 거기에 묻혀 있다는 것을 아는 사람은 어머니 김씨와 장모와 애복이와 걸이뿐이었다. 파내어 가지고 갈 만한 사람은 아무도 없었다. 기룡은 누가 가지고 가버렸는지 짐작이 되지 않았다. 장인의 전 재산을 잃었다는 것보다 도대체 누가 가지고 갔는지 의문이 뇌리에 가득 찰 따름이었다.

"다시 묻게."

기룡은 방어산으로 갔다. 박 공의 거처로 쓰던 집채와 사정이 깨끗이 사라지고 없었다. 집터에는 무덤 하나와 묘비가 서 있었다. 기룡은 다가가 묘비를 읽었다.

名弓密陽人朴公正泉之墓(명궁밀양인박공정천지묘)

박 공의 시신이 묻혀 있다는 뜻이었다. 놀라운 일이었다. 진주성 싸움이 끝난 뒤에 수많은 사체가 성 안팎 곳곳에 흩어져 쌓이고 포개져 있었다. 그런데 도대체 누가 박 공의 시체를 찾아서 수습하고 묻었을까?

박 공의 묘가 진묘인지 허묘인지 파보기 전에는 확실히 알 수 없었다. 그렇다고 파묘해 볼 수도 없는 노릇이었다. 박 공을 모셨던 시자 마천이도 죽고, 진주에 있었던 사람 중에 살아남은 사람은 아무도 없었다는데 도대체 누가 뒷일을 그토록 실쌈스레(정성을 다해) 갈무리한 것인지 몹시 궁금했다.

기룡은 처가의 별당 향나무 아래 묻혀 있던 궤짝 속의 것을 가지고 간 사람과 박 공의 묘를 조성한 사람이 동일 인물일 것 같은 생각이 들었다.

'도대체 누구지?'

기룡은 태어나 살아오면서 알고 지낸 사람들을 하나하나 모두 떠올렸다. 아무리 생각해도 두 사건과 관련이 있을 법한 사람은 오직 한 사람밖에 없었다.

'혹시 애복이가?'

기룡은 애복이가 살아 있는 것 같아 두근거리는 가슴을 진정시킬 수가 없었다.

'설마……'

사일랑이 물었다.

"사또 나리, 어인 일이옵니까?"

기룡은 가까스로 감정을 다스린 뒤에 말했다.

"아, 아닐세. 이만 돌아가세."


## 3

"뭐라고? 규수의 조모가 종실(종친)이라고?"

좌중이 놀라자 김지복이 태연히 대답했다.

"그렇다니까요."

"무회 아우, 자세히 얘기를 좀 해보게."

궁비(궁궐 안 여자 종)로서 내자시(궁궐의 살림살이를 맡은 관아)에서 자질구레한 심부름을 하고 있던 계집아이가 영특하고 부지런한 것을 알아본 세종의 왕비 소헌왕후는 그 아이를 궁녀로 승격시키고 곁에 두었다.

우연한 때에 세종의 눈에 든 궁녀는 승은을 입었고 일약 후궁에 봉해졌다. 그 궁녀가 바로 신빈에 봉해진 김씨였다. 신빈 김씨는 세종의 총애를 받고 6남 2녀를 두었는데, 그중 맏아들이 계양군이었다.

　계양군 또한 학문을 좋아해 세종의 총애를 받았는데, 훗날 이복형인 수양대군의 편에 서서 정난을 성공시키는 데 일조를 했다. 그는 이후 종친에 관한 일을 맡아보는 등 세조의 신임을 받았다. 천성이 겸손하고 차분해 덕망이 있었지만 주색을 너무 좋아해 단명했다.

　"그건 다 알고 있는 이야기가 아닌가?"

　"규수의 조모가 바로 그 계양군의 예주(후손)라오."

　"그래? 계양군이 세종대왕의 서왕자이시니…… 그렇다면 그 규수도 세종대왕의 피를 물려받았다는 말이 되는데."

　조광벽이 무릎을 탁 쳤다.

　"우리 경운이 종실과 집안을 맺는다?"

　"바로 그렇지요."

　삼망지우들은 남의 일 같지 않았다. 이런 혼처는 두 번 다시 없을 성싶었다.

　"반드시 성사시켜야지. 암."

　김광두가 말했다.

　"규수의 조부에 대해서는 들은 바가 있네. 호를 영사당이라고 쓰신 어른이신데, 임진년에 예천 용문 고을에서 창의를 하셨고 지난해에는 황주로 부임해 가시다가 병을 얻어 별세하셨다네."

　"저런!"

　김지복이 다시 말했다.

　"규수의 부친은 영사당 어른의 셋째 아드님이외다. 낙금당 권홍계라고, 선전관을 지내셨지요. 슬하에 6남 7녀를 두었는데 규수가 그 장녀라오."

　조우인이 물었다.

　"종실 집안인데, 아무리 우리 경운이 자질이 뛰어나기로 후처 자리로 시집을 오겠는가?"

좌중은 그럴 리 없다는 듯한 표정들이었다. 김지복이 웃었다.

"그런 염려일랑 마시오들. 시생이 낙금당 형님과 다 얘기를 마쳐놓았으니까."

"그래?"

"규수가 나이가 스물이 넘도록 모든 혼처를 마다하고 있었는데, 지난해 곡식을 꾸러 그 댁에 갔을 때 담 너머로 경운 형님을 슬쩍 보고는 단번에 마음을 정했다는 것이 아니옵니까? 하하."

그래도 걱정이 된다는 낯빛으로 전식이 물었다.

"그 집안에서 경운과의 혼사를 반대하는 사람은 없는가?"

"그 댁은 특이하게도 영사당 어른의 세 며느님이 집안 대소사를 결정한다고 하오. 공교롭게도 세 분이 다 이씨인데, 그런 까닭에 삼이의결(三李議決)이라고 한다고 합디다. 긴 토의 끝에 거기서 만장일치가 나왔다고 하오."

삼망우들은 안면에 희색이 돌았다. 이준이 말했다.

"그러면 그 댁은 심려할 것이 없고, 이제 당사자인 경운의 의중이 중요하지 않겠는가?"

정경세가 걱정스러운 목소리를 냈다.

"아직 선부인의 자최도 마치지 못했는데 경운이 쉽게 응할 리 없지."

정춘모가 고개를 끄덕였다.

"그렇긴 하지만 상감마마께옵서 자최가 끝나는 대로 재취를 하라고 명했고 혼수까지 하사하지 않았는가? 명을 거역해서는 안 될 일이네."

김지복이 말했다.

"이런 혼처가 또 어디 있겠소? 그러니 그 댁 며느님들의 삼이의결처럼 우리 삼망우도 만장일치로 추진하기로 하십시다. 형님들의 의향은 어떠오?"

다들 찬성했다.

"이런 일은 얼떨결에 지나간 듯이 속히 해치워야지. 암."

권홍계의 집안에서는 세 이씨 며느리가 가례할 날을 뽑는 데 애를 먹었다. 고심에 고심을 거듭한 끝에 가장 길일이라는 유월 초열흘로 날을 잡아 통보했다. 어머니 김씨와 삼망우는 다 같이 흐드러졌다.

하지만 기룡은 도저히 혼례를 치를 수 없었다. 애복이가 죽지 않고 살아 있을지도 모른다는 생각이 머릿속을 떠나지 않았다.

'왜 나타나지 않는 걸까? 많이 다쳐서? 상처가 너무 보기 흉해서?'

날은 다가오건만 기룡은 혼사를 치를 마음이 없어 아무런 채비도 하지 않았다. 오직 김씨와 삼망우만 분주했다. 보다 못한 기룡은 어머니 김씨에게 혼례를 치르지 않겠다고 선언했다.

김씨는 그 자리에서 누워버리고 말았다.

"내가 죽어야지."

삼망우들이 찾아와 설득했다. 하지만 기룡의 마음을 조금도 바꿀 수가 없었다. 특단의 조치가 필요하다고 여긴 정춘모가 결의에 찬 목소리를 냈다.

"경운, 자네가 이번 가례를 그르친다면 우리 삼망우는 다 자네와 절교를 하겠네. 이번 일은 자네의 일신상의 일로만 그치는 것이 아니라 우리 삼망우, 나아가 영남 제일도인 상주를 천하에 욕보이는 일이 되네. 어명을 거역한 것이 된다 이 말일세."

기룡은 묵묵부답이었다. 삼망우 사이에서 혼사를 늦추자는 의견이 대두되었다.

"내가 경운과 담판을 짓겠네."

정경세는 기룡을 찾아갔다. 기룡은 그가 무슨 일로 찾아왔는지 말하지 않아도 잘 알고 있었다. 머뭇거리던 끝에 진주에 다녀온 일을 들려주었다.

"그러니 내가 어찌 재취를 하겠는가?"

"그런 일이 다 있었군."

이어 정경세는 차분히 말했다.

"처가에 묻어놓은 궤짝을 파내어 그 속의 재물을 가져간 사람이 선부인이라는 증거는 티끌만큼도 없지 않은가? 애초에 자네 장인이 궤짝을 묻는 것을 몰래 엿본 자가 어찌 없을 거라고 장담할 수 있겠나?

또 박 공이란 분은 조선의 명궁인데 어찌 거소에 찾아오는 사람이 없었겠는가? 누군가 그분을 기리려는 마음에서 폐허를 다듬어 묘를 쓴 것일 가능성이 더 높다고 봐야 하지 않겠나? 진주성 참화 이후 허묘와 가묘가 허다하게 세워졌다는 말을 들은 적이 있네.

두 가지 일을 연관 지어서 터무니없는 억측을 하고 허황된 공상에 빠져들어 현실을 잃고 있는 자네를 보는 내 심정은 안타깝기만 하네. 자네가 못난 사람이 전혀 아닌데 어찌 이번에 이렇게 다른 모습을 보이는가?"

기룡은 억장이 무너지고 자포자기 심정이 되었다. 고개를 절레절레 저었다.

"아, 진정 어찌해 볼 도리가 없단 말인가?"

삼망우는 밀어붙이다시피 해 기룡을 기어이 장가보내려고 영천으로 보냈다. 권홍계의 집안은 물론이고 온 영천 고을이 잔치 분위기로 떠들썩했다. 조선 제일의 용감한 대장부가 조선 제일의 지혜로운 규수한테 장가들러 온 것을 보려고 인산인해를 이뤘다.

기룡은 가례를 올리기 전에 감사위 장사들에게 은밀히 하령했다.

"토적이 언제 발호할지 모르네. 내 말과 갑주와 무기를 챙겨서 언제라도 출동할 수 있도록 채비를 해두게."

이희춘이 아뢰었다.

"토적이든 왜적이든 소인들이 다 알아서 잡을 터이니 나리께서는 첫날밤을 그르치지 마옵소서."

장사들이 서로 마주 보며 웃음을 머금었다.

밤이 깊어가고 있을 무렵, 사방으로 보내놓은 척후로부터 보고가 들어오기 시작했다. 다른 방향은 아무런 조짐이 없었지만 예천 땅에서 토적이 야심한 때를 틈타 민가에 들어 노략질을 하고 있다는 첩보였다.

이희춘은 장사들에게 말했다.

"새신랑은 깨우지 말고 우리끼리 잡으러 가세."

기룡이 어느새 신방을 나와서 갑옷을 입고 있었다.

"아니, 나리?"

기룡은 짧게 말했다.

"가세."

기룡과 장사들은 말을 몰아 어둠 속으로 사라졌다. 신부 홍비는 방문을 조금 열어보고는 닫았다.

날이 밝아 새신랑이 사라진 것을 안 집안은 발칵 뒤집혀졌다.

"이게 도대체 어찌 된 일이냐?"

"휘하의 장사들도 온데간데없사옵니다."

"뭣이? 괴이한 일이로고! 어서 찾아라. 어서!"

권홍계는 홍비를 나무랐다.

"신방에 있어야 할 사람이 한밤중에 어디로 갔단 말이냐?"

홍비는 묵묵히 고개만 숙이고 있었다.

"이런!"

권홍계는 집안 종들에게 소리를 질렀다.

"뭣들 하느냐! 고을에 소문이 나기 전에 속히 찾아야 한다!"

집안 종 하나가 달려들어 아뢰었다.

"마님, 어서 나와 보시옵소서!"

권홍계는 문짝을 발로 차듯이 열고 나왔다. 마루에 서서 멀리 동구 밖을 내다보니 기룡이 수많은 사람들을 이끌고 돌아오고 있었다. 고을 사람들이 다 나와서 모두 기룡을 향해 절을 하며 칭송하는 것이었다.

기룡은 말에서 내려 권홍계에게 말했다.

"빙장어른, 놀라게 해서 죄민하옵니다. 밤에 토적이 침노했다는 첩보를 받고 다녀오는 길이옵니다."

권홍계는 그제야 안색을 풀었다.

"허허, 우리 사위님이 가례를 치르는 날에 도적들이 안심하고 노략질을 하다가 벼락을 맞은 듯이 박멸되었구먼."

기룡은 자리를 오래 비워놓을 수 없어 사흘 뒤에 상주로 돌아왔다. 육방관속들과 백성들도 다 기룡의 신혼을 기뻐했다. 기룡은 홍비와 함께 어머니 김씨에게 절을 올렸다. 김씨는 더없이 흐뭇했다.

"세상에나, 내가 종실의 손녀를 다 며느리로 들이다니."

홍비는 관아 안에 웬 아이들이 여럿 뛰어다니며 노는 것을 보고는 의아하게 여겼다. 기룡에게 자식이 없다고 들었는데 전처의 자식인지, 첩의 자식인지 궁금증이 날로 커졌다. 아이들이 마치 기룡을 어버이라도 되는 듯이 거리낌 없이 대한 까닭이었다.

그런 데다가 서무랑이 웃으며 넌지시 말했다.

"다 목사 영감마님의 아드님들입지요."

홍비는 기룡에게 속은 것만 같았다. 얼굴이 밝지 않았다.

"슬하에 아이들이 있으면 있다고 미리 말씀을 하시지 그랬사옵니까?"

"아이들이라니?"

기룡은 되물어 놓고는 얼른 그 말뜻을 깨닫고는 웃었다.

"다 삼망우 벗님들의 아이들이라오. 벗의 자식은 곧 나의 자식이나 마찬가지가 아니오?"

그제야 홍비의 얼굴이 밝아졌다.

"난 또……."

기룡이 아이들을 어질게 대하는 만큼 홍비도 틈나는 대로 잘 보살폈다. 마치 망아지처럼 뛰어다니는 아이들을 한 아이 한 아이 불러서 데려다가 씻기고 입히고 먹이곤 했다.

삼망우의 아내들은 기룡의 새 처를 달리 보게 되었다. 종실의 후손이라 집안일이든 무엇이든 손도 까딱하지 않을 줄 알았는데 시어른 모시는 일에서부터 집안일과 관아의 내치에 이르기까지 조금도 소홀함이 없는 것을 보고는 덕담과 칭찬을 이어갔다.

기룡은 신혼임에도 불구하고 토적을 진압해 달라는 도원수 권율의 요청을 받고 멀리 지리산까지 출동했다. 권율은 기룡을 독포장군(토적을 진압하는 장수)으로 삼았다. 기룡은 감사위 장사와 날랜 군사를 데리고 지리산 토적의 수괴 김희와 임걸년이 이끄는 반란의 무리를 쫓아 격퇴했다.

남해안 왜성에 둔진하고 있는 일본군은 크게 준동하는 일이 없었지만 사방에서 창궐해 날뛰는 토적 때문에 기룡은 다리를 포개고 앉아 밥 먹을 틈이 없었고 옷을 벗고 누워서 잠잘 겨를이 없었다.

그 바람에 홍비는 생과부처럼 지내는 날이 많았다. 내아에 며느리와 두 사람만 남게 된 김씨는 며느리가 양반인 것만 해도 마음이 편치 않은 데다가 종실의 손녀라니 더욱 어려웠다. 입에 있는 말은 함부로 할 수 없었고 속에서 내키는 것은 아무것도 시킬 수가 없었다.

"내가 며느리를 본 게 아니라 상전을 들인 게지."

그럴수록 홍비는 시어머니를 극진히 모셨다. 진지를 손수 차리고 잠자리도 반드시 제 손으로 봐드렸다. 기룡이 멀리 토적을 진압하러 떠나 있는 밤에는 하루도 빠짐없이 정화수를 떠놓고 천지신명의 가호를 빌었다.

김씨는 어딘가 모르게 범상치 않은 데가 있는 듯하면서도 언행은 여염집 아낙네처럼 소박한 며느리가 대견스러웠다. 그렇다고 해도 썩 살갑게 느껴지진 않았다.

오히려 수청방에 들어 있으면서 간간이 말벗이 되어주는 서무랑이 한결 편했다. 김씨는 점차 서무랑과 터놓고 지내는 사이가 되었다.


# 4

임금은 기룡이 혼례를 치렀다는 진달을 받고 흐뭇했다.

"상주 목사 정기룡을 통훈대부(정3품 당하관)로 삼노라."

달이 바뀌어 영의정 유성룡이 아뢰었다.

"전하, 영남의 조령 이하 직로(한양에서 부산에 이르는 큰길)는 큰길이 텅 비어 있는데, 오직 상주만이 진관이 차려진 요해처가 되어 있사옵니다. 이는 상주 목사 정기룡이 속현의 장정들을 모아 훈련을 시켜 군사로 만든 다음 위급한 때를 대비하려고 한 것이옵니다.

백성들이 한입으로 말하길, 정기룡이 하찮은 군병을 거느리고서 전라도와 경상도의 요충지를 우뚝하게 지키고 있기 때문에 상주는 동남방의 큰 장새(요새)가 되었다고 하고 수만의 피난민들이 살길을 도모하고자 온 사방에서 모여들었다고 하옵니다."

"과인이 어찌 모르겠는가? 상신(재상의 벼슬을 하고 있는 신하)은 하고 싶은 말을 더 해보라."

"황공하옵니다. 전하."

유성룡은 침을 삼킨 뒤에 말을 이었다.

"경상도의 밀양 이북은 어느 고을이고 군사가 기찰(검문)하는 곳이 없어 토적이 준동하고 백성들이 낮에도 통행하기를 꺼려하옵니다. 그런데도 토포(쳐서 잡음)하는 관원이 그림자조차 보이지 않사옵니다.

상주 목사 정기룡은 비록 젊으나 무재가 있고 전란 초기부터 많은 군공이 있었으며 또 고을의 사무를 잘 다루어 민심을 크게 얻었사옵니다. 정기룡을 당상관에 올려서 토포사로 삼으시고, 평상시에는 토적을 잡고 왜변이 있을 때는 그 즉시 이 군사들로써 적군을 물리치게 하옵소서."

"지난달에 당하에 교천(승진)시켰는데 너무 이르지 않은가?"

"나라를 구하는 일에 장수를 시급히 쓰는 것은 관례를 따를 일이 아닌 줄 아옵니다."

"경의 말이 옳다. 정기룡에게 통정대부(정3품 당상관)를 가자하고 토포사를 겸임하게 하라."

삼망우, 감사위 그리고 상주 고을 백성들은 다 환호했다. 출신이 빈천한 기룡이 불과 33세의 나이로 당상관의 반열에 오른 것이었다. 더구나 무관의 품계가 아닌 문관의 품계를 받은 것을 두고 사람들은 연일 화젯거리로 삼았다.

"나랏님이 우리 목사 영감을 장차 무정승으로 존귀하게 쓰시려는 게지."

"아무렴. 그렇고말고."

"우리 상주의 크나큰 자랑일세."

좋은 소식은 연이어 들려왔다. 그와 같은 때에 정경세는 복제를 마치고 역복(탈상하고 옷을 갈아입음)을 했는데 임금은 곧바로 그를 예조 좌랑에 제수했다.

소명(임금이 신하를 조정으로 불러들이는 명령)을 받은 정경세는 삼망우와 간소한 전별례를 치렀다.

"경임도 다시 출사하게 되었으니 퍽 다행한 일일세."

"상감마마께옵서 우리 경임을 한시도 잊지 않고 계셨던 게지."

기룡이 말했다.

"곳곳에 토적이 일어나고 있네. 먼 한양 가는 길에 호종할 무부 한 사람쯤은 있어야 하지 않겠나?"

좌중은 누가 좋을까 서로 물색했다. 좀처럼 마땅한 사람을 가리지 못했다. 기룡이 추천했다.

"오 명궁이 어떤가? 어지간한 사내 몇은 감당하고도 남을 사람이니."

좌중은 의외라는 듯이 서로 마주 보았다. 정경세의 얼굴에 붉은빛이 감돌았다. 뭔가 눈치를 챈 정춘모가 얼른 기룡의 제안에 찬성했다.

"그게 좋겠군. 오 명궁이 우리 경임과 동행한다면 안심이 되지."

그리하여 오청명이 정경세를 호종했다. 그녀는 남장 차림으로 등에는 활을, 허리에는 환도를 찼다. 여러 사람의 배웅을 받으며 정경세와 오청명은 말을 타고 한양으로 향했다. 정경세가 오청명에게 물었다.

"예전에 말이오. 용운정에서 향사례가 끝나고 내가 시를 지었을 때 왜 내게 본인의 활을 주었소?"

오청명은 고개를 숙이며 가볍게 웃었다. 그러고는 용기를 내어 말했다.

"준수하신 나리께 저도 모르게 반했나 보옵니다."

정경세는 당황해 군기침을 냈다.

"어허험."

그러고는 말을 돌렸다.

"갈 길이 머니 어서 길을 재촉합시다."

정경세는 상경해 임금을 배알하고 사은했다. 임금은 정경세를 위로했다.

"선친에 이어 선대부인과 아우를 잃은 상심이 얼마나 컸겠는가? 과인이 부덕한 탓에 왜란을 당했으니 이 모든 것은 과인의 허물이다."

"망극하옵니다. 전하!"

"이제 다시 과인의 곁으로 돌아왔으니 부디 슬픈 일은 잊고 정무에 힘쓰기 바라노라."

얼마 지나지 않아 임금은 정경세를 병조 좌랑에 제수했다가 다시 홍문관 수찬 겸 지제교를 내렸다. 또 경연 검토관과 춘추관 기사관을 겸임하게 해 정경세는 조정에서 눈코 뜰 새 없이 바쁜 나날을 보냈다.

기룡은 상주 목사의 소임을 수행하는 데 여념이 없었다. 군사들을 순찰시켜 관내 속현과 면리를 지키면서 백성들을 보호했다. 농사를 권장해 관창마다 곡식을 쌓아두었고, 멀리 남하한 명군에게 군량을 보내주기까지 했다.

감사위 장사들에게는 군사를 엄하게 조련시키도록 했고, 무기를 만들고 수리하는 일을 각별히 살폈다. 노함과 신복다물리가 화약을 제조하고 화약 무기를 궁리하는 데에도 힘껏 지원해 주었다.

기룡은 서 진사가 남긴 동개의 글귀 항룡유회의 뜻을 알게 된 후로《주역》을 늘 곁에 두고 읽었다. 병법서와는 또 다른 심오한 글맛이 있었다. 기제괘(旣濟卦)에 이르러 기룡은 오랫동안 생각에 잠겼다.

"물이 불 위에 있는 형국이라…… 그렇다면 불안하기 짝이 없는 상황이로군."

머리는 물에 젖어 차고 다리는 불에 타 뜨거운 급박한 환란이었다. 또 망망대해에 떠 있는 배에 구멍이 나 물이 들어올 조짐이니 옷을 벗어 막을 채비를 해야 한다는 효사가 있었다.

"그렇지. 군문의 모든 것은 유비무환 네 글자에 지나지 않아."

기룡은 홍비와의 사이에서 첫딸을 얻었다. 대를 이을 튼튼한 아들을 기대했던 김씨는 크게 아쉬운 속마음을 감췄다.

"어머님, 죄송하여요."

"아니다. 괜찮다. 첫딸은 금이라고 하지. 아마."

김씨는 서무랑의 도움을 받아 세이레 동안 산모를 보살펴 주었다. 매일 아이를 씻기고 입히는 일은 서무랑이 맡았다. 기룡은 딸의 이름을 미설이라고 지어주었다.

"미설, 미설. 이름 참 좋사옵니다."

세자시강원 사서를 겸임하면서 홍문관 교리로 있던 정경세는 상소를 올렸다.

"신은 몇 자 안 되는 처량한 부모님의 봉분을 돌보는 사람이 없는 지경에 이르도록 내버려 두었사옵니다. 그러는 사이에 세월은 덧없이 흘러가 해가 두 번이나 바뀌었사옵니다.

봄비가 촉촉이 내릴 적에는 두렵고 슬픈 마음을 가눌 수가 없고, 짙은 서리가 내리는 밤에는 애통한 생각에 휩싸이곤 했사옵니다. 이에 날마다 잠을 이루지 못하고는 온갖 생각에 젖어드는데, 문을 열고 보이지 않는 고향 산 쪽으로 눈길을 두어도 단번에 훌쩍 떨쳐 날아갈 수가 없사옵니다……."

임금은 정경세의 상소를 읽고는 눈시울을 붉히면서 비답(신하에 대한 임금의 예사로운 대답)했다.

"말미를 줄 터이니 사직하지 말라."

이어 승정원에 전교했다.

"이 상소를 한 통 베껴서 들여놓도록 하라. 돌아가신 부모님을 그리는 애타는 마음을 어찌 이보다 잘 나타낼 수 있으랴?"

정경세가 조정을 하직하는 날에 세자 광해군이 약재를 하사했다.

"가향에 돌아가 잠시 쉬는 겨를에 몸을 보하도록 하시오."

"성은이 망극하옵니다. 저하."

정경세는 고향으로 돌아와 어버이 산소에 성묘를 했다. 그런 뒤에 오랜

482

만에 삼망우와 한자리에 모여 앉아 그간의 일들을 화제로 삼아 말꽃을 피웠다. 정경세는 기룡이 자식을 얻은 일을 축하했고, 기룡은 그가 임금과 세자의 신임이 두터운 것을 자랑스럽게 여겼다.

또 이준이 의병을 일으켜 왜적을 물리친 공으로 지난해에 형조 정랑에 제수되었지만 염치가 없다고 사양했다가 올해 다시 경상도 도사를 내리자 어명을 거듭 거역하는 것은 불충이기에 마지못해 출사한 것을 두고 정경세는 누구보다도 기뻐했다.

정경세를 그림자처럼 호종하고 있는 오청명의 얼굴도 밝았다. 서무랑과 만나 그들만의 이야기를 나눴다. 두 사람은 마치 친자매 같았다. 우정은 두터웠지만 만남은 짧았다. 불과 열흘 뒤에 오청명은 정경세를 호종해 다시 한양으로 돌아갔다.

전쟁은 중단되고 지루한 화의가 진행된 지도 3년째에 이르렀다. 상주의 백성들은 왜적과 토적의 피해 없이 편안한 나날을 보내고 있었다.

기룡은 주역의 효사를 본받아 그동안 손을 대지 못하고 있던 관아의 허물어지거나 부서진 곳들을 수축하고, 관내의 크고 작은 고을을 모두 정비했다. 백성들의 수를 파악한 뒤에 요역을 공정히 정립해 내버려진 땅에 둔전을 개설하고 허물어진 방죽과 못 둑을 튼튼히 쌓았다.

들판을 파헤칠 때마다 나오는 죽은 사람의 해골은 모두 거둬 한곳에 매장하고 원혼을 달랬다. 때때로 술과 음식을 마련해 고을 안의 덕망 있는 노인들을 대접하며 위로부터 풍속을 교화했다.

읍시 가까운 곳에 신씨 부인이라는 사람이 살고 있었다. 그녀는 가끔 종이로 만든 꼭두각시(인형)로 놀음판을 열어 아이들에게 즐거움을 선사하곤 했다. 그 소식을 들은 기룡은 신씨 부인을 불렀다.

"꼭두각시놀음을 좀 크게 할 수 있겠소?"

"일손이 충분하다면 못 할 일도 아니옵니다."

기룡은 크게 지원해 보름 동안 꼭두각시놀음판을 열었다. 영웅호걸, 효자효녀 그리고 도술을 펼치는 술사들의 이야기까지 재현해 냈다. 갖가지 꼭두각시놀음판이 벌어지는 큰 장막 앞에서 군사들은 사기가 진작되었고, 백성들은 고단한 삶에서 위안을 얻었으며, 어린아이들은 끝없는 상상의 나래를 펼쳤다.

고을이 안정되어 다소간의 여가가 생긴 기룡은 오랫동안 마음만 먹고 있었던 일을 마침내 실행하기로 했다. 읍내와 거리가 먼 사벌 고을의 아동들이 초학에 입문할 수 있도록 사재를 털어 서당을 세운 것이었다.

"목사 영감의 은덕이 미치지 않는 곳이 없군."

"언제까지나 우리 상주의 원님으로 계시기만 바랄 뿐이지."

기룡은 객사 동북쪽 풍영루 앞에 서 있는 커다란 감나무를 바라보고는 문득 고향 생각에 젖어 들었다.

곤양 당산골에서는 감나무마다 유난히 큰 감이 달렸다. 동네 아이들과 함께 길가 감나무에 열린 큰 감을 장대로 따기도 하고 나무에 올라가 따기도 했다. 그러다가 가지가 부러져 떨어진 아이도 여럿 있었다. 큰 부상 없이 다리를 절룩거리며 다니다가도 며칠이 지나면 멀쩡해지는 것이 예사였다.

딴 감은 둘러앉아 나눠 먹었다. 입에서 사르르 녹아 없어지는 듯 꿀맛 같은 홍시 맛은 어느 과일도 견줄 수 없었다.

기룡은 관아 뒷산을 오르내리며 놀고 있는 아이들을 불러 모았다. 쪼르르 달려온 학이 물었다.

"감을 따주시게요?"

"오냐."

기룡은 융복과 꼬꼬마 벙거지를 벗어 아이들에게 주었다.

"좀 들고 있거라."

그런 뒤에 감나무 밑동을 안고 올랐다. 한 길쯤 오른 뒤 가지 사이를 디디고 서서 감을 따 떨어뜨렸다. 아이들은 옷을 벗어 들고 받았다. 손이 닿지 않자 기룡은 가는 나뭇가지 쪽으로 발을 옮겼다. 순간, 가지가 뿌드득하고 부러져 버렸다. 그 바람에 땅으로 떨어지고 말았다.

"어이쿠!"

아이들이 깔깔 웃어댔다. 지켜보고 있던 사일랑과 호장 이경남은 간담이 철렁했다. 어느새 장사들이 우르르 달려왔다. 이희춘이 사태를 짐작하고는 혀를 찼다.

"다시는 나무에 올라가지 마옵소서. 원숭이가 나무에 오른다고 범까지 오를 수는 없사옵니다."

"허허, 알겠네."

가을이 더욱 깊어지고 있을 때, 수청방에서 우렁찬 아기의 울음소리가 났다. 아들이라는 말에 김씨는 입맛을 다셨다.

"대를 이을 아들은 얻지 못하고 어디서 아무 소용없는 것을……."

정실은 딸을 낳고 첩실은 아들을 낳은 것이 심히 못마땅했다. 산후 조리를 해줄 마음도 나지 않았다. 서출은 아비의 피가 흐르되 자식이 아니었다. 홍비가 삼칠일 동안 산모를 정성스럽게 보살펴 주었다.

"아이의 이름을 익린이라고 지었소. 세상이 무어라 하든 내게는 미설이나 익린이나 다 똑같은 자식이오. 아무 염려 마오."

"말씀만으로도 고, 고맙사옵니다."

그때 호장 이경남이 다급하게 아뢰었다.

"사또 영감, 충청도 홍산에서 큰 변란이 일어났다고 하옵니다."

"뭣이?"

기룡은 수청방을 나와 급히 동헌으로 갔다. 호장 이경남이 한양에서 내려온 조보(관보)를 올렸다. 기룡은 펼쳐 들었다.

충청도 홍산(지금의 부여)의 군관으로 있던 이몽학은 아비에게서 버림받은 뒤로 서얼 차별에 불만이 아주 많았고, 세력을 규합해 반역을 일으켰다.

그는 처음에 무량사에서 동갑회라는 비밀결사를 조직했고, 겉으로는 친목 모임으로 가장했다. 때가 되어 기치와 무기를 들고 거침없이 관군을 물리치자 이들이 가는 곳마다 백성들이 호응했다. 그리하여 일거에 청양과 홍주(지금의 홍성)를 장악했다.

대흥, 부여, 서산을 차례로 함락시키며 나아가던 반역의 무리는 충청병사 이시언과 어사 이시발의 진압군에게 속절없이 무너졌고, 결국 무리 내의 배반자 손에 이몽학은 참수되고 말았다.

반란은 진압되었고, 한양으로 압송된 사람은 수십 명이고, 연좌의 죄목으로 처형된 사람은 백여 명이었다.

이몽학이 난을 일으켰다는 급보를 들은 김덕령은 의병을 이끌고 반란군을 치러 가던 중에 이몽학이 부하에게 살해당하고 난이 진압되었다는 소식을 듣고 회군했다. 그런데 이 일을 두고 이몽학의 반란에 합류하러 간 것이라는 무고를 당해 김덕령은 체포되었다. 그는 혹독한 고문의 후유증을 이기지 못하고 20여 일 뒤에 옥사하고 말았다.

"이런!"

기룡은 한탄했다.

"김경수(김덕령의 관자) 같은 인재는 얻기 드문데 사태가 어찌 이리 어이가 없고 허망하게 되었단 말인가!"

김덕령의 죽음은 이몽학의 난보다도 더 큰 반향을 불러일으켰다. 백성들은 날래고 용감한 의병장이 무고를 당하고 끝내 죽음에 이르자 안일하고 경솔하게 대처한 임금과 조정에 대한 원성을 더욱 높였다.

전쟁이 일어난 뒤 지금까지 백성들이 관군보다 의병을 신뢰한다는 것은 임금으로서는 큰 고심 거리였다. 구국의 기치 아래 창검을 들고 의병이 일어나면 일어날수록 임금은 위협을 느꼈다. 그들이 반역의 무리로 돌변할지도 모른다는 불안감 때문이었다.

임금은 의병들이 나라를 구한답시고 설쳐대는 것이 달갑지 않았다. 임금과 양반이 망쳐놓은 나라를, 임금과 양반이 버리고 도망친 그 나라를, 백성들이 들고 일어나 싸워서 구했다는 여론이 일어날지도 모르는 일이었다.

의병에서 영웅이 나오는 것이 싫었다. 그와 마찬가지로 관군에서 영웅이 나오는 것도 바라지 않았다. 민간의 의병장이든 조정의 장수든, 백성들로부터 명망을 등에 업고서 그들의 정치적 입지가 커질까 봐 근심이 되었다.

오직 명군이 싸워주고 이겨주기를 바랐다. 그리하여 명군이 개선해 명나라로 회군하기를 원했다. 그렇게 된다면 명나라 황제에게 원군을 요청해 나라를 구한 임금 자신에게 모든 공이 돌아갈 것이었다.

그러나 안타깝게도 명군은 싸우고 싶어 하지 않았다. 임금의 바람과는 달리 싸우고 싶어 하는 쪽은 오히려 백성들이었다. 백성들 중에서도 관군이 아니라 의병이었다. 부모와 처자와 친척과 동네 사람들을 잃은 의병들이었다.

전란의 사태가 임금이 바라는 대로 돌아가지 않았다. 임금의 남모르는 고뇌를 간파한 사람은 영의정 유성룡이었다. 명망이 높은 의병장을 한순간 역적으로 몰아갈 수 있는 임금, 그런 임금으로부터 의병장들을 보호할 특단의 조치가 필요했다.

유성룡은 유격전에 능한 의병장들의 사기도 진작시키고 임금이 그들에게 함부로 반역의 죄를 뒤집어씌우지 못하게 할 일거양득의 묘안을 고심했다.

"옳지, 그렇게 하는 것이 좋겠군."

유성룡은 팔도에서 의병의 기세가 가장 왕성한 영남의 의병장들을 한 곳에 불러 모으기로 결심했다. 의병들이 와해되지 않고 구국의 기치 아래 일치단결하고 임금에게 충성할 것을 다짐받을 목적으로 영남의병장회맹을 결행했다.

임금은 은밀히 정경세를 불렀다.

"어사의 신분으로 가서 회맹에 참여하라. 그리하여 거기서 오가는 말들을 낱낱이 채문해 오라."

정경세는 미복 차림으로 한양을 떠나 조령을 넘었다. 기룡은 따뜻이 맞이했다. 객사 북쪽에 있는 청량각으로 갔다. 아래에는 작은 연못이 있어 단아한 정취가 배어나는 곳이었다. 기룡은 정경세의 신분을 단번에 알아챘지만 입 밖으로 드러내지는 않았다.

"경운, 자네가 어찌나 목민을 잘하면 백성들이 이구동성으로 생사(生祠:생사당. 공로가 지대한 사람을 기리기 위해 그가 살아 있을 때부터 제사를 받들어 지내는 사당)를 지어야 한다고까지 하는가?"

"그래? 처음 듣는군. 정제(친구 간에 자신을 일컫는 말)는 전혀 모르는 일일세."

기룡은 이어 물었다.

"특별한 지소(목적지)가 있는 행차인가?"

"대구 달성에 있는 경상 감영으로 가서 도사(감영의 종5품)로 계시는 숙평 형도 만나보고 싶고……."

정경세가 말끝을 흐리자 기룡은 더 묻지 않았다. 정경세는 객사에서 하룻밤 묵은 뒤에 다른 삼망우는 만나지 않고 길을 떠났다. 기룡은 호장 이경남을 시켜 행찬과 노자를 오청명의 봇짐에 넣어주었다.

대구 북쪽에 있는 팔공산 상암에는 영남 지역의 의병장 외에도 팔도

16개 고을에서 모두 105명의 의병장이 모여들었다. 유성룡이 의병장의 회맹을 영남에만 제한하지 않고 전국으로 확대한 것이었다.

'만에 하나 이들이 모두 뜻을 모아 역모를 일으킨다면……'

집결한 1백여 명의 장수들을 둘러보며 정경세는 아찔했다. 조선 팔도 각 고을에서 가장 용맹하다는 대장부들이 다 모였다 해도 지나친 말이 아닐 성싶었다. 각지에서 온 의병장들이 서로 인사를 나누는 데만도 적지 않은 시간이 걸렸다.

정경세는 어사의 신분을 감추고 상주 의병장 대표 자격으로 김산 의병장 대표 여대로와 나란히 앉았다.

이윽고 유사가 나와 큰 소리로 말했다.

"지금부터 의병회맹을 개시하겠습니다."

# 빛나는 고령대첩

## 1

도요토미 히데요시는 명나라 신종 황제가 보낸 사신을 맞이했다. 그는 황제가 자신을 조선의 임금처럼 제후국의 왕으로 책봉해 주자 몹시 기뻐했다.

그러나 황실의 공주를 후궁으로 보내고 명나라와 직거래 무역을 요구한 조건에 대해 별다른 화답이 없었고, 또 조선에 요구한 강화 조건도 어느 것 하나 관철되지 않았다는 것을 깨닫고 크게 분개했다.

강화를 하려는 가장 큰 목적은 조선을 굴복시켜 남쪽의 영토를 할양받는 것이었는데, 조선 조정은 턱없는 소리라고 일축했고 명 황제도 조선 편을 들어줘 도요토미 히데요시는 자존심이 크게 상했다.

결국 강화 회담은 결렬되었고, 일본은 재침의 야욕을 드러내며 조선을 위협하기 시작했다. 다시 전운이 감도는 가운데 조선은 흉년과 기근, 역병의 창궐과 토적의 발호로 온 나라가 신음하고 있었다.

영남 어사의 소임을 마치고 한양으로 돌아온 정경세는 임금에게 아뢰었다.

"영남 의병은 물론이고 팔도의 모든 의병장들이 오직 충성을 맹세하는 자리였사옵니다."

임금은 정경세가 내놓은 의병장 32인의 연구(여러 사람이 한시 구절을 하나씩 잇달아 쓴 것) 두루마리를 읽어보고 흡족했다.

"의병장들이 각자 자신의 관자를 넣어서 지었군그래."

정경세가 지은 경국위경임(나라를 경영하는 일을 경임에게 맡기셨네) 구절과 여대로가 쓴 성우천일운(성우는 하늘의 운을 탔다네)에 눈길을 준 임금은 고개를 끄덕였다. 유성룡은 그제야 안심했다.

일본의 재침에 대비해 비변사(나라의 군무를 총괄하는 임시 관청)에서는 복수군을 설치할 것을 건의했다.

그리하여 일본군에게 부모 형제의 목숨을 빼앗긴 사람들을 전국적으로 소모했으며, 한양에서만 복수군 5백여 명과 군량미 4백여 석이 모집되었다. 회맹식을 거행하면서 분의복수군이라 칭하고 동부승지 송순을 대장으로 삼았다.

정경세는 임금이 새로 설치한 분의복수군을 따라 전장에 나가게 해줄 것을 청하는 상소를 올렸다. 그것을 읽어본 임금은 정원(승정원)에 전교했다.

"바야흐로 정경세가 가장 먼저 왜적을 토멸하여 부모 형제의 원수를 갚고자 하니 그 의로운 기상이 늠름하기 이를 데 없다. 정경세를 복수군의 장수로 삼고 그 즉시 널리 효유(알아듣게 타일러 말함)하여 군사를 초모(불러 모음)한다면 반드시 호응하는 백성이 많지 않겠는가?"

영의정 유성룡이 아뢰었다.

"전하, 정경세가 올린 상소의 글이 비절(슬프고 절통함)하여 차마 끝까지 읽을 수 없었고, 전하께옵서 장려하시니 어느 누군들 감격하여 마지않겠사옵니까? 다만 신이 얼핏 참작하옵건대, 왜적과 뼈에 사무친 원수를 진 사람은 이미 관군에 들어간 자가 많아서 지금은 옮길 수 없고 또 별도로 하나의 군대를 만들어 여느 의진과 똑같이 싸우도록 한다면 관군과 힘이 갈라지고 형세가 약해져서 성공을 보장하기 어려울 듯하옵니다.

무릇 갑옷과 무기로써 전장에서 종사하려면 반드시 여력(근력)이 있어야 할 줄 아옵니다. 그런 사람이 있다면 모아서 대오를 편성하여 도체찰사에 소속시키거나, 정기룡 같은 맹장에게 예속시켜 지휘를 받게 하는 것이 효력이 클 것이옵니다."

임금은 수긍했다.

"듣고 보니 영상의 사려가 남달리 깊음을 알겠다. 아뢴 대로 하라."

진해 웅천왜성에 있는 고니시 유키나가는 고심했다. 통제사 이순신이 한산도에서 해상권을 장악하고 있는 만큼 섣불리 군사를 움직여서는 안 되었다. 일본 수군이 배후에서 받쳐주지 않으면 육상에서 전진(군대 이동)하는 것은 무모한 짓일 뿐이었다.

"그자를 어찌할 방도가 없을꼬."

여러 날 골머리를 앓던 고니시 유키나가는 휘하에 알렸다.

"이순신을 제거할 묘안을 제출하는 자에게는 지금껏 보지 못한 큰 상을 내리겠다."

아들 충성을 보물처럼 끼고 있던 박수영은 겐소를 찾아갔다.

"법사님, 드디어 우리에게 기회가 찾아왔사옵니다. 소인에게 이순신을 처리할 묘책이 있사옵니다."

"그래? 어디 좀 들어보세."

박수영은 말을 하지 않고 우물쭈물했다.

"그게 저어……."

그러면서 비굴한 웃음을 흘렸다. 겐소는 박수영을 데리고 고니시 유키나가가 있는 천수각으로 갔다. 전각 안에는 고니시의 가신들이 좌우에 앉아 있었다. 겐소는 요시라를 힐끗 바라본 뒤에 고니시 유키나가에게 아뢰었다.

"태수님, 박 향도에게 이순신을 처치할 묘방이 있다고 하옵니다."

고니시 유키나가는 놀랍고 반가운 마음에 그 자리에서 벌떡 일어섰다. 그 바람에 가신들도 덩달아 얼른 자리에서 일어섰다.

"박 향도, 과연 그 묘안이 뭔가?"

박수영은 대담하게도 입을 열었다.

"태수님께만 말씀드리고자 하옵니다. 절대로 새 나가서는 아니 될 일이옵니다."

가신들이 쌍심지를 켜며 반발했다. 박수영은 더는 입을 열지 않고 머리만 조아리고 있었다. 고니시 유키나가는 가신들을 제지시킨 뒤에 잠시 박수영을 내려다보았다. 소 요시토시가 말했다.

"일단 들어보시고 하찮은 말이라면 무엄한 저놈의 목을 쳐버리십시오."

고니시 유키나가는 박수영을 밀실로 데리고 갔다. 한참 뒤에 다시 돌아온 고니시 유키나가는 싱글벙글했다. 가신들은 박수영이 아뢴 계책이 무엇인지 궁금했다. 박수영은 득의에 찬 표정만 지을 뿐 입 밖에 내지 않았다.

며칠 후 고니시 유키나가는 요시라에게 은밀히 지시했다.

"경상 좌병사 김응서에게 다녀오게."

"하이!"

그로부터 얼마 지나지 않아 믿지 못할 일이 일어났다. 이순신이 삼도수군통제사의 벼슬을 삭탈당하고 한양으로 압송된 것이었다. 국문청이 열리고 문초를 받은 이순신은 옥에 갇혔다. 그러다가 얼마 후에 초계에 있는 도원수 권율의 휘하에 백의종군하라는 어명을 받았다.

"으하하핫!"

박수영은 법당에서 배를 잡고 뒹굴었다. 겐소도 텐케이도 그의 묘책이 무엇이었는지 궁금하기 짝이 없었다.

"도대체 무슨 수를 쓴 건가?"

박수영은 겐소의 말이 들리지도 않는 듯 큰 웃음소리를 그치지 않았다.

"으하하, 으하하핫!"

요시라가 찾아왔다. 그는 법당에 들어서더니 불전에 삼배를 올리지도 않고 박수영을 향해 무릎을 꿇고 앉으며 절을 했다.

"그간 소인이 미처 향도님을 몰라 뵈었사옵니다. 앞으로 향도님을 윗전으로 모실 것을 맹세하옵니다."

겐소와 텐케이는 이 무슨 조화인가 하는 얼굴로 서로 마주 보았다. 고니시가 총애하는 최측근 책사 요시라가 박수영한테 허리를 꺾고 고개를 숙이다니 도무지 영문을 알 수 없었다.

"아, 여해 영감!"

기룡은 탄식했다. 하찮은 간자가 놀린 세 치 혀의 술수에 조선 조정이 그만 감쪽같이 속아 넘어가 만고의 충신을 잃게 된 것이었다.

"이제 곧 왜적이 다시 쳐들어오겠구나."

기룡은 군뢰청에 있는 감사위 10장사를 불러 군사 조련과 무기 수리 그리고 여러 가지 군비를 더욱 철저히 할 것을 준엄하게 명령했다.

임금은 남모르는 속앓이를 하고 있었다. 기룡도 이순신처럼 자신의 명을 따르지 않을까 봐 염려가 된 것이었다. 하지만 아직까지는 기룡을 처벌할 아무런 이유가 없었다.

또 만약 그에게 허물이 있어 죄를 준다고 하더라도 그를 대체할 만한 장수가 마땅히 떠오르지 않았다. 만약 그가 없는 동안에 상주목 문경현에 있는 조령이 무너지면 곧장 한양이었다. 임진년에 겪어봐서 잘 알고 있었다.

　백성들의 지대한 신임만으로도 기룡을 함부로 다른 자리로 옮길 수 없었다. 잊을 만하면 올라오는 것이 상주 백성들의 상소였다. 기룡을 다른 고을로 체임(벼슬을 다른 자리로 옮기는 것)시키지 말라는 요청이었다. 곰곰이 생각하면, 거의 10만에 이르는 백성들이 기룡 한 사람을 우러르고 있는 것이었다.

　그에게 무슨 일이 일어난다면 민심이 크게 이반할 것이었다. 휘하에 있는 용맹스러운 감사군과 상주 백성들이 반역의 무리로 돌변할 수도 있는 일이었다. 그렇게 된다면 감당할 수 없는 일이 벌어질 것은 불을 보듯 뻔했다.

　다행히 안심해도 될 일이 일어났다. 명군이 압록강을 넘어오고 있었다. 그동안 임금이 애원하듯 줄기차게 요청한 것이었다.

　다시 파병된 명군의 제독은 마꾸이(麻貴)였다. 그는 부총병 양위엔(楊元)에게 군사 3천 명을 주어 전라도 남원으로, 부총병 우웨이쭝에게 군사 4천 명을 이끌고 충청도 충주로, 유격 첸위쫑(陳愚衷)에게 군사 2천 명을 지휘해 전라도 전주로 그리고 유격 마오꿔치(茅國器)에게 군사 3천 명을 거느리고 경상도 성주로 나아가게 했다.

　불과 1만여 명밖에 안 되는 명군의 행차를 바라보며 백성들은 안심이 되기보다 더욱 불안했다. 도요토미 히데요시가 일본군 수십만으로써 재침할 것이라는 소문이 나돌고 있었기 때문이었다.

　"이번에는 임진년의 두 배나 되는 30만이 건너온다지?"

　"제주도와 삼남의 모든 산성을 파괴하고 백성들을 새나 짐승을 잡듯이 남김없이 도륙할 것이라고 하네."

　"악독한 놈들! 더 늦기 전에 피난을 가야겠군."

　"예끼, 싸울 생각을 해야지 도망칠 궁리부터 하는가?"

"싸움은 잘난 양반더러 하라고 하게. 난 아무 싸울 이유가 없네."

"나라가 망하면 백성이라고 성할 줄 아는가?"

"나라가 망하는 게 아니고 임금과 조정과 양반이 망하는 거지."

"그런가……."

"망한다고 땅이 없어지겠는가, 물길이 끊기겠는가, 하늘이 무너지겠는가, 어차피 새 상전 아래에서 살 사람은 살아가면 될 터이지."

"듣고 보니 틀린 말도 아닐 법하이. 뭐 한두 번 바뀐 것도 아니고……."

이순신 대신 삼도수군통제사에 오른 원균은 부산포에 있는 일본군의 본거지를 치기 위해 한산도에서 출발해 가덕도 앞바다로 향했다. 그런 사실을 사전에 척후를 통해 알고 있던 일본군은 복병을 배치시켜 기습했다. 패배한 원균은 전단을 돌려 칠천량(거제시 하청면 칠천도 일대)으로 가서 전열을 수습하려고 했다.

원균의 전단을 몰래 추적한 일본군은 밤이 되자 수륙 양면으로 칠천도에 총공격을 가했다. 그리하여 조선군의 전선인 판옥선 150여 척을 침몰시키고, 수만 명의 수군을 바다에 수장시켰다. 경상 우수사 배설이 겨우 12척의 전선을 이끌고 남해를 돌아 진도로 후퇴했다.

해전의 대패로 말미암아 조선의 수군은 거의 회생이 불가능한 지경이 되었고, 재침을 해온 일본군은 경상도와 전라도의 해상권을 단번에 거머쥐었다.

칠천량에서 원균이 대패했다는 장계를 받은 임금은 허둥지둥하다가 급기야 백의종군하고 있던 이순신을 다시 전라 좌수사 겸 삼도수군통제사에 제수했다. 하지만 전선도 수군도 거의 남아 있지 않았다.

"이제 조선은 우리의 것이다!"

칠천량 해전의 승리로 일본군은 거칠 것이 없었다. 일본군의 총사령관 고바야카와 다카카게는 15만 명의 병력을 부산에서 좌군과 우군으로 나났다.

좌군은 사령관 우키다 히데이에를 필두로 고니시 유키나가와 시마즈 요시히로 등이 군사 6만 명을 이끌고 하동 노량진에 상륙해 구례를 거쳐 남원으로 진격했다. 전라도를 장악한 뒤에 전주에 이르는 것이 목적이었다.

우군은 사령관 모리 히데모토를 필두로 다이묘 가토 기요마사, 구로다 나가마사, 나베시마 나오시게 등이 8만 명의 군사를 이끌고 부산을 출발해 양산, 밀양, 창녕으로 치고 올라갔다. 그리하여 경상도의 남쪽을 가로질러 함양의 황석산성을 거쳐 육십령을 넘어 전주에서 좌군과 합류할 계획이었다.

한편, 일본 수군 사령관 토도 타카토라(藤堂高虎)는 한산도 삼도수군통제영을 접수한 뒤에 남해안을 거쳐 서해안으로 올라가 육군과 호응하기로 했다. 일본군은 바다와 육지에서 재빠른 양동작전을 전개해 조선의 남쪽 지방을 확실히 점령한 뒤에 전쟁을 종식시킬 속셈이었다.

임진년과는 사뭇 다른 전략이었다. 일본군이 애초에 경상도 북쪽 지방을 염두에 두지 않은 것은 아니었다. 다만 기룡이 상주를 지키고 있는 까닭에 회피하고 싶을 뿐이었다. 일본군 장수 어느 누구도 기룡과 전투를 벌이고 싶지 않았다. 그리하여 일본군은 경상도 북부 지방을 제외하고 삼남의 전 지역으로 진격했다.

우군에 속해 있는 나베시마 나오시게는 휘하 가신들과 함께 2만 군사를 휘몰아 창원, 함안, 창녕을 거쳐 성주를 향해 진격했다.


2

경상 감사 이용순은 기룡에게 명령을 하달했다.

"상주 목사 정기룡은 상주 진관에 딸린 아홉 고을의 수령들을 이끌고 금오산성(구미시 남통동)에 들어가 왜적을 막으라."

명령을 받은 기룡은 내아로 들어가 어머니 김씨와 아내 홍비에게 출정을 떠남을 알렸다. 두 고부는 작은 보따리를 하나씩 쌌다. 홍비가 딸 미설의 얼굴을 보여주었다. 기룡은 말없이 바라본 뒤에 입을 열었다.

"속히 길 떠날 채비를 하오."

수청방으로 갔다. 서무랑도 출전할 뜻을 비쳤다. 기룡은 그녀에게 아들 익린과 내아의 식구들을 보살펴 줄 것을 간곡히 당부했다.

청유당 동헌으로 돌아온 기룡은 발병부를 내어 문경현, 산양현, 가은현, 함창현, 화령현, 중모현, 단밀현 등지의 현감들에게 군사를 이끌고 상주로 오게 했다.

그런 뒤에 십련 보검에 묶어놓은 애복이의 유서를 풀어 머리동이로써 이마에 둘러 묶었다. 애복이가 죽은 뒤로 첫 출전이었다. 이희춘이 무언가 보자기에 싼 것을 들고 들어왔다. 기룡이 갑옷 입는 것을 도운 뒤에 가슴에는 흉전갑을, 팔뚝에는 비패를 매주었다.

"이게 뭔가?"

"전에 명군이 북시를 열었을 때 구입해 둔 것이옵니다."

그러고 보니 이희춘도 동달이 안쪽 가슴에 흉전갑을, 가죽 토시를 맨 팔뚝 위에 비패를 차고 있었다.

"다른 장사들도 다 착용하고 있는가?"

"그러하옵니다."

"자네들은 갑옷이 없어 늘 걱정했는데 이러한 것을 마련해 두고 있었다니 그나마 조금 안심이 되는군그래."

노함은 휘하 화약군을 데리고 아리랑고개로 가서 그간 비축해 두었던 화약을 가지고 돌아왔다.

이윽고 제 고을의 군사들이 모두 관아 남문 밖에 당도했다. 감사위 장사들과 그들이 각자 거느리고 있는 감사군도 대오를 정연하게 갖췄다. 기룡은 태평루 문루에 올라가 큰 소리로 말했다.

"왜적이 몇 년째 우리 삼남을 내놓으라고 생떼를 쓰다가 드디어 다시 침노해 왔다. 이제 천지신명이 우리에게 부모 형제의 원수를 갚을 기회를 주셨으니 우리가 어찌 한시라도 머뭇거리겠는가!

철천지원수를 박멸하기 위해 그동안 어금니를 갈고 입술을 깨물며 밤낮없이 칼날을 세웠으며 창끝을 닦고 화살촉을 다듬었다. 밤낮없이 벼린 무기들을 꺼내어 아낌없이 쓸 날이 바로 오늘이 아니고 언제이겠는가!"

모든 군사들이 함성을 터뜨렸다.

"와아!"

기룡은 문루에서 내려와 화이에 훌쩍 올랐다.

"토왜! 토왜! 토왜⋯⋯."

군사들은 줄곧 천지가 떠나가도록 소리를 질렀다.

"행군을 개시하라!"

황치원이 당보군을 이끌고 먼저 달려 나갔다. 그 뒤로 군사들의 행군이 시작되었다. 기룡의 아병(대장의 직속부대)인 감사군이 맨 선두였다.

백성들이 나와서 배웅을 했다. 더러는 대오 속으로 뛰어들어 군사의 입 속에 떡 조각이나 엿가락을 물려주었다.

읍성의 남문 홍치루를 빠져나온 기룡은 명령을 내렸다.

"원앙진으로 행군하라!"

5명씩 대오를 지어 걷던 군사들이 길 좌우로 갈라지며 두 줄 행군 대형을 이뤘다. 상주에서 금오산성까지는 120리 나흘 거리였다.

그와 같은 때, 성주목 관아를 체찰부로 삼고 있던 체찰사 이원익은 도원수 권율, 방어사 곽재우, 체찰 부사 한효순 등과 함께 북상하고 있는 일본군을 물리칠 대책을 논의했다.

"왜적이 곧 성주로 쳐들어올 것이라고 하오. 주장을 누구로 하면 좋겠소?"

"상주 목사 정기룡만 한 인물이 있겠습니까?"

"옳은 말씀이오. 정 목사가 적임이오."

명군 3천을 거느리고 와 있던 유격 마오궈치는 자신이 선봉에 나서는 것을 피하려고 맞장구를 치며 말했다.

"정기룡은 복장(복이 있는 장수)이라 수행하는 싸움마다 이길 운이 따를 것이오."

드디어 기룡은 금오산성에 도착했다. 감사군을 이끌고 북문인 대혜문으로 들어섰다. 사람들은 위풍당당한 감사군을 보고는 소리쳤다.

"상주 감사군이다!"

등에는 붉은 바탕에 검은 글씨로 사(死) 자를 수놓은 각보(네모난 천)를 붙이고 있었다. 일당백의 늠름함이 엿보였고 죽음도 불사한다는 무시무시한 결의를 느낄 수 있었다. 그 뒤를 이은 아홉 고을의 군사들은 임금의 군사라는 뜻으로 사(師) 자를 붙이고 있었다.

기룡은 폭포를 지나서 산정으로 올라갔다. 너른 평지에 대장의 영재가 있었다. 수성장 이수일이 나와서 기룡을 반갑게 맞이했다. 바로 그때 성주 체찰사 진영에서 전령이 당도했다. 그는 말에서 내리자마자 장막으로 들어와 아뢰었다.

"상주 목사또께서는 속히 체찰사영으로 오라고 하시옵니다!"

수성장 이수일은 난감했다. 기룡이 있으면 금오산성은 안전할 것 같아 그를 떠나보내고 싶지 않았다.

"너는 돌아가 체찰사 대감께 정 목사께서는 갈 수 없다고 아뢰거라."

기룡이 이수일을 쳐다보았다. 그는 태연히 말했다.

"대저 출정에 나선 장수는 전장에 임해 대장의 명령만 따를 뿐이고 황제 폐하의 조칙도 듣지 않는 법이오."

전령은 하는 수 없이 그냥 돌아갔다. 기룡은 금오산성 수성장 이수일이 체찰사 이원익의 명령을 듣지 않은 것이 못내 꺼림칙했다. 그다음 날, 전령이 다시 왔다.

"체찰사 대감께서 상주 목사또를 데려가시려고 몸소 말을 몰아 이곳 산성으로 오고 계시옵니다!"

이수일은 깜짝 놀라 얼른 기룡에게 말했다.

"오리(이원익의 아호) 대감께서 몸소 오신다니 이쯤에서 산성을 나가 보시는 게 좋겠소. 한데 가솔은 여기 두고 가시는 게 어떻겠소?"

기룡은 그의 말을 따랐다. 연로한 어머니 김씨와 아이가 딸린 부녀들이 전장에서는 큰 부담이 아닐 수 없었다. 김씨와 가솔들에게 인사를 한 뒤 성문을 나와 남쪽으로 행군했다.

기룡이 군사를 거느리고 대마평(성주군 약목면 서쪽 벌판)에 도착해 잠시 휴식을 취하고 있는데 척후장으로서 앞서갔던 전진수가 몇 사람을 데려오고 있었다. 군사 한 명이 말을 몰아 달려왔다.

"체찰사 대감의 행차이옵니다."

기룡은 얼른 맞이하러 나갔다. 말에서 내려 체찰사 이원익에게 공읍을 했다. 이원익도 말에서 내렸다. 기룡은 그를 장막으로 이끌었다. 그런 뒤 자리를 권했다. 이원익이 말했다.

"이건 가시나무 껍질로 엮어 만든 자리가 아니오?"

"그러하옵니다. 왜적을 토멸하러 출정한 장수가 어찌 편한 자리를 탐하겠사옵니까?"

"허허, 명불허전이라더니. 과연!"

기룡은 이원익과 마주 앉아서 일본군을 섬멸하는 일을 의논했다. 강성한 조총 공격에 대비해 이길 수 있는 계책을 듣고 난 이원익은 무릎을 치면서 감탄하고 기뻐했다. 이원익은 기룡을 토왜 대장으로 삼고 경상도 28개 고을의 군사 지휘권을 전적으로 맡겼다.

"반드시 왜적을 쳐부수길 바라오."

"오직 모든 장졸들과 죽을힘을 다하겠사옵니다."

체찰사 이원익은 금오산성으로 가서 명령을 어기고 기룡을 붙잡아 둔 죄를 물어 수성장 이수일을 즉시 삭탈하고 종군시켰다.

대마평에서 이원익을 만난 뒤 기룡은 행군을 재개했다. 성주 읍성의 북문이 얼마 남지 않은 곳에 이르러 체찰 부사 한효순을 맞닥뜨렸다. 그는 체찰부의 군사 조련을 감독하고 돌아가는 길이었다.

기룡은 말에서 내리지 않고 목례만 하고 지나쳤다. 한효순은 불쾌해 기룡의 뒷모습을 흘겨보았다.

성주 읍성에 도착한 기룡은 군사들을 모두 대기시킨 뒤 체찰부로 쓰고 있는 성주목 관아로 들어갔다. 어인 까닭인지 분위기가 좋지 않았다. 체찰부의 종사관 남이공, 이유록, 김용이 기룡을 향해 힐난을 했다.

"무엄하게도 부사 영감을 보고도 말에서 내리지 않다니."

"벼슬이 당상관에 이르면 뭐하나? 윗전에 대한 예의를 모르는 것을."

"젊은 나이로 벼슬이 높으니 눈에 뵈는 게 없는 게지."

"체찰 부사 영감께서는 병조참판이신데, 그렇다면 그자의 상관이 아닌가?"

기룡은 그들이 한마디씩 내뱉는 소리를 듣고는 무엇 때문에 그러는지 짐작이 되었다. 체찰사 이원익이 기룡에게 물었다.

"정 대장은 어인 까닭으로 부사에게 체모(예절로써 대우함)를 갖추지 않았는가?"

기룡은 망설임 없이 대답했다.

"출정에 나서 행군하는 군사의 대장은 노상에서 설령 상감마마를 뵙게 되더라도 말에서 내리지 않는 것이 군문의 불문율이옵니다."

"그 말이 장히 옳다."

이원익은 불만에 가득 차 있는 체찰 부사 한효순과 종사관들에게 말했다.

"우리가 왜적을 토벌하려는 한마음으로 여기에 모였는데 사소한 예의 범절을 따지는 것이 무슨 도움이 되겠는가?"

그들은 입맛을 다시고 더러 군기침만 할 뿐이었다. 그때 군관 한 사람이 뛰어들었다.

"체찰사 대감께 아뢰오!"

"무슨 일이냐?"

군관은 보장을 올렸다. 사방으로 나가 있던 척후대가 보내온 것이었다.

왜장 나베시마 나오시게의 선봉 돌격대 1천 명이 거창에서 야음(밤의 어둠)을 뚫고 이천(합천군 가야면 이천리) 고을을 거쳐 가야산을 넘어 청천 (김천시 증산면 장전리) 고을을 불살랐으며, 성주를 향해 다가오고 있다고 휘갈겨져 있었다.

또 5백 명으로 구성된 한 무리의 비밀 선발대가 창녕, 현풍을 지나 화원에 다다른 뒤 낙동강을 건너 용정(성주군 용암면 용정리) 고을로 쳐들어올 것으로 예견된다는 급보였다.

명나라 유격 마오궈치의 명령을 받고 체찰부에 와 있던 천총 루데이룽 (盧得龍)이 도체찰사 이원익에게 말했다.

"사태가 심각하니 정기룡 장군에게 속히 출정하라는 명령을 내리는 게 어떻겠소?"

이원익은 불만이었다. 강병인 명나라 군사가 앞장을 서야 조선군의 사기가 올라갈 텐데 왜적과 맞서 싸울 생각은 하지 않고 틈만 나면 뒤로 빠져 있으려는 심보가 여간 고약하지 않았다.

"명군도 약간의 군사로나마 함께 출전하여 조선군의 사기를 높여주시지 않겠소?"

"원하신다면 그렇게 하지요."

루데이룽은 휘하 군사 1백 명을 내주었다. 그것을 본 이원익은 기룡에게 명령을 내렸다. 기룡은 명군 백호장(명나라 군사 1백 명을 거느리는 장수) 탕웬짠(湯文贊)과 함께 체찰부를 떠나 고령 쪽으로 남하했다.

기룡이 이끄는 감사군은 기마군 150명에 보군 8백 명이었다. 1천 명도 안 되는 군사였지만 기세는 하늘을 뚫고도 남음이 있었다. 명나라 군사 1백 명은 감사군의 맨 뒤에서 따랐다.

왜적의 비밀 선발대는 화원현 읍성에 들어가 실컷 분탕질을 친 뒤 낙동강 무계진(고령군 성산면 무계리)에 이르러 진을 치고 강물의 깊이를 재고 있었다. 나베시마 나오시게가 거느린 일본군 본대 2만 명이 쉽게 강을 건너 용정 고을을 거쳐 성주로 진격할 수 있을지 가늠해 보려는 것이었다.

그러한 첩보를 입수한 정기룡 장군은 그들이 한밤중에 배를 타고 낙동강을 따라 개포 고을로 노략질하러 올 것이라고 판단했다. 개포가 무계진 인근에서 가장 큰 고을이기 때문이었다.

기룡은 감사군을 이끌고 샛길로 도진(고령군 우곡면 도진리) 고을에 도착해 진영을 열었다. 그런 다음 감사위 장사들을 풀어 구곡(고령군 개진면 구곡리) 고을이 접해 있는 낙동강 산기슭에 잠복시켰다.

이윽고 왜군이 수십 척의 나룻배에 나눠 타고 물길을 따라 내려오는 모습이 보였다. 다들 숨죽이고 있는 가운데 적막한 밤 강물에 노 젓는 소리만 들려오고 있었다.

"탕!"

갑자기 발포 소리가 들렸다. 감사군과 함께 매복해 있던 명나라 군사

하나가 그만 무심코 격발을 하고 말았다. 갑자기 천지를 뒤흔든 총성 소리에 왜군은 화들짝 놀라 허둥지둥하며 배를 돌려 돌아가려고 했다.

김천남과 최윤이 잇달아 소리쳤다.

"쏴라!"

"모조리 강물에 수장시켜라!"

잠복해 있던 감사군은 일제히 활을 쏘았다. 일부는 달려 나와 강물에 뛰어들었다. 강물은 그리 깊지 않았다. 물속에 뛰어든 군사들은 달아나는 배들을 뒤엎고 일본군 아시가루들을 강물에 빠뜨린 뒤에 찔러 죽였다.

강물 속에서 수백 명이 사상당하는 겨를에 살아남은 왜군은 강가 모래밭으로 기어올랐다. 그런 뒤에 구곡 고을 북쪽 산등성이를 타고 덕산(고령군 성산면 박곡리. 무계진 남쪽에 있는 산) 쪽으로 넘어가기 시작했다.

"놓쳐서는 안 된다!"

"한 놈도 살려 보내지 말라!"

감사군은 쏜살같이 산을 타고 올랐다. 그간 조련한 효과가 유감없이 발휘되었다. 일본군이 두 손 두 발로 산비탈을 기어오르는 모양새라면 감사군은 마치 땅을 박차고 나는 듯했다. 일본군 잔당은 미처 산마루에 오르기도 전에 다 궤멸되었다. 그러는 동안 명군들은 남의 일 구경하듯이 바라보기만 할 뿐이었다. 그들은 속으로 부끄러운지 머리를 긁고 고개를 숙였다.

기룡은 왜군의 비밀 선발대를 박멸하고 돌아온 군사들을 치하했다. 명나라 군사들에게도 감사를 전했다. 백호장 탕웬짠이 무안해하며 말했다.

"다음 기회에는 명군이 다를 것이오. 어허험."

성주 체찰부로 돌아가던 기룡은 한 가지 첩보를 접했다.

"왜군의 선발 돌격대 1천 명이 고령현의 둔덕(고령군 대가야읍 중화리) 고을에 진영을 갖추고 있사옵니다!"

왜장 다이라 스키마스(平調益)는 나베시마 나오시게가 거느린 본대의 북상을 원활하게 하기 위해 가교를 만들고 목책을 치며 근거지를 구축하기 시작했다.

기룡은 감사위 10장사와 함께 병략 회의를 열었다.

"그냥 들이칩시다."

"감사군의 사기가 어느 때보다도 높사옵니다."

"경적필패라고 했소. 가벼이 군사를 쓸 일이 아니오."

사일랑은 말을 이었다.

"왜적이 낮에는 연일 고된 일을 하느라 밤만 되면 곯아떨어지곤 할 것이옵니다. 파수를 보는 초병들도 졸기 십상이고요. 그러니 적진 깊숙이 침투하여 왜장을 사로잡아 나오는 것이 어떨지요?"

장사들은 다 눈을 크게 떴다. 무모하리만큼 대담한 발상이었다.

"그러면 적의 사기가 크게 떨어질 것이옵니다. 그때 그들을 깊은 골짜기로 꾀어내어 전멸시키면 어떻겠사옵니까?"

"그에 대한 세세한 계책을 마련하게."

사일랑이 오후 내내 수립한 비책은 바로 그날 밤에 수행되었다. 김세빈이 용병 2오를 이끌고 적진으로 접근해 갔다. 밤새 기어간 그들은 장막에 들어가는 데 성공했다. 김세빈은 잠들어 있던 다이라 스키마스의 입을 가리며 깨운 뒤 목에 칼을 들이댔다.

"으으……."

왜장은 눈을 굴리며 벌벌 떨기만 했다. 김세빈은 사일랑이 준 서찰을 꺼내 다이라 스키마스가 서명을 하도록 강요했다. 그는 자곡이(순순히) 따랐다. 편지의 내용은 이러했다.

나 다이라 스키마스는 걸어오는 싸움을 마다하지 않지만 쓸데없는 싸움을 먼저 즐겨하는 사람이 아니다. 칼로써 조선군을 굴복시키기에 앞서 내가 아량을 베풀어 말로써 한번 달래고 얼러서 화의를 해보려고 하노라.

멀리 가신 가토 기요마사 태수님께서 남원을 치려는 목적은 명군에 대해 경고를 주려 함이다. 나 또한 이 밤으로 길을 나서서 성주에 있는 조선군 장수에게 잘 알아듣게 타이르고 돌아올 것이다.

명일 아침에 조선군의 진영에서 백기가 오르면 내가 무사한 것으로 알라. 그게 아니라 만약 홍기가 오르면 내가 이미 죽은 것으로 알고 군사를 물려서 후퇴하라. 또한 청기가 오르면 화친의 담판이 순조롭게 진행되는 줄 믿으라.

그때는 명나라 장수의 감시를 피하기 위해 천변을 거슬러 올라가 깊은 협곡 속에 잠시 몸을 숨겨 별도의 명령이 하달될 때까지 절대로 들키지 않도록 하라.

김세빈은 또 한 통의 서장(편지)을 남겨 두었다.

오늘 하룻밤 사이에 두 번이나 거듭해 그대들의 잠자는 모습을 보니, 마치 굶주린 고양이 품속에서 아무것도 모르고 잠들어 있는 생쥐들과 같도다.

눈에 보이지 않는 저승사자의 그림자가 너희들을 여러 겹으로 포위하고 있지만 아직 너희들의 목을 일거에 베지 않는 이유는 다 너희들의 장수 다이라 스키마스 공과 죽이기를 좋아하지 않는 우리 조선의 감사군이 크나큰 은혜를 베풀고 있는 것임을 알라.

김세빈은 장막에 두 통의 서찰을 남겨둔 채 다이라 스키마스와 이미 사로잡은 보초병들을 데리고 아무 자취도 없이 왜적의 진영을 빠져나왔다.

이튿날 장막을 열어본 오가시라들은 다이라 스키마스와 장막을 지키던 아시가루들이 하나도 없고, 두 통의 서간만 남아 있는 것을 보고 당황했다.

잠시 후 멀리 가천(회천) 건너 산에 있는 조선군의 진영에서 청기가 높이 올라갔다. 눈썹에 손을 얹고 가만히 바라보니 깃대 아래에서 다이라 스키마스가 왜졸들을 거느리고 손을 흔들고 있었다.

그것을 본 오가시라들은 크게 안심했다.

"속히 풍막을 철수하라!"

일본군은 다이라 스키마스가 남긴 편지에 쓰인 대로 명군의 눈길을 피하기 위해 내곡천을 따라 거슬러 올라가 도강골 협곡으로 들어갔다.

선발 돌격대 1천 명이 거의 다 들어온 순간, 협곡 사방 언덕과 비탈에서 소나기가 내리듯이 화살이 쏟아졌다. 그리하여 일본군은 조총 한번 제대로 발포하지 못하고 좁은 협곡 안에서 몰살당하고 말았다.

"도대체 조선군의 장수가 누구냐?"

나베시마 나오시게는 화가 머리끝까지 솟구쳤다.

"상주 목사 정기룡이라 하옵니다."

"뭣이? 그놈은 멀리 상주에 있어야 할 놈이 아닌가?"

일본군 우군이 대구 이상으로는 북진하지 않고 경상도 남쪽 지역에서 서쪽으로 가로질러 진격하려는 데는 다 그만한 까닭이 있었다. 그것은 바로 상주에 있는 기룡에게 암묵적으로 보내는 청원과도 같은 것이었다.

이를 테면, 우리 일본군은 그대가 있는 쪽으로 가지 않을 것이니 그대도 상주만 지키고 있으면 된다. 아래쪽으로는 내려오지 말라. 그러면 우리 일본군과 그대가 서로 마주칠 일이 없으니 그 아니 좋은가 하는 의미였다.

"그놈이 군사를 이끌고 내려와 출전했다니 더 이상 회피할 수만은 없겠구나."

나베시마 나오시게는 전투를 개시하기 전에 절대로 군략 회의를 열지 않는 장수로 유명했다. 그는 사전에 작전 기밀이 새 나가는 것을 가장 두려워했다. 하지만 상대가 기룡이고 보니 대책을 세우지 않을 수 없었다.

가신 4인방인 나카노 진에몬(中野左衛門), 나카노 웨에몬(中野右衛門), 고토 이에노부(後藤家信), 다지라 아키타네(田尻鑑種)를 위시해, 장남 나베시마 가츠시게(鍋島勝茂), 사위 다쿠 야스토시(多久安順), 조카뻘인 류조지 마사이에(龍造寺政家)와 그의 아우 에가미 이에타네(江上家種)가 회의에 참석했다.

"선발 돌격대가 전멸했으니 가야산을 넘어 성주로 진격하는 것은 아무래도 무리이옵니다."

"그렇다면 화원 쪽으로는 어떤가?"

"강 건너 기슭에 조선군이 매복하고 있다가 우리가 건너갈 때에 공격을 해온다면 물속에서 낭패를 당할 것이옵니다."

가신들이 심각하게 말하는 것을 듣고 류조지 마사이에가 한마디 던졌다.

"정기룡의 군사는 불과 1천인데 우리 일본군 2만이 뭐가 두려워 진격할 길을 찾는단 말이오? 그냥 가장 큰길로 갑시다."

나베시마 나오시게는 그를 힐난했다.

"경솔해서는 안 된다!"

류조지 마사이에는 입을 삐죽거리며 혼잣말로 푸념을 했다.

"내가 괜히 따라왔지. 에잇 참, 마음에 드는 구석이 하나도 없군."

나베시마 나오시게가 그를 노려보자 에가미 이에타네가 류조지 마사이에의 허벅지를 툭 쳤다. 나베시마 나오시게는 가신들에게 하령했다.

"가야산과 낙동강을 피해서 성주로 가는 길을 찾도록 하라!"

그리하여 일본군은 군사를 돌려 고령현 남쪽에 있는 안림역(고령군 쌍림면 안림리)을 향해 진격했다.

그 무렵, 기룡은 녹가전(綠檟田)에 군진을 치고 있었다. 밤에 감사위 장사 이희춘과 황치원에게 각각 당보수(척후군) 1초씩 거느리고 남쪽으로 가 일본군의 동정을 살피게 했다.

일본군은 합천 쪽에서 북상해 황강을 건너 고령에 가까이 이르고 있었다. 나베시마 나오시게도 척후를 보내 조선군이 어디에 진영을 설치하고 있는지 알아오게 했다.

그리하여 조선군의 척후와 일본군의 척후가 몰래 숨죽이며 나아가다가 관죽전(官竹田)에서 서로 맞닥뜨렸다.

"쳐라!"

이희춘과 황치원은 용감한 척후군을 독려해 순식간에 왜적의 수급 1백여 개를 벴다. 진영으로 돌아온 두 사람이 아뢰자 기룡은 군략 회의를 열었다.

"아마도 왜적은 용담천(고령군 쌍림면을 흐르는 안림천) 쪽으로 쳐들어올 것 같소. 전략을 어찌 세우는 게 좋겠소?"

"적은 대군이니 물을 건너오게 한 뒤에 산골짜기로 유인하여 쳐부수는 게 어떨까 하옵니다."

"이동원(성주 남쪽 42리에 있는 역원) 너머에 큰 골짜기가 있으니 그곳으로 유인하여 들이는 게 좋겠사옵니다. 더구나 이동원에는 충청 병사 영감께서 진영을 갖추고 계시니 협공이 가능할 것이옵니다."

기룡은 책사 사일랑과 장사들의 의견을 따르기로 했다. 그리하여 이동현(성주군 용암면 용정리 남쪽에 있는 고개) 아래 골짜기에 일지군을 매복시킨 뒤 용담천에서 거짓 퇴각해 왜군을 유인할 계략을 세웠다.

기룡은 이동원에 근거를 두고 있는 충청 병사 이시언에게 전령을 보냈다. 그러나 그는 협공하기를 거부했다. 기룡은 직접 찾아가 거듭 요청했으나 이시언은 들은 체 만 체 하는 것이었다.

이시언의 진영에는 훈련원 판관 오수눌이 함께 있었다. 그는 기룡의 제의를 거절한 이시언이 못마땅했다. 그리하여 단독으로 자신의 휘하에 딸린 수십 명의 군사를 이끌고 녹가전으로 왔다.

"소관이 참전하겠사옵니다."

기룡은 크게 기뻐하며 오수눌을 부장으로 삼았다. 기룡의 여러 부장들 중에서 특히 함창 현감 강덕룡이 그를 크게 반겼다.

또 두 사람이 찾아왔다. 고령 의병장 김면의 의진에 참여했던 박정완이 일가 아우인 박정번과 가동(집안의 어린 사내종)들을 이끌고 온 것이었다. 기룡은 그들도 반갑게 맞아들이면서 격려했다.

이동원에 머물고 있던 충청 병사 이시언은 머잖아 전화가 일어날 것을 알고 군사를 이끌고 어디론가 떠나버렸다. 기룡은 김천남과 김세빈이 거느린 감사군에게 네모난 붉은 몽둥이와 붉은 옷, 붉은 갓을 착용케 해 이동현 아래에 잠복시켰다.

그런 다음 다시 지령을 내렸다.

"노함 장사는 지금 곧 용담천으로 가서 비기(비밀스러운 무기)를 설치하라."

"예, 대장님!"

"누가 노 장사를 엄호하러 가겠는가?"

전진수와 항금이 동시에 말했다.

"소인을 보내주옵소서!"

기룡은 두 장사에게 노함의 엄호를 맡겼다. 전진수와 항금이 휘하의 군사들을 사방으로 풀어 경계를 서고 있는 가운데 노함의 화약군은 용담천

물속에 마름쇠 수천 개를 뿌렸다. 그리고 돌아오면서는 풀밭 곳곳에 지화통을 매설했고, 올가미를 친 나무판을 박아놓았다.

"이제 장속(만반의 태세)을 마쳤사옵니다."

드디어 나베시마 나오시게가 이끄는 2만여 명의 일본군 본대가 용담천과 가천의 합수 지역인 사혜평(고령군 쌍림면 외리)에 이르렀다. 너른 들판에는 군막과 깃발이 가득했고, 군사와 군마가 수없이 모여 있는 가운데 군악 소리가 천지를 진동시켰다.

수백 척의 배가 낙동강을 거슬러 올라와 가천을 따라 고령으로 들어왔다. 일본군의 배는 가천을 길게 덮었고, 사혜평나루로 적병이 내리고 있었다. 그러는 동안 용담천을 따라 어느새 목채(나무와 진흙으로 쌓은 울타리)가 길게 세워지고 있었다.

녹가전에 있던 기룡은 새벽에 군사를 이끌고 남쪽으로 진군했다. 드디어 용담천을 사이에 두고 양군이 대치한 형국이었다.

감사군은 언덕과 구릉을 방패 삼아 흩어져 있었고, 일본군은 목채 안에 들어 있었다. 기룡은 장사 이희춘과 장범례가 이끄는 선봉대를 용담천 가까이 전진시켰다.

"타타탕!"

왜군의 진영에서 조총을 발포하기 시작했다. 감사군 선봉대도 일거에 활을 쏘았다. 양쪽 진영으로 각궁의 화살과 조총의 납탄이 오갔다. 서로 위협만 할 뿐 어느 쪽도 강을 건너 백병전을 치를 생각이 없었다.

왜군이 용담천을 건너올 조짐을 보이지 않자 기룡은 한 가지 꾀를 냈다.

"선봉대는 물론이고 전군이 용담천을 건너 진격하는 척하다가 물속으로는 들어가지 말고 되돌아오라. 그런 뒤에 열세인 듯이 후퇴하라."

첩고(공격 명령으로 치는 빠른 북) 소리와 함께 감사군은 함성을 지르며 총공격을 감행하는 듯이 용담천으로 달려들었다. 그러자 목채 안에 있던 일본군은 조총을 마치 수천 발이나 동시에 쏘는 것 같았다. 온 천지에 총소리가 울려 퍼지고 화약 연기가 자욱했다.

그때 징 소리가 울리기 시작했다.

"과왕 과왕 과왕……."

감사군은 주춤하다가 슬금슬금 뒷걸음질을 쳤다. 마침내 왜장 나베시마 나오시게가 명령을 내렸다.

"쫓아가서 모조리 죽여버려라!"

가신 고토 이에노부가 이끄는 아시가루들이 선봉이었다. 그들은 물속에 뛰어들어 용담천을 건너기 시작했다.

"으악!"

물속에 흩어져 있는 마름쇠를 밟은 왜졸들이 비명을 지르며 쓰러져 갔다. 고토 이에노부는 당황해 목채 쪽을 바라보았다. 망루에 있던 나베시마 나오시게가 멈추지 말고 진격할 것을 명령했다.

"계속 강을 건너라!"

천변의 벌판으로 올라선 왜군은 안도의 한숨을 쉬며 잠시 전열을 정비했다. 그런 뒤에 조선군을 추격했다. 그런데 또 여기저기에 박아놓은 올가미에 발이 걸려 넘어지고 나동그라졌다. 고토 이에노부는 화가 머리끝까지 치올랐다.

"이런 비겁한 놈들!"

왜검을 빼 든 그는 말을 박차며 달렸다. 그때 감사군이 불화살을 쏘았다. 불은 벌판의 갈대로 번졌고, 매설해 놓은 지화통의 약선에도 옮겨붙었다. 타들어 가던 약선이 지화통의 화약에 이르자 굉음을 내며 터지기 시작했다. 일본군은 지화통이 터지며 나온 못, 쇳조각 같은 파편을 맞아 쓰러져 갔다.

그리하여 고토 이에노부가 이끄는 선봉 1천여 명은 조선군을 뒤쫓아 용담천을 건넜다가 싸움다운 싸움도 해보지 못하고 지리멸렬해졌다.

나베시마 나오시게는 분함을 이기지 못했다. 조선군의 20배나 되는 일본군의 사기가 더 떨어지기 전에 처부숴야 한다는 일념뿐이었다. 그는 숫자로 밀어붙일 생각을 했다.

"조선군은 불과 1천이다. 우리가 2만으로써 머뭇거린다면 이 얼마나 웃음거리가 되겠는가? 총공격을 하라!"

류조지 마사이에가 반대했다.

"그건 너무 무모합니다."

나베시마 나오시게는 그에게 벌컥 소리를 질렀다.

"시끄럽다!"

"소장이 선봉으로 조선군을 격멸하겠사옵니다."

가신 나카노 웨에몬이 새로 선봉으로 나서서 조선군을 추격했다. 왜군이 다시 추격해 오자 감사군은 일정한 거리를 유지한 채 점점 더 뒤로 달아났다. 나카노 웨에몬은 조선군의 유인책일지도 모른다고 우려했지만 이미 명령이 내려진 터라 추격을 멈출 수 없었다.

멀리 쫓아갔어도 매복이 나타나지 않자 그는 기룡의 군사들이 수에서 밀려 감히 정면으로 맞서 싸우지 못하고 정말로 후퇴한다고 생각했다.

일본군 선봉대가 눈에 보이지 않을 만큼 멀리 조선군을 추격해 가자 나베시마 나오시게는 전군에게 진격 명령을 내렸다. 그리하여 그들은 모두 용담천을 건너 선봉대를 뒤따랐다.

이빨에 온통 검은 물을 들인 흑치 기마군이 깃발을 든 군사들과 함께 앞섰고, 보병인 뎃포 아시가루들이 그 뒤를 이었다. 또 그들 뒤에는 장창과 장검을 든 야리 아시가루들과 목죽궁을 든 유미 아시가루들이 따랐으며, 그들의 좌우로 말을 탄 기병(유격군)이 엄호하며 전진했다.

일본군 전군이 뒤따라오는 것을 알고 왜장 나카노 웨에몬은 힘을 얻어 전속력으로 조선군을 추격했다.

감사군은 애초의 작전대로 용담천에서부터 40여 리를 후퇴해 이동현 고개 아래 매복군이 있는 곳에 다다랐다. 기룡은 갑자기 말 머리를 돌려 세우고는 소리쳤다.

"반격을 개시하라!"

공격을 알리는 깃발이 높이 올라가고 북소리가 빨라졌다. 숲속에서 새 와 짐승처럼 은복(엎드려 숨어 있음)해 있던 매복군이 먼저 좌우에서 달려 나왔다. 일본군은 조선군의 매복 숫자가 얼마 되지 않는 것을 알고 그대 로 맞받아쳐 싸우기 시작했다.

그러는 겨를에 후퇴하던 감사군은 전부 몸을 돌려 전열을 가다듬고는 복병과 함께 협공을 하기 시작했다. 감사군은 죽음을 잊은 군병이었다. 용맹하기가 농사나 짓다가 끌려온 일본군 아시가루들에 비할 바가 아니 었다.

그러나 그들도 여러 차례 조선군과 싸운 이력이 있어 당황하지 않고 강 력히 항전했다. 선봉대의 군사가 1천이니 충분히 조선군 전체와 대적할 만했다. 하지만 감사군은 이동현의 높은 산비탈에 있었고, 왜군은 골짜기 아래쪽에 있었다.

치쏘는 조총보다 내리퍼붓는 화살이 훨씬 효력이 컸다. 선봉장 나카노 웨에몬은 전세가 기우는 것을 직감했다. 붉은 갑옷을 입고 백마를 타고 있는 그는 단번에 눈에 띄었다. 장검을 들고 사납게 달려들어 감사군 서 너 명을 번쩍이는 칼날로 베더니 외쳤다.

"조선의 장수 정기룡은 어디에 숨어 있느냐? 썩 나오너라!"

그 순간 화이가 하늘에서 내려오듯이 이동현 재에서 훌쩍 뛰어내렸다. 기룡은 불가사리 무늬 팔련 장창을 휘르르 돌리며 말했다.

"말은 호기롭다만, 네놈 따위는 감히 나의 적수가 되지 못하느니라."

나카노 웨에몬은 긴 칼날을 휘두르며 말을 박차고 덤벼들었다. 하지만 합전(교전)은 구경거리도 되지 못했다. 겨우 단 한 번 맞붙었을 뿐인데 기룡은 번개처럼 제압해 나카노 웨에몬을 사로잡은 뒤 한 손으로 겨드랑이에 끼고 돌아왔다.

말 위에서 왜장을 땅에 던지니 군사들이 달려들어 창검을 겨눴다. 기룡은 일본군들이 다 바라볼 수 있는 곳에 그를 데리고 가 꿇어앉히고는 한 차례 꾸짖은 뒤에 척살했다. 그런 뒤에 배를 갈라 간을 꺼내 한 손에 들고 우적우적 씹어 먹었다.

"으으으!"

감사군도 일본군도 모두 그 광경을 바라보고는 하얗게 질려버렸다.

"우리 애복이의 원수 놈들! 단 한 놈도 멀쩡히 돌려보내지 않으리라!"

기룡은 나카노 웨에몬의 시체를 장대에 높이 매달았다. 배에서 희붉은 창자가 길게 쏟아져 나와 마치 밧줄처럼 늘어졌다. 창자를 타고 붉은 피가 두 다리 두 발로 흘러내려 땅으로 줄줄 떨어졌다.

멀리서 그것을 본 나베시마 나오시게는 기가 막히고 분해 어쩔 줄을 몰라 했다. 일본군 아시가루들은 마치 지옥에 든 기분이 되어 발이 얼어붙은 듯했다. 가신들 중에서도 용감하고 싸움을 잘하기로 이름이 높았던 나카노 웨에몬이었다. 그가 허망하게 죽어버리자 선봉대는 물론 전군의 사기가 땅에 떨어졌다.

"싸움은 숫자로 하는 것이 아니다. 모조리 쓸어버려라!"

"전군 공살하라!"

기룡은 맨 선두에 서서 돌격에 나섰다. 그의 좌우로 감사위 10장사와 아홉 고을 수령들, 훈련원 판관 오수눌 그리고 고령 의병장 박정완과 박정번이 위용도 늠름하게 내달렸다.

감사군은 왜적의 진중 깊숙이 종횡무진 들어가 닥치는 대로 찌르고 벴다. 나베시마 나오시게는 할 말을 잃었다. 기룡의 군사들이 사람으로 보이지 않았다. 그들은 모두 지옥에서 나온 사신인 듯 여겨졌다.

하늘에는 석양의 노을이 붉게 물들었고, 이동현 고개 아래에는 일본군의 핏물이 온 사방으로 흘러 나가고 있었다. 시체가 무더기로 쌓여갔다.

군진은 흐트러졌다. 죽지 않고 살아남은 아시가루들은 허둥지둥했다. 그들은 전투를 피해 오직 살아남는 길을 택했다. 지옥과도 같은 이동현 골짜기에서 되돌아 나가려고 시체 더미를 헤치며 앞다투어 발버둥을 쳤다.

살아남은 일본군은 마침내 골짜기 밖으로 도주하기 시작했다. 정기룡은 예비로 남겨두었던 기마 궁술단에게 명령했다.

"추격하라!"

"마지막 한 놈까지 끝까지 쫓아라!"

이제나저제나 명령이 떨어지기만 기다리고 있던 함창 현감 강덕룡은 기마 궁술단을 이끌고 달려 나갔다. 그들은 말을 타고 달리면서 활을 쏘았다. 강덕룡은 쏘는 대로 맞혀 왜적을 꼬꾸라뜨렸다. 도주하는 왜적은 마치 몰이를 당한 사냥감과도 같았다.

쫓긴 일본군이 다시 용담천으로 돌아왔을 때 살아남은 아시가루는 불과 5백여 명이었다. 그나마 반은 부상을 당해 제대로 뛰지도 걷지도 못했다. 그들 중 또 반은 더 이상 달아나지 못하고 그 자리에 주저앉아 항복했다.

"태수님, 속히 배에 오르셔야 하옵니다."

나베시마 나오시게의 가신들은 투구를 잃어버린 그를 부축해 달리고 또 달렸다. 그 모습이 기룡의 눈에 들어왔다.

"왜장을 놓치지 말라!"

나베시마 나오시게는 간이 철렁했다. 장남 나베시마 가츠시게가 다급하게 말했다.

"아버님, 갑옷을 바꾸어 입어야 하옵니다."

가신 다지라 아키타네는 얼른 갑옷을 벗고 나베시마 나오시게의 금갑으로 갈아입었다. 나베시마 나오시게는 말을 더듬었다.

"너, 너희들도 다 옷을 바꾸어 입거라."

류조지 마사이에를 제외한 장남 나베시마 가츠시게, 사위 다쿠 야스토시 등 모든 장수들이 왜졸들과 옷을 바꿔 입었다.

나베시마 나오시게 일행은 중간급 소장인 오가시라와 그 휘하 아시가루인 것처럼 보였다. 그들은 사혜평나루에 있는 배를 타고 가천을 따라 내려갔다. 남은 일본군들도 서둘러 배에 올라 그 뒤를 따랐다.

변복을 해 갑옷을 입고 있던 왜졸들은 용담천을 건너 뒤쫓아온 감사군의 창과 칼에 다 목이 베였다.

"왜장을 잡았다!"

최윤이 다가가 죽은 왜장을 젖혀보았다. 왜장이 아니었다. 고개를 들어 외쳤다.

"왜장은 졸개들의 옷을 입고 달아났다. 잡아라!"

나베시마 나오시게의 금갑을 입고 사혜평 남쪽 야산으로 달아나던 가신 다지라 아키타네가 최윤이 이끄는 감사군에게 사로잡혔다.

그 틈에 나베시마 나오시게 일행은 멀리 낙동강으로 접어들어 창녕 쪽으로 노를 저어 갔다. 강을 따라 내려간 그는 김해에 있는 죽도왜성(부산시 강서구 죽림동)에 숨어버렸다.

아무도 예상하지 못한 일이었다. 곡수 30여 만 석을 거두는 사가(佐賀)성 다이묘, 일본에서도 널리 알아주는 나베시마 나오시게의 명예는 처참하게 조각나고 말았다. 기적과도 같이 1천 감사군이 2만 일본군을 여지없이 박멸한 것이었다.

대첩의 함성은 사혜평 들판이 떠나가도록 울렸다.

"와아!"

전리를 할 차례였다. 거둔 무기만도 산을 이뤘고, 왜군의 시체는 헤아릴 수조차 없었다. 벤 수급만도 삼간 초가집 여섯 채만큼이나 되었다. 기룡은 그 수급을 다 실어 나를 수 없어 왼쪽 귀만 베도록 했다. 그것을 모아 성주 체찰부에 보내는 데에 태복마(짐 싣는 말) 11필이나 소용되었다.

감사군의 죽음은 불과 50여 명이었다. 장사 진전수가 첫 출전에서 용감하게 싸우다가 그만 사망하고 말았다. 그의 허망한 일생에 장사들은 잠시 넋이 나간 듯 서 있었다. 그를 따랐던 감사군이 시신을 묻어주었다. 장사들은 둘러서서 전진수의 넋을 기렸다.

"한때는 토적에 불과했으나, 오늘 나라를 구한 영웅으로 죽었으니 만고에 이름이 기억될 것이네."

"부디 좋은 곳으로 가서 편히 쉬시게."

"우리도 곧 뒤따라감세."

항금은 한쪽 팔이 심하게 베인 부상을 입고 겨우 지혈을 했다. 기룡이 그를 위로했다.

"적당히 용감히 싸우지 그랬는가?"

항금은 씩 웃었다. 장사들이 다 다가가 항금의 어깨와 등을 두드리며 위로했다. 정범례는 상처가 난 부위를 다시 살펴주었다.

군사들이 쉬고 있는 틈에 몰래 스며드는 그림자들이 있었다. 그들은 죽은 왜군의 수급을 한 아름씩 안고 돌아가려다가 발각이 되었다. 경계를 서고 있던 감사군은 그들을 다 잡아다가 장막 앞으로 끌고 왔다.

"이들은 왜졸 부로들 아닌가?"

이희춘이 그들을 추궁했다. 충청 병사 이시언이 보낸 자들이었다. 그는 군사를 미숭산 위로 멀찍이 물리고 있다가 기룡의 감사군이 왜군을 퇴치하는 것을 지켜보고는 이미 항복해 데리고 있던 일본군 포로들을 보내 감사군의 공을 탐한 것이었다.

기룡은 크게 화가 나서 이시언이 보낸 왜졸 포로들을 모조리 참수했다. 그러고는 체찰부에 올릴 장계를 적었다. 바로 그때 소식을 들은 이시언이 미숭산을 한달음에 달려 내려와 사죄하고 애걸했다.

기룡은 들은 척도 하지 않고 묵묵히 장계를 써나갔다. 이시언은 마침내 울음을 터뜨리며 흐느꼈다. 기룡은 장계를 쓰던 붓을 내던지며 탄식했다.

"남아 대장부의 삶이 어찌 그리 용렬하단 말인가!"

기룡은 사로잡은 가신 다지라 아키타네를 비롯해 항복한 부로들을 다 체찰부로 보냈다. 왜장을 본 체찰사 이원익이 물었다.

"이름이 뭐냐?"

"알 것 없다."

"네가 왜장 나베시마 나오시게냐?"

다지라 아키타네는 더 이상 대답하지 않았다.

"명예로운 죽음을 기다릴 뿐이다."

이원익은 그를 나베시마 나오시게로 오인하고 장계를 적어 한양으로 압송했다. 사후 처리를 모두 마친 그는 기룡의 활약에 몹시 감탄하며 말했다.

"허허, 정기룡과 같은 명장을 어디서 또 찾을 수 있겠는가?"

"과연 그 명성이 헛소문이 아니었사옵니다."

"모 유격의 말씀도 딱 들어맞지 않았사옵니까?"

기룡의 승전보는 명나라 진영에도 전해졌다. 유격 마오궈치가 크게 웃었다.

"과연 복장이로다."

기룡과 함께 전투에 참가했지만 뒷전에만 있다가 돌아온 백호장 탕웬짠도 말했다.

"그자가 군사를 운용하는 것이 여간 아니었사옵니다. 운이 따랐다기보다는 싸우는 법을 잘 알고 있는 듯했사옵니다."

천총 루데이룽이 물었다.

"그럴 터이지. 한데 탕 백총은 뭘 했는가?"

"저야 뭐……."

백호장 탕웬짠은 말을 얼버무렸다. 루데이룽이 그를 슬쩍 쳐다보고는 입맛을 다셨다.

"다음부터는 우리 명군도 체면치레 정도는 하도록 하게."

제장이 일제히 대답했다.

"예, 장군."

기룡이 일본군 장수들 중에서도 무예가 뛰어나기로 이름이 높은 나카노 웨에몬을 단 일합만에 사로잡은 일과 그를 단칼에 척살한 뒤 뜨거운 간을 꺼내 들고 씹어 먹은 일은 온 조선군, 명군에 이어 일본군 전 진영으로 퍼져 나갔다.

"그런 무지막지한 자가 다 있나?"

"전 부인의 묘소에서 피맺힌 맹세를 했다는군. 왜적의 간을 씹어 먹겠다고."

"아무리 그래도 그렇지 사람이 짐승도 아닌데……."

일본군 진영에서는 다른 말들이 나왔다.

"그 조선 장수는 사람이 아닌 게야."

"필시 지옥에서 나온 요괴일 거야. 그렇지 않고서야……."

"싸움마다 이긴다는 게 말이 되나?"

"이제 그 장수가 나타났다는 소문만 들어도 도망쳐야 할 판이구먼."

나베시마 나오시게가 이끌었던 대군이 기룡의 정예 감사군에 참패를 당하는 바람에 일본군 우군은 더 이상 낙동강을 따라 북진할 엄두를 내지 못했다. 여러 갈래로 북상하던 우군은 남쪽에서 허리가 끊길 것을 우려해 거의 모두 북진을 중지하고 진주성으로 철수했다.

그리하여 성주, 합천, 초계, 고령 등지의 경상도 남쪽 수백여 리가 왜적으로부터 저절로 수복되어 일시에 안정되었다.

고령에서 대승을 거둔 기룡은 체찰사 이원익의 허락을 얻어 고령현 관아에서 향사례를 베풀었다. 군관, 군사, 백성으로 나눠 실시하려고 했다.

"소인들도 명궁으로 이름 높은 장수님들과 한번 겨뤄보기를 간청하옵니다."

"그렇다면 다 함께 활쏘기를 하기로 하지."

기룡은 또 별도로 잔치를 베풀어 전쟁과 기근과 전염병에 지친 백성들을 위로했다. 원근을 가리지 않고 고령 백성들은 다 읍성으로 모여들었다. 즐겁고 기쁜 날을 맞이해 흥겹게 먹고 마시며 춤을 추었다.

전투에 참가했던 고령 의병장 박정완과 박정번의 하례를 받은 기룡은 그들의 공로를 치하했다. 그리고 용감하게 군사들을 따라다니며 화살을 주워주는 등 기특한 활약을 한 그의 어린 사내종들에게 큰 상을 내렸다.

박정완이 말했다.

"장군께서 오시지 않았더라면, 우리 고령 현민들은 다 저 무도한 흉적들에게 도륙되었을 것이옵니다."

〈3권에 계속〉

# 정기룡 2

판 쇄 발행  년 월 일

지은이·하용준
펴낸이·주연선

**(주)은행나무**
04035 서울특별시 마포구 양화로11길 54
전화·02)3143-0651~3 ｜ 팩스·02)3143-0654
신고번호·제 1997—000168호(1997. 12. 12)
www.ehbook.co.kr
ehbook@ehbook.co.kr

ISBN 979-11-6737-235-2 04810
ISBN 979-11-6737-233-8 (세트)

•이 책의 판권은 지은이와 은행나무에 있습니다. 이 책 내용의 일부 또는 전부를 재사용하려면 반드시 양측의 서면 동의를 받아야 합니다.

•잘못된 책은 구입처에서 바꿔드립니다.